TOUTES les matières

1re ST[...]

Objectif BAC

W0363010

FRANÇAIS
Catherine DUFFAU

SCIENCES DE GESTION ET NUMÉRIQUE
Stéphanie DI COSTANZO-BESCHMOUT
François DUREL
Delphine ROBERJOT-DUTHION

DROIT- ÉCONOMIE
Bruno BONNEFOUS
Marc GERONIMI
David LECCIA

MANAGEMENT
Jean-Bernard DUCROU

MATHÉMATIQUES
Cédric CLIMENT
Marie-Sophie CUTTAZ
Alain VIDAL

HISTOIRE - GÉOGRAPHIE - EMC
Alain PROST

ANGLAIS
Caroline GARNIER

ESPAGNOL
Oscar TORRES VERA

hachette
ÉDUCATION

30 TUTOS VIDÉOS

pour améliorer son orthographe avec Projet Voltaire

Vidéo 1 : Accord du participe passé avec l'auxiliaire « être »
Vidéo 2 : Accord du participe passé avec l'auxiliaire « avoir »
Vidéo 3 : Dans quels cas le verbe se termine-t-il par « -er » ?
Vidéo 4 : « Je veux », « je peux », « je vaux »
Vidéo 5 : Dans quels cas écrit-on « ces » ?
Vidéo 6 : « La plupart » est suivi du pluriel
Vidéo 7 : Dans quels cas écrit-on « prêt » ?
Vidéo 8 : Dans quels cas écrit-on « -cueil » ?
Vidéo 9 : Accord de « ci-joint » ou « ci-annexé »
Vidéo 10 : « Parmi », sans s
Vidéo 11 : Où sont les doubles consonnes dans « appeler » ?
Vidéo 12 : « -onnel » avec deux n et « -onal » avec un n
Vidéo 13 : Quand faut-il mettre un s à « vingt » ?
Vidéo 14 : Quand faut-il mettre un s à « cent » ?
Vidéo 15 : Jamais de s à « mille »
Vidéo 16 : « 1,5 kilomètre », sans s
Vidéo 17 : Participe passé suivi d'un infinitif
Vidéo 18 : « M. » ou « Mr » ?
Vidéo 19 : « J'ai été » ou « je suis allé » ?
Vidéo 20 : « Après qu'il a »
Vidéo 21 : Les quatre~~s~~ missions
Vidéo 22 : Il les apporte~~s~~
Vidéo 23 : qui me permettron~~s~~
Vidéo 24 : Malgré ~~que~~
Vidéo 25 : Une demi~~e~~-journée
Vidéo 26 : leur~~s~~ apporter
Vidéo 27 : J'attend
Vidéo 28 : Je les ai contacté
Vidéo 29 : Cet~~te~~ emploi
Vidéo 30 : Je conclu~~e~~rai

Retrouvez tous nos tutos vidéos sur notre chaîne YouTube « Objectif BAC Hachette ».

Crédits photographiques :

p. 28, 31, 39, 40, 48, 49, 50, 51, 52, 53, 61, 62, 63 © Photothèque Hachette ; **p.30, 38** © The Met Collection ; **p.34, 46, 296** © AKG Images ; **p.39** © Shutterstock (Rabelais et Voltaire) ; **p.306** © akg-images/De Agostini Picture Lib./G. Dagli Orti ; **p.323** © Gilles Rolle/REA ; **p.339** © ministère de l'Intérieur.

Réalisation

Couverture : Stéphanie Benoit
Mise en pages : PCA et IDT (pour la partie Français)
Schémas : PCA et Jérôme Pagès
Edition : Élisabeth Sanchez

Relecture Maths : Gérard Guilhemat

Cartographie : Hachette éducation et Domino

© Hachette Livre 2022, 58, rue Jean Bleuzen, CS 70007, 92178 Vanves Cedex.

ISBN : 978-2-01-718582-6
www.parascolaire.hachette-education.com

Tous droits de traduction, de reproduction et d'adaptation réservés pour tous pays.

Sommaire

biblio BAC 2023 lycée

Découvrez les œuvres au programme du Bac de français 2023, avec les titres de notre collection Bibliolycée

Toutes les clés pour réussir votre BAC 2023

- **Le texte de l'œuvre** clarifié grâce à de nombreuses notes explicatives.
- **Des questionnaires** de préparation à l'oral du Bac.
- **La biographie** de l'auteur.
- **Le contexte historique, artistique et culturel** d'écriture de l'œuvre.
- **La genèse** de l'œuvre.
- **Le genre** de l'œuvre.
- **Un groupement de textes** sur le parcours associé à l'œuvre.
- **Un dossier SPÉCIAL BAC** proposant des sujets d'écrit et d'oral corrigés, avec des conseils de méthode.

hachette
ÉDUCATION

Français

BAC 2023

LES MÉTHODES

L'épreuve écrite

Le sujet offre le choix entre deux types de travaux d'écriture, liés aux objets d'étude du programme.

Épreuve écrite
Durée : 4 heures.
Coefficient : 5.

1 Le commentaire littéraire

• **Le commentaire** porte sur un texte littéraire, en lien avec un des **objets d'étude** du programme de la classe de première :
– La poésie du XIXe siècle au XXIe siècle
– Le roman et le récit du Moyen Âge au XXIe siècle
– Le théâtre du XVIIe siècle au XXIe siècle
à l'exclusion de l'objet d'étude « La littérature d'idées du XVIe au XVIIIe siècle ».

• **Le sujet est formulé** de manière à guider le candidat dans son travail. Le texte proposé pour le commentaire n'est pas extrait d'une des œuvres au programme.

• **Cette production écrite est notée sur 20.**

2 La contraction de texte et l'essai

• **La contraction de texte suivie d'un essai** prend appui sur un texte relevant d'une forme moderne et contemporaine de la littérature d'idées. D'une longueur de mille mots environ, il fait l'objet d'un **exercice de contraction au quart**, avec une marge autorisée de plus ou moins 10 %. Le candidat indique à la fin l'exercice le nombre de mots utilisés.

• **Le sujet de l'essai** porte sur le thème ou la question que le texte partage avec l'œuvre et le parcours étudiés durant l'année dans le cadre de l'objet d'étude « La littérature d'idées du XVIe au XVIIIe siècle ».

• **Pour développer son argumentation,** le candidat s'appuie sur sa **connaissance** de l'œuvre et des textes étudiés pendant l'année ; il peut en outre faire appel à ses **lectures** et à sa **culture personnelle**.

• **Cette production écrite est notée sur 20 :** la contraction de texte sur 10 et l'essai sur 10.

Conseils

Gardez du temps pour relire la copie. Vérifiez que les phrases sont claires et cohérentes, que les accords grammaticaux sont corrects. Cette épreuve teste également votre niveau d'expression écrite et il serait dommage de gâcher l'effet d'un travail d'analyse intéressant par une expression négligée ou défectueuse.

LES MÉTHODES

1 Obje…

Un te…
le sens…

Exemple : lorsc…
vici (je suis ven…
exceptionnelle à l…

- **Edmond Rostand,** …
tion de style quand il tou…

- **Chaque genre utilise de…**
– la **poésie** s'est longtemps appu…
– le **théâtre** montre un rapport …
sonnages et joue sur les retourneme…
– le **récit** tient en haleine et émeut ;
– les **textes argumentatifs** s'appuient s…
pour emporter l'adhésion.

2 Démarche de l'analyse

A. Mettre le texte en perspective

Pour être traité de façon pertinente, le texte proposé d…
– cela consiste à préciser le **siècle** et le **courant littéraire** au… appartient l'œuvre dont il provient, son auteur, son genre littéraire ;
– s'il s'agit d'un extrait, il est très utile de le **situer dans l'œuvre** et de cerner le rôle qu'il y joue.

B. Dominer le propos

La lecture du passage doit soulever les questions suivantes :

1. De quoi est-il question ?
2. Quel(s) effet(s) l'auteur vise-t-il ? (émouvoir, scandaliser, amuser le lecteur…)
3. Quel but poursuit-il avec cette intention ?
4. Et surtout, quels procédés met-il en œuvre pour y parvenir ?

C. Analyser les procédés

L'analyse des procédés utilisés quand on écrit un texte est très ancienne. Elle a été particulièrement développée **dès l'Antiquité grecque** puis au Moyen Âge dans le contexte de civilisations où la parole et sa force de conviction étaient essentielles dans la pratique de la politique, de la justice et de la pédagogie.

- **L'analyse peut donc s'appuyer :**
– sur un **catalogue** bien connu de figures de style ;
– sur la **structure** des phrases ;
– leurs **modalités** ;
– les **connotations** du vocabulaire utilisé ;
– les **récurrences** sonores.

À retenir

Toutes ces observations n'ont d'intérêt que si elles sont guidées par le souci d'enrichir la compréhension du sens du texte.

mes frères... » a sa source dans l'existence de
e Chédid a vécu à Paris à partir de 1946.

Liban, elle a connu la guerre dont elle se souvient dans
n **transfigure l'inhumanité** dans une forme qui présente
rapport aux règles classiques et porte un appel vibrant et

ique

: **hexasyllabes, octosyllabes** ou **alexandrins** (vers 15 à 20 et 25, 26, 27).
: **pentasyllabes, heptasyllabes** ou **vers de 13 pieds** (vers 7-8 et 11, 12, 13).

rité des strophes

s isolés, 5 distiques, 2 quatrains et 2 tercets disposés de façon
gulière.
nterprétation → Effet de rupture, de halètement.

> **Vers blanc** : vers syllabique sans rime.

• Irrégularité sonore

– **Vers blancs** mais reprise finale de « mes frères » (vers 1, 13, 27).
– **Assonances** : « trappe » / « guet-apens », « cloaque » / « massacre », « minent » / « déciment ».
– **Allitérations** en [é] puis [a] puis[i] puis [a] puis [i].
Interprétation → Effet incantatoire (emploi de formules magiques visant à produire un charme).

• Irrégularité du rythme syntaxique

– **Irrégularité de la ponctuation** : absence de virgules, ponctuations ? ! aléatoires.
– Phrases correspondant à un vers ou un distique mais **enjambements** (vers 7 à 13, 14 à 17, 18 à 20, 21 à 25).
Interprétation → Création d'une tension, dramatisation.

• Procédés rhétoriques

– Le lecteur est spectateur de deux **apostrophes : une directe** aux combattants et **une indirecte** à leurs concitoyens.
– Le poème est constitué de façon **cyclique** : isolement de l'injonction finale et retour aux sonorités du départ.
– **Anaphore (répétition)** : « mes frères ».
– **Constructions parallèles** quasi constantes dans la première partie.
– Répétition **ternaire** : vers 15 à 20.
– Retour au **binaire** : vers 21 à 27.
Interprétation → Alternance des émotions, progression ou symétrie correspondant au désir de **toucher les protagonistes et le lecteur**.

B. Lyrisme

• Sentiment de solidarité

• Répétition de l'apostrophe « mes frères » à la fin des vers 1, 13 et 26 : sensibilité à l'acharnement désespéré des combattants.

- **Horreur devant la mort :**
  – anéantissement, anonymat ;
  – effroi devant le nombre de victimes ;
  – charnier, cimetière (« bâti des morts »).

- **Horreur suscitée par les effets de la violence physique :** « égorgez », « dépecez jusqu'à l'os », « cloaque », « chancre », « massacre ».

- **Omniprésence des sentiments négatifs :** « vengeance », « haine », « sueurs haineuses », « monstres assoupis », « faces déchainées ».

C. Transformation de l'horreur

- **Retour sur l'histoire**

– **Le motif de la guerre reste vague**, son organisation confuse.
  – Désarroi.
  – Incompréhension.

– **Constat du non sens** et du paradoxe de cette violence.
  – « désespérément égorgez l'espoir »
  – Oxymores : « matrice funèbre », « alimenter la mort ».
  – Révolte : **injonction paradoxale** des impératifs : égorger l'espoir, dépecer.
  – Conscience de l'entraînement aveugle de la **vengeance** : image du piège.

Oxymore : figure de style qui consiste à allier 2 mots de sens contradictoiress.

- **Au présent,** prise de conscience de la responsabilité collective :

– **Confrontation** de « Vous » les combattants et les morts et de « nous », « les peuples haineux ». **Focalisation** sur « vous » qui bascule au vers 14 sur « nous », puis **intrication** des deux (vers 26 27). « on » définit l'humanité globalement. **Culpabilité partagée.**

Focalisation : point de vue.

– **Sentiment d'impuissance et cri pathétique** : l'injonction désespérée du début a pour écho au vers 28 un appel vibrant à la cessation du conflit.

Conclusion

Andrée Chedid, dans un poème dont la forme originale interpelle le lecteur, s'adresse à l'humanité comme **Victor Hugo** le fait dans *les Contemplations*. Cependant, l'émotion qu'elle veut faire partager a pour origine non un deuil ou une souffrance personnelle comme dans le cas de **Baudelaire** mais un **drame collectif**. Le **style incantatoire et haletant** élève au-delà de la vengeance. Il cherche à rendre la raison, maîtresse de l'horreur.

LES MÉTHODES

La contraction de texte

1 Objectif de l'exercice

A. Restituer la pensée de l'auteur

• **La contraction de texte entraîne à une situation de communication courante** dans la vie professionnelle et personnelle. Vous êtes un **intermédiaire** entre un émetteur d'information (un auteur) et un destinataire (votre lecteur) qui ne peut avoir accès directement à l'ensemble du message. Ce destinataire attend de vous un document de travail plus aisément utilisable (plus court, plus clair) parfaitement fiable, donc **totalement équivalent au texte d'origine**.

• **Vous devez donc comprendre la pensée de l'auteur** et la restituer fidèlement sans ajout, oubli ou interprétation susceptibles de tromper votre lecteur sur la nature du texte source.

• **Cette tâche est réalisable** du fait des caractéristiques de la communication écrite :

– **Il s'agit d'une communication différée.** Le destinataire n'est pas en présence de l'auteur et ce dernier ne peut adapter son propos, comme il le fait à l'oral, quand il perçoit des mimiques d'incompréhension.

– **De plus, le déchiffrement de la communication écrite** demande un effort de **concentration** au récepteur du message qui ne doit pas être trop important si l'on veut éviter l'abandon ou l'incompréhension.

Pour être intelligible, la pensée va donc se redire, **reformuler** différemment la même idée, prendre des **exemples concrets**.

> **À retenir**
> La contraction de texte consiste à repérer ces redites et à trouver une **formulation nouvelle qui rende compte de l'idée** qui les sous-tend.

B. Présenter la contraction du texte

• **La compréhension est encore facilitée par la mise en page,** la **structuration** en paragraphes et l'utilisation d'**outils logiques grammaticaux**. Les paragraphes correspondent à des unités de sens et aident à la compréhension de la démarche de l'auteur.

• **Le texte qui vous est donné** est donc un fragment cohérent prélevé dans un ensemble plus vaste. Sa cohérence peut tenir au développement d'un **thème** repérable par les champs lexicaux qu'il utilise et qui peut être abordé sous différents angles.

• **Il peut être aussi la démonstration d'une thèse** énoncée généralement au début, parfois à la fin du fragment. Le reste du texte est constitué par la **démonstration** de cette thèse. Donc tous les éléments du texte ne sont pas sur le même plan et s'articulent entre eux.

Le texte doit être considéré comme un tout structuré, un édifice dont on ne peut supprimer un mur sans risquer l'effondrement. Il a une unité et n'est pas un enchaînement aléatoire de remarques indépendantes les unes des autres.

2 Démarche

• **L'essentiel est de comprendre l'unité et la cohérence du texte.** Pour cela, n'hésitez pas à relire le texte plusieurs fois en privilégiant d'abord la recherche du sens global puis en affinant la compréhension des détails. Cela est tout le contraire d'une perte de temps.

étape 1 **Première lecture :** repérez le **thème** (*de quoi le texte parle-t-il ?*).

étape 2 **Deuxième lecture :** repérez **l'objectif** de l'auteur : (*que veut-il faire à propos de ce thème ?*).
– Le **décrire** (*le situer dans le temps, le localiser, énumérer ses aspects ?*).
– L'**analyser** (*chercher ses causes, ses conséquences, ses conditions d'existence, ses aspects contradictoires ?*).
Cette lecture s'appuie sur :
– les **champs lexicaux** à surligner avec des couleurs différentes ;
– les **termes grammaticaux** reliant les phrases qu'il est utile d'encadrer ;
– les **verbes**.

étape 3 **Troisième lecture :** repérez précisément la **démarche logique** de l'auteur en étant sensible aux redites qui devront être synthétisées. Aucune des phrases d'un paragraphe ne peut rendre compte, telle qu'elle est écrite, de l'idée exprimée par l'ensemble du texte de l'ensemble.

étape 4 **Écrire au brouillon le plan** schématique de l'ensemble du texte. **Prévoir les paragraphes** qui correspondront dans votre résumé à la structure logique du texte. Quand on a l'impression de le dominer parfaitement, on peut se lancer directement dans la **rédaction** au propre, sans garder le texte sous les yeux pour éviter d'être parasité par les tournures de l'auteur.

3 Réalisation pratique

La longueur d'un résumé, comme celle d'un article de journal (ou d'un tweet…), est imposée. Dans le cadre d'un examen, **les dépassements sont pénalisés.**

• **Cet exercice évalue votre capacité à rédiger de façon concise.** Évitez les répétitions de mots, cherchez les tournures de phrases les plus économiques mais en restant clair.

• **Une fois le résumé terminé, relisez le texte source** pour repérer des oublis ou des approximations. Puis, relisez impérativement le résumé pour en contrôler la longueur et vérifier la correction linguistique et l'orthographe.

Conseil

Pour gagner du temps, on peut définir le nombre de lignes maximum en fonction de la taille de son écriture dans lequel le résumé devra tenir. Cela freinera la tentation de diluer le début au risque d'escamoter la restitution de la fin du siècle où se situe le plus souvent la synthèse de la démarche du texte et qu'il serait absurde de couper car on manque de place.

À éviter à tout prix !

– Commencer à rédiger avant d'avoir parfaitement compris le texte : perte de temps et risques considérables d'erreurs. L'essentiel est d'avoir compris l'idée principale du texte.
– Rendre un texte trop long et/ou incompréhensible et/ou rempli de fautes.
– Mettre bout à bout des morceaux du texte recopiés : l'incapacité à reformuler révèle l'incompréhension.
– Rédiger sans alinéa ou passer à la ligne à chaque phrase : l'absence de structure révèle l'incompréhension de la démarche.

LES MÉTHODES

L'essai

1 Objectif de l'exercice

• **L'exercice entraîne à de nombreuses situations** de la vie courante où nous devons **convaincre** autrui du bien-fondé de notre point de vue ou obtenir de lui une autorisation, la réalisation d'une action qui nous est profitable. Qu'elle soit au service d'un débat intellectuel ou d'une action pratique, **l'argumentation est un des modes les plus fréquents des relations humaines**. Depuis longtemps, elle est l'objet d'une étude approfondie et d'un enseignement visant à lui donner la plus grande efficacité possible.

• **Dans le cadre des épreuves anticipées de français,** il vous est proposé de **prendre position** sur une question étudiée en cours d'année et de **faire valoir vos connaissances** et vos capacités à les mettre au service d'un point de vue cohérent et convaincant.

2 Démarche

L'essentiel est de situer la question dans l'objet d'étude « La littérature d'idées du XVIe au XVIIe siècle ».

A. Étude de la question

étape 1 **La question peut être posée directement** ou introduite par une citation dont **tous** les termes devront être pesés.

étape 2 **Commencez dans tous les cas** par réfléchir au point de vue qui vous est soumis ; mettez la question à la **forme affirmative**, tenez compte de ses éventuels **présupposés** et réfléchissez aux **arguments** qui peuvent justifier ce point de vue.

étape 3 **Cherchez ensuite quelles autres affirmations** pourraient être formulées, **contredisant** ou **nuançant** le sujet. Comment pourraient-elles être argumentés ?

étape 4 **Cette confrontation** doit vous permettre de déterminer dans cet ensemble d'hypothèses **la réponse à la question posée** par le sujet qui vous semble la plus juste.

B. Recherche

• **Faites le bilan** des connaissances dont vous disposez afin d'y trouver les **arguments** propres à justifier votre réponse. En effet, cet exercice permet d'évaluer les **acquis** de votre formation littéraire et votre **compréhension** des principaux enjeux de la littérature d'idées.

Conseil
L'essai, comme les deux exercices précédents, doit être préparé par vos révisions.

C. Construction de votre argumentation

• **Vous savez ce dont vous voulez convaincre** votre lecteur et vous avez trouvé des **exemples** et des **arguments** dans les connaissances acquises sur le sujet. Il reste à trouver la façon la plus efficace de le faire.

• **Si vous êtes partiellement d'accord** avec l'affirmation de l'énoncé, cherchez les **preuves** de son exactitude sans oublier de traiter les **objections** qui peuvent lui être faites et proposez **votre propre vision** qui peut mettre en évidence un aspect complémentaire.

• **Si vous êtes d'un avis différent** ou opposé, ne manquez pas de reconnaître que certains arguments peuvent justifier le point de vue opposé puis **démontrez** pourquoi ils sont insuffisants.

3 Réalisation pratique

A. Organisation des idées

• **Quand vous pensez avoir organisé une argumentation** efficace :

1. ne la rédigez pas au brouillon ;
2. pour ne pas perdre le fil de votre démonstration au cours de la rédaction, **notez l'enchaînement logique et progressif** de vos arguments ;
3. **classez les arguments** du plus faible au plus fort (on se souvient du dernier mieux que du premier) et d'un mot notez l'**exemple** qui les illustrera.

• **Pour vérifier** que votre développement ne s'est pas égaré, reprenez la question posée par le sujet et donnez-lui pour réponse l'opinion que votre démarche veut démontrer. Les deux doivent coïncider logiquement

B. Rédaction au brouillon de l'introduction et de la conclusion

• **L'introduction**

– Elle situe la question du sujet dans le champ de l'objet d'étude.
– Elle explique le point de vue exprimé dans l'énoncé.
– Elle annonce comment vous allez mener l'examen de cette question sans donner la réponse, ce qui rendrait inutile la lecture de votre développement.
– La rédaction, recopiez l'introduction rédigez directement votre développement à l'aide de votre plan puis recopiez la conclusion.

Conseil
Comme pour le commentaire ne rédigez au brouillon que la conclusion et l'introduction.

• **La conclusion n'est pas la reprise** résumée du développement mais la réponse synthétique donnée à la question du sujet. Elle est essentielle. En cas de manque de temps, sacrifiez la fin du développement que le lecteur pourra reconstituer si vous lui fournissez la réponse globale à la question.

Conseil
Gardez suffisamment de temps pour relire la copie et en éliminer les fautes, oublis, erreurs… de formulation qui détourneront l'attention du lecteur et dégraderont les qualités de votre argumentation.

Sujet d'entraînement

OBJET D'ÉTUDE : LA LITTÉRATURE D'IDÉES DU XVIE AU XVIIIE SIÈCLE

Contraction de texte

Vous résumerez ce texte en 250 mots. Une tolérance de +/- 10 % est admise : votre travail comptera au moins 225 et au plus 275 mots.

Texte : Edgar Morin, *Enseigner à vivre ; manifeste pour changer l'éducation*, Actes Sud, 2014.

Une révolution sauvage des conditions d'acquisition des savoirs est en cours dans Internet et se déchaîne. Cette révolution affecte l'économie, les relations humaines, et l'éducation elle-même. Le développement d'une gratuité d'acquisition de connaissances, d'acquisition de littérature, de musique, la possibilité de diffuser gratuitement le savoir et l'art sur toute la planète, en cours de réalisation, d'une part nous ouvre une possibilité très ample de démocratisation culturelle, d'autre part nous contraint à repenser tout le système d'enseignement. En dépit de toutes les communications par vidéos, Skype et autres, il manque à Internet la présence physique, charnelle, psychique, active, réactive et rétroactive de l'éducateur, non comme auxiliaire, mais comme chef d'orchestre qui permet de considérer, critiquer, organiser les connaissances d'Internet. Il dépend de nous de civiliser cette révolution en y introduisant l'Éros[1] du chef d'orchestre, maître ou professeur, qui peut et doit guider la révolution pédagogique de la connaissance et de la pensée. Qui d'autre que ce chef d'orchestre pourrait enseigner concrètement les pièges de l'erreur, de l'illusion, de la connaissance réductrice ou mutilée dans un dialogue permanent avec l'élève ? Qui d'autre pourrait, si ce n'est dans l'échange compréhensif, enseigner la compréhension humaine ? Qui d'autre pourrait inciter concrètement, dans l'encouragement et la stimulation, à affronter les incertitudes ? Qui d'autre, dans son humanisme actif, pourrait inciter à être humain ? Qui d'autre, dans son amour de la France une et diverse, pourrait faire comprendre la nature multiculturelle de notre nation et continuer ainsi, à son échelle, la francisation ?

Cette notion de chef d'orchestre inverse le cours même de la classe. L'enseignant ne distribue plus en priorité le savoir aux élèves. Une fois le thème d'un devoir ou d'une interrogation orale fixé, c'est à l'élève de puiser dans Internet, les livres, les revues et tous documents utiles la matière du devoir ou de l'interrogation et de présenter son savoir à l'enseignant. Et c'est alors à celui-ci, véritable chef d'orchestre, de corriger, commenter, apprécier l'apport de l'élève, pour arriver, dans le dialogue avec ses élèves, à une véritable synthèse réflexive du thème traité.

Au-delà de l'école et de l'université actuelle, il faut poursuivre cette symbiose dans l'éducation permanente pour adultes. Ne pourrait-on, comme on le faisait dans le passé pour le service militaire, imaginer que chaque citoyen et citoyenne puisse effectuer vingt-huit jours par an d'un service d'éducation, incluant la révision et la remise à jour des connaissances, l'exercice de gymnastique psychique de l'autoexamen…

Le lecteur le perçoit maintenant. Le but de la réforme de l'éducation, qui est finalement le « bien vivre » de chacun et de tous, notamment pour les enseignants et pour les enseignés, nécessite de part et d'autre une régénération de l'Éros. Cela est possible puisque cela est déjà potentiel chez les uns et les autres. Chez ceux qui ont ressenti la vocation d'enseigner, l'Éros était présent, dans l'amour pour le savoir qu'ils dispenseraient, l'amour pour une jeunesse à éduquer. Chez les enfants et les jeunes, quelle merveilleuse curiosité pour toutes choses, souvent déçue par un enseignement qui coupe la réalité du monde en tranches séparées, où même la littérature devint rébarbative à l'ère sémiotique. Cette curiosité peut être réanimée en désir de savoir, non seulement avec et par un maître possédé par l'Éros, mais aussi par une formation enrichie de matières passionnantes comme celles des sept savoirs[2] et celles de l'éducation à la civilisation.

Bien entendu, cela ne pourrait se réaliser que si l'on incite et éduque à la compréhension mutuelle des deux classes de la classe, et plus largement pour les nouvelles générations à une compréhension généralisée d'autrui, reconnu à la fois semblable et différent de soi.

Connaissance de la connaissance et compréhension sont deux maîtres mots. La connaissance de la connaissance permettra de dépister bien des erreurs chez les uns et les autres, éducateurs, éduqués qui seraient les futurs adultes de la première génération formée à la lucidité. La compréhension permettra de dépister, reconnaître et surmonter bien des erreurs chez les uns et les autres et elle sera un précieux viatique pour les futurs adultes, première génération formée à la compréhension de soi et d'autrui. La compréhension est mère de la bienveillance.

La compréhension est mère de ce qui doit constituer la vertu maîtresse de toute vie en société : la reconnaissance de la pleine humanité et de la pleine dignité d'autrui.

La compréhension, la bienveillance, la reconnaissance vont permettre non seulement un mieux vivre dans la relation enseignant-enseigné, dans toute relation d'autorité, dans toute relation humaine, mais aussi combattre le mal moral le plus cruel, le plus atroce qu'un être humain puisse faire à un autre être humain : l'humiliation.

La conflictualité ne saurait être totalement abolie, mais elle pourrait être minorée ou surmontée par la compréhension. L'harmonie qui abolit tout antagonisme est impossible et même non souhaitable.

Mais quel progrès éthique si nous nous égarons moins, si nous comprenons mieux ! Ce serait cela poursuivre l'hominisation.

Répétons à nouveau l'interdépendance de toutes les réformes. La réforme de la connaissance et de la pensée dépend de la réforme de l'éducation qui dépend de la réforme de la connaissance et de la pensée.

La régénération de l'éducation dépend de la régénération de la compréhension, qui dépend de la régénération de l'Éros, qui dépend de la régénération des relations humaines, lesquelles dépendent de la réforme de l'éducation. Toutes les réformes sont interdépendantes. Cela peut sembler un cercle vicieux décourageant. Cela doit constituer un cercle vertueux encourageant la conjugaison des deux savoir-vivre :

– celui qui aide à moins se tromper, comprendre, affronter l'incertitude, connaître la condition humaine, connaître notre monde globalisé, puiser aux sources de toute morale qui sont solidarité et responsabilité ;

– celui qui aide à se repérer dans notre civilisation, à en connaître la part immergée qui, comme celle de l'iceberg, est plus importante que la part émergée, à se défendre et se protéger, protéger les siens.

Tout cela encourageant le grand cercle vertueux, dans une volonté d'accomplir la mission historique du savoir-vivre-penser-agir au XXIe siècle.

Ce serait plus qu'une réforme, plus riche qu'une révolution, UNE MÉTAMORPHOSE.

(1 003 mots)

1. Éros : nom du dieu grec de l'amour, repris par le fondateur de la psychanalyse S. Freud, pour désigner le Désir soit la pulsion de vie. **2. Les sept savoirs fondamentaux :** 1. Les cécités de la connaissance : l'erreur et l'illusion, 2. Les principes d'une connaissance pertinente, 3. Enseigner la condition humaine, 4. Enseigner l'identité terrienne, 5. Affronter les incertitudes, 6. Enseigner la compréhension, 7. L'éthique du genre humain.

Essai

Les différents modèles d'éducation idéale que vous connaissez ont-ils des points communs ?

Vous développerez de manière organisée votre réponse à cette question, en prenant appui sur *Gargantua* de François Rabelais, sur le texte de l'exercice de la contraction et sur ceux que vous avez étudiés dans l'année dans le cadre de l'objet d'étude « La littérature d'idées du XVIe au XVIIIe siècle ». Vous pourrez aussi faire appel à vos lectures et à votre culture personnelle.

LA CONTRACTION DE TEXTE

Notre monde est bouleversé par Internet : les connaissances deviennent accessibles à tous, gratuitement et partout. Cependant, un médiateur humain et passionné est indispensable pour analyser et orchestrer ces données au cours d'un échange ouvert et encourageant propre à développer, entre autres, l'humanité et la compréhension de la diversité culturelle nationale. Il faut donc inverser le fonctionnement du système éducatif. Comme dans la direction d'orchestre, le pédagogue exploite et synthétise les recherches et les apports des élèves sur le thème proposé, à tous les niveaux de formation (scolaire, universitaire et à l'âge adulte), lors de séquences périodiques de suivi des savoirs et d'autoévaluation.
Cette réforme vise à résoudre la crise de l'enseignement. Pour cela, elle redynamise les désirs, présents mais étouffés ou frustrés, d'apprendre et d'enseigner, à l'aide de sujets stimulants comme les sept savoirs fondamentaux de l'humanisme moderne et la compréhension de la civilisation. Elle nécessite l'apprentissage, pour les enseignants et les enseignés, de la nature de la connaissance et de la reconnaissance d'autrui. Les nouvelles générations devenues lucides et bienveillantes auront acquis les bases du respect de l'humain, indispensables à une bonne vie à tous les niveaux de la société d'où, à défaut des tensions inévitables, l'abominable humiliation sera bannie, ouvrant une nouvelle ère.
Les différents éléments de cette réforme sont interdépendants et doivent donc être mis en œuvre simultanément : l'esprit critique conditionne la compréhension qui stimule le plaisir de connaître le monde et les autres. Cette connaissance nourrit à son tour la solidarité et le sens de la responsabilité. La connaissance de la complexité de notre civilisation, elle, nous renforce et nous sécurise. Une nouvelle humanité peut apparaître.
272 mots

L'ESSAI

Introduction

Les grandes transformations sociales ont souvent induit des projets de réforme pédagogique qui conduisent à la définition d'une éducation idéale. L'humanisme a inspiré Rabelais et Montaigne, les Lumières Rousseau et Condorcet. Au XXIe siècle, nous avons conscience d'être entrés dans une ère nouvelle du fait de l'expansion prodigieuse d'Internet. Le sociologue Edgar Morin considère indispensable de réformer la formation face à cette révolution technique. Il rédige un essai intitulé *Enseigner l'humain* qui contient ses propositions. On pourrait imaginer qu'elles n'ont rien à voir avec des projets conçus trois ou cinq siècles plus tôt. Qu'en est-il ?

I. Des conditions d'accès au savoir différentes pour chaque modèle d'éducation

• Les sources de connaissance :
– Rares et coûteuses à la Renaissance, elles restent encore au XVIIIe siècle réservées aux seuls privilégiés comme Émile, élève modèle de Rousseau.
– Aujourd'hui, le développement d'Internet permet de démocratiser l'accès au savoir officiel et universitaire, mais contrairement au temps de Rabelais et Montaigne, celui-ci est noyé dans un océan d'informations non vérifiées erronées ou mensongères.

• Les modalités de l'enseignement ont beaucoup évolué depuis la Renaissance :
– À la Renaissance, l'enseignement est individualisé. Ponocrates consacre tout son temps à Gargantua, comme le précepteur idéal de Montaigne ou de Rousseau.
– La Révolution fait naître le désir d'une éducation universelle qui donne lieu à divers projets (dont celui de Condorcet). Cette démocratisation est réalisée à la fin du XIXe siècle.

- Les changements sont considérables au cours du XXe siècle :
– essor de la technique, mondialisation ;
– brassage des cultures, évolution de la famille et du statut de l'enfant ;
– idéal démocratique.

II Des projets pédagogiques différents pour chaque modèle d'éducation

Chaque époque a suscité des projets de réforme pédagogiques liés à des conditions spécifiques.

- Le mouvement humaniste
– L'idéal de Rabelais est l'acquisition d'un savoir encyclopédique autant littéraire que scientifique, technique et artistique. Montaigne, un peu plus tard, préfère une tête bien faite à une tête bien pleine.
– Le souci d'hygiène, de diététique, de santé et d'éducation physique, essentiel pour Rabelais (à l'inverse des maîtres de la Sorbonne, premiers précepteurs de Gargantua) n'est guère repris par Montaigne ou Rousseau ; cette préoccupation, réapparue au XXe siècle, est totalement négligée dans le projet d'Edgar Morin.
- Les Lumières
– Rousseau milite pour l'apprentissage d'un métier manuel, même pour un aristocrate, et pour une éducation au plus près de la nature.
– La Révolution française souhaite surtout donner à l'ensemble de la population les compétences fondamentales (lire, écrire, compter) et une langue commune propre à unifier la nation.

III. Les convergences entre ces idéaux

Il existe pourtant des points communs entre ces idéaux.

- La révolution pédagogique
– Face à la sclérose de l'école du Moyen Âge telle qu'elle est décrite à travers le premier enseignement infligé à Gargantua, et à la crise de l'école d'aujourd'hui, Rabelais, Montaigne ou Edgar Morin préconisent l'éveil de l'intérêt de l'élève et sa participation active.
– Le pédagogue ne doit pas asséner des affirmations mais sa bienveillance ouverte aide l'élève à faire son miel de ce qu'il rencontre ou a trouvé, pour Montaigne comme pour Edgar Morin.
- La convergence des contenus
– L'étude la nature : Rabelais et Rousseau la considèrent comme le meilleur livre d'étude ; pour Edgard Morin, sa connaissance est indispensable dans notre temps d'urgence écologique.
– L'esprit critique : déjà encouragé à l'époque des Lumières il est devenu essentiel aujourd'hui. Edgard Morin fait même de l'étude de la constitution du savoir un pilier de sa réforme.
– La philosophie : la compréhension de l'humain que Montaigne cherche dans la philosophie antique est, pour Edgard Morin, obtenue par l'étude de la diversité des cultures.
– La formation morale : présente chez Rabelais à travers une pratique réfléchie de la religion, inspirée de la nature pour Rousseau, elle est le socle du projet de Morin, qui vise la tolérance, le respect et le bien vivre ensemble.

Conclusion

À cinq siècles de distance se maintient le désir d'un monde idéal qui pourrait être atteint grâce à un développement de toutes les potentialités humaines. Il en découle des projets éducatifs destinés à développer au maximum les meilleures capacités de l'enfant mais aussi de l'adulte comme l'avaient déjà souhaité les théoriciens de la Révolution. L'époque actuelle est confrontée aux problèmes écologiques ainsi qu'aux conflits nés de la mondialisation et intensifiés par Internet. Edgar Morin, comme ses prédécesseurs, compte sur une nouvelle éducation pour résoudre les problèmes les plus criants : au-delà de l'épanouissement individuel, elle doit viser à une transformation des êtres humains, indispensable à l'harmonie sociale.

LES MÉTHODES

L'épreuve orale

1 Objectifs

Épreuve orale
Durée : 20 minutes.
Préparation : 30 minutes.
Coefficient : 5.

• **L'épreuve orale** permet d'apprécier la **qualité de l'expression orale** du candidat ainsi que sa capacité à développer un propos et à dialoguer avec l'examinateur. Il évalue ses **connaissances** et son **aptitude à les mobiliser** dans les deux temps successifs de l'épreuve, à la fois pour faire la preuve de ses **compétences de lecture, d'analyse et d'interprétation** des textes et des œuvres, et pour exprimer une sensibilité et une culture personnelles.

• **L'épreuve laisse une large place aux propositions** de l'élève et évalue son aptitude à les présenter, à les justifier et à en expliquer la pertinence : elle vise ainsi à **valoriser son investissement personnel** dans sa formation et à mesurer sa capacité à **mettre en relation la littérature avec les autres champs du savoir** et les autres arts.

2 Structure

A. Descriptif

• **L'épreuve se fonde** sur le « descriptif des activités » remis par l'enseignant, qui rend compte du travail qu'il a mené avec la classe durant l'année de première. Il prend la forme d'un **récapitulatif des œuvres et des textes étudiés**, en distinguant ceux qui ont fait l'objet d'une étude détaillée, sur lesquels les candidats peuvent être interrogés dans la première partie de l'épreuve. Chaque objet d'étude doit comporter au moins trois textes susceptibles de donner lieu à une interrogation (2 extraits au minimum pour chaque œuvre, 1 extrait au minimum pour le parcours associé).

• **Ce descriptif comporte également une partie individuelle** indiquant l'œuvre choisie par le candidat parmi celles proposées par l'enseignant au titre des lectures cursives obligatoires ou parmi celles qui ont été étudiées en classe : cette œuvre fait l'objet de la seconde partie de l'épreuve.

• **Le descriptif est signé par l'enseignant** et porte le cachet de l'établissement. Il est **communiqué à l'examinateur** en amont des épreuves. Le candidat en présente une copie à l'examinateur au début de l'épreuve. Il dispose des mêmes documents pour l'épreuve et pour sa préparation.

B. Première partie de l'épreuve orale : exposé sur un des textes du descriptif

Cette partie se déroule de la manière suivante :

Épreuve orale (première partie)
Durée : 12 minutes.
Note : 12 points
(lecture : 2 points ;
explication linéaire : 8 points ;
question de grammaire :
2 points).

étape 1 **Après avoir accueilli le candidat,** l'examinateur lui indique :
– **le texte et le passage du texte** retenu, avec une éventuelle sélection du passage à expliquer si le texte excède le format d'une vingtaine de lignes de prose continue ;
– **la question de grammaire posée**, qui ne peut concerner qu'un passage de l'extrait faisant l'objet de l'explication de texte.

Ces éléments sont indiqués par écrit au candidat, au moyen d'une fiche qui lui est remise et qu'il signe avant de commencer sa préparation. Le modèle de fiche est porté en annexe de la présente note de service.

À l'issue de son temps de préparation :

étape 2 Le candidat propose d'abord une lecture à voix haute juste, pertinente et expressive du texte choisi par l'examinateur, après l'avoir situé brièvement dans l'œuvre ou le parcours associé. **Cette partie est notée sur 2 points.**

étape 3 Le candidat propose une explication linéaire d'un passage d'une vingtaine de lignes, sélectionné par l'examinateur dans le texte, quand celui-ci excède cette longueur. **Cette partie est notée sur 8 points.**

étape 4 Le candidat répond à la question de grammaire posée par l'examinateur au moment du tirage. **Cette partie est notée sur 2 points.** La question porte uniquement sur le texte : elle vise l'analyse syntaxique d'une courte phrase ou d'une partie de phrase.

C. Seconde partie de l'épreuve : présentation de l'œuvre choisie par le candidat

• Cette partie de l'épreuve évalue l'expression orale, en réclamant du candidat une implication personnelle dans sa manière de rendre compte et de faire partager une réflexion sur ses expériences de lecture. **Elle se déroule en deux temps** successifs :

> **Épreuve orale (seconde partie)**
> **Durée :** 8 minutes.
> **Note :** 8 points (échange sur l'œuvre choisie par l'élève).

étape 1 Le candidat présente brièvement l'œuvre qu'il a retenue et expose les raisons de son choix.

étape 2 Le candidat réagit aux relances de l'examinateur qui, prenant appui sur la présentation du candidat et sur les éléments qu'il a exposés, évalue les capacités à dialoguer, à nuancer et à étoffer sa réflexion, à défendre son point de vue sur la base de la connaissance de l'œuvre.

• L'examinateur ne revient pas sur la première partie de l'épreuve.

3 Conseils pour le temps de préparation

• Vous disposerez d'une trentaine de minutes de préparation, suffisantes pour mobiliser les **acquis** de vos révisions mais insuffisantes pour y suppléer.

> **Astuce**
> Notez le plan de votre présentation et les références aux passages du texte qui justifient votre démonstration ; notez les points principaux de votre réponse à la question posée.

• Vous n'aurez pas non plus le temps de rédiger intégralement votre réflexion sur les feuilles de brouillon qui vous seront remises. Utilisez plutôt ce temps à **réfléchir** et n'écrivez que quelques **mots-clés** pour soutenir votre mémoire durant votre exposé.

• En vue de l'entretien, récapitulez les grandes lignes de ce que vos révisions vous ont permis de conclure sur l'objet d'étude et le parcours historique associé.

• Préparez votre introduction : la **présentation** rapide de l'auteur et de l'œuvre dont est extrait le passage et la **situation** du passage dans le cas d'une œuvre intégrale.

• Reformulez la question posée et annoncez le plan de votre réponse.

LES MÉTHODES

Organiser ses révisions

Les épreuves de français portent sur le **programme**, directement (oral) ou indirectement (écrit). Sa connaissance est ce qui fournira le contenu de tous ces travaux et les outils de compréhension précise du texte à commenter ou de celui à contracter.
Il est donc indispensable de **réviser autant l'écrit que l'oral** (d'autant plus que son coefficient est supérieur !) et de mettre en place une **méthode globale** qui permette de préparer simultanément les deux épreuves.

1 Objectifs

A. Mesurer les connaissances

Il s'agit de mesurer votre connaissance des œuvres et les parcours étudiés et plus largement :
– votre culture littéraire et artistique ;
– votre niveau de connaissances : des outils de l'expression, de l'analyse littéraire, de l'histoire littéraire.

Conseil

Vous devrez, à l'aide du cours, de vos manuels et de vos travaux personnels repérer comment l'œuvre au programme et les études complémentaires se situent dans le parcours historique associé et y répondent d'une façon spécifique.

B. Mesurer les compétences

• **Il s'agit de mesurer :**
– vos capacités d'expression et de compréhension ;
– votre sensibilité et créativité ;
– votre sens esthétique : goût éclairé fondé sur l'analyse ;
– votre jugement et l'esprit critique : capacité de réflexion personnelle et de production d'une argumentation convaincante ;
– votre aptitude à une recherche autonome et responsable.

• **Il en découle** que le contrat ne sera pas rempli par l'apprentissage par cœur d'explications de textes.

2 Évaluation des compétences

• **Votre maîtrise de la langue** se manifestera à travers votre **rédaction écrite** et votre **prestation orale.** C'est :
– en surveillant au **quotidien** votre **expression orale** ;
– en soignant la forme de vos devoirs (quelle que soit la matière !) ;
– en **relisant** systématiquement vos copies ;
– en **corrigeant** les erreurs signalées ;
que vous progresserez et ne serez pas handicapé dans vos activités d'adulte.
Au cours de vos révisions, récapitulez vos points faibles et **relisez** votre copie d'examen avant de la rendre.

• **Votre aptitude à la recherche** se manifestera à travers la tenue de votre **carnet personnel**.

• **Votre capacité de compréhension** se verra à la **précision** et l'**exactitude** de votre résumé, à votre analyse du sujet d'essai, à la rigueur de vos analyses littéraires.

• **Votre sensibilité** se révélera par la finesse de vos analyses et à vos réactions personnelles au cours de l'entretien

• **Votre esprit critique** et vos capacités argumentatives s'exprimeront à travers la **démarche** de l'essai et au cours de l'**entretien oral**.

• **Votre créativité** s'évaluera à partir des travaux personnels consignés dans votre **carnet**.

C'est donc un travail au long cours qui portera ses fruits.

3 Révision des connaissances

• **Le programme vise à vous faire dominer :**
– **les caractéristiques stylistiques et formelles** propres à chaque genre littéraire (récit, poésie, théâtre, littérature d'idées) à travers l'étude complète d'une œuvre imposée par le programme et la lecture cursive d'une seconde librement choisie en rapport avec le parcours historique de la précédente ;
– **l'évolution chronologique de ces genres** tant sur le plan de la forme que sur celui des contenus, plus particulièrement sur une période variable selon les genres, définie par le programme de première et à travers un thème (parcours historique) lui-même imposé. Les **documents annexes** donneront des exemples variés de traitement du même thème dont la confrontation avec les deux œuvres permettra de les situer et de les caractériser tout en ouvrant des perspectives.

• **Il s'agit donc de récapituler** méthodiquement les connaissances littéraires **accumulées depuis la classe de seconde** (car il ne vous aura pas échappé que les programmes de seconde et de première couvrent des périodes historiques qui se complètent) sur les différents genres littéraires dont vous devrez avoir saisi les **problématiques** à travers l'étude d'un certain nombre d'œuvres et d'extraits.

4 Démarche préparatoire

étape 1 **Regroupez et classez les notes de cours par objet d'étude sur :**
– les **explications générales** concernant l'objet d'étude ;
– les **analyses de l'œuvre complète** qu'il sera utile de reparcourir pour se la remettre en mémoire ;
– les informations permettant de la situer dans l'**évolution chronologique du genre** ;
– les **documents complémentaires**.

étape 2 **Complétez-les à l'aide :**
– des **commentaires** de votre manuel, de ceux ajoutés aux œuvres par les éditeurs et des notes critiques ajoutées aux textes et documents étudiés ;
– de tous vos **travaux** comme vos notes sur la lecture cursive, vos exposés, les recherches, les différents exercices… consignés dans votre **carnet personnel** dont le contenu servira de support à l'entretien au cours de l'épreuve orale ;
– de la partie « cours » de cet ouvrage.

5 Travail de synthèse

• **Procédez par objet d'étude.**

étape 1 Avant toute chose, assurez- vous que vous avez bien compris la **problématique** du parcours historique proposé pour l'étude de l'œuvre et qui définit un angle d'étude du genre auquel appartient l'œuvre.

étape 2 **Récapitulez** les questions qu'il soulève avant de retravailler l'œuvre étudiée et les documents complémentaires qui illustrent ce parcours historique.

étape 3 Puis pour chaque œuvre ou document étudié, vous devez **clarifier** les éléments qui illustrent le parcours historique proposé en vous appuyant sur des éléments **précis de son expression** (construction, vocabulaire, figures de style).

étape 4 Enfin, consignez ces observations dans un **tableau récapitulatif**, facile à mémoriser pour confronter les différents documents et voir comment ils illustrent particulièrement le parcours.

• **Vous serez ainsi prêts** à traiter les documents hors programme de l'écrit, à répondre aux questions de l'examinateur et à construire l'argumentation de l'essai.

À retenir

Ce travail est essentiel pour dominer le sujet et être en mesure de répondre aux demandes des épreuves écrites et de l'oral. Elles ne demandent pas de réciter un fragment de cours appris par cœur mais de **réfléchir à une question posée**, d'une façon peut-être nouvelle pour vous mais à laquelle vous pourrez répondre si vous avez **une vue d'ensemble des éléments constituants l'objet d'étude** et de leur rapport avec les problèmes généraux étudiés.

6 Le jour J

• **Soignez l'écriture,** évitez les ratures.

• **La mise en page** doit être aérée et souligner la structure de vos propos par des paragraphes logiques.

Conseil

Une **montre** est indispensable pour organiser son temps de travail car les téléphones portables sont interdits !

• **La relecture finale ne porte plus sur le contenu :**
– la **cohérence de la démarche** aura dû être vérifiée au moment de l'élaboration du plan du commentaire ou de l'essai ;
– l'équivalence de l'ossature du résumé avec le texte source aura été vérifiée avant la rédaction.

• **La relecture porte sur la forme** car l'épreuve de l'EAF évalue autant les **capacités d'expression** et la **maîtrise de la langue** que les **connaissances littéraires**.

• **Contrôlez :**
– la **cohérence de la syntaxe** (mots oubliés, phrases incomplètes, ponctuation absente ou aberrante, cohérence des pronoms avec les termes qu'ils rappellent) ;
– l'**adéquation du vocabulaire** (lapsus, barbarismes, anglicismes, mots familiers ou argotiques) ;
– les **accords** au sein d'un groupe de mots, entre les sujets et les verbes ; la graphie des termes grammaticaux ; la pertinence des accents à valeur grammaticale (*à*, *où*, *dû*…).

LES MÉTHODES

Étude de la langue

D'après Henri Bonnard, *Le code du français courant*.

1 Les subordonnées circonstancielles

«L'indicatif y est employé pour ce qui est de l'ordre du réel, le subjonctif pour ce qui est irréel, douteux, redouté. »

A. Exprimer la cause

- **Cause d'intensité variable :** d'autant moins qu'on
- **Cause réelle donnée pour connue :** parce que, c'est (parce) que
- **Cause censée connue :** puisque (du moment que, dès lors que, vu que, attendu que)
- **Cause présentée comme fausse ou incertaine :** sans que, soit que… soit que

B. Exprimer la conséquence

- **Conséquence donnée pour réelle :** si… que ,tel(le)… que, tellement… que, d'une telle manière… que
- **Conjonctions figées :** de (telle) sorte, manière, façon que / si bien que / au point que
- **Conséquence normale qui ne se produit pas :** sans que, sans que… ne

C. Exprimer le but

- **Conjonctions exprimant le but**

Français écrit tenu : *L'orateur doit parler fort, afin qu' on l'entende.*
Français courant : *L'orateur doit parler (assez) fort pour qu'on l'entende.*
Français familier dans un contexte impératif : *Parle fort, qu'on t'entende.*

- **Conjonction exprimant la crainte :** de peur que… (ne)
- **Conjonction exprimant le but négatif**

Français tenu : *Elle rentre ses nappes **pour qu'**elles **ne** soient pas mouillées.*
Français courant : *Elle rentre ses nappes **pour ne pas qu'**elles soient mouillées.*
Français populaire : *Elle rentre ses nappes **pour qu'**elles soient pas mouillées.*

D. Exprimer la concession, l'opposition

- **Conjonctions de subordination concessives :** quoique, encore que, malgré que. Elles sont suivies du subjonctif.
- **Concession indéterminée :** que… que, que… ou non
- **Concession tenant à l'absence d'une cause ou d'une conséquence :** même si, quand même

Français littéraire : quand, (lors) même que

- **Opposition ou contraste :** si, tandis que

E. Exprimer la comparaison

- **Comparaison entre deux éléments parallèles ou égaux :** tel(le), même… que, autant, aussi… que

- **Comparaison entre deux éléments différents ou inégaux :** mieux, meilleur(e)... que, plus, moins... que... ne
- **Comparaison simple :** comme, ainsi que, de même que

F. Exprimer l'hypothèse

Un **système hypothétique**, nommé aussi **conditionnel**, se compose de deux propositions liées logiquement, *a* (protase) et *b* (apodose), à l'aide de la conjonction de subordination si ou de locutions conjonctives : comme si, même si, excepté si, sauf si.

- **Protase de l'ordre du réel**

Le mode est l'indicatif.
– *Si a est égal à b, b est égal à a* (le présent marque une vérité permanente).
– *Si mon oncle voyait un mendiant, il faisait un détour* (l'imparfait marque la répétition dans le passé).
– *Si je rencontre Paul, je l'inviterai* (le présent indique l'antériorité de l'hypothèse sur l'acte de même pour le passé composé quand l'hypothèse se situe dans le passé).
– *Si demain tu ne l'as pas rencontré, je lui écrirai.*

- **Protase rejetée du réel**

Modes indicatif et conditionnel.
Dans le **présent** :
– *Si j'étais sa mère, je l'habillerais autrement* (imparfait irréel / conditionnel présent).
Dans le **passé**
– *Si Paul était venu, il aurait mangé du canard* (plus que parfait / conditionnel passé).
Le **français populaire** emploie le conditionnel :
– *Si j'aurais su, je s'rais pas v'nu.*
Dans l'**avenir** :
– *Si Paul venait dimanche, je lui ferais un canard* (hypothèse).
– *Si vous étiez venu dimanche prochain, vous auriez mangé du canard* (irréel).
La **langue littéraire** peut employer le subjonctif plus que parfait :
– *... vous eussiez mangé du canard.*

- **Protase et apodose ne se situent pas forcément à la même époque**

– *Si Paul avait été invité* (passé), *il serait parmi nous* (présent).
– *Si tu étais plus malin* (présent), *tu n'aurais pas joué ce cheval* (passé).

- **Autres conjonctions marquant l'hypothèse :**

À (la) condition que / pourvu que, pour peu que / à moins que (ne) / supposé que, à supposer que, en admettant que, si tant est que / mettons que, qui sont suivies du subjonctif.
Au cas où suivi du conditionnel.

2 L'interrogation

A. Phrases interrogatives

- **Interrogation totale : réponse par oui ou par non**

Trois formes sont possibles :
– *Tu viendras ?* (avec une intonation ascendante)
– *Est-ce que tu viendras ?*
– *Viendras-tu ?*

- **Interrogation partielle sur le sujet, l'objet, les circonstances de l'action**

Français tenu : qui (est-ce qui), quel, où (est ce que) ?

Français parlé familier :
– *Quel tableau Paul a acheté en Italie? Paul a acheté quel tableau en Italie?*
– *Où Paul a acheté ce tableau ? Paul a acheté ce tableau où ?*
Français populaire :
– *Où c'est que Paul a acheté ce tableau ?*
– *Où que Paul a acheté ce tableau ?*
Généralement, on utilise le mode indicatif. On peut également utiliser le mode conditionnel pour évoquer le **doute** ou une **condition irréelle**. Le mode infinitif est aussi possible.

B. Phrases subordonnées interrogatives

Elles dépendent d'un **verbe d'interrogation** ou impliquant une question : *dire, savoir.*
Elles diffèrent des précédentes par la **suppression des marques syntaxiques** de l'interrogation directe.

- **Dans l'interrogation totale**

La locution est-ce que est remplacée par si : *Je te demande si tu as froid*.

- **Dans l'interrogation partielle**

La locution est-ce que est maintenue dans le langage familier mais supprimée dans le français tenu.
L'**inversion** est supprimée, sauf si le mot interrogatif est **attribut du sujet** : *Je me demande qui est cet homme.*
Français populaire : *Je me demande qui c'est cet homme.*

3 La négation

La **locution adverbiale** ne... pas ne porte que sur le verbe. Devant un adjectif ou un autre adverbe, le sens négatif est marqué par non (familièrement pas) / par des **préfixes** / une **tournure** employant un **antonyme** (mot de sens contraire) : *non (pas) submersible, insubmersible.*

A. Portée de la négation

- **La négation est ambiguë** car elle peut porter sur n'importe quel élément de la phrase : *Paul n'a pas acheté ce tableau en Italie = ce n'est pas Paul/ Paul n'a pas acheté (mais reçu en cadeau)/c'est un autre tableau/ ce n'est pas en Italie.*
- **Elle enchâsse d'ordinaire l'élément nié :** *Je **n**'espère **pas** partir / J'espère **ne pas** partir.*
- **Dans le cas d'un verbe subordonné** à *falloir, sembler, vouloir, devoir* la négation enchâsse le verbe principal : *Je **ne** veux **pas** partir (= je veux ne pas partir).*

B. Emploi de ne seul

- **Sens négatif :** *je ne sais.*
- **Sens explétif**

Ne peut se rencontrer à l'écrit pour reprendre dans une proposition subordonnée le **sens négatif** du verbe principal : *Je crains qu'il **ne** vienne.*
Il n'apparaît pas en **français familier** : *J'ai peur qu'il vienne.*
Ou **derrière** les locutions de peur que, à moins que, avant que : *Allez le voir **avant qu** 'il ne soit parti.*
En **français écrit**, ne est complété par des **adverbes** : pas, guère, jamais nulle part, plus ; un **adjectif** : aucun ; un **pronom** : personne, rien ; une **conjonction** : ni. Ils n'ont pas de sens négatif propre et peuvent être combinés : *Je n'ai jamais vu cela nulle part. Aucun bruit.*

- **L'adverbe** non est employé pour faire porter la négation sur un **autre élément** que le verbe.

Le français parlé familier remplace non par pas : *Il habite **pas** loin.*
Devant un nom, non devient un préfixe lié par un trait d'union : *La **non**-violence.*

1 La poésie du XIXe au XXIe siècle

La poésie est le plus ancien genre littéraire. Son **mode d'expression particulier** était, à l'origine, destiné à faciliter la mémorisation de longs récits oraux racontant des hauts faits guerriers. Elle a été considérée ensuite comme une forme recherchée d'expression, appropriée aux genres nobles. À l'époque romantique, elle a été utilisée essentiellement pour exprimer les émotions. La poésie s'est progressivement affranchie des contraintes de la forme pour s'incarner dans la densité des contenus.

Marceline Desbordes-Valmore (1786-1859)

Arthur Rimbaud (1854-1891)

André Breton (1856-1966)

Paul Claudel (1868-1955)

Blaise Cendras (1887-1961)

1 La forme poétique

La poésie correspond à une **mise en forme très particulière du langage**, couplée avec un **rythme** créé par la voix, le corps, ou un instrument, destinée à favoriser la mémorisation. Pour cette raison, le texte poétique remplit des fonctions spécifiques.

A L'origine de la poésie

La poésie apparaît comme une des **premières formes de la littérature**. Elle sert à honorer les puissants et valoriser leurs hauts faits, mais aussi à exprimer les sentiments (genre de la poésie lyrique) ; elle est la forme du récit jusqu'au Moyen Âge, et constitue la forme principale du dialogue théâtral jusqu'au XIXe siècle. La **prose** sera adoptée progressivement dans ces différents genres sous la poussée d'une exigence de réalisme ; elle gagnera même, à la fin du XIXe siècle, le genre poétique lui-même.

B La versification

La poésie est caractérisée par le **vers**, interruption de la ligne de la phrase avant son terme grammatical, et par le **retour cyclique de la rime** qui compense la discontinuité. Elle marque la fin du vers, mais elle l'associe à un autre vers selon un système d'alternance : syllabes accentuées et non accentuées, rimes féminines et masculines, différents mètres au sein de la strophe, refrain. La complexité de ce mode d'expression lui confère un certain prestige.

Les types de vers

Nombre de syllabes pairs : hexasyllabe, octosyllabe, décasyllabe, alexandrin.
Vers libres : vers de longueurs irrégulières.
Vers blancs : vers réguliers qui ne riment pas.

C La forme et le sens

La poésie tend à établir une équivalence entre la forme et le sens. Une ressemblance de sons débouche sur une mise en relation du sens des mots qui riment. Ces effets de sens sont de l'ordre de la **connotation**. La poésie peut donc s'interpréter de plusieurs façons ; c'est un langage ambigu. Les figures de style qu'elle utilise correspondent à une vision du monde. L'énonciateur du poème est une voix qui n'est pas seulement celle du poète car il parle au nom des autres, de tout le monde.

> **Définition**
> **Connotation :** association d'idées, variable selon chaque lecteur, faite à partir d'un mot.

2 Sujets de la poésie

A L'analyse des sentiments

La poésie explore :
– **les différentes émotions** engendrées par l'amour qu'il soit heureux ou malheureux, l'attachement pour les enfants, les parents, les amis ;
– **l'inquiétude** face au temps qui passe ;
– **l'angoisse** engendrée par la certitude de devoir mourir ;
– **les états de plaisir**, de bonheur, d'exaltation ou de mélancolie, de désespoir, d'ennui, de dégoût, la tristesse de l'exil ;
– **la conscience** de la petitesse de l'humain face à la nature, au divin.

B Un outil de connaissance

Décrire le monde et l'histoire est une façon de les comprendre. Les **poètes romantiques** s'interrogent sur la place de l'humain dans l'univers. **Hugo** pense que le poète est un mage inspiré qui peut guider l'humanité.

C Reflet des enjeux collectifs

La poésie peut aussi exprimer le mal d'un siècle : l'insatisfaction du présent et la quête d'autre chose, le renoncement à la poursuite du bonheur, valorisé depuis le XVIIIe siècle. Elle s'interroge sur le sens de la violence d'une époque ; elle peut s'engager pour défendre certains camps (d'Aubigné, Aragon, Éluard), certains idéaux, certaines catégories sociales. Victor Hugo en fait une arme contre la tyrannie de Napoléon III.

D Recherche esthétique

La poésie peut **revendiquer de n'avoir d'autre fonction que d'être un art** et afficher son indépendance par rapport aux soubresauts du monde et de soi-même. Elle se consacre alors à **fournir une vision esthétique de la réalité** ou à réaliser un pur jeu sur le langage. Celui-ci peut d'ailleurs renoncer aux règles classiques de la versification. Le vers libre fait ressortir l'alternance du blanc et de l'imprimé, comparable à celle du silence et de la parole. La notion de poétique tend à se détacher de la versification.

Astuces

Vérifiez que vous êtes capable :
– de **distinguer rime et assonance**, rime masculine et féminine ou vocalique et consonantique ;
– de **compter** – sans erreur due à l'absence de liaison ou à l'oubli du « e » muet – le nombre de syllabes contenues dans un vers ;
– de **repérer la nécessité de faire une diérèse** afin d'obtenir le nombre de syllabes nécessaire ;
– de **nommer les vers** de 6, 8, 10, 12 syllabes ;
– d'**identifier une rime** pauvre, suffisante ou riche ;
– de **définir vers** libres et vers blancs ;
– de **nommer une strophe** de 3, 4, 5, 6 vers ;
– de **définir un hémistiche**, un rejet, un contre-rejet, un enjambement.

Si cela n'est pas acquis :
Faites-vous une fiche à partir de vos manuels. Apprenez-la par cœur.
En effet, ces connaissances sont indispensables pour étudier les particularités de la poésie traditionnelle sur le plan de son expression et comprendre les modifications réalisées par l'expression poétique moderne.

3 Évolution historique

A Le romantisme

• **Le romantisme.** Au départ expression propre à une culture de transmission orale, la forme poétique devient quand l'écrit s'impose la forme d'expression des sujets nobles et la marque d'un art supérieur mais qui va finir par se dévitaliser du fait de son formalisme. Ceci explique la réaction romantique. Pour cette génération, l'écriture doit être **guidée par l'inspiration** et ne pas être un exercice de virtuosité. Les romantiques revendiquent une certaine liberté de forme pour exprimer leurs préoccupations.

• **Le mal-être romantique.** Le romantisme est d'abord **l'expression d'un mal-être** caractérisé par l'esprit de révolte, la nostalgie et l'angoisse, l'ennui, le désir de brûler sa vie, le refuge dans la solitude, l'attirance pour le noir, le bas, le lugubre et même la démence. Puis il s'oriente vers la **valorisation du passé national** et de la culture populaire, l'engagement politique et social. Lamartine, Vigny, Musset et Hugo sont les principales figures de ce courant.

▲ *Deux hommes contemplant la Lune* de C. D. Friedrich (1825-1830)

B La « modernité » poétique

• **Les excès des épanchements lyriques** entraînent la réaction de poètes dont le pessimisme reste impassible. **Le Parnasse** se consacre au travail de la forme dont la perfection esthétique assurera la pérennité de l'œuvre selon son chef de file Théophile **Gautier**. **Lecomte de Lisle** et José Maria de **Heredia** traitent de la nature ou de l'histoire dans des formes brèves et une langue riche.

• **Baudelaire** exprime son sentiment d'être maudit et les ambiguïtés de la nature humaine dans une forme proche de celle adoptée par les Parnassiens et il s'intéresse par ailleurs à la modernité dans l'art. Il transpose certains de ses textes en prose, déplaçant la notion de « poétique » de la forme vers le sens. Le génie précoce et rebelle de **Rimbaud** explore l'imagination poétique et en libère les formes d'expression.

• **Verlaine** exprime un repli sur soi triste dans une langue musicale qui recherche les effets de flou et d'imprécision. Comme lui, les **Symbolistes** cherchent à suggérer au lecteur un état qui le met en communion avec l'auteur à l'aide de symboles. Leur pessimisme se nuance d'amertume et d'ironie comme dans le cas de Jules **Laforgue**.

• **Mallarmé** poursuit l'aventure intérieure de Baudelaire et Rimbaud. Il rassemble autour de lui des poètes fascinés par son écriture très dense hantée par la **recherche de l'idéal et l'angoisse de la stérilité.** La fin du siècle est marquée par un sentiment de décadence qui s'étire jusqu'à la guerre de 1914 (Henri de Régnier, Anna de Noailles). Quelques « **fantaisistes** », comme **Toulet**, prolongent l'esprit grinçant de **Laforgue**. **Carco** réclame le retour à une langue plus claire. Francis **Jammes** et Paul **Fort** proposent une adhésion à la nature qui veut retrouver l'innocence enfantine. Les fermentations de l'esprit nouveau attirent vers des horizons lointains Valéry **Larbaud**, Victor **Segalen** ou Blaise **Cendrars**. La foi chrétienne anime **Claudel** et **Péguy** qui, comme **Valéry**, prolongent une poésie intellectuelle et lyrique.

• **Apollinaire** synthétise la diversité des tendances, expérimente des voies nouvelles. **L'Esprit Nouveau** se traduit par la recherche d'effets de surprise et l'affranchissement des structures classiques de la poésie comme la suppression de la ponctuation ou le recours au vers libre.

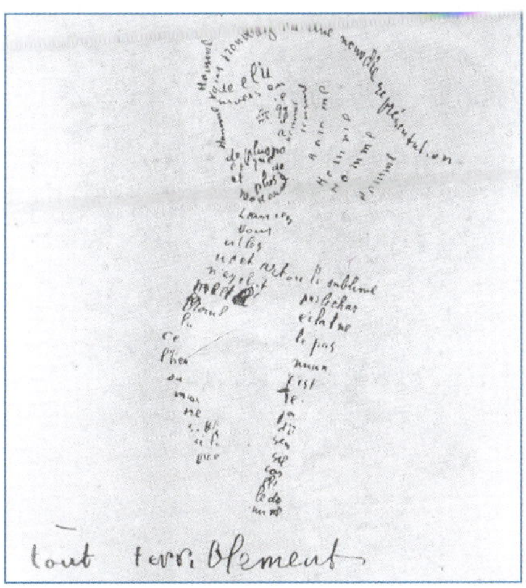

▶ Calligramme d'Apollinaire

C Au xxe siècle

• **Le drame de la Grande guerre** conduit la nouvelle génération au **rejet des valeurs** qui l'ont engendrée. **Le courant anarchiste et nihiliste Dada**, né à Zurich, gagne la France en 1920 ; il produit par ses provocations essentiellement le sentiment qu'il est impossible de revenir en arrière. Autour d'André **Breton** émerge l'idée d'une révolution **surréaliste** qui fera de la poésie le premier outil de changement de la vie. Elle doit être frénétiquement inventive et se recommande de **Rimbaud**, **Jarry**, **Lautréamont** et **Apollinaire**. Passionnés par la psychanalyse de **Freud**, explorant les ressources du hasard, de l'écriture automatique et du rêve, les surréalistes espèrent libérer la poésie de la rationalité. **Desnos** apparaît comme l'un des plus doués à ces jeux dont la pratique s'étend de 1920 à 1935. **Aragon** et **Éluard**, sympathisants communistes, se détachent du groupe pour suivre leur propre voie et chantent la Résistance à l'occupation allemande. **Jouve** se consacre à sa foi chrétienne.

Pierre **Reverdy**, ami des cubistes, et **Supervielle** ou **Saint John Perse**, restent à distance de cette mouvance.

• **Après la guerre,** **Char**, **Prévert**, **Bonnefoy**, **Cadou** se dispersent. **Follain** brosse des tableaux familiers, Char mène une recherche exigeante de densité du langage. Cette période incertaine ouvre la voie aux **recherches formelles des lettristes** et de **l'Oulipo** présidé par **Queneau** ou aux développements particuliers de **Michaux**, **Ponge**, **Guillevic**, **Bonnefoy**, **Tardieu**, **Frénaud** et **Jacottet**. L'écriture poétique est toujours largement pratiquée comme en témoigne de nombreux concours mais sa diffusion reste assez confidentielle.

Des poètes contemporains

- Michaux, *Plume* (1938 et 1963)
- Ponge, *Le Parti pris des choses* (1942)
- Char, *Fureur et mystère* (1948)
- Bonnefoy, *Pierre écrite* (1953)
- Jacottet, *L'Ignorant* (1953)

• **Si La poésie écrite peine à trouver son public,** on retrouve cette forme d'expression dans la **chanson** dont la diffusion devient extraordinaire grâce à de nouveaux moyens techniques accessibles à tous : radio, disques, télévision, Internet aujourd'hui. Des auteurs-compositeurs-interprètes de talent comme **Brassens**, **Brel**, **Ferrat**, **Barbara**, Françoise **Hardy**, Véronique **Samson**, Catherine **Ringer**, Mylène **Farmer** ont une grande audience.

D Au xxie siècle

• **Une nouvelle génération.** Après une assez longue éclipse due à la concurrence de la variété de langue anglaise, est apparue une **nouvelle génération d'auteurs** dont de très nombreuses femmes ; On peut recenser une centaine d'« autrices-compositrices-interprètes françaises » parmi lesquelles Jeanne **Cheral** ou Émilie **Loizeau**.

• **Le rap.** Importé de la culture hip-hop américaine, le **rap** a permis une expression poétique française nouvelle, plus subversive dont les auteurs se disent inspirés par Baudelaire, Rimbaud et Lautréamont (MC Solaar : *Prose Combat en* 1994, Ali et Booba : *Mauvais œil* en 2000).

ŒUVRE

Victor Hugo, *Les Contemplations*, Livre I à IV (1856)

Les mémoires d'une âme

1 Étude de l'œuvre

A Le contexte

• Contexte historique

1851 : coup d'État de Louis Napoléon Bonaparte ; instauration du Second Empire (1852-1870).
1854-55 : guerre de Crimée : Français et Anglais aident les Ottomans à résister à la Russie ; Mac Mahon prend le fort Malakoff à Sébastopol ce qui entraîne le retrait du Tsar Alexandre II. Le traité de Paris, signé le 30 mars 1856, accroît le prestige de Napoléon III.

• Situation de l'œuvre dans la vie de l'auteur

Victor Hugo a cessé de publier des recueils poétiques lyriques depuis *Les Rayons et les ombres* (1840). Républicain, il s'est consacré à la lutte politique contre Napoléon III qui l'a exilé juste après son coup d'état. Réfugié dans les îles anglo-normandes, il publie la monumentale satire des *Châtiments* en 1853. L'exil aggrave la détresse morale qu'il éprouve depuis la mort accidentelle de sa fille Léopoldine et de son époux Charles Vacquerie. Ils se sont noyés dans la Seine, à Villequier, le 4 septembre 1843. *Les Contemplations* est inspiré par cette double souffrance.

• Situation dans un courant littéraire

Ce recueil est dans la ligne de la poésie romantique lyrique qui s'interroge sur la destinée humaine, le temps, le souvenir et se libère partiellement des formes de la poésie classique.

B La forme : type de poésie

Comme les autres romantiques dont il était le chef de file, Hugo conserve l'ample enchaînement de vers pairs (octosyllabes, décasyllabes, alexandrins). Il recourt parfois à des **formes fixes** comme **le sonnet**.
Fidèle à son désir de « disloquer ce grand niais d'alexandrin », il recourt à la division en trois du vers, au **rejet** et au **contre-rejet** pour briser sa monotonie binaire.

C Les thèmes

• **Le recueil** est structuré en deux parties de trois livres chacune dont l'axe est la **mort de Léopoldine**.
– « Autrefois » comprend 77 textes censément écrits avant 1843. Ils évoquent le bonheur familial passé et la nature ainsi que les engagements politiques de l'auteur depuis 1840.
– « Aujourd'hui » comporte 59 textes. Le premier livre est consacré à Léopoldine. L'expression du deuil personnel s'élargit sur une réflexion philosophique puis visionnaire.
Par le récit de sa vie, Hugo renvoie le lecteur à sa propre destinée.

• **Livre I :** Aurore - 29 poèmes
Hugo les consacre aux souvenirs de sa jeunesse : émois amoureux et devant la nature, souvenirs de collège et débats du poète en herbe.

• **Livre II :** l'âme en fleur - 28 poèmes
Ils évoquent sa relation amoureuse avec Juliette Drouet, leur rencontre et les moments de bonheur et de tension de leur longue relation.

• **Livre III :** Les luttes et les rêves - 30 poèmes
Livre de l'engagement militant Hugo y décrit la misère sociale et morale et celles de la société moderne dont il dénonce les cruautés : guerre, tyrannie, peine de mort.

• **Livre IV :** Pauca Meæ (quelques vers pour ma fille) - 17poèmes
Ils sont consacrés à sa fille et au deuil impossible à faire de cette mort accidentelle dans la fleur de l'âge.

2 Parcours « Les Mémoires d'une âme »

« **Les Mémoires d'une âme** », cette expression est celle qu'Hugo emploie dans la préface des *Contemplations* pour présenter son œuvre.
– **Âme** : « Ce sont en effet toutes les impressions, tous les souvenirs, toutes les réalités, tous les fantômes vagues, riants ou funèbres, que peut contenir une conscience, revenus et rappelés, rayon à rayon, soupir à soupir et mêlés dans la nuée sombre ».
– **Mémoires** : 25 années sont dans ces deux volumes. L'auteur a laissé pour ainsi dire ce livre se faire en lui. « La vie, en filtrant goutte à goutte à travers les événements et les souffrances, l'a déposé dans son cœur. »

Les documents complémentaires
– Œuvre poétique d'un autre siècle : Apollinaire, *Alcools*, (1913). – Un autre aspect de la poésie d'Hugo : *Les Châtiments* « Souvenir de la nuit du 4 » (1852). – Un autre objectif de la poésie : un texte parnassien, Théophile Gautier, *Emaux et Camées* « l'Art » (1852). – Une autre forme de confidence : Paul Verlaine, *Romances sans paroles* « Colloque sentimental » (1874). – Un tableau romantique : Caspar David Friedrich, *Femme dans le soleil du matin* (1818), Musée Folwgang, Essen.

▲ *Femme dans le soleil du matin* de C.D. Friedrich (1818)

ŒUVRE

Charles Baudelaire, *Les Fleurs du Mal* (1857)

Alchimie poétique : la boue et l'or

1 Étude de l'œuvre

A Le contexte

• Contexte historique

1851 : coup d'État de Louis Napoléon Bonaparte renversant la deuxième République.
1852-1870 : Second Empire de Napoléon III.
1854-55 : guerre de Crimée.

• Situation de l'œuvre dans la vie de l'auteur

Baudelaire publia à 36 ans un recueil regroupant des poèmes publiés dans diverses revues depuis 15 ans et des inédits récents sous les titre *Les Fleurs du mal*, parallèlement à son métier de journaliste, critique d'art et littéraire. Il devait effectivement exercer une activité car sa famille, inquiète de sa vie dissolue, l'avait privé de la jouissance immédiate de l'héritage paternel après avoir tenté de le ramener à la raison par un voyage et un séjour à la Réunion. Son livre fut condamné en justice pour immoralité. Cet échec s'additionnant à ses autres difficultés l'abattit complètement. Il mourut misérablement en 1867, dix ans après la publication et un an après un malaise qui le laissa aphasique et paralysé.

• Situation dans un courant littéraire

Cette œuvre a été publiée la même année que *La Vigne et la maison,* recueil du poète romantique Lamartine et *Odes funambulesques* le recueil du poète parnassien Théodore de Banville. Baudelaire, conscient de la décadence du romantisme en épanchements sentimentaux complaisants, n'adhère pas à la réaction parnassienne qui se tourne vers la recherche de la seule beauté matérielle car « Congédier la passion et la raison, c'est tuer la littérature » et laisser l'âme inassouvie. (*L'Art romantique* 1852). Il cherche un nouveau mode d'expression des émotions.

B La forme : type de poésie

Baudelaire revient aux **formes poétiques classiques** comme le **quatrain** à **rimes plates** ou le **sonnet**, propres à brider les épanchements inconsidérés.
Dans *Les Fleurs du mal,* il utilise les vers classiques.
Son innovation réside davantage dans la recherche d'images propres à rendre compte des caractéristiques de l'existence.

C Les thèmes

Le recueil comporte six parties :
– « Spleen et idéal » 85 poèmes,
– « Tableaux parisiens » 18 poèmes,
– « Le vin » 4 poèmes,
– « Fleurs du Mal » 8 poèmes,
– « Révolte » 2 poèmes,
– « La mort » 5 poèmes.

Il traite du déchirement de l'âme, générateur de mélancolie et d'angoisse (Spleen) entre deux pôles opposés : la nature et l'homme sont corruptibles physiquement et moralement. L'attraction

pour les plaisirs de la chair est dégradante et coupable. Le mal prend des aspects horribles et répugnants.
Cependant, l'être humain sent en lui l'aspiration à une pureté spirituelle assimilée aux images d'extase dans des ciels limpides ou des paysages exotiques et sublimes.
Pour atteindre cet idéal qui se dérobe et sortir du spleen, s'offrent divers moyens d'évasion : les drogues (haschich, alcool, tabac) mais aussi les parfums, la musique, l'extase sexuelle.
Tous échouent à apaiser l'âme ce qui suscite la révolte blasphématoire contre Dieu et Jésus.
La paix finalement ne pourra être trouvée que dans la mort où l'extase sera innocente.

2 Parcours « Alchimie poétique : la boue et l'or »

La formulation laisse entendre que la poésie disposerait du pouvoir magique de créer de la beauté à partir de la laideur.
Dans un texte destiné à servir d'épilogue au recueil, Baudelaire écrit :

« Ô vous ! soyez témoin que j'ai fait mon devoir
Comme un parfait chimiste et comme une âme sainte.
Car j'ai de chaque chose extrait la quintessence,
Tu m'as donné ta boue et j'en ai fait de l'or ».

A La boue

Baudelaire est sensible à la corruption et à la dégénérescence de la nature à l'inverse de l'idéalisation qu'en font les Romantiques. Il est de même attentif aux laideurs sociales et humaines que sont la décrépitude physique et le vice. Son univers est brouillé, noir et ruisselant. Son être même lui paraît souillé, coupable et impuissant ; son état d'esprit est morbide et déprimé. Il est hanté par la figure de Satan.

B L'or

Il aspire cependant à la pureté, à un état de sérénité créé par l'harmonie du corps et de l'esprit qu'il imagine existant ailleurs ou avant.

C L'alchimie

Les opérations de transmutation (terme qui renvoie aux pratiques des alchimistes du Moyen Âge) ont pour agents des auxiliaires artificiels (alcool, drogue, tabac) ou se font à l'aide de sensations sonores, olfactives, tactiles, particulièrement suscitées par la musique et la sensualité amoureuse.

D L'échec de l'alchimie

La femme à la fois corrompue et sublime suscite un amour ambigu qui à la fois exalte et dégrade. Elle aggrave l'écartèlement entre le Spleen et l'idéal. La religion est impuissante. La mort apparaît alors comme la voie d'accès à un état réconcilié et bienheureux.

Les documents complémentaires

- Œuvre poétique d'un autre siècle : Apollinaire, *Alcools* (1913).
- Un autre aspect de l'œuvre de Baudelaire : *Le peintre de la vie moderne* (1863).
- Un autre exemple d'alchimie : Arthur Rimbaud, *Poésies* « Les Effarés » (1870).
- Un autre type de poésie : Victor Hugo, *Les Contemplations* et Théophile Gautier, *Emaux et Camées* « l'Art » (1852).
- Un tableau : Jusepe de Ribera, *Le Pied bot* (1642), musée du Louvre.

ŒUVRE

Guillaume Apollinaire, *Alcools* (1913)

Modernité poétique ?

1 Étude de l'œuvre

A Le contexte

• Contexte historique

1905 : loi de séparation de l'Église et de l'État.
1906 : réhabilitation du capitaine Dreyfus.
1908 : Georges Braque peint le tableau cubiste *Le Viaduc à l'Estaque.*
1913 : Poincaré président de la République ; Roland Garros traverse la Méditerranée en avion.

• Situation de l'œuvre dans la vie de l'auteur

Apollinaire mène une vie précaire et itinérante jusqu'à ce qu'il se lie en 1907 à l'avant-garde artistique parisienne. À partir de 1910, il publie divers articles dans différentes revues. En 1913, il publie *Alcools* en même temps que *Les peintres cubistes, méditations esthétiques*, ce qui consacre sa notoriété.

• Situation dans un courant littéraire

« L'Esprit nouveau »

Autour des peintres cubistes se retrouvent Apollinaire avec d'autres poètes et prosateurs modernes (Cendrars, Larbaud, Reverdy, Morand, Cocteau…). Tous partagent l'idée que la révolution technique à laquelle ils assistent impose une révolution des modes de représentation du monde. Pour Apollinaire, la poésie n'est pas un simple travail littéraire mais une façon de vivre.

B La forme

• Type de poésie

Le désir de modernité dicte à Apollinaire un rejet de la prosodie, des contraintes formelles et de la construction d'ensemble. La ponctuation disparaît au profit du rythme. Les vers et les strophes sont irréguliers. L'assonance remplace souvent la rime et ne respecte plus l'alternance masculine/ féminine.

Le poème est un objet issu d'associations libres, riche en images visuelles et motrices pour se calquer sur l'accélération technique de l'époque. Il mêle les temps et les lieux, abonde en images disloquées.

C Les thèmes

Apollinaire rassemble des poèmes écrits de 1898 à 1913, correspondant aux périodes de son voyage en Allemagne, de sa fréquentation de l'avant-garde parisienne et de sa liaison avec la peintre Marie Laurencin mais sans respecter les ordres chronologiques ou thématiques. Il organise et brouille les pistes, fait alterner des textes longs et courts, mais il ouvre et ferme le recueil avec des textes forts (« Zone » et « Vendémiaire »).

Le recueil est mis sous le **signe de l'eau de vie** au sens propre comme au sens figuré, symbole d'inspiration poétique et de dynamisme vital.

Il traite en désordre divers sujets :

– beauté et énergie de la modernité qui se révèle particulièrement en ville ;
– redécouverte du quotidien ;
– mélancolie, sentiment de solitude, souffrance amoureuse ;
– les marginaux auxquels le poète s'identifie.

2 Parcours « Modernité poétique ? »

Le point d'interrogation invite à se demander si la modernité poétique est réelle dans ce recueil.

A Aspects traditionnels dans *Alcools*

- Reprise de lieux communs sentimentaux comme l'aspect éphémère de l'amour : « Le pont Mirabeau ».
- Reprise de formes anciennes et populaires comme la chanson (« Chanson du Mal aimé ») ou la fable médiévale (« La Lorelei »).
- Reprise du lieu commun romantique associant les sentiments suscités par l'amour malheureux à ceux ressentis en automne (« Les colchiques »).
- Reprise au courant symboliste du procédé associant deux réalités dont une devient l'emblème, l'allégorie, le symbole de l'autre (« Le Brasier »).

B Innovation dans *Alcools*

- Dérision face aux clichés symbolistes (« Palais », « Clair de lune »).
- Recherche de l'effet de surprise par des associations inattendues d'images imitant les procédés des peintres cubistes (collages, superpositions de points de vues différents), ou futuristes (déformation ou démultiplication d'images).
- Textes décousus et énigmatiques (« Liens »).
- Émerveillement devant la modernité (« Zone »).

Les documents complémentaires

– Œuvres poétiques d'un autre siècle : Victor Hugo, *Les Contemplations* (1856), Charles Baudelaire, *Les Fleurs du Mal* (1857).
– Un autre texte de Baudelaire sur la modernité : *Le peintre de la vie moderne* (1863).
– Un autre aspect de la poésie d'Apollinaire : un calligramme.
– Un poème à forme traditionnelle de la même époque : Paul Valéry, *Charmes* « Cantique des colonnes » (1922).
– Un tableau : Umberto Boccioni, *Les pavés de rue* (1914).

▲ *Les pavés de rue* d'Umberto Boccioni (1914)

2 La littérature d'idées du XVIe au XVIIIe siècle

La littérature est une forme d'art qui ne se limite pas à la fiction ou à la recherche esthétique. Le **travail de l'expression** a aussi été mis au service de la pensée et de la réflexion philosophique. Les grands problèmes concernant les êtres humains ont pu être abordés à travers le théâtre, la poésie et le roman, mais des genres spécifiques se sont constitués pour permettre un déploiement plus libre et plus précis de la pensée.

Rabelais (1494-1553) | Montaigne (1533-1592) | Descartes (1596-1650) | La Fontaine (1621-1695) | Voltaire (1694-1778)

1 Évolution historique

A L'humanisme de la Renaissance

- **Au Moyen Âge, la question de Dieu est au centre de la réflexion.** Le courant de **l'humanisme** correspond à la réhabilitation de la culture littéraire gréco-latine où la réflexion philosophique se déploie en marge de la religion. Elle apparaît comme la plus apte à former l'humain, au sens le plus noble du terme. **L'exercice de la raison et la réflexion** sur ces modèles doivent conduire à l'épanouissement intellectuel et à la sagesse.
- **Cet idéal est soutenu par la diffusion du livre imprimé** et la création de **librairies** dans les villes. Le français devient la langue officielle en 1539. On le met en forme, on l'enrichit, on élabore des dictionnaires de tous types.
- **Une meilleure pédagogie.** On critique la sclérose des universités médiévales ; **Rabelais** et **Montaigne** entre autres réfléchissent à une meilleure pédagogie.
- **On compare les divers systèmes politiques** pour trouver celui qui pourrait permettre l'établissement d'une société idéale. Morale et politique sont au cœur des préoccupations des intellectuels européens.
- **Le recentrage de la pensée sur l'humain** débouche sur un autre regard sur le monde. Il n'est plus considéré du point de vue de Dieu mais il doit être découvert et compris par celui qui l'habite. Les peintres se penchent sur la question de sa représentation réaliste propre à le rendre compréhensible. On collectionne les curiosités naturelles rencontrées dans les voyages lointains.

▲ *Pantagruel* de Rabelais

Personnage-clé

Le **Pantagruel** du roman de Rabelais est un géant légendaire doté de toutes les qualités de l'humaniste.

• **Une grande confiance dans les possibilités intellectuelles de l'humain** nourrit un **appétit de savoir universel** et le désir de tout examiner par soi-même. On apprend le grec et l'hébreu en plus du latin pour pouvoir lire les auteurs antiques et la Bible, malgré la résistance de l'Église qui faisait autorité sur son interprétation mais s'était discréditée par ses abus. La chasse qu'elle fait aux hérétiques envoie sur le bûcher de nombreux ouvrages et même leurs auteurs comme **Dolet** en 1547.

• **À cette vision optimiste de l'humain** capable d'atteindre le bien par ses propres forces, va succéder un profond **pessimisme**. Les **guerres de religion** entre catholiques et protestants déchirent la fin du XVIe siècle et ébranlent sévèrement la confiance dans l'être humain. La découverte d'un nouveau continent et la **reconnaissance du système de Copernic**, qui met le Soleil et non plus la Terre au centre de la galaxie, perturbent toutes les références. Jean de Sponde dans ses poèmes et Montaigne dans *Les Essais* (1580) expriment toutes ces incertitudes.

▲ Copernic (1473-1543)

B L'époque classique

• **L'Église oppose à la Réforme une contre-offensive catholique** mais l'angoisse du salut reste vive. Les **Jansénistes** pensent que le destin de l'individu dépend du choix de Dieu et non du mérite individuel. Leur position sera brillamment défendue par **Pascal**. Ce dernier entreprend par ailleurs un ouvrage où il expose toutes les raisons qui doivent conduire l'humain à la Foi. Il reste inachevé et est publié sous le titre *Pensées* en 1670.

• **La mesure succède à la frénésie du siècle précédent ;** « l'honnête homme » est celui qui est capable de s'intéresser à tout sans pédanterie. Le philosophe **Descartes** trouve un recours essentiel dans la raison. **Tout doit être mis en doute** jusqu'à ce qu'une certitude puisse servir de base à la construction méthodique d'un système fiable (*Le Discours de la méthode*, 1637). La certitude atteinte est celle de sa pensée qui est la preuve de l'existence de l'humain. L'existence de Dieu lui semble prouvée par le fait que l'esprit en conçoit l'idée. Les règles que Descartes instaure sont **fondées sur la logique** et s'inspirent de la démarche en physique et permettront le développement des sciences.

• **Les libertins.** Parallèlement, les **Libertins** se référant au matérialisme antique contestent la religion : l'humain est un être terrestre qui doit s'épanouir sur terre en suivant les lois de la nature. La pensée matérialiste ne cessera de se renforcer au cours des siècles suivants.

• **Les moralistes classiques.** À l'inverse des auteurs **baroques**, fascinés par le mouvement et la complexité du monde, les auteurs du XVIIe siècle sont à la recherche de stabilité. Ils s'intéressent à ce qui est éternel dans l'humain et se penchent particulièrement sur les valeurs morales. (La Fontaine, La Rochefoucauld). **Leur pessimisme se révèle dans le goût pour la tragédie** qui met en scène le conflit de la raison et des passions et pose le problème du fréquent échec de la volonté. Il faut attendre le début du XXe siècle avec la théorie de l'inconscient mise en forme par Freud pour que soit profondément modifiée cette analyse psychologique.

• **La progression de l'absolutisme** génère une nouvelle forme d'autorité intellectuelle qui mobilise toutes les énergies et toutes les formes d'expression au service de la grandeur de la figure royale. Cependant, à la fin du siècle, la querelle des Anciens et des Modernes annonce des temps différents.

C L'homme des Lumières

• **Les voyages.** **Les voyages en Océanie** et les contacts avec d'autres civilisations conduisent à la notion de la **relativité des valeurs**. Il s'agit de dépasser les bornes des cultures nationales et de penser un humain cosmopolite. L'autorité et le fanatisme doivent laisser place à la pensée libre et au droit naturel. L'étude des sociétés et la comparaison des systèmes politiques passés et présents visent à imaginer le gouvernement idéal. ***L'Encyclopédie*** rassemble et organise ces conceptions

• **L'engouement pour la démarche scientifique** qui se développe dans le domaine de l'étude de la nature, l'intérêt pour l'agronomie et l'économie nourrissent l'espoir d'une possible maîtrise du monde et la foi dans un nouveau concept, celui de progrès qui mène l'humanité de l'état de nature à la civilisation. Cette idée accentue l'impatience face à toutes les formes d'autorité qui verrouillent l'ancien monde et servira de ferment à la Révolution.

• **Malgré la critique de Rousseau,** la foi dans le progrès se maintient au XIXe siècle. **Soutenue par les résultats de la révolution industrielle**, elle sera mise en forme par le **positivisme** d'Auguste **Comte** qui décrira la marche progressive de la connaissance humaine et le scientisme manifestera une confiance aveugle dans la science. Mais le désastre des guerres mondiales du XXe siècle mettra à mal cette idéologie.

• **La révolte contre l'intolérance religieuse** accélère les progrès de la **libre-pensée** qui sera dynamisée par le **matérialisme historique de Marx** au XIXe siècle jusqu'à ce que, au milieu du XXe siècle, la philosophie cherche à penser la situation de l'humain sans Dieu. **Sartre** et **Camus** s'interrogent sur le sens de l'existence humaine dans cette hypothèse. Elle apparaît absurde, sa seule justification étant dans l'engagement au côté des autres humains pour lutter contre les maux qui l'accablent.

2 Les genres qui abordent la question de l'argumentation

• **Toute question philosophique** peut s'exprimer dans les genres traditionnels de la littérature : poésie (La Fontaine, Hugo), théâtre (la tragédie, le théâtre de l'absurde), roman (Sartre et Camus).

• **Mais elle peut aussi s'exprimer dans des genres spécifiques,** originaux comme les essais, forme inventée par Montaigne ou le détournement de légende pratiqué par Rabelais.

• **Au XVIIe siècle,** elle utilise des **formes plus codifiées** comme le discours, la fable, les maximes, les portraits.

• **Au XVIIIe siècle, critiques et utopies** prennent des formes imagées et se glissent dans des récits ou des contes apparemment innocents. On fait s'affronter les points de vue dans des dialogues, des échanges de lettres. Les dictionnaires, les discours et la forme encyclopédique révèlent la volonté didactique des auteurs.

Remarque

La tonalité de ces types de texte peut être :
– sérieuse et grave ;
– légère et divertissante ;
– mais aussi polémique, allant de l'épigramme ou du mot d'esprit ironique au pamphlet qui s'exprime avec violence.

3 Les démarches argumentatives

• **Défendre une thèse.** Quelles que soient les formes littéraires adoptées, **les textes argumentatifs sont construits pour défendre une thèse.** Le plus souvent les auteurs abordent, outre le leur, divers points de vue possibles sur le sujet traité, qui ont été défendus par des penseurs antérieurs ou contemporains. Ils peuvent aussi se situer par rapport au sens commun. Mais dans tous les cas, leur position s'établit :
– soit en en **réfutant** d'autres ;
– soit en les **nuançant** ;
– soit en les **appelant** en renfort.

• **La rhétorique.** Les auteurs utilisent des **types d'arguments répertoriés par la rhétorique** comme la règle de justice, l'argument *ad hominem*, le paradoxe ou le syllogisme.

• **Pour persuader, ils exploitent les ressources des figures de style :** analogies, antithèses, euphémismes, hyperboles…
Ils adoptent une disposition de leur argumentation propre à entraîner l'adhésion du lecteur.

ŒUVRE

François Rabelais, *Gargantua* chapitres XI à XXIV (1535)

La bonne éducation

1 Étude de l'œuvre

A Le contexte

• Contexte historique

1515-1547 : règne de François Ier.
1520 : rupture de Luther avec Rome.
1534 : affaire des Placards. Début de la répression contre la Réforme.
1539 : ordonnance de Villers-Cotterêts, le français devient langue officielle.
1543 : système de Copernic (la Terre tourne autour du Soleil).
1545-1563 : concile de Trente, réaffirmation du dogme catholique.

• Situation de l'œuvre dans la vie de l'auteur

Né en 1483, en Touraine, François Rabelais, fils d'un avocat, entre jeune dans les ordres où il étudie le grec. Mais en 1530, il abandonne la vie monastique pour étudier la médecine à Montpellier, métier qu'il exerce à Lyon puis au service du cardinal Jean Du Bellay qu'il accompagne à Rome. Au retour, il publie *Gargantua*, qui fait suite à *Pantagruel* édité à Lyon en 1532. Il voyage beaucoup et publie le *Tiers livre* en 1546 et une version incomplète du *Quart livre* en 1548, dont la diffusion sera combattue par l'Église catholique qui a déjà condamné la réédition, pourtant édulcorée, des deux premiers ouvrages en 1543 et 1544. Le cardinal Jean du Bellay lui conserve sa protection. La mort de Rabelais en 1553 lui épargne les poursuites que lui aurait values la publication en 1552 du *Quart livre* complet, également condamné.

• Situation dans un courant littéraire

L'humanisme, courant né en Italie au XIVe siècle, gagne l'Europe entière aux XVe et XVIe siècles. Il est dynamisé par la redécouverte des textes antiques, à l'issue de la prise de Constantinople en 1453 par les Ottomans. Il exprime l'ardent désir d'un renouveau inspiré par l'Antiquité gréco-latine. Il s'appuie sur une formation intellectuelle rénovée et facilitée par l'invention et le développement de l'imprimerie. Le roi François Ier soutient ce courant novateur. Le libre examen des textes sacrés, rendu possible par l'apprentissage du grec et de l'hébreu, débouche sur une contestation de l'autorité de l'Église catholique par divers courants de la Réforme. Malgré la tenue d'un concile, de sanglantes guerres de religion éclatent dans toute l'Europe.

B La forme

• Une parodie : *Gargantua* est une parodie des chroniques de dynasties princières, auxquelles l'œuvre emprunte la structure narrative (formation et exploits du héros), et de l'épopée, dont elle imite la démesure.

• Des éléments repris de la tradition folklorique : Rabelais reprend une tradition folklorique mettant en scène des géants légendaires, propre à la culture carnavalesque qui tourne en dérision et inverse les valeurs sociales comme le fait le carnaval le temps d'une fête.

• Diverses formes de comique : l'effet de disproportion dû au gigantisme, le registre de la farce (mauvaises plaisanteries, paillardise, scatologie), la caricature et la satire ; le comique verbal de l'oralité (poème, discours, conversation, propos de nourrice, proverbes) ; l'accumulation cocasse d'expressions populaires pittoresques ; le détournement de la langue savante, avec des néologismes et des étymologies fantaisistes, mais aussi la caricature du latin dégradé qui était jusque-là la langue officielle.

C Les thèmes

• ***Gargantua* est une satire** des membres de l'élite nobiliaire et de l'université qui se signalent par un cérémonial et des accoutrements ridicules. Cette élite envoie en ambassade son dignitaire le plus remarquable qui s'avère être stupide, goinfre, ivrogne, cupide et surtout ignorant. Elle est le socle d'une religion purement mécanique et formaliste et d'une vie intellectuelle totalement sclérosée.

• **Une apologie d'une nouvelle idée de l'homme et de la pratique religieuse**, qui s'exprime à travers la confrontation de deux systèmes éducatifs, est également véhiculée dans l'œuvre de Rabelais.

• **Le jeu** qui consiste à passer constamment et sans transition d'un univers crédible, par sa localisation et les détails précis du quotidien, au merveilleux, a une visée sérieuse comme l'annonce le prologue de l'œuvre.

2 Parcours « La bonne éducation »

Le qualificatif « bonne » implique que l'éducation puisse être mauvaise. Rabelais oppose le système médiéval et le système humaniste tant sur le plan de la personnalité des enseignants et la durée de la formation que sur ses effets.

• **Ponocrates**, le nouveau précepteur de Gargantua, reprend les disciplines traditionnelles médiévales (arithmétique, géométrie, astronomie, musique, rhétorique) mais en mettant en évidence leurs applications concrètes. Elles sont complétées par une formation scientifique (botanique, médecine) et technique (beaux-arts et artisanat).

• **La pratique religieuse** mécanique et quantitative est remplacée par l'observation de la vie qui nourrit la foi ; grâce est rendue à Dieu à propos et en y réfléchissant personnellement.

• **L'éducation physique** était absente de la première éducation reçue par Gargantua car la religion méprise, ignore et maltraite le corps. L'équitation et l'usage des armes propres à la chevalerie sont introduits et complétés par l'apprentissage des autres techniques de guerre. Le futur roi doit être endurant, adroit, agile, fort, ce qui s'acquiert à l'aide de disciplines d'athlétisme qui sont aussi des entraînements du caractère et de la volonté.

• **Après avoir passivement écouté,** recopié et appris par cœur stupidement des textes théologiques, Gargantua étudie en jouant, en observant, en imitant de grands modèles. Les journées sont très remplies mais les activités physiques et intellectuelles sont parfaitement équilibrées et menées avec le souci de l'hygiène, de la diététique et de la salubrité.

Les documents complémentaires
– Rabelais, *Pantagruel*, « Lettre de Gargantua à Pantagruel » (chap. 8) (1532). – Montaigne, *Les Essais*, livre I, « De l'institution des enfants » (chap. 26) (1580). – Jean-Jacques Rousseau, *Émile ou de l'Éducation* (1762). – Jacques Prévert, *Paroles*, « Le cancre » (1946). – Les illustrations de Gustave Doré pour les éditions de 1851 et 1873 de *Gargantua*. – Une photographie de Robert Doisneau : *La pendule* (1956).

La Bruyère, *Les Caractères*, livre XI « De l'Homme » (1688)

Peindre les Hommes, examiner la nature humaine

1 Étude de l'œuvre

A Le contexte

• Contexte historique

1643-1715 : règne de Louis XIV.
1683 : mariage de Louis XIV avec Madame de Maintenon, très dévote ; le roi devient austère et intolérant.
1685 : révocation de l'Édit de Nantes, persécutions des protestants.
1688-1697 : guerre de la Ligue d'Augsbourg, très coûteuse.

• Situation de l'œuvre dans la vie de l'auteur

Né en 1645 dans une famille bourgeoise, Jean de La Bruyère fait des études de droit puis achète une charge de trésorier. Il mène une vie de rentier modeste à Paris jusqu'à ce que Bossuet le place comme précepteur du petit-fils du Grand Condé et de sa jeune épouse, fille naturelle de Louis XIV, en 1684. Il fréquente la cour à partir de 1687 et publie *Les Caractères* en 1688. L'ouvrage obtient un grand succès et est réédité deux fois cette même année. Cette unique œuvre fut sans cesse remaniée et augmentée par son auteur et connut huit éditions. La Bruyère meurt subitement à Versailles en 1696.

• Situation dans un courant littéraire

La querelle des Anciens et des Modernes (1687-1700) est initiée par un poème de Perrault, *Le Siècle de Louis le Grand*, qui fait l'apologie du présent. L'influence croissante du rationalisme issu de Descartes débouche sur une critique et un rejet des modèles antiques par les philosophes Bayle, Fontenelle et Saint-Évremond. Les Anciens, grands aristocrates et membres de la haute bourgeoisie, défendent des positions conservatrices sur le plan esthétique comme politique. On compte parmi eux La Bruyère, Racine et Bossuet (précepteur du Dauphin de 1670 à 1680, évêque de Meaux, célèbre pour ses sermons et ses oraisons funèbres). Boileau, poète satirique et titulaire de charges à la cour, soutint Colbert dans la clarification de l'esthétique classique dont son *Art poétique* (1674) est le manifeste.

B La forme

Les Caractères sont publiés sans nom d'auteur à la suite d'une traduction faite par La Bruyère des *Caractères* de Théophraste (371-288 av. J.-C.). Ils se présentent sous forme de fragments, illustrant des genres très variés : portraits, jugements moraux, historiettes, nouvelles, maximes, pensées, essais, tableaux, petites plaidoiries. La brièveté et la diversité relancent constamment l'intérêt du lecteur.
Les tonalités vont du sérieux le plus solennel au franc comique en passant par l'humour ou l'ironie. Réaliste par la précision et la justesse de ses observations, l'auteur n'hésite pourtant pas à céder parfois à la fantaisie d'une exagération extravagante. Une structure solide évite toutefois la dispersion ou l'effet d'incohérence. Chaque livre possède son organisation propre et l'œuvre demande à être lue comme un tout organisé.
La Bruyère suit les principes de l'écriture classique qui préconise la recherche de la perfection formelle. Il pense, de plus, que le travail de la forme lui permet d'affiner sa réflexion.

C Les thèmes

• **Les mœurs de ce siècle :** c'est une analyse de la société aristocratique de la deuxième partie du XVIIe siècle, sous le règne de Louis XIV vieillissant.

• **La recherche de ce qui est permanent et universel dans l'Homme :** La Bruyère, comme les autres classiques, étudie l'Homme naturel (livres I à IV), l'Homme social (l. V à X), l'Homme moral (l. XI à XIV), l'Homme religieux (l. XV et XVI).

2 Parcours « Peindre les Hommes, examiner la nature humaine »

La juxtaposition des deux verbes, « peindre » et « examiner », peut se charger de plusieurs valeurs : mise en parallèle ou relation de cause à effet. Pour peindre, il faut observer, ce qui permet de comprendre. Le passage du pluriel au singulier montre que la diversité des individus se résout par la mise en évidence de traits communs.

• **Dans le livre XI « De l'Homme »,** La Bruyère décrit une société très inégalitaire et très hiérarchisée qu'il ne conteste pas malgré la fatuité, la sottise et l'imposture qui y règnent. Les relations sociales y sont guidées par le sentiment de frustration, l'envie, la jalousie et marquées par l'incivilité, l'impolitesse, la raillerie voire la médisance et la calomnie, l'ingratitude.

• **S'attachant aux caractères masculins et aux traits féminins,** à ceux des enfants, des hommes mûrs et des vieillards, La Bruyère embrasse tous les aspects de la vie, ce qui lui permet de poser la question d'une nature humaine. Mais existe-t-il vraiment une constance de la personnalité puisque l'on constate qu'un bon naturel peut s'aigrir et se transformer au gré des événements ou des expériences malheureuses ? La Bruyère relève de nombreuses manifestations de la prétention, la futilité, l'incohérence et l'égocentrisme mais, surtout, il note la récurrence d'un rapport absurde à la vie et à la mort.

• **Ce constat fataliste de la nature humaine** doit nous permettre, selon l'auteur, de mieux supporter les travers de nos proches et d'adopter une attitude propre à faciliter les relations sociales donc de gagner personnellement en lucidité et en sagesse.

Les documents complémentaires
– Nicolas Boileau, *Satire III* (1666), *Satire IV* (1666), *Satire VIII* (1668). – François de La Rochefoucauld, *Maximes* (1665). – Jean de La Fontaine, *Fables*, « Les animaux malades de la peste » (1678-1679). – Molière, *Dom Juan* (1665), acte V scène 2 ; *Le Misanthrope* (1666), acte I scène 1. – André Comte-Sponville, *Petit Traité des grandes vertus* (la générosité, la gratitude, l'humilité, la tolérance) (1995).

ŒUVRE

Olympe de Gouges, *Déclaration des droits de la femme et de la citoyenne* (1791)

Écrire et combattre pour l'égalité

1 Étude de l'œuvre

A Le contexte

• Contexte historique

1774-1793 : règne de Louis XVI, déposé par l'Assemblée législative le 10 août 1792.
1789 : *Déclaration des droits de l'homme et du citoyen* (26 août).
1791 : entrée en vigueur de la Constitution (septembre).
1792 : ouverture du procès de Louis XVI (11 décembre).
1793 : durcissement de la coalition européenne décidée à anéantir la Révolution ; 10 mars : création du tribunal révolutionnaire ; guerre contre-révolutionnaire en Vendée ; 16 octobre : exécution de la reine Marie-Antoinette ; 24-31 octobre : exécution des principaux leaders girondins.

• Situation de l'œuvre dans la vie de l'autrice

Marie Gouze, qui se disait fille illégitime d'un homme de lettres, le marquis Lefranc de Pompignan, est née à Montauban en 1748 dans un milieu de langue occitane. Mariée à 17 ans, en 1765, et très rapidement veuve, elle quitte définitivement Montauban pour Paris. Sous le pseudonyme d'Olympe de Gouges, elle fréquente les salons intellectuels. En 1784, elle publie un roman épistolaire autobiographique. En 1785, elle présente au comité de lecture de la Comédie-Française *Zamore et Mirza ou l'heureux naufrage*, une pièce anti-esclavagiste qui suscite de nombreuses résistances et ne sera jouée que trois fois. Outre de multiples pièces dramatiques, Olympe de Gouges a publié dans la presse et a produit des affiches et des brochures. Elle est surtout connue pour la *Déclaration des droits de la femme et de la citoyenne* (1791) mais elle a aussi rédigé des projets de réformes sociales en faveur des opprimés, des femmes et des enfants. Son œuvre, très abondante, reste méconnue. Engagée dans l'action politique aux côtés des Girondins en 1792, s'opposant publiquement à Marat et Robespierre, elle fut condamnée à mort par le tribunal révolutionnaire et guillotinée le 3 novembre 1793.

• Situation dans un courant littéraire

Les femmes des Lumières animent des salons où s'élaborent les idées nouvelles. Elles sont aussi artistes, philosophes, physiciennes, astronomes, anatomistes, mathématiciennes… Jeanne Barret est exploratrice et botaniste. Le plus souvent autodidactes, ces femmes sont reconnues par leurs pairs.
Très impliquées tout au long de la Révolution, les femmes accèdent à la conscience de leurs droits et rejoignent des clubs militants à partir de 1790. En 1793, la Terreur interdit leur regroupement dans des associations. Beaucoup payèrent leur engagement de leur vie. Elles furent exécutées, tuées ou bien en moururent folles.

B La forme

• Un pastiche : la *Déclaration des droits de la femme et de la citoyenne* d'Olympe de Gouges reprend le style et la structure de la *Déclaration des droits de l'homme et du citoyen* de 1789, placée en exergue de la Constitution par l'Assemblée.

- **Un pamphlet :** la transposition au féminin oblige à des modifications qui mettent en évidence que la déclaration de 1789 n'est pas universelle et donnent à celle d'Olympe de Gouges un aspect polémique.
- **Un manifeste :** un postambule en deux parties très contrastées vise des destinataires différents. À une harangue véhémente adressée aux femmes succède une analyse destinée à l'ensemble de la société.

C Les thèmes

- **Les valeurs des Lumières :** la raison impose de remplacer la morale religieuse par la sagesse de la morale naturelle.
- **Les valeurs républicaines :** Olympe de Gouges milite pour l'égalité des esclaves, des femmes et des enfants naturels.
- **Le féminisme :** l'autrice rejette le préjugé d'une inégalité entre les deux sexes. Elle appelle, pour le progrès général, à balayer cette apparente vénération qui n'est que le masque de l'aliénation des femmes et de l'irrespect des hommes.

2 Parcours « Écrire et combattre pour l'égalité »

La coordination entre les deux verbes « écrire » et « combattre » suggère que l'écriture peut seconder l'action politique. Dans le cas d'Olympe de Gouges, malgré la *Déclaration des droits de l'homme* de 1789 et l'abolition des privilèges, un nombre considérable de personnes sont exclues de la citoyenneté pour laquelle elles se sont battues.

- **Combattre :** la rédaction et la publication de cinq exemplaires pour adoption par l'Assemblée législative de la *Déclaration des droits de la femme et de la citoyenne* est un acte militant. Le soutien demandé à la Reine à cette occasion par Olympe de Gouges lui portera tort.
- **Écrire :** pour convaincre les députés de réparer l'injustice faite aux femmes, le texte doit les rendre visibles en les particularisant et montrer aux révolutionnaires que leurs actes sont en contradiction avec leurs principes philosophiques, politiques et moraux. L'autrice dénonce les préjugés des hommes comme ceux des femmes. Elle veut convaincre ces dernières de la légitimité de leur participation aux affaires publiques. Elle met en scène la femme citoyenne et brosse le tableau futur d'une nation juste et harmonieuse, dont la ratification de ce texte permettrait d'amorcer la venue.

Les documents complémentaires
– Olympe de Gouges, *L'Esclavage des Noirs ou l'heureux naufrage*, drame en trois actes et en prose (1784). – Jean-Jacques Rousseau, *Émile ou de l'Éducation*, livre V, « Sophie » (1762). – Pierre Choderlos de Laclos, *Les Liaisons dangereuses*, lettre LXXXI, « De Madame de Merteuil au vicomte de Valmont » (1782). – Article « femme » de l'*Encyclopédie* de Diderot et d'Alembert. – Simone de Beauvoir, *Le Deuxième Sexe*, tome 2 (1949).

3 Roman et récit du Moyen Âge au XXIe siècle

Genre foisonnant et sous-estimé jusqu'au XIXe siècle, le **genre romanesque** connaît un succès tardif et se développe à une époque où la société connaît de grandes mutations politiques, économiques et sociales. Il reflète l'intérêt naissant pour l'individu d'une classe bourgeoise en pleine ascension sociale. L'idée de **destin personnel** s'impose ainsi que celle des déterminismes divers qui le conditionnent. Mais au XXe siècle, l'être humain semble se perdre dans la masse. Le personnage de roman est donc un révélateur des enjeux sociaux Le **personnage de roman** diffère du héros mythique, en ce que son destin n'est pas tracé. Ce dernier dépendra de la manière dont le personnage fera face aux événements auxquels il sera confronté.

Madeleine de Scudéry (1607-1701) — Diderot (1713-1784) — Stendhal (1783-1842) — Flaubert (1821-1880) — Maupassant (1850-1893) — Albert Camus (1913-1960)

Évolution historique

A Au Moyen Âge

• **Les premiers récits en langue populaire** (ancien français) étaient écrits en vers et chantés par des jongleurs itinérants. Ils reflétaient les valeurs d'une société aristocratique et guerrière. Les **exploits surhumains** de leurs héros étaient destinés à dynamiser les auditeurs. Il nous est parvenu des versions écrites de certaines de ces chansons de gestes (hauts faits) bien postérieures à l'époque de leur version chantée.

Exemple
La Chanson de Roland dont le manuscrit trouvé à Oxford et publié en 1837 est daté du XIe siècle mais évoque Charlemagne, couronné en 800.

• **Les récits épiques.** À la même époque et au cours des deux siècles suivants on observe un foisonnement de récits épiques organisés en cycles autour d'un personnage central. D'abord inspirés par le contexte historique des Croisades, leur morale vise ensuite à dépasser l'héroïsme pour promouvoir la sainteté.

• **À partir du XIIe siècle, de grands seigneurs provinciaux concurrencent le roi.** Leurs cours animées par les femmes quand les hommes partaient en croisades développent des valeurs nouvelles. L'idéal des chevaliers devient l'élégance, la prouesse, la générosité, la mesure et la pudeur, le culte de l'amour, et la vénération de la femme.

• **Le roman courtois.** Dans ce contexte se développe un nouveau genre de récit, il est écrit par des poètes musiciens, nommés **trouvères** ou **troubadours** parce qu'ils en inventent les intrigues et chanté par les jongleurs qui animent les cours. Le roman courtois, écrit en langue romane, puise ses sujets dans l'Antiquité gréco-latine, les légendes orientales et bretonnes.

Définition

Roman courtois : texte versifié écrit en langue romane et dont les valeurs sont celles de la société de cour.

Exemples

Les œuvres les plus célèbres sont l'histoire de Tristan et Iseult dont il nous reste les versions de Thomas et de Béroul et le cycle des **chevaliers de la Table ronde**, compagnons du roi Arthur, écrit par Chrétien de Troyes entre 1160 et 1190. *Le Chevalier* à la *Charrette* raconte l'histoire de Lancelot, *Le Conte du Graal* celle de Perceval.

• **Le monde des clercs produit aussi des récits ironiques**, exercices de style d'auteurs divers cumulés entre 1174 et 1250 sous le nom de *Roman de Renart*. Ils mettent en scène un goupil nommé Renart, si populaire que l'animal sera désormais désigné par ce nom propre. Le loup Ysengrin, le chat Tibert et l'ours Brun nous sont encore familiers.

▲ Roman de Renart

• **Les fabliaux.** Hors des cours dans les milieux populaires se développent aux XIIIe et XIVe siècles les **fabliaux** dont le nom désigne des récits inventés. Ils racontent de brèves anecdotes destinées à faire rire par leur truculence ou leur gaillardise et qui répondent ironiquement aux contes moraux ou édifiants. La plupart des auteurs sont anonymes, poètes amateurs, jongleurs ou clercs marginaux comme Rutebeuf auteur du *Testament de l'âne* (vers 1253).

B À la Renaissance

• **Les guerres d'Italie menées par les Valois** ont fait découvrir aux rois français la **Renaissance italienne** et ses formes d'expression imitées de l'Antiquité. La sœur de François Ier, Marguerite de Navarre, anime à Nérac une cour cultivée et écrit elle-même un recueil de nouvelles inspirées du *Décameron* de l'italien Boccace, l'*Heptaméron* (vers 1545). Bloqués durant sept jours par le mauvais temps dans une abbaye, dix voyageurs racontent pour se distraire des récits aux tonalités très diverses.

▲ Marguerite de Navarre, entourée de ses dames de compagnie

• **Les interrogations humanistes** s'expriment à travers de multiples écrits et prennent une forme réjouissante sous la plume de Rabelais (1483-1553). S'inspirant de légendes populaires, il déroule sur cinq livres les aventures de géants philosophes qui donnent leur nom aux deux premiers livres : *Pantagruel* (1532) et *Gargantua* (1534).

Définition

Humanisme : mouvement intellectuel se développant en Europe à la Renaissance et qui, renouant avec la civilisation gréco-latine, manifeste un vif appétit critique de savoir, visant l'épanouissement de l'homme rendu ainsi plus humain par la culture.

C Au XVIIe siècle

• **Le roman précieux.** Au début du siècle, de grandes dames désertent le palais royal du Louvre trop vulgaire à leur goût. Autour d'elles se constitue un **courant précieux** dont les adeptes s'adonnent dans des salons privés à des jeux poétiques et littéraires subtils ou à l'écriture de récits en prose.

• **Le roman précieux est une œuvre d'imagination** mettant en scène des **personnages idéalisés** qui évoluent dans un univers artificiel et conventionnel reflétant les manières de vivre de l'aristocratie de l'époque. Les **intrigues amoureuses** sont compliquées, sans souci de vraisemblance. Charles Sorel, dans *L'Histoire comique de Francion,* le parodie. Il tourne en dérision les élans poétiques et épiques en racontant les tribulations amoureuses d'un gentilhomme dans la tradition gauloise de Rabelais ou de Montaigne.

Exemples
Le Roman bourgeois d'Antoine Furetière (1666) et *Le Roman comique* de Paul Scarron (1651-1657) appartiennent au genre burlesque, parodie d'un genre sérieux.

• **Des œuvres fondatrices.** Madame de Lafayette inaugure en 1662 avec *La Princesse de Montpensier* (dont Bertrand Tavernier a réalisé une adaptation cinématographique en 2010) ou en 1678 avec *La Princesse de Clèves* une forme nouvelle à l'origine du roman moderne. Les personnages sont toujours idéalisés, mais évoluent dans le contexte historique de la cour des Valois au XVIe siècle et côtoient des personnages réels. Les héroïnes vivent un conflit psychologique intense entre l'amour et la vertu, sujet principal du récit.

• **Le roman philosophique.** Le goût de l'époque classique pour l'Antiquité tend à s'affaiblir, cependant le précepteur du Dauphin, l'évêque Fénelon, reprendra à l'*Odyssée* le personnage du fils d'Ulysse, Télémaque, pour lui faire entreprendre un voyage propre à éduquer un futur prince dans un roman pédagogique intitulé *Télémaque* publié à l'insu de l'auteur en 1699.

D Au XVIIIe siècle

• **Un genre proche de la réalité.** Le roman est progressivement reconnu comme un **genre littéraire sérieux censé refléter la réalité**. Ses formes se diversifient. Beaucoup de récits se présentent par exemple comme de simples compilations de lettres ou de récits de gens qui ont réellement existé. Les trois plus célèbres sont les *Lettres persanes* de Montesquieu (1721), la *Nouvelle Héloïse* de Rousseau (1762) et *Les Liaisons dangereuses* de Choderlos de Laclos (1782). La bourgeoisie, classe pragmatique en pleine ascension sociale, apprécie d'autant mieux le roman qu'il met en scène des personnages de ce milieu et qui évoluent dans le monde réel. **Jacques le Fataliste** est ainsi le héros d'un roman où **Diderot** bouscule par ailleurs les conventions narratives.

• **Le roman moralisateur.** Le personnage ambigu de ***Manon Lescaut*** (1731) imaginé par l'abbé Prévost entre dans l'histoire littéraire comme la première femme fatale. Un jeune étudiant, Des Grieux, tombe sous son charme et aveuglé, ira à sa perte, faute d'avoir reconnu la vraie nature de la jeune femme. Cette héroïne inspirera aussi un opéra à Puccini en 1893. À l'inverse, **Marivaux** dans *La Vie de Marianne* (1731-1741) raconte la vie d'une jeune femme qui, quand elle était enfant, fut la seule survivante de l'attaque d'un carrosse et qui dut sa reconnaissance sociale à sa vertu.

▲ Rencontre de Manon Lescaut et du chevalier Des Grieux

• **Le roman libertin.** Le goût du libertinage répandu dans l'aristocratie à partir de la Régence inspira de nombreux récits où les personnages vivent des aventures grivoises *Les Égarements du cœur et de l'esprit* de **Crébillon** (1736-1738) en sont un exemple. La sexualité peut prendre parfois des aspects sombres et pervers, avec le couple Valmont/Merteuil *des Liaisons dangereuses* ou dans les romans de **Sade**.

• **Le roman philosophique.** À la suite de **Montesquieu**, les philosophes s'emparent du genre romanesque pour favoriser la diffusion de leurs idées. **Voltaire** écrit de nombreux contes comme *Candide* (1759) et **Diderot** des récits atypiques ou des dialogues comme le *Neveu de Rameau* (1760).

E Au XIXe siècle

• **Le roman, auparavant sous-estimé,** est **reconnu au même titre que la poésie et le théâtre** et devient progressivement le genre dominant en littérature.

• **Le roman populaire.** L'instruction augmente et la presse se développe, le roman populaire souvent **publié en feuilleton** conserve les traits dominants de la littérature diffusée dans les campagnes par les colporteurs au XVIIIe siècle : le **crime** et le **fantastique**. On y trouve aussi l'influence du **roman noir** (ou gothique) anglais. Ces histoires de démons ou d'enfants perdus sont des intrigues mélodramatiques où des personnages stéréotypés et contrastés suscitent la peur de l'agression sadique, dans un contexte médiéval marqué par le mystère et la mort (*Le Moine* de Lewis, 1796). Le **roman fantastique** illustré par Gautier ou Mérimée s'inscrira dans cette lignée.

• **Les personnages féminins** du roman populaire sont soit des femmes légères qui seront atrocement punies, soit des vertueuses qui résistent à l'acharnement du sort qui les accable de malheurs et finissent par triompher.

> **À noter**
> Le **roman populaire** écrit connaîtra son apogée en 1914, puis le cinéma, la bande dessinée et les séries télévisées prendront le relais.

• **Le roman historique.** Le dépaysement le plus recherché est celui que fournit, en réaction contre la modernité, le roman historique. **Les intrigues se situent essentiellement de la Renaissance à la Régence** et les personnages inventés y côtoient des personnages historiques.

Le Bossu (Paul Féval), *Le Chevalier de Pardaillan* (Zevaco), *Les Trois Mousquetaires* (Dumas), personnages centraux de romans dits « de cape et d'épée » resteront très populaires et animeront de leurs aventures les écrans au XXe siècle.

• **Le roman romantique et social.** Dans les milieux cultivés le roman exprime le goût des romantiques pour le Moyen Âge et la spiritualité avec Chateaubriand et Madame de Staël. **Les débuts de la Révolution industrielle** entraînent des perturbations sociales auxquelles est sensible **George Sand**. **Victor Hugo** est celui qui écrira les plus connus, *Notre Dame de Paris* (1831), *Les Misérables* (1862).

• **Le réalisme et le naturalisme.** Progressivement, **le genre romanesque devient la forme littéraire la plus importante**. Les personnages sont d'une vraisemblance croissante et sont le moyen pour les auteurs de décrire les mœurs et la société de leurs temps.

– **Balzac** conçoit le projet de *la Comédie Humaine* (1829-1850), titre global d'une œuvre où les mêmes personnages peuvent se retrouver d'un récit à l'autre au gré de leur parcours social comme **Vautrin** ou **Rastignac** (*Le Père Goriot*, *Les Illusions Perdues*, *Splendeur et misère des courtisanes*).

– **Stendhal** retrace le destin de héros inspirés de personnages réels comme **Julien Sorel** dans *Le Rouge et le Noir.*

▲ Rencontre de Mme de Rênal et Julien Sorel (*Le Rouge et le Noir*)

• **Flaubert** dans *Madame Bovary* ou *l'Éducation sentimentale* et **Maupassant** dans de nombreux récits courts décrivent minutieusement une humanité médiocre.

• **Zola** intègre les découvertes sur l'hérédité et les mutations économiques sociales et politiques de période du Second Empire pour expliquer les destinées sociales des différents membres d'une famille, pauvres comme la blanchisseuse de *l'Assommoir* (1876) ou le mineur de *Germinal* (1885) ou puissants comme *Son Excellence Eugène Rougon* dans sa grande fresque *les Rougon-Macquart* (1871-1893).

▲ Gervaise qui lave le sol dans *L'Assommoir*

• **Le décadentisme.** La défaite contre les Prussiens en 1870 assombrit la fin du siècle. Les écrivains ont un sentiment de décadence qui s'exprime par exemple dans le roman de **Huysmans** *À rebours* ; l'amertume ou la mélancolie inspirent au début du siècle des œuvres qui préconisent le repli sur soi parfois coloré de lyrisme comme chez **Alain-Fournier** dans *Le Grand Meaulnes* (1913).

• **D'autres s'engagent dans la défense d'idéologies opposées,** conservatrices ou nationalistes comme **Maurice Barrès** (*La Colline inspirée*, 1913) ou révolutionnaire comme **Romain Rolland** dont l'épopée de *Jean-Christophe* (1904-1912) pressent la catastrophe imminente de la Première Guerre mondiale.

F Au XXe siècle

• **Le roman populaire.** L'accès de tous à l'école a permis une **généralisation des capacités de lecture** dont bénéficient la presse mais aussi les fictions. La littérature populaire se développe abondamment sous divers aspects :

– **Le roman policier** tire sa source du XIXe siècle. Inventé par l'américain **Edgar Allan Poe,** il se développe d'abord essentiellement dans les pays anglo-saxons.
En France, on se passionne aussi bien pour :

- **l'enquêteur** (**Exemples :** Lecoq inventé par Émile Gaboriau au XIXe siècle qui inspirera le Sherlock Holmes de Conan Doyle) ;
- le **criminel** (**Exemples :** Arsène Lupin de Leblanc, calqué sur l'anarchiste Jacob, Chéri-Bibi de Leroux ou Fantômas de Marcel Allain et Pierre Souvestre).

Le récit est centré soit sur l'aventure soit sur l'intrigue. Au XXe siècle apparaît le **roman d'espionnage**.

– **Le roman fantastique et la science-fiction** sont renouvelés et nourris par les spectaculaires progrès techniques du XXe siècle. Le **cinéma** y puisera d'innombrables scénarios et les progrès des effets spéciaux augmenteront encore le goût du public pour ces sujets. Les angoisses sociales, que les prodigieuses avancées techniques suscitent, inspirent aussi des romans d'anticipation le plus souvent pessimistes voire apocalyptiques largement repris par le cinéma et les séries télévisées.

Exemples
Certaines séries télévisées s'inspirent également de ces thèmes, parmi lesquelles :
– *Black Mirror* ;
– *La Servante écarlate* ;
– *Rick et Morty* ;
– *Game of Thrones.*

– **Le roman sentimental.** Le public féminin est visé par des collections de romans « à l'eau de rose » (romans « sentimentaux ») qui prendront sous l'influence du cinéma la forme de romans-photos dans la presse. Ils sont relayés aujourd'hui par des feuilletons ou des séries télévisées « romance ».

• **Le roman entre les deux guerres.** Entre les deux guerres s'élaborent de grandes fresques familiales qui rappellent les projets de Balzac et de Zola repris par **Duhamel** avec la *Chronique des Pasquier* (1933-1941) et **Roger Martin du Gard** avec *Les Thibault* (1920-1940). **Proust** dans l'ensemble monumental de *La Recherche du Temps perdu* (1913-1927) traite de l'art et innove en matière de style, de structure et de genre.

• **La montée du fascisme.** Après les remises en questions personnelles de **Gide** dans *Les Faux Monnayeurs* (1926) ou de **Mauriac** dans *Thérèse Desqueyroux* (1927), **la crise de 1929 confronte les écrivains à la montée des fascismes et des menaces de guerre**. La question de la condition humaine est posée par **Malraux** qui en fait le titre d'une œuvre (1933). Elle concerne les écrivains jusque dans les années 1950 avec **Sartre** (*Les Chemins de la Liberté*, 1945-1949) et **Camus** (*L'Étranger*, 1942).

• **Le Nouveau roman.** À L'interrogation sur les valeurs succède une interrogation sur les formes littéraires qui les véhiculent. Le personnage du roman réaliste apparaît comme une fiction artificielle ignorant les questions « qui voit et qui parle ? ». Pour les auteurs du Nouveau roman, il n'existe plus qu'à travers **le flux de ses pensées**. Il n'est plus qu'un être dont on ne peut saisir que l'apparence ou sur lequel l'observateur projette ses propres obsessions. Ou encore on ne le cerne qu'à travers les affirmations contradictoires qu'on tient à son propos (Nathalie Sarraute, *Le Planétarium*, 1959).

Remarque

On trouve regroupés sous le vocable de Nouveau roman Marguerite Duras, Alain Robbe-Grillet, Claude Simon, Michel Butor…

• **L'autofiction.** À partir des années 1970, les personnages sont le plus souvent des masques derrière lesquels l'auteur parle de lui. **L'autobiographie évolue en autofiction** (Annie Ernaux, *La Place*, 1983)

G Au XXIe siècle

• **Un récit vivant.** On aurait pu penser que la narration audiovisuelle allait tuer le récit écrit mais le nombre des auteurs, le foisonnement de prix littéraires consacrés à ce genre montrent que le récit écrit est encore très vivant.

• **De nombreux romans biographiques** se penchent sur les vies de sportifs (Echenoz, *Courir* 2008) ou de scientifiques (Deville, *Peste et choléra* 2012).

• **Les auteurs** s'intéressent à la façon dont sont conservées les traces ou les cicatrices des **conflits du siècle dernier** (guerres mondiales, de décolonisation, ethniques) ou anticipent la **société de demain** (Houellebecq, *Soumission* 2015).

• **Une littérature très érudite** cohabite avec de nouvelles formes permises par les médias électroniques (blogs, écriture collective) dont on ne mesure pas encore l'impact futur sur la littérature.

ŒUVRE

Abbé Prévost, *Manon Lescaut* (1731)

Personnages en marge, plaisirs du romanesque

1 Étude de l'œuvre

A le contexte

• Contexte historique

1701-1714 : guerre de Succession d'Espagne.
1715 : régence de Philippe d'Orléans.
1717 : début de la déportation des condamnés en Louisiane.
1720 : débâcle financière consécutive aux réformes de John Law, émeute à Paris.
1723 : début du règne de Louis XV.

• Situation de l'œuvre dans la vie de l'auteur

Antoine François Prévost est né dans une famille bourgeoise aisée. Insoumis et provocateur, il mène dès sa jeunesse une existence agitée que n'apaise pas son appartenance au monde ecclésiastique. Ses frasques l'obligent plusieurs fois à s'exiler. En 1728, il s'enfuit de l'abbaye de Saint-Germain-des-Prés. Il se réfugie en Angleterre mais se compromet dans une relation avec une élève et doit fuir pour la Hollande en 1729. Deux ans plus tard est publiée l'*Histoire du chevalier des Grieux et de Manon Lescaut*, tome VII des *Mémoires et aventures d'un homme de qualité, qui s'est retiré du monde*, dont la rédaction a été commencée en 1728. Une aventurière le ruine et l'édition française de *Manon Lescaut* est saisie et condamnée au feu, ce qui vaut à son auteur un succès de scandale. Sa production littéraire est abondante jusqu'en 1759. La fin de sa vie est assagie, il est ami de Madame de Pompadour et de Rousseau.

• Situation dans un courant littéraire

Au début du XVIIIe siècle, le genre romanesque est méprisé. Ses invraisemblables péripéties amoureuses ont déjà été ridiculisées et il est considéré comme immoral et frivole. Mais le succès en Espagne du roman picaresque, dans lequel un héros apprend la vie en compagnie de marginaux et de bandits, relance le genre, d'autant plus que la période, financièrement instable, favorise des revers de fortune mais aussi des ascensions sociales dont le récit passionne.
Le Régent secoue la chape de plomb qui écrasait la cour à la fin du règne de Louis XIV. La recherche du plaisir devient la règle, soutenue par l'essor de l'idée que le bonheur peut exister en ce monde. Cet état d'esprit menace la pratique religieuse qui prêche le renoncement à tout plaisir charnel pour assurer son salut dans l'au-delà. On voit naître aussi un goût pour l'expression de la sensibilité qui met les larmes à la mode et annonce le préromantisme.

B La forme

L'*Histoire du chevalier des Grieux et de Manon Lescaut* est enclavée dans un ensemble plus vaste, les *Mémoires et aventures d'un homme de qualité, qui s'est retiré du monde*. Cette forme narrative reprend un modèle ancien utilisé pour des recueils de nouvelles. Celles-ci sont présentées comme des récits faits au sein d'une assemblée de personnes, retenues ensemble dans un lieu isolé par quelque événement, et dont les participants racontent des histoires pour occuper le temps.
Le narrateur des *Mémoires* déclare avoir rencontré le chevalier Des Grieux de retour d'Amérique. Ému par le récit de ses aventures, il dit l'avoir transcrit juste après l'avoir entendu. La tonalité touchante de cette passion malheureuse est allégée par un enchaînement d'aventures, parfois comiques, racontées avec vivacité.

C Les thèmes

• Manon est un personnage ambigu. Est-elle une perfide manipulatrice jouant de ses charmes ou une jeune femme sincèrement amoureuse, simplement influencée par les mœurs relâchées du moment et l'aspiration collective au luxe et aux plaisirs ? Sa condition basse ne lui permet pas d'y parvenir sans compromissions.

• Tiberge, ami de Des Grieux, lui rappelle la condamnation que la religion fait de la passion sexuelle, considérée comme un vice qui éloigne de Dieu et conduit au malheur. Des Grieux observe que le plaisir est naturel donc accepté par Dieu et que la recherche de la vertu s'accompagne de souffrances également. Mais l'issue tragique de l'histoire dément cette conception optimiste.

• En fait, le drame n'aurait pas existé si les deux jeunes gens avaient appartenu à la même classe sociale. L'union est refusée par le père noble de Des Grieux et les amants se trouvent privés de ressources. Les délits auxquels ils recourent pour vivre malgré tout leur passion sont beaucoup plus sévèrement punis dans le cas de Manon. Ce n'est pas tant d'être entretenue qui lui est reproché que d'avoir escroqué un riche protecteur dont l'amoralité est pourtant notoire. Des Grieux est relâché à la suite de l'intervention de son père.

2 Parcours « Personnages en marge, plaisirs du romanesque »

Le pluriel de « plaisirs » montre la diversité des atouts du genre romanesque dont les caractéristiques et les héros ont varié selon les époques.

• **Au XVIIIe siècle,** les héros appartiennent au monde ordinaire, voire aux bas-fonds de la société. Celle-ci est en pleine évolution, les normes et les codes qui défendent le statut de l'aristocratie sont ébranlés. Sur les marges de cette classe, on trouve des privilégiés comme les financiers, bourgeois enrichis mais rejetés par la noblesse, et des nobles déclassés comme Des Grieux. Les personnages issus de classes moyennes ou populaires tentent dans le roman de s'enrichir et d'obtenir leur part de luxe et de plaisirs par des voies détournées ou délictueuses. D'autres s'exilent dans les nouvelles colonies. Ils constituent l'univers social du roman de l'abbé Prévost.

• **Cette irruption de nouvelles catégories sociales renouvelle le plaisir de la lecture.** On y trouve toujours l'intérêt pour les intrigues sentimentales et les péripéties qu'elles entraînent (enlèvements, duels) mais s'y ajoute la découverte d'un monde étranger au commun des lecteurs, quoique pourtant proche, où se trament en secret évasions, guets-apens et mauvais coups. On s'encanaille sans risque, avec bonne conscience, puisque le roman offre l'alibi d'une réflexion morale : les héros vivent-ils un amour sincère et émouvant ou sont-ils immoraux et dépravés ? Les mésaventures qu'ils subissent (incendie, vol des ressources de Des Grieux) sont-elles le fait de la malchance ou une juste punition ? Le lecteur jouit aussi de la dénonciation des turpitudes des hautes classes, de l'ébranlement momentané des convenances, grâce à la description d'un univers assez proche du sien pour qu'il puisse aisément s'identifier aux héros.

Les documents complémentaires

– Une autre forme de marginalité au XVIIIe siècle : Denis Diderot, *Le Neveu de Rameau* (1762).
– D'autres représentations de la prostitution : Guy de Maupassant, *Boule de Suif* (1880) ; Victor Hugo, *Les Misérables*, livre 1 « Fantine » (1862).
– Une autre image de la femme fatale : *L'Ange Bleu*, film de Josef von Sternberg (1930).
– Un tableau de Georges de La Tour : *Le Tricheur à l'as de carreau* (1635).

ŒUVRE

Honoré de Balzac, *Mémoires de deux jeunes mariées* (1841)

Raison et sentiments

1 Étude de l'œuvre

A Le contexte

• Contexte historique

1804 : le Sénat accorde au premier consul Napoléon Bonaparte le titre d'empereur.
21 mars 1804 : le nouveau Code civil, dit « Code Napoléon », est promulgué.
1814 : première Restauration ; Louis XVIII, frère de Louis XVI, monte sur le trône.
1824 : Charles X lui succède ; loi de 1825 dite « du milliard aux émigrés » pour le dédommagement des spoliations de la Révolution.
1830 : révolution des « Trois Glorieuses » ; monarchie de Juillet de Louis-Philippe.

• Situation de l'œuvre dans la vie de l'auteur

Balzac est l'auteur d'une œuvre considérable dont il conçoit le projet d'ensemble en 1834. *Mémoires de deux jeunes mariées* paraît d'abord en feuilleton dans la presse en 1841. Il figure dans la première édition de *La Comédie humaine* de 1842.
L'écriture de ce roman est contemporaine des déboires financiers de l'auteur, dus à l'échec du lancement d'une revue. Sa candidature à l'Académie française a été rejetée. Mais la comtesse Hanska, avec qui il correspond depuis neuf ans, devient veuve en 1841 et Balzac voit son espoir d'épouser son admiratrice polonaise devenir réalisable. Il en fait désormais la grande affaire de sa vie.

• Situation dans un courant littéraire

Les années 1840 marquent la fin du Romantisme. Les épanchements lyriques laissent la place à un intérêt pour la description précise des bouleversements sociaux de cette période où la royauté est restaurée après les turbulences de la Révolution et de l'Empire. Dans cette veine, Stendhal publie *Le Rouge et le Noir* en 1830 ; George Sand, à qui Balzac dédie les *Mémoires de deux jeunes mariées*, publie en 1832 *Indiana* où le romantisme se colore de revendications féministes.

B La forme

L'intitulé « mémoires » cache un **roman épistolaire**. Cette correspondance entre deux femmes amies d'enfance, Louise et Renée, s'étend de septembre 1823 à août 1835, soit de la sortie du couvent quasi simultanée des deux amies jusqu'à la mort de l'une d'elles. Cinq lettres seulement sur 57 émanent d'autres rédacteurs. Le nombre de lettres écrites par chacune est à peu près équivalent mais leur longueur et leur cadence sont variables. La personnalité des deux femmes colore leur style. Celui de Louise, plus exubérante, est marqué par un vocabulaire passionnel ; Renée, plus posée, s'exprime plus brièvement, use d'un vocabulaire plus philosophique et moral, voire religieux.

C Les thèmes

• Scènes de la vie privée

Balzac observe l'impact de la restauration de la royauté, événement historique vécu par les premiers lecteurs, après la Révolution puis l'Empire qui ont particulièrement malmené les statuts et les conditions matérielles de la noblesse française. Il compare les relations au sein de deux familles : l'une de la haute noblesse parisienne, l'autre d'une noblesse provinciale plus obscure.

Toutes les deux cherchent à reconstituer leur fortune et restaurer leur statut en concentrant entre les mains du fils premier né, quel que soit son rang dans la fratrie, la totalité du patrimoine disponible au détriment de ses sœurs.

• L'univers féminin

Le monde restreint de la famille et de la mondanité pour les plus fortunées, est l'univers auquel les femmes de cette époque sont vouées. L'échange épistolaire échelonné sur 12 ans permet d'aborder la psychologie des jeunes filles, le mariage, la vie conjugale, la maternité, le veuvage, soit toutes les étapes de la vie féminine d'alors. Une correspondance entre deux amies implique la sincérité, ces témoignages sont donc présentés comme authentiques. L'introspection et l'auto-analyse, qui sont la matière de leurs échanges, révèlent la psychologie féminine à laquelle on porte d'ordinaire peu d'intérêt à l'époque.

• Physiologie du mariage

Balzac défend le point de vue légitimiste et traditionaliste : le mariage est un contrat réalisé dans l'intérêt de la famille, dont la femme est l'objet et non le sujet. Elle est privée par le Code Napoléon de capacité juridique, du droit de disposer de ses biens et, par l'usage, de son identité comme le montrent les adresses successives des lettres qu'échangent Louise de Chaulieu et Renée de Maucombe.

2 Parcours « Raison et sentiments »

La conjonction de coordination « et » montre qu'il s'agit moins d'une antithèse que de tensions entre deux pôles également ressenties par les deux héroïnes des *Mémoires de deux jeunes mariées* au cours de leur existence.

• La tragédie cornélienne oppose raison et passion dans la mesure où cette dernière échappe au contrôle de la volonté. Mais ici, le terme « raison » renvoie plutôt à l'acceptation des normes sociales imposées aux femmes. Renée se marie immédiatement sans amour, œuvre à la valorisation de son mari et intrigue pour élever le statut de la famille. Louise se rebelle contre ces normes raisonnables : elle évince les prétendants qui conviendraient à son rang, rejette le jeu hypocrite du monde. Elle joue un rôle actif dans son mariage en manipulant son père puis domine son mari. Alors que son veuvage lui aurait conféré une certaine indépendance, elle transgresse encore l'usage en contractant un mariage d'amour avec un poète pauvre et roturier.

• Renée intrigue pour préserver sa liberté et une certaine autonomie à l'intérieur du cadre qu'elle feint de respecter, compte sur la compensation sentimentale de l'amour maternel et les satisfactions de l'ambition assouvie. Son sacrifice se révèlera fécond à terme pour sa famille.

• La volonté de Louise est de mener sa vie selon ses désirs et ses sentiments, et elle néglige le calcul rationnel des risques. Elle est narcissique, orgueilleuse, guidée par le désir de séduire et de dominer ; son attachement amoureux est exalté et miné par la jalousie. Il lui fait perdre un époux, son titre et la vie.

Les documents complémentaires

– Une revendication féminine révolutionnaire : Olympe de Gouges, *Déclaration des droits de la femme et de la citoyenne* (1791).
– Un autre regard de Balzac sur la condition féminine : *La Cousine Bette* (1846).
– Un regard naturaliste sur le mariage : Maupassant, *Une vie* (1883).
– D'autres défaites de la révolte passionnelle : Prosper Mérimée, *Carmen* (1847) ; Raymond Radiguet, *Le Diable au corps* (1923).

ŒUVRE

Colette, *Sido* (1929) suivi de *Les Vrilles de la vigne* (1908)

La célébration du monde

1 Étude de l'œuvre

A Le contexte

• Contexte historique

1870-1940 : IIIᵉ République.
1880-1882 : lois scolaires de Jules Ferry.
1884 : droit au divorce en France.
1900 : Exposition universelle de Paris ; « Belle Époque ».
1914-1918 : Première Guerre mondiale.
1920-1930 : les « Années folles ».
1939-1945 : Seconde Guerre mondiale.

• Situation de l'œuvre dans la vie de l'autrice

Après une enfance heureuse en Bourgogne, Sidonie Gabrielle Colette, dite Colette, épouse jeune un journaliste et auteur de théâtre de boulevard beaucoup plus âgé qu'elle, surnommé Willy. Il la pousse à écrire ses souvenirs d'enfance. *Claudine à l'école*, publié en 1900, emporte un tel succès que Willy l'invite à prolonger l'aventure. La série des *Claudine* signée Willy et Colette est publiée jusqu'en 1903. Colette divorce en 1906, obtient de signer ses œuvres de son propre nom et devient artiste de music-hall. Au cours d'un second mariage également malheureux, elle écrit *Les Vrilles de la vigne*. Entre les deux guerres, elle publie d'importants textes illustrant les rapports difficiles entre les femmes et les hommes et un bref ouvrage sur sa mère, son père et ses frères, *Sido*. Elle se marie une troisième fois. Son talent est alors largement reconnu. Elle préside l'académie Goncourt en 1947 et consacre ses dernières années à l'écriture de ses souvenirs.

• Situation dans un courant littéraire

Au début du XXᵉ siècle, peu de femmes écrivent. Traditionnellement, on leur tolérait la littérature enfantine et la poésie. Malgré la création de prix littéraires par des revues féminines, l'augmentation du nombre des lectrices et le dynamisme éditorial, les autrices sont généralement désapprouvées au nom des lois naturelles. Elles cachent souvent leur identité. Colette joue sur l'ambiguïté de son patronyme qui est aussi un prénom féminin.
À partir de la fin du XIXᵉ siècle, la rapidité du développement de la modernité et de l'urbanisation suscite une recherche de compensation dans l'intérêt pour la nature et sa force de vie qui s'exprime dans le Naturisme poétique. Par ailleurs, après la Première Guerre mondiale, les écrivains anglais inspirent l'utilisation de formes atypiques, l'élargissement des sujets et le souci du style.

B La forme

Sido est un court texte divisé en trois chapitres d'une vingtaine de pages consacrés à la mère, au père puis aux frères de l'autrice. Le recueil *Les Vrilles de la vigne* se compose de 20 brèves unités cumulant 150 pages environ. Elles ressemblent, pour les plus courtes, à des poèmes en prose (« Chanson de la danseuse ») ou à des saynètes théâtrales. Elles sont souvent constituées de dialogues, parfois en grande partie intérieurs, adressés à un « tu » ambigu qui peut être l'amante, l'amie, les animaux, la nature. Deux textes font aussi dialoguer un chien et un chat de Colette.
Depuis l'enfance, Colette lit Balzac ; son admiration pour Proust est réciproque. Elle est reconnue pour ses qualités de styliste exceptionnelles qui lui permettent la restitution d'observations,

de sensations, d'analyses au premier abord déconcertantes et dont l'exactitude et la subtilité s'imposent ensuite. Elle manie également l'humour et une caricature qui reste bienveillante dans les deux œuvres étudiées.

C Les thèmes

Au-delà de l'aspect disparate des deux œuvres, on retrouve des thèmes récurrents.

• **Un autoportrait indirect :** encore jeune (35 ans) mais seule, retirée en banlieue, en compagnie de ses animaux domestiques, elle réfléchit sur le vieillissement, le temps qui passe et la mort en explorant les souvenirs de son enfance à la campagne. Elle se révèle indirectement par sa perception de la nature et à travers ses relations féminines, qu'elles soient familiales, amicales, amoureuses, professionnelles ou animales. Elle manifeste le désir de rompre avec le personnage de Claudine à qui on l'assimile.

• **La famille :** chacun de ses membres est observé comme un univers clos dont elle décrypte les moindres indices mais elle cerne aussi les relations de la mère avec les villageois, ses enfants et son époux. Le cloisonnement des sexes induit l'impression d'avoir raté la relation avec un père pourtant aimé, la distance avec les frères, l'incapacité du plus jeune à communiquer verbalement avec elle.

2 Parcours « La célébration du monde »

> Le terme « célébration » désigne l'action de célébrer une cérémonie, une fête et celle de louer, d'honorer quelqu'un ou quelque chose. « Monde » est un terme largement polysémique. Dans sa valeur spatiale, il désigne l'univers, la nature. Il a aussi une signification sociale et comporte une idée de totalité, de vie (venir au monde).

• **Colette célèbre-t-elle le monde humain ?** Elle oppose la simplicité de la vie familiale à la campagne et la mondanité qu'elle a découverte à Paris et dans les villégiatures à la mode dont elle critique l'artificialité à travers les portraits ironiques qu'elle fait de ses amies. Cependant, elle comprend la nostalgie de son père qui a renoncé à Paris par amour pour son épouse. L'accélération de l'urbanisation et de la modernité arrache à la campagne de nombreux ruraux comme Colette qui en gardent le souvenir vivant, parfois nostalgique, différent toutefois de l'exaltation idéologique du terroir qu'on trouve chez certains écrivains conservateurs comme Charles Maurras (1868-1952).

• **Colette célèbre-t-elle la nature ?** Elle ne s'associe pas à la vénération de la nature, à la mode quand elle écrit *Les Vrilles de la vigne*. Elle l'observe avec une attention extrême, guidée par le bonheur de capter par tous ses sens les innombrables expressions de la vie, et elle s'y sent pleinement intégrée. Elle fait preuve d'une empathie qui n'exclut pas les impressions négatives données par les vrilles de la vigne, la tempête marine ou l'attitude de la bergère flamande. Les points cardinaux, les intempéries, les saisons, les végétaux ont tous une personnalité. Les animaux particulièrement sont considérés comme des humains : l'attention portée aux détails de leurs actions, de leurs attitudes, de leurs expressions permet de percevoir en eux tout un monde de sensations ou d'émotions qui s'expriment dans leurs relations entre eux ou avec elle.

Les documents complémentaires

– Des romanciers attentifs à la nature : Jules Renard, *Histoires naturelles* (1894) ; Albert Camus, *Noces*, « Noces à Tipasa » (1938).
– Des poètes attentifs à la nature : René Guy Cadou ; Francis Ponge, *Le Parti pris des choses* (1942).
– Une peinture animalière : Rosa Bonheur, *Brizo, un chien de berger* (1864).

4 Le théâtre du XVIIe siècle au XXIe siècle

Aristote distingue 2 modes de restitution des événements : le **récit** et l'**imitation**. Le théâtre est la mise en œuvre de ce deuxième mode dont l'invention est très ancienne. Né pour figurer l'histoire des divinités, il s'est ensuite attaché à faire vivre celle des humains pour en montrer soit les dimensions terribles soit les aspects dérisoires. Les auteurs ont élaboré des textes de plus en plus complexes et précis mais qui ne prennent tout leur sens qu'au cours de la **représentation** pour laquelle ils ont été conçus.

CORNEILLE (1606-1684)

MOLIÈRE (1622-1673)

MARIVAUX (1688-1763)

HUGO (1802-1885)

SARTRE (1905-1980)

Évolution historique

A L'époque classique

Le XVIIe siècle

• **Thèmes.** Les XVIIe et XVIIIe siècles connaissent une influence déterminante de **l'humanisme** et du **retour aux modèles de l'Antiquité**. En cette période de concentration du pouvoir royal, il se crée un modèle esthétique destiné à **glorifier le roi**. Il consiste en une épuration et une simplification des spectacles sur le modèle de ce qu'on croit être ceux de l'Antiquité.

• **Le baroque.** Au début du XVIIe siècle, le **goût baroque triomphe** ; le théâtre dans le théâtre (*L'Illusion comique* de Corneille, 1636), les jeux de la réalité et de l'apparence, les erreurs sur l'identité ou le sexe, le songe, la folie (un personnage se croit mort, se prend pour un autre) sont les ingrédients de ce théâtre. Au plaisir suscité par ces jeux va bientôt succéder le goût pour la rigueur des Classiques.

• **Dimensions matérielles.** On construit de plus en plus de théâtres fixes de forme rectangulaire, inspirée de celle des salles de jeu de paume, en ville ou dans les palais. À partir de 1630, le prix des places augmente et le théâtre devient un divertissement de classe puis un rituel social à la cour où il égaie les mariages et les fêtes royales.
Les acteurs appartiennent à des troupes professionnelles, itinérantes, protégées par les nobles. Ils sont encore mal considérés comme le raconte un roman du XIXe siècle, *Le Capitaine Fracasse* de T. Gautier. À Paris, à l'Hôtel de Bourgogne, la **troupe des Comédiens** français est spécialisée dans la représentation de tragédies comme celles de Corneille (*Horace*, 1640) ou de Racine (*Andromaque*, 1667). La **troupe de Molière** subventionnée par Louis XIV lui succède partageant la scène avec les troupes italiennes de la commedia dell'arte. On apprécie « les pièces à machines » où le talent des techniciens italiens transforme les décors de façon merveilleuse.

• **Règles d'écriture.** Mais, vers 1630, on part en guerre contre les excès du baroque au nom d'Aristote et de la raison. **Le modèle antique s'impose progressivement** : le théâtre s'intellectualise, le texte tend à l'emporter sur les jeux de scène. La comédie et la tragédie surtout suscitent des querelles de forme comme la dispute autour de *Le Cid* de Corneille (1637).

• **Pour être en accord avec les impératifs matériels de la représentation** (un espace unique et une durée limitée) l'écriture théâtrale est contrainte aux **unités de temps, de lieu et d'action**, à l'impératif de la **bienséance** et de la **vraisemblance**. L'influence du goût du roi s'y ajoute. Le théâtre est utilisé par Marie de Médicis, Richelieu et Louis XIV comme un instrument de diversion pour empêcher la noblesse de comploter et comme support de propagande. L'Académie impose des normes strictes d'écriture et de composition à cet effet.

▲ *Tartuffe* de Molière

• **Genres.** Corneille écrit des **comédies** et des **tragédies**, Molière des farces, des **comédies-ballets** et des **comédies de mœurs** ou de caractère, Racine des **tragédies**.

Le xviiie siècle

• **Évolution des formes classiques.** Le xviiie siècle conserve les mêmes genres, mais **les œuvres sont plus fades et plus loin de la réalité sociale. Voltaire** est célèbre de son vivant essentiellement pour des tragédies qui essaient d'intégrer le modèle shakespearien aux normes classiques. Sous l'influence de **Diderot**, des essais de comédie larmoyante et de drame bourgeois cherchent à répondre aux attentes de la classe montante, la bourgeoisie. **Marivaux** s'inspire de Molière et de la *commedia dell'arte* ; ses pièces sont jouées par les comédiens italiens. À la fin du siècle, le théâtre se politise fortement.

• **Nouvelles formes et nouveaux lieux.** Cependant, parallèlement au théâtre officiel, et malgré de nombreuses tentatives d'interdiction, de 1697 à 1789, se maintient la popularité des spectacles donnés dans des petites salles illégales à l'occasion des grandes foires commerciales où s'inventent de nouveaux genres comme le mime et le **vaudeville** pour contourner les interdictions.

Définition
Vaudeville : comédie sans prétentions psychologiques ni morales, fondée sur un comique de situations, d'intrigues et de quiproquos.

• **L'opéra importé d'Italie connaît un succès croissant.** On construit pour l'accueillir des salles dites « à l'italienne » comme l'Odéon à Paris en 1792 dont le plan va se généraliser et s'imposer durablement. La salle est un amphithéâtre ; elle comporte un parterre et des balcons ; plus on monte moins les places sont chères : le clivage social est net (loges privées, escaliers séparés, salons). Le public populaire se retrouve au « paradis » ou « poulailler ». Les spectateurs sont ainsi situés dans un espace différent de celui où jouent les acteurs : une scène cubique avec machinerie et rideaux, éclairage artificiel, jeux d'éclairage.

B Le théâtre au xixe siècle

• **La fin du monopole octroyé en 1402. La Révolution autorise la construction libre de salles de théâtre.** Quinze salles, éclairées au gaz dès 1831, seront construites à Paris sur le boulevard du Temple à l'emplacement des fortifications. Elles seront détruites lors de la modernisation de la capitale par **Haussmann**.

• **On y joue des mélodrames sanglants** annoncés par des parades de saltimbanques qui vaudront à l'endroit le surnom de « Boulevard du crime ». Les spectacles tournent très vite, les acteurs ont du mal à retenir leur texte et sont aidés par un souffleur.

• **On pratique des changements de décor spectaculaires.** Cependant les représentations se déplacent en soirée, ce qui élimine le public des travailleurs. Depuis la création de la Société des auteurs à la fin du XVIIIe siècle, écrire peut procurer des revenus. Les auteurs deviennent professionnels.

• **Le drame romantique.** Au début du siècle Les romantiques revendiquent la liberté de **s'affranchir des règles classiques** qui gouvernent la comédie et la tragédie. Ils assouplissent la versification et font alterner dans une même œuvre scènes comiques et tragiques. Ils substituent aux héros antiques des personnages historiques mais ne remettent pas en question au-delà les formes classiques.

Exemples
Hugo : *Hernani* (1830), *Ruy Blas* (1835)
Vigny : *Chatterton* (1835)
Musset : *Lorenzaccio* (1834)

▲ Le personnage d'Ubu dans *Ubu Roi*

• **Le théâtre de boulevard.** La révolution industrielle marque le triomphe **de la bourgeoisie d'affaires qui veut s'amuser. Le** théâtre devient un divertissement de classe. La comédie jouée dans les théâtres privés des Grands Boulevards se veut théâtre de mœurs familiales autour de l'adultère et du mariage, mais elle a pour principal objectif de faire rire en multipliant les mots d'auteurs, servis par des acteurs vedettes. (*Le Gendre de M. Poirier* d'**Augier**, *La Dame aux Camélias* de **Dumas fils**, *Madame Sans-gêne* de **Victorien Sardou**). De 1837 à 1888, **Labiche** écrit 176 comédies.

• **Naissance de la mise en scène.** Cependant en 1887, le Théâtre libre d'Antoine souligne la nécessité d'une **organisation des différents éléments de la représentation pour servir au mieux le texte.** Le rôle du **metteur en scène** va prendre dès lors une importance croissante.

À noter
En 1896, Alfred Jarry écrit *Ubu Roi* qui sera considéré comme la première pièce d'avant-garde du point de vue de son contenu.

• **En 1897, un jeune auteur en difficulté, Edmond Rostand,** propose un drame poétique qui fait sensation et sera une des pièces les plus jouées, *Cyrano de Bergerac,* tandis que Paul **Claudel** exalte les valeurs chrétiennes achevant une époque et un style théâtral.

C Le XXe siècle

▲ Cyrano de Bergerac joué par Coquelin (1897)

• **Face à la concurrence du café-théâtre et de l'opérette,** Georges **Feydeau** renouvelle le **vaudeville** (*La Puce à l'oreille,* 1907). Courteline pratique l'humour noir et la caricature dont les petites-bourgeoises font souvent les frais.

• **La tradition du théâtre de boulevard** se poursuit avec des auteurs féconds comme Sacha **Guitry**, André **Roussin**, Françoise **Sagan**, Françoise **Dorin**, Marcel **Achard** servis par des metteurs en scène imaginatifs et des acteurs remarquables. Marcel **Pagnol** poursuit la tradition du mélodrame avec sa trilogie marseillaise (*Marius* 1929, *Fanny* 1932, César 1936).

• **Les metteurs en scène.** Dans le premier tiers du XXe siècle, les metteurs en scène comme **Antoine**, **Stanislavski**, **Reinhardt**, **Craig**, **Copeau**, **Meyerhold** deviennent aussi célèbres que les auteurs. La mode de la précision historique, après s'être imposée pour son effet de vérité, commence à être jugée creuse.

• **Entre les deux guerres.** **La mise en scène s'émancipe du respect du texte**, la scénographie devient plus symbolique que réaliste. **Giraudoux** (*La Guerre de Troie n'aura pas lieu*, 1935) et **Anouilh** (*Antigone*, 1942) revisitent les tragédies antiques en leur donnant un sens contemporain. **Montherlant** reste fidèle à la forme de la tragédie classique avec *Port Royal* (1954).

Le théâtre sert aux philosophes **Sartre** (*Les Mains Sales*, 1948) et **Camus** (*Les Justes*, 1950) à exprimer leurs thèses avec des héros qui se trouvent confrontés aux problèmes de l'action.

• **Une mise en scène gestuelle.** En 1938, Antonin **Artaud** publie *Le Théâtre et son double*, où il explique que **le théâtre doit renouer avec sa dimension sacrée** et s'inspirer pour cela d'une mise en scène essentiellement gestuelle portant à la transe, et rompre avec le théâtre psychologique.

• **Un outil d'éducation politique.** Bertold **Brecht** (auteur allemand) considère le théâtre comme un outil d'éducation politique. Pour qu'il remplisse sa fonction, la mise en scène doit empêcher le spectateur de s'identifier aux personnages, de tomber dans l'illusion de réalité. Il doit toujours rester à distance pour être disponible au **message porté par la pièce** (notion de distanciation).

• **Les années 1950.** Une grave **crise morale** est engendrée par les horreurs de la Seconde Guerre mondiale et de ses suites.
– **Ionesco** (*La Leçon*, 1953) et **Beckett** (*En attendant Godot*, 1952) explorent les possibilités d'une **nouvelle forme de théâtre vidée de tout contenu didactique** pour mieux coller au malaise contemporain né du sentiment de l'absurdité de la condition humaine.
– **Genet** dans *les Bonnes* (1947) ou *le Balcon* (1960) adopte une attitude subversive et provocatrice.

D La fin du XXe siècle et le début du XXIe siècle

• **Les représentations d'œuvres du répertoire classique** ne doivent pas faire oublier qu'il existe des auteurs contemporains. Certains sont déjà considérés comme des classiques.

Exemples
Jean-Luc **Lagarce**, Bernard-Marie **Koltès**, Valère **Novarina**, Michel **Vinaver**, Jean-Claude **Grumberg**, Yasmina **Reza**, Jean-Claude **Brisville**, Jean-Michel **Ribes** et Éric-Emmanuel **Schmitt** sont des auteurs importants et qui remplissent les salles.

• **Les auteurs appartiennent souvent au milieu théâtral.** Ils sont aussi acteurs ou metteurs en scène comme Macha **Mekaieff**, Jérôme **Deschamps** ou Olivier **Py**. Ils peuvent être liés à une troupe comme Hélène **Cixous**, autrice pour le Théâtre du Soleil d'Ariane **Mnouchkine**.

• **Il existe une forte interaction entre le théâtre et le cinéma** comme le montrent les réalisations de Jean Pierre **Bacri** et Agnès **Jaoui** (*Cuisine et dépendances*, 1993).

• **Un phénomène nouveau à la frontière du théâtre** est apparu avec la multiplication de spectacles humoristiques dans la lignée des fantaisistes ou des chansonniers du siècle précédent où un personnage seul en scène joue ses propres textes. La satire sociale et politique voisine avec l'exhibition personnelle.

• **Internet et les réseaux sociaux jouent un rôle important** dans l'émergence de nouveau mode d'expression et de mise en scène de soi. Les limites entre les domaines s'effacent. Le théâtre investit la danse et le cirque. Des textes romanesques ou poétiques sont lus ou dits en scène par des acteurs.

Molière, *Le Malade imaginaire* (1673)

Spectacle et comédie

1 Étude de l'œuvre

A Le contexte

• **Contexte historique**

1673 : Douze ans après le début de son règne personnel, Louis XIV a accentué l'absolutisme du pouvoir royal. La noblesse est tenue sous tutelle à l'aide d'un cérémonial de cour complexe. Le roi contrôle aussi bien la politique que les arts et la culture avec l'aide de Colbert.

• **Situation de l'œuvre dans la vie de l'auteur**

En 1659, *Les Précieuses ridicules*, pièce qui plaît au Roi, remporte un grand succès et celui-ci autorise la troupe de Molière à jouer au théâtre du Palais-Royal.

Le 10 février 1673, au Palais-Royal, la comédie-ballet du *Malade imaginaire* est créée. Saisi d'un malaise au cours de la quatrième représentation, Molière est transporté chez lui où il meurt d'une hémorragie.

• **Situation dans un courant littéraire**

Molière avait renouvelé avec talent la farce médiévale mais, au moment où il revient à Paris, ce genre était devenu un objet de dérision de la part d'un public mondain qui le trouvait démodé et vulgaire. Les « doctes », encouragés par les travaux de l'Académie royale et certains auteurs comme Boileau qui consacre le troisième chant de son *Art poétique* au théâtre, militent pour imposer une hiérarchie des genres et promouvoir la comédie « soutenue » encadrée par des règles précises qui jettent les bases du **classicisme** français. Molière met en œuvre ces règles dans ses grandes comédies.

B La forme

• **La comédie-ballet**

Le Malade imaginaire est la dernière comédie-ballet de Molière. Il inventa et perfectionna ce genre pour plaire à Louis XIV qui aimait et pratiquait la danse. Entre 1661 et 1670, il en composa huit avec Lully dont *Le Bourgeois gentilhomme* en 1670. Pour les deux dernières, il obtint du roi, qui avait donné le monopole de la musique à Lully, l'autorisation de recourir à Marc-Antoine Charpentier. Contrairement à l'opéra-ballet, la comédie-ballet intègre davantage les intermèdes musicaux, les chants et les danses à l'intrigue principale.

C Les thèmes

• **La critique de la médecine**

Molière est gravement malade mais partage avec nombre de ses contemporains l'idée que la médecine conduit plus sûrement à la mort que la maladie elle-même. Il met en scène l'ignorance et l'impuissance à résoudre les problèmes de santé que cherche à masquer le discours pédant et obscur des médecins. De plus, il les montre avides de pouvoir et d'argent, et manipulant leurs patients les plus crédules et les plus angoissés à travers les personnages de Diafoirus et Purgon.

• **La satire de l'hypocondrie**

Dans cette nouvelle comédie de caractère, Molière s'attaque à une obsession qui aveugle celui qui s'y abandonne, la crainte panique de la maladie, ridicule chez un homme dont l'entourage constate la bonne santé. Cette angoisse obsessionnelle transforme un père, plutôt brave homme, en tyran et le rend vulnérable aux manœuvres intéressées de sa seconde épouse.

• L'amour et le mariage

Ce thème est central dans la plupart des comédies. Ici, les gens raisonnables comme Toinette et Béralde défendent le mariage d'amour contre le mariage imposé à des fins égoïstes par Argan. Au bonheur promis par une union fondée sur une attirance réciproque s'oppose le malheur prévisible d'Angélique si elle épouse Thomas Diafoirus.

2 Parcours « Spectacle et comédie »

• La part du spectacle correspond au prologue qui précède la pièce et aux trois intermèdes musicaux, chantés et dansés, qui la ponctuent et la terminent. Molière utilise des styles divers : la pastorale, la fantaisie exotique et la parodie. Ces séquences se composent d'un entrelacement de morceaux musicaux, de chants en solo, duo ou chœurs et de ballets. Les acteurs utilisent aussi les masques, les costumes et les pantomimes propres à la *commedia dell'arte*.

• La part de la comédie consiste en :

– une intrigue dans la pure tradition de la comédie antique où un serviteur aide un jeune couple à s'unir malgré l'opposition du père ;
– la caricature d'un personnage aveuglé qui perd son bon sens et son humanité ;
– la dimension burlesque des relations entre Toinette et Argan. Celui-ci ne peut maîtriser ses provocations et venir à bout de sa finesse et de ses astuces ;
– la satire des médecins et de l'épouse cupide et infidèle.

• Le spectacle et la comédie sont entremêlés. Le prologue met en scène une idylle antique qui annonce l'union retardée mais réalisée de Cléante et Angélique. Symétriquement, le petit opéra chanté par les jeunes gens devant Diafoirus et Argan est un spectacle dans la comédie qui fait écho à ce prologue.

Le deuxième intermède incite à profiter de l'amour quand on a l'âge propice à ce sentiment et a pour but d'attendrir Argan en faveur d'Angélique et Cléante. Toinette est la maîtresse de Polichinelle, un comédien de la troupe qui se produit non loin et que Béralde sollicite à deux reprises. Le premier intermède montre ce même Polichinelle en amoureux ridicule et rossé. Cet amour est le pendant inversé des amours juvéniles et renvoie à l'attachement ridicule d'Argan pour Béline.

Les scènes de combat mimées dans le prologue et l'acharnement burlesque contre Polichinelle, clou du premier intermède, ont leur reflet inversé dans la comédie où Toinette malmène Argan et réussit à se soustraire à ses coups et à sa rage.

Le dernier intermède reprend et généralise le déguisement de Toinette pour mieux tourner en dérision la médecine. Le spectacle de l'intronisation d'Argan, outre l'inversion carnavalesque des rôles du malade devenu médecin, donne corps à toutes les critiques de Béralde et est l'écho amplifié de façon burlesque des prestations des Diafoirus père et fils, Purgon et Fleurant auprès d'Argan.

Les documents complémentaires
– Une œuvre d'un autre siècle sur le même thème : Jules Romains, *Knock ou le Triomphe de la médecine* (1923). – Un autre aspect de la comédie chez Molière : *Le Misanthrope* (1666), *Tartuffe* (1669). – Une peinture : Rembrandt, *La Leçon d'anatomie du docteur Tulp* (1832).

Marivaux, *L'Île des esclaves* (1725)

Maîtres et valets

1 Étude de l'œuvre

A Le contexte

• Contexte historique

1715-1723 : régence de Philippe d'Orléans. Cette période est marquée par :
– la dation de la Nouvelle-Orléans (Louisiane) aux États-Unis d'Amérique en 1718 ;
– le développement des ports atlantiques autour du commerce triangulaire ;
– la réforme financière et la banqueroute de Law ;
– l'amorce d'un développement économique ;
– le déclin de la cour versaillaise et du mécénat royal.

• Situation de l'œuvre dans la vie de l'auteur

Marivaux (1688-1763) est considéré à ses débuts comme un moraliste et un essayiste. Il écrit dans des journaux et publie un roman en 1712. Ruiné par la banqueroute de Law, il commence une carrière théâtrale, par goût et par nécessité. C'est son œuvre dramatique qui est aujourd'hui la plus célébrée. *L'Île des esclaves* est sa neuvième comédie.

• Situation dans un courant littéraire

La cour du Régent revient à Paris. Une certaine effervescence contestataire, née de l'affaiblissement de l'absolutisme, y règne dans les cafés et les salons. On assiste aux débuts de ce qui va constituer l'esprit des Lumières.
Dans la querelle des Anciens et des Modernes qui agite la fin du XVIIe siècle, Marivaux se range du côté des Modernes, comme Montesquieu qui publie les *Lettres Persanes* en 1721 ou comme l'académicien Fontenelle. Ce dernier s'attache à la vulgarisation des avancées scientifiques et fréquente les grands salons. Fontenelle publie en 1687 *L'Histoire des Oracles* qui suggère une possible fonction mystificatrice des religions à partir de l'exemple de l'antiquité grecque.

B La forme

L'Île des esclaves est une comédie en un acte qui comprend 11 scènes. La rapidité de son développement lui donne une concision proche de celle de la moralité médiévale ou de la fable, genre poétique illustré par La Fontaine ou Florian, et où une leçon morale se déduit d'une courte aventure exemplaire. Proche des comédiens italiens, Marivaux leur emprunte souvent des personnages de valet (comme Arlequin) ou de servante mais il renouvelle leur jeu et leur fonction dramatique.

C Les thèmes

• Une utopie

L'intrigue se déroule sur une île imaginaire abritant une société idéale comme celle inventée par l'humaniste Thomas More en 1516.

• Une réflexion

La pièce se présente également comme une réflexion sur les fondements de la valeur :
– des individus : est-elle fondée sur la naissance, l'argent ou la vertu ?
– des sentiments : repose-t-elle sur les formes galantes ou la sincérité des sentiments ?

• **Une situation expérimentale**
On observe les effets de l'inversion des noms, des habits et des statuts des personnages sur leurs sentiments et leurs idées.

• **Une philosophie optimiste**
Le dénouement révèle la croyance en la possibilité d'une amélioration morale et sociale grâce à l'éducation. Mis à l'épreuve en étant forcés de se mettre à la place de l'autre, les personnages, grâce à leur raison et à leur bon naturel, sont en mesure de reconsidérer leurs préjugés sociaux.

2 Parcours « Maître et valet »

• **Au XVIIe siècle,** la comédie classique reprend avec Molière le schéma de la comédie latine, de Plaute par exemple, où un esclave défend les intérêts d'un jeune couple face à l'avarice et l'autorité du vieillard qui est son maître.

• **La *commedia dell'arte*** dont s'inspire Molière pour certaines intrigues et des personnages de valets comme Scapin *(Les Fourberies de Scapin)*, Sganarelle *(Dom Juan)* et Covielle *(Le Bourgeois gentilhomme)*, ou de servantes comme Dorine *(Tartuffe)* et Toinette *(Le Malade Imaginaire)*, joue sur les démêlés entre des maîtres brutaux et des valets aux profils divers. Ces derniers peuvent être ridicules, balourds et ignares ; cupides et avides, toujours affamés ; rusés et vifs ; dotés de lucidité morale et de bon sens (chez les femmes surtout) ; des personnages carnavalesques, fantaisistes et inconvenants à l'irrespect subversif.
Mais, comme il partage la vie de la famille des maîtres, le serviteur est impliqué dans les problèmes qu'elle rencontre. Il peut en résulter une complicité avec le maître ou un soutien des intérêts des jeunes face à la tyrannie des pères.

• **Au XVIIIe siècle,** au fil de l'évolution de la société, les valets peuvent être impliqués personnellement dans les intrigues amoureuses concernant les maîtres. Chez Marivaux ou Beaumarchais, le serviteur est placé sur un pied d'égalité, ou presque, avec le maître. L'évolution des rapports sociaux transparaît dans l'évolution de leur statut : ils expriment des protestations contre les injustices, se font porte-parole des opprimés.

• **Au cours du XIXe siècle et au XXe siècle,** on assiste à une inversion des rôles : le valet domine le maître.

Les documents complémentaires
– Une œuvre d'un autre siècle sur le même thème : Jean Genet, *Les Bonnes* (1947). – Un autre type de relation entre maître et valet chez Marivaux : *Le Jeu de l'amour et du hasard* (1730). – Un autre type de relation entre maître et valet au XVIIIe siècle : Beaumarchais, *Le Mariage de Figaro* (1784). – Un tableau : Watteau, *Les Comédiens italiens* (1720). – Des films : Claude Chabrol, *La Cérémonie* (1995) ; Joseph Losey, *The Servant* (1963) ; Robert Altman, *Gosford Park* (2001).

ŒUVRE

Jean-Luc Lagarce, *Juste la fin du monde* (1990)

Crise personnelle et crise familiale

1 Étude de l'œuvre

A Le contexte

• Contexte historique

1979 : second choc pétrolier.
1981 : premiers cas de SIDA découverts aux États-Unis.
1982 : la loi française supprime toute pénalisation de l'homosexualité impliquant des personnes de plus de quinze ans.
1987 : le film *Wall Street* d'Oliver Stone sur le krach boursier de Wall Street met en cause le rôle de la haute finance et des « Golden Boys ».
Période de repli sur le foyer face aux désordres du monde extérieur.

• Situation de l'œuvre dans la vie de l'auteur

Jean-Luc Lagarce (1957-1995) est fils d'ouvriers. Élève doué, il fait des études de philosophie à Besançon. Dès l'enfance, il écrit des textes de théâtre ce qui l'incite à suivre les cours du conservatoire de théâtre de Besançon. À l'âge de 19 ans, l'un de ses textes est publié. Il continue parallèlement la mise en scène et l'écriture. Il fonde ensuite une maison d'édition de textes de théâtre : Les Solitaires intempestifs. Il est l'auteur d'une œuvre maintenant reconnue et traduite en 30 langues, très inspirée par sa propre vie.
Contaminé par le SIDA, il en meurt cinq ans après la création de *Juste la fin* du monde, reprise d'une pièce ancienne et dont il écrira en 1994 une nouvelle version. Xavier Dolan a réalisé un film à partir de cette œuvre en 2016.

• Situation dans un courant littéraire

Jean-Luc Lagarce connaît Samuel Beckett (1906-1989), Marguerite Duras (1914-1996) et Nathalie Sarraute (1900-1999) qui ont mené une exploration théâtrale des relations entre le langage et le corps dans la communication ainsi que des rapports de force qui se jouent dans l'échange verbal. Il adhère à une nouvelle conception du théâtre basée sur des textes d'auteurs contemporains de types très divers mis en voix et incarnés. On assiste à une disparition quasi-totale de l'intrigue ainsi qu'à un abandon des formes dramatiques traditionnelles au profit du montage d'éléments divers et disparates. Le théâtre met en scène à l'aide de procédés variés des textes de tous types, poétiques, narratifs ou des témoignages.

B La forme

Juste la fin du monde est une pièce atypique que l'auteur a construite en deux « parties » séparées par un « intermède » comme un ballet, et complétées par un épilogue, comme un roman, mais le tout en forme dialoguée.
La langue utilisée est inhabituelle au théâtre. La figure rhétorique la plus fréquente est l'épanorthose c'est-à-dire la reprise fréquente des bribes de phrases. Il en résulte une sorte de bégaiement, de ressassement du texte, très proche de l'énonciation courante. Ce procédé relève d'un désir de maîtrise et de contrôle des réactions de l'autre mais aussi d'un contournement, d'un évitement, d'une tentative d'effacer les traces, de ne pas laisser entrer l'autre dans la communication. Cette langue particulière qui parasite les personnages a pour effet un mélange de mélancolie, de drôlerie et d'ironie.

C Les thèmes

• La mort imminente

L'auteur, qui se sait condamné, explore le décalage qui existe au moment du bilan que l'on fait de sa vie entre l'idée qu'on se fait de soi et celle qu'en ont les autres.

• La famille

La pièce met en évidence la fonction ambivalente de la famille. Le groupe familial retient ses membres par la sécurité qu'il leur assure mais ils se trouvent englués dans son immobilisme et ses contraintes. Ils souffrent d'être figés par les autres dans une image d'eux-mêmes qui n'évolue pas. Ceux qui quittent ce groupe ne peuvent s'y réinsérer.

• L'incommunicabilité

Il est impossible d'aborder avec des proches la question de sa propre mort. Les actes sont irrémédiables et le discours ne peut dissiper leurs effets. Le langage est incapable de transcrire avec précision les sentiments et les émotions ressentis.

2 Parcours « Crise personnelle et crise familiale »

• Une crise personnelle

L'imminence de la mort annoncée entraîne une crise psychologique morale et philosophique pour la personne condamnée. Elle modifie sa perception du monde, du temps et des relations humaines :
– elle met en évidence la difficulté de dire « Je vais mourir » et de maîtriser les conséquences sur autrui de cette annonce ;
– elle mène à un bilan de soi et de son vécu déstabilisant car il ne coïncide pas avec l'idée qu'en ont les autres ;
– elle fait prendre conscience de l'irrémédiable, de l'impossibilité de renouer autant que de faire évoluer ses relations avec ses proches. Rien n'a changé : la mère est toujours confinée dans les mêmes sentiments.

• Une crise familiale

Le retour dans la famille de l'enfant prodigue, qui a quitté le foyer depuis longtemps sans donner de nouvelles, entraîne une crise générale qui prend plusieurs aspects.

Un retour sur le passé plein de ressentiments :
– la réapparition du fils aîné réactive les vieux conflits de l'enfance ;
– le souvenir du départ ranime le sentiment d'avoir été abandonné et l'humiliation qui l'accompagne ;
– le silence et l'absence de nouvelles est perçu comme du mépris ou de l'indifférence (le personnage ne connaît même pas ses neveux).

Un sentiment de révolte devant le gâchis que les membres de la famille imputent à ce départ :
– la solidarité familiale a été rompue ;
– les destins de ceux qui sont restés comparé à celui qu'ils imaginent pour le frère parti semblent médiocres, ce qui nourrit un sentiment d'injustice ;
– le retour révèle la vraie nature des relations quotidiennes des membres de la famille.

Les documents complémentaires
– Une œuvre sur le même thème : Eugène Ionesco, *Le Roi se meurt* (1962). – Un autre aspect de la question dans l'œuvre de Jean-Luc Lagarce : *Retour à la Citadelle* (1984), *J'étais dans la maison et j'attendais que la pluie vienne* (1994). – Un film sur un sujet proche : Arnauld Desplechin, *La Vie des morts* (1991).

Sciences de gestion et numérique

1 La définition des différents types d'organisations

Nous sommes entourées d'organisations dans notre quotidien. En fonction de leur statut, but, finalité, il peut s'agir d'**entreprises privées**, d'**entreprises publiques** ou d'**administrations publiques** ou bien encore d'**associations**.

1 Les entreprises

- **Les entreprises sont de natures publiques ou privées** selon leur appartenance **totale ou partielle à l'État** (**exemples :** SNCF, France Télévision) ou à des **investisseurs privés** (**exemples :** Apple, Décathlon, Peugeot, le boulanger du village).
- **En fonction de leur taille et du statut juridique adopté,** les entreprises sont dirigées par une seule personne, le **dirigeant** (entreprise individuelle), des **associés** (au minimum deux) ou encore des **actionnaires** (dans le cas des grandes entreprises).
- **La finalité commune** des entreprises est la **création de richesse** pour assurer sa pérennité.
- **Dans le cas des entreprises publiques,** la réalisation du **profit** est atténuée bien qu'important. Il s'agit de satisfaire l'intérêt général.

Définition
Pérennité : survie et longévité de l'organisation.

2 Les administrations publiques

- Les différentes **administrations publiques** sont les suivantes :

Statut	**Les administrations centrales**	**Les collectivités locales**	**Les établissements publics**	**Les établissements publics à caractère industriel et commercial**
Exemples	• Ministère de l'Éducation nationale • Préfecture du département de l'Ain	• La Ville de Lyon • Le département de la Côte-d'Or • La région Bourgogne-Franche-Comté	• La Sécurité sociale • L'Urssaf • la Caisse d'Allocations Familiales	La SNCF
Qui dirige ?	Le ministre, le préfet	Les élus appelés, le maire, le président du conseil départemental, le président du conseil régional	Le dirigeant désigné par les pouvoirs publics	Le conseil d'administration composé de représentants de l'État

- **Un statut de fonctionnaire.** Les individus qui travaillent dans les administrations publiques ont généralement le statut de fonctionnaires et sont principalement recrutés par concours.

• **Un but non lucratif.** Les organisations publiques ont une finalité non lucrative, c'est-à-dire qu'elles ne recherchent pas le profit mais la satisfaction des citoyens.

> **Définition**
> **Association :** organisation à but non lucratif. Sa finalité est de satisfaire l'intérêt de ses adhérents ou de l'ensemble de la population.

3 Les associations

• **Les 3 catégories d'associations.** Les associations peuvent être classées de la manière suivante :
– **les associations déclarées simplement à la Préfecture**, attestant de leur objet dans ses statuts ;
– **les associations agréées** qui reçoivent, après s'être déclarées, et en fonction de leur activité, un agrément de la part d'une organisation publique qui leur reconnaît ainsi une qualité répondant à des besoins que le service public s'efforce de satisfaire ;
– **les associations reconnues d'utilité publique** dont la mission repose sur une mission d'intérêt général.

> **Définition**
> **Intérêt général :** en opposition à l'intérêt particulier, concerne l'ensemble d'une collectivité.

• **La gestion de l'association.** Dans les associations, les adhérents, réunis en assemblée générale, élisent le bureau qui est composé au minimum **d'un président, d'un secrétaire et d'un trésorier**.

• **Le rôle du président.** Le président a pour mission de diriger l'association et de veiller à l'exécution des orientations définies par l'assemblée générale.

4 La fiche d'identité d'une organisation

• Pour caractériser une organisation, les éléments retenus sont généralement les suivants : type, statut, métier/activité, finalité/but, ressources, date de création, répartition du pouvoir.

Testez-vous !

Corrigé p. 147

1 **Citez les 3 types d'organisation.**

2 **Pour chaque type d'organisation, indiquez si son but est lucratif ou non lucratif.**
- **Entreprise privée**
- **Entreprise publique**
- **Administration publique**
- **Association**

3 **Expliquez comment sont dirigées les 3 types d'organisation.**

2 L'individu et ses caractéristiques

L'individu est un acteur au sein de l'organisation. Cet acteur joue un rôle important dans le fonctionnement de celle-ci.
Chaque individu se différencie des autres par sa personnalité, ses émotions, sa perception, ses attitudes, son comportement. L'individu possède également une identité numérique.

1 La personnalité

• **La personnalité** est définie comme la manière dont l'individu se présente face aux autres individus.

1

L'individu **Introverti**		L'individu **Extraverti**
	≠	
Il est replié sur lui-même, il manque de confiance en lui.		Il est ouvert aux autres, prend plaisir à communiquer.

2

L'individu **Logique**		L'individu **Affectif**
	≠	
Il raisonne et fait appel à la logique.		Il va réagir en fonction de ses émotions.

3

L'individu **Stable**		L'individu **Instable**
	≠	
Il est d'humeur égale.		Il change d'humeur en fonction des circonstances.

4

L'individu **Autonome**		L'individu **Soumis**
	≠	
Il agit de manière indépendante.		Il est dépendant et obéissant.

2 Les émotions

> **Définition**
> **Émotion :** réaction affective face à un événement.

• **La personnalité et les émotions.** Provoquée par une cause extérieure qui va agir sur notre état émotionnel, elle joue un rôle dans l'expression de la personnalité.

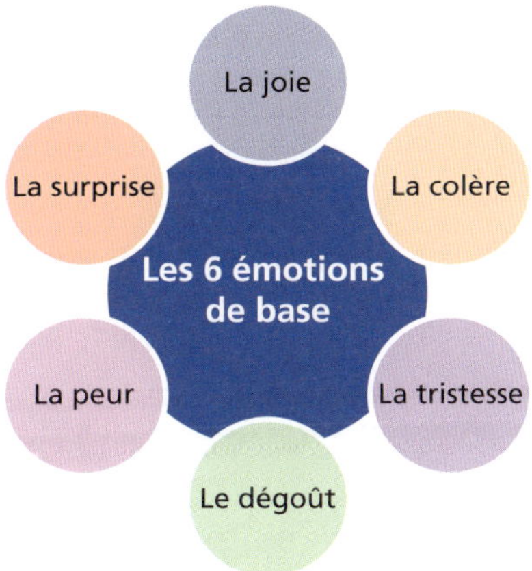

• **Les émotions se traduisent** par :
– **des réactions physiologiques :** changement dans le corps (augmentation du rythme cardiaque, de la température corporelle, sudation…) ;
– **des réactions comportementales et expressives** (haussement d'épaules et de sourcils, rougeurs, gestes excessifs…).

• **Les émotions agissent** sur le comportement quotidien de l'individu au sein de l'organisation, sur ses choix et ses perceptions.

• **Le contrôle de soi** correspond à la faculté de l'individu à maîtriser ses émotions afin de ne pas se laisser submerger et réagir de manière inappropriée.

3 La perception

• **Définition.** La perception est la manière dont le cerveau recueille les messages qui lui sont fournis par les sens : l'audition et la vision sont les modalités sensorielles privilégiées chez l'homme. La sensibilité tactile, l'olfaction et le goût jouent également un rôle important sur le plan émotionnel et social. Cette perception varie en fonction des individus.

• **Les mécanismes de la perception. La perception se réalise au travers de quatre phases :**

4 L'attitude et le comportement

• **Définition.** **L'attitude est une prédisposition à agir de manière positive ou négative** à l'égard d'une personne, d'un objet, d'une situation. C'est un état d'esprit. On ne peut observer directement une attitude.

• **Les trois composantes de l'attitude :**

La composante cognitive	Il s'agit de l'ensemble des idées, des connaissances, des croyances d'un individu à l'égard d'un objet ou d'une idée.
La composante affective	Elle permet de déterminer l'appréciation, les sentiments à l'égard de l'objet.
La composante conative (ou comportementale)	Elle montre la prédisposition à entreprendre une action. Le comportement de l'individu est défini par cette composante.

• **Le comportement** correspond à la réponse donnée par un individu à une situation donnée. Le comportement est l'ensemble des réactions d'un individu (mouvements, gestes, paroles, mimiques…). Il est donc observable.

• **Le contrôle de soi** correspond à la faculté de l'individu à maîtriser ses émotions.

5 L'identité numérique

• **L'identité numérique est constituée de l'ensemble des publications et des traces** qui sont **laissées sur Internet** par vous-même ou d'autres. Il peut s'agir des traces laissées par l'utilisation de navigateurs, la création de compte sur des réseaux sociaux, le partage de photos, un commentaire posté sur un article, un produit…

• **La mauvaise maîtrise** et/ou l'absence de connaissances des traces qui sont laissées peuvent avoir des **conséquences tant sur la vie privée que sur la vie professionnelle**.

• **De l'identité numérique dépend la e-réputation.** La e-réputation est la perception qu'ont les internautes d'une organisation en fonction des éléments trouvés sur Internet. L'identité numérique et la e-réputation sont donc liées.

Testez-vous !

Corrigé p. 147

1 **Citez les 8 traits de personnalité et définissez-les.**

2 **Quelles sont les 6 émotions de base et de quelles manières se traduisent-elles ?**

3 **Citez les quatre phases de la perception.**

4 **Quelles sont les trois composantes de l'attitude ?**

5 **Définissez le terme d'identité numérique.**

3 La communication au sein des organisations

L'individu, acteur dans l'organisation, échange des informations dans le cadre de son activité de travail et communique également de façon spontanée.
La **communication** peut être **interne, externe, formelle, informelle** et possède des composantes diverses.

1 Définition et composantes

A Définition

La communication est le fait d'échanger un message, des informations entre un émetteur (individu à l'origine du message) et un récepteur (individu qui reçoit le message et qui l'interprète).

B Les composantes de la communication

C Les formes de communication

Forme de communication	Explication	Exemple
La communication interpersonnelle	Communication entre deux individus	Discussion entre deux collègues
La communication de groupe	Communication entre plusieurs individus	Réunion
Communication de masse	La communication à un public plus nombreux	Assemblée, conférence, télévision

2 Les différents types de communication

- **La communication dans les organisations** se fait en interne et en externe.

Communication

- **Interne** : Émetteurs et récepteurs font partie de la même organisation
- **Externe** : L'émetteur s'adresse à un récepteur situé en dehors de l'organisation

- Cette communication interne peut être **formelle** ou **informelle**.

Communication interne

- **Formelle** : Officielle, structurée, utile au fonctionnement de l'organisation
  - **Circulation de l'information formelle**
    - Descendante : du supérieur hiérarchique vers les subordonnés
    - Ascendante : des subordonnés vers le supérieur hiérarchique
    - Latérale ou horizontale : entre des salariés de même niveau hiérarchique
- **Informelle** : Non officielle, ne suit pas de règles précises

3 La communication interpersonnelle en détail

La qualité de la communication interpersonnelle va dépendre de plusieurs facteurs qui vont l'influencer.

A L'espace physique, la distance (la proxémique)

On distingue 4 zones de communication :

- **zone intime** : 15 à 45 cm (ton de la confidence) ;
- **zone personnelle** : 45 cm à 1,20 m (relations amicales/professionnelles) ;
- **zone sociale** : 1,20 m à 3,50 m ;
- **zone publique** : supérieure à 3,50 m (face à un public).

B Les signes non verbaux

Les signes non-verbaux accompagnent la communication verbale et donc la renforcent et sont les suivants :
- **le regard** qui traduit nos sentiments, nos émotions ;
- **les gestes** qui transmettent seuls un message, répètent l'information, appuient le discours, traduisent des émotions (geste barrière ou de réajustement), accompagnent des états intérieurs ;
- **les mimiques** ;
- **l'attitude corporelle** qui montre notre manière de tenir notre corps est fortement expressive ;
- **le silence** qui fait partie intégrante de la communication car ils expriment quelque chose et qu'ils sont indispensables à l'écoute de l'autre.

C Les signes verbaux

- **Le niveau (registre) de langue** doit être adapté à la situation et peut être familier (vocabulaire populaire), courant (vocabulaire simple) ou soutenu (vocabulaire riche, littéraire).
- **Le sens du message** peut être différent en fonction du contexte.

D L'écoute active et l'empathie

- **L'écoute active** est le fait de se concentrer sur la communication afin de bien comprendre. Cela passe par le fait de prendre le temps d'écouter, de se concentrer sur les paroles de l'interlocuteur, de ne pas se laisser distraire, de ne pas couper la parole et de marquer son intérêt
- **L'empathie** est plus poussée que l'écoute active. C'est la capacité, la volonté de se mettre à la place de l'autre pour le comprendre tout en ayant conscience qu'il est un autre.

Testez-vous !

Corrigé p. 147

VRAI OU FAUX ?

	VRAI	FAUX
1 La communication est le fait d'échanger un message, des informations entre un émetteur et un récepteur.	☐	☐
2 Le contexte de la communication est la manière dont est transmis le message.	☐	☐
3 Le canal correspond à la manière de transmettre le message : écrit /oral.	☐	☐
4 Il existe trois formes de communication.	☐	☐
5 La communication interne concerne l'échange de messages à l'intérieur d'une même organisation.	☐	☐
6 La communication interne est uniquement formelle.	☐	☐
7 Dans la communication interpersonnelle, l'écoute active est la capacité, la volonté de se mettre à la place de l'autre pour le comprendre.	☐	☐

4 Les interactions individu-groupe

Dans les organisations, les individus évoluent au sein de différents groupes auxquels ils se réfèrent ou ils peuvent appartenir.

1 L'individu dans le groupe

Dans un groupe, les individus possèdent une identité et un statut.

A L'identité

Chaque individu a sa propre identité. Elle est composée des caractéristiques suivantes : sexe, âge, apparence, personnalité, capacités physiques et intellectuelles, de son origine, de ses centres d'intérêt, de ses motivations, ses connaissances, de sa situation familiale.

B Le statut

Il s'agit de la position sociale qu'occupe un individu par rapport aux autres membres du groupe. Le **statut** dans un groupe donne alors des droits et des obligations.

2 Le groupe

A Les groupes formels et informels

Dans les organisations, deux types de groupes se distinguent :

- **les groupes formels :** ce sont les groupes formés à l'initiative de la hiérarchie (**exemples :** équipe, groupe de travail, de projet) ;
- **les groupes informels :** il s'agit des groupes qui se forment de manière spontanée (**exemples :** groupe de collègues qui se forment pour déjeuner, pour pratiquer une activité pendant le temps de pause).

Définition

Groupe : ensemble d'individus qui interagissent, partagent et poursuivent le même objectif.

B Les groupes d'appartenance et de reference

Type de groupe	Explication	Exemple
Le groupe d'appartenance	Dès sa naissance, l'individu, appartient à plusieurs groupes.	Famille
Le groupe de référence	L'individu peut déterminer le groupe auquel il souhaite appartenir.	Club de sport
Le groupe social	Il s'agit d'une organisation composée d'individus et de moyens structurés dans le but d'atteindre un objectif commun. Dans ce groupe, les individus adhèrent aux valeurs et normes, ce qui leur donne un sentiment d'appartenance.	Association, syndicat, entreprise…

5 Les interactions au sein de l'organisation

L'individu se socialise dans les groupes auxquels il appartient. Au contact des autres individus, il découvre des valeurs, codes, rituels et culture qu'il s'approprie.

1 La socialisation

- Il s'agit du **phénomène de transmission** par lequel une société transmet ses valeurs, normes, culture aux individus qui la composent de l'enfance à l'âge adulte.
- Ainsi, on parle de **structure de socialisation** : famille, école, clubs sportifs, organisations.
- Aujourd'hui cette socialisation au sein des organisations se transmet également de manière digitale grâce aux **réseaux sociaux d'entreprise**.

Définition

Réseau social d'entreprise : groupe constitué de personnes physiques et morales réunies par un dispositif de réseautage social, au sein d'une organisation.

2 L'individu dans l'organisation

Le comportement de l'individu qui évolue dans l'organisation prend en compte différents éléments et peut même être influencé par ceux-ci.

A La culture

- La culture regroupe l'**ensemble des valeurs, des normes, des rituels et des règles** qui sont propres à l'organisation et qui permet de la distinguer des autres.
- **La culture d'entreprise** peut avoir un impact positif sur la motivation des salariés en favorisant la cohésion. Elle peut contribuer à la satisfaction du besoin d'appartenance de l'individu.

B Les normes

Les normes sont des **règles de conduite** qui orientent le comportement des individus conformément aux valeurs de la société. Elles constituent un cadre de référence et donnent des repères aux individus.

C Les rituels

- Les rituels sont des **normes de communication** qui permettent de faciliter les interactions entre les individus, réguler les échanges.
- On distingue :
  - les **rituels de salutation** qui marquent l'accueil, le salut ;
  - les **rituels de présentation** qui permettent l'identification, la présentation des individus ;
  - les **rituels de remerciement** pour montrer la reconnaissance ;
  - les **rituels de séparation** qui signalent une fin, une prise de congé.

D Les codes

Il s'agit de l'**ensemble de signes verbaux ou non-verbaux** partagé par tous les membres d'une même culture ou d'un même groupe social. Les codes sont différents selon les cultures et évoluent dans le temps.

E Les attributions

Dans le processus d'attribution, l'individu cherche à **expliquer les comportements des autres** sans analyse du contexte, juste sur les éléments visibles immédiatement. Le jugement porté sur la personnalité peut alors être erroné.

F Les représentations sociales

Il s'agit de l'**ensemble des croyances, opinions et idées** partagées au sein d'un groupe social.

G Les stéréotypes

Un stéréotype correspond à une **image simplifiée, une idée préconçue** que l'individu se fait d'une personne ou d'un groupe de personne.

Testez-vous !

Corrigé p. 147

VRAI OU FAUX ?

	VRAI	FAUX
1 La socialisation est la transmission par laquelle une société transmet ses valeurs, normes, culture aux individus qui la composent uniquement à l'âge adulte.	☐	☐
2 La culture regroupe l'ensemble des valeurs, des normes, des rituels et des règles qui sont propres à l'organisation et qui permet de la distinguer des autres.	☐	☐
3 Les normes sont des règles de conduite qui n'ont aucune influence sur le comportement des individus conformément aux valeurs de la société. Elles constituent un cadre de référence et donnent des repères aux individus.	☐	☐
4 Les rituels correspondent à une langue spécifique qui permet de faciliter les interactions entre les individus, réguler les échanges.	☐	☐
5 Un stéréotype correspond à une image simplifiée, une idée préconçue que l'individu se fait d'une personne ou d'un groupe de personne.	☐	☐

6 Les phénomènes relationnels au sein des organisations

Au sein des organisations, les relations formelles et informelles constituent les phénomènes relationnels.
Les relations entre les individus prennent différentes forment selon les arguments utilisés l'influence exercée, le *leadership*, les relations d'autorité. Parfois, des conflits peuvent apparaître.

1 Les relations formelles et informelles

• **Les relations entre les membres de l'organisation** dépendent de leur place hiérarchique. Les organigrammes permettent de visualiser et formaliser les liens entre les individus. On distingue alors les **subordonnés** (les individus qui obéissent), et les **supérieurs** (ceux qui possèdent un pouvoir de direction plus ou moins élevé).

Définition

Organigramme : représentation schématique des liens et des relations fonctionnels, organisationnelles et hiérarchiques qui existent entre les individus d'une organisation.

Relations formelles	Ensemble des relations structurées, maîtrisées et obéissant à des règles.
Relations informelles	Ensemble des relations non organisées, non maîtrisées, spontanées.

• **Les relations des individus** permettent une cohésion au sein des organisations. Cette bonne cohésion permet la motivation des individus qui sont alors incités à agir dans l'intérêt de l'organisation.

2 Les arguments et les phénomènes d'influence

A Les différents types d'arguments

Argumenter désigne l'action de convaincre en donnant une opinion. L'argumentation peut prendre plusieurs formes.

L'argumentation d'autorité	Ce type d'argument montre l'expérience, la compétence, la référence de celui qui l'utilise.
L'argumentation de communauté	Il s'agit des idées partagées, des valeurs et d'opinions communes.
L'argumentation de cadrage	Dans ce cas, l'auditeur tend à démontrer ses opinions selon un certain point de vue.
L'argumentation d'analogie	L'analogie consiste à utiliser les comparaisons. Les arguments d'analogie font alors appel à des correspondances.

B Les phénomènes d'influence

Les **phénomènes d'influence** correspondent à la modification du comportement ou des opinions des individus en raison des pressions exercées par un membre du groupe ou le groupe.

On distingue trois stratégies d'influence :

L'appel au sentiment d'appartenance	Dans ce cas, celui qui influence fait appel aux valeurs et normes communes du groupe auquel les membres appartiennent.
L'action sur l'affectif	Il s'agit de faire appel aux sentiments et émotions des individus
Le raisonnement logique	Une démonstration est faite par celui qui cherche à influencer pour faire appel à la raison des individus.

3 Le *leadership*

Au sein des groupes, très souvent une personne va ressortir du groupe pour en devenir le leader, le chef de groupe et porter le groupe dans ses actions. Ce leader du groupe n'est pas forcément le manager, et inversement.

A Les types de *leadership*

Le *leader* de droit : L'autorité est de droit puisque instauré par son statut hiérarchique (**exemple :** un chef de service, un directeur...).

Le *leader* de fait : Il s'agit d'une personne qui en raison de ses caractéristiques personnelles se détache du groupe et prend le dessus (**exemple :** son expérience, le *leader* de fait son charisme).

B Les styles de *leadership*

Le *leadership* autoritaire : Le groupe est dirigé, les ordres sont donnés pour éxécution.

Le *leadership* « laisser-faire » : Le *leader* du groupe laisse agir le groupe, l'action du leader est limité à la diffusion d'information.

Le *leadership* démocratique : Le *leader* du groupe établit un véritable dialogue et prend en compte les remarques des membres du groupe avant de prendre des décisions.

7 Les activités de travail

Les salariés sont sensibles à leurs conditions de travail, à l'environnement dans lequel ils évoluent.
Les organisations doivent également prendre en compte leurs compétences et leurs qualifications dans le but de les motiver.

1 Les conditions de travail

A Les composantes des conditions de travail

Les conditions de travail sont représentées par l'environnement des employés sur leur lieu de travail. Elles comprennent les éléments suivants :

Les composantes des conditions de travail

Facteurs environnementaux :
– outil informatique ;
– espace bureau ;
– luminosité ;
– bruit.

Facteurs sociaux :
– rapports entre les salariés ;
– rapports entre la direction et les salariés.

Facteurs psychologiques :
– stress ;
– pression ressentie par les salariés.

Facteurs organisationnels :
– réglement intérieur ;
– autonomie des salariés.

B La motivation au travail

- **La motivation** peut se définir comme l'ensemble des éléments qui incite les individus à agir afin d'atteindre un but. Cette motivation est propre à chaque personne et évolue dans le temps.
- Les **conditions de travail** vont agir sur la motivation du salarié au travail puisqu'elles constituent un ensemble de facteurs qui agissent sur sa satisfaction.
- Le **comportement des salariés** est influencé par les différentes composantes des conditions de travail.

2 Les compétences et qualifications

Les salariés détiennent des qualifications et des compétences qu'ils mettent au service de l'organisation. On distingue alors :

Les qualifications	Il s'agit de l'ensemble des connaissances, des aptitudes et des expériences acquises au cours des formations et expériences professionnelles.
Les compétences	Il s'agit de la capacité d'un individu à s'adapter à une situation professionnelle. Le salarié mobilise ses savoirs et savoir-faire pour produire quelque chose.

3 Les fiches de poste et profil de compétences

Des **outils** sont à disposition des organisations et des salariés concernant les compétences et les qualifications.

A La fiche de poste

Il s'agit d'un **outil de communication** permettant de présenter une description des différentes caractéristiques d'un poste et de son environnement, à savoir :
- l'intitulé du poste et la description des missions et activités ;
- la position dans l'organigramme et les relations avec les autres postes ;
- les conditions de travail.

B Le profil de compétences

Dans ce cas, l'organisation utilise un profil de compétences dans le but **d'évaluer les candidats** pour un poste en particulier, mais également afin de planifier des formations pour les employés en vue de palier à la vacance d'un poste.

Testez-vous !

Corrigé p. 147

1 **Citez les composantes des conditions de travail.**

2 **Donnez des exemples pour chacun des facteurs.**

3 **Expliquez le lien entre le comportement du salarié au travail et ses conditions de travail.**

4 **Distinguez le terme compétence et le terme qualification.**

5 **Quelle est la différence entre une fiche de poste et un profil de compétence ?**

8 L'activité humaine dans les organisations

L'activité humaine est une ressource pour l'organisation mais elle constitue également une charge.
Cette charge est une charge financière composée de la rémunération et des cotisations sociales patronales.

1 La rémunération et le coût du travail

A La rémunération

• **Le salarié perçoit en échange de son activité de travail,** un salaire brut composé du salaire de base, des heures supplémentaires, des primes et d'indemnités.

• **Le salaire de base** est généralement calculé en fonction de la quotité horaire exercée par le salarié (sur une base de 35 heures par semaine).

• **Les heures supplémentaires :** les salariés peuvent effectuer des heures de travail au-delà de leur durée indiquée sur leur contrat. Ces heures doivent alors être rémunérées avec une majoration.

• **Les primes :** les primes telles que les primes d'ancienneté, de rendement, d'assiduité, de 13e mois sont ajoutées au salaire de base.

> **À noter**
>
> En moyenne un salarié travaille 151,67 heures par mois.
> 35 h × 52 semaines / 12 mois = 151,67 heures.
> À partir de la 36e heure, jusqu'à la 43e heure : + 25 %.
> À partir de la 44e heure : + 50 %.
>
> Rémunération = salaire de base + heures supplémentaires + primes + indemnités.

• **Les indemnités :** ces indemnités sont versées pour dédommager les salariés de certains frais auxquels ils ont dû faire faire dans le cadre de l'exercice leur profession. Elles peuvent prendre en compte le transport, les repas, les remboursements des frais kilométriques dans le cadre de l'utilisation de son véhicule personnel.

• **Certains salariés ont un salaire individualisé.** En effet, en fonction des résultats, les employeurs peuvent faire varier la rémunération.

B Le coût du travail

• Outre la rémunération versée aux salariés, les organisations doivent s'acquitter des **cotisations sociales patronales.**

• Ces cotisations sociales patronales sont versées aux organismes sociaux tels que l'**URSSAF** (Union de recouvrement des cotisations de sécurité sociale et d'allocations familiales), Pôle emploi…

> **À noter**
>
> Coût du travail = rémunération (salaire de base + heures supplémentaires + primes + indemnités) + cotisations sociales patronales.

2 Le bulletin de salaire

• **L'employeur** doit remettre un bulletin de paie (ou bulletin de salaire) au salarié. Le document doit comporter diverses mentions obligatoires telles que :
– identification du salarié ;
– numéro INSEE ;
– date d'entrée dans l'organisation ;
– échelon, grade, profession ;
– taux horaire, etc.

• Depuis 2017, la **dématérialisation du bulletin de paie** est devenue le principe et le format papier l'exception, sauf en cas de désaccord du salarié.

• **Depuis janvier 2019,** le taux de prélèvement de l'impôt sur le revenu est également indiqué sur le bulletin de salaire.

Exercice d'entraînement

Corrigé p. 147

Madame Amandine travaille chez un fleuriste « Renoncule et compagnie ».
Elle travaille habituellement 35 heures par semaine.
Durant le mois de décembre N, elle a effectué des heures supplémentaires, selon le relevé d'heures en annexe.
Son salaire est habituellement de 9,88 euros par heure (brut).

Mois de décembre N

	Heures supplémentaires effectuées
Semaine 49	1
Semaine 50	0
Semaine 51	9
Semaine 52	4

1 **Amandine travaille 35 heures par semaine. En moyenne, à combien d'heures mensuelles cela correspond-il ?**

2 **Calculez son salaire de base mensuel.**

3 **Amandine a effectué des heures supplémentaires. Comment doit-elle être payée semaine par semaine ?**

9 La mesure de l'activité humaine dans l'organisation

L'activité humaine est mesurée grâce à des **indicateurs**.
Grâce à l'analyse des indicateurs, l'organisation peut prendre les mesures nécessaires pour réagir face à des dysfonctionnements et rétablir la productivité attendue.
Les résultats sont reportés dans un **tableau de bord**.

1 La mesure de l'activité travail

Dans une organisation, l'activité humaine peut être mesurée grâce à des unités différentes :

Unités	Exemple
Unités physiques	Quantité produite ou vendue
Unités de temps	Nombre d'heures, de jours, etc.
Unités monétaires	Chiffres d'affaires réalisés

2 Les indicateurs d'activité et de productivité

A La mesure de l'efficacité

- **En unités physiques,** on utilisera la formule suivante :

$$\text{Efficacité} = \frac{\text{Quantité produite}}{\text{Quantité de travail utilisée pour produire}}$$

- **En unités monétaires :**

$$\text{Efficacité} = \frac{\text{Valeur ajoutée}}{\text{Quantité de travail utilisée pour produire}}$$

B La mesure de la productivité

- **L'indicateur de productivité** permet de mesure la performance de l'activité de travail.

$$\text{Efficacité} = \frac{\text{Quantité ou valeur produite}}{\text{Quantité de travail utilisée pour produire}}$$

- **Les indicateurs sont importants** pour les organisations. En effet, l'analyse et la prise en compte de ces derniers doivent mettre en évidence certains problèmes, et permettre une **amélioration** de certaines situations dans le but d'améliorer sa performance.

Exemple
Dans une organisation publique, suite à l'acquisition d'un nouveau scanner, le nombre de dossiers scannés en 1 heure est passé de 15 à 30.
La productivité a alors augmenté de 200 %.

3 Le tableau de bord

• **Le tableau de bord** est un véritable outil de pilotage qui accompagne les entreprises dans la recherche de la performance.

La création d'un tableau de bord doit être réfléchie, les indicateurs doivent être choisis en fonction des objectifs. Le nombre d'indicateurs ne doit pas être trop important,

• **Réalisé à l'aide de logiciels spécialisés et/ou d'un tableau,** le tableau de bord peut se présenter sous cette forme-là :

Exemple

Productivité du secteur XXX pour la semaine 1

	Réalisation	Objectif	Écart
Équipe A			
Équipe B			
Équipe C			

• **En fonction des écarts indiqués,** des seuils d'alertes peuvent être déclenchés pour permettre à l'organisation de réagir.

• **Les tableaux de bord peuvent être traduits en graphiques** pour permettre de visualiser les résultats. Les graphiques sont très utilisés et appréciés pour animer des présentations en réunions. Le choix du graphique dépend de ce que l'on veut démontrer : répartition ou évolution.

Exemples

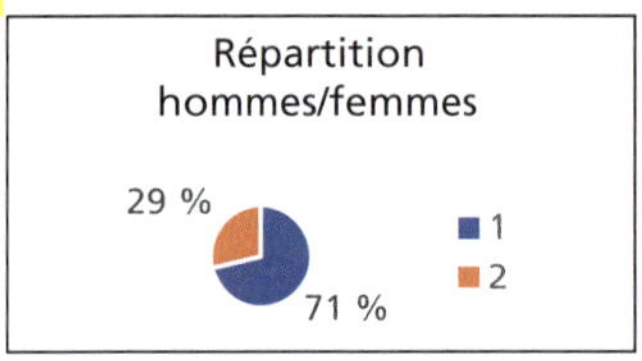

Graphique de répartition

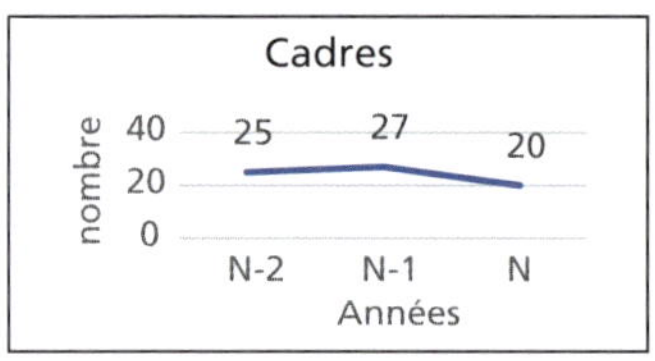

Graphique d'évolution

Exercice d'entraînement

Corrigé p. 148

Entreprise « Mon Mobilier »

Tableau récapitulatif de la semaine 12

	Équipe 1	Équipe 2	Équipe 3	Équipe 4	Équipe 5
Nombre de chaises produites	45	21	41	50	29
Nombre de salariés dans l'équipe	3	2	5	4	3

1 **Calculez la productivité de chaque équipe.**

2 **Quelle est l'équipe la plus productive ? La moins productive ?**

3 **Quelle est la productivité moyenne d'un salarié ?**

10 Les nouveaux liens de travail

L'environnement des organisations est en perpétuelle évolution, aussi les liens de travail changent et doivent s'adapter. Les contrats de travail s'adaptent aux besoins. Un régime d'entrepreneur individuel a vu le jour pour permettre la création d'entreprise de manière simplifiée.

1 La contractualisation

Type de contrat	Explications
CDD (contrat à durée déterminée)	• Conclu seulement dans le cadre d'une tâche bien définie et limitée dans le temps, lors du remplacement d'un autre salarié ou face à une hausse temporaire de l'activité. • Renouvelable deux fois, sans dépasser la limite maximale autorisée (36 mois). • Aménagements pour certains emplois (CDD saisonniers et CDD « senior »).
CDI (contrat à durée indéterminée)	Concerne les entreprises souhaitant embaucher un salarié pour une période pérenne.
Contrat d'apprentissage et contrat de professionnalisation	• Formation en alternance. • Modalités de choix du contrat en fonction du profil de l'alternant. • Objectif : combinaison entre l'acquisition de savoirs généraux, professionnels et techniques et la pratique en entreprise pour parfaire sa formation.
Contrat d'intérim	• Contrat réglementé pour éviter les abus : remplacement d'un salarié, accroissement temporaire d'activité ou emploi saisonnier. • Contrat entre les 3 parties : entreprise, agence d'intérim et intérimaire. • Une fois ce document signé par les trois parties, c'est l'agence d'intérim qui sera alors l'employeur de l'intérimaire, lui versera ses salaires et assurera le suivi de la mission. • L'intérim est plus onéreux qu'un contrat de travail classique (CDD ou CDI). • Avantages : pas ou peu de formalités administratives pour l'organisation, pas de recrutement à gérer.
Le contrat à temps partagé	• Plusieurs personnes physiques ou morales peuvent créer ensemble un groupement d'employeurs sous forme d'association loi 1901. • Ce contrat permet de recruter des salariés et de mettre ces derniers à disposition des membres du groupement. • Peut permettre de répondre à 2 besoins : à temps partiel et besoins saisonniers récurrents.

2 L'auto-entrepreneuriat

- **Un auto-entrepreneur** est un entrepreneur individuel au régime micro-social et au régime micro-fiscal (ou micro-fiscal simplifié).
- Il paie ses **charges et impôts** sur la base de son chiffre d'affaires.
- **Toutes les activités sont possibles** à quelques exceptions (exploitation agricole, activités libérales, etc.).

11 Conflits et consensus

Les bonnes relations amènent une cohésion d'équipe et sont sources de performance dans les organisations. À l'inverse, lorsque les relations sont entachées de problème, on parle de **conflits**.

1 Les caractéristiques du conflit

Il existe deux types de conflits :

- **le conflit ouvert :** conflit exprimé, visible ; les acteurs ont donné leur point de vue.
- **le conflit larvé ou latent :** conflit non exprimé ; caractérisé par un sentiment de malaise.

Définition

Conflit : situation dans laquelle les individus ou groupes d'individus s'opposent pour des objectifs différents.

2 Les sources du conflit

Conflit d'identité	Deux ou plusieurs individus s'opposent sur leurs qualités personnelles.
Conflit d'idéologie	Il repose sur les croyances, la façon de penser des individus qui composent le groupe et qui peuvent avoir des points de divergence forts.
Conflit d'intérêt	Il apparaît lorsqu'une personne se sent menacée sur un avantage particulier qu'elle possède.
Conflit de pouvoir	Il fait apparaître une mauvaise définition ou répartition des rôles des individus. Le flou entraîne un conflit entre les personnes qui se sont attribuées des tâches.

3 Les différents comportements face au conflit

- **Comportement de fuite :** l'évitement (la personne remet la conversation à plus tard) ou l'acceptation (l'individu accepte sans être d'accord ni même convaincu).
- **Comportements positifs :** la coopération (l'individu montre une envie de négocier, de discuter) ou le compromis (les individus font des concessions pour que la majeure partie soit satisfaite par la solution).

4 Le consensus

- **Dans les organisations,** on parle de consensus quand il y a accord entre les personnes. Pour arriver à un consensus, les organisations ont les solutions suivantes :

Le recours à un tiers	**L'arbitrage**	Un arbitre extérieur au conflit est désigné pour mettre fin au conflit et imposer une décision.
	La médiation	Cela consiste à désigner une personne neutre pour restaurer le dialogue et trouver un accord.
La négociation directe		Chaque individu peut exposer et argumenter son point de vue afin de trouver une issue au conflit.

12 Donnée, information et connaissance

Donnée, information et connaissance sont trois termes étroitement liés. Pour les comprendre, il faut les replacer dans un processus de transformation dont ils désignent les étapes.

Donnée	→ Interprétation →	Information	→ Appropriation →	Connaissance
brute et objective (indépendante de l'observateur et du contexte)		subjective (sens et valeur attribués selon l'observateur et le contexte)		informations intégrées à un système de pensée (savoirs et savoir-faire)

Exemple

Un médecin fait un diagnostic à partir d'observations (données de température…) qu'il interprète (informations) en recourant aussi à son expérience acquise (connaissance des symptômes et maladies).

1 Donnée

A Définition

• L'être humain a d'abord perçu, son environnement à travers ses cinq sens,

puis a développé :
- des outils compensant les limites de ses capteurs naturels
- un système de données

} afin d'augmenter sa capacité à connaître et à se représenter le monde réel.

• **Une donnée numérique** est une donnée représentée sous un format pouvant être stocké et manipulé par des systèmes informatiques.

• **L'apport d'une donnée** est lié à son utilisation : les données sont une « matière première », c'est leur transformation en information qui leur donne de la valeur.

B En quoi les technologies transforment-elles l'information en ressource ?

Les technologies permettent la **numérisation** des données et facilitent ainsi leur **transformation** automatique (intégrant des règles « humaines ») en informations.

2 Information

A Définition

Information = données (objectives) + interprétation (subjective) + valeur (subjective)

L'information est liée :
- **à un individu :** des individus différents peuvent interpréter différemment les mêmes données ;
- **à un contexte :** un même individu peut interpréter différemment les mêmes données dans divers contextes.

B Les rôles de l'information

Information

ressource pour

entreprendre une action (information opérationnelle) | prendre une décision (information décisionnelle)

Rôles de l'information

Exemples
- Dans une organisation, une commande est une information (composée de données sur le client, les produits commandés…) qui donne lieu à une action prédéfinie : la préparation de cette commande.
- Un vote est une décision qui se fonde sur de l'information (avec une part de subjectivité : c'est l'interprétation des informations par l'individu qui guide son vote ; de plus tous les individus n'ont pas forcément les mêmes informations).
- Dans une entreprise, l'information sur des invendus croissants pour un produit peut donner lieu à la décision de ne plus le proposer à la vente.

C Qualité et valeur d'une information

- **La qualité** d'une information est liée à :

son accessibilité (facilité d'obtention)	son actualité (mise à jour, non obsolète)	sa pertinence (intérêt)	sa fiabilité (exactitude)

- **La valeur** d'une information dépend également de la différence : gains obtenus grâce à l'information – coûts d'obtention de l'information.

Gains et **coûts** sont parfois difficiles à déterminer (et pas forcément monétaires).

Exemple
Prendre connaissance d'information sur le trafic automobile peut permettre d'éviter un embouteillage, le coût est le temps passé à en prendre connaissance et le coût de ce service (gratuit mais financé par l'impôt) ; le gain est celui du temps non perdu dans l'éventuel embouteillage et une baisse de stress, ce qui est difficile à mesurer.

Gains de l'information
– Quantitatifs (argent, temps…) – Qualitatifs (satisfaction, dommage évité…)

Coûts de l'information
– De création (argent, temps…) – De reproduction

D En quoi les technologies transforment-elles l'information en ressource ?

- **La numérisation et l'automatisation** rendent le coût de reproduction quasi-nul contrairement au cas d'un bien matériel, déjà conçu, où chaque fabrication consomme des ressources (matières, travail…).
- **Bien utilisées, les technologies** améliorent la ressource informationnelle : elles peuvent en réduire le temps et le coût d'obtention, en augmenter la qualité ou la quantité.

Exemple
Écrire un article (production d'information) prend du temps (collecte auprès de sources, analyse, rédaction…), le reproduire se limite au coût du support physique (papier,…) ou numérique (duplication à coût quasi nul).

Avantages de l'information numérique		Risque en conséquence
– Coût faible (dématérialisation, automatisation…). – Rapidité (automatisation, diffusion par les réseaux…). – Qualité (précision, traitement de grandes quantités…).	→	Création sans contrôle d'une surabondance d'informations ayant des conséquences économiques (perte de qualité et de temps) et sociales (stress lié à la surcharge informationnelle ou « infobésité »).

3 Connaissance

A Définition

• **La connaissance** est par définition un élément immatériel attaché à un individu (c'est une appropriation mentale). Partager la connaissance permet un gain d'efficacité car cela évite :
– à chacun d'avoir à **redécouvrir** ce que d'autres ont déjà découvert ;
– de **perdre une connaissance** dans une organisation avec le départ de l'individu qui la porte.

« La connaissance s'acquiert par l'expérience, tout le reste n'est qu'information. » (Albert Einstein).

• **Un partage de la connaissance** se fait souvent de façon informelle (non organisée) entre individus. Le **management de la connaissance** formalise (organise et structure), étend et pérennise ce partage en interne, voire avec des partenaires extérieures (pour des données non personnelles et non essentielles à l'avantage concurrentiel).

Collecter et rassembler les connaissances des individus → Partager ces connaissances → Permettre ainsi l'émergence de nouvelles connaissances (intelligence collective)

B Le management de la connaissance

• **Posséder une information que d'autres n'ont pas** peut être un instrument de « pouvoir ». Le management de la connaissance est une démarche qui doit **valoriser le partage** au profit de l'organisation ; l'individu qui partage une information doit donc y être incité et y trouver un intérêt personnel, notamment dans la réalisation collective.

A retenir
Les technologies facilitent la création et l'exploitation d'une « mémoire » de l'organisation constituée de données, d'informations et de connaissances.

• **Le système d'information** peut être le support de cette démarche grâce aux technologies de l'information et de la communication : stockage partagé, diffusion ciblée (pour éviter la surcharge informationnelle), mise en relation (médias sociaux)…

13 Les sources de données

Les données utilisées par les organisations sont principalement issues de leur activité, mais également de leur environnement. Les technologies facilitent l'exploitation de « nouvelles » sources de données : les données personnelles, les données ouvertes et les mégadonnées.

1 Les données personnelles

A Définition

Toute donnée permettant d'identifier directement ou indirectement une personne physique est une donnée à caractère personnel.

Exemples
Nom, numéro de téléphone, photographie, donnée biométrique, adresse IP…

B Valeur économique

• **Les risques pour la vie privée** liés au traitement des données personnelles sont accrus par la numérisation des données personnelles et les réseaux car cela facilite :

la circulation rapide et à grande échelle de ces données	la recherche de ces données personnelles et leur persistance	le traitement automatique de ces données (profilage…)

• **L'accès à des services gratuits** a souvent pour contrepartie la collecte de données personnelles qui pourront être exploitées/revendues pour personnaliser des offres : « si c'est gratuit vous êtes le produit » (et non le client).

Exemple
L'accès à Facebook est gratuit malgré les coûts (développement, hébergement…), mais en contrepartie le modèle économique de cette société est essentiellement fondé sur l'exploitation des données personnelles délivrées par ses utilisateurs.

C Protection juridique

• **La protection des données personnelles** est régie en France par :
– la **loi Informatique et Libertés** du 6 janvier 1978 et ses révisions successives ;
– un **règlement européen** du 25 mai 2018, le **RGPD** (Règlement général sur la protection des données), qui harmonise la protection au sein de l'Union européenne.

Droits des individus à l'égard de l'organisation stockant leurs données personnelles		Principales limites
Être informé	que des données personnelles sont collectées et ce qui va en être fait	manque de lisibilité des explications
S'opposer	à une collecte des données personnelles	– peut empêcher l'accès au service – exceptions légales
Vérifier	si un organisme détient des données sur soi et les consulter	accès indirect par l'intermédiaire de la CNIL pour certains fichiers (sécurité, justice…)
Rectifier	des données personnelles stockées inexactes ou incomplètes	– sauf les traitements artistiques et journalistiques – démarche particulière pour les données d'une personne décédée
Effacer	des données personnelles stockées	diverses limites (article 17 du RGPD)
Récupérer	ses données (obtenir une copie)	trouver un format technique exploitable
Déréférencer	un contenu (ne plus l'associer à votre nom-prénom dans les résultats d'un moteur de recherche)	– le contenu existe toujours – le droit à l'information du public peut l'emporter sur l'intérêt de la personne privée – faire la demande auprès de chaque moteur
Geler	l'utilisation des données le temps d'examiner le bien-fondé d'un de ces autres droits	

Exemples
- **Être informé et vérifier :** à l'entrée d'un lieu filmé, cela doit être signalé, ainsi que la personne à contacter pour exercer son droit d'accès aux images, l'usage et le temps de conservation des images.
- **Être informé et s'opposer :** un site qui utilise des cookies (qui tracent les actions réalisées) doit en informer l'internaute, qui peut les refuser (au risque d'être privé de tout ou partie du service).
- **Récupérer :** en changeant d'opérateur téléphonique, on peut conserver son numéro (donnée personnelle); cette portabilité devrait être possible à terme pour une messagerie électronique par exemple (changer de boîte mail tout en récupérant ses messages et contacts).

• **L'organisation,** qui détient et traite ces données, a pour **obligations** de :
– respecter les droits des individus;
– ne collecter que les données pertinentes et pour une durée limitée (principe de minimisation);
– sécuriser les données (et notifier dans les 72 heures toute violation de ces données).

Exemple
4 mois après l'entrée en vigueur du RGPD, 742 notifications d'atteinte à des données avaient été déclarées en France concernant 33 millions de personnes (en France ou non).

• **La protection des données** est mise en œuvre par :
– un **délégué à la protection des données** au sein de l'organisation (obligatoire dans certains cas);
– la **CNIL** (Commission nationale de l'informatique et des libertés), autorité administrative indépendante, qui a différentes missions :

À retenir
– Les données personnelles permettent des actions et décisions personnalisées.
– Mais leur utilisation est encadrée et loyale sous peine de perdre la confiance et d'altérer l'image de ceux qui les utilisent.

	Information sur les droits et obligations	Régulation des fichiers sensibles	Contrôle et sanctions	Protection des citoyens	Veille (anticiper)
La CNIL en 2017 (198 emplois)	4,4 millions de visiteurs sur cnil.fr	4124 décisions et autorisations	341 contrôles, 79 mises en demeure et 14 sanctions	8360 plaintes, 14000 demandes d'aides, 8297 accès indirects	177 avis sur des projets de texte

2 Les données ouvertes

A Définition

Une donnée ouverte (***open data***) est une donnée qui peut circuler, être échangée et utilisée :

sans contrainte **juridique**	sans contrainte **technique**	sans contrainte **financière**
attribution d'une liberté d'utilisation par la licence associée	publication dans un format ouvert (qui n'est pas lié à un logiciel particulier et la propriété d'un éditeur)	mise à disposition gratuite

Exemple

Le portail data.gouv.fr met à disposition gratuitement des dizaines de milliers de jeux de données publiques ouvertes, en utilisant notamment des formats textes (csv, XML…) qui peuvent être lus par tout logiciel (à commencer par un simple éditeur de texte, un tableur…).

B L'ouverture des données

- **L'ouverture des données** est :

obligatoire pour les données publiques des administrations et services publics	possible pour les autres organisations (entreprises,…) si elles y trouvent un intérêt	interdite pour les données personnelles

- **Les acteurs** de ce système sont :

ceux qui stockent des données (administrations, entreprises) → **ceux qui les transforment** (nouveaux acteurs) → **ceux qui les utilisent** (citoyens, chercheurs, entreprises, administrations

- **L'idée sous-jacente** est qu'on n'a pas le « monopole des bonnes idées » : on peut posséder des données sans en voir toutes les exploitations possibles. En les publiant, on permet à autrui de développer ses propres idées de nouveaux services et donc de richesses.

Exemple

La mise à disposition des statistiques de fréquentation d'une station de train aidera à déterminer la clientèle potentielle pour un projet d'implantation d'un commerce. La SNCF organise même des concours de développement d'applications mobiles à partir de ses données rendues publiques.

- **La création de services innovants** réside principalement dans le croisement de données (facilité par leur mise à disposition, dans des formats réutilisables).

Exemple
Une agence immobilière pourra croiser ses biens immobiliers proposés avec des données publiques sur la localisation de services publics afin de pouvoir indiquer les écoles, les crèches, etc. à proximité d'un logement (sans avoir à supporter le coût de la collecte de ces données). Elle crée ainsi une information plus riche sur les biens proposés.

C En quoi les technologies transforment-elles l'information en ressource ?

Les données ouvertes sont mises à disposition de l'intelligence collective (chacun peut s'en saisir)... à condition de vaincre les obstacles (réticences à publier, format exploitable, modèle économique à trouver...).

3 Mégadonnées

A Des données massives

- **La production de données numériques** connaît une expansion très forte (leur volume double tous les 12 à 18 mois). Le **coût du stockage étant faible,** on ne se prive pas de stocker ces énormes quantités de données.
- **La numérisation** crée une grande quantité de données caractérisée par les **3 V.**

Volume	Variété	Vitesse (ou vélocité)
Même après avoir été utilisées elles sont généralement conservées (le coût du stockage étant faible)	Tout est donnée, qu'elles soient déclaratives (données saisies dans des formulaires, contribution aux réseaux sociaux...) ou comportementales (traces de navigations, géolocalisation, capteurs et objets connectés...) avec des textes, des images, des valeurs numériques...	Création en temps réel (avec une obsolescence parfois aussi rapide)

- **Avant de les utiliser,** il faut également s'assurer de la **Véracité** (caractère de ce qui vrai) de ces données, c'est-à-dire de leur qualité. Il faut enfin se concentrer sur les données les plus utiles et les transformer en **Valeur**.

B Les mégadonnées : perspectives et évolution

- **Le terme mégadonnées** (*big data*) désigne ces ensembles de données qui ne répondent pas à un modèle prédéfini : c'est leur **analyse** qui fait ressortir des **corrélations** (liens entre ces données) à qui on donne parfois un pouvoir prédictif (si on observe tel lien sur des données passées, on peut supposer qu'il se reproduira dans le futur).

Exemple
- L'analyse de nombreuses données sur les déplacements de tous modes (voiture, transports en commun...) peut aider à détecter les flux de déplacement et à élaborer une nouvelle offre adaptée.
- L'analyse de dossiers médicaux peut permettre de découvrir des facteurs de maladies, faire ressortir les traitements qui fonctionnent le mieux...

• Ce gisement massif de données représente des **potentialités** immenses de trouver des corrélations non connues auparavant et ainsi de créer de nouvelles informations. Mais ces traitements automatiques présentent également des **risques** :

– **risque de profilage des individus :** le croisement de nombreuses données porte atteinte à la vie privée;
– **absence de décision humaine :** … et qui peut fonder des décisions automatiques;

Exemples

- Le moteur de recherche Google utilise 57 signaux (âge, sexe, géolocalisation, historique de navigation, navigateur utilisé, résolution de l'écran, fréquence des clics, raccourcis…) pour personnaliser ses résultats.
- Une banque peut fonder sa décision d'accorder un prêt sur des dizaines de données (certes les revenus, mais aussi l'activité sur les réseaux sociaux…) sans pouvoir fournir une règle claire de décision.

– **reproduction de biais :** les corrélations se transforment en règles de décision mais elles peuvent être fondées sur des données inexactes ou incomplètes;

Exemple

Si une organisation fonde ses recrutements sur les caractéristiques de ses salariés actuels (leurs CV…), elle reproduira la même structure, les mêmes insuffisances (par exemple le manque de femmes ou d'hommes à certains postes…) et ne se donnera pas la chance de recruter des profils différents qui pourraient lui bénéficier.

– **concentration entre quelques acteurs :** plus la masse de données est importante, plus les traitements seront « performants » : les « gros » acteurs éliminent les « petits », ce qui conduit à une concentration entre quelques uns (Google, Facebook…) avec des risques liés à des abus de position dominante;
– **corrélation ne veut pas dire causalité (multiplier les corrélations entre plusieurs facteurs réduit ce risque) :** ce n'est pas parce que deux phénomènes évoluent de façon conjointe qu'ils sont liés et que l'un cause l'autre (soit c'est une coïncidence, soit cela s'explique par un facteur intermédiaire).

Exemples

- Plus les collégiens ont de grands pieds, plus ils ont de connaissances en mathématiques : on pourrait en déduire qu'avoir des grands pieds aide à avoir des connaissances en mathématiques. Il y a un facteur tiers de causalité : plus les collégiens sont âgés, plus ils ont de grands pieds et plus ils ont eu de cours de mathématiques !
- En 2000 et 2009, la baisse du taux de divorce dans l'État américain du Maine suit exactement (corrélation) la baisse de la consommation de Margarine : c'est un hasard (pas de causalité).

À retenir

– **Les mégadonnées** présentent un nouveau gisement de données…
– … **mais dont leur exploitation** est difficile et présente des risques.

14 Le système d'information

Dans les activités de gestion, l'information est à la fois source et résultante de l'action individuelle et collective. Les systèmes d'information concourent à en faire une ressource stratégique pour toute organisation.

1 Importance du système d'information dans une organisation

• **Une organisation structure une action collective** produisant des biens ou des services visant à satisfaire les besoins de ses clients (au sens large : ceux qui s'adressent à elle ; cette relation peut-être commerciale ou non).

La **division du travail** au sein des organisations permet une productivité élevée grâce à la spécialisation

mais nécessite **en contrepartie une coordination** des activités menées en vue d'atteindre l'objectif final.

Cette coordination a lieu grâce à de l'information gérée par un **système d'information (SI).**

Exemple
Dans un lycée, l'enseignement est divisé en cours organisés selon un emploi du temps auquel tous se réfèrent, c'est donc un élément de coordination des activités issu du système d'information.

• **Le système d'information d'une organisation** est une **activité transversale** à toutes les autres activités au sens où l'information est partout dans l'organisation pour coordonner les activités. 10 à 40 % du budget des organisations (selon leur activité) sont consacrés à l'utilisation du système d'information car le SI fournit ses services à l'ensemble des métiers de l'organisation.

• **On pourrait aussi mesurer son apport à la perte** qu'on supporterait en cas de défaillance.

Exemple
Le site marchand d'une entreprise commerciale est un élément de son système d'information ; s'il tombe en panne, elle subit une perte de chiffre d'affaires.

2 Fonctions – Composantes – Rôles

• **Définition.** Le SI se définit par :

ses **fonctions** (ce qu'il fait)	ses **composantes** (avec quoi et comment il le fait)	les **rôles** de l'information (pourquoi il le fait)
• l'**acquisition** (collecte) • la **mémorisation** (stockage) • la **transformation** (traitement) • la **diffusion** (communication) des informations (et par extension des données et connaissances)	• **humaine** : les utilisateurs du SI, les gestionnaires du SI • **organisationnelle** : les processus • **technologique** dont les TIC (technologies de l'information et de la communication)	• **opérationnelle** : elle permet l'action (la réalisation des processus) • **décisionnelle** : elle fournit des éléments permettant la prise de décisions managériales (pilotage de l'organisation) ou stratégiques (fixation des objectifs de l'organisation)

• **Ces trois classifications se complètent :** les fonctions utilisent les composantes concernant des informations opérationnelles ou décisionnelles.

> **Exemple**
> Une prise de commande sur un site correspond à une collecte de données à l'aide d'une composante technique créant une information opérationnelle (la commande à préparer).

• **Les informations décisionnelles** sont souvent issues de l'**agrégation des informations** opérationnelles. En ce sens, elles sont plus espacées dans le temps et moins détaillées.

> **Définition**
> **Agréger :** rassembler de façon plus synthétique ; par exemple une moyenne agrège des notes.

> **Exemple**
> Une commande doit être traitée (aspect opérationnel) ; l'ensemble des commandes renseigne sur des tendances et permet d'ajuster l'offre de l'entreprise (aspect décisionnel).

3 Apport des TIC au système d'information

• **Un SI efficace** soulage ses utilisateurs des tâches sans valeur ajoutée et délivre la bonne information, au bon destinataire, au bon moment, sous la bonne forme. Cela se fait notamment grâce au recours aux **TIC** (outils de communication, coordination et de collaboration : messagerie, documents partagés, applications métiers…).

> **À noter**
> **TIC :** technologies de l'information et de la communication.

	Collecte et diffusion	Stockage	Traitement
Apports des TIC aux fonctions du SI	Réseaux (partenaires multiples, plus de contrainte de temps et distance)	Possibilité de duplication et de partage rapide et à coût faible	Automatisation (rapidité, gros volumes)

> **Exemple**
> Dans le modèle client-serveur, les postes « clients » demandent à un poste « serveur » des ressources (l'accès à un site Web, son courrier, ses fichiers…). Ce modèle combine les avantages de la centralisation et de la décentralisation : la centralisation garantit l'unicité (pas plusieurs versions, dont certaines obsolètes, de la même donnée) mais l'accès peut être décentralisé à travers les réseaux (pas besoin de « se rendre » au point central où est stockée la donnée).

• **Les apports des TIC** se mesurent à tous les niveaux de l'organisation :

Apports opérationnels	Apports décisionnels	Apports stratégiques
Gains de productivité (coût, délai)	Création de nouvelles informations par agrégation de données	Utilisation innovante à l'origine d'avantages concurrentiels (nouvelle offre,…)

> **Exemple**
> Un éditeur de magazines peut innover en enrichissant ses publications papier de QR codes qui renvoient vers des contenus supplémentaires ou des actualisations.

> **À retenir**
> – Les SI gagnent en efficacité grâce aux TIC.
> – Les organisations sont toutes amenées à « se repenser » dans le cadre d'une transformation digitale de leur activité et de leur SI.

15 Applications et usages du numérique dans les organisations

Grâce aux outils de partage, **le numérique** favorise l'émergence d'une intelligence collective définie par le philosophe français Pierre Lévy (1994) comme « **une intelligence** :
– **partout distribuée** : personne ne sait tout, tout le monde sait quelque chose ;
– **sans cesse valorisée** : chaque personne apporte une richesse au collectif ;
– **coordonnée en temps réel** : les TIC permettent de s'affranchir des contraintes d'espace et de temps ;
– **qui aboutit à une mobilisation effective des compétences.** »

1 Économie en réseau et collaborative

• **L'économie s'est en partie dématérialisée :** le développement des services s'associe, voire se substitue, aux biens. La compétitivité des entreprises dépend de leur réactivité, de la maîtrise de l'information, de l'innovation dans ces domaines.

• **Dans une économie en réseau, les différents acteurs sont interdépendants**. La bonne circulation de l'information y est donc indispensable ; optimisée elle permet de créer de la valeur.

• **La collaboration** est la réalisation à plusieurs d'une production commune : cela nécessite une coordination que les échanges numériques facilitent à travers différents outils :

Espaces de stockage partagé	Agendas partagés	Gestion de ressources partagées, suivi d'avancement de projets	Documents collaboratifs, partage d'idées	Outils de communication (messagerie instantanée, courriels, visioconférence…)

2 Communautés en ligne

• **Une communauté de pratiques** est un groupe d'acteurs qui collaborent **autour d'un centre d'intérêt commun** dans le but d'apprendre, de coproduire, de progresser. Les TIC y apportent des moyens d'échange et de partage des informations.

• **La communauté de pratiques nécessite un engagement volontaire** (et non désigné) qui peut concerner des membres d'une organisation, s'élargir à ses partenaires ou être ouverte à tous sur Internet.

3 Réseaux et médias sociaux

• **Un réseau social** est composé d'un ensemble d'acteurs (individus ou organisations) et de relations sociales entre ces acteurs (échange d'informations, d'émotions,…). Les réseaux sociaux ont toujours existé ; les TIC et Internet ont permis de les entretenir ou de les étendre grâce aux **médias sociaux**.

Facilité de mise en œuvre	Coût faible (voire gratuité)	Étendue des relations	Rapidité (instantanéité)
Sauf pour les publics victimes d'illectronisme	Exploitation des données personnelles en contrepartie	On peut entretenir des relations lointaines et épisodiques mais qui par leur nombre ont un apport aussi fort que les relations fréquentes	

• **Les différents types de réseaux sociaux** sont :

Réseaux sociaux grand public	Microblogage	Réseaux sociaux professionnels	Réseaux sociaux internes
Facebook	**Twitter**	**Viadeo, LinkedIn**	**Réservés aux membres d'une organisation**
Circulation rapide, gratuite et large d'informations au sein des groupes d'intérêt qui s'y créent	Favoriser la diffusion fréquente d'informations en se limitant au minimum utile (pouvant s'enrichir de liens)	Visée professionnelle : trouver des partenaires d'affaires (investisseurs, fournisseurs…), augmenter sa visibilité sur le marché de l'emploi…	Notamment pour y permettre une meilleure circulation de l'information (s'affranchissant des structures traditionnelles) pour une plus grande efficacité et réactivité, les échanges d'expérience et la capitalisation de connaissances (pour les rendre réutilisables).

• **Ces réseaux sont un moyen de collecter ou de diffuser de l'information** (proagir ou réagir) en interne ou en externe. Un gestionnaire de communautés est souvent garant de cette animation qui participation à l'e-réputation de l'organisation.

À retenir

– Les TIC interconnectent les intelligences individuelles…
– … mais les outils ne font pas tout, il faut les insérer dans une démarche de management.

Testez-vous !

Corrigé p. 148

1 Choisissez la ou les affirmation(s) exacte(s).

a) Seules les entreprises ont un système d'information.
b) Système d'information et système informatique sont synonymes.
c) Le système d'information coordonne le travail au sein d'une organisation.

2 Complétez la phrase à l'aide du bon chiffre.

Le système d'information réalise ……… fonctions à l'aide de ……… composantes et produit ……… types d'information.

3 Les TIC utilisées par les médias sociaux permettent :

a) d'activer de nombreux contacts pour un coût « faible ».
b) d'activer de nombreux contacts dans un délai rapide.
c) de maîtriser l'exploitation de ses données personnelles.

16 Intelligence artificielle et automatisation des tâches

L'intelligence artificielle consiste à réaliser automatiquement des tâches pour l'instant accomplies de façon plus satisfaisante par des êtres humains car elles demandent des processus mentaux de haut niveau tels que l'apprentissage perceptuel, l'organisation de la mémoire et le raisonnement critique.

« L'intelligence artificielle est le contraire de la bêtise naturelle. » (Woody Allen)

1 Historique

• **Deux visions s'affrontent à partir des années 1950 :**

	Programmation	Apprentissage automatique
Principe	Imiter le cerveau à travers un ensemble de règles de décision fournies et programmées	Apprendre automatiquement par essais et erreurs (*machine learning*)
Limite	Il est difficile de tout décomposer en raisonnement, en règles logiques exprimables	*Voir ci-dessous*

• **La première approche l'a longtemps emporté,** les progrès techniques ont permis un essor récent de la deuxième (notamment pour le traitement des mégadonnées). Les deux types d'approches vont coexister pour des problèmes différents.

Exemples
- Le GPS fonctionne sans apprentissage mais sur des règles logiques.
- La reconnaissance de formes (lettres, images…) est fondée sur l'apprentissage automatique.
- La traduction automatique, autrefois réalisée à travers la mise en œuvre d'un certain nombre de règles, donne maintenant de meilleurs résultats par apprentissage automatique.

2 Les limites de l'apprentissage automatique

• **Actuellement les systèmes d'apprentissage sont surtout performants pour la perception** mais pas pour le raisonnement et la planification (anticiper le futur).

Boîte noire	Pas de capacité d'apprendre à apprendre	Incapacité sur un « nouveau » problème	Risque de biais
Le système apprend, mais est incapable d'expliquer ce qu'il a appris (et comment il « décide »).	Le système réalise la tâche qu'il a apprise mais ne sait pas transposer une tâche similaire ; il faut le ré-entraîner.	Il n'y a pas d'anciennes données pour entraîner le système.	Si le système est entraîné sur des données « inexactes », il reproduira ces erreurs.

Exemple
Pour qu'un système sache reconnaître un chat sur une image, il lui faudra d'abord un entraînement sur des milliers d'images, puis il saura déterminer quelles photos comportent un chat sans pouvoir expliciter ce qui définit un chat… et pour reconnaître un chien, il faudra totalement le ré-entraîner.

• **On ne pourra pas totalement confier certaines décisions à un système automatique** car :
– en droit n'est responsable que celui qui est capable de rendre compte de la raison de ses actes ;
– on peut exiger une décision humaine lorsque les résultats de la décision sont fondés sur des données personnelles et produisent des effets juridiques sur une personne ou l'affectent significativement.

Exemples
- Dans l'attente d'une évolution du droit, la voiture autonome en essais circule actuellement avec un conducteur humain « de secours » qui doit pouvoir reprendre le contrôle et être responsable.
- Un jugement ne pourra être fondé uniquement sur une analyse statistique des décisions passées pour des cas similaires, la justice doit être rendue par l'humain, même s'il peut s'aider d'une intelligence artificielle.

3 Agent conversationnel

• **L'agent conversationnel (*chatbot*)** est un assistant virtuel qui dialogue avec un utilisateur. Afin d'avoir un dialogue assez riche, il recourt de plus en plus à l'intelligence artificielle (il s'enrichit de son expérience et se perfectionne).

• **Il est spécialisé** dans un domaine et ne tente pas de se faire passer pour un humain.

• **Ce type d'outil est en essor** car il **permet une grande disponibilité** (traiter de nombreuses demandes à toute heure) et une **réduction de coût**.

Exemple
Dans le domaine médical, un *chatbot* est disponible 24 heures/24, peut aider le patient à s'orienter vers la bonne démarche, l'encourager à poser des questions du fait de l'anonymat… mais doit savoir ne pas répondre plutôt que donner de fausses réponses ou provoquer des inquiétudes.

À retenir
– L'intelligence artificielle s'enrichit d'un partage croissant de l'information pour s'améliorer…
– … il faut cependant être vigilant face aux limites actuelles de ces technologies.

Testez-vous !

Corrigé p. 148

Choisissez la ou les affirmation(s) exacte(s).
a) L'intelligence artificielle ne repose que sur l'apprentissage automatique.
b) L'apprentissage automatique peut fonctionner pour tout type de problème.
c) La qualité de l'apprentissage automatique dépend des données fournies.
d) L'apprentissage automatique permet de prendre des décisions transparentes.

17 Gestion par les processus organisationnels

La division du travail a pour objectif, grâce à une spécialisation, l'efficacité maximale de chaque tâche... mais il faut prendre en compte l'interdépendance des activités dans un objectif de qualité du résultat global.
La gestion par processus est ainsi « orientée client » : un processus se définit davantage par ce qu'il produit que par la façon dont il le produit.

1 Processus

• **Définition.** Un **processus** est un **ensemble d'activités**, coordonnées par l'information, produisant un résultat (bien ou service) **qui satisfait un besoin** en consommant des ressources (humaines, matérielles ou informationnelles).

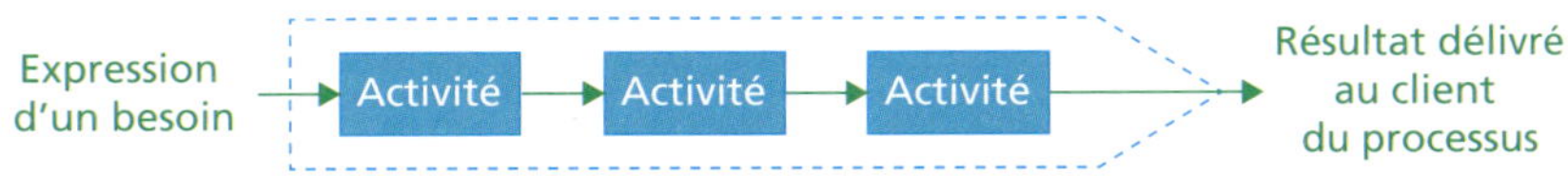

• **Les processus stratégiques (ou de pilotage)** correspondent à l'élaboration des objectifs de l'organisation et l'allocation de ressources sous forme de processus métiers et supports, qu'on distingue selon le destinataire du résultat du processus, appelé « **client du processus** » :

Processus métier	Processus support
Il délivre un résultat à un client de l'organisation (donc externe à elle) dans un domaine correspondant au cœur de métier de l'organisation	Il délivre un résultat à un client interne à l'organisation afin de permettre indirectement le fonctionnement de processus métier

Exemple
Le traitement d'une commande d'un site marchand est un processus métier (le client de ce processus est le client, au sens commercial, du site).

Exemple
Le traitement d'une demande de formation de la part d'un salarié de ce site est un processus support (le client de ce processus est le salarié).

• **Les activités d'un processus** réalisent les fonctions du SI manipulant, transformant ou créant de l'information. Les acteurs du processus sont des utilisateurs du SI.

2 Modélisation des processus

• **Schématiser un processus** est un outil d'abstraction (observer et comprendre) et d'analyse pour le faire évoluer :
– l'**amélioration de l'efficacité** (coût, délai, qualité) des activités, notamment grâce aux TIC ;
– la **modification du processus** (suppression d'activités, réorganisation du rôle des acteurs...).

Exemple : Schéma événement-résultat du processus d'adhésion à un club sportif

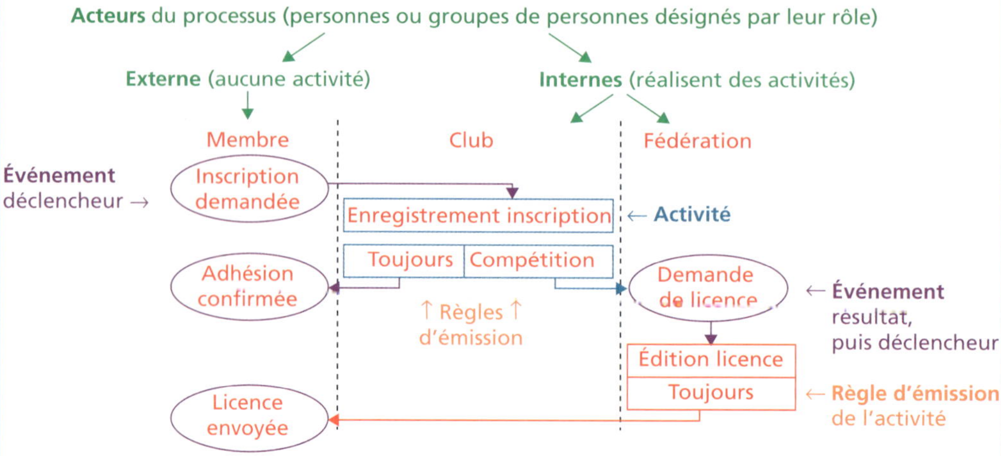

Le membre est l'acteur externe déclencheur et bénéficiaire du processus. **Le club et la fédération** sont des acteurs internes d'un processus ici inter-organisationnel (plusieurs organisations). Seuls les membres qui ont une pratique en compétition font l'objet d'une demande de licence auprès de la fédération (règles d'émission additionnelles).

- **Les éléments d'un schéma événements-résultats sont :**
  - les **acteurs** : internes ou externes au processus (et non à une organisation : un processus support a un client du processus interne à l'organisation mais externe au processus) ;
  - les **événements** : flux d'informations reçus ou émis par le SI ; ils sont déclencheurs d'une activité (avant), éventuellement temporels, ou résultats d'une activité (après) ;
  - les **activités** : suite non interruptible de tâches qui reçoivent, transforment, créent ou émettent des informations ; une activité a au moins un évènement déclencheur et au moins un événement-résultat ;
  - les **règles d'émission** d'une activité indiquent le <u>**cas**</u> dans lequel le (ou les) évènements résultats issus se produisent. Elles peuvent être alternatives ou additionnelles.

- **Un processus** peut avoir une ou plusieurs **fins** (événement-résultat sans suite) mais généralement il aboutit à une fin « normale » et des fins interruptives.

- **Le déclenchement d'une activité** peut être lié à plusieurs évènements selon une règle de synchronisation :

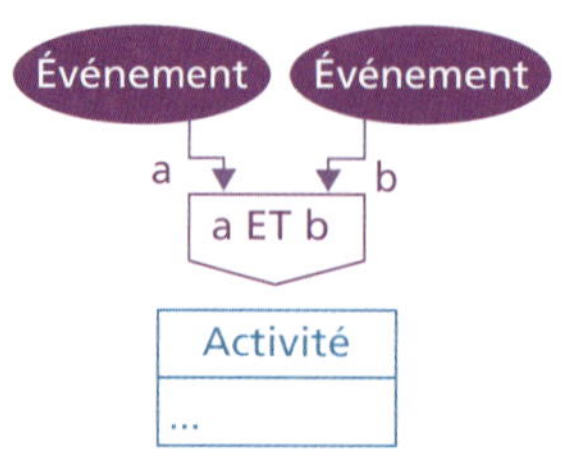

L'activité ne se déclenche que si les deux événements ont lieu.

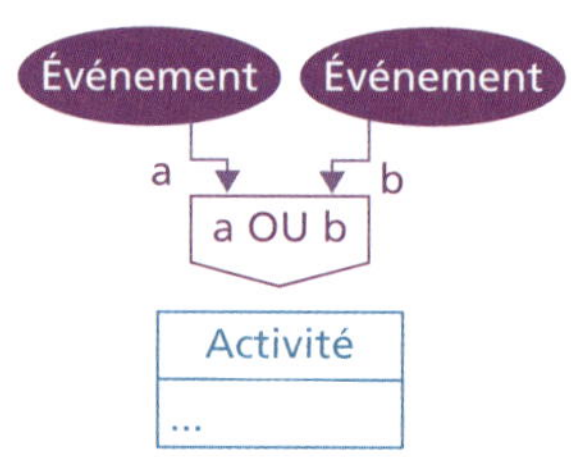

L'activité se déclenche si un des deux événements (ou les deux) a lieu.

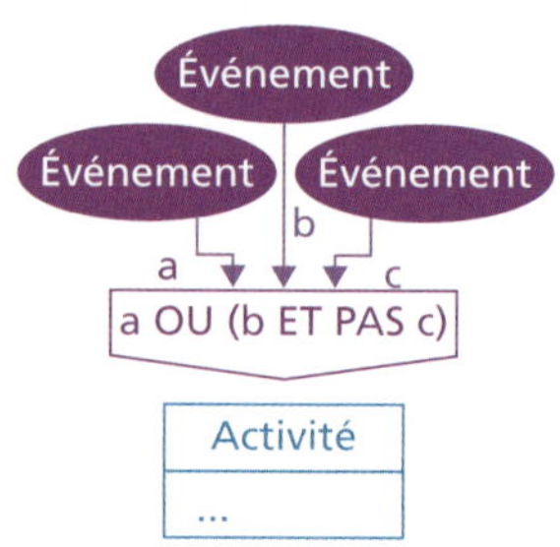

L'activité se déclenche si (a) a lieu ou (b) mais sans (c).

- **La qualité du service rendu** dépend aussi de la capacité de l'organisation à gérer les exceptions (cas non prévus dans le processus), sous peine d'être rigide.

18 Les applications métiers et le PGI

Une **application métier** répond à un besoin professionnel : elle aide à accomplir un métier avec les apports du numérique (automatisation, partages d'informations…).

Une application métier peut être issue de
- → progiciel(s)
- → développements spécifiques

1 Progiciel ou développement spécifique ?

• **Un logiciel** traite des données dans un objectif déterminé ; il est composé de plusieurs programmes dont chacun a un rôle se réalisant sous forme de tâches réalisées par le matériel.

• **Un progiciel** est un **pro**duit lo**giciel** spécialement conçu pour répondre à des besoins métier prédéfinis par opposition aux logiciels généralistes (tableur, système de gestion de base de données…) à partir desquels on élabore des solutions répondant à des besoins.

• **Un développement spécifique** consiste à créer une application spécialement pour l'organisation (en la programmant et/ou en la concevant à partir de logiciels généralistes).

• **Critères de choix en faveur d'un développement spécifique et d'un progiciel :**

Développement spécifique	Progiciel
Absence de progiciel répondant aux besoins alors que le développement spécifique y répondra exactement.	**Qualité :** support d'un éditeur, solution déjà « testée » auprès d'autres clients (et donc a priori améliorée).
Application essentielle à la création d'un avantage concurrentiel (on ne peut donc pas avoir le même progiciel que les concurrents).	**Coût :** plus faible car réparti entre les différents clients.
	Délai : plus court car le progiciel existe déjà.

Exemple
Une compagnie aérienne va développer son propre système de tarification afin d'optimiser en temps réel le remplissage de ses avions (élément essentiel de sa rentabilité).
En revanche, pour ses traitements comptables, elle pourra faire appel à un progiciel, éventuellement aussi adopté par certains de ces concurrents ; c'est un domaine standard, sans avantage concurrentiel fort.

2 Système de gestion intégré

• **Un système de gestion intégré** est un système dans lequel **chaque donnée n'est saisie qu'une seule fois** :
gain de temps + gain de qualité (unicité des données, moindre risque d'erreurs) → gain de productivité et coût

• **Ces données** sont soit stockées une seule fois, soit répliquées automatiquement à chaque saisie ou mise à jour.

Exemple
Une vente entraîne une mise à jour des stocks mais également un enregistrement dans la comptabilité de l'entreprise; un système intégré évitera d'avoir à saisir cette vente dans deux applications différentes.

- **Ces systèmes intégrés** concernent les domaines industriels, commerciaux…
- **Un progiciel de gestion intégré (PGI)** vise à gérer l'ensemble des processus d'une organisation car ces derniers sont transversaux (concernent plusieurs services et domaines) et partagent des données. Il est fondé sur :

– une base de données unique;
– des modules qui y accèdent selon les besoins et métiers des utilisateurs.

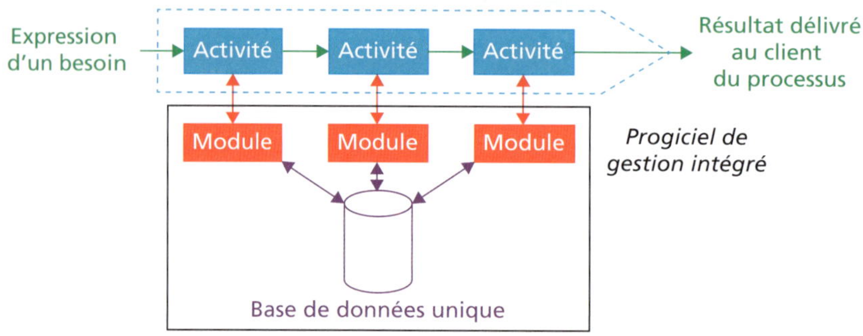

- **Le PGI peut intégrer un *workflow*** (flux de travaux) assurant la circulation automatique de l'information tout au long des processus et intégrer des fonctionnalités sociales d'échange entre les acteurs du processus.

À retenir
– Les progiciels permettent des gains quantitatifs (productivité) et qualitatifs…
– … mais risquent de générer des rigidités s'ils imposent un fonctionnement qui ne reflète pas totalement la réalité.

Testez-vous !

Corrigé p. 148

Choisissez la ou les affirmation(s) exacte(s).

1 Une donnée est dite intégrée car :
a) elle a été intégrée au SI du fait de sa collecte.
b) elle n'a pas à être saisie plusieurs fois.
c) elle a été comprise (intégrée à un système de connaissances).

2 Un PGI est :
a) un progiciel de gestion intégrée.
b) un progiciel de gestion intégré.
c) un programme de gestion intégré.
d) un programme de gestion intégrée.

3 Retrouvez les caractéristiques d'un PGI :
a) un module pour chaque domaine.
b) des données partagées.
c) un fonctionnement vertical (par domaine).
d) un fonctionnement transversal (par processus).
e) des droits d'accès aux données identiques pour les différents modules.

19 Travail à distance, mobilité

Les TIC facilitent le développement du travail distant, mobile et ubiquitaire (de partout).

1 Le travail à distance

• Le **travail à distance** (télétravail : préfixe *télé* = à distance) consiste à réaliser son activité professionnelle hors des locaux de l'organisation.

Depuis le domicile	Dans un télécentre (espace où des travailleurs peuvent avoir accès des TIC)	En déplacement (voir mobilité)

• **Cela concerne une part croissante des travailleurs français,** notamment ceux qui manipulent de l'information et non des flux physiques (qui nécessitent du présentiel).

• **Mais cela concerne rarement l'intégralité de leur activité.** L'efficacité maximale se situe à 2-3 jours par semaine :
– le travail à distance favorise les tâches de réflexion (du fait d'un certain isolement) ;
– le travail en présentiel favorise l'échange et les activités de communication.

	Avantages	Difficultés et risques
Gains directs pour l'organisation	Réduction de coûts de déplacements des salariés et de coûts immobiliers	Sécuriser l'ouverture du SI vers l'extérieur
Gains indirects pour l'organisation liés à la satisfaction du salarié	Réduction des déplacements	Repenser la relation manager/salarié
	Plus grande liberté d'organisation de la vie personnelle et familiale	Encadrer le temps de travail
	Intégration de travailleurs handicapés à mobilité réduite	Indemniser les frais du salarié
	Maintien de population dans certains territoires ruraux	Maintien du lien social avec les collègues et de l'appartenance à l'organisation

• **Ce mode de travail ne peut donc pas s'improviser, ni s'imposer** :
– il comporte des **dimensions juridiques, managériales, financières, technologique, sociales** ;
– il nécessite un **accompagnement** (formation, mise en place d'outils…).

Exemples
- Des déplacements peuvent être évités grâce à la visio-conférence ou à la téléprésence.
- Dans certaines organisations, les salariés n'ont plus de bureau attitré mais prennent un emplacement de travail (individuel, salle de réunion…) ; l'organisation y gagne des coûts immobiliers mais les salariés peuvent se sentir « exclus ».
- La mise en place du télétravail a un coût (infrastructure matérielle et logicielle, formation…).

• **Le travail en mobilité** apporte des gains :
– **quantitatifs :** augmentation de la productivité ;
– **qualitatifs :** apporter des solutions directement sur le terrain (flexibilité).

2 Un projet BYOD ou AVEC

On appelle → **BYOD** (*Bring Your Own Device*) ou **AVEC** (apportez votre équipement personnel de communication) } le fait que des salariés réalisent une partie de leur travail à l'aide d'outils TIC personnels.

A Les avantages

Pour le salarié	Pour l'organisation
Il est satisfait d'utiliser un matériel qu'il a choisi (notamment les dernières nouveautés de l'informatique grand public).	Elle économise des coûts de maintenance (le salarié l'assure tout ou partie) et de formation (le salarié s'est autoformé, a choisi ses outils...).
Il gagne en productivité et flexibilité (travail mobile, horaires flexibles).	Elle bénéficie des gains en productivité et en flexibilité du salarié.

B Les risques

Technologiques	Juridiques	Informationnels	Humains
Gestion d'un parc hétérogène d'appareils (risques d'incompatibilité avec des applications)	Responsabilité éventuelle de l'organisation si elle écrase par erreur les données personnelles	Fuite de données involontaires (piratage, vol de l'appareil) ou volontaires	Jalousies entre les salariés par rapport aux appareils possédés
Difficulté de sécurisation des appareils (l'organisation n'y a pas accès)	Présence de logiciels piratés sur l'appareil personnel pour une activité professionnelle	Problème de la récupération des données de l'organisation sur l'appareil personnel en cas de rupture de contrat	difficultés de séparation de la vie privée et de la vie professionnelle

Les organisations ont le choix entre trois positions quant à cette pratique (qui se répand) :

1 La refuser (au risque de mécontenter des salariés)	2 La tolérer (sous certaines conditions)	3 L'encourager (et l'intégrer au SI)

3 La transformation du travail par les TIC

- **Les TIC transforment le travail** mais présentent certains risques psychosociaux pour la santé des travailleurs :

Un mélange entre la vie professionnelle et la vie privée (en termes spatiaux et temporels)	Des relations personnelles et collectives moindres	Une surcharge informationnelle (infobésité)	Un travail encadré par les TIC avec une possibilité de contrôle et un rythme accru
Le salarié peut revendiquer le droit de ne pas être connecté aux outils numériques professionnels en dehors des horaires de travai.	*L'interaction uniquement via les TIC amoindrit les relations humaines (et peut créer des malentendus).*	*L'envoi facile de mails conduit à submerger ses interlocuteurs qui doivent trier ce qui leur est utile.*	*Les notifications créent une pression et l'activité numérique laisse des traces qui peuvent servir à évaluer le travail réalisé.*

20 L'informatique en nuage

L'informatique en nuage (*cloud computing*) est un modèle d'infrastructure informatique dans lequel les **données** et les **traitements** sont pris en charge par des serveurs **distants**, accessibles en permanence par Internet.

Ce modèle est souvent perçu comme une dématérialisation car :
- l'utilisateur (individu ou organisation) réduit son matériel informatique (il lui suffit d'un terminal client et d'une connexion) ;
- mais il y a en contrepartie des centres de données qui hébergent les serveurs délivrant les services.

Le numérique crée-t-il de l'agilité ou de la rigidité organisationnelle ?
– L'informatique en nuage apporte de l'agilité dans le déploiement et la gestion des solutions numériques…
– … à condition de bien anticiper et encadrer les risques.

Exemples
- De nombreux logiciels sont maintenant accessibles en ligne sans installation (mode SaaS : *software as a service*) ; on loue alors un service plutôt que posséder un bien (immatériel).
- Quand on utilise un webmail, on regarde une vidéo en streaming… c'est de l'informatique en nuage.

Avantages pour l'organisation cliente	Difficultés et risques
• Recours à des spécialistes (et à des compétences éventuellement non possédées ou rares)	• Dépendance envers le prestataire (réversibilité difficile : récupérer les données, dans un format réutilisable)
• Réduction des coûts → d'investissement (achats, déploiement) ; → de fonctionnement (maintenance,…)	• Localisation incertaine des données (risques juridiques)
• Prévisibilité des coûts (coûts proportionnels à la consommation, définis par contrat)	• Nécessité d'une connexion fiable (débit, continuité) et d'une communication sécurisée • Risque sur la sécurité des données (confidentialité, intégrité)
• Souplesse (le client peut facilement ajuster les ressources mises à sa disposition)	• Souscription directe par les utilisateurs, sans l'intermédiaire du service « informatique », au risque de ne pas prendre en compte des exigences de sécurité, d'interopérabilité…

Au niveau sociétal :

Consommation énergétique des centres de données croissante (du fait du développement des usages)	• Amélioration du rendement énergétique (progrès technique) • Contribution positive du développement durable de certains services rendus

Impact global incertain et difficile à évaluer

21 La gestion des organisations

La gestion des organisations nécessitent l'étude préalable des types d'organisations (cf. fiche 1) et des processus existants afin de mieux comprendre les différentes formes de créations de valeurs.

1 Les ressources selon le type d'organisation

• **Les ressources diffèrent selon le type d'organisation.** Il est nécessaire de les prendre en compte pour mieux comprendre la création de valeur attendue selon le type d'organisation.

	Organisations publiques	Entreprises privées	Associations
Ressources humaines	• Fonctionnaires et salariés • Dirigeants élus ou nommés	Salariés et dirigeants	• Bénévoles et salariés • Membres du bureau (président, secrétaire, trésorier, etc.)
Ressources financières	• Impôts, taxes • Emprunts auprès d'organismes financiers	• Apports des associés ou des actionnaires • Emprunts auprès d'organismes financiers • Bénéfices	• Cotisations • Dons et legs dans certains cas • Emprunts auprès d'organismes financiers
Ressources matérielles	Locaux, espace public, etc.	Locaux de production, locaux commerciaux, machines, etc.	Locaux, etc.

• **La création de valeur** dans une organisation passe en partie par la combinaison de ses ressources.

2 Les choix de gestions et les processus

• **Un processus** peut être défini comme un **ensemble d'activités organisées**, déclenché par des facteurs d'entrée (*input*) afin d'atteindre un résultat précis (*output*).

• **L'objectif final d'un processus** est la satisfaction du client ou des usagers ou des adhérents. Ce qui permettra la création de valeur.

• **Les acteurs externes** influencent les organisations car ils représentent des facteurs d'entrées potentiels.

Exemple
Un besoin non satisfait sur un marché va permettre à une entreprise qui le détecte de déclencher un processus (*input*). L'entreprise va combiner ses ressources afin de produire et commercialiser le produit répondant aux besoins. La satisfaction du client final (*output*) mettra fin à ce processus.

• **Les flux représentent** les interrelations existantes entre les acteurs. Elles ont pour objectif de visualiser concrètement les relations et d'identifier clairement les acteurs et leurs positionnement dans le processus.

3 La notion de valeur

• **En combinant leurs ressources** les organisations créeront ainsi de la valeur. Cette dernière sera à la fois financière et commerciale.

• **La valeur créée** sera ensuite distribuée. Deux pratiques s'opposent, celle de la valeur actionnariale et de **la valeur partenariale.**

A La valeur actionnariale

Elle est basée sur une distribution de la valeur créée principalement aux **apporteurs de capitaux** tels que les actionnaires. Elle privilégie le facteur capital au facteur travail.

B La valeur partenariale

• **Elle prend en compte l'ensemble des parties prenantes** qui a contribué à la création de la valeur dans la redistribution de celle-ci. Les parties prenantes sont les acteurs qui ont participé à la création de valeur.

• **Dans cette pratique la valeur créée sera redistribuée** à tous les acteurs qui ont participé à sa création. Les acteurs sont principalement les salariés, l'entreprise, l'État, les banques et les actionnaires.

Exemple

La valeur partenariale prendra en compte dans sa redistribition, les salariés qui ont apporté leur force de travail et se sont investis dans cette création ou encore l'entreprise afin qu'elle puisse s'autofinancer.

À retenir

Il existe différents types d'organisations que l'on peut caractériser selon leurs finalités et le types de production (marchande ou non). Les ressources diffèrent en fonction du type. Des acteurs externes influencent les processus. L'*input* est le déclenchement du processus et l'*output* sa fin. La valeur sera ensuite redistribuée à tous les acteurs qui ont participé à sa création (valeur partenariale).

22 La création de valeur ajoutée

Dans toutes les organisations, privées/publiques à but lucratif ou non lucratif, de nombreux acteurs créent de la valeur qui pourra prendre différentes formes. Elle permettra de mesurer la performance de l'organisation.

1 La valeur ajoutée (VA) et ses objectifs

• **La production de biens et de services est créatrice de richesse.** Grâce à la transformation des consommations intermédiaires, le bien ou service créé aura une valeur supérieure à la somme des consommations intermédiaires utilisées pour le produire. C'est la valeur ajoutée.

• **La valeur ajoutée** correspond à la différence entre le chiffre d'affaires réalisé et les consommations intermédiaires utilisées. Valeur ajoutée = Chiffre d'affaires – Consommations intermédiaires

• **L'objectif principal de la valeur ajoutée** est de **rémunérer** ceux qui participent à sa création. C'est aussi un outil important pour les entrepreneurs car elle permet de mesurer la richesse créée par l'entreprise sur une période donnée.

2 La répartition de la valeur ajoutée

A Les acteurs de la répartition

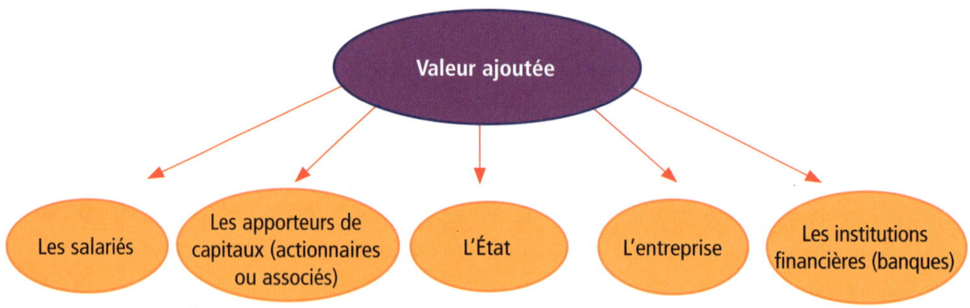

• **Les premiers acteurs** qui participent à la création de richesse sont les **salariés** : par leur force de travail, ils transforment les consommations intermédiaires. En contrepartie, ils perçoivent un salaire.

• **Les actionnaires et associés** apportent le capital qui sera nécessaire pour investir et faire vivre l'entreprise. En fin d'activité, les actionnaires percevront des **dividendes**, c'est-à-dire une part des bénéfices générés par l'entreprise.

• **L'État** perçoit les **taxes** sur la valeur ajoutée.

• **Les institutions financières,** telles que les banques, vont accorder des crédits qui permettront l'achat de biens ou de services et donc l'investissement. Ils percevront en contrepartie des **intérêts**.

- **L'entreprise** conservera une partie de la somme des valeurs ajoutées créées pour autofinancer certains investissements et ainsi éviter le recours à l'emprunt.

B Les contraintes liées à la répartition de la valeur ajoutée

- **La répartition de la valeur ajoutée** entre les différents acteurs peut être une source de conflits. Les **attentes** de chacun sont souvent opposées et des compromis devront être trouvés.
- **Les salariés** attendent une **juste rétribution de leur travail**. Une rémunération juste permettra au salarié de vivre décemment et même d'accroître son niveau de vie.
- **Les apporteurs de capitaux** souhaitent un **retour sur leur investissement** financier suffisamment important pour les inciter à continuer d'investir.

3 La taxe sur la valeur ajoutée

A La TVA

- **La taxe sur la valeur ajoutée** est communément appelée TVA. Cette taxe est un impôt indirect, à la charge du consommateur final et collectée par les organisations puis reversée à l'État. Son taux varie en fonction du domaine.

Il existe 4 taux en France, en 2018 :
Taux normal : 20 % **Taux intermédiaire** : 10 %
Taux réduit 5,5 % **Taux particulier** : 2,1 %.

Exemple de taux applicables
Le taux normal de 20 % concerne tous les produits qui ne bénéficient pas d'un taux particulier, comme les vêtements, l'électroménager. **Le taux intermédiaire** concerne la restauration, le transport de voyageur, etc. **Le taux réduit** est essentiellement sur l'alimentaire.

B TVA collectée

Lors de la vente d'un produit (bien ou service), l'entreprise fixe un prix de vente (appelé **prix de vente HT**). Elle ajoute ensuite la TVA, ce qui permettra ainsi d'obtenir le prix de vente public dit **prix de vente TTC**. Le consommateur qui souhaite acquérir le produit devra s'acquitter du prix de vente TTC. Cette taxe sera collectée par l'entreprise.

Formule
TVA = Prix de vente TTC – Prix de vente HT
ou Prix Vente HT × Taux TVA / 100

C TVA déductible

Lorsque l'entreprise achète des produits, elle s'acquitte aussi de la TVA auprès d'autres entreprises. Cependant, comme nous l'avons évoqué précédemment, **la TVA est toujours à la charge du consommateur final**. L'entreprise pourra donc déduire l'ensemble des TVA payées.

D TVA reversée

L'entreprise va donc reverser la somme des TVA collectées déduites de la somme des TVA déductibles à l'État. Ce paiement s'effectue périodiquement, la période mensuelle est la plus utilisée.

23 La création de valeur financière

La valeur financière est fondée sur le **patrimoine** et sur le **résultat** d'une entreprise. Il existe donc deux valeurs financières qui devront être dissociées.

1 La valeur financière liée au résultat

La valeur financière liée au résultat est synthétisée dans un document comptable obligatoire nommé compte de résultat. Le compte de résultat permet de constater si l'entreprise a gagné ou perdu de l'argent sur une période déterminée (généralement du 01/01 au 31/12). Il sert donc à déterminer la **performance économique** de l'entreprise. Il est composé des charges et des produits. À chaque type de charges correspond le même type de produits.

A Les charges

Les charges sont l'ensemble des éléments consommés par l'entreprise au cours de l'exercice comptable. **Il existe 3 types de charges :**

1. les **charges d'exploitation** : ce sont l'ensemble des charges utiles supportées par l'entreprise pour permettre son activité ;

> **Exemples**
> Achats de matières premières ou de marchandises, loyers, assurances, transports, charges de personnels ou encore frais marketing.

2. les **charges financières :** correspondent majoritairement aux intérêts que l'entreprise doit payer en contrepartie des prêts qu'elle a effectués ;
3. les **charges exceptionnelles** sont les charges qui ne sont pas liées directement à l'activité de l'entreprise. Attention : malgré leur nom, elles n'ont rien d'exceptionnel.

B Les produits

• **Les produits** correspondent à l'ensemble des recettes et revenus perçus durant l'exercice comptable.

– Les **produits d'exploitation** sont l'ensemble des produits liés à l'activité normale de l'entreprise.

> **Exemple :** chiffre d'affaires, subventions obtenues.

– Les **produits financiers** sont les revenus de l'entreprise liés à des placements financiers, prêts ou encore participation dans d'autres entreprises.

> **Exemple :** placements financiers de trésorerie.

– Les **produits exceptionnels** sont les produits qui ne sont pas issus directement de l'activité normale de l'entreprise.

C Représentation, mesure et interprétation du compte de résultats

Charges		Produits	
Charges d'exploitation		Produits d'exploitation	
Charges financières		Produits financiers	
Charges exceptionnelles		Produits exceptionnels	
TOTAL		TOTAL	

- **Si les produits sont supérieurs aux charges,** le résultat est positif, l'entreprise dégage donc un **bénéfice.**
- **Si les produits sont inférieurs aux charges,** le résultat est négatif, l'entreprise réalise une **perte**.
- **Les résultats** sont ensuite reportés dans le bilan dans les capitaux propres que ce soit un bénéfice ou une perte.

> **Formule**
> Résultat = Produits – Charges

2 La valeur financière liée au patrimoine

A Le bilan

- **La valeur financière** liée au patrimoine correspond à **l'actif** et au **passif** d'une entreprise. Elle est synthétisée dans un document comptable nommé **bilan**.
- **Le bilan** prend en compte la création de richesse d'une entreprise sur une période donnée (généralement un an) à travers son patrimoine à un moment déterminé (généralement en fin d'année). Il est composé de :
  – **l'actif** (ce que l'**entreprise possède**)
  – et le **passif** (ce que l'**entreprise doit**).
  C'est une photographie du patrimoine de l'entreprise à l'instant T.

> **Attention !**
> L'actif doit toujours être égal au passif.

B Les éléments de l'actif

Il existe 2 rubriques dans l'actif du bilan :

– l'**actif immobilisé** : ce sont les éléments qui resteront durablement dans l'entreprise et qui ont une valeur positive ;

> **Exemples :** le fond de commerce, les brevets possédés, les machines, etc.

– l'**actif circulant** : ce sont les éléments qui permettent le cycle d'exploitation de l'entreprise.

> **Exemple :** les stocks de marchandises qui serviront à la production ou les produits finis en attente d'être vendus.

C Les éléments du passif

Le passif correspond aux ressources qui ont permis de financer et d'acquérir les éléments essentiels pour l'actif. Il est composé de 2 rubriques :

– les **capitaux propres** : ce sont les ressources internes de l'entreprise qui permettent d'acquérir les éléments de l'actif ;

Exemple
Les apports en capital des associés ou des actionnaires, la part des bénéfices qui sera consacrée à de nouveaux investissements.

– les **dettes** : ce sont les ressources puisées en externe qui permettent d'acquérir les éléments de l'actif.

Exemple : les crédits contractés auprès d'organismes bancaires.

D La représentation simplifiée et l'utilité du bilan

Bilan de l'entreprise X au 31/12/N			
ACTIF	**MONTANT**	**PASSIF**	**MONTANT**
Actif immobilisé		Capitaux propres dont résultats de l'exercice	
Total de l'actif immobilisé		Total des capitaux propres	
Actif circulant		Dettes	
Total de l'actif circulant		Total des dettes	
TOTAL GÉNÉRAL		TOTAL GÉNÉRAL	

• **Le bilan** doit être **équilibré**, c'est-à-dire que l'actif est égal au passif. À chaque emploi doit correspondre une ressource.

Exemple
Les biens durables qui apparaissent dans l'actif immobilisé devront être financés par des ressources à long terme, c'est-à-dire des capitaux propres.

• **Les données fournies** dans le bilan seront retraitées pour calculer des ratios financiers qui permettront de **prendre des décisions** et effectuer des **analyses pertinentes** sur la valeur financière liée au patrimoine. Le passif permet aux créanciers et futurs créanciers d'analyser la capacité financière de l'entreprise et notamment sa capacité de remboursement.

À retenir
La **valeur financière** est liée au résultat. Elle est synthétisée dans le compte de résultat. Ce dernier permet de mesurer la performance économique grâce à l'analyse des charges et des produits et au patrimoine. La valeur financière est également liée au patrimoine de l'entreprise. Elle est récapitulée dans le bilan.

Exercice d'entraînement

Corrigé p. 148

L'entreprise Soaprino réalise des savons artisanaux.
L'ensemble des éléments donnés correspond à la période du 01/01/N au 31/12/N
Elle emploie 34 salariés, ce qui lui coûte 1 620 000 € sur un an. Elle a investi 580 000 € en marketing. Elle a dépensé 2 450 000 pour l'achat de matières premières et 1 780 000 de marchandises ainsi que 620 000 € de transport. Elle a également 25 000 € de frais financiers qui correspondent aux intérêts des prêts contractés. L'ensemble de ses ventes liées à son activité s'élève à 7 500 000 €. Elle perçoit également 8 000 € liés à divers produits financiers. Elle a obtenu une subvention de 15 000 € pour l'acquisition de nouvelles machines fonctionnant avec des énergies renouvelables.
Établissez le compte de résultat et concluez sur le résultat.

24 La valeur perçue

Parmi les différentes valeurs créées par l'organisation, la valeur perçue est celle liée aux consommateurs. Elle a donc un aspect plus marketing.

1 L'importance de la valeur perçue

- **La valeur perçue** correspond à l'ensemble des **bénéfices** combinés par un produit perçu par le client. L'entreprise cherche à produire de la valeur en répondant au mieux aux attentes et besoins des consommateurs.
- **Elle correspond en grande partie à 4 éléments** qui sont étroitement liés : l'**image** de marque, la **notoriété**, la **qualité** et la **satisfaction**. Elle est aussi influencée par des éléments issus des nouvelles technologies de l'information et de la communication, tels que les réseaux sociaux.

2 Les éléments de la valeur perçue

A L'image de marque

- **L'image de marque** est la représentation que se fait le consommateur d'une entreprise, d'un produit d'une marque. Elle se compose de caractères **objectifs** (performances techniques, robustesse…) ou de caractères **subjectifs** (luxe, beauté…) attribués par les consommateurs.
- **L'image de marque sera perçue comme positive, négative ou neutre** dans l'esprit du consommateur. Elle impacte la valeur perçue. Si un consommateur a une image positive, il sera plus enclin à acheter le produit même à un prix un peu plus élevé.

> **Exemple**
> En 2018, 98 % des 18/24 ans possèdent un smartphone. Apple véhicule une image très positive chez les jeunes ; c'est pourquoi il est de loin le téléphone préféré des ados en 2018, bien avant les Androids.

B La notoriété

- **La notoriété** est le fait pour une marque d'être connue. La marque peut être citée spontanément ou bien simplement reconnue dans une liste.
- **Pour une entreprise,** il est important de pouvoir connaître son taux de notoriété afin qu'elle puisse déterminer les actions à mener pour l'accroître. Il paraît évident que si le consommateur ne connaît pas la marque, il sera moins enclin à l'acheter. Plus la marque est connue, plus le taux de notoriété sera proche de 100.

C La qualité

- **La qualité** est une notion complexe car elle diffère d'un individu à l'autre. Elle correspond à la capacité d'un produit à satisfaire les besoins du consommateur. La qualité est étroitement liée à la notion de satisfaction. En effet, un client satisfait estimera qu'un produit, qui par l'ensemble de ses caractéristiques, répondra pleinement à ses besoins, sera de qualité.

Exemple
La qualité d'un smartphone diffère, d'un individu à l'autre; pour certains, elle correspondra à son esthétique, ses fonctionnalités; pour d'autres, à des aspects plus techniques, tels que la capacité de stockage, la durée d'utilisation de la batterie ou encore la puissance de l'appareil photo.

• **La qualité d'un produit peut être mesurée** par :
– **le taux de retour :** le nombre de produits retournés après la vente.
Plus le taux de retour est faible, plus on peut considérer le produit comme de qualité et donc répondant aux besoins des consommateurs.

Formule
Taux de retour = (nombre de produits retournés / nombre de produits vendus) × 100

Les retours ne sont liés qu'en partie à un éventuel problème de fonctionnement ou de défaut du produit. Aujourd'hui, les clients n'hésitent pas à retourner un achat que ce soit dans des boutiques ou sur des sites Internet –, qui ne correspond simplement pas à leurs attentes;

– **le nombre d'interventions du service après-vente** est un indicateur pertinent car il permet de constater la qualité liée aux défauts de fonctionnement du produit.

• **La qualité globale** perçue aura un impact sur la valeur perçue par le consommateur.

D La satisfaction

• **La satisfaction** est le sentiment de bien-être qui se déclenche par l'**assouvissement d'un besoin**. Elle résulte de la comparaison entre les bénéfices perçus par l'acte de consommation et les coûts générés, notamment financiers.

• **La satisfaction globale** peut être déterminée à l'aide d'une enquête par questionnaire. Il est important pour une organisation de connaître les niveaux de satisfaction de sa clientèle afin qu'elle puisse adapter son offre et ses pratiques. Un client satisfait pourra être fidélisé et encouragé à revenir. Au contraire, un client non satisfait ne pourra être fidélisé, car il est peu probable qu'un client non satisfait renouvelle son achat. De plus, un client non satisfait a plus envie de partager son expérience négative qu'un client content. Il existe donc un risque qu'il communique sa non-satisfaction et que cela nuise à la réputation de l'entreprise ainsi qu'à son image.

Exemple
L'obsolescence programmée de certains smartphones (les batteries qui ne peuvent être remplacées que moyennant un prix élevé), peut conduire le client à ne pas être satisfait. Certaines fonctionnalités peuvent ne pas répondre aux besoins et conduire ainsi à la non-satisfaction.

3 Impact des nouvelles technologies de l'information et de la communication (NTIC) sur la valeur perçue

La valeur perçue peut être influencée par les réseaux sociaux. En effet, de nombreux moyens existent pour influencer le consommateur dans sa perception de la marque ou du produit.

A Les avis communautaires et les influenceurs

• **Les avis communautaires** ont un impact très fort sur les membres de la communauté. Une communauté est un ensemble de personnes qui partagent les mêmes valeurs et s'échangent de nombreuses informations.

• **Le sentiment d'appartenance à un groupe** avec lequel l'internaute partage des valeurs communes accroît la crédibilité de l'information.

• **Les influenceurs** sont présents dans ces communautés et leurs recommandations a un poids très fort sur les membres du groupe. Comme leur nom l'indique, ils influencent les membres dans leur choix de produits, de consommation, et dans la perception de l'image de marque. Grâce à leurs interventions, ils ont un impact sur la valeur perçue.

B Les indicateurs de mesure et le difficultés

• **Il existe de nombreux indicateurs de mesure utilisés.** Il n'est pas possible de tous les citer. Parmi eux, les plus importants sont :
- **nombre de vues :** permet de mesurer l'audience potentielle ;
- **nombre de *likes***, nombre de partages (et de retweets) et nombre de commentaires : permettent de voir l'engagement c'est-à-dire l'investissement personnel des clients pour la marque ;
- **taux de conversion :** permet de mesurer la conversion suite à un message. Elle peut porter sur le nombre de ventes, mais aussi sur le nombre d'inscription à une newsletter ou encore le nombre de formulaires remplis.

• **Ces indicateurs sont souvent imparfaits** pour mesurer l'impact des outils technologiques. L'information émise n'est pas toujours contrôlable ce qui est négatif dans la création de valeur.

Exemple
Dans la restauration, certains sites ou applications permettent aux internautes ou mobinautes d'émettre leurs avis. Certains sont positifs et améliorent la valeur perçue. D'autres, au contraire, sont négatifs. Ils peuvent porter sur des critères objectifs tels qu'un service beaucoup trop long ou sur des critères beaucoup plus subjectifs, comme la décoration ou l'ambiance.

• **Les avis communautaires** ou sur des sites dédiés contribuent à créer la réputation d'une entreprise. Ils ont un impact sur la valeur perçue car ils influencent plus ou moins fortement l'image des internautes qui les lisent.

À retenir
La valeur perçue produite par une organisation se réfère à 4 notions. La **satisfaction** du client, qui varie en fonction de l'assouvissement du besoin. Elle peut être mesurée grâce à un questionnaire. Lorsque le client est satisfait, la **qualité** perçue sera positive. La **notoriété** est le fait, pour une organisation, d'être connue et reconnue. Elle aura des conséquences sur la décision d'achat. Une **image** positive aura un impact sur la valeur perçue important et créera donc de la valeur.

Exercice d'entraînement

Corrigé p. 149

Le taux moyen de retour est de 10 % sur le secteur concerné par l'ensemble des produits sélectionnés.
Calculez le taux de retour des produits suivants. Qu'en concluez-vous ?

Extrait fichier retour produits

	Nombre de produits vendus	Nombre de produits retournés
Produit A	522 007	52 123
Produit B	752 018	75 001
Produit C	18 267	7 213
Produit D	1 756	85

25 L'importance du prix dans la création de valeur

Le prix est la variable marketing qui rapporte à l'entreprise. Le prix fixé devra prendre en compte les objectifs en termes de résultats financiers, mais aussi les éléments de la valeur perçue.

1 Les différentes composantes du prix de vente

A Les différentes composantes du prix de vente en schéma

Fabricant		Distributeur
Charges directes + Charges indirectes = Coût de revient + Marge fabricant = Prix de vente HT au distributeur	→	Prix d'achat HT du distributeur + Marge du distributeur = Prix de vente HT au consommateur + TVA **= Prix de vente TTC au consommateur**

B Les différentes charges et le coût de revient

- **Le coût de revient :** il correspond à l'ensemble des charges directes et indirectes supportées par l'entreprise pour fabriquer et vendre un produit.

> **Focus**
> Le prix de vente HT au distributeur est égal au prix d'achat HT du distributeur.

- **2 types de charges, qui incombent aux entreprises :**
  - **les charges directes** : elles correspondent aux charges directement liées à l'activité de l'entreprise et varient donc en fonction ;

> **Exemple :** matières premières.

  - **les charges indirectes** ne sont pas fonction de l'activité de l'entreprise et donc ne varient pas en fonction de la production. Pour connaître leur montant, des calculs préalables sont nécessaires. Il faut répartir les coûts.

> **Exemples :** loyers locaux, salaires des administratifs, téléphone, électricité, téléphone.

C La marge

- **La marge** est la différence entre le prix de vente HT et le coût de revient. C'est le bénéfice unitaire que la vente d'un produit va dégager.

> **Formules à retenir**
> **Prix de vente TTC** = Prix d'achat + Marge + TVA
> **Prix de vente TTC** = Prix de vente × (1 + taux de TVA)
> **Prix de vente HT** = Prix de vente TTC / (1 + taux de TVA)
> **Marge fabricant** = Prix de vente HT – Coût de revient

2 L'importance du prix

• **Le prix est un élément essentiel dans la création de valeur.** D'une part, il permet à l'entreprise de **dégager des marges** et donc de rémunérer les différents acteurs. Pour le consommateur, il reflète très souvent la **qualité perçue**.

• **Le prix devra être fixé par rapport aux coûts** mais également par rapport aux consommateurs potentiels. Un **prix trop bas** pour le consommateur engendrerait une perception négative de l'offre. Le produit serait perçue de mauvaise qualité. Un **prix trop élevé** serait considéré comme trop cher et donc les ventes escomptées ne seraient pas atteintes. De plus, le prix fixé devra prendre en considération les prix de la concurrence.

À retenir

Le prix est une variable importante puisque c'est elle qui permettra de rapporter une partie des ressources financières à l'entreprise.
Le prix devra tenir compte :
– des coûts de revient et de la marge souhaitée par l'entreprise ;
– les éléments externes, tels que la perception des clients et les niveaux de prix de la concurrence.

Exercice d'entraînement

Corrigé p. 149

Afin de déterminer le prix de vente TTC dont devra s'acquitter le consommateur pour déguster ce sandwich, calculez :
– les charges directes et indirectes ;
– le coût de revient ;
– la marge fabricant ;
– le prix de vente du fabricant au distributeur et déduisez-en le prix d'achat du distributeur ;
– la marge du distributeur ;
– le prix de vente HT ;
– la TVA.

Charges pour la production de un sandwich industriel	Coût pour un sandwich
Pain	0,20 €
Sauce	0,05 €
Tomates	0,15 €
Poulet	0,25 €
Fromage	0,10 €
Emballage	0,15 €
Électricité	0,03 €
Autres charges indirectes	0,31 €
Autres charges directes	0,10 €

– La marge du fabricant est de 25 % du coût de revient.
– Le distributeur applique une marge de 41 % du prix d'achat HT.
– Le taux de TVA applicable est le taux réduit 5,5 %

26 La performance dans les organisations

Les organisations, qu'elles soient publiques ou privées, que leur finalité soit lucrative ou non, fixent des objectifs qu'elles devront s'efforcer d'atteindre avec les moyens alloués pour être considérées comme performantes.

1 La performance globale

A La notion de performance

• **Dans toutes les organisations, des objectifs sont fixés.** La performance correspond à l'atteinte de ces **objectifs** avec le respect des moyens alloués. Les moyens utilisés sont humains, matériels et financiers. L'organisation attribue une partie de ses ressources à l'atteinte de ces objectifs.

• **Pour vérifier que l'organisation est performante ou non,** des indicateurs quantitatifs et qualitatifs seront utilisés.

B Les différents types d'indicateurs

• **Les indicateurs quantitatifs :** ce sont des indicateurs pour la plupart chiffrés. Ils peuvent prendre la forme de données brutes ou calculées.

> **Remarque**
> Les indicateurs utilisés peuvent être différents selon le type d'organisation. Une association et une entreprise ne pourront utiliser les mêmes.

Exemples
Dans les entreprises : chiffre d'affaires, taux de satisfaction, taux de retour des produits, taux de profitabilité, etc.
Dans une organisation publique : nombre de patients hospitalisés, durée du séjour à l'hôpital, etc.
Dans une association : nombre d'adhérents, montant des dons, etc.

• **Les indicateurs qualitatifs :** ils décrivent la qualité du résultat. Ils portent essentiellement sur la satisfaction, la qualité et le respect des attentes des acteurs.

Exemples
Dans les entreprises : la satisfaction de la clientèle, la qualité du Service Après-Vente, la qualité de vie dans une entreprise, etc.
Dans une organisation publique : la satisfaction des patients hospitalisés, la qualité de l'accueil et des soins, la prise en compte de la douleur, etc.
Dans une association : la qualité des activités proposées, la satisfaction des adhérents, etc.

• **Les indicateurs sélectionnés par l'organisation devront être pertinents.** Ils devront donc permettre de vérifier que les objectifs ont été atteints dans le temps imparti avec les moyens initialement prévus. Ils seront récapitulés dans un document intitulé **tableau de bord.**

• **Les résultats obtenus** devront être comparés dans le temps et avec d'autres organisations afin d'analyser plus finement la performance. En effet, d'autres variables devront être prises en compte pour relativiser les résultats obtenus (voir fiche 27).

2 L'efficacité et l'efficience

A Efficacité

L'efficacité est une notion simple car elle consiste à vérifier l'atteinte des objectifs. Si les objectifs sont atteints, l'organisation est efficace.

B Efficience

L'efficience correspond à l'atteinte des objectifs combinée aux ressources mobilisées et au temps utilisé pour atteindre ce même objectif.

3 Les acteurs de la performance globale

Dans une organisation, les **aspirations** des différents acteurs peuvent constituer des contraintes et/ou des opportunités dans la recherche de la performance globale.

A Les acteurs internes

- **Les salariés** souhaitent que leurs entreprises soient performantes pour conserver leur travail et augmenter leurs revenus. Ils seront donc motivés pour atteindre les objectifs qui ont été fixés.
- **Les actionnaires et apporteurs de capitaux** investissent dans une organisation performante car ils souhaitent obtenir des dividendes.

B Les acteurs externes

Ce sont toutes les autres parties prenantes, c'est-à-dire qui ont un intérêt dans la performance et qui ne sont pas propres à l'organisation. Ils sont concrètement à l'extérieur de l'organisation.

Exemples
- Pour une organisation publique : les usagers, les contribuables, etc.
- Pour une entreprise : les clients, les fournisseurs, les concurrents, les banques, etc.
- Pour une association : les adhérents, etc.

Exercice d'entraînement

Corrigé p. 149

Dans le tableau, distinguez les indicateurs proposés selon s'ils sont quantitatifs ou qualitatifs, et par quel type d'organisation ils peuvent être utilisés : chiffre d'affaires, image de marque, notoriété, bénéfices, climat social, taux de retours de produits, satisfaction, nombre d'adhérents.

	Quantitatifs	Qualitatifs	Entreprise	Organisation publique	Association
Chiffre d'affaires					
Image de marque					
Notoriété					
Bénéfices					
Climat social					
Taux de retours de produits					
Satisfaction					
Nombre d'adhérents					

27 La performance commerciale

La performance commerciale est un élément primordial dans la **performance globale**. En effet, la finalité d'une entreprise est de dégager du profit et de pérenniser son activité. L'objectif principal est donc de vendre son offre tout en satisfaisant le client.

1 L'intérêt de la performance commerciale

• **La performance commerciale** correspond à la **capacité** d'une entreprise à **satisfaire sa clientèle** en proposant une offre commerciale (biens ou services) qui répondent aux attentes de celle-ci. Les entreprises sont donc très soucieuses de satisfaire pleinement leurs clients. Pour cela, elles mettront en place des stratégies.

• **Les stratégies employées** consisteront à fixer des objectifs et à déterminer les moyens à mettre en œuvre pour atteindre les objectifs préalablement fixés.

Il sera nécessaire de **mesurer l'atteinte de ces objectifs** afin de déterminer la performance commerciale de l'entreprise.

2 Les principaux indicateurs pertinents de la mesure de la performance commerciale

A Les indicateurs quantitatifs de la performance commerciale

• **Chiffres d'affaires et évolution**

Le chiffre d'affaires correspond à la **somme totale des ventes**. Il est exprimé en euros. Afin de pouvoir connaître et analyser l'évolution du chiffre d'affaires du marché ou d'une entreprise, il est nécessaire d'effectuer des calculs. En effet, cette analyse ne peut se faire en valeur absolue; il est dont essentiel de **calculer l'évolution en pourcentages** afin de permettre des comparaisons.

Formule

Taux d'évolution de l'année N à l'année N+1

$$= \frac{VA - VD}{VD} \times 100$$

VA = valeur d'arrivée correspond au chiffre d'affaires de l'année N+1.

VD = valeur de départ correspond au chiffre d'affaires de l'année N.

Pour permettre une analyse pertinente, il est nécessaire de **calculer les taux** entre chaque année ainsi que le taux global d'évolution.

Exemple

Années	2016	2017	2018
Chiffres d'affaires en milliers d'euros	965	856	964

Taux d'évolution

- de 2016 à 2017 : (856 – 965)/965 × 100 = –11,3% ;
- de 2017 à 2018 : (964 – 856)/856 × 100 = 12,62% ;
- de 2018 à 2019 : (964 – 965)/965 × 100 = –0,10%.

Sur la période étudiée, l'évolution est irrégulière : le chiffre d'affaires est en baisse de 11,3 % de 2016 à 2017 et en hausse de 12,62 % de 2017 à 2018. L'évolution globale est quasi nulle sur la période étudiée.

- **Part de marché et position concurrentielle**

Pour déterminer la position concurrentielle d'une entreprise, il est nécessaire de calculer ses parts de marchés :

$$\text{Part de marché (en valeur)} = \frac{\text{CA de l'entreprise}}{\text{Total CA des entreprises présentes sur le marché}} \times 100.$$

$$\text{Part de marché (en volume)} = \frac{\text{Ventes en volume de l'entreprise}}{\text{Total des ventes en volume des entreprises présentes sur le marché}} \times 100.$$

B Les indicateurs qualitatifs de performance commerciale

- **La qualité** est la **capacité d'une offre à satisfaire un client**. Elle varie en fonction des attentes et des besoins de chacun (voir fiche 24).
- **La satisfaction** confère un **sentiment de bien-être** dans l'assouvissement d'un besoin. Elle pourra être mesurée grâce une enquête par questionnaire. Selon les résultats obtenus, l'organisation devra mettre en place des actions correctrices afin que le client soit satisfait et ainsi améliorer sa performance commerciale (voir fiche 24).
- **La fidélité** à une marque ou à un produit est fonction du **ré-achat** ou non. La satisfaction est nécessaire à la fidélité mais pas suffisante. Un client satisfait peut se détourner de la marque ou d'un produit par l'attrait des nouveautés des marques concurrentes ou un prix moins élevé. La qualité de l'offre proposée est aussi primordiale que la fidélité. D'autres facteurs devront être pris en compte et permettront d'évaluer la fidélité de la clientèle.

À retenir

La performance commerciale est nécessaire à la finalité économique de l'entreprise. Elle peut être mesurée grâce à **des indicateurs quantitatifs et qualitatifs.** Il sera nécessaire de comparer les performances commerciales de l'entreprise à celles du marché et de ses concurrents afin de déterminer sa performance réelle.

Exercice d'entraînement

Corrigé p. 150

Calculez les parts de marchés des entreprises suivantes :

Entreprises	CA en milliers €
A	1 420 800
B	1 267 200
C	307 200
D	268 800
E	230 400
F	192 000
G	153 600

28 La performance financière

Les **indicateurs financiers** permettent d'analyser la santé financière d'une entreprise et ainsi de la comparer avec d'autres entreprises du même secteur.

1 Le rôle de la performance financière

• **La performance financière** **est nécessaire pour la pérennité de l'entreprise**. En effet, tout au long de son développement, l'entreprise aura besoin de ressources financières pour permettre ses activités.

• **Pour les obtenir,** elle pourra faire appel aux banques, aux actionnaires, selon son statut, ou encore se servir de ses propres réserves. Elle devra montrer sa **capacité à générer du profit** pour être considérée comme performante.

2 La mesure de la performance financière : la rentabilité et la profitabilité

A La rentabilité

• **La rentabilité** est un indicateur qui permet de mesurer la **capacité à créer un bénéfice** d'une entreprise à partir des moyens mis en œuvre. Afin de mieux appréhender la notion de rentabilité, il est nécessaire de distinguer la rentabilité financière et économique.

• **La rentabilité économique** permet de mesurer l'**utilisation des capitaux** d'une entreprise. Elle ne prend pas en compte leur provenance. Pour pouvoir fonctionner, l'entreprise a recours à des financements à longs termes. Ce sont des capitaux permanents qui correspondent aux capitaux propres + les emprunts effectués sur le long terme.

Formule

Taux de rentabilité économique =
(Résultat d'exploitation / Capitaux permanents) × 100

⚠ Le résultat d'exploitation traduit les résultats réels de l'activité économique.

Exemple

Si le résultat d'exploitation est de 23 000 € et les capitaux permanents de 80 000 €, le taux de rentabilité économique sera de (23 000 / 80 000) × 100 donc de 28,75 %.

• **La rentabilité financière** permet de **comparer les bénéfices obtenus** en fonction des capitaux propres de l'entreprise.

Formule

Taux de rentabilité financière =
(Résultat net / Capitaux propres) × 100

⚠ Le résultat net comptable dépend des politiques financières de l'entreprise.

Exemple

Si le résultat net est de 21 000 € et les capitaux propres de 50 000 €, le taux de rentabilité financière sera de (21 000 / 57 000) × 100, donc de 36,84 %.

B La profitabilité

• **La profitabilité d'une entreprise** correspond à sa **capacité à générer des profits en fonction de ses ventes**. Elle permet de comparer le résultat net au chiffre d'affaires généré sur une période donnée.

> **Formule**
> **Taux de profitabilité** =
> (Résultat net / Chiffre d'affaires Hors Taxe) × 100

• **Le résultat net** d'une entreprise peut être positif ou négatif. On parlera alors de **bénéfice** ou de **perte**.

> **Exemple**
> Si le résultat net est de 21 000 € et le chiffre d'affaires HT 250 000 €, le taux de profitabilité sera de (21 000 / 250 000) × 100 donc de 8,4 %.

3 Les principaux acteurs liés à la performance financière

• **Les salariés** attendent en retour de la bonne performance financière de meilleures rémunérations et/ou conditions de travail.

• **Les actionnaires** ont apporté les capitaux. En contrepartie de cet apport et de la prise de risque à laquelle ils ont consenti, ils vont percevoir des dividendes.

• **Les dirigeants** sont en attente d'une bonne capacité d'autofinancement, afin de pouvoir financer sans contrainte pécuniaire les investissements sur du long terme. L'autofinancement enlève les contraintes du remboursement avec intérêts et constitue une réserve pour l'entreprise.

> Les actionnaires ont une **vision sur le court terme**. Ils souhaitent obtenir rapidement un retour sur leurs investissements. Si l'entreprise fait le choix de verser des dividendes importants, elle pourra conserver ses actionnaires actuels et en attirer de nouveaux. Cependant, ce choix se fera **au détriment de sa capacité d'autofinancement**. L'autofinancement permet des investissements et de dégager des profits sur le long terme. Ces choix, qui peuvent être **contradictoires**, devront faire l'objet d'un **arbitrage** afin de maintenir une bonne performance financière à court, moyen et long termes.

Exercice d'entraînement

Corrigé p. 150

Déterminez les taux de rentabilité économique et financière ainsi que le taux de profitabilité.

En €	2016	2017	2018
Chiffre d'affaires hors taxe	842 300	856 700	892 260
Résultat d'exploitation	78 000	81 000	83 000
Résultat net	70 000	78 000	79 000
Capitaux propres	200 000	205 000	210 000
Emprunts à long terme	112 000	111 000	110 000
Capitaux permanents	312 000	316 000	320 000

29 La performance sociale et environnementale

La performance sociale contribue à la performance globale de toute organisation. Pour une entreprise, elle contribuera donc à la création de profits.

1 La performance sociale : rôle et mesure

• **La performance sociale** correspond aux résultats quantitatifs et qualitatifs d'une organisation obtenus en matière de **climat social.** Ce dernier représente en partie le **bien-être au travail** pour toutes les catégories de salariés. Les conditions de travail ont un rôle primordial. En effet, elles ont des conséquences sur la motivation des salariés et sur leurs performances individuelles.

• **Un bon climat social** engendre des salariés efficients et une **hausse de la productivité**. À l'inverse, un mauvais climat social sera synonyme de stress au travail, d'absentéisme, de départ, etc., et aura donc un impact négatif sur la performance de l'organisation.

• **La performance sociale peut être évaluée** en comparant les moyens utilisés par rapport aux résultats obtenus.

2 Les indicateurs de performance sociale : bilan social

• **Le bilan social** est un document qui résume les **principales données sociales** de l'entreprise. Il est obligatoire dans les entreprises de plus 300 salariés. Il est décomposé en plusieurs rubriques qui s'articulent autour de thèmes.

• **L'emploi**

– **Il peut être mesuré grâce à des critères quantitatifs** liés à l'effectif tels que l'effectif global, la répartition par sexe, la répartition par différents types de contrats (part de contrats à durée indéterminés et de contrats à durée déterminée), etc.

– Afin d'évaluer au mieux l'emploi, il est nécessaire de **prendre en compte d'autres indicateurs** comme les départs et embauches. Les organisations utilisent un indicateur nommé ***turn-over***. Il permet une bonne analyse du climat social. Un bon taux de *turn-over* devra être inférieur à 5 %, il sera révélateur d'un bon climat social, d'une bonne ambiance au travail. Au delà de 15 %, il pourra être synonyme d'un mauvais climat social et donc d'une mauvaise performance sociale.

> **Focus**
> Le taux de répartition permet de déterminer la part d'une valeur par rapport au total des valeurs. Il se calcule toujours par rapport à un total.
>
> $$\text{Taux de répartition} = \frac{\text{Valeur}}{\text{Total des valeurs}} \times 100$$

> **Définition**
> *Turn-over* = rotation du personnel sur une période déterminée (généralement 1 an)

- **La rémunération**
  - Elle peut être **mesurée par rapport à son montant** avec comme indicateur la moyenne des rémunérations des salariés, par exemple. Un autre indicateur sera pris en compte pour affiner les analyses : ce sont les **écarts de rémunération** existants entre les salariés, que cela soit selon le sexe ou la catégorie. Même si elle ne suffit pas, la rémunération est un élément essentiel à prendre en compte dans la motivation des salariés.
- **La formation**
  - Il existe deux grands types de formations. Les **formations collectives** destinées à l'ensemble du personnel ou à une catégorie, des **formations individuelles** liées à chaque salarié. Les formations ont pour but d'améliorer et d'adapter les compétences des salariés aux besoins de l'organisation et notamment aux évolutions technologiques.
  - Les **indicateurs pertinents** sont le nombre d'heures consacrées à la formation, le nombre de salariés ayant bénéficié d'une formation sur une période déterminée.
- **La santé et sécurité au travail**
  - Elles sont liées en grande partie aux **accidents du travail**. Il est intéressant d'en calculer la fréquence et d'en étudier la gravité.
  - Pour ce faire, il est nécessaire de prendre en compte le **taux de fréquence** des accidents de travail et le **taux de leur gravité**.

Formule

$$\text{Taux de fréquence} = \frac{\text{Nombre d'accidents du travail (avec arrêts maladie)}}{\text{Nombre de journées travaillées}}$$

3 La performance environnementale

- **La performance environnementale** indique **l'engagement de l'organisation dans le respect de l'environnement**. Aujourd'hui, il existe une prise de conscience citoyenne de la nécessité de respecter au mieux l'environnement. Des organisations qui ne prendraient pas en compte ce facteur s'exposeraient à des appels à boycotter et pourraient donc subir des baisses des ventes. Cette baisse auraient un impact direct sur la performance commerciale et financière de l'entreprise.
- **L'organisation** devra communiquer sur ses engagements afin d'améliorer son image et donc d'**accroître sa performance commerciale**.

À retenir

La performance sociale est le reflet du climat social. **Le bilan social** est un document qui récapitule l'ensemble des indicateurs portant sur le climat social. Il se décline en plusieurs thèmes, notamment l'emploi, la rémunération, la formation, la santé et la sécurité au travail.
La performance environnementale prend en compte l'engagement de l'organisation en matière de respect de l'environnement. Elle a un impact sur l'image. Il est donc primordial pour une organisation de développer toutes les performances pour accroître sa performance globale.

30 Relation entre temps et informations

Le **temps** est source d'incertitude pour les organisations. Il est donc nécessaire qu'elles mettent en placent des outils afin de mieux l'appréhender et de l'échelonner en périodes.

1 L'horizon de l'organisation

• **L'horizon** est une notion vague pour une organisation. Il devra être échelonné en **périodes** afin de mieux l'appréhender. Les organisations doivent prendre des décisions en permanence qui engageront l'**organisation sur du court, moyen et long terme**.

• **Le court terme** est une période qui dure très souvent **moins d'un an**. Les décisions qui sont prises avec une échéance à court terme sont des **décisions opérationnelles**. Elles n'engagent pas la finalité de l'organisation car le degré d'incertitude est faible. La prise de décision est rapide et les effets se font rapidement sentir.

• **Le long terme** correspond à une période dont la durée est en général **supérieure à 2 ans**. Les décisions prises à long terme sont réfléchies et nécessitent une longue phase de recherche et de préparation à la prise de décision. En effet, les décisions à long terme sont des **décisions stratégiques** qui engagent la finalité de l'organisation ; elles sont difficilement réversibles, et prises par un haut niveau hiérarchique.

• **Le moyen terme** est la période d'entre-deux, c'est-à-dire allant **de quelques mois à 2 ans**. Les décisions prises sur du moyen terme sont des **décisions tactiques**. Elles sont le lien entre les décisions stratégiques et opérationnelles.

• **La décision en schéma**

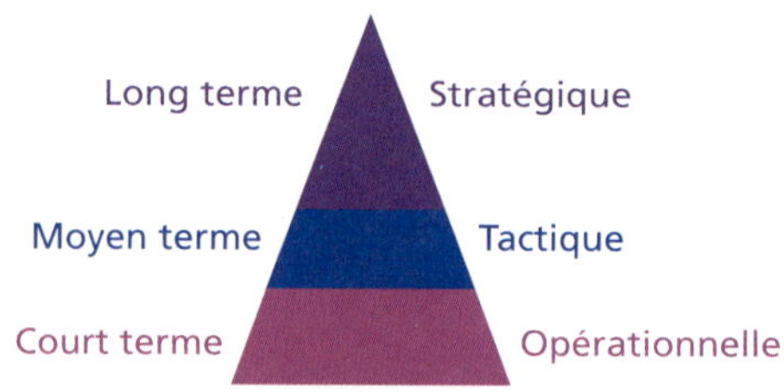

La forme triangulaire représente la hiérarchie d'une organisation.

2 Les qualités de l'information

• **Les informations collectées** doivent revêtir certaines qualités pour ne pas fausser la prise de décisions et ainsi en limiter les risques. Une bonne information doit être :
- **pertinente** : elle doit répondre au problème et aux objectifs de la recherche ;
- **fiable** : l'information récoltée doit être vérifiable et vérifiée. Une fausse information conduirait à une mauvaise prise de décision et pourrait avoir de graves répercussions pour l'organisation ;
- **à jour** : elle doit être actualisée en permanence.

L'information est la matière première qui sert à la prise de décision.

3 Les méthodes de récolte des informations

• **Pour récolter des informations,** les organisations peuvent mettre en place une **veille informationnelle**. Celle-ci consiste à rester en permanence à l'écoute des flux d'informations interne et externe. Cette veille est nécessaire pour prendre rapidement en compte de nouvelles informations dans la prise de décision.

• Les informations peuvent provenir de **sources internes** à l'organisation.

Exemples : chiffre d'affaires, fichier client, nombre de salariés, résultats financiers, etc.

• Elles peuvent également émaner de **sources externes**.

Exemples : prix des concurrents, attente des consommateurs.

• **Une bonne veille informationnelle** permet d'obtenir une information **pertinente**, **actualisée** et **fiable**, qui facilitera la prise de décision et en limitera les risques. Cependant, les informations peuvent ne pas exister ou être accessibles ; dans ce cas, l'organisation devra mettre en place une recherche d'information primaire, grâce à l'utilisation d'outils tels que l'enquête, l'entretien, l'observation, etc.

Il existe donc un **lien important entre l'information et la prise de décision**. Une mauvaise information pourrait conduire l'organisation à prendre de mauvaises décisions qui pourraient avoir, selon l'importance, de graves conséquences notamment pour les décisions stratégiques engageant l'organisation sur du long terme.

4 Les contraintes des organisations

• **Il existe un ensemble d'obligations** qui imposent à l'organisation un **découpage en périodes**. Ces obligations sont sources de contraintes et doivent être prises en compte. On distingue deux catégories de contraintes :
- les **contraintes institutionnelles** : ces contraintes sont liées aux institutions qui imposent de respecter certaines variables temps, telles que la durée du travail, la publication des résultats de l'entreprise, etc. ;
- les **contraintes sectorielles** : ces contraintes sont liées à l'activité de l'organisation. Elles peuvent être liées au cycle de vie des produits ou encore à la saisonnalité des ventes (fluctuation des ventes en fonction des périodes).

• **Ces contraintes imposent une collecte des données** et une production de l'information dans les délais imposés.

À retenir

Les **informations** sont la base de toute prise de décision. L'organisation prendra des décisions qui auront **un impact sur le court, moyen et long terme.** Afin d'obtenir une information de qualité, c'est-à-dire pertinente, actuelle et fiable, elle mettra en place une veille informationnelle. L'organisation devra aussi veiller à respecter les contraintes institutionnelles et sectorielles.

31 La prise en compte du temps et des risques

Pour connaître le consommateur, prévoir son comportement et anticiper ses demandes, l'entreprise doit mettre en place un certain nombre d'outils qui vont permettre de recenser et de traiter les informations essentielles. Ces outils vont permettre d'obtenir des informations pertinentes.

1 L'enquête comme outil de prospective commerciale : les étapes

A Définition

- **Une enquête par questionnaire** demande de constituer un **échantillon** (nombre de personnes interrogées), à partir d'une population de base déterminée.

Exemple : les habitants de Cannes et de sa périphérie.

- **Les personnes faisant partie de l'échantillon** sont interrogées à l'aide d'un questionnaire, et les réponses obtenues sont ensuite extrapolées à la population de base.

B La taille de l'échantillon

- La taille de l'échantillon résulte de l'équilibre entre la fiabilité des résultats et le coût du sondage. Le minimum statistique est de 30 personnes interrogées.

> **Formule**
> **Taux de sondage** = Taille de l'échantillon / Taille de la population de base × 100

- **La taille de l'échantillon** peut être exprimée sous la forme d'un **taux de sondage**.

2 L'enquête commerciale

A Le questionnaire

Le questionnaire doit comporter un **en-tête** avec l'émetteur, la date et l'objet de l'enquête. Les questions doivent être ordonnées et structurées. Après l'utilisation d'une **question filtre**, on utilise des questions dites de mises en route pour mettre en confiance l'interviewé. Dans un second temps, les questions relatives à l'attitude, comportement et intention d'achat sont posées. Enfin, une partie signalétique permettra de dresser un profil par rapport aux résultats.

B Les types de questions

Type de questions	Utilités
Fermées	Une seule réponse possible. Permet d'obtenir une réponse précise.
Fermées à choix multiple	Plusieurs réponses possibles parmi une liste proposée.
De classement	Permet de classer par ordre de préférence parmi les réponses possibles.

À échelle	Une réponse possible sur une échelle proposée. Permet de connaître l'importance accordée à quelque chose ou le degré d'adhésion de la personne
De notation	Permet d'évaluer par une note les réponses proposées.
Ouvertes	Permet à la personne de s'exprimer librement.
Filtre	Permet d'isoler un groupe interviewé.

Lors de la construction d'un questionnaire, il est utile de **varier le type de questions**.

C Les méthodes d'administration des questionnaires

Le choix d'une méthode d'administration est fait en fonction de la **nature** du questionnaire (longueur notamment) et du **contexte** de l'enquête. On distingue plusieurs méthodes : en face à face (dans la rue, à domicile ou sur le lieu de travail), par téléphone, par voie postale, par courriel, ou *via* Internet.

Méthodes	Avantages	Limites
Face à face à domicile ou sur le lieu de travail	Possibilité d'administrer des questionnaires assez longs avec des questions ouvertes.	Difficultés d'obtenir l'accord des personnes si pas de récompense, Coût élevé.
Face à face dans la rue	Rapidité, Coût peu élevé.	Questionnaires courts avec une majorité de questions fermées.
Téléphone	Possibilité de contacter des personnes éloignées géographiquement, Coût relativement peu élevé.	Questionnaires courts Taux de réponse variable en fonction de la nature des personnes interrogées et de la qualité des télé-enquêteurs.
Voie postale	Possibilité de contacter des personnes dispersées géographiquement, Coût moindre que pour le face à face.	Taux de réponse faible, Nécessité de prévoir une lettre explicative et un cadeau afin d'inciter à répondre, Délai de remontée long.
Internet	Rapidité Possibilité de contacter des personnes dispersées géographiquement Absence d'influence de l'enquêteur, Automatisation de la saisie, Coût faible.	Risque de biais important dans la structure de l'échantillon, Nécessité de réaliser un questionnaire facilement compréhensible.

C Les résultats de l'enquête

Après avoir dépouillé les résultats de l'enquête, grâce à un logiciel spécifique, il sera nécessaire de les **interpréter** et **analyser**. L'ensemble des données et des analyses seront présentées dans un rapport.

Exemple
À la suite d'une enquête de satisfaction dans un restaurant, 40 % des personnes interrogées ne sont pas satisfaites du temps d'attente. Il sera donc nécessaire de prévoir une amélioration au niveau de l'organisation du service car le faible taux de satisfaction aura des répercussions sur la valeur perçue et sur les ventes futures.

À retenir
Le **questionnaire** est un outil de collecte d'informations. Il répond donc à un besoin d'information et doit avoir un objectif. Il nécessite l'élaboration d'un échantillon. Les **questions** doivent être variées et facilement compréhensibles. La méthode d'administration sera choisie en fonction. Les **résultats** obtenues seront des informations quantitatives qu'il sera nécessaire d'interpréter et analyser.

32 La prospective liée à la trésorerie et au résultat

L'organisation prend des décisions afin de répondre aux objectifs fixés. Pour ce faire, elle devra prendre en compte les moyens financiers nécessaires à l'élaboration de sa stratégie et prévoir les incidences d'activité sur le résultat.

1 La démarche budgétaire : le budget trésorerie

A Définition

- **La démarche budgétaire** consiste à établir un budget en fonction des **choix stratégiques** qui ont été faits. Ces choix seront traduits en actions, qu'il sera nécessaire de budgétiser.

- **Le budget de trésorerie** est un outil présenté sous forme de tableau, qui permet de **prévoir** et **d'anticiper** les flux de trésorerie entrants et sortants.

B Établir un budget de trésorerie

- **Afin d'établir un budget de trésorerie,** il est nécessaire de réaliser un budget des ventes et un budget des achats en fonction de la trésorerie actuelle de l'entreprise.

- **Le budget des ventes** correspond aux encaissements supposés de l'entreprise, c'est-à-dire les sommes que l'entreprise devrait encaisser au cours d'une période. Il comprend notamment :
  - **des créances clients :** correspond aux ventes clients et aux facturations clients ;
  - **des subventions :** ce sont les aides financières obtenues par l'entreprise ;
  - **des emprunts** prévus et **des apports en capital**.

- **Le budget des achats** est composé en grande partie :
  - **des charges fixes :** liées aux dépenses qui ne dépendent pas de l'activité telles que les loyers mobiliers (crédit-bail de voiture ou de photocopieurs) et immobiliers, les assurances, etc. ;
  - **des charges variables :** l'achat de matières premières, les frais de déplacements, etc. ;
  - **de frais liés aux personnels :** les salaires, les charges sociales, les charges patronales, etc. ;
  - **d'impôts** et **de frais de sous-traitance**, etc.

2 La prospective liée au résultat : le seuil de rentabilité

A le seuil de rentabilité

Définition. Le seuil de rentabilité correspond au niveau d'activité minimum que devra atteindre l'organisation pour être rentable. Il peut être calculé en **volume** (nombre d'unités vendues) ou en **valeur** (chiffre d'affaires). Le seuil de rentabilité est donc le nombre de produits vendus ou le chiffre d'affaires auquel l'entreprise ne dégagera ni bénéfice ni perte.

B Méthodologie du seuil de rentabilité

étape 1 **Décomposer le coût d'un produit en deux parties :** les charges variables (CV) et les charges fixes (CF).

- **Charges fixes** : ensemble des charges supportées par l'entreprise qui ne varient pas en fonction de l'activité.
- **Charges variables** : ensemble des charges supportées par l'entreprise, qui varient en fonction des ventes.

Exemples
- Charges fixes : salaires, amortissement des machines.
- Charges variables : commissions versées aux vendeurs en fonction des ventes, coûts des matières premières.

étape 2 **Déterminer la marge** qui sert à couvrir les coûts fixes et permet de dégager un bénéfice. Elle est nommée Marge Sur Coût Variable (MCV).

MCV = CA HT – CV

étape 3 **Calculer le taux de marge sur coût variable (TMCV).**

TMCV = Marge sur coût variable / CA HT) × 100

étape 4 **Calculer le seuil de rentabilité (SR)**

SR en valeur = Charges fixes / Taux de marge sur coût variable

L'ensemble de ces calculs peut être présenté dans un tableau différentiel qui en simplifie la compréhension.

À noter
On considère que l'entreprise travaille 360 jours par an, soit 30 jours par mois d'activité.

C Le point mort

Il représente la date à laquelle le seuil de rentabilité est atteint. L'objectif d'une entreprise est d'atteindre cette date au plus tôt.

Point mort (en jours) = (SR / CA HT annuel) × 360

À retenir
L'organisation devra prévoir et anticiper les flux de trésorerie en fonction de ses choix stratégiques. Elle élaborera alors un budget de trésorerie sous la forme d'un tableau pour mieux y répondre.
Le seuil de rentabilité est un outil important.
Il mettra en évidence le chiffre d'affaires à atteindre pour que l'entreprise soit rentable.

Exercices d'entraînement

Exercice 1

Corrigé p.150

Calculez le seuil de rentabilité à partir des données ci-dessous.

	Valeurs	Pourcentages
Chiffre d'affaires	250 000	100,00 %
Charges variables	115 000	46,00 %
Marge sur coûts variables	135 000	64,00 %
Charges fixes	50 000	20,00 %
Résultat	85 000	34,00 %

Exercice 2

Corrigé p.150

Une entreprise réalise un seuil de rentabilité de 78 125 € pour un CA HT de 250 000 €.
Calculez le point mort.

33 La gestion du temps et ses outils

Pour mieux faire face aux contraintes temporelles, l'organisation pourra avoir recours à des outils qui lui permettront d'organiser le temps et aussi de limiter les incertitudes dans la prise de décisions.

1 L'importance de la gestion du temps

La gestion du temps est nécessaire au bon déroulement des activités dans l'organisation. Elle permet de :
- **planifier** les différentes tâches et activités ;
- **coordonner** les tâches et activités les unes par rapport aux autres ;
- **optimiser** le temps pour que l'organisation soit plus performante.

2 Les outils de simulation

• Les outils de simulation permettent à l'organisation de **reproduire les conditions réelles de l'environnement**, dans l'objectif d'effectuer des tests sur les décisions prises et ainsi d'en limiter les risques. Ces outils sont essentiellement des outils informatiques qui vont permettre à l'organisation de piloter virtuellement leurs activités.

• Il sera nécessaire d'effectuer un paramétrage de départ avec les indicateurs clés de l'entreprise (ventes, chiffre d'affaires, bilan, compte de résultats, etc.) et les indicateurs du marché (évolution de la demande, concurrence, etc.).

• Dans un second temps, l'organisation pourra tester ses choix stratégiques avec des scenarii différents. Ceci lui permettra de se projeter dans l'avenir et de mettre en place les décisions nécessaires pour limiter les risques dans sa prise de décision.

3 Les outils de planification et de gestion du temps

A L'agenda

• L'agenda est un outil fréquemment utilisé, au niveau individuel et collectif. Il permet **d'organiser les activités, tâches et rendez-vous** en fonction des impératifs de chacun.

• Les agendas partagés permettent un partage des données de l'agenda afin de faciliter l'organisation de réunions, de concertations, etc. Ils optimisent la gestion du temps.

B Le planning

Le planning est un outil qui permet d'**optimiser la gestion des ressources en fonction des objectifs**. Il met en relation les différents intervenants en fonction du temps.

Exemple
Pour planifier les congés des salariés, il est nécessaire d'élaborer un planning afin de déterminer le nombre de salariés qui devront être présents pour permettre un bon fonctionnement de l'activité. Puis, les demandes seront mises sur le planning afin de confirmer la possibilité ou non de les accepter. Toutes ne peuvent pas toujours être satisfaites ; des critères de choix devront être déterminés, tels qu'enfants, ancienneté, etc.

C Les autres outils

• **Le planning d'ordonnancement des tâches** est un outil complémentaire très important car il permet de mieux gérer les antériorités liées à certaines tâches. En effet, certaines tâches ou activités ne peuvent être réalisées uniquement qu'après l'exécution d'autres. Il est facilement compréhensible qu'il est impossible d'envoyer un mail avant de l'avoir rédigé. Il en est de même dans toutes les activités de l'entreprise.

• **Tout projet devra donc être décomposé en tâches ou activités** afin d'être organisé dans le temps. Il sera ensuite nécessaire de prévoir l'ordonnancement de ces activités, d'en déterminer les antériorités, la durée, les délais nécessaires entre deux afin de déterminer le temps nécessaire à l'élaboration de l'ensemble du projet.

• **Tout au long de ce processus, des contrôles de respect** seront nécessaires afin d'ajuster les étapes suivantes, notamment en cas de retard.

À retenir
Les **outils de gestion du temps**, de planification et de simulation permettent à l'organisation de mieux gérer le temps et d'en réduire les risques. Ils sont donc une aide précieuse pour **piloter les organisations** car ils limitent les risques liés de la prise de décision et permettent de mieux appréhender l'avenir en le rendant moins incertain.

Exercice d'entraînement

Corrigé p. 150

Une entreprise décide de mettre en place une campagne de publipostage pour promouvoir ses nouveaux produits. Elle choisit de mettre en place une campagne de publipostage (lettre commerciale + plaquette de présentation) ainsi qu'une relance par téléphone.

Liste des tâches, durée et antériorités

N°	Nom de la tâche	Durée en jours	Antériorité
A	Choix de la cible	5	-
B	Recherche des arguments	3	A
C	Conception du document	10	B
D	Choix du document avec l'équipe	1	C
E	Recherche d'imprimeur	10	-
F	Choix imprimeur	1	E
G	Impression du document choisi	10	D, F
H	Préparation des envois	2	G
I	Routage et acheminement postal	10	H

N°	Nom de la tâche	Durée en jours	Antériorité
J	Recrutement téléopérateurs	15	-
K	Conception argumentaire téléopérateurs	7	B
L	Formation des téléopérateurs	2	K
M	Relance téléphonique	5	I
	Total	81	

Ordonnancement des tâches :

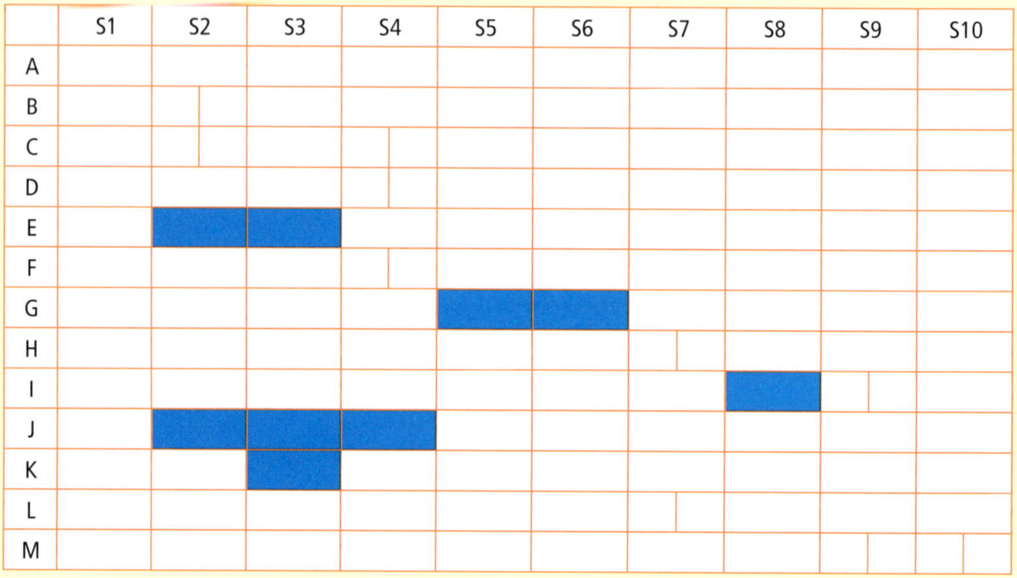

1 **Déterminez les conséquences d'un retard de 5 jours sur la tâche J (recrutement téléopérateur) et sur la tâche G (réception impression document choisi).**

2 **Comparez la durée totale des tâches et celle avec ordonnancement. Qu'en concluez-vous ?**

34 La gestion du risque

La **recherche de performance** n'est pas sans risque pour l'entreprise. Les risques pour une organisation sont multiples. Ils peuvent être liés à des facteurs externes et internes et doivent être pris en compte afin de mieux les appréhender.

1 Les facteurs externes

A Les risques liés à la demande

• **La demande** représente **l'ensemble des individus qui consomment ou sont susceptibles de consommer un produit**. La demande est quantifiable mais il est cependant difficile de prévoir exactement son évolution. Des outils tels que les taux d'évolution peuvent permettre d'analyser les évolutions afin de les prendre en compte.

• **Des facteurs peu prévisibles peuvent influencer de manière contradictoire les tendances**. Les consommateurs ont des comportements difficilement prévisibles. Ils sont influencés par la mode, les réseaux sociaux, la publicité, la famille, les groupes, la société, etc.

Formule

$$\text{Taux d'évolution} = \frac{\text{Valeur d'arrivée} - \text{Valeur de depart}}{\text{Valeur de depart}} \times 100$$

• **Les variations saisonnières** sont des fluctuations périodiques qui se reproduisent régulièrement. Les individus peuvent donc consommer différemment selon les périodes de l'année.

Exemple
Les individus consomment plus de glaces l'été par temps chaud. Le chocolat est plus consommé en période hivernale, et notamment pendant les fêtes de Noël et de Pâques.

• **Pour être au plus proche,** l'entreprise qui subit de telles variations peut utiliser les **coefficients saisonniers** pour avoir une meilleure lisibilité. Ils permettent de prévoir les ventes mois par mois (ou par trimestre) quand des variations saisonnières sont enregistrées.

• **Aujourd'hui, le consommateur devient un éco-consommateur.** Il ne se base plus seulement sur la valeur intrinsèque du produit. Il s'intéresse aussi à toutes les **répercussions** que ce produit peut avoir sur l'environnement et sur la société en général, que cela soit avant, pendant ou après sa consommation. Il ne choisit donc plus simplement un produit pour son simple usage. Les entreprises doivent donc mettre en place un meilleur contrôle du cycle de vie du produit, depuis sa production jusqu'à sa destruction : l'entreprise doit donc concevoir des produits durables, pérennes et recyclables.

B Les risques liés à l'offre

• **Le cycle de vie du produit.** Le cycle de vie du produit a été formalisé par Vernon en 1966. Il montre une vision synthétique des différentes phases par lesquelles un produit passe. Le cycle de vie est composé de 4 phases :

❶ phase de **lancement** du produit : pendant cette première phase, les ventes sont encore faibles, les investissements sont élevés notamment en publicité et la concurrence est peu importante. La rentabilité n'est pas encore assurée ;
❷ phase de **croissance** du produit : les ventes se développent, les bénéfices commencent à apparaître et les concurrents sont de plus en plus importants ;
❸ phase de **maturité** : les ventes se stabilisent à un niveau élevé, les bénéfices augmentent car les investissement nécessaires sont de moins en moins importants. Cependant, la pression concurrentielle s'intensifie ;
❹ phase de **déclin** du produit : après une période de ventes élevées, celles-ci baissent. La vente du produit est toujours rentable car il y a peu d'investissements mais la rentabilité diminue.

> **Attention**
> Tous les produits ne connaissent pas toutes les phases : certains biens n'ont jamais connu la phase de déclin.

C Les risques liés à l'approvisionnement

• **Une entreprise a recours à des fournisseurs** pour s'approvisionner en matières premières ou en produits intermédiaires nécessaires à sa production. Elle devra effectuer des choix liés à la quantité et à la qualité des matières et produits intermédiaires commandés. La notion de **sécurité** au niveau de la qualité des produits commandés est un élément important à prendre en compte car elle représente un risque important pour l'entreprise. C'est pourquoi l'approvisionnement doit être contrôlé et transparent sur l'origine des matières utilisées.

> **Exemple**
> De nombreux scandales dans le domaine alimentaire montrent qu'il est nécessaire d'effectuer des contrôles permanents sur la qualité et l'origine des produits. C'est le produit final qui sera pointé du doigt par les consommateurs et subira les conséquences de cette mauvaise qualité (retrait du produit du marché, baisse des ventes, dégradation de l'image de marque, etc.).

• **L'entreprise peut aussi faire le choix d'externaliser une partie de ses activités** en les sous-traitant. Les risques sont importants car elle en perd le contrôle. Des problèmes de qualités et de délais non respectés peuvent ainsi nuire à l'image de l'entreprise.

D Les risques liés à l'environnement

Les risques liés à l'évolution de l'environnement sont nombreux. Ils peuvent être classés grâce à un outil nommé PESTEL.

Politique	Ensemble des politiques (organisation gouvernementale, politique monétaire, européenne etc.) qui peuvent avoir un impact direct ou indirect sur l'organisation ou son marché. **Exemple :** Une baisse du taux de TVA peut permettre à l'entreprise de baisser ses prix de vente TTC ou de mieux rémunérer ses salariés ou actionnaires. Une taxe supplémentaire aura des répercussions négatives. Coca-Cola a décidé de baisser la quantité de produits proposée pour ne pas augmenter le prix de vente TTC.
Économique	Ensemble des indicateurs économiques (taux de chômage, pouvoir d'achat, taux d'intérêt, etc.). **Exemple :** Des taux d'intérêts bas vont favoriser le recours au crédit ce qui aura pour conséquences plus de dépenses.
Socioculturelle	Ensemble des variables liées à l'aspect sociologique et culturel de la population étudiée (très souvent la cible). **Exemple :** Le temps moyen des Français consacré au repas du midi n'a cessé de baisser, pour arriver à 30 minutes aujourd'hui. Les restaurateurs ont dû s'adapter et proposer des plats rapides à servir notamment les plats du jour et mettre en place des formules adaptées.

Technologique	Variables liées à l'innovation, aux investissements en recherche et développement.
Écologique	Impact environnemental de l'entreprise sur son environnement et réciproquement (pollution, conditions climatiques, etc.). **Exemple :** Sur le marché des glaces, une entreprise peut prévoir ses ventes futures mais en aucun cas la météo de l'été prochain. Malgré une prévision des ventes positive, ces dernières peuvent chuter à cause d'une météo défavorable.
Légale	Ensemble des règles juridiques applicables (normes de sécurité, législation du travail, etc.).

2 Les facteurs internes

- **Les décisions sont des choix internes** qui comportent des risques pour l'organisation.
- **Les décisions peuvent être liées à différents facteurs** tels qu'aux choix en matière de ressources humaines et de mode d'approvisionnement.

A En matière de ressources humaines

- **La pression dans l'atteinte des objectifs, la mise en place de nouvelles procédures pour accroître la performance peuvent être génératrices de conséquences négatives :** baisse de motivation, facteur de stress, impact négatif sur les conditions de travail, etc. Un salarié peu motivé ou stressé sera moins prédisposé à être performant. De plus, pour fuir son malaise il pourra être tenté de quitter l'organisation et ainsi accroître le **taux de turnover**.
- **Tous ces éléments auront un impact négatif sur la performance de l'organisation** alors qu'ils avaient été mis en place pour un effet escompté inverse.

Exemple
Une entreprise qui fixe des objectifs peu réalisables et donc difficilement atteignables engendrera une source de stress chez ses salariés. Ces derniers s'apercevront que leurs efforts ne permettront pas d'atteindre le niveau de performance exigée, développeront du stress et un découragement.

B En matière de mode d'approvisionnement

- **Les entreprises optent très souvent pour une production ne nécessitant peu ou pas de stock.** Les quantités commandées permettent donc d'atteindre les objectifs fixés en matière de production avec zéro stock. Le risque majeur est le **retard dans la livraison.** En effet, ce simple retard pourrait avoir de lourdes conséquences : si pas de matière première, chaîne de production à l'arrêt, retard dans les propres livraisons de l'entreprise, risque de perte de clientèle, etc.
- **Au contraire, l'entreprise peut avoir recours à des stocks importants** pour limiter ce risque. Mais cette pratique comporte aussi des inconvénients. En effet, elle génère des coûts importants de stockage et engage une partie de sa trésorerie dans l'acquisition de produits et matières premières qui seront utilisés au fil de l'année.
- **Pour palier les risques liés à l'approvisionnement**, l'entreprise peut mettre en place des **stocks d'alerte**. Cette pratique permettra d'éviter les ruptures d'approvisionnement.

À retenir
Les **décisions prises** doivent tenir compte des risques liés à la demande, à l'offre et aux facteurs environnementaux. Les **conséquences** de ces décisions comportent des risques internes qui auront des répercussions sur la performance de l'organisation.

Exercice d'entraînement

Corrigé p. 150

L'entreprise artisanale de production de produits ménagers Emyrine a été créée en 1981. Elle est implantée dans les Alpes-Maritimes et est présente sur le marché régional. Elle est spécialisée dans la fabrication de produits ménagers. Elle souhaite étendre son activité au marché des produits ménagers écologiques afin de développer ses ventes et ainsi accroître sa performance commerciale. Cette décision n'est pas sans risque.

1 Calculez l'évolution des ventes sur le marché des produits ménagers et sur le marché des produits ménagers écologiques.

2 Identifiez les attentes de la demande en matière de produits ménagers.

3 Conseillez l'entreprise Emyrine dans ses choix en matière d'approvisionnement et de produits.

Annexe 1 : Consommation produits ménagers en France en millions d'euros

Années	2015	2016	2017	2018
Consommation	4 234	4 093	3 820	3 655

Annexe 2 : Consommation produits ménagers écologiques en France en millions d'euros

Années	2015	2016	2017	2018
Consommation	126	132	139	148

Annexe 3

Les Français sont soucieux de leur intérieur. Pour répondre à leurs demandes en la matière, de nombreux produits ménagers sont présents sur le marché. La grande majorité comportent des risques importants pour l'environnement.

Aujourd'hui, les consommateurs souhaitent des produits ménagers sains, efficaces et économiques. Ils privilégient les emballages recyclables et des produits labellisés.

Pour répondre à cette demande croissante, l'entreprise devra intégrer des critères environnementaux dès la conception du produit, d'en diminuer les impacts tout au long du cycle de vie (de l'extraction des matières premières jusqu'au traitement des déchets). Les choix liés à l'approvisionnement des matières premières, les procédés de fabrication et les modalités de recyclage, etc. devront répondre à des critères bien précis.

CORRIGÉS

1 LA DÉFINITION DES DIFFÉRENTS TYPES D'ORGANISATIONS *(Énoncés p. 73)*

1 Entreprises privées / publiques
Administrations publiques
Association

2 – Entreprise privée : but lucratif
– Entreprise publique : but non lucratif
– Administration publique : but non lucratif
– Association : but non lucratif.

3 Entreprises privées / publiques : dirigeant, associés, actionnaires. Administrations publiques : en fonction de la nature de l'administration : ministre, préfet, maire, président, etc. Association : président, secrétaire, trésorier

2 L'INDIVIDU ET SES CARACTÉRISTIQUES *(Énoncés p. 76)*

1 Les 8 traits de personnalité sont :
- **Introverti :** replié sur lui-même, il manque de confiance en lui.
- **Extraverti :** ouvert aux autres, prend plaisir à communiquer.
- **Logique :** raisonne et fait appel à la logique.
- **Affectif :** va réagir en fonction de ses émotions.
- **Stable :** d'humeur égale.
- **Instable :** change d'humeur en fonction des circonstances.
- **Autonome :** agit de manière indépendante.
- **Soumis :** dépendant et obéissant.

2 **Les 6 émotions de base sont :** la joie, la colère, la tristesse, le dégoût, la peur et la surprise. Elles se traduisent par des réactions physiologiques et des réactions comportementales et expressives.

3 **Les 4 phases de la perception sont :** l'attention, l'interprétation, la compréhension, la mémorisation.

4 Les 3 **composantes de l'attitude** sont : la composante cognitive, la composante affective, la composante conative (ou comportementale).

5 **L'identité numérique** est constituée de l'ensemble des publications et des traces qui sont laissées sur Internet par vous-même ou d'autres. Les conséquences sur la vie privée ou professionnelle peuvent être importantes.

3 LA COMMUNICATION AU SEIN DES ORGANISATIONS *(Énoncés p. 79)*

1 Vrai **2** Faux **3** Vrai **4** Vrai **5** Vrai **6** Faux **7** Faux.

5 LES INTERACTIONS AU SEIN DE L'ORGANISATION *(Énoncés p. 82)*

1 Faux **2** Vrai **3** Faux **4** Faux **5** Vrai

7 LES ACTIVITÉS DE TRAVAIL *(Énoncés p. 86)*

1 **Les composantes des conditions de travail** sont les facteurs environnementaux, sociaux, psychologiques et organisationnels.

2 **Facteurs environnementaux** : outil informatique, espace bureau, luminosité, bruit.
Facteurs sociaux : rapports entre collègues, entre salariés et membres de la direction.
Facteurs psychologiques : stress, pression.
Facteurs organisationnels : emploi du temps, règlement intérieur.

3 Les conditions de travail vont agir sur la motivation du salarié au travail puisqu'elles constituent un ensemble de facteurs qui agissent sur sa satisfaction. Le comportement des salariés est influencé par les différentes composantes des conditions de travail.

4 **Une compétence** est la capacité pour l'individu de s'adapter à une situation professionnelle en mobilisant ses savoirs et savoir-faire pour produire quelque chose.
Une qualification est une connaissance, une aptitude ou expérience acquise au cours de formation et expérience professionnelle.

5 **La fiche de poste** est un outil de communication qui présente une description des différentes caractéristiques d'un poste et de son environnement. **Un profil de compétences** permet d'évaluer un candidat pour un poste précis.

8 L'ACTICITÉ HUMAINE DANS LES ORGANISATIONS *(Énoncés p. 88)*

1 En moyenne, un salarié travaille 151,67 heures par mois.
35 h × 52 semaines / 12 mois ≃ 151,67 heures.

2 Le salaire de base mensuel d'Amandine :
9,88 × 151,67 ≃ 1 498,499 euros par mois.

3 Selon la règle suivante :
– au-delà de la 36e heure : + 25 % ;
– au-delà de la 43e heure : + 50 %.

	Heures supplémentaires effectuées	Commentaires
S 49	1	1 h à + 25 %
S 50	0	
S 51	9	8 h à + 25 % 1 h à + 50 %
S 52	4	4 h à + 25 %

9 LA MESURE DE L'ACTIVITÉ HUMAINE DANS L'ORGANISATION *(Énoncés p. 90)*

1	Équipe 1	Équipe 2	Équipe 3	Équipe 4	Équipe 5
Nombre de chaises produites	45	21	41	50	29
Nombre de salariés dans l'équipe	3	2	5	4	3
Productivité de l'équipe	45 / 3 = 15	21 / 2 = 10,5	41 / 5 = 8,2	50 / 4 = 12,5	29 / 3 = 9,7

2 Équipe la plus productive : équipe 1.
Équipe la moins productive : équipe 3.

3 Pour calculer la productivité moyenne d'un salarié de l'entreprise, il faut additionner le nombre de chaises produites =
(45 + 21 + 41 + 50 + 29).
Il faut également additionner le nombre de salariés total = (3 + 2 + 5 + 4 + 3)

Et utiliser la même formule que précédemment.
Donc productivité moyenne
= (45 + 21 + 41 + 50 + 29) / (3 + 2 + 5 + 4 + 3)
= 186 / 17
= 10,9

Un salarié de l'entreprise produit donc en moyenne **10,9 chaises** sur la semaine 12.

15 APPLICATIONS ET USAGES DU NUMÉRIQUE DANS LES ORGANISATIONS *(Énoncés p. 104)*

1 c). **2** 4, 3, 2. **3** a), b).

16 INTELLIGENCE ARTIFICIELLE ET AUTOMATISATION DES TÂCHES *(Énoncés p. 106)*

1 c)

18 LES APPLICATIONS MÉTIERS ET LE PGI *(Énoncés p. 110)*

1 b). **2** b). **3** a), b), d)

23 LA CRÉATION DE VALEUR FINANCIÈRE *(Énoncés p. 120)*

CHARGES		PRODUITS	
Charges d'exploitation		Produits d'exploitation	
Achats de matières premières	2 450 000	Ventes de marchandises	7 500 000
Achats de marchandises	1 780 000	Subvention	8 000
Salaires	1 620 000		
Autres charges			
Frais de marketing	580 000		
Frais de transports	620 000		
Charges financières		Produits financiers	
Frais financiers	25 000		8 000
Charges exceptionnelles	–	Produits exceptionnels	–
TOTAL	7 075 000	TOTAL	7 516 000

Le résultat est calculé grâce à la formule *Produits – Charges*. Donc le résultat de l'entreprise Soaprino est de 7 516 000 – 7 075 000. Le résultat est positif. Soaprino a dégagé un bénéfice de 441 000 € sur la période étudiée.

24 LA VALEUR PERÇUE

(Énoncés p. 123)

Produit	Nombre de produits vendus	Nombre de produits retournés	Taux de retour
Produit A	522 007	52 123	9,985115
Produit B	752 018	75 001	9,973299
Produit C	18 267	7 213	39,48651
Produit D	1 756	85	4,840547

Les deux produits les plus vendus ont un taux de retour qui correspond à la moyenne. Le produit le moins vendu (D) a un taux de retour bien inférieur au taux moyens, ce qui peut signifier que malgré le fait qu'il soit peu vendu, les clients le trouve de bonne qualité. Le produit C est un produit problématique puisque son taux de retour est très important, près de 40%. Il serait intéressant d'obtenir des informations complémentaires sur les raisons de ces retours afin de pouvoir améliorer le produit ou, le cas échéant, cesser sa commercialisation.

25 L'IMPORTANCE DU PRIX DANS LA CRÉATION DE VALEUR

(Énoncés p. 125)

Charges pour la production d'un sandwich industriel	Coût pour un sandwich	Explication
Charges directes	1,00 €	Somme des charges directes
Charges indirectes	0,34 €	Somme des charges indirectes
Coût de revient	1,34 €	Charges directes + Charges indirectes
Marge fabricant	0,34 €	Coût de revient 25/100
Prix de vente HT fabricant	1,68 €	Coût de revient + Marge fabricant
Prix d'achat HT distributeur	1,68 €	Identique au PV fabricant
Marge distributeur	0,69 €	Prix d'achat HT 41/100
Prix de vente HT distributeur	2,36 €	Prix d'achat + Marge distributeur
TVA	0,13 €	PV 5,5/100
Prix de vente TTC	2,49 €	Prix de revient HT + TVA

26 LA PERFORMANCE DANS LES ORGANISATIONS

(Énoncés p. 127)

	Quantitatifs	Qualitatifs	Entreprise	Organisation publique	Association
Chiffre d'affaires	*		*		
Image de marque		*	*		
Notoriété		*	*		*
Bénéfices	*		*		
Climat social		*	*	*	*
Taux de retours de produits	*		*		
Satisfaction		*	*	*	*
Nombre d'adhérents	*				*

27 LA PERFORMANCE COMMERCIALE
(Énoncés p. 129)

Parts de marché

Entreprise A : 37 %. Entreprise B : 33 %.
Entreprise C : 8 %. Entreprise D : 7 %.
Entreprise E : 6 %. Entreprise F : 5 %.
Entreprise G : 4 %.

> **Formule à utiliser**
> Part de marché en valeur =
> $$\frac{\textit{CA de l'entreprise}}{\textit{Total CA des entreprises}} \times 100$$

Méthode :

1 – Calculez le total des chiffres d'affaires.

2 – Calculez les parts de marché

A : (1 420 800 / 3 840 000) × 100 **B :** (1 267 200 / 3 840 000) × 100 C : (307 200 / 3 840 000) × 100

28 LA PERFORMANCE FINANCIÈRE
(Énoncés p. 131)

Formule du taux de rentabilité économique :
(Résultat d'exploitation / Capitaux permanents) × 100
Pour 2016 : (78 000 / 312 000) × 100 = 25 %
Pour 2017 : (81 000 / 316 000) × 100 = 25,63 %
Pour 2018 : (83 000 / 320 000) × 100 = 25,94 %

Formule du taux de rentabilité financière :
(Résultat net / Capitaux propres) × 100
Pour 2016 : (216 000 / 200 000) × 100 = 35 %
Pour 2017 : (78 000 / 205 000) × 100 = 38,05 %
Pour 2018 : (79 000 / 210 000) × 100 = 37,62 %

Formule du taux de profitabilité :
(Résultat net / Chiffre d'affaires hors taxe) × 100
Pour 2016 : (70 000 / 842 300) 100 = 8,31 %
Pour 2017 : (78 000 / 856 700) × 100 = 9,1 %
Pour 2018 : (79 000 / 892 260) × 100 = 8,85 %

32 LA PROSPECTIVE LIÉE À LA TRÉSORERIE ET AU RÉSULTAT
(Énoncés p. 139)

EXERCICE 1

Le seuil de rentabilité est donc de : 78 125.

EXERCICE 2

Le point mort est donc de 113 jours ce qui correspond au 22 avril.

33 LA GESTION DU TEMPS ET SES OUTILS
(Énoncés p. 141)

1 Un retard de 5 jours sur la tâche J n'aura pas d'impact sur la durée totale du processus, alors qu'il rallongera le processus de 5 jours, si la tâche G est impactée.

2 Durée totale du processus ordonnancé de 47 jours. L'ordonnancement permet un gain de temps considérable et donc baisse les coûts financiers. L'entreprise améliore ainsi sa performance.

34 LA GESTION DU RISQUE
(Énoncés p. 146)

1 Afin d'analyser l'évolution, il est nécessaire d'effectuer les calculs nécessaires :
Calculs taux d'évolution :

$$\frac{VA - VD}{VD} \times 100$$

Taux d'évolution de ventes sur le marché des produits ménagers de :
2015 à 2016 : – 3,45 % 2016 à 2017 : – 7,15 %
2017 à 2018 : – 4,51 % de 2015 à 2018 : – 13,68 %
Taux d'évolution de ventes sur le marché des produits ménagers écologiques de :
2015 à 2016 : 4,76 % 2016 à 2017 : 5,30 %
2017 à 2018 : 6,48 % de 2015 à 2018 : 17,46 %

Le marché des produits ménagers subi des variations négatives et irrégulières. La baisse de 2015 à 2018 s'élève à presque 14 %. Alors que le marché des produits ménagers écologiques est en croissance régulière.

2 Les français attendent des produits sains, naturels, efficaces et labellisés.

3 L'entreprise Emyrine devra choisir soigneusement ses fournisseurs afin de sélectionner des matières premières écologiques et de qualité. Elle devra aussi travailler sur les conditionnements de ses produits afin qu'ils soient recyclables et réfléchir à la labellisation de ses produits et procédés de fabrication.

> Si l'entreprise fait le choix de continuer dans de simples produits ménagers, elle risque de voir ses ventes diminuer comme celle de la demande sur le marché.

Droit Économie

Méthodes

	COURS	EXERCICES
Qu'est-ce que le droit ?		
1 Le droit et les fonctions du droit	156	158
2 La règle de droit	159	160
3 Les sources du droit	161	
Comment le droit permet-il de régler un litige ?		
4 Le litige	163	
5 Le recours au juge	164	
6 La preuve	166	
Qui peut faire valoir ses droits ?		
7 Le droit et la personne	167	168
8 La capacité et l'incapacité	169	170
9 Le patrimoine	171	
Quels sont les droits reconnus aux personnes ?		
10 Les droits extrapatrimoniaux	172	173
11 Le droit de propriété	174	175
12 La propriété intellectuelle	176	
Quelles sont les grandes questions économiques et leurs enjeux actuels ?		
13 Les agents économiques et leurs besoins	178	
14 Les décisions du consommateur et du producteur	181	183
15 Les échanges économiques	184	185
Comment la richesse se crée-t-elle et se répartit-elle ?		
16 La combinaison des facteurs de production	186	187
17 La mesure de la production et ses prolongements	188	
18 La dynamique de la répartition des revenus	190	
Comment les ménages décident-ils d'affecter leurs revenus ?		
19 L'arbitrage entre consommation et épargne	192	
20 Le pouvoir d'achat des ménages	194	
21 La structure de consommation des ménages	196	
Quels modes de financement de l'activité économique ?		
22 La situation financière des agents économiques	197	197
23 Les modalités de financement de l'activité économique	198	199
24 Le degré de concurrence selon les marchés	200	
25 Les stratégies pour dépasser l'intensité concurrentielle	203	204

LES MÉTHODES

Résoudre un cas pratique par le syllogisme

Le **syllogisme** est une démarche d'argumentation basique sur une logique démonstrative afin de convaincre l'interlocuteur.
Il se décompose en trois étapes selon un syllogisme célèbre :

étape 1 **La règle**	→	**Selon**	*Tous les hommes sont mortels.*
étape 2 **La qualification des faits**	→	**Or**	*Or, Socrate est un homme.*
étape 3 **L'application de la règle aux faits**	→	**Donc**	*Donc Socrate est mortel.*

Le principe du cas pratique est de reprendre ce raisonnement logique en appliquant des règles juridiques à une situation anecdotique. On peut procéder en 5 étapes :

- étape 1 La qualification juridique des faits
- étape 2 Le problème de droit
- étape 3 Le rappel de la règle : **la majeure**
- étape 4 L'application au cas : **la mineure**
- étape 5 La résolution du cas

1 La qualification juridique des faits

Il s'agit de reprendre les éléments clés de l'énoncé ou de la situation afin de lui attacher la qualité juridique correspondante. Cette qualification est importante car elle aura une incidence sur la règle applicable. La qualification porte aussi bien :
– sur la **qualité juridique** des personnes (*personne physique, personne morale, employeur, salarié, vendeur, acheteur, créancier, débiteur, commerçant, consommateur...*) ;
– sur leurs **actes** (*fait juridique ou acte juridique comme un contrat*) ;
– ou sur les **biens** dont il est question (*bien corporel, incorporel, bien meuble ou bien immeuble*).

Exemples

Cas 1 : Monsieur X achète un ordinateur dans un magasin afin de jouer à des jeux vidéo pour son loisir personnel. Il constate dans les conditions générales de vente du contrat une clause qui énonce qu'en cas de litige, le tribunal judiciaire de Lyon sera compétent.

→ **Monsieur X** est considéré comme un **consommateur**, personne physique, et le **magasin** comme un **commerçant professionnel**. Ils sont liés par un **contrat de consommation**.

→ Conséquence : les **règles du droit de la consommation** s'appliqueront.

Cas 2 : Monsieur X, gérant d'une SARL, achète un ordinateur chez un fabricant pour les besoins de son activité professionnelle. Il constate dans les conditions générales de vente du contrat une clause qui énonce qu'en cas de litige, le tribunal judiciaire de Lyon sera compétent.

→ Monsieur X agit en tant que **mandataire de la SARL**. Les deux parties sont des professionnels. Elles signent un **contrat de vente de nature commerciale**.

→ Conséquence : le **droit commercial** s'appliquera.

2 Le problème de droit

• **Le problème de droit** est la question juridique que le juge ou le consultant juridique doit trancher pour résoudre la situation présentée. **Il est formulé en termes génériques.**

⚠ **Le problème de droit ne peut pas être une question** du type :
Monsieur X a-t-il raison ? Monsieur X gagnera-t-il son procès ?
L'article L121-1 du Code de consommation s'applique-t-il ?

• **Le problème de droit pourra être :**
- Quelles conditions une personne physique doit-elle remplir pour être considérée comme ayant la qualité de consommateur ou de commerçant ?
- À quelles conditions une clause attributive de juridiction est-elle valable ?

3 La majeure : le rappel de la règle

• **La majeure énonce la règle applicable** au cas selon la qualification juridique des faits. Elle va permettre sa **résolution**. La règle est énoncée de manière « brute », sans lien avec le cas.

• **Elle peut contenir la définition d'un terme juridique,** l'énoncé d'un principe et éventuellement des exceptions qui l'accompagnent.

Exemple
Selon l'article L121-1 du Code de commerce, « sont commerçants ceux qui exercent des actes de commerce et en font leur profession habituelle. »
⚠ Une clause attributive de juridiction est une clause insérée dans un contrat qui stipule qu'en cas de litige, les parties fixent la juridiction compétente. Elle n'est valable qu'entre commerçants.

4 La mineure : l'application de la règle au cas

Pour cette étape, il convient de reprendre la logique du « donc » vue dans la démarche du syllogisme. La mineure reprend la règle de droit et l'applique au cas d'espèce.

Exemple
Monsieur X est gérant de la SARL, il achète un bien pour le compte de sa société. La SARL est une société commerciale tout comme le vendeur.
DONC le contrat est de nature commerciale. La clause attributive de juridiction est donc valable.
Ce qui ne serait pas le cas si nous prenons la situation où Monsieur X est un simple consommateur.

5 La solution du cas pratique

Une fois la mineure rédigée, la solution au cas d'espèce apparaît d'elle-même.

Exemple
Dans le cas où le contrat est de nature commerciale, la clause attributive de juridiction est valable. S'il existe un litige entre la SARL et le magasin, la juridiction compétente sera le tribunal judiciaire de Lyon.

DROIT-ÉCONOMIE

LES MÉTHODES

Analyser une décision de justice

La jurisprudence est une source du droit. Les décisions de la cour de cassation, juridiction suprême de droit civil, sont retranscrites dans des arrêts. Ces derniers nécessitent une méthodologie pour en comprendre la structure et le sens. On peut procéder en 7 étapes :

- étape 1 La désignation des parties
- étape 2 Le rappel des faits
- étape 3 La procédure suivie
- étape 4 Les arguments des parties
- étape 5 Le problème de droit
- étape 6 La décision rendue et ses motifs
- étape 7 La portée de l'arrêt

1 La désignation des parties

• **Il s'agit simplement de repérer la qualité juridique** des parties présentes au litige :

- Personne physique ou personne morale ?
- Commerçant, consommateur ?
- Créancier, débiteur ?
- Salarié, employeur ?
- Propriétaire, victime ?
- Etc.

• **En outre, il convient de se demander** qui est à l'origine de l'action en justice qui suit le litige.

À retenir

La partie à l'origine de l'action en justice est le **demandeur**. Son adversaire est le **défendeur**.

2 Le rappel des faits

Il s'agit de rappeler succinctement les faits, par leur qualification juridique, qui ont amené à la naissance du litige. C'est l'occasion de préciser le **lien juridique** qui existe entre les parties au litige.

3 La procédure suivie

• **La procédure débute** lorsqu'une partie décide de saisir une première **juridiction**. Il est possible d'établir le tableau suivant pour rendre compte de la procédure :

	Demandeur	Défendeur	Qui est débouté ?
1re instance			
2e instance (cour d'appel)	= l'appelant	= l'intimé	
Recours devant la Cour de cassation			

• **Il y a une 2e instance** si le litige en 1re instance valait plus de 5 000 €.

• **Généralement, la partie déboutée** est celle qui est demandeur devant la juridiction suivante.

À retenir

Le recours devant la Cour de cassation s'appelle un **pourvoi en cassation**.

4 Les arguments des parties

• **Devant le juge,** les parties confrontent leurs arguments. Ceux-ci s'opposent donc. Il s'agit ici de faire ressortir les **intérêts contradictoires** (et l'argumentaire qui l'accompagne) du demandeur et du défendeur.

• **Les arguments du demandeur** au pourvoi sont souvent introduits par la formule : « [la partie] fait grief à l'arrêt de l'avoir débouté de sa demande alors selon le moyen que… »

5 Le problème de droit

C'est la question juridique que le juge devra trancher face à la **contradiction argumentaire** à laquelle il est soumis. Le problème de droit s'énonce en **termes génériques**. Il ne peut porter sur une personne nommée précisément.

6 La décision rendue et ses motifs

• **Si l'analyse de décision de justice** porte sur un arrêt de la Cour de cassation, deux décisions sont envisageables :
– **la décision rejette le pourvoi :** la Cour de cassation est donc d'accord avec le jugement rendu par la cour d'appel. Elle s'oppose donc aux arguments du pourvoi. Généralement, la règle appliquée (ou son interprétation) est énoncée à la fin de l'arrêt après la formule « Mais attendu que… » ;
– **la décision casse et annule le jugement précédent.** Elle s'oppose donc à la décision de la cour d'appel ou du tribunal de première instance et agrée les arguments du pourvoi. Dans ce cas, généralement, la règle appliquée (ou son interprétation) est énoncée au début de l'arrêt afin de marquer le caractère solennel de la décision rendue.

• **Pour chaque situation,** il convient de reprendre les arguments qui ont amené la Cour de cassation à résoudre le cas selon telle ou telle position.

7 La portée de l'arrêt

• **C'est une étape** qui consiste à replacer la décision de justice rendue dans un **contexte historique** plus large. Le commentateur d'arrêt doit alors se poser les questions suivantes :
– L'arrêt constitue-t-il un **revirement** de jurisprudence ? Une **nouveauté** juridique ? Ou une **jurisprudence constante** et réaffirmée ?
– Si la jurisprudence évolue, en faveur de qui ? Quel élément de **contexte** a fait évoluer la jurisprudence de la cour ? Quelle partie en sort **plus protégée** ou au contraire **plus fragile** juridiquement parlant ?
– La décision rend-elle la loi plus **claire** ? Plus **juste** ? Pour qui ?

• **Le commentateur** peut alors donner son **opinion** ou formuler des **critiques** sur cette évolution.

1 Le droit et les fonctions du droit

Le droit est défini comme l'ensemble de règles de conduite qui, dans une société donnée, régissent les rapports entre les humains. Ces règles émanent d'autorités légitimes.

1 Définition du droit

A L'État de droit

On parle d'État de droit lorsque les autorités créatrices de règles de droit sont elles-mêmes soumises au droit et que la puissance publique peut être limitée voire sanctionnée par un pouvoir judiciaire indépendant.

L'État de droit s'oppose donc à un État tyrannique où tous les pouvoirs sont détenus par une seule personne. L'État de droit respecte le principe de la séparation des pouvoirs mis en avant par Montesquieu au XVIIIe siècle dans son livre fondateur *L'Esprit des lois*.

B Séparation des pouvoirs

- **Les autorités légitimes en France selon le principe de la séparation des pouvoirs :**

Pouvoir	Institutions nées de ce pouvoir	Exemple d'attribution
Législatif	L'Assemblée nationale et le Sénat	Élaborer la loi
Exécutif	Le gouvernement	Faire appliquer la loi
Judiciaire	Le système judiciaire	Sanctionner la non-application de la loi

- **D'autres autorités** ont également été instituées au niveau européen selon un modèle similaire.

Pouvoir	Institutions nées de ce pouvoir	Exemple d'attribution
Législatif	Le Parlement européen	Élaborer des directives ou des règlements communautaires
Exécutif	La Commission européenne	Contrôler la libre concurrence dans l'Union européenne
Judiciaire	La Cour de Justice de l'Union européenne (CJUE)	Sanctionner la non-application des règles européennes

- **Les autorités légitimes reconnaissent des prérogatives à chaque individu.** Elles ont la charge de faire respecter ces droits entre les individus et au besoin de recourir à la force publique pour les faire respecter.

Exemple
L'article 9 du Code civil énonce que « chacun a droit au respect de sa vie privée ». Ainsi, lorsqu'une personne est atteinte dans son droit, ici, sa vie privée, elle peut en demander réparation devant le juge.

2 Les fonctions du droit

A Le droit assure principalement cinq grandes fonctions

Fonction	Principe	Exemple
Assurer l'ordre social	Éviter l'anarchie et vivre ensemble.	Le Code de la route permet de circuler en principe sans accident.
Orienter des choix de développement d'une société	À travers les lois qu'elle vote, une société poursuit un modèle de vie collective qui lui est propre.	Les lois sur l'avortement ou le mariage homosexuel diffèrent d'un pays à l'autre.
Garantir des règles stables dans le temps	Lorsque les règles sont clairement établies et respectées, elles permettent aux personnes de prendre des engagements les unes envers les autres.	Les clauses contenues dans un contrat fixent les relations entre les cocontractants pour le temps d'exécution du contrat.
Assurer la sécurité des personnes	Pour vivre ensemble, les personnes doivent respecter les libertés de chacun et ne pas nuire à autrui.	Le Code pénal sanctionne les agressions physiques selon leur gravité.
Assurer la sécurité des biens	Les individus sont responsables des biens dont ils ont la garde.	Un bien mis en circulation pour être vendu ne doit pas entraîner de dommage corporel à son utilisateur.

B La notion d'ordre public

Elle consiste à donner la priorité aux **règles ayant une dimension collective** sur les règles laissant une liberté aux particuliers.

Exemple
Une personne a la liberté de faire du commerce avec tout type de bien mais ne peut pas vendre de la drogue car l'on considère ce bien comme mauvais pour la santé des personnes. Ainsi, la liberté du commerce est encadrée par le respect de l'ordre public.

3 Les valeurs du droit

A L'ensemble des règles de droit

Les règles de droit portent des valeurs soutenues et protégées par les institutions. En France, l'article 2 de la Constitution énonce la devise de la Ve République. Elle affirme trois valeurs : « **liberté, égalité, fraternité** ».

Valeur	Principe
Liberté	Chaque citoyen naît libre. L'esclavage est bien sûr proscrit. Chaque citoyen peut exercer différentes libertés : d'expression, de religion, d'appartenance politique, d'aller et venir, d'entreprendre… La liberté d'une personne s'arrête là où commence celle des autres.
Égalité	Chaque citoyen dispose des mêmes droits devant la loi sans distinction d'origine, de race ou de religion.
Fraternité	Pour vivre ensemble, les citoyens font preuve d'une forme de solidarité (la protection sociale en est un exemple) mais ils doivent aussi faire l'exercice de la tolérance, de la bienveillance pour autrui et de l'aide à l'égard de l'étranger car cette valeur défend la dignité attachée à la qualité d'Homme.

B La laïcité

• **La laïcité est une autre valeur de la République française.** Elle n'est pas mentionnée dans la devise républicaine mais est consacrée par l'article 1 de la Constitution : « La France est une République indivisible, laïque, démocratique et sociale. »

• **Cette valeur** signifie que chaque personne peut exercer librement sa religion et sa croyance. Elle suppose la **séparation de l'État et des autorités religieuses**.

> **Remarque**
> Les valeurs républicaines contribuent à faire du droit un facteur d'organisation et de paix sociale.

4 La distinction droit et morale

La morale et le droit sont deux notions proches car la première influence souvent la seconde, mais bien distinctes. Le tableau suivant permet de bien faire la différence.

	Le droit	La morale
Source de la règle	Issu de la volonté des autorités légitimes.	Issue de la conscience ou d'une religion.
Contenu de la règle	Le droit édicte des droits et des obligations afin que les hommes puissent vivre ensemble.	La morale se préoccupe des devoirs de l'homme à l'égard des autres hommes mais aussi à l'égard de lui-même.
	Le droit est conçu pour assurer une stabilité sociale.	La morale est plus exigeante. Elle tend à la perfection du groupe et de l'individu.
Sanction	Une amende, une réparation, un travail forcé, une peine d'emprisonnement.	Le sentiment de culpabilité, la mauvaise conscience ou l'exclusion du groupe social partageant les valeurs morales.

Testez-vous !

Corrigé p. 207

1 Parmi les termes suivants, d'un point de vue juridique, quel est l'intrus ?

a) Législatif
b) Exécutif
c) Autoritaire
d) Judiciaire

2 De quel pouvoir la Cour de Justice de l'Union européenne (CJUE) relève-t-elle ?

a) Législatif
b) Exécutif
c) Autoritaire
d) Judiciaire

3 L'article 2 du Code civil énonce : « La loi ne dispose que pour l'avenir ; elle n'a point d'effet rétroactif. » Quelle finalité de la règle de droit cet article remplit-il ?

a) Assurer la sécurité des personnes
b) Assurer la sécurité des biens
c) Garantir des règles stables dans le temps
d) Orienter des choix de développement d'une société

4 L'Article L1132-1 du Code du travail interdit toute discrimination notamment sexuelle ou religieuse. Quelle valeur républicaine cette interdiction protège-t-elle ?

a) Liberté
b) Égalité
c) Fraternité
d) Laïcité

2 La règle de droit

La règle de droit qui est élaborée puis mise en œuvre par **les autorités légitimes** suppose plusieurs caractères pour concilier à la fois l'**encadrement de la vie sociale** et la possibilité pour chacun d'**exercer ses libertés individuelles**.

1 Les 4 caractères de la règle de droit

Caractère de la règle de droit	Explication	Exemple
Légitime	La règle de droit émane d'autorités légitimes compétentes.	**Article 2 du Code civil** « La loi ne dispose que pour l'avenir ; elle n'a point d'effet rétroactif. » Cet article découle d'une loi promulguée en 1803. Elle est donc issue du Parlement.
Générale	La règle de droit s'applique à tous ou à une catégorie désignée de personnes mais jamais de manière nominative. C'est une garantie contre les discriminations individuelles.	**Article 9 du Code civil** « Chacun a droit au respect de sa vie privée. » **Article L121-1 du Code de commerce** « Sont commerçants ceux qui exercent des actes de commerce et en font leur profession habituelle. » **Art 6 DDHC** « La loi doit être la même pour tous ».
Obligatoire	La loi peut obliger : c'est une obligation de faire.	Les employeurs doivent déclarer leur salarié auprès des organismes de Sécurité sociale.
	La loi peut interdire : c'est une obligation de ne pas faire.	Le Code pénal interdit le vol ou l'abus de confiance.
	La loi peut autoriser : c'est une permission laissée au libre arbitre de l'individu.	Les personnes ont la liberté de se marier, de vendre leur bien, de créer une association, de s'exprimer…
Contraignante	Pour obtenir des individus qu'ils se conforment à la règle de droit, des sanctions sont prévues.	La commission d'une infraction pénale peut être punie par une peine d'emprisonnement ou une amende.

2 La qualification juridique des faits

Du fait du caractère général et impersonnel de la loi, pour savoir quelle règle est applicable à telle situation, tout fait ou toute personne doit être rattaché à une **catégorie juridique**.

Situation de fait → Qualification juridique → Application de la règle adéquate

Voici quelques illustrations :

Situation de fait	Qualification juridique	Branche du droit applicable
Monsieur A, immigré syrien, souhaite devenir français après avoir habité de nombreuses années en France.	Monsieur A est une personne physique. La nationalité française est un attribut de la personne juridique.	*Le droit civil français.* Des règles existent pour obtenir la nationalité française par naturalisation.
Monsieur X a traversé en courant en dehors des passages pour piéton. Il s'est fait renverser par Madame Y qui conduisait la voiture.	C'est un fait juridique entre l'auteur d'un dommage et une victime.	*Le droit civil et plus précisément, la responsabilité civile extracontractuelle.* Chacun est responsable des dommages qu'il cause à autrui.
Madame Z effectue des heures supplémentaires et souhaite se les faire payer par son chef de service.	Dans le cadre d'un contrat de travail, le salarié est lié à son employeur.	*Le droit du travail.* L'employeur doit rémunérer son salarié pour les heures de travail effectué.
La société anonyme (SA) B a déposé un brevet pour protéger sa dernière innovation. Après les formalités de dépôt, une société concurrente C imite l'invention sans l'autorisation de la société B.	La SA B est titulaire d'un brevet déposé à l'INPI. Elle en est le propriétaire exclusif grâce à son brevet. La société C copie le brevet sans autorisation.	*Le droit de la propriété industrielle.* La SA B peut exercer une action en contrefaçon contre la société C.

Testez-vous !

Corrigé p. 207

5 Quelle branche du droit est par excellence la branche qui définit des interdictions ?

a) Le droit civil
b) Le droit pénal
c) Le droit du travail
d) Le droit commercial

6 Monsieur Bruno B. se marie avec Madame Anne C. Ils signent un contrat de mariage pour définir leur régime matrimonial. Leur situation relève :

a) du droit civil.
b) du droit pénal.
c) du droit du travail.
d) du droit commercial.

7 Monsieur Bruno B. achète sur un site internet professionnel un bouquet de fleurs pour le faire livrer à son épouse Anne C. Le livreur ne livre pas les fleurs commandées mais un autre bouquet. Leur situation relève :

a) du droit de la concurrence.
b) du droit de la consommation.
c) du droit pénal.
d) du droit du travail.

3 Les sources du droit

Les sources du droit sont nombreuses et diffuses. Elles émanent d'**autorités légitimes variées**. Leur force juridique diffère selon leur nature. Afin de s'y retrouver, les règles de droit sont intégrées dans une pyramide où la norme inférieure doit se conformer à la norme supérieure. C'est le principe de la **hiérarchie des normes**. Classiquement, le droit distingue les **sources formelles** et les **sources informelles**.

1 Les sources formelles : les règles de droit écrites

- **En France, la norme qui se situe en haut de la pyramide est la Constitution française de 1958.** Les normes communautaires s'intègrent dans la pyramide des normes nationales françaises.
- **Les sources formelles** sont partagées entre le pouvoir législatif et le pouvoir exécutif.

> *Remarque*
> **Le droit européen prime sur le droit national.** Ainsi, le droit français doit respecter les règles de l'Union européenne. Pour autant, la Constitution française demeure supérieure aux normes européennes.

- **La Constitution de 1958** → Texte fondateur de la Ve République, son respect est assuré par le Conseil constitutionnel.
- **Les traités internationaux et communautaires** → L'Union européenne est fondée par plusieurs traités rassemblés dans le Traité sur le fonctionnement de l'Union européenne.
- **Les directives communautaires** → Elles sont adoptées par la Commission européenne ou le Conseil de l'Union européenne. Leur objectif est d'harmoniser les législations des États membres de l'Union européenne.
- **Les règlements communautaires** → Ce sont des actes juridiques européens, de portée générale, obligatoires dans toutes leurs dispositions. Le règlement est donc directement applicable dans l'ordre juridique des États membres.

La loi	Les règlements	Les ordonnances
Le Parlement, composé de l'Assemblée nationale et du Sénat, élabore la loi.	Ils sont promulgués par le gouvernement. Ils relèvent du pouvoir exécutif.	Ce sont des textes pris par le gouvernement sur délégation temporaire du Parlement.

- **Les conventions collectives et accords collectifs** → En droit du travail, ce sont des textes négociés par les partenaires sociaux (représentants de salariés et représentants d'employeurs) afin d'améliorer les conditions de travail et les garanties sociales.

2 Les sources informelles : le rôle de la jurisprudence

La jurisprudence relève du pouvoir judiciaire. Elle rassemble les décisions de justice rendues par les autorités judiciaires.

• **Le juge a l'obligation de juger** et donc de **compléter ou d'interpréter la loi ou les contrats lorsque ceux-ci sont incomplets**. En revanche, le juge n'a pas le droit d'émettre des règles générales sans quoi il empiéterait sur le pouvoir du législateur. C'est pourquoi les décisions rendues par les juridictions ont pour seule portée juridique le litige pour lequel elles ont été saisies.

• **Pour autant, afin d'assurer une certaine unité** dans l'interprétation des règles de droit, **les autorités judiciaires sont hiérarchisées**. La Cour de cassation en est la juridiction suprême. Elle vérifie la bonne application du droit et de son interprétation par les tribunaux. Elle joue un rôle d'unification.

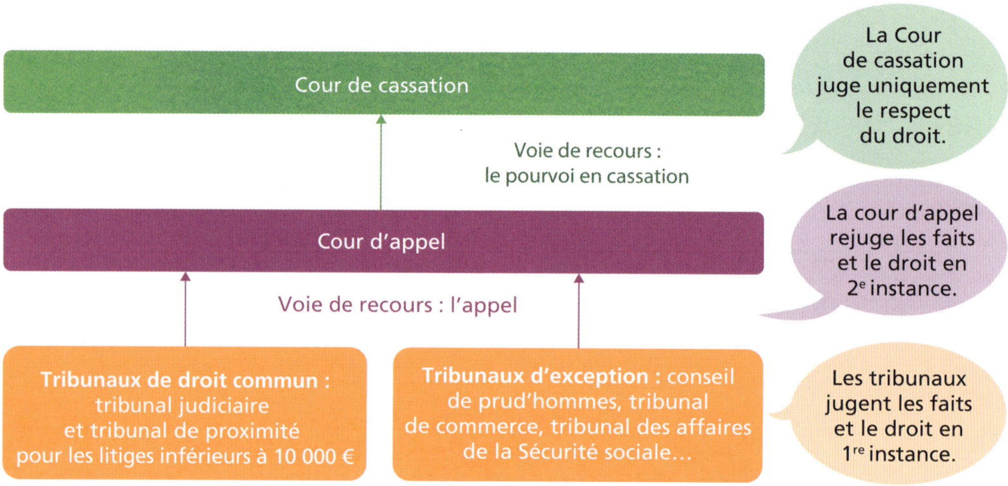

3 La question prioritaire de constitutionnalité (QPC)

La question prioritaire de constitutionnalité est le droit reconnu à toute personne qui est partie à un procès ou une instance de soutenir qu'une disposition législative porte atteinte aux droits et libertés que la Constitution garantit.

Il appartient au Conseil constitutionnel saisi sur renvoi par la Cour de cassation de se prononcer et, le cas échéant, d'abroger la disposition législative.

4 Le litige

Le droit est un **système de normes** dont l'un des objectifs est de **pacifier les relations sociales**. Lorsque des droits individuels entrent en contradiction, ils donnent naissance à un **litige** et nécessitent de recourir à une juridiction pour le trancher.

1 Les trois composantes d'un litige

Composante	Explication	Exemple
Les faits	Une personne subit un préjudice de la part d'une autre personne qu'elles soient liées ou non par un contrat.	• Un vendeur a menti à son acheteur. • Un commerçant commet un acte de concurrence déloyale à l'égard d'un autre commerçant.
Les parties	Le litige oppose deux personnes dont les intérêts divergent.	• Un salarié face à son employeur. • Un entrepreneur face à son banquier.
Les prétentions des parties	Une personne lésée, appelée demandeur, réclame, vis-à-vis d'une autre personne, appelée défendeur, le respect d'un droit ou l'exécution d'une obligation.	• Un salarié réclame le paiement des heures supplémentaires qu'il a effectuées pour le compte de son employeur.

2 La résolution du litige par le droit

Une fois que le litige apparaît, il convient de le résoudre devant un juge selon un processus logique d'argumentation : le **syllogisme**. Il se compose de quatre étapes.

> **Définition**
> **Litige :** latin *lis, litis* qui signifie « procès ». Il a évolué avec le mot *litigium* qui signifie « contestation », « querelle ».

Les étapes du syllogisme	Explication
étape 1 **La qualification juridique des faits**	Comme les règles de droit sont générales, les faits doivent être qualifiés juridiquement pour identifier la règle applicable.
étape 2 **Le problème de droit posé**	L'objet du conflit est identifié. Le problème de droit est la question à laquelle doit répondre le juge saisi du litige.
étape 3 **Le rappel de la règle de droit**	La règle de droit applicable est identifiée et interprétée si elle est insuffisante. La loi est obligatoire pour les personnes auxquelles elle s'applique et nul n'est censé ignorer la loi.
étape 4 **La résolution du litige**	Le juge applique la loi adéquate à la situation étudiée et résout le litige.

Voir fiche méthode « Résoudre un cas pratique par le syllogisme ».

3 La résolution à l'amiable des différends

Parfois, pour des raisons de coûts, de rapidité et de discrétion, les parties tentent de trouver une **issue amiable** à leur litige sans passer par une autorité judiciaire. C'est le rôle des modes alternatifs de règlement des différends : la **conciliation**, la **médiation** ou l'**arbitrage**.

5 Le recours au juge

1 Les principes généraux de la procédure

L'article 6 de la Convention européenne pour la sauvegarde des droits de l'homme consacre quatre grands principes valables pour tout type de procès. Tout procès doit être :

1. **équitable** : les parties qui s'opposent doivent être en mesure de pouvoir contester leurs prétentions respectives. On appelle ce principe « le respect du contradictoire ». Ainsi, le défendeur prépare sa défense face aux revendications du demandeur ;
2. **public** : la justice ne se cache pas. Sauf cas particulier, les procès sont publics ;
3. **rendu par un juge impartial et indépendant** : le juge ne doit pas détenir un lien quelconque avec l'une des parties au litige, sinon il y aurait conflit d'intérêts ;
4. **rendu dans un délai raisonnable** : le pouvoir judiciaire souhaite que les procès ne s'éternisent pas afin de ne pas les dénuer de toute légitimité.

2 Les étapes du déroulement d'un procès

• **En matière civile,** le demandeur saisit le tribunal compétent qui se chargera d'assigner le défendeur à l'instance. L'assignation est une forme de convocation pour préparer sa défense et se présenter le jour du procès à l'audience.
Les parties plaident leur cause par leur argumentation juridique. Les juges délibèrent puis rendent leur décision sous la forme d'un jugement.

• **En matière pénale,** la victime d'une infraction peut porter plainte auprès d'un officier de police judiciaire. Selon la gravité de l'affaire, un juge d'instruction peut être chargé d'enquêter sur l'affaire. Ce dernier peut mettre des personnes en examen pour établir la vérité. La mise en examen est la mesure à l'encontre des personnes pour lesquelles existent des indices graves ou concordants rendant vraisemblable leur participation à la commission des infractions dont le juge est saisi.

Si l'enquête permet d'appréhender l'auteur de l'infraction, celui-ci bénéficie de la **présomption d'innocence** : ce n'est pas à lui de prouver son innocence mais au ministère public (par le biais d'un procureur) de prouver qu'il est coupable.

Pendant le procès pénal, la victime de l'infraction peut se constituer **partie civile** afin d'obtenir des dommages-intérêts pour le préjudice qu'elle a subi indépendamment de la sanction pénale qui découlera de l'infraction commise.

• **La procédure civile se distingue bien de la procédure pénale.**

Procédure	Pénale	Civile
Nom de l'action en justice	Action publique	Action civile
Qui doit prouver ?	Le ministère public	La victime
Quoi prouver ?	La culpabilité par la commission d'une infraction	La responsabilité par la réalisation d'un préjudice

3 Les juridictions compétentes

Quelle juridiction saisir en cas de litige ? Le choix de la juridiction dépend de la nature du litige. On parle de compétence d'attribution.

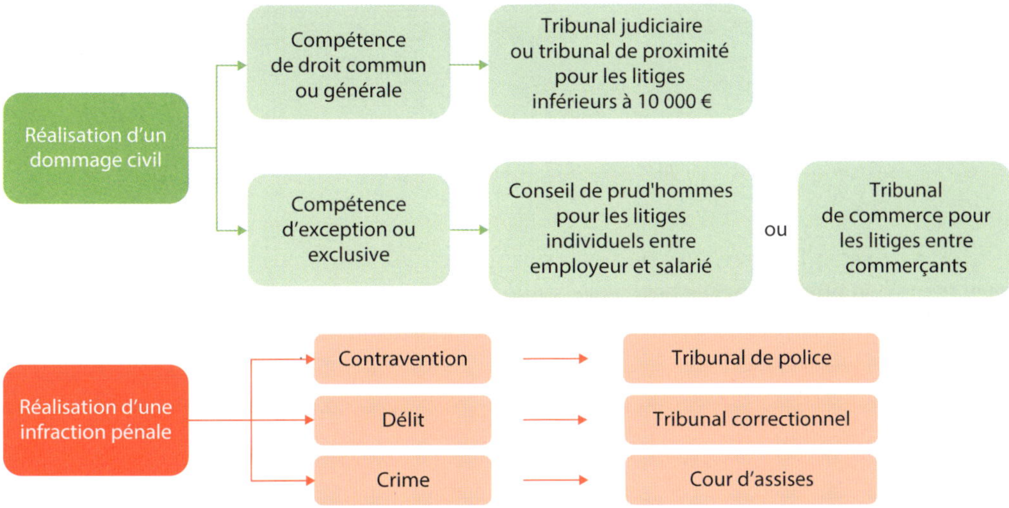

4 Les voies de recours

Appel	Du fait du principe de double degré de juridiction, tout litige dont l'enjeu est supérieur à 5 000 € peut faire l'objet d'un appel. Le litige est alors rejugé en fait et en droit.	L'appel est formulé devant une cour d'appel. Elle rend un jugement.
Pourvoi	Dans le cas d'un litige dont le montant est inférieur à 5 000 € ou à la suite de la décision rendue par une cour d'appel, la personne déboutée peut formuler un pourvoi.	Le pourvoi est formulé devant la Cour de cassation, juridiction suprême. Elle rend un arrêt.
Saisine des tribunaux européens	Lorsque le litige concerne une norme de source européenne (une directive ou un règlement), la partie lésée peut porter son litige au niveau européen.	Le recours est formulé devant la Cour de Justice de l'Union européenne (CJUE).

5 La peine applicable

Une fois toutes les voies de recours épuisées, le juge rend son jugement. La sanction peut prendre plusieurs formes. Elle remplit plusieurs finalités.

La sanction	En droit pénal	En droit civil
Ses finalités	Punir l'atteinte à l'intérêt général	Réparer le dommage individuel
Ses formes	• Peines d'emprisonnement • Travaux d'intérêt général • Amendes	• Dommages et intérêts • Cessation du trouble • Réparation en nature

6 La preuve

La **preuve** est l'établissement d'un fait ou d'un acte qui concourt à l'établissement de la vérité. Elle soulève trois questions : la **charge** de la preuve, l'**objet** de la preuve et les **modes** de preuve.

1 La charge de la preuve : qui doit prouver ?

• **Principe :** selon l'article 1353 du Code civil, la charge de la preuve appartient à celui qui revendique une prétention. Elle pèse donc sur le demandeur.

• **Exception :** toutefois, la loi ou la jurisprudence peuvent prévoir des situations où la charge de la preuve est renversée. Ainsi, lorsqu'un fait ou une faute est trop difficile à rapporter pour le demandeur, il revient au défendeur de prouver qu'il n'a pas commis cet acte ou cette faute. On parle de **présomption**.

2 L'objet de la preuve : que prouver ?

• **Le demandeur peut être amené à prouver l'existence** d'un fait juridique ou le contenu d'un acte juridique. Comme le régime de la preuve dépend de cette distinction, il convient de bien les définir.

Objet de la preuve	Acte juridique	Fait juridique
Définition	**Article 1100-1 du Code civil** Les actes juridiques sont des manifestations de volonté destinées à produire des effets de droit.	**Article 1100-2 du Code civil** Les faits juridiques sont des agissements ou des événements auxquels la loi attache des effets de droit.
Exemple	Il s'agit principalement des contrats.	• Avoir 18 ans. • Se faire renverser par une voiture.
Régime probatoire	Par une preuve parfaite.	Par une preuve parfaite ou imparfaite, donc par tous moyens de preuve.

3 Les modes de preuve

• **Une preuve parfaite** est un document dont le contenu peut être fiable, c'est-à-dire non modifiable, et durable, c'est-à-dire non altérable dans le temps. Le juge doit en suivre le contenu. Si une preuve parfaite n'est pas claire, il peut l'interpréter.

• **Les preuves imparfaites** doivent aider le juge à se forger son intime conviction. Pour ce faire, en général, les parties doivent en présenter plusieurs.

Les preuves dites parfaites	Les preuves dites imparfaites
• L'acte authentique • L'acte sous signature privée • Un écrit électronique • Un aveu judiciaire	• Un témoignage • Une vidéo • Une expertise scientifique • Une lettre, un SMS, un courriel, une facture…

7 Le droit et la personne

1 La personnalité juridique

• **Dans le langage commun, une personne est un individu.** En droit, la notion de « personne » est plus large puisqu'elle englobe :
– les **personnes physiques** (commerçant, consommateur) ;
– les **groupements de personnes physiques** (les sociétés) ;
– et aussi les **groupements de biens** (les fondations).

La personnalité juridique est la capacité à être sujet de droit, c'est-à-dire titulaire de droits ou débiteur d'obligations. Elle donne naissance à un patrimoine. Ce patrimoine donne naissance à des droits patrimoniaux et extrapatrimoniaux.

• **La personnalité juridique** donne la possibilité de réaliser des actes juridiques.

2 La personne physique

• **La personnalité juridique** s'acquiert à la naissance de l'enfant à condition que cet enfant soit né « vivant et viable ». C'est donc la naissance qui fait naître la personnalité juridique.

• **La personnalité juridique disparaît au décès de la personne physique,** constaté médicalement et déclaré à la mairie.

Remarque
La personnalité peut survivre temporairement au décès, le temps de réaliser les dernières volontés du défunt (testament et obsèques).

• **Les attributs de la personne physique :**

Nom	Il est soit le nom du père, soit le nom de la mère, soit les deux. Une fois que le nom a été attribué pour le premier enfant, il ne peut plus être changé pour les enfants suivants. Le nom peut être modifié pour motif légitime.
Prénom	Une personne physique peut se voir attribuer un ou plusieurs prénoms. Le prénom peut être francisé quand il est d'origine étrangère. Il peut être modifié pour motif légitime.
Genre	La personne physique naît du sexe masculin ou féminin.
Domicile	C'est le lieu de résidence principale de la personne physique. Il permet de la localiser et de lui adresser des courriers officiels (carte d'électeur, contraventions…).
Nationalité	Une personne est française dès lors que l'un de ses parents est français ou qu'elle est née sur le sol français.

3 La personne morale

Les personnes morales sont des groupements d'êtres humains ou de biens (cas particulier des fondations). Ce sont des considérations pratiques et économiques qui ont amené le droit à créer les personnes morales. En effet, certains projets de grande ampleur nécessitent le regroupement d'individus et la mise en place d'une structure pour coordonner les activités.

• **Les personnes morales** peuvent être **publiques** ou **privées, à but lucratif** ou **non lucratif**.

• **La personne morale naît de la volonté de ses membres** de s'associer pour participer à une entreprise commune. Cette volonté se matérialise par les statuts. L'immatriculation à un registre et/ou la publication de ces statuts confère à la personne morale son existence juridique. Elle peut alors être titulaire de droits et sujet d'obligations.

• **La personne morale s'éteint par sa dissolution.**

> **Remarque**
> **Le cas particulier des animaux**
> Les animaux ne sont pas considérés comme des personnes au sens du droit. Juridiquement, depuis le 17 février 2015, le Code civil dans son article 515-14 qualifie les animaux d'êtres vivants doués de sensibilité. Leur porter atteinte, les torturer est donc considéré comme une infraction, mais ils restent toutefois soumis au régime des biens.

• **Les attributs de la personne morale :**

La dénomination sociale	C'est l'équivalent du nom et du prénom de la personne physique. Il permet d'identifier la personne morale. La dénomination peut être fantaisiste (ex. : Orange) ou reprendre le nom d'un fondateur (ex. : Renault). La dénomination sociale fait l'objet d'une protection juridique.
Le siège social	C'est l'équivalent du domicile pour la personne physique. C'est l'adresse du lieu où se situe le centre de décision de l'entreprise. Il permet de déterminer la nationalité de l'entreprise et donc la loi qui lui est applicable.
L'objet social	L'objet social définit l'étendue de ce pour quoi la personne morale a été créée. Il a été fixé dans les statuts et détermine ainsi l'étendue de la capacité juridique de la personne morale. Les actes réalisés hors de l'objet social sont donc frappés de nullité. Pour modifier l'étendue de la capacité de la personne morale, il faut modifier son objet social (donc ses statuts).
La nécessité d'être représenté	Une personne morale est une abstraction. Elle n'a pas d'existence physique. Elle ne peut prendre corps que par le biais de son représentant. Il peut s'agir d'un président, d'un secrétaire général, d'un directeur… Le représentant est un mandataire de la personne morale. Il agit dans l'intérêt de cette dernière.
Le numéro d'immatriculation	Un numéro est attribué à chaque personne morale lors de son immatriculation du type RCS Lyon B 123 456 789.

Testez-vous !

Corrigé p. 207

8 **Repérez la proposition inappropriée : l'objet social d'une société…**

a) est défini par les statuts.
b) délimite la capacité juridique de la société.
c) permet de déterminer la loi géographiquement applicable.
d) décrit la raison d'être de la société et ses principales activités.

9 **Une association est une :**

a) personne physique à but non lucratif.
b) personne physique à but lucratif.
c) personne morale à but lucratif.
d) personne morale à but non lucratif.

10 **Une société comme une société anonyme (SA) ou une société à responsabilité limitée (SARL) est une :**

a) personne physique à but non lucratif.
b) personne physique à but lucratif.
c) personne morale à but lucratif.
d) personne morale à but non lucratif.

8 La capacité et l'incapacité

Les personnes juridiques disposent d'une **capacité juridique** qui débute à leur naissance et s'éteint à leur mort. Cette capacité délimite leur **aptitude à avoir des droits et à les exercer** eux-mêmes ou par l'intermédiaire de leurs représentants.

1 Le régime de la capacité des personnes physiques

A Les personnes capables et les personnes incapables

• **Les personnes capables sont :**
– les **personnes majeures**, qui ont atteint l'âge de 18 ans ;
– les **personnes mineures émancipées**. L'émancipation concerne les mineurs de 16 ans et plus. L'émancipation a lieu essentiellement sur décision du juge des tutelles. La demande doit être fondée sur de justes motifs et être dans l'intérêt de l'enfant.

Une fois émancipé, le mineur est juridiquement assimilé à un majeur et peut normalement accomplir seul les actes nécessitant la majorité légale.

• **Les personnes incapables sont :**
– les **personnes mineures** non émancipées ;
– les **personnes placées sous un régime de protection** (tutelle, curatelle ou sauvegarde de justice) pour des raisons liées à leur âge, à leur état de santé physique ou mental.

Définitions
Capacité de jouissance : capacité de posséder ou d'acquérir des droits.
Capacité d'exercice : capacité d'exercer les droits possédés ou acquis.

B La capacité d'exercice et la capacité de jouissance

Une personne capable possède à la fois la capacité de jouissance et la capacité d'exercice.

Exemples
– Un mineur rémunéré pour avoir joué dans un film peut revendiquer le droit d'être payé (capacité de jouissance) mais devra attendre sa majorité pour dépenser son argent (capacité d'exercice).
– Avoir le droit de vote relève de la capacité de jouissance, mais aller voter relève de la capacité d'exercice. Ainsi un représentant de personne morale détient par mandat la capacité d'exercice et la société qu'il représente la capacité de jouissance.

C Les différentes catégories d'actes juridiques

Les actes juridiques sont classés en trois catégories selon l'impact qu'ils peuvent avoir sur le patrimoine de la personne :

Les actes d'administration	Acte permettant de sauvegarder le patrimoine ou de soustraire un bien à un péril imminent ou à une dépréciation inévitable.
Les actes de conservation	Acte d'exploitation ou de mise en valeur du patrimoine, sans risque anormal.
Les actes de disposition	Acte modifiant de manière importante le contenu du patrimoine ou entraînant une dépréciation significative de sa valeur en capital.

Ainsi, un mineur peut réaliser des actes d'administration mais pas des actes de conservation ou de disposition.

D Le régime de protection des incapables

Le législateur cherche à protéger le patrimoine de la personne incapable afin que personne n'abuse de sa situation de faiblesse. La personne incapable est alors suivie ou représentée. Trois régimes existent :

Régime	Cas de recours	Mode de représentation
La tutelle	Elle est réservée aux troubles mentaux et physiques les plus graves.	Un tuteur et un conseil de famille. Le juge peut fixer une liste des actes juridiques que la personne peut exécuter.
La curatelle	Elle s'applique aux majeurs victimes d'une altération plus durable ou à des personnes incapables de défendre leurs intérêts.	Un curateur représente l'incapable pour les actes de disposition. L'incapable peut réaliser des actes d'administration ou de conservation.
La sauvegarde de justice	Temporaire, elle est réservée aux majeurs dont les facultés physiques ou mentales sont altérées d'une manière peut-être passagère.	Pas de représentant, seulement une assistance. Les actes passés par la personne peuvent être annulés *a posteriori*.

2 Le régime de la capacité des personnes morales

La capacité d'une personne morale découle de ses attributs : l'objet social définit l'étendue de sa capacité juridique et son représentant exerce ses prérogatives en tant que mandataire.

Remarque

En droit pénal, comme une personne morale n'a pas d'existence physique, elle peut commettre une infraction mais ne peut pas être envoyée en prison. C'est pourquoi les amendes destinées aux personnes morales sont multipliées par 5 par rapport à celles qui sont infligées aux personnes physiques.

Testez-vous !

Corrigé p. 207

11 Parmi les propositions suivantes, laquelle relève de la capacité de jouissance ?

a) Vivre dans son studio.
b) Louer son appartement.
c) Être propriétaire.
d) Vendre sa maison.

12 Parmi les propositions suivantes, laquelle relève de la capacité d'exercice ?

a) Avoir le droit de vote.
b) Vendre sa maison.
c) Avoir droit au respect de sa vie privée.
d) Avoir le droit à la liberté d'expression.

13 En principe, un mineur ne peut pas réaliser d'actes juridiques car il est considéré par la loi comme incapable. Pour autant, un mineur peut acheter des petites courses (un magazine, du pain…). C'est possible parce que ces actes juridiques sont :

a) des actes de conservation.
b) des actes de disposition.
c) des actes d'administration.
d) des actes unilatéraux.

9 Le patrimoine

1 Définition du patrimoine

Aubry (1803-1883) et Rau (1803-1877) sont deux juristes auteurs qui ont défini la conception personnaliste du patrimoine : **le patrimoine est l'ensemble des rapports de droit évaluables en argent qui ont pour sujet actif ou passif un même individu**.

- **Cette définition lie trois notions :** la personne – la personnalité juridique – le patrimoine.
- **Les droits et obligations** qui composent le patrimoine d'une personne juridique se décomposent en deux catégories : les **droits patrimoniaux** et les **droits extrapatrimoniaux**.

DROIT-ÉCONOMIE

2 Les caractéristiques du patrimoine

A Tout patrimoine appartient à une personne

Il n'y a pas de patrimoine sans personne physique ou morale.

B Le patrimoine constitue une garantie du paiement des dettes pour les créanciers

- **L'existence d'un actif supérieur au passif** permet de donner une garantie à d'éventuels créanciers.
- **En cas de non-paiement des dettes,** le créancier dispose d'un droit de gage général sur le patrimoine du débiteur. On parle de **créancier chirographaire**.

C Toute personne a un patrimoine

Le patrimoine existe indépendamment des droits et des obligations qu'il renferme.

Exemples
– Un individu qui ne possède aucun bien a quand meme un patrimoine.
– Un individu qui n'a que des dettes possède un patrimoine.

D Toute personne n'a qu'un patrimoine

Cette règle admise historiquement par le Code civil a été remise en cause depuis l'entrée en vigueur de l'EIRL (Entrepreneur individuel à responsabilité limitée) le 1er janvier 2011. Cette dernière consacre l'idée qu'un patrimoine peut être segmenté en plusieurs patrimoines affectés à des destinations spécifiques.
La loi du 14 février 2022 crée un nouveau statut protecteur pour les entrepreneurs individuels. Ce statut a vocation à remplacer l'EIRL. Il rend le patrimoine personnel de l'entrepreneur insaisissable par défaut.

Remarque
Dans la conception historique, le législateur protège davantage le créancier. Avec la conception du patrimoine d'affectation, le débiteur peut davantage protéger ses biens. Cette évolution limite les risques de la personne qui souhaitent créer son entreprise mais rend plus difficile l'obtention de financements car les garanties patrimoniales sont moindres.

10 Les droits extrapatrimoniaux

Le droit confère à la personne, par le seul fait de son existence, des droits **inaliénables**, **insaisissables** et **imprescriptibles**. Ce sont les droits extrapatrimoniaux.

1 Liste des droits extrapatrimoniaux

Droit extrapatrimonial	Principe
Le respect du corps humain	Chacun a le droit au respect de son corps. On ne peut pas porter atteinte à l'intégrité physique de la personne. En France, aucun produit du corps humain ne peut être commercialisé (sauf les cheveux).
Le respect des libertés individuelles	Elles incluent notamment : le respect de la vie privée, la liberté de conscience et de religion, la liberté d'expression, la liberté d'aller et venir.
Le respect du domicile	Personne n'a le droit de pénétrer dans un domicile sans y avoir été invité sinon il y a violation de domicile (droit pénal).
Le droit à l'honneur	Il consiste à protéger les individus contre la diffamation. La diffamation est une allégation ou l'imputation d'un fait qui porte atteinte à l'honneur et à la considération d'une personne. La diffamation peut être raciste, sexiste, homophobe. Elle est sanctionnée en tant que délit pénal.

2 Les incidences du développement de l'économie digitale sur les droits extrapatrimoniaux

Le droit protège la vie privée. L'avènement d'Internet et la circulation de données numériques ont remis en avant l'importance de sa protection en général mais plus spécifiquement de la protection du **droit à l'image** d'une personne et du **droit d'utilisation de ses données**, chacun de ses éléments constituant une part de son **identité numérique**.

A Le principe général : le respect de la vie privée

- **L'article 9 du Code civil** énonce : « chacun a droit au respect de sa vie privée ». L'article 8 de la Convention européenne de sauvegarde des droits de l'homme dispose : « Toute personne a droit au respect de sa vie privée et familiale, de son domicile et de sa correspondance. »

> **Remarque**
> Le respect de la correspondance inclut les communications électroniques, c'est-à-dire les courriels.

- **Ainsi, l'employeur ne peut pas lire les messages qualifiés de « personnels » de ses salariés** sur un disque dur ou une messagerie quand bien même les données seraient stockées sur un appareil appartenant à l'entreprise.

B Les principes afférents : la protection du droit à l'image

- **Le droit à l'image est un droit exclusif** qu'une personne détient sur son image et l'utilisation qui en est faite. Il inclut les photos et les vidéos sur lesquelles la personne est reconnaissable.

• **À titre d'exception,** certaines images ne nécessitent pas d'autorisation des personnes concernées, sous réserve de ne pas porter atteinte à la dignité de la personne représentée :
- **images d'événements d'actualité** qui peuvent être publiées sans l'autorisation des participants au nom du droit à l'information ou de création artistique ;
- **images de personnalités publiques** dans l'exercice de leur fonction à condition de les utiliser à des fins d'information ;
- **images illustrant un sujet historique**.

C Les principes afférents : la protection des données personnelles

• **Depuis le développement des « *big data* »** (ou bases de données massives) constituées par le biais de données collectées sur Internet, le droit cherche à **renforcer les droits des particuliers** dont les données font l'objet de tractations commerciales.

• **En France, la Commission nationale informatique et liberté** (CNIL), créée en 1978, se charge de protéger les droits des particuliers en matière de **collecte** et d'**utilisation** des données personnelles nominatives. Ses pouvoirs ont été renforcés depuis l'entrée en vigueur du règlement communautaire du 24 mai 2016 et de la loi du 20 juin 2018. Plusieurs dispositifs sont mis en place.

Les obligations des entreprises	Les droits des particuliers : Qu'ai-je le droit de faire ?
– Désigner un délégué à la protection des données – Recenser les traitements de données personnelles utilisés dans l'entreprise – Mettre en place des mesures de protection et de sécurité des comptes contenant des données personnelles …	– M'informer sur les données collectées me concernant – M'opposer à l'utilisation de mes données personnelles – Vérifier les données qu'un organisme détient sur moi – Rectifier les données existantes si elles sont inexactes – Effacer les données me concernant …

DROIT-ÉCONOMIE

Testez-vous !

Corrigé p. 207

14 Quel est l'intrus ?

a) La liberté d'expression
b) Le respect de la vie privée
c) Le droit de propriété
d) Le respect du corps humain

15 Quel autorité administrative indépendante est chargée de la protection des données personnelles informatisées ?

a) L'INPI
b) La Cour de cassation
c) La CNIL
d) La DGCCRF

11 Le droit de propriété

Parmi les droits patrimoniaux, le droit de propriété est caractéristique du pouvoir juridique le plus complet qu'une personne peut exercer directement sur une chose. Il est consacré par l'article 544 du Code civil : « La propriété est le droit de jouir et disposer des choses de la manière la plus absolue, pourvu qu'on n'en fasse pas un usage prohibé par les lois ou par les règlements. » Le droit de propriété présente des **attributs** et des **caractères**. Il peut porter sur des **biens corporels et incorporels** et fait l'objet d'une **protection**.

1 Les attributs du droit de propriété

Le droit de propriété confère à son titulaire le droit d'user de la chose, d'en retirer les **fruits** et de **disposer** de la chose. Le droit romain parlait de *l'usus*, du *fructus* et de *l'abusus*.

Usus	C'est le droit d'utiliser le bien, d'en faire usage, de l'administrer.
Fructus	C'est le droit de percevoir les fruits. Un fruit est un revenu qui se renouvelle. Il peut être naturel (un pommier dans un jardin), industriel (couper un arbre pour le vendre) ou civil (percevoir un loyer d'appartement).
Abusus	C'est le droit de disposer de la chose. Le propriétaire peut aller au-delà de l'usus en décidant de vendre, de donner ou, pourquoi pas même, de détruire son bien.

2 Les caractères du droit de propriété

Caractères	Principe	Limites
Absolu	Grâce aux trois attributs du droit de propriété, le propriétaire peut faire ce qu'il veut de la chose. Ce droit est **opposable** à tous, c'est-à-dire que les tiers sont tenus de respecter les prérogatives du propriétaire.	– Trouble anormal du voisinage : je peux utiliser mon bien en toute liberté tant que mon comportement ne nuit pas à la liberté d'autrui (jouer de la batterie à minuit dans un immeuble). – Théorie de l'abus de droit : je ne peux pas utiliser mon bien dans le seul but de vouloir nuire à autrui.
Exclusif	Une chose appartient à un seul propriétaire.	– Démembrement du droit de propriété : les attributs peuvent se gérer séparément. – Copropriété ou indivision (souvent à la suite d'un héritage par exemple).
Perpétuel	Le droit subsiste aussi longtemps qu'existe la chose, indépendamment de l'usage qui en est fait.	La protection des droits de propriété intellectuelle est limitée dans le temps.

Exemples de démembrement du droit de propriété

Une action (une part sociale) →		Un appartement ←
Droit de vote	*Usus*	Vivre dedans
Dividende	*Fructus*	Percevoir le loyer
La céder ou la donner	*Abusus*	Le vendre ou le donner

3 L'objet du droit de propriété

Le droit de propriété s'exerce sur une **chose**. Celle-ci peut être :
- **corporelle**, comme une table, une chaise, une maison. C'est un objet tangible meuble ou immeuble. C'est le droit de propriété au sens traditionnel ;
- **incorporelle** comme une marque, un brevet, un livre, un logiciel, des fichiers de données. C'est un objet de propriété qui s'étend avec le développement de l'économie numérique.

4 La protection du droit de propriété

• **De manière générale, tout propriétaire peut défendre son droit en justice par une action en revendication de propriété.** Elle permet à celui qui se considère comme propriétaire de faire **reconnaître son droit en justice** contre toute personne qui trouble sa propriété.

• **Il incombe au demandeur** de prouver la réalité de ce droit de propriété (avec un acte notarié par exemple).

Testez-vous !

Corrigé p. 207

16 Le droit de propriété confère trois prérogatives. Quel est l'intrus ?

a) L'abusus
b) Le rhésus
c) Le fructus
d) L'usus

17 Comment appelle-t-on la personne qui est le propriétaire d'un appartement mais qui en confie l'usufruit à un locataire ?

a) L'usufruitier
b) L'abuseur
c) Le nu-propriétaire
d) Le créancier hypothécaire

12 La propriété intellectuelle

1 La typologie des propriétés intellectuelles

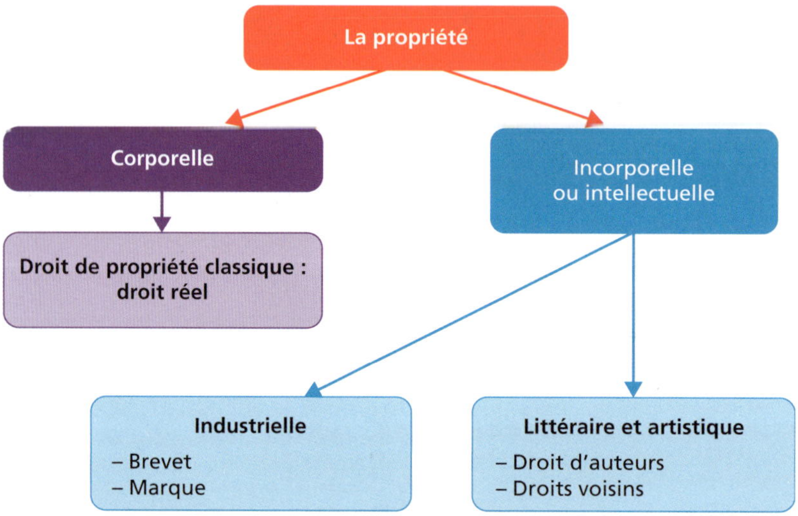

2 Les droits de la propriété intellectuelle

A La propriété industrielle

• **La propriété industrielle** est accordée par l'INPI : l'**Institut national de la propriété industrielle**. Ce dernier délivre un titre de propriété qui confère un monopole d'exploitation pour une durée limitée à son titulaire.

Droit de propriété intellectuelle	Définition	Durée de la protection
Le brevet d'invention	**Article L611-1 CPI** Un brevet est un droit exclusif accordé sur une invention.	20 ans à compter du dépôt de l'invention.
La marque commerciale	**Article L711-1 CPI** Une marque est un signe permettant de distinguer les produits ou services d'une entreprise de ceux d'autres entreprises.	10 ans renouvelables indéfiniment à compter du dépôt de la marque.

Exemple
Le titulaire d'un brevet peut confier la construction et la production de marchandises sur la base de son brevet par le biais d'un contrat de licence. Généralement, il perçoit en contrepartie une rémunération calculée sur la vente des biens.

B La propriété littéraire et artistique

• **La propriété littéraire et artistique porte sur les créations et œuvres de l'esprit :** logiciel, livre, photo, film, composition musicale, création artistique… Elle confère à son auteur des droits sur son œuvre dès la création de celle-ci dès lors qu'elle est originale et nouvelle. Deux droits sont reconnus :

> **Remarque**
> Que ce soit pour la propriété industrielle ou pour la propriété littéraire et artistique, là encore, les titulaires des droits peuvent les démembrer.

Droit	Explication	Durée de la protection
Le droit d'auteur proprement dit	Les droits patrimoniaux permettent à un auteur de s'opposer à l'utilisation commerciale de son œuvre par exemple ou à l'autoriser sous conditions par un contrat de licence, d'utilisation ou d'édition.	En principe, 70 ans après la mort de l'auteur dès la création de l'œuvre.
Le droit moral	Il définit le lien inaliénable qui existe entre l'auteur et son œuvre. La paternité de l'œuvre et le respect de l'intégrité de l'œuvre en découlent. Le droit moral permet par exemple à un auteur de s'opposer à la divulgation de son œuvre sans son consentement ou à demander que son nom soit mentionné en cas de divulgation.	Il est imprescriptible, perpétuel.

• **Les droits d'auteur sont perçus** et répartis par des sociétés professionnelles telles que la SACEM, la SPEDIDAM, ADAMI, PROCIREP.

DROIT-ÉCONOMIE

3 La protection de la propriété intellectuelle : l'action en contrefaçon

En matière de propriété intellectuelle, le **monopole d'exploitation** conféré par l'État offre au propriétaire de sa création la possibilité d'**agir en contrefaçon** contre celui qui l'utilise sans son autorisation. Le propriétaire peut exercer alors une action en contrefaçon (action pénale) et **demander des dommages et intérêts** pour le préjudice qui peut en découler (action civile).

> **À noter**
> Une fois le délai de protection écoulé, la création tombe dans le domaine public et devient accessible à tous.

Exemples :
- Une entreprise reproduit le logo d'une marque sans autorisation.
- Une entreprise imite le brevet déposé par son concurrent et l'exploite sans son accord.
- Un internaute met en ligne des pages d'un livre ou un extrait de film sans l'autorisation de leurs auteurs.

→ Action en contrefaçon
Risque : jusqu'à 400 000 € et 4 ans de prison.

13 Les agents économiques et leurs besoins

C'est l'objet même de l'économie que d'étudier comment les individus et groupes d'individus organisent l'utilisation des ressources rares à leur disposition afin de satisfaire au mieux leurs **besoins**. Les individus vont ainsi devoir opérer un véritable « calcul économique » afin de réaliser des **choix de consommation** (quels produits privilégier ?) qui les satisfont au mieux, tout en tenant compte des **contraintes économiques** auxquelles Ils sont soumis (revenu, prix…).

1 Les agents économiques et leur fonction principale

L'économie identifie des groupes d'individus ou d'organisations ayant des comportements et objectifs similaires. Ils sont qualifiés d'**agents économiques**. Les principaux d'entre eux sont :

Agents économiques	Fonction(s) économique(s) principale(s)
Les ménages	Il s'agit d'individus ou de groupes d'individus (généralement des familles) qui ont pour principale fonction économique la consommation. Les ménages sont censés vouloir maximiser la satisfaction (ou l'utilité) qu'ils tirent de leur consommation.
Les entreprises	Il s'agit d'organisations qui ont pour fonction économique la production de biens et de services en vue de les vendre sur le marché. Les entreprises sont censées vouloir maximiser le profit qu'elles tirent de la vente de leur production.
Les administrations publiques (ou l'État)	L'État a pour fonction économique principale la production de services non marchands, qu'il finance par des prélèvements obligatoires. L'État n'a en principe pas d'objectif personnel. Il est censé œuvrer dans le sens de l'intérêt général.
Les sociétés financières	Leur fonction est de collecter l'épargne des agents économiques afin de la prêter aux agents qui ont des besoins de financement (pour consommer, pour investir).

2 Les différents types de biens et services

- **Les biens sont des produits matériels** que l'on peut stocker.
- **Les services sont immatériels** et sont produits et consommés en même temps.
Exemple : Une consultation médicale est un service.
- **À l'exception des biens libres,** les biens et services sont rares et doivent satisfaire des besoins potentiellement illimités. C'est pourquoi **les agents économiques doivent effectuer des choix** pour utiliser au mieux les ressources dont ils disposent, pour consommer et en tirer une satisfaction maximale.

• **Biens et services peuvent faire l'objet de différentes classifications,** parmi lesquelles :

Classifications usuelles des biens et services

- **Biens (et services) économiques**
  Il est nécessaire de les produire et sont donc « rares ».
  - **Destinés aux entreprises**
    Il s'agit de **consommations intermédiaires** (matière première incorporée au produit), ou **d'investissements dans des biens de production** (machine)
  - **Destinés aux individus**
    Les biens sont destinés à une **consommation finale** visant à satisfaire les besoins des individus.
- **Biens (et services) libres**
  Ils sont disponibles gratuitement et ne nécessitent pas de production (exemple : l'air).
- **Biens (et services) marchands**
  Biens destinés à être vendus.
- **Biens (et services) non marchands**
  Biens gratuits, pris encharge par les administrations (exemple : enseignement public).

3 Les contraintes économiques du consommateur

• **En matière de consommation, l'individu doit effectuer des choix entre les biens et services** à disposition car il est soumis à des contraintes économiques.

• **Le « calcul économique » du consommateur.**

Choix de consommation ← **Goûts de l'individu**

Choix de consommation ← **Contraintes économiques**

- **Revenu**
  Plus les revenus sont élevés, plus l'individu dispose de liberté en matière de choix de consommation.
- **Prix**
  Entre deux biens qui procurent une même satisfaction, l'individu privilégiera en principe celui qui a le prix le plus bas.
  ← La recherche du « meilleur prix » peut être remise en question, en raison de :
  - **Temps**
    Le manque de temps pour pouvoir trouver le « meilleur prix » peut conduire l'individu à accepter de payer « plus cher ».
  - **Information**
    Le manque d'information sur les prix pratiqués par les différentes entreprises qui proposent le produit visé peut conduire à payer « plus cher ».
  - **Espace**
    Une distance importante à parcourir pour obtenir le prix le plus faible peut conduire à payer « plus cher » mais à proximité.

4 L'arbitrage entre les différentes activités et les choix économiques

• **Les individus, pour satisfaire leurs besoins et consommer,** vont chercher à :
- **produire** des biens et services (en créant éventuellement une entreprise) ;
- et/ou disposer des ressources nécessaires pour **financer** leur consommation (grâce au profit tiré de leur activité productive ou grâce à un salaire).

• **Il est plus avantageux pour les agents de se spécialiser dans une activité** pour laquelle ils sont compétents et d'en tirer des revenus, que de produire eux-mêmes l'ensemble des biens et services qu'ils souhaitent consommer.

• **À l'image du consommateur, les entreprises vont effectuer un « calcul économique ».** Ce dernier est toutefois plus complexe que celui du consommateur. L'entreprise a, en théorie, pour objectif de maximiser son profit, ce qui ne signifie pas nécessairement de produire le plus possible.

Remarque
C'est la possibilité d'**échanger**, et ainsi d'obtenir les biens et les services que l'on ne fabrique pas soi-même, qui permet aux individus de **se spécialiser**. Ainsi, les entreprises vont elles-mêmes se spécialiser dans la production d'un ou de quelques biens.

• **Le calcul économique du producteur**

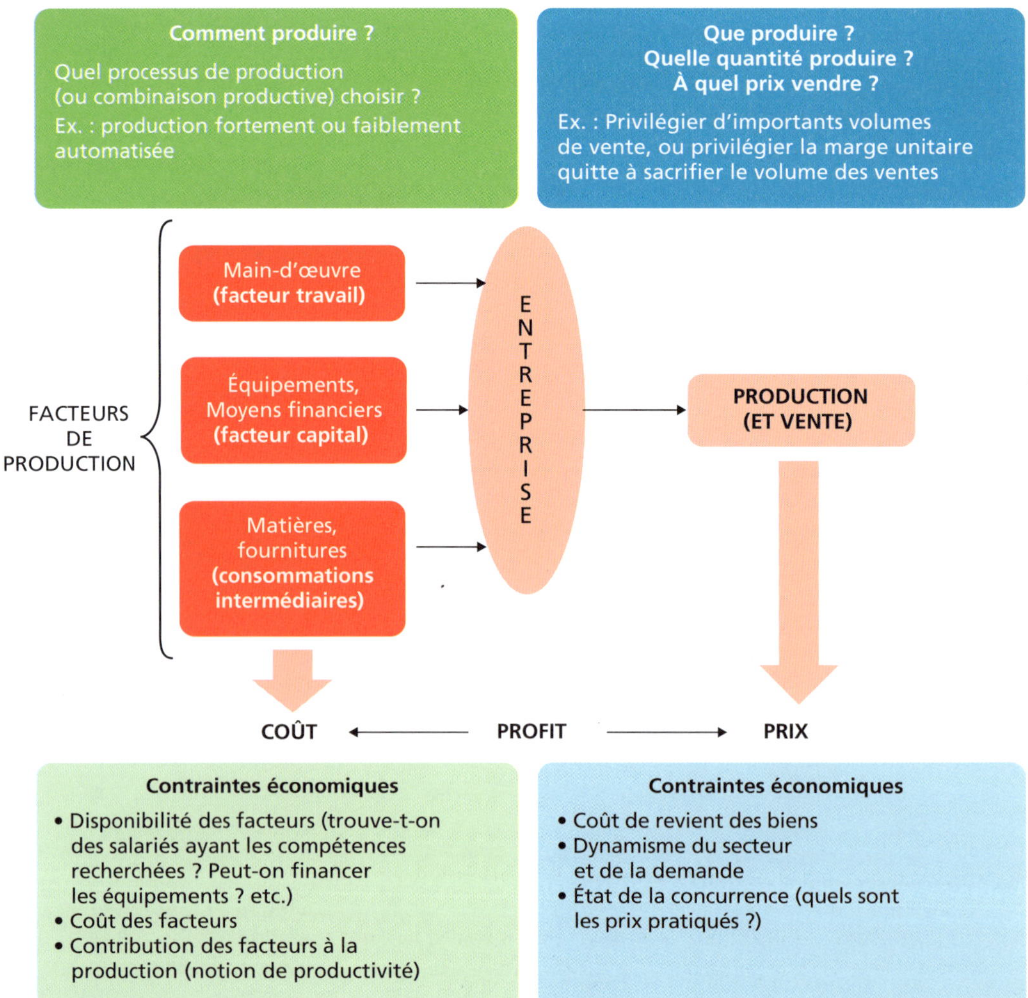

14 Les décisions du consommateur et du producteur

La science économique étudie le **comportement des agents économiques** et cherche à comprendre leurs **mécanismes de décision** : quelles sont leurs préférences ? Quelles sont les contraintes auxquelles ils sont soumis ? Quels choix effectuent-ils ?

1 Les hypothèses et outils théoriques de la science économique

A Des besoins rationnels

Pour analyser et comprendre le comportement des agents, la science économique suppose en premier lieu qu'ils sont rationnels. En d'autres termes, les individus cherchent à satisfaire leurs besoins au mieux. Ils sont, pour cela, capables de classer leurs choix par ordre de préférence.

B Des calculs économiques

Ce comportement optimisateur conduit les agents à procéder à des calculs économiques qui guident leurs choix : maximiser la satisfaction (ou l'utilité) pour les consommateurs, le profit pour les entreprises. En théorie, les décisions prises prennent en compte les **coûts d'opportunité**, et reposent sur un **raisonnement à la marge (ou marginaliste)** :

– **coût d'opportunité :** faire des choix implique de renoncer à d'autres solutions, et donc de se priver des bienfaits et avantages qu'auraient procuré ces autres solutions. Cette « perte » est qualifiée de coût d'opportunité, et peut s'apparenter à un manque à gagner ;

Exemples
– **Lorsqu'une entreprise investit,** le coût d'opportunité qu'elle supporte est lié au fait que les moyens financiers mobilisés ne peuvent plus être placés et rapporter un rendement (des intérêts). La décision n'est pertinente que si l'investissement procure un rendement supérieur à celui du placement.
Lorsqu'une personne décide de travailler à temps partiel, le temps libre dont elle dispose lui procure une satisfaction mais lui fait supporter un coût d'opportunité correspondant à la perte de salaire qu'elle subit.

– **l'analyse marginaliste :** la théorie économique suppose que les agents procèdent à des choix selon une logique coût-bénéfice de façon permanente, en d'autres termes en raisonnant « à la marge ». Les agents sont ainsi censés se demander : dois-je consommer une unité supplémentaire de ce bien ? Dois-je produire une unité supplémentaire de ce bien ?

Exemples
– **L'individu va ainsi consommer un bien** tant que l'utilité que lui procure la consommation d'un bien supplémentaire (son **utilité marginale**) l'emporte sur le coût à supporter (c'est-à-dire le prix à payer).
– **Le producteur va fabriquer un article** supplémentaire tant que ce que cela lui rapporte plus que cela ne coûte, autrement dit tant que prix de vente est supérieur au **coût marginal** supporté.

2 La valeur des biens et services économiques

- **Les biens et services économiques procurent une satisfaction au consommateur.** Mais il s'agit de ressources rares qui doivent faire l'objet d'une production par des agents privés ou publics.
- **Les biens économiques vont faire l'objet d'un échange entre producteur et consommateur,** ce qui nécessite de définir un prix auquel s'effectue l'échange.
- **La valeur des biens dépend de deux paramètres :** leur **rareté** et leur **utilité marginale.** Les métaux précieux, les diamants… ont une valeur élevée du fait même de leur **rareté**. *A contrario* l'eau, pourtant indispensable à notre survie (et donc très utile), a une valeur économique faible du fait de son abondance.
La valeur est également liée à l'**utilité marginale** que procurent les biens. Hormis dans un contexte exceptionnel (dans un désert), l'utilité marginale que procure l'eau diminue très vite car l'individu va rapidement être à satiété. Cela explique la faible valeur économique de l'eau en dépit de son indéniable utilité.

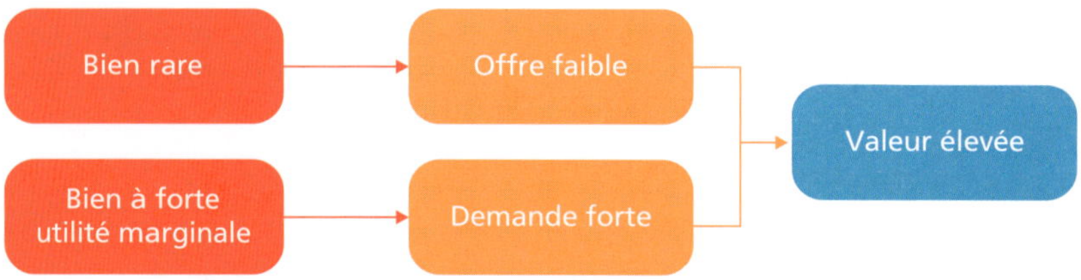

3 Le comportement optimisateur du consommateur

- **Le consommateur va définir un « panier » de biens à consommer** de façon à maximiser sa satisfaction tout en respectant sa contrainte de budget.
- **Il réalise pour cela un calcul économique** qui repose sur une analyse coût-bénéfice en raisonnant à la marge.

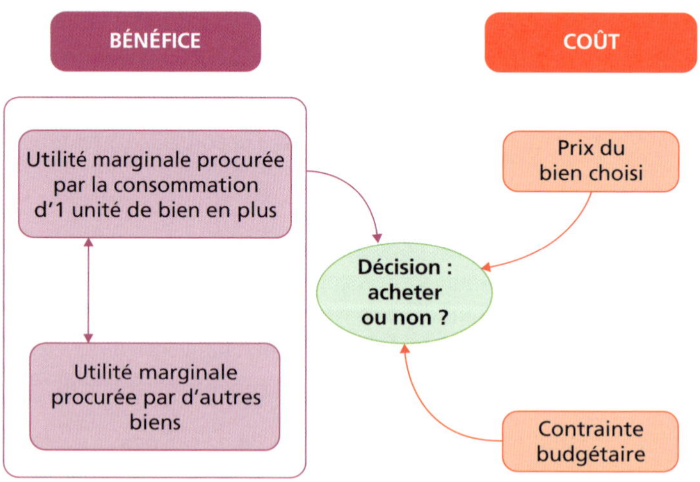

4 Le comportement optimisateur du producteur

Le producteur poursuit un objectif de maximisation du profit. En réalité, il doit adopter un comportement optimisateur à deux niveaux :

– **optimiser son processus de production** : le producteur doit trouver la combinaison de facteurs de production la plus efficace ;
– **maximiser son profit** : le producteur doit déterminer la quantité à produire qui le conduit au profit maximum.

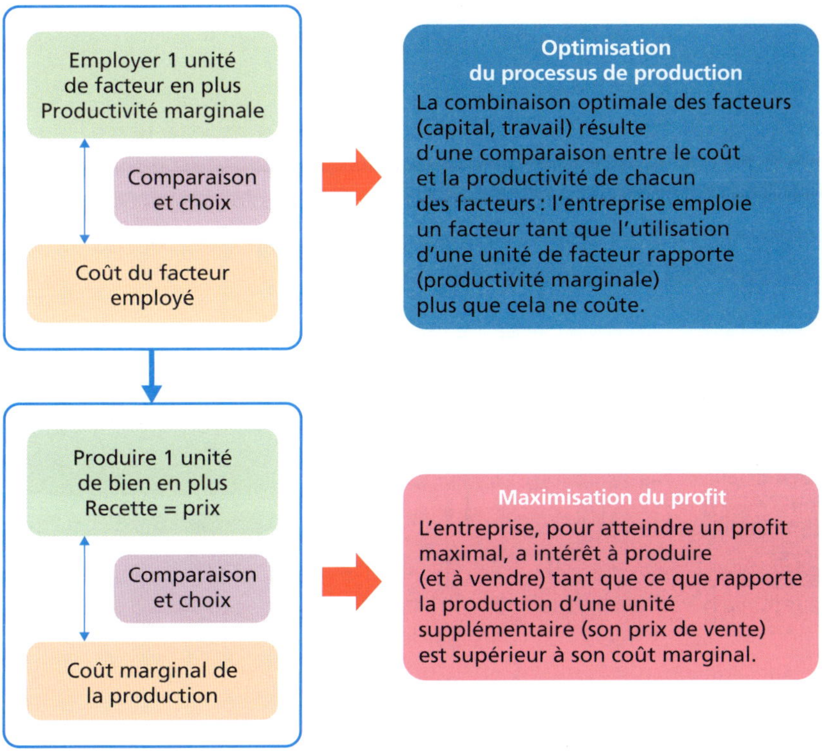

Testez-vous !

Corrigé p. 207

18 Les choix économiques des consommateurs reposent en partie sur l'existence de coûts d'opportunité. Ces derniers signifient que :

a) le consommateur cherche à acheter un produit au prix le moins cher.

b) le consommateur prend en compte le manque à gagner qu'il subit lorsqu'il procède à un choix de consommation.

c) le consommateur réalise une partie de ses achats en fonction des opportunités qui se présentent à lui.

15 Les échanges économiques

L'intérêt des agents économiques à se spécialiser fait naître le **besoin d'échanger** pour offrir ce que l'on produit en échange de denrées que l'on ne produit pas soi-même. La nécessité d'échanger fait apparaître le besoin d'un intermédiaire des échanges : **la monnaie.**

1 La spécialisation des activités et le besoin d'échanger

• **Les humains ont, à l'origine, cherché à être autosuffisants** et à se procurer eux-mêmes tout ce dont ils avaient besoin (nourriture, vêtements…) en cumulant des activités diverses de cueillette, chasse, élevage etc.

• **Progressivement, il est apparu pertinent pour les agents de se spécialiser** dans des activités pour lesquels ils sont performants.

Ne pas se spécialiser	Mobiliser du temps, des ressources (des facteurs) dans lesquels l'agent n'est pas performant, n'est pas productif. Ce « gaspillage » de ressources fait subir un coût d'opportunité : les ressources peuvent être plus utilement employées dans des activités pour lesquels l'agent est performant.
Se spécialiser	Utiliser au mieux les ressources en les employant à des activités pour lesquelles l'agent est véritablement productif.

• **Les agents tendent donc à se spécialiser, mais leurs besoins sont multiples.** L'**échange** permet de répondre à cette contradiction : le producteur qui s'est spécialisé offre l'excédent de sa production aux autres agents en contrepartie des biens et services dont il a besoin et qu'il ne produit pas lui-même. **L'échange s'effectue sur un marché** (lieu physique ou virtuel où se rencontrent une offre et une demande).

• **Cette tendance à la spécialisation des activités s'observe chez les producteurs** mais également à l'échelle internationale. On parle ainsi à ce sujet d'une **division internationale du travail (DIT)**.

2 Les échanges économiques et le besoin d'une monnaie

• **Les échanges économiques peuvent être représentés par un circuit économique :**

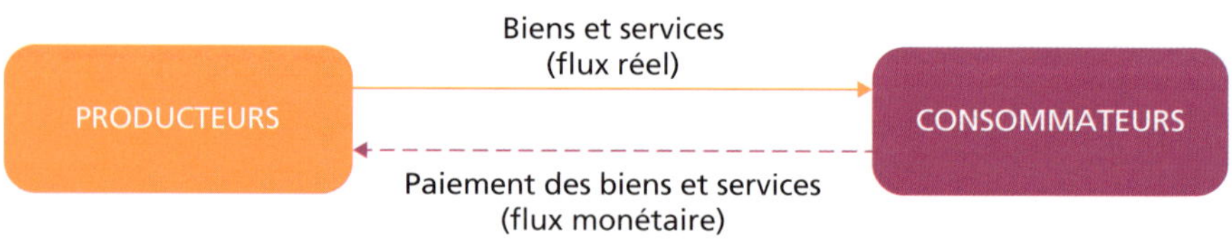

• **Les producteurs, eux-mêmes, échangent des consommations intermédiaires** (matières, fournitures, prestations de services…).

• **Dans les sociétés traditionnelles, l'échange pouvait reposer sur du troc.** Mais un tel système d'échange se heurte à de nombreux problèmes parmi lesquels :
– la **difficulté** de procéder à un échange pour des biens de valeurs très différentes ;
– la **nécessité** qu'il y ait coïncidence des besoins entre les échangeurs (besoins complémentaires ou symétriques, au même moment).

• **C'est pourquoi il est nécessaire de définir un intermédiaire** des échanges : **la monnaie**.

3 Les propriétés de la monnaie et ses formes

• **Une monnaie doit permettre de simplifier et de multiplier les échanges :**
– les échanges doivent pouvoir être **désynchronisés** (possibilité de vendre sans acheter, ou d'acheter sans vendre) ;
– les échangistes n'ont pas besoin de trouver un agent aux besoins symétriques.

> **Définition**
> **Monnaie :** moyen de paiement accepté par tous, immédiatement et sans coût.

• **La monnaie doit avoir plusieurs propriétés :**

Un intermédiaire des échanges	La monnaie est une **contrepartie** dans l'échange, en d'autres termes, elle constitue un instrument de règlement des échanges.
Une réserve de valeur	La monnaie permet de dissocier la vente d'un bien et l'achat d'un autre. Elle doit donc être un **instrument de réserve de valeur** (l'inflation amoindrit toutefois cette propriété car elle contribue à réduire le pouvoir d'achat de la monnaie).
Une unité de compte	La monnaie sert à mesurer la valeur des biens.

• **La monnaie prend aujourd'hui des formes diverses :**

Monnaie manuelle	**Monnaie divisionnaire**	= Pièces de monnaie
	Monnaie fiduciaire	= Billets Étymologiquement, le terme « fiduciaire » signifie confiance et traduit le fait que la valeur des billets est généralement bien supérieure au papier qui compose le billet. L'émission et la circulation des billets supposaient donc que les agents aient confiance en cette forme de monnaie (par opposition aux anciennes monnaies reposant sur des métaux précieux)
Monnaie scripturale		– Avoirs bancaires (jeux d'écriture comptables). Cette monnaie est mobilisée grâce à différents moyens de paiement : chèque, carte bancaire, virement…

De nos jours, la monnaie en circulation dans les économies est très majoritairement scripturale. L'essor des technologies numériques entraîne le développement de cryptomonnaies (exemple : le bitcoin).

Testez-vous !

Corrigé p. 207

19 Les agents économiques tendent à se spécialiser sur un type de production car :
a) ils sont autosuffisants sur l'essentiel de leurs besoins.
b) ils ont des compétences limitées.
c) ils cherchent à concentrer leurs ressources sur les activités pour lesquelles ils sont productifs.

16 La combinaison des facteurs de production

L'analyse économique identifie deux facteurs de production principaux : le **capital** et le **travail**. La combinaison de ces deux facteurs permet aux agents économiques de produire des biens et services qui constituent la richesse d'une nation.

1 Les principaux facteurs de production

A Le facteur travail

Le facteur travail regroupe l'ensemble des activités humaines (intellectuelles ou manuelles) qui contribue à produire un bien ou un service.

Il s'analyse selon une dimension quantitative et qualitative :

- la dimension **quantitative** : **la population active** regroupe l'ensemble des personnes en âge de travailler (population active occupée et demandeurs d'emploi) et varie selon les données démographiques du pays (âge de départ à la retraite, taux de natalité ou solde migratoire) ;
- la dimension **qualitative** : **le capital humain** est déterminé par l'ensemble des compétences, capacités professionnelles des hommes et des femmes qui constituent la population active. Il dépend aussi bien du niveau d'étude (formation initiale), que de l'expérience accumulée (formation tout au long de la vie).

B Le facteur capital

• Le capital peut être analysé selon différents aspects :

- **matériel** (bâtiments, machines, outils…) ou **immatériel** (énergie, logiciel) ;
- **fixe**, ensemble des biens qui vont servir plusieurs fois, pour une durée supérieure à un an (machines, outils, logiciel) ou **circulant**, ensemble des biens ou les services qui vont être détruits ou transformés durant le processus de production (matières premières, énergie…).

• **Outre ces deux facteurs de production**, le **capital naturel** regroupe l'ensemble des ressources naturelles disponibles et pouvant être utilisées par une entreprise pour produire un bien ou un service.

Définition

Facteur capital (ou capital technique) : ensemble des biens ou services qui peuvent être utilisés pour produire.

À retenir

L'acquisition de capital fixe par une entreprise est appelée **investissement**, alors que l'acquisition d'un capital circulant constitue une consommation intermédiaire.

C L'accumulation des facteurs de production

• **L'investissement productif dans le capital humain** (formation tout au long de la vie) et dans le capital technique permet à l'entreprise **d'accumuler des facteurs de production** et d'accroître ainsi sa capacité de production globale, facteur essentiel de la croissance économique.

• **L'intensité capitalistique** (rapport entre les immobilisations corporelles et l'effectif salarié) permet de mesurer le rapport entre capital technique et capital humain au sein d'un processus productif. Son évolution témoigne d'un effet de substitution entre les différents facteurs de production.

2 L'amélioration de l'efficacité des facteurs de production

A Productivité et compétitivité

Dans une approche dynamique, l'entreprise cherche constamment à améliorer l'efficacité (la **productivité**) de ses facteurs de production afin d'accroître sa productivité et d'améliorer sa **compétitivité**, c'est-à-dire sa capacité à faire face à la concurrence et à préserver sa part de marché.

Définition

Productivité : rapport entre une production et l'ensemble des moyens humains, financiers et techniques mis en œuvre pour assurer cette production.

B Les principaux déterminants de la productivité

Progrès technique	Ensemble des innovations permettant d'améliorer l'efficacité du système productif
Amélioration du capital technique	Investissement dans du capital technique plus performant du fait des innovations technologiques
Amélioration du capital humain	Formation des personnels permettant l'acquisition de compétences complémentaires et entraînant des gains de productivité
Effet d'expérience (ou effet d'apprentissage)	Amélioration de l'efficacité d'un facteur de production du fait de l'expérience acquise
Amélioration de l'organisation	Innovation de procédé permettant une meilleure combinaison des facteurs de production

La productivité globale des facteurs (PGF) ne se résume pas à la contribution d'un facteur de production. Elle reflète le supplément de productivité lié à la combinaison des facteurs.
Ainsi, les **nouvelles technologies de l'information et de la communication (NTIC)** permettent une amélioration globale de la productivité du fait de l'amélioration des technologies elles-mêmes mais également de leur emploi (changements dans l'organisation du travail, la circulation de l'information…).
La productivité globale des facteurs est considérée comme une mesure du progrès technique.

Testez-vous !

Corrigé p. 207

20 Le facteur capital est considéré comme fixe :
a) car il ne disparaît pas à la première utilisation.
b) car une fois installé, il ne peut être déplacé.
c) car son prix d'acquisition est stable dans le temps.

21 Si l'intensité capitalistique d'une entreprise augmente cela signifie :
a) que son investissement en capital diminue et que sa masse salariale augmente.
b) que ses immobilisations corporelles diminuent plus vite que sa masse salariale.
c) que la valeur de ses immobilisations corporelles augmente dans le temps.

22 L'allongement de la durée des études chez les jeunes entraîne :
a) une hausse quantitative de la population active.
b) une baisse quantitative de la population active.
c) une stagnation quantitative de la population active.

DROIT-ÉCONOMIE

17 La mesure de la production et ses prolongements

La création de richesse s'évalue d'un point de vue **microéconomique** (pour chaque agent économique) et au niveau **macroéconomique** (pour une nation). Son calcul soulève un certain nombre de questions quant aux **composantes non monétaires** de certaines productions, et dans l'interprétation qui peut en être donnée pour évaluer le bien-être d'une société.

1 La mesure de la production

A La valeur ajoutée

Au niveau microéconomique, la valeur ajoutée mesure la richesse réelle créée par une entreprise du fait de son activité de production. La notion de valeur ajoutée permet de mettre en évidence la capacité d'une entreprise à générer de la valeur par la transformation de consommations intermédiaires en un bien ou service final qui sera vendu à un prix supérieur à son coût de production.

> Formule
> **Valeur ajoutée** = Production – Consommations intermédiaires

B Le produit intérieur brut

• **Au niveau macroéconomique, le produit intérieur brut (PIB) est le principal agrégat mesurant l'activité économique.** Il correspond à la somme des valeurs ajoutées créées par les unités productrices résidentes sur un territoire pour une année donnée, évaluées au prix du marché.

> Formule
> **PIB** = Somme des valeurs ajoutées + Impôts – Subventions

Au sein du PIB, **le PIB marchand mesure les productions marchandes** (biens et services) qui s'échangent sur un marché à un prix tel qu'il couvre au moins les coûts de production.

• **La variation du PIB d'une année sur l'autre permet de mesurer le taux de croissance économique** d'une nation et d'évaluer l'augmentation de richesse produite sur une période donnée.

• **Le niveau de développement d'une nation est généralement évalué par la richesse produite** par chaque habitant. On détermine ainsi le PIB par habitant.

> Formule
> **PIB par habitant** = PIB ÷ nombre d'habitants

2 Le PIB, ses contreparties et ses limites

A L'approche par la demande

• **L'approche par la demande** met en évidence la manière dont la richesse produite a été utilisée.

> Formule
> **PIB** = Consommation finale des agents économiques + FBCF + Exportations – Importations

• **Le PIB français en valeur et ses composantes dans l'approche par la demande en 2020 :**

Consommation finale des agents économiques	Consommation effective des ménages Consommation collective des administrations publiques	**1 601,2** **199,8**
Investissement	Formation brute de capital fixe (FBCF)	**528,8**
Variation des stocks	Production stockée (produite et non vendue au client)	**19,5**
Solde des échanges extérieurs	Différence entre les exportations et les importations Exportations Importations	**–46,5** 641,9 688,4
	PIB total (en milliards d'euros)	**2 302,9**

B Les limites du calcul du PIB

• **L'évaluation monétaire de la richesse pose le problème de la valorisation des productions** non marchandes. Ces dernières ne pouvant être évaluées à un prix de marché, elles sont évaluées à leur coût de production.

• **Certaines productions ne donnent pas lieu à un échange monétaire** et ne sont donc pas comptabilisées dans le PIB : essentiellement le fait des ménages qui pratiquent l'autoconsommation (*jardin personnel*) ou se rendent des services sans contrepartie monétaire.

• **Certaines productions échappent aux échanges monétaires légaux** (*travail au noir, trafics*...) . Cette **économie souterraine** est prise en compte dans le PIB mais elle ne peut faire, par nature, que l'objet d'une estimation.

• **Certaines productions produisent des externalités négatives** (*pollution*) qui ne sont pas comptabilisées.

> Définition
> **Externalité :** effets économiques externes, négatifs ou positifs générés par une activité sans contrepartie marchande.

3 Des indicateurs alternatifs au PIB

Bien que le PIB par habitant reste le principal indicateur utilisé dans les comparaisons internationales pour évaluer le bien-être d'une société et de ses habitants, l'usage d'un critère purement quantitatif et qui incite à l'augmentation continue de la production de biens et services et de plus en plus controversé. Des **indicateurs alternatifs** tentent d'appréhender autrement la notion de bien-être et s'appuient sur des approches plus complexes.

– **L'IDH (indice de développement humain) :** indicateur développé en 1997, dont la valeur varie entre 0 et 1, et qui s'appuie sur 3 dimensions du développement économique et social : le PIB réel par habitant ; l'espérance de vie à la naissance ; le degré d'éducation (IDH de la France en 2017 : 0,90).
– **Le BNB (bonheur national brut) :** évalue les conditions sociétales, les moyens qui donnent le plus de chance de conduire la société vers un état de bonheur en s'appuyant sur neuf domaines : bien-être psychologique, santé, usage du temps, éducation, diversité et résilience culturelle, bonne gouvernance, vitalité de la communauté, diversité et résilience écologique, et standard de vie,
– **L'empreinte écologique (EE) :** indicateur synthétique qui mesure les pressions exercées sur le capital environnemental (la Terre) par un individu ou un groupe d'individus en fonction de leurs modes de consommation et de production.

18 La dynamique de la répartition des revenus

1 La distribution de revenus engendrée par la production de biens et services

• **La création de richesse permet à l'entreprise de rémunérer les facteurs de production** qu'elle a mobilisés tout au long de son processus productif.

• **Répartition primaire des revenus par l'entreprise :**

Facteur de production	Types de revenus
Revenus du travail	• **Revenus des activités salariées** : contrepartie de la force de travail cédée par le salarié à l'entreprise. Définie dans le contrat de travail, la rémunération comprend le salaire brut ainsi que les compléments éventuels (primes, indemnités, commissions, participation au résultat, intéressement, avantages en nature…). • **Revenus des activités non salariées** : rémunération perçue par les actifs non-salariés : honoraires (pour les professions libérales), revenus des travailleurs indépendants.
Revenus du capital	• **Loyers** : rémunération versée en contrepartie de la location d'un bien immobilier ou foncier par l'entreprise (revenu de propriété). • **Dividendes** : rémunération versée au détenteur du capital de l'entreprise (actionnaires). • **Intérêts** : rémunération versée aux prêteurs (institutions financières) ayant acquis des obligations émises par l'entreprise.
Revenus mixtes	Un entrepreneur indépendant (ou auto-entrepreneur) perçoit un revenu mixte issu à la fois de son activité directe (travail) et de l'investissement (capital) qu'il a lui-même engagé dans son entreprise.

• **La répartition primaire des revenus est par nature inégalitaire :**
– du fait que les facteurs de production **ne contribuent pas tous de manière égale** au processus productif de l'entreprise ;
– du fait que la répartition primaire **ne concerne par nature que les facteurs de production utilisés** par l'entreprise : sont exclues les personnes inactives (personnes ne recherchant pas une activité rémunérée, retraités…) ainsi que la part des actifs inoccupés (demandeurs d'emploi).

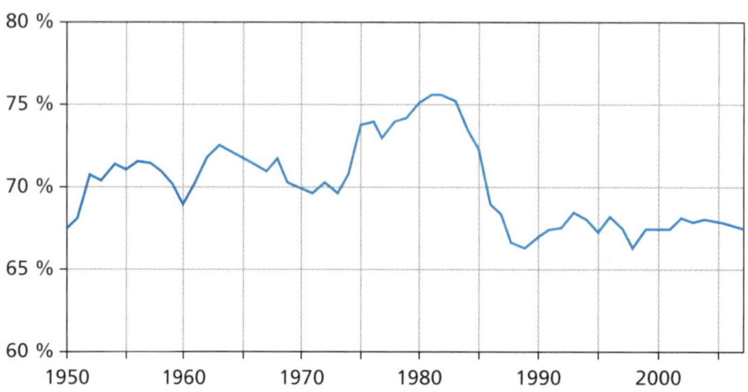

◂ Évolution de la part des salaires dans la valeur ajoutée

• **L'arbitrage entre revenu du travail et revenu du capital** constitue un enjeu important qui s'évalue souvent à un rapport de force entre salariés et actionnaires (cf. graphique) mais qui oppose aussi les salariés entre eux sur les différences de rémunération.

2 Le partage de la valeur ajoutée

Le partage de la valeur ajoutée permet de mieux appréhender la manière dont l'entreprise utilise la richesse créée pour rémunérer l'ensemble des acteurs économiques ayant contribué à la création de cette richesse.

Agents économiques	Prestations/services fournis	Rémunération
Salariés	Force de travail	Salaires nets
Administrations publiques (État et organismes de protection sociale)	Services publics non marchands	Impôts et taxes
	Protections sociales	Charges sociales
Institutions financières	Financement (dette)	Intérêts
Actionnaires	Financement (capital)	Dividendes
Entreprise	Organisation productive	Autofinancement

Le bénéfice permet de verser des dividendes aux actionnaires. La partie non distribuée du bénéfice permet à l'entreprise de s'autofinancer.

3 Du revenu au primaire au revenu disponible

• **Le partage de la valeur ajoutée étant par nature inégalitaire**, l'État a progressivement cherché à corriger ces inégalités. La mise en place de **prélèvements obligatoires** répond à un enjeu de justice sociale et de redistribution des revenus.

• **Les prélèvements obligatoires** regroupent l'ensemble des impôts et cotisations sociales perçus par les administrations publiques et sont en partie redistribués aux ménages sous la forme de **revenus de transfert** (ou revenus secondaires).

• **Les revenus de transfert** ont pour objectif soit de procurer des revenus à des agents économiques qui ne contribuent pas directement aux processus de production (retraite), soit à compenser une perte de revenu d'activité temporaire (risques sociaux).

Le revenu disponible est le revenu réel disponible des ménages une fois la politique de redistribution prise en compte. Ce revenu disponible sera soit consommé soit épargné par le ménage.

Formule

Revenu disponible = Revenus primaires – Prélèvements obligatoires (impôts et cotisations sociales) + Revenus de transfert

19 L'arbitrage entre consommation et épargne

Les ménages utilisent leur **revenu disponible** soit pour acheter des biens et services (consommation immédiate), soit pour épargner (consommation différée). **Les déterminants de l'épargne** et de la consommation permettent d'identifier les différents critères qui influencent les actes d'achat des consommateurs ou la décision de se constituer un patrimoine.

1 La consommation et ses déterminants

A La notion de consommation

La consommation effective des ménages inclut tous les biens et les services acquis par les ménages pour la satisfaction de leurs besoins, que ces acquisitions aient fait ou non l'objet d'une dépense de leur part (INSEE).

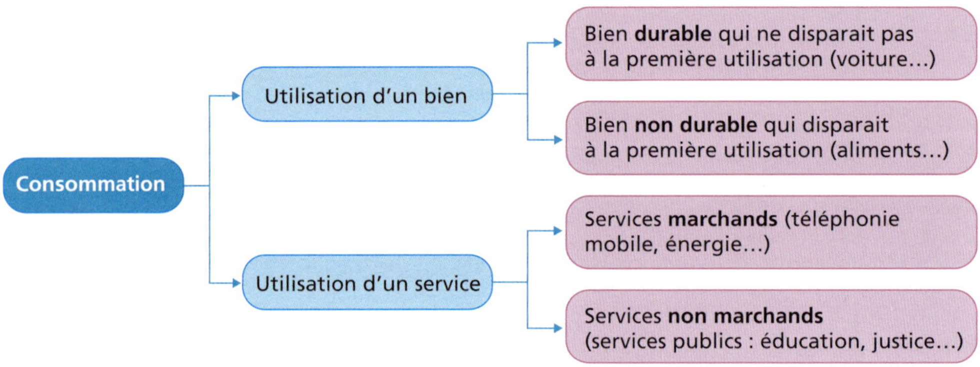

B Les principaux déterminants de la consommation

Déterminants économiques	**Le revenu** Chaque individu détermine son niveau de consommation en fonction du revenu selon sa propension à consommer (part du revenu qu'il souhaite consacrer à la consommation). Cette propension à consommer tend à diminuer lorsque le revenu s'élève.
	Le prix et l'inflation La consommation d'un bien diminue généralement lorsque le prix s'élève (élasticité-prix négative). Il existe de rares exceptions qui concernent notamment des biens de luxe dont la demande s'élève avec le prix. L'inflation, c'est-à-dire une progression du niveau général des prix, peut avoir des effets ambigus sur la consommation. Elle peut la réduire ou, à l'inverse, pousser les individus à consommer : il s'agit d'anticiper des achats pour ne pas subir une future hausse des prix.
	Remarque Revenu et niveau général des prix déterminent le pouvoir d'achat (voir fiche 20).

Déterminants non économiques	**Déterminants sociaux** Le comportement d'achat d'un individu peut être influencé par **le groupe de référence** auquel il appartient (groupe d'appartenance) ou cherche à appartenir (groupe de référence). **Exemple :** les « bobos », les adulescents… **La classe sociale** est également susceptible d'affecter le comportement de consommation.
	Déterminant démographique Au cours de sa vie, un individu épargne au cours de sa vie active et fait appel à cette épargne pour maintenir son pouvoir d'achat lorsqu'il atteint l'âge de la retraite.

• **Ces déterminants influent** sur le niveau de la consommation mais également sur **sa structure**, c'est-à-dire le poids des différentes catégories de biens et de services dans la consommation totale (voir fiche 21) :
- **la variation des prix relatifs** des biens peut conduire à délaisser certains biens (dont les prix augmentent) au profit de produits de substitution.
- **la hausse du revenu des ménages** s'est accompagnée d'une baisse de la part des biens de première nécessité dans la consommation totale (alimentation, vêtements…).
  À l'inverse, les dépenses relatives aux loisirs ou aux biens de luxe ont un poids croissant dans la consommation des ménages.

2 L'épargne et ses déterminants

A La notion d'épargne

• **L'épargne** est la partie du revenu qui n'est pas consacrée à la consommation immédiate. Elle permet principalement de faire face à des dépenses non prévues (épargne de précaution), de procéder à des achats futurs onéreux (vacances, véhicule) ou de léguer un héritage.

• **L'épargne constituée** est généralement investie (acquisition d'un bien durable mobilier ou immobilier) ou placée (comptes rémunérés, achat de titres financiers) et permet à l'agent économique de se constituer un **patrimoine**.

B Les principaux déterminants de l'épargne

L'épargne étant la partie du revenu qui n'est pas consommée, ses déterminants sont, pour l'essentiel, les mêmes que ceux de la consommation :
- **le revenu :** la hausse du revenu s'accompagne généralement d'une augmentation de la propension à épargner (et d'une baisse de la propension à consommer, voir précédemment) ;
- **le taux d'intérêt :** son effet est ambigu. Une hausse du taux d'intérêt favorise généralement l'épargne car cette dernière devient plus rémunératrice. À l'inverse, certains peuvent décider d'épargner moins car la hausse du taux (donc du rendement de leur épargne) leur permettra tout de même d'avoir le même patrimoine à l'avenir ;
- **l'âge :** une fois âgés et à la retraite, les individus peuvent réduire leur effort d'épargne afin de faire face à la baisse de revenu et de maintenir leur niveau de vie. Certains peuvent au contraire maintenir leur effort pour léguer un héritage ;
- **le risque et l'incertitude :** la crainte du chômage et de la perte de revenu peut conduire les ménages à épargner (par précaution).

20 Le pouvoir d'achat des ménages

Le **pouvoir d'achat** est déterminé par le niveau du **revenu disponible** et le **niveau général des prix**. Le pouvoir d'achat rend compte de la quantité de biens et de services qu'un ménage peut acquérir avec son revenu. Une hausse des revenus accroît le pouvoir d'achat. Une hausse des prix (inflation) le réduit.

1 La mesure et les variations du pouvoir d'achat

• **Le pouvoir d'achat** est déterminé à partir du **revenu disponible des ménages** et du niveau général des prix.

• **Ce dernier est évalué à partir d'un indice des prix à la consommation (IPC).** Il s'agit en quelque sorte d'une moyenne pondérée des prix des biens et services que peuvent acquérir les individus. Cet indice nécessite de définir un **panier de consommation** représentatif des achats effectués par les ménages et :
– de relever les prix des biens concernés ;
– d'affecter une pondération à tous les biens, en fonction de leur part dans le budget des ménages consacré à la consommation.

Remarque
L'IPC est toutefois imparfait car il ne tient pas compte de certains produits qui occasionnent des dépenses pour les ménages. Ainsi, les prix de l'immobilier, par exemple, sont exclus de l'IPC.

• **Les facteurs explicatifs d'une variation du pouvoir d'achat**

Le pouvoir d'achat peut être perçu comme le rapport entre revenu disponible et les prix (IPC)

$$\text{Pouvoir d'achat} = \frac{\text{Revenu}}{\text{Prix}}$$

Ainsi, les **variations du pouvoir d'achat** peuvent résulter des cas de figure suivants :

Revenu et prix (IPC)	$\frac{\text{Revenu}}{\text{Prix}}$ ou pouvoir d'achat
Le revenu augmente plus fortement que les prix. *Exemple : le revenu augmente et les prix sont stables.*	↗
Les prix diminuent plus fortement que le revenu. *Exemple : le revenu est stable et les prix diminuent.*	
Le revenu diminue plus fortement que les prix. *Exemple : le revenu diminue et les prix sont stables.*	↘
Les prix augmentent plus fortement que le revenu. *Exemple : le revenu est stable et les prix augmentent.*	

2 L'évolution du pouvoir d'achat en France

• **Sauf lors de rares et courte périodes,** le pouvoir d'achat mesuré par l'INSEE augmente en France d'année en année, même si sa progression est modeste.

• **Il convient toutefois de nuancer cette analyse :**

– la mesure effectuée par l'INSEE ne rend pas véritablement compte de **l'évolution réellement subie** par l'ensemble des ménages. Selon les catégories sociales en effet, le panier moyen utilisé par l'INSEE n'est pas toujours représentatif de la consommation des ménages ;

> **Exemple**
> La progression des dépenses de logement ces dernières années est plus durement ressentie par les ménages aux revenus modestes car elles représentent une part importante de leur budget.

– les Français tendent à **sous-estimer leur pouvoir d'achat** car leur attention se porte plus particulièrement sur certaines dépenses qui ont augmenté (logement), et ils « négligent » les baisses de prix sur d'autres produits (informatique). L'importance croissante des dépenses pré-engagées (dépenses qui font l'objet de prélèvements automatiques telles que l'électricité, le gaz…) leur donnent le sentiment d'une stagnation voire d'une baisse de leur revenu.

Testez-vous !

Corrigé p. 207

23 Lorsque le revenu disponible augmente :

a) le pouvoir d'achat augmente nécessairement.

b) le pouvoir d'achat augmente lorsque les prix augmentent plus fortement que le revenu.

c) le pouvoir d'achat augmente lorsque les prix augmentent moins fortement que le revenu.

21 La structure de consommation des ménages

1 Les coefficients budgétaires

Un coefficient budgétaire est la part du budget d'un ménage consacré à l'achat d'un bien ou d'un service (ou d'une catégorie de bien ou de service).

$$\text{Coefficient budgétaire} = \frac{\text{Dépenses consacrées à un bien ou service}}{\text{Dépenses totales de consommation du ménage}}$$

2 L'évolution de la composition des dépenses des ménages

	Coefficients budgétaires				Évolution annuelle 1960-2007	
	1960	1975	1990	2007	Volume par habitant	Prix
Alimentation	38	30	27	25	1,4	4,8
Logement	16	20	18	19	2,8	4,6
Transport	11	15	18	18	3,0	5,1
Habillement et autres produits pour la personne	14	13	11	9	1,7	4,4
Santé	2	2	3	4	4,7	3,5
Communication, loisirs et culture	10	12	13	16	4,6	3,6
Services divers	7	8	9	11	2,1	5,9
Solde territorial	1	0	– 1	– 1	–	–
TOTAL	**100**	**100**	**100**	**100**	**2,5**	**4,6**

Insee, comptes nationaux, base 2000, 50 ans de consommation en France, INSEE, 2009.

- **En l'espace de 50 ans,** la structure de la consommation française a fortement évolué :
– les dépenses en matière d'**alimentation** et d'**habillement** représentent une part moins importante du budget des ménages (diminution des coefficients budgétaires) ;
– le poids des dépenses de **logement**, de **transport**, de **santé**, de **loisirs**, de **services** a augmenté (hausse des coefficients budgétaires).

- **Les facteurs explicatifs** de ces évolutions sont de deux ordres :

Des variations de consommation en volume	Les changements de comportement et l'évolution des goûts des consommateurs ont conduit à accroître (ou diminuer) certaines dépenses en volume. **Exemple :** les dépenses liées au transport ont progressé car le taux d'équipement des ménages en automobile a fortement progressé. 30 % des ménages seulement possédaient une automobile en 1960. En 2006, le taux d'équipement en automobile dépassait 80 %.
Des évolutions de prix relatifs	Les variations des prix relatifs entre les biens ont pour effet d'accroître ou de diminuer le poids des dépenses de consommation dans le budget des ménages. **Exemple :** la hausse du coefficient budgétaire des services s'explique par un renchérissement des services comparativement aux biens, plutôt que par une augmentation des volumes consommés.

22 La situation financière des agents économiques

Le financement de l'économie désigne l'ensemble des modalités par lesquelles les **agents à besoin de financement** se procurent des fonds auprès d'agents qui disposent d'une **capacité de financement**.

1 Les différents agents économiques

Agents à capacité de financement
Revenus > dépenses

- **L'État,** dans certains pays (ex. : Allemagne), dispose d'une capacité de financement lorsqu'il y a excédent budgétaire.
- Les **ménages,** dans leur ensemble, tendent à disposer globalement d'une capacité de financement qui correspond à leur épargne.

Agents à besoin de financement
Revenus < dépenses

- Les **entreprises** tendent à avoir un besoin de financement net, notamment lié à la nécessité pour elles d'investir.
- L'**État,** lorsqu'il est en situation de déficit budgétaire (ex. : France), a un besoin de financement.

2 Des nuances à apporter

Bien entendu, certains ménages peuvent être à besoin de financement lorsqu'il s'agit pour eux d'acquérir un logement ou un véhicule. Néanmoins, le groupe des ménages est considéré comme ayant globalement une capacité de financement.

Il en est de même pour les entreprises, dont certaines peuvent être à capacité de financement.

Testez-vous !

Corrigé p. 207

24 Un excédent budgétaire signifie que l'État…
a) est un agent à capacité de financement.
b) est un agent à besoin de financement.
c) a des revenus supérieurs à ses dépenses.

25 Les ménages sont majoritairement :
a) des agents à besoin de financement.
b) des agents à capacité de financement.
c) ni l'un ni l'autre.

23 Les modalités de financement de l'activité économique

Les agents économiques peuvent recourir à **différentes sources de financement**, qu'elles soient internes (autofinancement) ou externes (par l'emprunt ou la vente de titres sur les marchés financiers).

1 Financement interne et financement externe

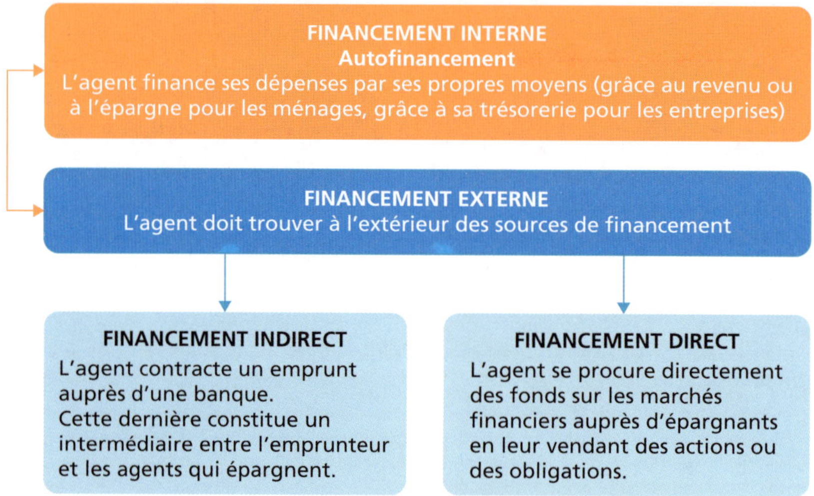

2 Financement externe : direct et indirect

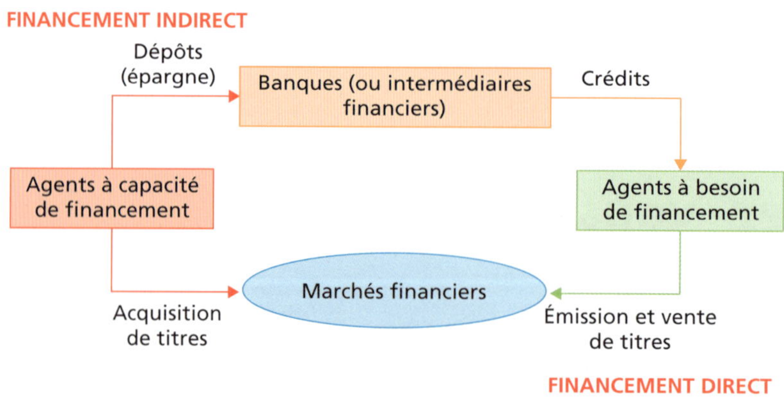

- **Le financement indirect est également appelé financement intermédié :** les banques jouent un rôle d'intermédiaire entre les agents à capacité et ceux à besoin de financement
- **Le financement direct** (ou financement désintermédié) : les agents à capacité et à besoin de financement se « rencontrent » directement sur les marchés de capitaux, principalement le marché des obligations et celui des actions :

– **le marché obligataire** : les entreprises émettent et vendent des obligations en contrepartie d'un remboursement futur et du paiement d'un intérêt pour le détenteur de l'obligation (c'est une sorte d'emprunt morcelé) ;
– **le marché des actions** : les entreprises augmentent leur capital en vendant des actions. Les détenteurs d'action disposent alors d'un droit sur les bénéfices (dividendes) et espèrent une plus-value sur l'action.

Le financement direct est devenu aujourd'hui prépondérant au sein des économies développées. Le financement indirect reste toutefois indispensable car certains agents ne peuvent pas ou difficilement accéder aux financements par les marchés (particuliers, petites entreprises...).

3 Le rôle des banques

- **En matière de financement indirect,** les banques collectent l'épargne des agents à capacité de financement *via* des dépôts (comptes bancaires, livrets d'épargne...). Elles emploient ces fonds en accordant des crédits aux agents à besoin de financement.
- **Les banques permettent de faire coïncider les besoins des emprunteurs et des épargnants** (montant, durée du financement). Elles gèrent également les risques propres aux opérations de prêt (exemple : risque de défaut de remboursement).
- **En matière de financement direct,** les banques ne sont en réalité pas absentes de ce circuit : elles permettent aux agents d'accéder aux marchés financiers et se rémunèrent principalement par des commissions.

DROIT-ÉCONOMIE

Testez-vous !

Corrigé p. 207

26 On parle de financement externe pour un agent économique lorsque celui-ci :
a) investit dans une activité qu'il ne réalise pas en propre.
b) fait appel à une banque pour obtenir des financements complémentaires.
c) procède à une augmentation de capital en émettant de nouvelles actions.

27 Pour se financer directement, une entreprise peut faire appel au marché en :
a) émettant des obligations sur le marché obligataire.
b) augmentant son capital par l'émission de nouvelles actions.
c) obtenant un emprunt auprès d'une institution financière.
d) utilisant ses réserves de trésorerie disponible.

28 Les marchés financiers :
a) mettent en relation des agents à capacité de financement avec des agents à besoin de financement.
b) jouent un rôle croissant dans le financement des agents économiques.
c) facilitent le financement intermédié des agents économiques par les banques.

24 Le degré de concurrence selon les marchés

Au sens strict, **le degré de concurrence sur un marché** (ou intensité concurrentielle) est fonction du nombre d'acteurs sur le marché concerné. En réalité, cette intensité concurrentielle va être affectée par la présence **de barrières à l'entrée** du marché, par la menace de **nouveaux entrants** potentiels, ou encore par l'existence de **produits substituables**.

1 Le degré de concurrence d'un marché

A Intensité concurrentielle et nombre d'offreurs

Marché concurrentiel		Caractérisé par une multitude d'offreurs (et de demandeurs), chacun étant de petite taille, de sorte qu'aucun ne puisse exercer un pouvoir de marché c'est-à-dire « peser » sur les prix du marché. On parle aussi d'**atomicité de l'offre** (et de la demande).
Concurrence imparfaite	**Oligopole**	Quelques offreurs seulement sont présents sur le marché. On parle de **cartel** lorsque les offreurs s'entendent pour contrôler et se partager le marché (notamment en s'entendant sur les prix).
	Monopole	Un seul offreur est présent sur le marché.

• **On parlera d'oligopole** lorsqu'un marché est majoritairement détenu par un nombre réduit de grandes entreprises, même s'il y a également de nombreuses petites entreprises sur ce marché.

• **Le degré de concurrence sur les marchés influe sur les prix.** Une faible intensité concurrentielle, propre aux situations dites de « concurrence imparfaite », se traduit généralement par des prix plus élevés que sur un marché pleinement concurrentiel.

B Mesure de l'intensité concurrentielle

• **Les situations de concurrence imparfaite** se traduisent par une activité ou des ventes qui tendent à se concentrer sur quelques offreurs voire un seul.

• **Le degré de concentration d'un marché** peut être évalué à l'aide de plusieurs indicateurs comme :
- **la part de marché des 5 ou 10 premières entreprises du marché.** Plus le résultat est élevé, plus la concentration est forte ;
- **l'indice de Herfindahl-Hirschmann (IHH).** Il s'obtient en additionnant le carré des parts de marché des entreprises du secteur. Plus le résultat est élevé, plus la concentration est forte ;
- **l'indice (ou coefficient) de Gini.** Il s'agit d'un indicateur également utilisé pour la mesure des inégalités. Appliqué aux chiffres d'affaires des entreprises d'un secteur, il révèle une forte concentration lorsqu'il est proche de 1. La concentration est faible lorsqu'il est proche de 0.

C Principaux facteurs explicatifs

Les stratégies des entreprises	Les opérations de fusion-acquisition menées par les entreprises peuvent conduire à la concentration du secteur et donc réduire l'intensité concurrentielle du marché.
Les entrées potentielles de nouveaux concurrents	Les entreprises présentes sur un marché doivent tenir compte de possibles nouveaux entrants : la fixation de prix trop élevés peut attirer de nouveaux concurrents attirés par la rentabilité de l'activité.
Les barrières à l'entrée	L'intensité concurrentielle peut être réduite par l'existence de barrières à l'entrée qui freinent l'accès au marché pour de nouveaux concurrents. Ces barrières peuvent avoir plusieurs origines, parmi lesquelles : • des coûts élevés d'entrée sur le marché ; • des barrières réglementaires (instauration d'un monopole d'État, nécessité de disposer d'un diplôme pour pouvoir exercer comme par exemple les médecins ou les avocats).
L'existence de produits substituables	Les entreprises présentes sur un marché doivent tenir compte de la concurrence qu'exercent les produits de substitution sur leurs propres produits. **Exemple :** les sociétés de transport aérien doivent prendre en compte le transport ferroviaire, le transport en car…

2 La fixation du prix par les entreprises

Dans les économies de marché, le prix est censé résulter de la confrontation entre offre et demande. En pratique, les entreprises prennent en compte trois contraintes principales pour fixer leur(s) prix : la demande, les coûts et la concurrence.

A Les contraintes des entreprises en matière de fixation des prix

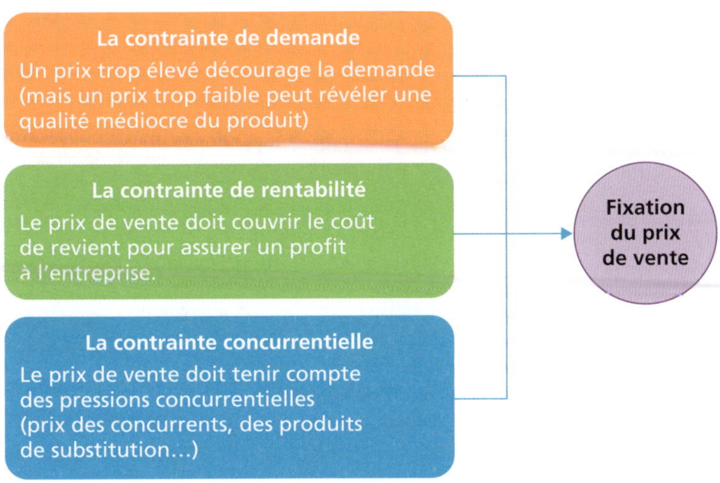

B Fixation des prix et contrainte de demande : les élasticité-prix

L'élasticité prix demande	L'élasticité de la demande d'un bien par rapport à son prix (ED / P) mesure la sensibilité de la demande du bien en fonction de son prix. Elle est généralement négative. $$\text{ED / P} = \frac{\text{Taux de variation de la demande}}{\text{Taux de variation du prix}}$$ **Interprétation :** • ED / P = – 3 signifie qu'une hausse du prix de 1 % entraîne une baisse de la demande de 3 % • Quand E D / P est comprise entre – 1 et 0, on parle d'une **faible élasticité** (en valeur absolue). Quand E D / P est inférieure à – 1, on parle d'une **forte élasticité** (en valeur absolue). • **Quand l'élasticité-prix est forte** (exemple : – 3), l'entreprise peut envisager de baisser son prix : la baisse sera compensée par une augmentation encore plus forte des ventes → hausse du chiffre d'affaires (CA). • **Quand l'élasticité est faible** (exemple : – 0,5), l'entreprise peut envisager d'augmenter son prix : la baisse du volume des ventes sera compensée par une hausse plus forte du prix → hausse du CA. Les élasticité-prix positives sont très rares et signifient qu'une hausse des prix s'accompagne d'une hausse des ventes → cas des produits de luxe parfois.
Les élasticités croisées	Les élasticités croisées sont des élasticités-prix qui mesurent la sensibilité de la demande d'un bien (ex. : A) en fonction du prix d'un autre bien (ex. : B). $$\text{ED de A / Prix de B} = \frac{\text{Taux de variation de la demande de A}}{\text{Taux de variation du prix de B}}$$ **Interprétation :** Les élasticités croisées permettent de mettre en évidence que deux produits sont substituables ou au contraire complémentaires : • produits substituables (transport aérien et transport ferroviaire) à élasticité croisée > 0; • produits complémentaires (scooters et casques de protection) à élasticité croisée < 0.

C Fixation des prix, contrainte de rentabilité et concurrence

• **Les entreprises vont également déterminer le prix de vente** en fonction de leur coût de production et en s'adaptant à la concurrence.

• **Le coût (unitaire) moyen de production (CM)** est le rapport entre le coût total de la production (CT) et le volume de production (Q).

$$CM = CT / Q.$$

• **Le coût marginal de production (Cm)** est le coût supplémentaire induit par la fabrication d'une unité de bien en plus (généralement coût variable de production).

> **À retenir**
> Le comportement optimisateur de l'entreprise, qui cherche théoriquement à maximiser son profit, la conduit à produire tant que le prix de vente est supérieur au coût marginal.

• **Sur un marché concurrentiel,** la pression qui s'exerce sur les offreurs pèse sur les prix et conduit à **éliminer tout profit excessif** (ou « surprofit »). Dans le cas contraire, l'existence d'un profit « anormal » attirerait de nouvelles entreprises et renforcerait un peu plus encore la pression concurrentielle. **Le marché concurrentiel est donc avantageux pour les consommateurs**, car il leur permet d'obtenir les prix les plus bas possible (tout en permettant aux entreprises d'être rentables).

• **En situation de concurrence imparfaite** (oligopole ou monopole), la pression qui s'exerce sur les entreprises est moindre que sur un marché concurrentiel. Elles disposent donc de marges de manœuvre plus importantes en matière de fixation des prix. **Les prix qui en résultent sont donc moins avantageux pour les consommateurs.**

25 Les stratégies pour dépasser l'intensité concurrentielle

Le marché concurrentiel est en principe **avantageux pour les consommateurs** en termes de prix. Mais les entreprises vont au contraire chercher à s'affranchir d'une trop forte pression concurrentielle pour disposer d'un **pouvoir de marché**, c'est-à-dire avoir des marges de manœuvre plus importantes en termes de fixation des prix.

1 Marché concurrentiel et concurrence imparfaite

Marché concurrentiel → La pression concurrentielle conduit les entreprises à aligner leurs prix vers le bas en faveur du consommateur. **Pas de surprofit**
Les entreprises n'ont pas de marges de manœuvre en matière de fixation du prix. Elles sont des « **preneurs de prix** » (**ou** « ***Price Takers*** »).

Concurrence imparfaite (monopole, oligopole, cartel) → La moindre pression concurrentielle permet aux entreprises de disposer d'un pouvoir de marché qui conduit à des prix plus élevés.
Surprofit (ou « rente de monopole »)
Les entreprises disposent de marges de manœuvre en matière de fixation du prix.
On dit qu'elles sont **des « faiseurs de prix »** (**ou« *Price Makers*** »).

Dans le cas de la concurrence imparfaite, les autorités, *via* la politique de la concurrence, doivent éventuellement sanctionner les abus (ententes illicites pour les cartels).

2 Stratégies de différenciation et d'innovation

- **Les entreprises peuvent chercher à s'affranchir de la pression concurrentielle** qui s'exerce sur elles en différenciant leurs produits de ceux des concurrents : **différenciation** par la qualité, par l'image de marque, par l'innovation, etc.
- **Cela revient à se placer en position de monopole** pour son propre produit et permet de **renforcer son pouvoir de marché et de demander des prix plus élevés**.
- **À plus long terme toutefois, cette forme de concurrence imparfaite peut s'avérer profitable** pour les consommateurs, notamment en ce qui concerne l'innovation :

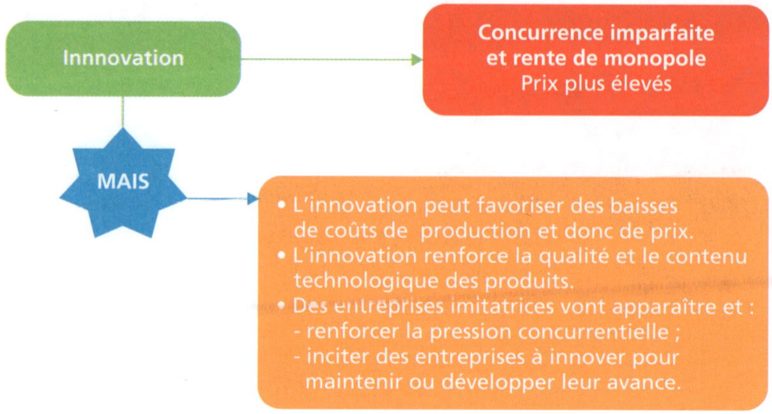

Testez-vous !

Corrigé p. 207

29 Une entreprise peut avoir intérêt à réduire son prix de vente lorsque l'élasticité-prix de ses produits est de :

a) – 0,5.
b) – 3.
c) + 3.

30 Un oligopole se caractérise par :

a) la présence d'un seul offreur sur le marché.
b) une multitude d'offreurs sur le marché.
c) quelques offreurs qui contrôlent le marché.

31 Quels avantages les entreprises trouvent-elles à limiter l'intensité concurrentielle sur un marché ?

a) Être en mesure d'être des « *Price Makers* ».
b) Pouvoir réaliser des surprofits.
c) Limiter le nombre de demandeurs.

32 Un marché oligopolistique ne conduit pas nécessairement à des prix plus élevés qu'en situation de marché concurrentiel lorsqu'il y a :

a) des barrières à l'entrée du marché.
b) menace de nouveaux entrants.
c) existence de produits de substitution.

33 Les stratégies de différenciation peuvent reposer sur :

a) une diversification de la production pour conquérir de nouveaux marchés.
b) une montée en gamme pour améliorer l'image de marque de l'entreprise.
c) une politique d'innovation pour enrichir le service offert au client.

Entraînement : cas pratiques

Exercice 1 ★ 10 minutes

Corrigé p. 208

Après avoir empoché son BTS en commerce international au lycée La Martinière Duchère, Corentin, âgé de 20 ans, négocie son premier contrat de travail à durée indéterminée avec la SA Trans Export, basée à Lyon. Le responsable des ressources humaines de cette dernière inscrit dans son contrat qu'il sera rémunéré avec un salaire égal à 90 % du SMIC. Corentin est un peu déçu de cette clause, car il pensait pouvoir demander 1,3 fois le montant du SMIC. Mais c'est son premier emploi en CDI, il ne veut pas rater cette occasion.

Annexe

Le terme « SMIC » est l'acronyme de « salaire minimum interprofessionnel de croissance ». Le SMIC est donc le salaire horaire légal minimum que doit percevoir tout travailleur âgé d'au moins 18 ans, assurant de cette manière, un pouvoir d'achat acceptable et garanti, profitant surtout aux personnes bénéficiant de bas revenus.

Les apprentis et les jeunes salariés de moins de 18 ans peuvent toucher entre 80 % et 100 % du SMIC, puisque des abattements sont applicables.

Selon les secteurs d'activité, les conventions collectives définissent en général un salaire minimum conventionnel, qui ne peut pas être inférieur au minimum légal.

1. **Qualifiez juridiquement les faits et les parties en présence.**
2. **Corentin agit en justice pour contester le niveau de sa rémunération. À votre avis, quel argument Corentin peut-il invoquer pour justifier sa demande ?**

Exercice 2 ★★ 15 minutes

Corrigé p. 208

Domitille Bonléger, 32 ans, veut lancer son activité et exploiter seule une boutique de produits de puériculture. Elle a fait l'acquisition d'un local dans le centre-ville de Grenoble. Domitille a appelé son magasin « Tout Pour Bébé ».

Il y a quelques mois, Domitille a décidé de procéder à quelques travaux dans le magasin pour un montant de 3 500 €. La SARL Ideco, située à Lyon et spécialisée dans la décoration intérieure, s'est engagée à accomplir les aménagements.

Trois mois plus tard, les travaux sont inachevés et un certain nombre de malfaçons apparaissent. Les lames de parquet se décollent et Domitille craint qu'un client ne se blesse. Elle a contacté le gérant de la SARL Ideco pour lui demander de procéder aux réparations et de terminer rapidement les travaux. Mais celui-ci répond que le personnel termine actuellement un gros chantier et qu'il faudra attendre encore six mois avant qu'une équipe puisse se rendre à Grenoble. Domitille envisage d'intenter une action en justice.

1. **Quelle juridiction sera compétente pour trancher ce litige ?**
2. **En cas de litige, sur qui pèsera la charge de la preuve ?**
3. **Si Domitille n'obtenait pas gain de cause en 1re instance, quelle voie de recours pourra-t-elle utiliser ?**

DROIT-ÉCONOMIE

Exercice 3 ★★ **15 minutes** Corrigé p. 209

Fiona habite à Aix-en-Provence. Elle est salariée de la SARL Lavande provençale qui se situe à Luynes, légèrement au sud d'Aix-en-Provence. Elle travaille dans la boutique de l'entreprise et vend des savons et des sachets de lavande élaborés par les producteurs. À l'occasion des fêtes de Noël, le gérant de la SARL, Monsieur Santon, demande à Fiona d'effectuer quelques heures supplémentaires le samedi après-midi et le lundi matin alors que normalement Fiona ne travaille pas ces jours-là dans l'entreprise. En janvier, Monsieur Santon paie l'équivalent de 15 heures supplémentaires à Fiona. Pour cette dernière, le compte n'y est pas. Fiona a vérifié et elle devrait recevoir le paiement de 24 heures !

1. Devant quelle juridiction Fiona devra-t-elle se présenter ?

À l'occasion du procès, il s'avère que l'oncle de Fiona fait partie des juges chargés de traiter le litige. Le gérant de la SARL craint que cette situation ne joue en faveur de Fiona.

2. Quel argument Monsieur Santon peut-il invoquer pour assurer sa défense ?

Exercice 4 ★★★ **20 minutes** Corrigé p. 209

Appliquez la méthodologie d'analyse à la décision de justice suivante.

Arrêt n° 268 du 17 mars 2016 (15-14.072) – Cour de cassation – Première chambre civile

Attendu, selon l'arrêt attaqué, que Mme X... est propriétaire d'un immeuble, qu'elle a donné à bail à son fils pour y développer une activité de location saisonnière et de réception, et dont l'accès s'effectue par un passage indivis desservant également la porte d'accès au fournil du fonds de commerce de boulangerie-pâtisserie exploité par la société LM Bertin, désormais dénommée Boulangerie Pre (la société) ; que, reprochant à M. et Mme X... d'avoir installé sur leur immeuble un système de vidéosurveillance et un projecteur dirigés vers ledit passage, la société a saisi le juge des référés, sur le fondement de l'article 809 du Code de procédure civile, pour obtenir le retrait de ce dispositif, ainsi qu'une provision à valoir sur l'indemnisation du préjudice résultant de l'atteinte à sa vie privée et de son préjudice moral ;

Sur le premier moyen, pris en sa deuxième branche :

Vu les articles 9 du Code civil et 809 du Code de procédure civile ;
Attendu que, pour ordonner le retrait du matériel de vidéosurveillance et du projecteur, l'arrêt relève que l'usage de ce dispositif n'est pas strictement limité à la surveillance de l'intérieur de la propriété de M. et Mme X..., que l'appareil de vidéosurveillance enregistre également les mouvements des personnes se trouvant sur le passage commun, notamment au niveau de l'entrée du personnel de la société, et que le projecteur, braqué dans la direction de la caméra, ajoute à la visibilité ; qu'il retient que l'atteinte ainsi portée au respect de la vie privée de la société constitue un trouble manifestement illicite qu'il convient de faire cesser ;

Qu'en statuant ainsi, alors que, si les personnes morales disposent, notamment, d'un droit à la protection de leur nom, de leur domicile, de leurs correspondances et de leur réputation, seules les personnes physiques peuvent se prévaloir d'une atteinte à la vie privée au sens de l'article 9 du Code civil, de sorte que la société ne pouvait invoquer l'existence d'un trouble manifestement illicite résultant d'une telle atteinte, la cour d'appel a violé les textes susvisés ;

[...] PAR CES MOTIFS : CASSE ET ANNULE, en toutes ses dispositions, l'arrêt rendu le 17 novembre 2014.

Testez-vous !

1 LE DROIT ET LES FONCTIONS DU DROIT
(Énoncés p. 158)

1. c) ; **2.** d) ; **3.** c) ; **4.** b)

2 LA RÈGLE DE DROIT
(Énoncés p. 160)

5. b) ; **6.** a) ; **7.** b)

7 LE DROIT ET LA PERSONNE
(Énoncés p. 168)

8. c) ; **9.** d) ; **10.** c)

8 LA CAPACITÉ ET L'INCAPACITÉ
(Énoncés p. 170)

11. c) ; **12.** b) ; **13.** c)

10 LES DROITS EXTRAPATRIMONIAUX
(Énoncés p. 173)

14. b) ; **15.** c)

11 LE DROIT DE PROPRIÉTÉ
(Énoncés p. 175)

16. b) ; **17.** c)

14 LES DÉCISIONS DU CONSOMMATEUR ET DU PRODUCTEUR
(Énoncés p. 183)

18. b)

15 LES ÉCHANGES ÉCONOMIQUES
(Énoncés p. 185)

19. b) et c)

16 LA COMBINAISON DES FACTEURS DE PRODUCTION
(Énoncés p. 187)

20. a) ; **21.** Aucune bonne réponse : l'intensité capitalistique augmente quand le stock de capital augmente plus vite que la masse salariale ou que l'entreprise réduit en même temps son effectif salarié. ; **22.** b)

20 LE POUVOIR D'ACHAT DES MÉNAGES
(Énoncés p. 195)

23. c)

22 LA SITUATION FINANCIÈRE DES AGENTS ÉCONOMIQUES
(Énoncés p. 197)

24. a) et c) ; **25.** b)

23 LES MODALITÉS DE FINANCEMENT DE L'ACTIVITÉ ÉCONOMIQUE
(Énoncés p. 199)

26. b) et c) ; **27.** a), b) et d) ; **28.** a), b)

25 LES STRATÉGIES POUR DÉPASSER L'INTENSITÉ CONCURRENTIELLE
(Énoncés p. 204)

29. b) ; **30.** c) ; **31.** a) et b) ; **32.**b) et c) ; **33.** b) et c)

CAS PRATIQUES *(Énoncés p. 205)*

EXERCICE 1

1. Corentin est une personne physique qui souhaite travailler pour l'entreprise Trans Export à Lyon. Cette dernière est une SA, c'est-à-dire une société anonyme. C'est donc une personne morale. Les deux parties signent un CDI, donc un contrat de travail. Corentin est donc salarié et son employeur est la SA.

2. Majeure :
En droit, selon le principe de la hiérarchie des normes, une norme juridique inférieure doit respecter une norme juridique supérieure. Ainsi, la Constitution de 1958 prime sur la loi qui l'emporte sur les conventions collectives qui l'emportent sur les contrats de travail.

En matière de rémunération, la loi fixe un minimum légal : le SMIC.

Par exception, seuls les jeunes, les apprentis et les personnes handicapées peuvent être rémunérés moins que le SMIC.

Mineure :
En l'espèce, Corentin conteste le niveau de la rémunération de son contrat de travail. Il est majeur et a signé un CDI. Il n'est donc ni mineur, ni handicapé ni en situation d'apprentissage. Son contrat de travail doit respecter sa convention collective et a fortiori les lois du droit du travail. Par conséquent, Corentin peut réclamer le minimum légal soit au moins 100 % du SMIC.

EXERCICE 2

1. Qualification des faits :
Domitille est un commerçant entrepreneur individuel qui signe un contrat avec un autre commerçant, une personne morale, la SARL Ideco. Cette dernière n'exécute pas son contrat.

Problème de droit :
Quelle juridiction est compétente pour trancher un litige entre deux commerçants ?

Majeure :
En droit français, plusieurs juridictions peuvent être compétentes selon la nature du litige. On distingue les juridictions civiles, les juridictions pénales et les juridictions administratives. En matière civile, la juridiction de droit commun est le tribunal de grande instance. Il existe des juridictions d'exception notamment le tribunal de commerce pour les litiges entre commerçants.

Un entrepreneur individuel est commerçant dès lors qu'il est immatriculé au registre du commerce des sociétés et qu'il effectue des actes de commerce.

Une SARL est commerçante par la forme.

Mineure :
Domitille et la SARL Ideco ont toutes les deux la qualité de commerçant. Le litige s'applique donc entre deux commerçants. La juridiction compétente est donc le tribunal de commerce. En pratique, ce sera le tribunal de commerce de Grenoble qui sera compétent.

2. Majeure :
En matière de régime probatoire, selon l'article 1353 du Code civil : « Celui qui réclame l'exécution d'une obligation doit la prouver. Réciproquement, celui qui se prétend libéré doit justifier le paiement ou le fait qui a produit l'extinction de son obligation. »

Donc en principe, la charge de la preuve appartient au demandeur.

Mineure :
Domitille est la partie qui se prétend lésée et qui réclame réparation. C'est donc elle qui va ester en justice. Elle a donc le statut de demandeur. C'est sur elle que pèsera la charge de la preuve.

Concrètement, en s'appuyant sur les clauses inscrites au contrat, elle devra prouver que la SARL Ideco ne respecte pas ses obligations.

3. Majeure :
En matière de procédure civile, les parties au litige dispose en première instance de plusieurs voies de recours si leur demande n'a pas abouti :

– une voie de recours ordinaire : l'appel. L'appel n'est possible que dans un délai d'un mois de la décision de première instance lorsque le montant du litige est supérieur à 4 000 €. La cour d'appel rejuge l'ensemble du litige ;

– une voie de recours extraordinaire : le pourvoi. Lorsque l'appel n'est pas possible, la partie déboutée peut toujours formuler un pourvoi devant la Cour de cassation. Le pourvoi en cassation s'exerce dans un délai de 2 mois à compter de la décision de justice. La partie défaillante peut y recourir lorsqu'elle a été jugée en dernier ressort. La Cour de cassation ne juge que le droit.

Mineure :
Le montant du litige est de 3 750 € soit moins que 4 000 €. Le jugement est donc rendu en premier et dernier ressort. Domitille pourra agir par le biais d'un pourvoi en cassation. Elle disposera d'un

délai de 2 mois pour agir à compter de la décision rendue par le tribunal de commerce.

EXERCICE 3

1. Qualification des faits :
Fiona est une personne physique salariée qui travaille pour le compte de son employeur la personne morale « Lavande provençale ». Les deux parties sont liées par un contrat de travail.

Fiona n'est pas payée entièrement pour les heures supplémentaires qu'elle a effectuées.

Problème de droit :
Quelle juridiction est compétente pour traiter un litige entre un employeur et un salarié ?

Majeure :
En droit français, plusieurs juridictions peuvent être compétentes selon la nature du litige. On distingue les juridictions civiles, les juridictions pénales et les juridictions administratives. En matière civile, la juridiction de droit commun est le tribunal de grande instance. Il existe des juridictions d'exception notamment le conseil des prud'hommes. Celui-ci est compétent pour traiter les litiges individuels entre un employeur et un salarié.

Mineure :
Le litige entre Fiona et son employeur porte sur la rémunération d'heures supplémentaires dans le cadre de l'exécution d'un contrat de travail. Le conseil des prud'hommes sera donc la juridiction compétente pour traiter la demande de Domitille.

2. Majeure :
En droit, selon l'article 6 § 1 de la Convention européenne des droits de l'homme, un procès doit remplir quatre conditions : être équitable, public, rendu dans un délai raisonnable, et par un juge impartial.

Mineure :
En l'espèce, l'oncle de Fiona ne peut pas être juge et faire partie de la famille de la demanderesse. Il y a conflit d'intérêts, la règle d'impartialité du juge n'est pas remplie. Monsieur Santon peut donc invoquer ce vice de procédure pour assurer sa défense.

EXERCICE 4

Parties	**Demandeur : la société (boulangerie)** **Défendeur : Madame X (personne physique)**
Faits	Pour surveiller l'entrée de l'appartement où son fils habite, Mme X place une caméra de surveillance dans le couloir d'entrée de l'immeuble. Cet accès est partagé avec la Boulangerie. Cette dernière considère la vidéosurveillance comme une atteinte et veut la faire retirer.
Procédure	1re instance : demandeur, la société. Elle saisit le juge des référés. 2e instance : cour d'appel. Pas d'indication du demandeur Pourvoi en cassation : demandeur, Madame X.
Arguments	Argument du juge des référés : l'usage de la vidéosurveillance n'est pas strictement limité à la surveillance de l'intérieur de la propriété de M. et Mme X... L'appareil de vidéosurveillance enregistre également les mouvements des personnes se trouvant sur le passage commun, notamment au niveau de l'entrée du personnel de la société. Le projecteur, braqué dans la direction de la caméra, ajoute à la visibilité. Par conséquent, le projecteur porte atteinte au respect de la vie privée de la société. Cela constitue un trouble manifestement illicite. Le juge ordonne de retirer la caméra de surveillance.
Problème	Le principe du respect de la vie privée consacré par l'article 9 du Code civil s'applique-t-il aussi bien aux personnes physiques qu'aux personnes morales ?
Solution	Si les personnes morales disposent, notamment, d'un droit à la protection de leur nom, de leur domicile, de leurs correspondances et de leur réputation, seules les personnes physiques peuvent se prévaloir d'une atteinte à la vie privée au sens de l'article 9 du Code civil, de sorte que la société ne pouvait invoquer l'existence d'un trouble manifestement illicite résultant d'une telle atteinte.

Management

Méthodes

	COURS	EXERCICES
À la rencontre du management des organisations		
1 Organiser l'action collective	215	
2 Les entreprises privées	217	
3 Les organisations et les entreprises publiques	220	
4 Les organisations de la société civile	222	223
5 Le management des organisations	224	226
6 La réponse aux changements de l'environnement	227	228
Le management stratégique, du diagnostic à la fixation des objectifs		
7 Qu'est-ce que la stratégie ?	229	
8 Comment élaborer le diagnostic stratégique ?	231	
9 Comment interpréter le diagnostic ?	234	
10 Comment évaluer les objectifs et les pratiques ?	236	
Les choix stratégiques des organisations		
11 Les options stratégiques globales	238	
12 Les options stratégiques de domaine	240	242
13 La chaîne de valeur et les modalités de développement	243	245
14 Les stratégies des organisations publiques	246	
15 Les stratégies des organisations de la société civile	248	249
Lexique	250	

LES MÉTHODES

Comprendre les consignes de travail

En management, le travail demandé se présente **sous la forme d'un questionnement** regroupant des questions d'observation, de synthèse et d'analyse. Ces questions sont des **consignes**, c'est-à-dire des instructions précises, qui débutent le plus souvent par des **verbes d'action**.
Ces questions supposent que vous soyez capable de faire ce qui est demandé. Il vous faut donc comprendre le sens du verbe utilisé dans la consigne pour pouvoir mettre en œuvre la capacité attendue. À travers votre réponse, c'est d'abord la **compréhension de cette capacité qui sera évaluée**.

1 Les capacités d'observation

A Les capacités attendues

- **Les capacités d'observation** s'appuient sur les **capacités de lecture, de repérage**, et **d'identification** d'éléments d'information exprimés sous la forme de mots, de groupes de mots, de chiffres dans un texte, un tableau, un graphique, etc.
- En management, **les supports de travail** sont le plus souvent des textes, et, dans une moindre mesure, des tableaux et des graphiques simples. Ces différents documents composés d'éléments d'information sont regroupés dans des **cas pratiques d'organisation** appelés également « **situations de management** ».

B Les verbes utilisés

- **Caractériser :** spécifier, préciser en présentant les caractères, les propriétés ou les particularités.
- **Décrire :** exposer avec précision, détailler, caractériser un objet, un événement, une situation, un problème, etc.
- **Définir :** donner la définition, indiquer de manière précise, spécifier.
- **Dégager :** mettre en évidence, isoler, distinguer un élément d'information d'un ensemble d'informations.
- **Déterminer :** qualifier, spécifier, préciser, délimiter.
- **Énumérer :** lister, énoncer, citer, pas nécessairement de manière structurée et cohérente (logiquement).
- **Identifier :** reconnaître, repérer, désigner et rapporter un élément d'information.
- **Repérer :** remarquer, situer, déceler un élément d'information dans un ensemble d'informations données.
- **Rechercher :** trouver, repérer dans une documentation papier ou *via* un support informatique des informations et les rapporter.

2 Les capacités de synthèse

A Les capacités attendues

- Les capacités de synthèse s'appuient sur des capacités d'**observation** auxquelles vient s'ajouter la capacité de **réunir les éléments** (informations, événements, idées…) repérés dans un ensemble structuré et cohérent.

La structure et la cohérence de la synthèse implique que ses éléments (informations, événements, idées…) soient regroupés en fonction de **critères de classement** déterminés. Ces regroupements forment alors les **différentes parties de la synthèse**.

• En management, les critères permettant de structurer la synthèse sont le plus souvent donnés dans la consigne. Il s'agit alors de déterminer chaque partie de la synthèse en fonction de ces critères, de proposer éventuellement des sous-parties et de rédiger l'ensemble en prenant soin de mettre en évidence les titres et sous-titres de la synthèse ainsi structurée.

B Les verbes utilisés

• **Classer :** ordonner, placer, trier des informations de manière cohérente à l'aide de critères de classement.
• **Comparer :** mettre en évidence les similitudes et les différences entre des éléments d'information.
• **Distinguer :** différencier, établir une distinction, séparer, dissocier des éléments d'information.
• **Exposer :** présenter de manière structurée et cohérente (logiquement) un ensemble d'informations.
• **Présenter :** faire connaître, exposer des éléments d'information.
• **Relier :** établir une relation, un rapport, une articulation logique entre deux ou plusieurs éléments d'information.
• **Résumer :** synthétiser, récapituler, schématiser un ensemble d'éléments d'information réunis logiquement entre eux.
• **Structurer :** ordonner, classer, articuler logiquement des éléments d'information entre eux pour former un ensemble dont les parties sont organisées harmonieusement.

3 Les capacités d'analyse

A Les capacités attendues

• Les capacités d'analyse s'appuient sur des capacités d'**observation** et de **synthèse** auxquelles vient s'ajouter la capacité de mettre en évidence les relations logiques existant entre les éléments (informations, événements, idées…) d'un ensemble pour comprendre et résoudre le problème qui se pose.

• En management, les capacités d'analyse consistent d'abord à repérer et exposer les problèmes de management qui se posent aux décideurs dans une situation donnée. Dans un deuxième temps, il s'agit d'examiner les propositions d'amélioration qu'ils ont mises en place ou les solutions qu'ils préconisent pour résoudre les problèmes rencontrés.

B Les verbes utilisés

• **Analyser :** examiner, étudier, établir les causes et les conséquences, dégager des enjeux…
• **Apprécier :** juger, estimer, évaluer en s'appuyant sur des faits et sur une argumentation objective.
• **Commenter :** apporter une explication, faire des remarques, des critiques pour éclaircir, expliquer, justifier ou nuancer une situation, un comportement, un problème, etc.
• **Démontrer :** prouver ou affirmer par une argumentation cohérente, c'est-à-dire dont les parties ou les idées sont organisées de façon logique.
• **Discuter :** apprécier, estimer, juger, critiquer une situation, un choix, une solution… de manière constructive (pour apporter quelque chose).
• **Expliquer :** faire comprendre quelque chose (situation, événement, décision), commenter, expliciter, élucider, éclaircir.
• **Justifier :** montrer avec des arguments objectifs que quelque chose (décision, solution) est juste et bien fondé.
• **Montrer :** démontrer, établir, prouver, faire une démonstration à l'aide d'arguments.

LES MÉTHODES

Repérer les éléments constitutifs d'une organisation

Une organisation est caractérisée par un certain nombre de critères de base qui permettent de dresser une sorte de carte d'identité de l'organisation.

Caractéristiques de l'organisation	Explication	À quelles questions répond-on ?
1 La finalité	– **Raison d'être** de l'organisation, c'est-à-dire ce qui justifie son existence et lui donne un sens. – Peut être **économique**, **sociale** ou **sociétale**. – Une organisation peut poursuivre plusieurs finalités. – Exprimée à travers sa mission ou son métier.	Pourquoi cette organisation existe-t-elle ? Quels sont le métier ou la mission de l'organisation ?
2 Les objectifs	– **Buts précis** qu'elle envisage d'atteindre. – Peuvent être quantitatifs ou qualitatifs. – Dépendent de sa mission ou de son métier. Doivent être en cohérence avec ses finalités.	Quels buts l'organisation souhaite-t-elle atteindre ? Quels résultats l'organisation envisage-t-elle d'obtenir ?
3 Le secteur d'activité	– Regroupe des organisations qui ont la même activité principale. – La **nature de l'activité** correspond à ce que l'organisation réalise ou produit en termes de biens ou de services. – **But lucratif** : recherche d'un gain ou d'un bénéfice financier, ou **sans but lucratif** : sans être motivé par la quête d'un profit.	Quelle est l'activité principale de l'organisation ou que fait l'organisation ? À quel groupe d'organisations ayant la même activité l'organisation appartient-elle ?
4 L'effectif	– **Nombre de personnes** qui exercent une activité en son sein et qui sont liées par un contrat. – Fournit une indication sur la **taille de l'organisation**. – 4 catégories : les très petites entreprises – TPE (< à 10 personnes), les petites et moyennes entreprises – PME (< à 250 personnes), les entreprises de tailles intermédiaires – ETI (< à 5 000 personnes et les grandes entreprises – GE.	Combien de personnes liées par un contrat travaillent-elles au sein de l'organisation ?
5 Le type de production	– **Mode de production** choisi par l'organisation pour coordonner les ressources nécessaires à sa production. – Manière dont ces ressources sont réparties et agencées pour produire. – **Production à l'unité** : fabriquer chaque produit séparément en fonction d'une commande. **Production en série** : fabriquer, de façon identique et en grand nombre, un produit standardisé. **Production en continu** : produit réalisé suivant un processus constant et ininterrompu.	Comment l'organisation coordonne-t-elle ses ressources pour assurer sa production ?
6 L'origine du financement	– Provenance de ses **ressources financières**. – **Privé** lorsque la source de financement est privée ou **public** lorsque la source de financement est publique.	D'où proviennent les ressources financières d'une organisation ?
7 Le champ d'action géographique	– **Zone géographique d'influence** de l'organisation. – Correspond le plus souvent à la zone de diffusion de l'offre de l'organisation, c'est-à-dire la zone où le bien ou le service sont offerts aux clients ou aux usagers (local, régional, national, européen ou international).	Quelle est la zone ou l'espace d'activité géographique de l'organisation ?

1 Organiser l'action collective

L'étude d'une organisation suppose de distinguer action individuelle et action collective organisée. Le passage de l'action collective organisée à l'organisation implique un **cadre juridique** et une structure en général hiérarchisée.

1 Action individuelle et action collective

A Les limites de l'action individuelle

• **L'action individuelle limitée.** Une **action individuelle** suppose la conduite d'une action par une seule personne motivée par un **intérêt individuel**. En principe, une action individuelle n'engage que l'individu qui poursuit des objectifs personnels et utilise ses propres moyens pour les atteindre.

• **L'action individuelle inefficace.** Une **action individuelle** ne peut aboutir à un résultat satisfaisant quand elle nécessite des moyens que l'individu ne possède pas ou qu'il possède en quantité insuffisante. Dans ce cas, l'**action collective se justifie alors par une plus grande efficacité que l'action individuelle**.

B L'efficacité de l'action collective

• **L'action collective organisée.** L'action collective implique que l'action individuelle disparaisse pour laisser place à la coopération de plusieurs personnes motivées par un intérêt collectif autour d'un ou de plusieurs objectifs vers le même but.

La conduite d'une action collective organisée suppose toujours **la constitution d'un groupe de personnes qui ont un objectif commun et qui s'organisent pour l'atteindre, dans une perspective de pérennité**.

• **Le groupe organisé.** Il est caractérisé par **l'interdépendance de ses membres** qui s'engagent personnellement dans la réalisation d'un objectif collectif auquel tous les membres doivent adhérer. Il existe grâce à **la volonté individuelle de coopérer**.

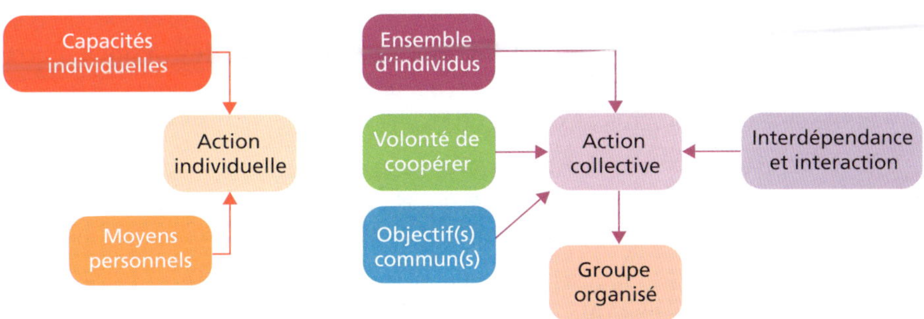

MANAGEMENT

2 Du groupe organisé à l'organisation

A Un cadre juridique

• **La transformation d'un groupe organisé** en organisation implique également la nécessité de se mettre en conformité avec des contraintes juridiques et de **définir un cadre juridique**. Il accorde à une organisation une existence officielle qui se traduit par une personnalité juridique distincte de celles de ses membres.

• **Grâce au statut juridique,** une organisation devient une « personne morale » qui peut effectuer des actes juridiques et conclure des contrats nécessaires à ses activités.

B Une structure hiérarchisée

La structure d'une organisation permet d'assurer la division et la coordination du travail de manière cohérente. C'est un ensemble de fonctions et de relations qui délimite les activités attribuées à chaque unité et montre comment ces unités sont coordonnées entre elles.

3 Les caractéristiques distinctives d'une organisation

A La mobilisation des ressources et la circulation des informations

• **Le choix et la mobilisation des ressources.** Une organisation peut mobiliser des ressources humaines, financières, matérielles, immatérielles et technologiques. Même si l'organisation ne les possède pas, elles doivent être disponibles dans l'environnement de l'organisation.

> **Exemple**
> Les **ressources matérielles** sont constituées de biens tangibles (locaux, meubles, véhicules…) tandis que les **ressources immatérielles** sont composées de biens intangibles (logo, brevets…).

• **La circulation des informations.** Une organisation ne peut fonctionner sans un système d'information et un réseau de communication permettant de faire circuler des informations. Ces informations sont indispensables à la prise de décision. Ce sont également des signaux envoyés à l'intérieur et à l'extérieur de l'organisation sur ses objectifs et ses résultats.

B La coordination des actions et la prise de décisions

• **La définition et la coordination des actions.** L'organisation est un lieu de décisions portant **sur la définition, la répartition, la coordination et le contrôle des actions** à accomplir pour obtenir les résultats collectifs souhaités. Les actions prennent la forme de tâches et d'activités (ensemble de tâches) propres à l'organisation.

• **L'organisation est aussi un lieu de décisions** portant sur **les objectifs généraux à atteindre et sur les actions à mener**. Une organisation doit contrôler ses résultats pour vérifier si les objectifs fixés sont atteints et pour apprécier l'efficacité de la prise de décisions.

• **Les décisions** ne peuvent se réaliser sans une **autorité dont le rôle est de faire passer l'intérêt collectif de l'organisation avant les intérêts individuels** de ses membres. C'est l'autorité hiérarchique qui fixe un ensemble de règles permettant de diriger avec efficacité les relations et les actions des unités d'une organisation afin d'atteindre des objectifs collectifs.

2 Les entreprises privées

Il existe une grande variété d'organisations qu'il est possible de distinguer à l'aide de **critères de caractérisation**. Les entreprises privées produisent des biens et des services vendus sur des marchés pour dégager un profit destiné à garantir leur pérennité.

1 Les critères de caractérisation d'une organisation

A La raison d'être d'une organisation

• La finalité. Elle est définie par la **raison d'être de l'organisation**, c'est-à-dire **ce qui justifie son existence**. Souvent, la finalité s'exprime à travers le but général ou les objectifs généraux que l'organisation s'est fixés d'atteindre et qui guide ses actions. La finalité est étroitement liée au **métier** que l'organisation maîtrise ou à **la mission** qu'elle s'est assignée.

• Les buts d'une organisation résultent de son métier ou de sa mission. Il peut s'agir de produire des **biens matériels** vendus à des clients sur un marché ou encore de fournir **des services** à des usagers gratuitement ou à des adhérents moyennant une cotisation. Une organisation peut favoriser des intérêts collectifs au profit d'individus ou de groupes ou servir un **intérêt général** qui profite à toute une population.

B Les autres critères de caractérisation

• La nature de la production correspond au produit réalisé c'est dire à un bien ou un service. Le mode de production est la manière dont les ressources d'une organisation sont réparties et agencées pour produire des biens ou des services.

• L'effectif d'une organisation permet d'évaluer sa taille. L'effectif d'une organisation peut comprendre des salariés, des bénévoles, des contractuels, des agents territoriaux, etc.

• L'origine du financement. Une organisation peut se financer grâce à des **fonds privés** provenant d'acteurs privés ou bénéficier de fonds publics provenant des prélèvements obligatoires des organisations publiques.

• Le secteur d'activité. Le **secteur public** comprend les administrations, les entreprises publiques et les établissements publics administratifs. Le **secteur privé** regroupe les entreprises privées et les organisations de la société civile (associations principalement) indépendantes de l'État ou des collectivités territoriales.

• Le champ d'action géographique. Il correspond à la **zone géographique** dans laquelle l'organisation exerce son activité et propose son offre (bien ou service) à ses clients, usagers ou adhérents. Le champ d'action peut être local, régional, international…

> **Définitions**
>
> **Production à l'unité (ou à la commande) :** réalisation d'un produit séparément en suivant un certain nombre d'étapes spécialisées.
>
> **Production en série :** réalisation de façon identique et en grand nombre, un produit standardisé.
>
> **Production en continu :** réalisation d'un produit en un flux ininterrompu et suivant un processus constant.

2 La finalité économique des entreprises privées

A La création d'une richesse supplémentaire

• **La satisfaction des besoins.** L'entreprise est un acteur économique dont la fonction principale est de produire des **biens et des services marchands** pour la **satisfaction des besoins individuels ou collectifs** de ses clients qui constituent une **demande**.

• **La rémunération des acteurs.** L'un des objectifs principaux de l'entreprise est de créer une **richesse supplémentaire** qui doit permettre de **rémunérer des acteurs** qui ont contribué à sa création. Ces acteurs sont internes (dirigeants, actionnaires, employés…) ou externes à l'entreprise (fournisseurs, État, collectivités territoriales, banques…).

• **La pérennité de l'entreprise.** La création d'une richesse supplémentaire est indispensable à l'entreprise pour garantir son développement et assurer son existence à long terme.

B La création et le partage de la valeur ajoutée

• **La création de la valeur ajoutée.** L'entreprise combine des **ressources (humaines, financières, matérielles, immatérielles et technologiques)** appelées **facteurs de production**, afin de créer une richesse supplémentaire appelée **valeur ajoutée**. Le processus de production permet de produire un bien ou un service dont la valeur est supérieure à la somme des valeurs des différents éléments qui le composent.

• **Le partage de la valeur ajoutée.** La valeur ajoutée est partagée entre tous les **acteurs internes ou externes** qui ont contribué directement ou indirectement à sa création.

Formule
Valeur ajoutée (VA) = Valeur de la production – Valeur des consommations intermédiaires

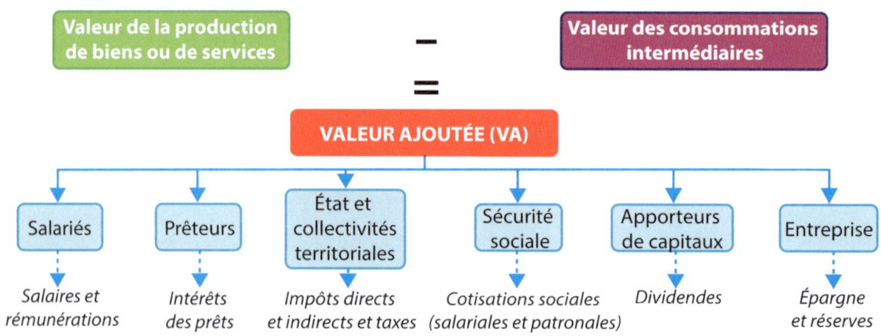

C La mesure et le rôle du profit

• **L'excédent brut d'exploitation** (EBE) est ce qui reste de la valeur ajoutée une fois que le travail est rémunéré et que les impôts sur la production sont payés.

• **Le résultat net** d'une entreprise est le bénéfice ou la perte, après impôts sur les bénéfices et avant distribution des dividendes aux actionnaires et/ou mise en réserve par l'entreprise.

• **Le profit rémunère les apporteurs de capitaux** susceptibles de fournir de nouveaux capitaux à l'entreprise. Il permet à **l'entreprise** de constituer des réserves pour financer ses futurs investissements sans avoir à emprunter. Le profit peut être redistribué aux **salariés** sous différentes formes. Le profit garantit la **pérennité de l'entreprise** en finançant son développement et en assurant ainsi sa survie.

3 La finalité sociale et la RSE

A La finalité sociale de l'entreprise

• La finalité sociale de l'entreprise est de **créer et sauvegarder des emplois** qui permettent aux individus d'**exploiter** et de **développer leurs compétences**, d'améliorer leurs savoir-faire et d'accroître leur expérience. L'emploi confère un **statut social** permettant l'intégration dans une société.

• La finalité sociale de l'entreprise est également de permettre aux salariés de trouver dans leur activité professionnelle une **source d'épanouissement personnel**. En valorisant les compétences personnelles et en reconnaissant la contribution individuelle à la performance collective, l'entreprise joue un rôle déterminant dans la **satisfaction des besoins individuels d'estime de soi, d'estime des autres et d'accomplissement de soi.**

B La responsabilité sociétale et environnementale de l'entreprise (RSE)

• La notion de RSE. La RSE découle de l'application aux entreprises du **concept de développement durable** défini comme un développement permettant de répondre aux besoins du présent sans compromettre la capacité des générations futures à répondre aux leurs.

• L'étendue de la RSE. La RSE signifie qu'une entreprise doit se soucier non seulement de sa rentabilité et de ses résultats financiers, mais aussi **des impacts environnementaux et sociaux de ses activités**.

La RSE ne se limite pas à la seule protection de l'environnement, mais s'étend à tout ce qui contribue à la satisfaction des besoins ou des intérêts des parties prenantes.

MANAGEMENT

4 Les critères de distinction des entreprises privées

A Les critères économiques

• Les secteurs d'activités sont les **secteurs primaire** (agriculture, pêche...), **secondaire** (industrie, travaux publics), **tertiaire** (services) et **quaternaire** (communication, information).

• L'effectif permet de distinguer différents types d'entreprises privées :

La TPE (très petite entreprise) < 10 salariés	La PME (petite et moyenne entreprise) < 250 salariés
L'ETI (entreprise de taille intermédiaire) < 5 000 salariés	La GE (grande entreprise) > 5 000 salariés

B Les critères juridiques

• Les entreprises ayant un but lucratif se décomposent en entreprises individuelles et en entreprises sociétaires (SARL, SAS...). Les **entreprises sans but lucratif** prennent la forme de coopératives, de mutuelles ou d'entreprises associatives dans lesquelles les associés dirigent.

• La propriété du capital. Selon la propriété du capital, on distingue les **entreprises privées** les **entreprises publiques dans lesquelles l'État exerce un contrôle majoritaire.**

3 Les organisations et les entreprises publiques

Les organisations publiques ont essentiellement deux finalités : la **production de services publics** et la **gestion des biens publics**. Les organisations publiques sont garantes de l'intérêt général à travers la prise en charge de missions de service public.

1 Les finalités non lucratives des organisations publiques

A La production de services publics

• **La mission de service public.** Le service public est une **activité** qui repose sur la **primauté de l'intérêt général**, prise en charge par la collectivité et pour la collectivité, sous l'autorité et le contrôle des pouvoirs publics. La mission principale du service public est la **satisfaction des besoins sociétaux**, c'est-à-dire des besoins essentiels pour vivre dans une société.

• **On distingue trois grandes catégories de missions de service public :**

1. rendre accessibles à tous des services destinés à la satisfaction des besoins fondamentaux ;
2. contribuer à la cohésion sociale et au sentiment d'appartenance à une communauté ;
3. favoriser une utilisation efficace et équilibrée des ressources communes.

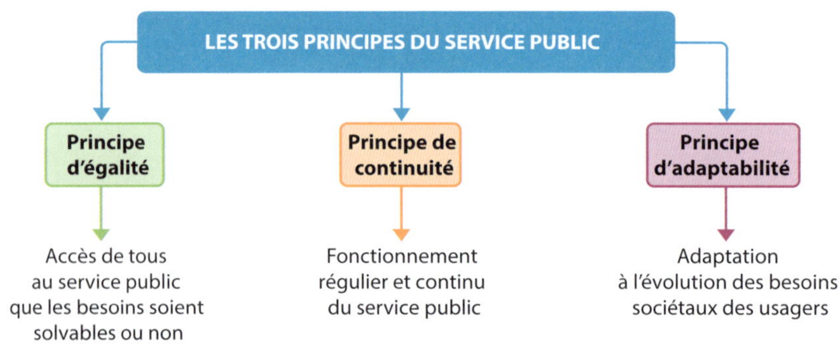

• **La délégation de service public.** Elle consiste à confier, par contrat, à un **délégataire public ou privé la gestion d'un service public** dont une organisation publique a la responsabilité.

B La gestion du domaine public

• **Les biens publics non marchands.** Un bien public présente deux caractéristiques complémentaires : **non-exclusivité et non-rivalité**. Il n'est pas possible d'empêcher un citoyen d'utiliser un bien, mais son utilisation ne doit pas empêcher un autre citoyen d'utiliser ce même bien.

• **L'entretien du domaine public.** La gestion et l'entretien des biens publics sont **définis légalement** par des décrets, règlements et circulaires répartissant les compétences entre l'État, les régions et les communes. Mais le maintien en état des biens collectifs repose également sur la **responsabilité individuelle du citoyen** qui utilise le bien.

2 Les différentes formes d'organisations publiques

A Les administrations publiques

Les administrations publiques centrales	Les administrations publiques locales	Les administrations de Sécurité sociale
État, ministères et organismes divers d'administration centrale (*théâtres nationaux, universités…*)	Collectivités territoriales ou locales (*régions, départements, communes et groupements de communes*) et organismes divers d'administration locale (*crèches, collèges et lycées…*)	Établissements de santé (*hôpitaux*), régimes obligatoires de Sécurité sociale, régimes obligatoires de retraite complémentaire et Assurance chômage

B Les établissements publics

• **Un établissement public** est **une organisation publique spécialisée disposant d'une autonomie administrative et financière** pour remplir une mission d'intérêt général sous le contrôle de la collectivité publique dont il dépend (*État, région, département ou commune*).

• **Distinction.** On distingue les **établissements publics administratifs** et les **établissements publics à caractère industriel ou commercial,** en fonction de la nature de leur activité.

C Les entreprises publiques

• **Les entreprises publiques** désignent les entreprises appartenant à l'État ou à une collectivité territoriale ou celles dans lesquelles l'État ou une collectivité territoriale exerce une **influence dominante** de manière indirecte du fait de sa participation financière majoritaire.

• **Législation.** Selon l'article 107 du Traité sur le fonctionnement de l'Union européenne, les **aides accordées par les États** ou au moyen de ressources d'État, sous quelque forme que ce soit, peuvent constituer dans certains cas une **pratique anticoncurrentielle interdite** dans la mesure où elles affectent les échanges entre États membres, faussent ou menacent de fausser la concurrence en favorisant certaines entreprises ou certaines productions.

3 Les ressources des organisations publiques

Type d'organisation publique	Administrations publiques centrales	Administrations publiques locales	Administrations de Sécurité sociale
Ressources financières	**Impôts directs :** sur le revenu et sur les sociétés. **Impôts indirects :** taxe sur la valeur ajoutée (TVA), taxe intérieure sur les produits pétroliers (TIPP).	**Impôts locaux :** taxes foncières, taxes d'habitation, taxes professionnelles.	Cotisations sociales et contribution sociale généralisée (CSG).

MANAGEMENT

4 Les organisations de la société civile

Les organisations de la société civile poursuivent une **finalité non lucrative** en proposant des services non marchands destinés à satisfaire leurs adhérents ou en assurant une mission de service public pour l'ensemble de la population.

1 La production de services non marchands sans but lucratif

A La production de services non marchands

• **Les organisations de la société civile** n'ont pas pour but de réaliser un profit. Si leur activité dégage un surplus, il n'est pas converti en profit ou en bénéfice distribuable, mais réutilisé pour les besoins de l'organisation. Les organisations de la société civile ont d'abord pour finalité la **satisfaction des besoins individuels de leurs adhérents par la fourniture de services privés**.

> Définition
> **Organisations de la société civile :** organisations privées à but non lucratif.

• **Les missions d'intérêt collectif.** Les organisations de la société civile agissent également dans le sens du **bien-être** ou du **mieux-être collectif** en fournissant des **services à la collectivité** pour satisfaire des besoins sociétaux et humanitaires dans **un intérêt collectif** dans des domaines variés (la santé, l'éducation, la justice, la solidarité...). Leurs actions sont complémentaires à celles des organisations publiques.

• **Les missions d'intérêt général.** Une organisation de la société civile peut remplir une **mission de service public,** c'est-à-dire agir dans l'**intérêt général**, mais sous le contrôle de l'autorité publique. Dans ce cas, le service est rendu à la collectivité par **délégation de service public** pour satisfaire des besoins sociétaux.

B Le rôle particulier de l'adhérent

• Dans une organisation de la société civile (*association par exemple*), l'adhérent est à la fois **utilisateur du service privé et fournisseur de ressources** dans la mesure où il doit s'acquitter d'une cotisation pour bénéficier du service proposé.

• Il peut arriver également que **l'adhérent s'engage personnellement dans l'organisation** en collaborant directement à ses activités ou en contribuant indirectement à son fonctionnement grâce à l'apport de ressources matérielles (*ordinateur, véhicule, locaux...*).

2 Les différents types d'organisations de la société civile

A Les associations au sens strict

• **Les associations loi 1901.** Selon la loi du 1er juillet 1901, les associations déclarées acquièrent la **capacité juridique** et disposent, de ce fait, de droits étendus.

Les droits étendus consistent à demander des subventions, soutenir une action en justice, acheter ou vendre. Les statuts représentent le contrat de l'association qui lie les sociétaires entre eux ou vis-à-vis des tiers. Parce qu'ils doivent être joints à la déclaration de l'association en préfecture, les **statuts deviennent de ce fait obligatoires**.

- **L'association reconnue d'utilité publique.** Les associations reconnues d'utilité publique remplissent une **mission d'intérêt général** et ont reçu une **accréditation** par décret.
L'avantage principal qui en résulte est de pouvoir **recevoir des dons et des legs** après autorisation.

- **L'association agréée.** L'agrément par un ministère permet à l'association **d'accéder à des subventions**, et augmente la capacité juridique de l'association. Pour être agréée, une association doit répondre à un **objet d'intérêt général** et avoir un **mode de fonctionnement démocratique**.

Association de fait ou non déclarée	Association déclarée dite « loi 1901 »	Association reconnue d'utilité publique	Association agréée
Pas de capacité juridique. Ne peut recevoir ni cotisations ni subventions	Capacité juridique. Peut recevoir cotisations et subventions	Capacité juridique. Peut recevoir cotisations, subventions et dons ou legs	Capacité juridique. Peut recevoir cotisations et subventions ministérielles

B Les autres organisations de la société civile

- **Les syndicats.** Ils se distinguent des partis politiques par leur but qui est d'**améliorer les conditions de travail** (but social) et non pas de gouverner (but politique). Un **syndicat professionnel** est une organisation de la société civile de personnes exerçant la même profession, des métiers similaires ou la même profession libérale.

> **Définition**
> **Syndicat :** organisation ayant pour objectif de défendre les **intérêts professionnels et économiques** de ses membres et d'obtenir la satisfaction de leurs revendications.

- **Les organisations non gouvernementales (ONG).** Elles sont **juridiquement autonomes et indépendantes du pouvoir politique ou économique**. Elles défendent à la fois l'**intérêt général et les intérêts des citoyens**. Leur champ d'action peut être local, régional, national, européen ou international, et leurs missions se rattachent aux domaines écologique, humanitaire et scientifique.

- **Les fondations.** Une **fondation reconnue d'utilité publique** créée par décret en conseil d'État, après instruction de la demande par les services du ministère de l'intérieur. La **fondation d'entreprise** est un organisme à but non lucratif créé par une ou plusieurs entreprises pour une durée limitée afin de réaliser une œuvre d'intérêt général.

Testez-vous !

Corrigé p. 252

1 Quel est le but d'une organisation de la société civile ?
a) Maximiser le profit de ses adhérents.
b) Réaliser exclusivement des missions de service public.
c) Satisfaire des besoins des adhérents par la fourniture de services privés.

5 Le management des organisations

Le **management** est le gouvernement des organisations. Il consiste à gérer une production collective en tenant compte d'une multitude de contraintes et en prenant les décisions nécessaires pour garantir sa pérennité et assurer son fonctionnement.

1 Les quatre grandes fonctions du management

A Piloter l'organisation et organiser les ressources

1. **Fixer les objectifs.** La première fonction du management consiste à fixer les objectifs généraux que l'organisation doit atteindre et à contrôler les résultats : on parle de **pilotage de l'organisation**.

> Les objectifs doivent être en relation avec la finalité de l'organisation et tenir compte de ses ressources. La fixation des objectifs suppose donc d'évaluer les ressources de l'organisation sans lesquelles ces objectifs deviendraient en pratique irréalisables.

2. **Organiser et animer les ressources.** La deuxième fonction du management consiste d'abord à diviser le travail en tâches et en activités puis à les répartir et les coordonner entre elles de manière à réaliser avec efficacité la production de biens ou de services : on parle d'**organisation de la production**. Cela comprend également l'**animation des ressources** qui consiste à mettre en place les moyens et les actions destinés à favoriser la coopération entre les membres de l'organisation pour réaliser des objectifs collectifs.

B Mobiliser les ressources et évaluer la performance

3. **Mobiliser les ressources et contrôler les résultats.** La **mobilisation des ressources** consiste tout d'abord à exploiter et développer les **compétences des membres de l'organisation**. Elle consiste également à exploiter et optimiser les **autres ressources** disponibles (financières, matérielles, immatérielles et technologiques) sans lesquelles les compétences des ressources humaines ne pourraient être mobilisées ni développées.

> Le **contrôle des résultats** est indispensable pour vérifier l'atteinte des objectifs fixés. Pour cela, il est indispensable de choisir des **critères et des indicateurs d'évaluation** permettant de mesurer les résultats.

4. **Évaluer la performance.** Le management suppose de mesurer **la performance de l'organisation**, c'est-à-dire sa capacité à atteindre des résultats conformément aux objectifs fixés.

> **À retenir**
> On distingue l'**efficacité** qui mesure la capacité à atteindre les résultats attendus et l'**efficience** qui prend en compte le coût des ressources mobilisées pour parvenir à ces résultats.

2 Management stratégique et management opérationnel

A Les caractéristiques du management stratégique

• **Une influence déterminante sur l'organisation.** Le management stratégique concerne la prise de décision sur les **grandes orientations de l'organisation à long terme** en fonction de son évolution et des changements de l'environnement.

• **Un impact sur la pérennité de l'organisation.** Le management stratégique regroupe les **décisions stratégiques** qui engagent l'avenir de l'organisation et ont une influence déterminante sur son existence.

• **Des objectifs stratégiques.** Le management stratégique consiste à **déterminer les objectifs stratégiques, à choisir et à coordonner les moyens** à mettre en œuvre pour les atteindre.

• **Des décisions prises à un niveau supérieur.** Le management stratégique regroupe les décisions prises au **niveau hiérarchique le plus élevé** (direction de l'organisation). Ces décisions présentent un caractère peu répétitif et sont difficilement réversibles.

• **Une prise de risques et un contrôle des résultats.** Le management stratégique suppose une **prise de risques** car les décisions stratégiques sont souvent prises dans un **environnement changeant et imprévisible** dont le dirigeant n'a pas une connaissance totale. Cela implique de **contrôler les résultats** pour s'assurer de l'efficacité des choix.

B Les caractéristiques du management opérationnel

• **La mise en œuvre des objectifs stratégiques.** Le management opérationnel se situe au niveau de la **mise en œuvre de la stratégie**. Il consiste à **rendre opérationnels les objectifs stratégiques** déterminés par la direction de l'organisation. Cela consiste à gérer de manière performante les ressources de l'organisation ; mobiliser et animer des équipes et s'assurer que chaque membre agit au mieux des intérêts collectifs de l'organisation.

• **Des décisions de gestion prises aux niveaux intermédiaires.** Le management opérationnel concerne les décisions plus fréquentes, ayant un **impact à moyen et court termes sur l'organisation**. Ces décisions opérationnelles sont prises par **tout personnel d'encadrement** : chef de service, chef de département, contremaître, superviseur, cadre intermédiaire, cadre de premier niveau…

• **Des compétences de gestion.** Ces décisions s'appuient sur des **outils de mesure des résultats** qui permettent d'évaluer les performances individuelles et la performance collective de l'organisation afin d'optimiser les différentes ressources nécessaires à la réalisation des objectifs stratégiques.

C Management privé et management public

• **La spécificité du management public.** La France s'est engagée, depuis plus de 10 ans, dans une gestion publique qui a introduit de **nouvelles logiques managériales** issues du secteur privé. Ainsi, le management public suppose désormais l'octroi de marges de manœuvre plus grandes et la **recherche de performance** au même titre que dans les organisations du secteur privé.

• **Des points de différenciation.** Le **rôle d'interface avec la hiérarchie** est plus développé pour les managers du public en raison du devoir d'obéissance qui les conduit à respecter les décisions prises par les élus dans le cadre de l'intérêt général.

Les relations professionnelles internes sont davantage **centrées sur la hiérarchie et sur les objectifs à atteindre** que dans le secteur privé, mais avec **moins de pression et plus de complexité.** L'**autonomie et les marges de manœuvre** des managers du public restent moindres que celles des managers privés car elles demeurent conditionnées par un ensemble de règles bureaucratiques prédéfinies. Les managers publics considèrent leurs objectifs comme imposés, et les jugent parfois contradictoires, en raison de l'**éloignement des centres de décisions** dans les organisations publiques. En ce sens, leur autonomie est relativement limitée.

3 L'évaluation de l'efficacité du management

• **Un management efficace** implique des décisions et des actions opérationnelles permettant de mener une stratégie **à son terme avec succès**, c'est-à-dire conformément aux objectifs stratégiques donnés. L'évaluation de la performance managériale nécessite la définition de critères et d'indicateurs permettant d'évaluer **les effets positifs et les effets négatifs des décisions managériales**.

> **Définition**
> **Performance managériale :** capacité des managers (publics ou privés) de réaliser les objectifs stratégiques fixés en réduisant les coûts de ressources mobilisées pour y parvenir.

• **Les critères quantitatifs d'évaluation.** Ce sont des **critères objectifs** qui regroupent **des indicateurs permettant de mesurer des résultats** : chiffre d'affaires, parts de marché, nombre d'adhérents d'une association, nombre d'ouvrages d'une bibliothèque municipale, etc.

• **Les critères qualitatifs d'évaluation.** Ce sont des **critères plus subjectifs** qui regroupent des indicateurs permettant d'évaluer les **conséquences internes et externes des décisions managériales** : leurs effets sur l'organisation elle-même, sur ses acteurs internes et externes, sur la société et sur l'environnement en général.

Testez-vous !

Corrigé p. 252

VRAI OU FAUX ?

	VRAI	FAUX
2 La fixation des objectifs de l'organisation ne nécessite pas d'évaluation préalable.	☐	☐
3 Les ressources d'une organisation sont composées seulement de ses biens matériels et ses moyens financiers.	☐	☐
4 L'évaluation de la performance passe par l'évaluation de l'efficience et l'évaluation de l'efficacité.	☐	☐
5 Pour évaluer des résultats, il est nécessaire de fixer des indicateurs fiables, précis et atteignables.	☐	☐
6 Le management stratégique porte sur les décisions à long terme.	☐	☐
7 Le management opérationnel permet de déterminer les objectifs de l'organisation.	☐	☐
8 L'évaluation de la performance passe par l'utilisation de critères quantitatifs uniquement.	☐	☐

6 La réponse aux changements de l'environnement

L'organisation doit tenir compte des intérêts respectifs des acteurs internes et externes concernés par les activités de l'organisation. Le management s'inscrit dans un environnement économique, juridique, technologique et écologique qui en modifie les pratiques.

1 Les intérêts des parties prenantes

A La notion de partie prenante

Une partie prenante est un individu, une communauté, un groupe social ou une organisation dont les conditions d'existence **sont influencées par les activités** de l'organisation, mais qui peut également agir pour **influencer les décisions et les activités** de l'organisation.

B La classification des parties prenantes

- **En fonction de la position :** selon leur **situation vis-à-vis de l'organisation**.

Parties prenantes internes	Parties prenantes externes
Salariés et représentants syndicaux (actionnaires si actionnariat familial ou coopératif)	Clients, fournisseurs, actionnaires, État, collectivités territoriales, associations, ONG, etc.

- **En fonction de leur capacité ou degré d'influence** sur l'organisation.

Parties prenantes primaires	Parties prenantes secondaires
Clients, fournisseurs, salariés et actionnaires	État, collectivités territoriales, associations, ONG, etc.

C La régulation managériale des intérêts contradictoires

- **Des intérêts contradictoires.** L'organisation est considérée comme un lieu de **conflits d'intérêts** quand les différentes parties prenantes défendent des intérêts spécifiques qui entrent en contradiction entre eux.

- **La régulation managériale.** Le rôle du management, et donc des managers, est d'apaiser ces conflits d'intérêts et de prendre des décisions résultant de **compromis entre les différents intérêts des parties prenantes**. Le rôle du management est également de mobiliser les parties prenantes autour d'**intérêts communs et collectifs** autour desquels ils se retrouvent.

2 Les facteurs de contingences internes

A Les facteurs internes à l'organisation

Des facteurs internes à l'organisation agissent sur les pratiques de management et sur les choix stratégiques : ce sont des **facteurs de contingence internes** à l'organisation.

- **La taille de l'organisation** exerce une influence déterminante sur le management. Dans une grande association internationale ou dans une entreprise publique par exemple, les pratiques managériales sont comparables à celles mises en œuvre par les dirigeants de grandes entreprises privées. Inversement, dans une petite association locale, le président est présent à tous les niveaux de décision et mobilise des compétences multiples.

• **L'âge de l'organisation** influence les pratiques de management. Ainsi, dans une organisation ancienne, les pratiques de management peuvent être figées et ne pas évoluer en raison de l'existence de règles et de procédures établies depuis longtemps. Inversement, dans une *start-up*, les pratiques peuvent être innovantes et rompre radicalement avec des pratiques connues.

• **Les technologies adoptées** dans une organisation influencent les pratiques de management.

• **L'histoire de l'organisation et sa culture** influencent les pratiques managériales. L'**histoire d'une organisation** peut être caractérisée par un ensemble de traditions liées à la personnalité de son fondateur, à l'activité ou au produit de l'organisation, à son savoir-faire ou aux technologies utilisées. La **culture d'une organisation** est un ensemble d'éléments tangibles, visibles et audibles (vêtements, traditions,...) de valeurs (développement durable, qualité...), et de symboles propres à une organisation, développés tout au long de son histoire et qui permettent de la différencier d'une autre organisation.

B Les acteurs externes à l'organisation

• **Les changements technologiques qui affectent l'environnement** comme l'**évolution constante des technologies numériques** ou **transformations numériques** (Internet, téléphonie mobile, réseaux numériques et logiciels informatiques...) modifient les outils de gestion au service des managers et influencent par conséquent leurs pratiques de management. Certaines organisations peuvent modifier leur fonctionnement, redéfinir les relations avec leurs parties prenantes internes et externes et leurs pratiques de gestion vers davantage de flexibilité ou vers plus de contrôle. **La digitalisation des activités** est source de développement pour l'organisation, mais elle est également **porteuse de risques** dès lors qu'elle devient une fin en soi au lieu d'être un **outil au service des parties prenantes** de l'organisation.

• **Les changements économiques** telle que l'évolution du chômage ou du pouvoir d'achat, l'augmentation du prix des matières premières ou le choix de politiques économiques influencent les décisions relatives aux orientations stratégiques de l'organisation et agissent sur les pratiques managériales, notamment en matière d'**animation et de mobilisation des membres** de l'organisation.

• **Les mutations écologiques.** Les préoccupations des citoyens, des usagers ou des clients liées au **développement durable**, et notamment à la protection et la préservation de l'environnement, agissent également sur les décisions et les pratiques managériales dans les organisations.

La RSE doit être en **cohérence avec la finalité de l'organisation** afin de mieux répondre aux attentes de ses parties prenantes.

Testez-vous !

Corrigé p. 252

9 Une partie prenante est :

a) un individu qui travaille dans l'organisation.
b) une entreprise qui coopère avec l'organisation.
c) un groupe social qui interagit avec l'organisation.

7 Qu'est-ce que la stratégie ?

La démarche stratégique met en évidence les forces et faiblesses de l'organisation ainsi que les opportunités et menaces de son environnement. À partir de ces éléments, l'organisation définit un plan d'actions coordonnées afin d'atteindre les objectifs stratégiques fixés.

1 Finalité et stratégie d'une organisation

A La finalité de l'organisation

Définition
Finalité d'une organisation : raison d'être étroitement liée au but général qu'elle s'est fixé et qui justifie son existence. Il s'agit le plus souvent de son métier (entreprise), de sa mission (organisation publique) ou de son objet (association).

• **Le métier de l'entreprise.** Il correspond à l'ensemble des activités principales pour lesquelles elle dispose de ressources, de compétences et d'expérience qui lui permettent de développer un **savoir-faire spécifique**.

• **La finalité d'une entreprise.** Elle peut être :
– **économique :** croissance, chiffre d'affaires, rentabilité, marché...
– **sociale :** création ou sauvegarde d'emplois, formation, épanouissement personnel...
– **sociétale :** développement durable, protection de l'environnement, égalité des salariés...

La stratégie d'une entreprise est **fondée sur son métier** qui résulte d'une combinaison de ressources et de compétences propres à l'entreprise et adaptées à un marché ou à un secteur d'activité.

• **La mission des autres organisations** correspond à leur vocation à satisfaire un intérêt général, collectif ou des intérêts particuliers. Elle s'appuie sur des finalités non lucratives. La mission d'une **organisation publique** est la satisfaction de **besoins sociétaux**, besoins (solvables ou non) essentiels pour vivre dans une société.

Une mission publique nationale est définie par l'État, une mission publique locale est définie par une collectivité territoriale conformément aux intérêts généraux de l'État.

• **La mission d'une organisation de la société civile** (association par exemple) correspond à son objet défini dans le cadre d'une **assemblée générale** et précisant la vocation de l'organisation à agir au service de ses adhérents ou pour la défense d'un intérêt collectif ou général.

B La stratégie et le type d'organisation

Définition
Stratégie : orientation des activités d'une organisation à long terme, destinée à consolider ou à obtenir un avantage concurrentiel, grâce à la mobilisation des ressources et des compétences de l'organisation.

• **La stratégie de l'entreprise** a pour objectif essentiel d'assurer la **pérennité** de l'entreprise par la satisfaction des clients, la prise en compte des attentes des parties prenantes et l'optimisation des différentes ressources qui la composent. La stratégie de l'entreprise vise à consolider ou à obtenir un avantage décisif et durable sur la concurrence dans un environnement incertain et changeant.

• **La stratégie de l'organisation publique.** Elle correspond à une **politique publique** définie dans le cadre de l'intérêt général et fondée sur des missions de services publics.

• **La stratégie de l'organisation de la société civile** est limitée à la réalisation de son **objet social**. Elle est liée directement aux buts que l'organisation s'est assignés au moment de sa constitution et qui ont été définis lors des assemblées générales des adhérents.

2 Les trois grandes phases de la démarche stratégique

Phase 1 Le diagnostic stratégique – Qui sommes-nous ?

• **Le diagnostic stratégique** comprend une **dimension interne** par l'étude des ressources et l'analyse des compétences propres à l'organisation en termes de **forces et de faiblesses** et une **dimension externe** par l'examen des composantes propres à l'environnement de l'organisation en termes **d'opportunités et de menaces**.

• **L'objectif** est de mettre en valeur le métier de l'entreprise ou la mission de l'organisation.

Phase 2 Les objectifs stratégiques – Où allons-nous ?

Les décideurs doivent définir les **objectifs stratégiques** qui engageront l'organisation sur le long terme conformément à sa finalité.

• **Dans les grands groupes** composés de filiales, les objectifs sont assignés d'une part pour tout le groupe (**stratégie globale**), et d'autre part pour ses **domaines d'activités stratégiques** (**stratégie par domaine**) afin de répondre à des demandes spécifiques sur des segments de marché.

• **Dans les organisations publiques.** Les objectifs stratégiques concernent des **missions d'intérêt général** ou de services publics et sont définis par les pouvoirs publics (élus, ministres, hauts fonctionnaires…) dans le cadre de **politiques publiques** nationales ou locales.

• **Dans les organisations de la société civile.** Les objectifs stratégiques sont définis collectivement par le bureau et par les adhérents dans le cadre d'assemblées au regard des missions assignées à l'organisation de la société civile conformément à son **objet** et ses **statuts**.

• **L'objectif** est de définir la stratégie en termes d'objectifs à atteindre.

Phase 3 Mise en œuvre et contrôle de la stratégie – Comment y allons-nous ?

• **La mise en œuvre de la stratégie.** Il s'agit de choisir et d'organiser les moyens à mettre en œuvre pour réaliser efficacement les objectifs stratégiques. La stratégie doit procurer un **avantage concurrentiel** à l'organisation ou valoriser celui qu'elle détient déjà. Elle donne lieu à une combinaison de décisions stratégiques et opérationnelles qui s'articulent de manière cohérente entre elles et avec les objectifs stratégiques, formant ainsi un système de décisions complexe.

• **Le contrôle stratégique.** Il consiste à évaluer à intervalles réguliers et de manière méthodique (tableaux de bord) l'écart éventuel entre les résultats atteints, même partiellement, et les objectifs stratégiques fixés. La démarche stratégique est un **processus continuel**, car le contrôle stratégique conduit toujours à un ajustement entre les objectifs stratégiques fixés et les résultats atteints par des **mesures correctives**.

Si la stratégie a longtemps été planifiée dans un contexte plutôt stable et prévisible, elle est aujourd'hui de plus en plus sujette à des ajustements liés à un environnement fluctuant et incertain : on parle de **stratégie émergente**.

• **L'objectif** est de traduire les objectifs stratégiques en actions opérationnelles et d'en contrôler les résultats et de procéder à des corrections ou des ajustements éventuels.

8 Comment élaborer le diagnostic stratégique ?

1 Les composantes du diagnostic interne de l'organisation

A L'analyse des ressources stratégiques

• **La notion de ressource stratégique.** Pour l'entreprise, il appartient au dirigeant de choisir une stratégie qui exploite le plus efficacement les **ressources spécifiques** de l'entreprise. Il s'agit donc de constituer un portefeuille de **ressources valorisables** dans un contexte concurrentiel.

• **Les contraintes budgétaires.** Pour les autres organisations dont le contexte est le plus souvent non concurrentiel, l'objectif n'est pas de générer à proprement parler un avantage concurrentiel, mais d'**accomplir les missions confiées** en mobilisant et en valorisant les ressources stratégiques dans un contexte de contraintes budgétaires.

• **L'identification des ressources stratégiques internes.**

Ressources matérielles et immatérielles	Ressources humaines	Ressources financières	Ressources technologiques
Système et outils de production, image, brevets, qualité du service après-vente…	Savoir-faire, expertise, type de management, qualification, qualité de vie au travail, motivation…	Autofinancement, capitaux propres, épargne publique, actionnariat…	Équipements de haute technologie informatiques et numériques

B L'évaluation des compétences distinctives

• **Les compétences distinctives** sont toujours collectives et se distinguent des compétences individuelles des membres de l'organisation appelées compétences professionnelles. Les compétences d'une organisation correspondent aux quatre **fonctions du management** et concernent les capacités à fixer des objectifs, organiser et animer les ressources, mobiliser les ressources, contrôler et évaluer les résultats.

> *Définition*
> **Compétences d'une organisation :** capacités de déployer des ressources stratégiques de façon organisée pour atteindre des objectifs stratégiques.

• **Les compétences distinctives.** Certaines compétences détenues par une organisation possèdent un caractère stratégique : ce sont des **compétences fondamentales (ou distinctives)**. Elles permettent à une organisation de se différencier des autres organisations.

> C'est grâce à l'évaluation et à la coordination de ses différentes ressources stratégiques qu'une organisation peut dégager un avantage concurrentiel. C'est sa capacité à combiner des ressources stratégiques qui constitue une **compétence fondamentale**.

C La capacité stratégique de l'organisation

• **Les forces et les faiblesses de l'organisation.** Le diagnostic interne permet de déterminer la **capacité stratégique** d'une organisation, c'est-à-dire sa capacité à formuler une stratégie qui doit lui permettre d'obtenir, de conserver ou de développer un avantage concurrentiel.

• **L'adéquation avec la demande ou avec les attentes.** L'organisation doit vérifier si ses ressources stratégiques et ses compétences distinctives lui permettent de proposer une offre

en adéquation avec les besoins et les attentes de ses clients ou de ses usagers. Cette offre doit nécessairement se distinguer de l'offre de la concurrence, si celle-ci existe.

2 Les composantes du diagnostic externe de l'organisation

A L'analyse des composantes de l'environnement

• **L'analyse du macro-environnement.**

Opportunités	Menaces
Facteurs environnementaux qui influencent ou pourraient influencer positivement l'organisation	Facteurs environnementaux qui influencent ou pourraient influencer négativement l'organisation

• **La nécessité d'une veille stratégique.** La **veille stratégique** représente un **atout stratégique** pour les organisations, car elle permet d'anticiper les tendances de l'environnement en matières réglementaire, sociale, juridique, culturelle… La veille permet à l'organisation d'être la première à répondre aux attentes de ses clients ou de ses usagers et à satisfaire de nouveaux besoins. Elle implique l'existence d'un **système d'information** performant qui peut apparaître alors comme une ressource stratégique de l'organisation.

• **L'analyse stratégique du micro-environnement.** L'analyse stratégique du marché passe par l'analyse des **marchés réel** et **potentiel**. Le diagnostic de la demande consiste à analyser l'ensemble de ses caractéristiques et à anticiper son évolution pour se forger une idée sur les **tendances du marché** en termes d'opportunités et de menaces. L'analyse stratégique suppose également le **diagnostic de l'offre** de l'entreprise et celle de la concurrence directe et indirecte.

B L'analyse de l'environnement concurrentiel

• **L'intensité de la concurrence** sur un marché ou sur un secteur d'activité résulte de l'attrait qu'exerce ce marché ou ce secteur en termes de profit et de rentabilité. L'analyse de l'**intensité de la concurrence** passe par l'analyse des entreprises concurrentes et de leurs rapports de force. La pression qu'exercent les clients et les fournisseurs sur l'entreprise fait également l'objet d'une analyse. Cette pression s'exerce notamment à travers le prix.

> Définition
> **Veille concurrentielle :** activité consistant à rechercher et collecter des informations stratégiques sur les concurrents afin d'anticiper leurs actions et de prévoir leurs stratégies.

L'analyse porte sur les offreurs de **produits de substitution ou de remplacement**, c'est-à-dire les entreprises d'autres secteurs d'activité qui proposent des produits satisfaisant les mêmes besoins.

• **L'analyse spécifique des groupes stratégiques.** Sur un marché ou un secteur d'activité donné, des entreprises peuvent suivre une stratégie sensiblement identique. Ces entreprises forment alors un **groupe stratégique**. Le repérage des groupes stratégiques et l'analyse de leur intensité concurrentielle permettent à une entreprise de réfléchir à l'opportunité de modifier sa stratégie pour améliorer sa compétitivité ou à la nécessité de se retirer du secteur pour se développer sur un autre lorsqu'elle estime ne pas disposer d'atouts suffisants.

• **Le diagnostic des opportunités et des menaces.** Le diagnostic externe correspond à une double analyse de l'environnement et des forces concurrentielles. L'objectif principal est de savoir si le secteur auquel appartient ou souhaite appartenir l'organisation, et plus particulièrement l'entreprise, est **attractif** (existence de nombreuses opportunités) ou au contraire **répulsif** (existence d'importantes menaces).

3 Les facteurs clés de succès et l'avantage concurrentiel

A Les facteurs clés de succès

• **L'analyse FFOM ou SWOT (*en anglais*)**

Diagnostic interne		Diagnostic externe	
Forces *(Strengths)*	Faiblesses *(Weaknesses)*	Opportunités *(Opportunities)*	Menaces *(Threats)*

• **Les facteurs de succès.** Ils reposent sur les **ressources spécifiques** et les **compétences fondamentales** diagnostiquées par l'organisation. Lorsqu'ils correspondent à l'évolution de la demande environnementale, ils procurent à l'organisation une **capacité concurrentielle**.

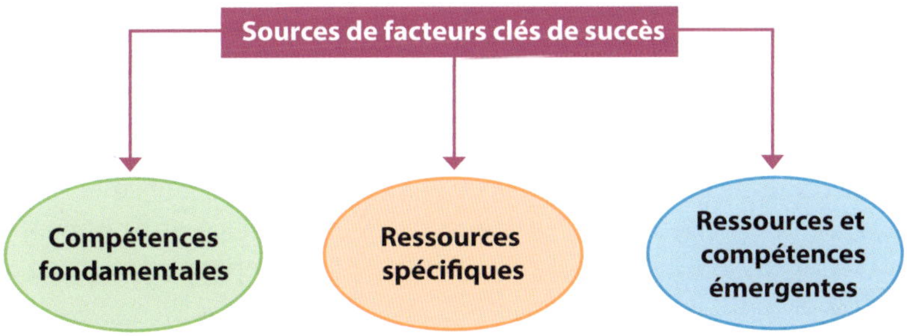

Les facteurs clés de succès

B L'avantage concurrentiel

• **Pour une entreprise.** Une entreprise possède un avantage concurrentiel quand elle est capable de proposer une offre de produits ou de services possédant des **caractéristiques jugées uniques** par les clients ou quand elle est capable de produire une offre comparable à des **coûts inférieurs** à ceux de ses concurrents.

• **Pour les autres organisations.** L'avantage concurrentiel est fondé sur leur capacité à proposer une offre correspondant à la fois aux missions qu'elles se sont assignées et aux attentes des usagers ou des adhérents.

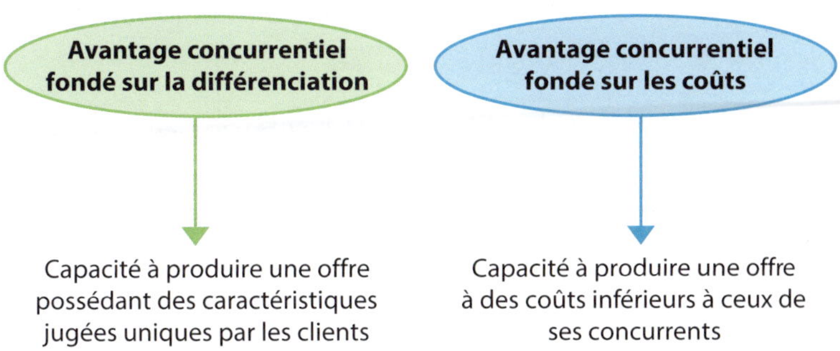

Les fondements de l'avantage concurrentiel

9 Comment interpréter le diagnostic ?

Les objectifs stratégiques sont induits par la **finalité** de l'organisation et l'interprétation du **diagnostic stratégique**. La responsabilité sociétale des organisations et les intérêts des parties prenantes sont pris en compte dans la définition des objectifs stratégiques.

1 Détermination des objectifs stratégiques

A La finalité de l'organisation

• **Le métier ou la mission de l'organisation** est étroitement lié à sa finalité. La notion de **métier** conceptualise les savoirs et les compétences internes d'une organisation, autrement dit son savoir-faire, la notion de **mission** renvoie à l'utilité des biens ou des services offerts par l'organisation.

• **La définition du métier ou de la mission** est une phase essentielle du diagnostic stratégique puisqu'elle permet de **donner un sens** à l'existence d'une organisation. Cette phase est également indispensable avant de passer aux phases plus opérationnelles de la démarche stratégique (choix et contrôle stratégiques).

• **La finalité d'une organisation** s'exprime à travers ses objectifs stratégiques dès lors qu'elle est capable de définir son métier ou sa mission. La finalité d'une entreprise est de **satisfaire les besoins** et les attentes de ses clients en convertissant des ressources privées en richesses ayant un prix. La finalité des autres organisations est de satisfaire des besoins collectifs ou sociétaux en convertissant des ressources privées ou publiques en services ou en biens privés ou publics proposés ensuite gratuitement ou quasi gratuitement.

B La responsabilité sociétale de l'organisation

• **La responsabilité sociétale** des organisations (on parle également de « RSE » pour les entreprises) est désormais intégrée dans la définition de leurs objectifs stratégiques. La responsabilité sociétale correspond à la prise en compte, par l'organisation, des **impacts sociaux et écologiques** de ses activités sur l'environnement. Ainsi, l'organisation introduit dans ses objectifs stratégiques des questions et des enjeux sociaux et environnementaux.

• **Les composantes de la responsabilité sociétale.**

La responsabilité sociétale de l'entreprise (RSE)		
Composante sociale	**Composante environnementale**	**Composante éthique**
Prise en compte, par l'entreprise, des intérêts de ses parties prenantes et notamment de ceux de ses salariés	Protection et préservation, par l'entreprise, de son environnement	Principes et valeurs sur lesquels se fondent les activités de l'entreprise

2 La recherche de convergence et de consensus

A Des acteurs aux intérêts complémentaires et contradictoires

Différents acteurs internes coexistent dans les organisations et défendent des intérêts pouvant diverger plus ou moins et auxquels le décideur peut être confronté.

- **Selon la taille et la structure de l'organisation,** on peut identifier **plusieurs groupes aux intérêts divers** : les salariés et leurs représentants ont des préoccupations professionnelles qui portent le plus souvent sur leur déroulement de carrière, leur rémunération et la préservation de leur pouvoir d'achat, leurs conditions de travail et la défense de leur emploi.

- **Dans les organisations de la société civile,** les objectifs individuels ou collectifs des **bénévoles** ou des **salariés** peuvent porter sur l'engagement pour une cause ou l'épanouissement personnel. Les **adhérents**, quant à eux, souhaitent satisfaire leurs besoins individuels, ce qui justifie d'ailleurs leur adhésion.

- **Dans les entreprises,** les **actionnaires** ou **associés apporteurs** de capitaux ont des intérêts qui portent davantage sur la rentabilité de leur placement et donc sur les dividendes. Les dirigeants eux-mêmes ont des objectifs qui leur sont propres : déroulement de carrière, rémunération, pouvoir…

- **Les intérêts** de ces différents groupes d'acteurs peuvent être **convergents** : la pérennité de l'organisation, la défense de valeurs communes.

B Les conséquences de l'appartenance d'un acteur à plusieurs groupes

- **Les conflits d'intérêts.** Au sein d'une organisation, certains acteurs peuvent **appartenir à plusieurs groupes**. Cette appartenance peut alors revêtir des aspects contradictoires.

- **Les salariés** peuvent ainsi être également actionnaires de leur entreprise. En tant que salarié, l'objectif réside essentiellement dans la défense de son emploi et en tant qu'actionnaire, l'intérêt est de réduire les coûts au maximum pour augmenter la rentabilité de l'entreprise.

- **On peut citer aussi le fonctionnaire, également délégué syndical,** dont l'un des objectifs est de garantir la mise à disposition d'un service public aux usagers tandis qu'un autre est de soutenir les actions des salariés dans la défense de leur emploi et de leurs conditions de travail. Il y a alors **conflits d'intérêts** pour une même personne.

C La conciliation des objectifs des acteurs avec ceux de l'organisation

La recherche de consensus. Une des missions des décideurs privés ou publics est de concilier les objectifs individuels ou collectifs des différents acteurs avec les objectifs stratégiques de l'organisation. Il s'agit alors de préserver **la pérennité de l'organisation** et de prendre les décisions stratégiques qui permettent de la garantir, tout en assurant aux différents acteurs que leurs intérêts seront eux aussi préservés en les intégrant, du moins partiellement, dans les objectifs généraux de l'organisation. La conciliation des objectifs des acteurs avec ceux de l'organisation passe par une entente sur des objectifs communs.

10 Comment évaluer les objectifs et les pratiques ?

La mesure de **l'atteinte des objectifs stratégiques** nécessite la définition d'un ou plusieurs indicateurs dont il convient de vérifier notamment la pertinence par rapport aux objectifs, la variété et la possibilité d'une évaluation dans le temps et dans l'espace.

1 L'évaluation des objectifs stratégiques et des pratiques

A L'efficacité des objectifs et des décisions stratégiques

• **L'objet du contrôle stratégique** a pour vocation de vérifier que les efforts déployés par l'organisation **concourent efficacement à la réalisation des objectifs stratégiques**. La stratégie, de par ses spécificités (aspect prospectif, caractère aléatoire de l'environnement, écart de temps entre sa formulation et les résultats, incidences fortes des décisions sur la structure et ses ressources) réclame toujours un **contrôle tout au long du processus de décision stratégique**.

• **La performance de l'organisation.** Une organisation efficace est une organisation qui entreprend des actions stratégiques et **les mène à leur terme avec succès**, c'est-à-dire conformément aux objectifs donnés. Mais la performance suppose également que les moyens utilisés pour mener ces actions à leur terme soient exploités avec un souci d'économie et de réduction des coûts : c'est l'**efficience**.

> Définition
> **Performance d'une organisation :** capacité de ses membres de **réaliser les objectifs stratégiques fixés.**

B La variété des critères d'évaluation des objectifs stratégiques

• **Les critères quantitatifs d'évaluation** sont des **critères objectifs** qui regroupent principalement **des indicateurs permettant de mesurer des résultats** : chiffre d'affaires, parts de marché, nombre d'adhérents d'une association, nombre de visiteurs d'un musée, etc.

• **Les indicateurs économiques** s'appliquent surtout aux **entreprises**. Ainsi, la **productivité** mesure l'efficacité d'un ou de plusieurs facteurs de production. De même, la **rentabilité** mesure le rapport entre les résultats obtenus et le montant des moyens matériels et financiers mobilisés pour les obtenir.

• **Pour une organisation publique,** la performance publique peut être évaluée à partir d'**indicateurs quantitatifs** comme le coût kilométrique de construction des routes, le taux de déclaration et de paiement des impôts, le pourcentage des contrôles réprimant les fraudes, les frais de personnel rapportés aux dépenses, le coût d'un examen par candidat présent, etc.

• **Les critères qualitatifs d'évaluation** sont des **critères plus subjectifs** qui regroupent des indicateurs sociaux et sociétaux permettant d'évaluer les **conséquences internes et externes des objectifs et des décisions stratégiques**, leurs effets sur les individus, la société et l'environnement en général… Les objectifs stratégiques en termes de climat social ou de qualité de vie au travail peuvent être évalués par l**e nombre de conflits internes et leurs origines.**

• **Ces indicateurs** peuvent porter sur la politique de **rémunération** de l'entreprise, sur les **conditions** de travail, sur la **consommation** d'eau et d'autres ressources naturelles ou

énergétiques, sur les rejets de CO_2 dans l'air, etc. Dans tous les cas, ils doivent permettre une évaluation dans le temps et dans l'espace des objectifs stratégiques.
Ces critères évaluent donc la **performance sociétale et environnementale des entreprises**.

• **Pour les organisations publiques,** les indicateurs qualitatifs permettent d'évaluer à la fois la **performance publique et la satisfaction des usagers** afin de faire évoluer les services publics dans le sens d'une meilleure efficacité.

Un bon indicateur doit être **facile à lire et à interpréter**. C'est pourquoi il doit être pertinent et compréhensible, simple et précis, fiable et réaliste, opérationnel et daté.

C La nécessité d'un contrôle stratégique

• **Le contrôle stratégique** est un outil de pilotage dynamique de l'organisation. Pour s'assurer que les décisions stratégiques sont pertinentes et adaptées à l'évolution de l'environnement et aux attentes des parties prenantes de l'organisation, il est nécessaire de vérifier régulièrement que les résultats sont conformes aux objectifs fixés. C'est le rôle de la **veille stratégique** qui prend la forme de **tableaux de bord regroupant une diversité d'indicateurs de mesure** choisis à partir de critères quantitatifs et qualitatifs.

• **La veille stratégique est un atout stratégique** pour une organisation car elle permet d'anticiper les changements de l'environnement et de répondre rapidement aux attentes.

2 La mise en œuvre des actions correctives

A L'influence du contrôle sur la stratégie

La nécessité d'un ajustement. L'analyse des résultats obtenus permet aux dirigeants de l'organisation d'engager les **adaptations nécessaires** en termes d'objectifs stratégiques ou de ressources à mettre en œuvre pour les atteindre. Le contrôle stratégique peut ainsi aboutir à un **maintien ou une redéfinition de la stratégie** de l'organisation.

B La mise en place d'actions correctives

• **Un processus d'alerte et de régulation.** La capacité d'une organisation à déclencher au moment opportun des actions correctives pertinentes et efficaces dépend de l'existence d'un **processus d'alerte et de régulation**.

• **La traçabilité du produit.** Dans une entreprise, le **processus de traçabilité** est un processus spécifique qui permet de savoir à tout moment où se trouve le produit dans une chaîne logistique, c'est-à-dire de sa conception à sa distribution. L'organisation peut surveiller l'ensemble des **flux physiques et des flux d'informations** qui lient les fournisseurs aux clients et **réagir rapidement** pour procéder aux adaptations nécessaires.

MANAGEMENT

11 Les options stratégiques globales

L'entreprise peut **choisir une option stratégique** pour toutes ses activités au niveau global. Elle peut également segmenter ses activités en différents **domaines d'activité stratégique (DAS)**.Ce sont les stratégies globales et les stratégies de domaine.

1 La stratégie globale de spécialisation

A Les fondements de la stratégie de spécialisation

• **Une entreprise met en œuvre une stratégie de spécialisation** quand elle choisit de baser ses activités sur **un seul métier**. Ces stratégies reposent le plus souvent sur la maîtrise d'un savoir-faire qui permet à l'entreprise de satisfaire la demande du marché mieux que la concurrence. La spécialisation sur un métier implique que l'entreprise mobilise des **compétences fondamentales** et des **ressources spécifiques** pour augmenter ses parts de marché.

• **Les objectifs de la spécialisation.** Une entreprise peut choisir de se spécialiser pour couvrir la demande sur un marché en croissance offrant des **opportunités** et des **perspectives favorables**. Une entreprise peut également consolider sa spécialisation sur un marché en pleine **maturité** où les caractéristiques de la demande sont déjà cernées.

B Les axes de la stratégie de spécialisation

• **Le couple produits/marché** permet d'analyser les axes des stratégies de spécialisation.

Spécialisation par pénétration de marché	Spécialisation par développement de marché	Spécialisation par développement de produits
Valorisation des produits existants sur les marchés actuels	Conquête de nouveaux marchés avec les produits actuels	Offre de nouveaux produits sur les marchés actuels

C Les avantages et les limites de la spécialisation

• **La spécialisation** permet à l'entreprise de concentrer ses ressources et ses actions stratégiques sur le **métier** qu'elle maîtrise et pour lequel elle détient une **expertise reconnue**.

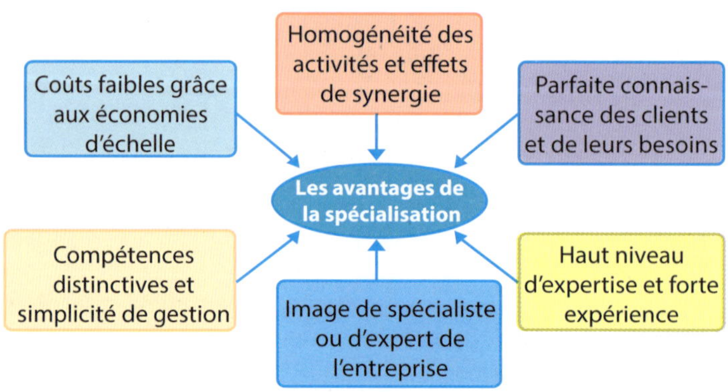

• **Les limites de la spécialisation.** L'entreprise spécialisée est **sensible aux changements environnementaux** et à l'évolution conjoncturelle du marché. De ce fait, l'entreprise est soumise à l'**arrivée de produits de substitution** qui risquent de séduire et donc d'éloigner sa clientèle. L'entreprise spécialisée est **contrainte d'innover** face au risque de standardisation ou de banalisation de son offre. Elle doit se maintenir à un **haut niveau de compétences distinctives** par la formation et développer ses ressources spécifiques par l'investissement.

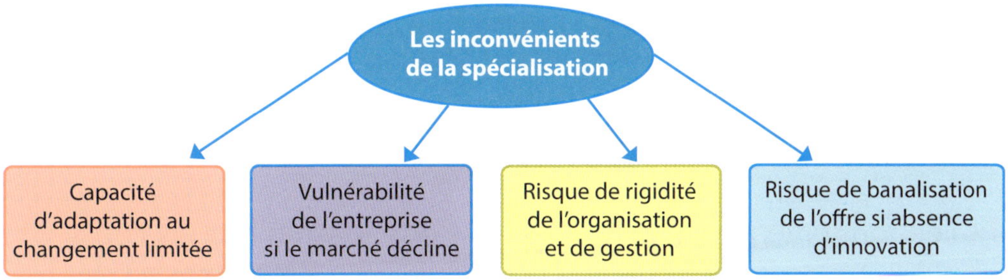

2 La stratégie globale de diversification

A Les spécificités de la diversification

• **Les objectifs de la diversification.** En règle générale, la diversification consiste, pour une entreprise, à s'engager sur de nouveaux domaines d'activité qui correspondent à de **nouveaux métiers**. L'entreprise peut y développer par extension ses compétences actuelles ou être amenée à acquérir de nouvelles compétences, ce qui est plus souvent le cas.

• **La stratégie de diversification** peut résulter de l'abandon d'une stratégie de spécialisation sur un **marché ou un secteur d'activité en déclin**. Mais la diversification peut également résulter d'un **excédent de ressources financières** qui permet à l'entreprise de s'engager sur un nouveau métier sans remettre en cause sa position concurrentielle ni son métier actuel.

B Les axes de la stratégie de diversification

Diversification de placement	Diversification de confortement	Diversification de redéploiement	Diversification de survie
Acquisition de nouvelles compétences grâce à des excédents financiers	Acquisition de nouvelles compétences pour conforter une position concurrentielle	Acquisition de nouvelles compétences pour se reconvertir dans un nouveau métier	Acquisition de nouvelles compétences pour assurer la pérennité de l'entreprise

C Les avantages et les limites de la diversification

• **Les avantages de la diversification.** L'entreprise peut se développer **sans risque de dépendance** à un métier unique et aux changements environnementaux. L'entreprise diversifiée acquiert et développe de nouvelles compétences et ressources, ce qui lui permet de **répartir les risques** sur plusieurs activités ou métiers et lui offre ainsi une **meilleure flexibilité stratégique**.

• **Les limites de la diversification.** Cette stratégie nécessite des **investissements importants** ainsi qu'une **gestion complexe**. Les ressources et les compétences de l'entreprise diversifiée ne peuvent être mobilisées instantanément en raison de leur dispersion dans diverses activités et de leur manque de cohésion.

12 Les options stratégiques de domaine

L'entreprise peut **segmenter** l'ensemble de ses activités en différents domaines d'activité stratégique (DAS) pour lesquels sont menées des stratégies spécifiques. Ces choix stratégiques s'opèrent alors **au niveau de chacun des domaines d'activité**.

1 Stratégie de domination par les coûts

A Les fondements de la stratégie de domination par les coûts

• **Le rôle de l'expérience.** En théorie, le coût d'une production baisse de 10 à 30 % chaque fois que la production cumulée de ce produit est multipliée par deux. Ceci est dû à l'**expérience de l'entreprise** qui apprend à gérer son activité de manière plus efficiente. En effet, grâce à l'expérience acquise, l'entreprise développe un **savoir-faire** et des compétences qui lui permettent de réduire ses **coûts de production** avec les mêmes résultats.

• **L'objectif de la domination par les coûts.** Le coût de l'offre est un élément déterminant du succès d'une entreprise car il rend le **produit plus attractif** par rapport au prix et l'entreprise devient donc plus **compétitive**. L'objectif de la stratégie de domination par les coûts est de **dominer la concurrence** avec des prix de vente compétitifs tout en réalisant de confortables marges grâce à de prix de revient réduits.

B Les deux grands types de domination par les coûts

• **La stratégie de volume.** Elle consiste à produire une quantité de biens la plus élevée possible pour conquérir la part de marché la plus importante, bénéficier de l'**effet d'expérience** pour obtenir les coûts les plus faibles et profiter des **économies d'échelle** pour diminuer le prix de vente.

• **La stratégie d'efficience.** Elle consiste à produire mieux, c'est-à-dire à mettre en rapport les moyens utilisés avec les résultats obtenus. Dans ce cas, l'avantage de coût n'est pas dû au volume, mais à des facteurs de rationalisation des moyens de production qui réduisent les **coûts de production** et améliorent la **productivité** : robotisation, informatisation, numérisation, polyvalence du processus de production, flexibilité du système de production, etc.

C Les avantages et les limites de la domination par les coûts

• **Les avantages de la domination par les coûts.** Les avantages de la domination par les coûts reposent avant tout sur une **rentabilité importante** obtenue grâce à des coûts de production très compétitifs et une **position de force** sur le marché par rapport aux concurrents et aux fournisseurs.

• **Les limites de la domination par les coûts.** La domination par les coûts ne génère pas ou peu d'innovation, ce qui rend les produits rapidement **obsolètes**. De plus, l'entreprise reste sensible aux évolutions conjoncturelles du marché (baisse de la demande par exemple) et à l'évolution rapide des besoins des clients liés à l'**innovation technologique** notamment.

2 La stratégie de différenciation

A Les fondements de la stratégie de différenciation

• **La notion de différenciation.** L'entreprise fonde son avantage concurrentiel sur la **spécificité de son offre**, valorisée et reconnue par le marché. L'offre de l'entreprise devient ainsi difficilement comparable à celle de ses concurrents dans la mesure où elle apporte une valeur supplémentaire (fonctionnelle ou psychologique) au client qui accepte de payer le produit à un prix plus élevé que celui offert par les concurrents.

> **Définition**
> **Différenciation :** distinction du bien ou du service offert par une entreprise de ceux de la concurrence en faisant percevoir, aux yeux du consommateur, ce produit comme unique sur un secteur d'activité ou sur un marché donné.

• **Les facteurs de différenciation.** La **différenciation du produit** peut s'appuyer sur la qualité intrinsèque du produit, la qualité du service associé au produit, l'esthétique du produit, l'efficacité du circuit de distribution, l'image de marque de l'entreprise, l'originalité du conditionnement, l'innovation technologique, etc.

> Le plus souvent, pour se différencier de la concurrence, les entreprises proposent des produits de **qualité** dont les caractéristiques sont **innovantes**. Ce caractère innovant s'appuie généralement sur une innovation technologique et prend la forme de **brevets** déposés par les entreprises pour se défendre contre le risque d'être copiées par la concurrence.

B Les avantages et les limites de la différenciation

• **Les avantages de la différenciation.** L'entreprise est protégée de la concurrence dont les produits, même s'ils sont moins chers, restent en retrait par rapport au produit différencié. L'offre différenciée dissuade l'entrée de nouveaux concurrents sur le marché. En effet, les nouveaux entrants doivent nécessairement posséder les compétences distinctives et les ressources spécifiques (souvent technologiques) sur lesquelles se fonde l'**avantage concurrentiel** de l'entreprise ayant opté pour une différenciation.

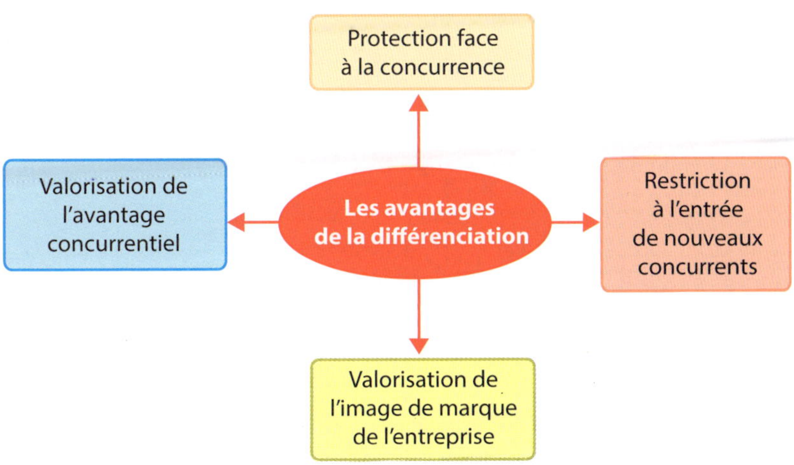

MANAGEMENT

• **Les limites de la différenciation.** La stratégie de différenciation oblige le client à payer un prix souvent élevé qui s'écarte du prix moyen d'un produit comparable. Pour se protéger économiquement et juridiquement, l'entreprise doit valoriser ses innovations ou ses créations industrielles ou commerciales par l'intermédiaire de **brevets** ou de **marques** qu'elle dépose auprès d'organismes spécialisés comme l'**Institut national de la propriété industrielle** (INPI), établissement public autofinancé et placé sous la tutelle du ministère chargé de la Propriété Industrielle.

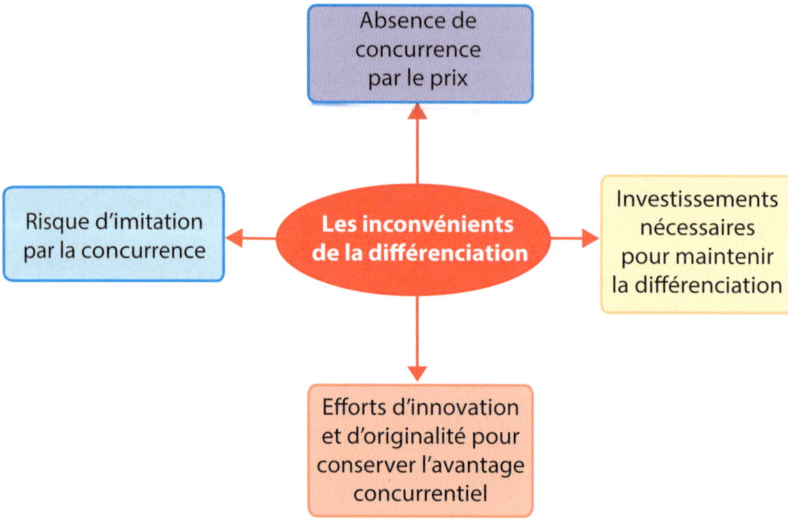

Testez-vous !

Corrigé p. 252

VRAI OU FAUX ?

	VRAI	FAUX
10 L'expérience de l'entreprise lui permet de diminuer ses coûts de production.	☐	☐
11 La diminution des coûts de production est source d'avantage concurrentiel.	☐	☐
12 La domination par les coûts peut passer par une stratégie de volume ou une stratégie de prix.	☐	☐
13 La stratégie de volume consiste à produire le moins possible pour rendre le produit rare et donc plus cher.	☐	☐
14 La stratégie d'efficience consiste à produire mieux pour réduire les coûts de production et améliorer la productivité.	☐	☐
15 La domination par les coûts permet d'avoir une rentabilité importante et une position de force sur le marché.	☐	☐
16 La stratégie de différenciation consiste à fonder l'avantage concurrentiel sur la spécificité de l'offre.	☐	☐
17 Une stratégie de différenciation conduit à une baisse du prix de vente du produit ou service.	☐	☐

13 La chaîne de valeur et les modalités de développement

Les choix portent également sur les maillons de la chaîne de valeur que l'entreprise souhaite maîtriser (externalisation, intégration) et sur les modalités de son développement (croissance externe, croissance interne, partenariats), y compris à l'international.

1 La stratégie d'externalisation

A La chaîne de valeur

Un outil de diagnostic interne. La chaîne de valeur permet de découper l'entreprise en grandes **fonctions opérationnelles** (les activités principales) et de **support** (les activités de soutien) et de repérer ainsi celles qui sont perfectibles pour optimiser son avantage concurrentiel.

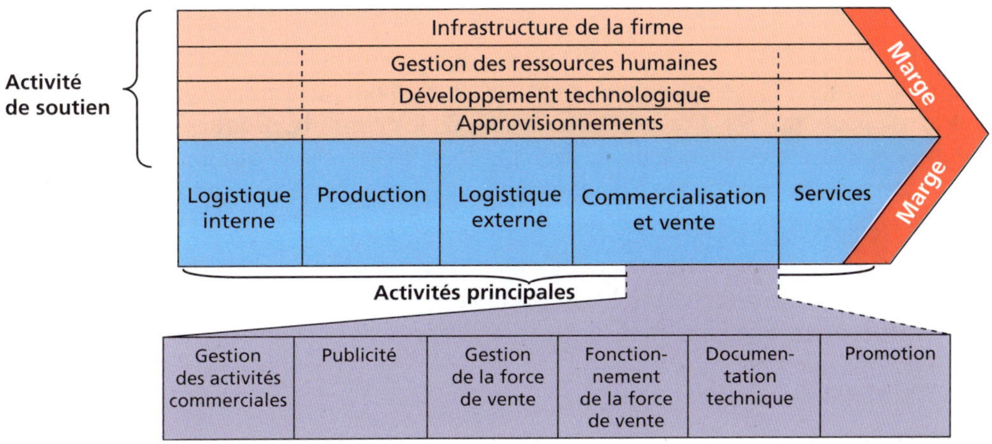

Hachette éducation, d'après Michael Porter, *L'avantage concurrentiel*, 1986, p. 53.

B Les modalités de l'externalisation

- **La sous-traitance** consiste, pour une entreprise appelée « donneur d'ordres », à confier à des partenaires extérieurs appelés « sous-traitants » tout ou partie d'une ou de plusieurs fonctions formant la chaîne de valeur : production, logistique, GRH, commercialisation…
- **La co-traitance** consiste, pour une entreprise, à réaliser en commun avec un partenaire extérieur une activité ou une fonction donnée. L'entreprise peut confier à des partenaires extérieurs une ou plusieurs fonctions en les rémunérant par une commission.
- **La concession, la licence ou la franchise** permettent à l'entreprise de concéder à des tiers extérieurs le droit d'exploiter sa marque ou d'utiliser ses ressources moyennant une redevance.

C Les avantages et les risques de la sous-traitance

- **L'externalisation** permet une **réduction des coûts salariaux** ou l'exploitation de **compétences spécialisées**. Les fonctions de l'entreprise sont recentrées sur celles qu'elle maîtrise et qui créent de la valeur. L'entreprise gagne en **flexibilité** et en **réactivité**.

• **Les risques de l'externalisation.** Elle place le donneur d'ordre dans une **position de dépendance** à l'égard du sous-traitant. L'entreprise risque de perdre la maîtrise des **délais** et le contrôle de la **qualité** si le cahier des charges n'est pas respecté par le sous-traitant, ce qui peut dégrader l'**image de marque** de l'entreprise.

2 La stratégie d'intégration

A Les modalités de l'intégration

• **L'intégration horizontale.** Elle consiste, pour une entreprise, à élargir ses activités grâce à l'**union**, le **rachat** ou l'**alliance** avec une autre entreprise qui exerce les mêmes activités. L'entreprise cherche alors à accroître sa part de marché en **renforçant sa position** par rapport à ses concurrents.

• **L'intégration verticale.** Elle permet, pour une entreprise, de prendre le **contrôle** de certaines activités en amont ou en aval de ses propres activités afin de maîtriser différentes étapes de la **filière de production**.

B Les avantage et les inconvénients de l'intégration

• **Les avantages de l'intégration.** Elle permet de contrôler des fonctions essentielles de la **chaîne de valeur** comme les approvisionnements en amont ou la commercialisation en aval. L'entreprise peut maîtriser à terme tout ou partie de la **filière de production** et obtenir des **marges commerciales** avantageuses avec ses fournisseurs et ses distributeurs. L'entreprise peut acquérir des **technologies innovantes** et ainsi renforcer son avantage concurrentiel et consolider une position concurrentielle dominante.

• **Les inconvénients de l'intégration.** L'entreprise est confrontée à une **gestion complexe** des activités nouvellement intégrées. L'intégration nécessite en effet de coordonner les fonctions ou les activités intégrées. La restructuration du système d'information et du processus de décision s'avère alors nécessaire.

3 Les stratégies de développement de l'entreprise

A La croissance interne ou externe

• **La croissance interne.** C'est un **processus interne** à l'entreprise qui vise à créer de nouvelles capacités de production pour stimuler sa croissance : on parle également de **croissance organique**. Ce mode de croissance implique des ressources financières suffisantes pour financer des investissements de capacité, de renouvellement ou d'innovation.

• **La croissance externe** correspond à une augmentation de la **taille** d'une entreprise par le biais de **fusions,** d'**acquisitions** ou de **prise de participations** dans d'autres entreprises.

B La croissance conjointe

La croissance conjointe désigne la situation dans laquelle deux entreprises ou plus partagent des activités afin de poursuivre une stratégie commune. Les entreprises recherchent alors des complémentarités, des **synergies** ou des **économies d'échelle** à travers la coordination de leurs ressources et compétences respectives. La croissance conjointe peut prendre la forme de **partenariats** ou d'**alliances**.

4 Les stratégies d'internationalisation de l'entreprise

A Les finalités de l'internationalisation

• **Les raisons de l'internationalisation.** Une entreprise s'internationalise pour des raisons liées notamment à la conquête de **nouveaux marchés**, à l'internationalisation de la **concurrence** ou encore à la recherche de nouveaux **avantages concurrentiels**. L'internationalisation de l'entreprise permet la croissance de l'entreprise en lui offrant de **nouveaux débouchés** quand le marché domestique (national le plus souvent) est saturé ou en phase de maturité.

• **Une stratégie de différenciation.** L'entreprise qui s'internationalise peut détenir un **produit innovant** et distinctif qu'elle souhaite développer au-delà de son marché actuel pour renforcer sa stratégie donc son **avantage concurrentiel**.

• **Des économies d'échelle.** L'entreprise peut également chercher à réduire les coûts ou encore chercher à prendre le **contrôle d'une filière** de production.

B Les formes de l'internationalisation

• **Le recours aux exportations.** Il permet à l'entreprise de s'implanter sur une ou plusieurs zones géographiques afin de prospecter et de faire connaître l'**offre de l'entreprise** sur de nouveaux marchés.

• **Le recours aux partenariats.** L'entreprise cherche des **associations partenariales** avec des entreprises locales pour profiter des connaissances et des ressources disponibles sur les marchés convoités. Dans ce cas, l'entreprise doit néanmoins adapter son offre aux spécificités du marché local.

• **Les investissements directs à l'étranger (IDE).** Ils prennent la forme de **prises de participation** ou de **rachats** d'entreprises étrangères qui deviennent alors des filiales de production, de distribution ou encore de services. L'objectif des IDE est généralement la recherche de coûts plus avantageux ou la création de **nouvelles compétences et ressources** sur les marchés internationaux.

MANAGEMENT

Testez-vous !

Corrigé p. 252

VRAI OU FAUX ?

	VRAI	FAUX
18 La chaîne de valeur découpe l'entreprise en fonctions opérationnelles et fonctions de support.	☐	☐
19 L'externalisation permet une meilleure maîtrise de la qualité et des délais.	☐	☐
20 La croissance conjointe permet de bénéficier de synergies et d'économies d'échelle.	☐	☐
21 L'internationalisation peut permettre la mise en œuvre une stratégie de différenciation.	☐	☐

14 Les stratégies des organisations publiques

L'action publique étant menée par une diversité d'organisations qui interviennent dans des domaines variés. Les stratégies diffèrent même si elles se développent dans des contextes contraints par le même respect des principes du service public garants de l'intérêt général.

1 Les missions et les politiques publiques

A Les principes fondamentaux de l'action publique

• **L'intérêt général.** Les **missions** des organisations publiques sont définies dans le cadre de l'**intérêt général** à partir des besoins des citoyens. Ces missions répondent à des finalités **non lucratives** et relèvent de la responsabilité conjointe de l'État et des collectivités territoriales qui définissent des **politiques publiques** nationales ou locales pour l'intérêt de tous.

• **Le service public.** Le service public repose sur **trois principes** qui sont :

1. la **continuité** du service ;
2. l'**égalité** de toute personne à l'accès au service ;
3. le principe dit d'**adaptabilité** ou de **mutabilité** qui suppose d'adapter le service à l'évolution des besoins des usagers.

• **Lorsqu'un service public est confié à une organisation privée,** on parle de **délégation de service public**, de **concession** ou encore de **partenariat** public-privé…

B Les modalités des politiques publiques

• **Au niveau européen,** les politiques publiques nationales s'inscrivent dans le cadre de **contraintes budgétaires** ou de **directives européennes** qui en fixent les grandes lignes.

• **Au niveau national ou central,** c'est la **loi organique relative aux lois de finances** (LOLF) qui fixe les objectifs stratégiques et les moyens alloués aux grandes missions de l'État comme l'enseignement scolaire, la sécurité sanitaire, la solidarité et l'intégration, la culture, la défense, la justice, etc.

• **Au niveau territorial,** les politiques locales sont déterminées par les **collectivités territoriales** ou les organismes relèvent de l'**intercommunalité** (communautés de communes ou métropoles).

• **La MAP.** La **politique de modernisation de l'action publique (MAP),** destinée à renforcer l'efficacité de l'action publique, reposera sur trois piliers : l'amélioration de la qualité du service public, l'association des agents et de leurs représentants, la définition des priorités des administrations.

• **Les groupes de pression.** Lorsqu'un groupe social estime que les **intérêts collectifs** de ses membres ne sont pas satisfaits, elle peut agir en **contre-pouvoir** et chercher à influencer l'orientation des politiques publiques en organisant par exemple une action collective légitime et cohérente. On parle également de **groupes d'intérêt** de **groupes d'influence**.

C La valorisation des ressources locales

• **Les stratégies des collectivités territoriales.** Outre la gestion de **services publics** obligatoires et l'**entretien des biens publics** (voirie, établissements scolaires, infrastructures…), les collectivités territoriales disposent, en matière économique ou sociale, d'opportunités de développement stratégique.

• **Concrètement, les collectivités territoriales** mettent en place des **programmes d'actions** liés au tourisme culturel, à un savoir-faire local, à une activité économique ou artisanale locale, à la valorisation d'un patrimoine naturel ou historique, à un cadre de vie particulier, à des traditions locales, à la mémoire collective (fait ou personnage célèbre), à un festival célèbre (bandes dessinées à Angoulême, cinéma à Cannes, théâtre à Avignon…).

2 L'évaluation de la performance publique

A L'évaluation de l'efficacité de l'action publique

• **Trois axes de performance.** Pour apprécier la performance de l'action publique, trois axes de performance ont été définis :

1. les objectifs d'**efficacité socio-économique** (bénéfice attendu pour le citoyen et la collectivité) ;
2. les objectifs de **qualité de service** rendu à l'usager ;
3. les objectifs d'**efficience** de la gestion publique (gains de productivité attendus dans l'utilisation des moyens déployés).

La Loi organique relative aux lois de finances (LOLF). Au niveau central ou national, la LOLF confère aux parlementaires un **pouvoir de contrôle** pour apprécier la performance des administrations. À cet effet, le Parlement compare les écarts entre la prévision budgétaire et son exécution effective en tenant compte des **objectifs de performance** fixés préalablement.

B Les conflits d'intérêts et la transparence

• **Les conflits d'intérêts.** Le conflit d'intérêts est défini comme toute situation d'**interférence** entre un intérêt public (matériel ou moral) et des intérêts publics ou privés qui est de nature à influencer ou paraître influencer l'exercice indépendant, impartial et objectif d'une fonction publique.

• **La transparence de la vie publique.** Pour éviter les situations de conflits d'intérêts, les responsables publics doivent adresser, au début de leur mandat ou de leurs fonctions, une déclaration de **situation patrimoniale** et une **déclaration d'intérêts** à la Haute Autorité transparence de la vie publique qui exerce une veille et un **contrôle ciblé** des déclarations d'intérêts.

• **La Cour des comptes.** La **Cour des comptes** est une institution supérieure de contrôle chargée de vérifier l'emploi des fonds publics et de sanctionner les manquements à leur bon usage. La Cour des comptes, les chambres régionales et territoriales des comptes (CRTC) et la Cour de discipline budgétaire et financière (CDBF) forment les juridictions financières de contrôle indépendantes des pouvoirs publics.

15 Les stratégies des organisations de la société civile

Les organisations de la société civile ont en commun la poursuite d'un but non lucratif. Pour autant, le contexte dans lequel elles agissent ne leur permet plus de faire l'économie d'une démarche stratégique au même titre que les autres organisations.

1 Un cadre stratégique contraint et limité

A Une contrainte stratégique liée à l'objet social

• **L'obligation d'un objet social.** Il représente le but (ou la cause en droit) de l'engagement des fondateurs et des adhérents, c'est-à-dire les motifs qui les ont conduits à constituer une organisation (association par exemple) ou à y adhérer. Les statuts doivent mentionner obligatoirement l'**objet de l'organisation** en faisant apparaître clairement et précisément ses buts et ses activités.

• **Une contrainte stratégique.** L'organisation de la société civile ne peut valablement agir que dans les **limites de son objet statutaire** défini. Par conséquent, les stratégies des organisations de la société civile sont expressément limitées aux **missions d'intérêt collectif ou d'intérêt général** qu'elles se sont assignées à travers leurs statuts et les grandes orientations définies lors des assemblées générales d'adhérents.

• **Une stratégie de spécialisation.** Compte tenu des contraintes et obligations liées à la définition et au respect de leur objet social défini à travers leurs statuts, les organisations de la société civile déploient des stratégies reposant essentiellement sur la **spécialisation** de leurs **domaines d'activité**.

B Un objectif stratégique de pérennisation des ressources

• **La raréfaction des ressources.** Dans les organisations de la société civile, la réflexion stratégique est particulièrement orientée vers la recherche et la **pérennisation de ressources financières** (dons, subventions, mécénat, activités marchandes…) et **humaines** (recrutement et fidélisation des bénévoles notamment).

• **Un tissu associatif concurrentiel.** Les stratégies des organisations de la société civile s'expriment essentiellement en termes de **développement** et de **mobilisation** de ressources financières et humaines.

• **Comme pour les stratégies des autres organisations,** celles des organisations de la société civile sont soumises à des formes de « concurrence » liées au **développement du tissu associatif** qui voit un nombre grandissant d'organisations de la société civile remplir les mêmes missions d'intérêt collectif ou d'intérêt général en faveur de leurs adhérents.

• **Dans tous les cas,** les stratégies des organisations de la société civile font l'objet d'un **contrôle stratégique** de la part des adhérents lors des assemblées générales.

2 Les moyens de développement stratégique

A Le partenariat avec les organisations publiques

• **La complémentarité avec les politiques publiques.** Les organisations de la société civile dont les missions et les actions concordent avec les politiques publiques peuvent faire une demande de **subventions publiques**.

La participation de l'action associative à la mise en œuvre d'une politique publique signifie que ses activités seront subventionnées et que l'organisation de la société civile inscrira son action dans la réalisation d'un **programme public**.

- **Toute association qui a reçu une subvention** de la part d'une **autorité administrative** et ce, quel que soit son montant, doit pouvoir justifier auprès de cette autorité du bon usage qu'elle a fait de cette subvention. Au niveau local, une subvention publique pourra être soumise au **contrôle de la collectivité** qui l'a accordée.
- **L'obligation de transparence.** Les organisations de la société civile qui font des appels publics à la générosité ou qui bénéficient de subventions publiques ont une **obligation de transparence**. En règle générale, les statuts obligent le trésorier à rendre compte de sa gestion dont il soumet le **bilan financier** à l'approbation de l'assemblée générale annuelle.
- **L'exigence de transparence** de leurs objectifs et de l'affectation de leurs ressources conduit les organisations de la société civile à rendre compte, publiquement et régulièrement, de leurs activités et de leur financement.

La loi impose un certain nombre d'obligations comptables aux associations, qui varient selon la taille et le mode de financement des associations concernées, parmi lesquelles on trouve la **publication des comptes annuels** ou des **rapports du commissaire aux comptes,** le cas échéant par voie électronique.

B Le mécénat et le parrainage

- **Le mécénat** est « le soutien matériel apporté, sans contrepartie directe de la part du bénéficiaire, à une œuvre ou à une personne pour l'exercice d'activités présentant un intérêt général. » Il est caractérisé par l'absence de contrepartie qui se limite le plus souvent à la simple citation du nom du mécène... Il prend la forme d'un apport de compétences professionnelles ou de prestations de services que l'organisation de la société civile n'a pas les possibilités de se payer.
- **Le parrainage** suppose une relation commerciale qui implique que le parrain en tire un bénéfice économique ou financier.

MANAGEMENT

Testez-vous !

Corrigé p. 252

VRAI OU FAUX ?

	VRAI	FAUX
22 Une organisation de la société civile peut avoir pour objet son profit.	☐	☐
23 Les organisations de la société civile déploient de préférence des stratégies de diversification.	☐	☐
24 Les organisations de la société civile sont soumises à la concurrence, comme les autres organisations.	☐	☐
25 Le mécénat et le parrainage sont deux termes synonymes.	☐	☐

Lexique

Action collective : action menée de manière solidaire par un ensemble de personnes interdépendantes ayant un objectif commun.

Association : contrat par lequel au moins deux personnes décident de mettre en commun leurs connaissances et leurs activités dans un but non lucratif. L'association est régie par la loi du 1er juillet 1901 sur la liberté d'association.

Avantage concurrentiel : atout stratégique de l'entreprise reposant sur une meilleure maîtrise de l'innovation, de la qualité ou des coûts et lui procurant ainsi une meilleure position vis-à-vis de la concurrence.

Bien : produit matériel et tangible destiné à satisfaire un besoin.

Chaîne de valeur : découpage de l'entreprise en fonctions opérationnelles (les activités principales) et en fonction de support (les activités de soutien).

Champ d'action géographique : zone d'influence géographique d'une organisation.

Conflit d'intérêts : situation d'interférence entre deux intérêts pouvant être contradictoires, entre deux intérêts privés entre eux ou entre un intérêt privé avec un intérêt public ou général.

Croissance externe : modalité de développement de l'entreprise passant par des fusions, acquisitions ou prise de participations dans d'autres entreprises.

Croissance interne : modalité de développement de l'entreprise consistant à investir dans de nouveaux actifs internes à l'entreprise.

Décision opérationnelle : décision prise à des niveaux subalternes et n'ayant qu'une influence limitée sur la pérennité de l'organisation.

Décision stratégique : décision prise au sommet d'une organisation et ayant une influence déterminante et à long terme sur l'existence et la pérennité de l'organisation.

Démarche stratégique : démarche en trois étapes correspondant à la mise en œuvre de la stratégie : identification de la finalité et du métier ou de la mission, définition des objectifs et choix des moyens, mise en œuvre et contrôle.

Diagnostic externe : facteurs environnementaux porteurs de menaces ou d'opportunités pour l'activité ou la performance de l'organisation et pris en compte pour définir la stratégie de l'organisation.

Diagnostic interne : inventaire des ressources et des compétences de l'organisation permettant de distinguer ses faiblesses et ses forces.

Différenciation : option stratégique consistant à offrir, sur un secteur ou un marché donné, un bien ou un service perçu comme unique par le consommateur.

Diversification : stratégie consistant, pour une entreprise, à s'engager sur de nouvelles activités qui correspondent le plus souvent à de nouveaux métiers nécessitant de nouvelles compétences et ressources.

Domaine d'activité stratégique (DAS) : sous-ensemble de l'activité de l'entreprise réunissant des caractéristiques spécifiques et pour lequel une stratégie spécifique peut être mise en œuvre.

Domination par les coûts : option stratégique consistant à dominer les concurrents grâce à des prix de vente, bas découlant d'un coût unitaire inférieur à celui des concurrents pour un même niveau de qualité.

Externalisation : stratégie consistant à confier tout ou partie des activités à des partenaires extérieurs qui en ont, alors l'entière responsabilité.

Finalité : raison d'être d'une organisation, but général qu'elle s'est fixé et qui justifie son existence. Il s'agit le plus souvent de son métier (entreprise), de sa mission (organisation publique) ou de son objet (association).

Fondation : organisation privée à but non lucratif créée par un ou plusieurs donateurs pour accomplir une œuvre d'intérêt général.

Indicateurs d'évaluation : indicateurs quantitatifs et qualitatifs permettant de calculer et d'évaluer la réalisation des objectifs stratégiques.

Indicateurs stratégiques : indicateurs permettant de suivre les objectifs liés à la stratégie de l'organisation et définis au niveau stratégique (ils peuvent être qualitatifs ou quantitatifs).

Intégration : stratégie consistant à prendre le contrôle d'entreprises dont les activités sont situées en amont ou en aval (intégration verticale) ou au même niveau (intégration horizontale).

Internationalisation : Modalité de développement de l'entreprise visant à rechercher de nouveaux débouchés sur des marchés internationaux.

Management opérationnel : ensemble des décisions prises aux niveaux intermédiaires d'une organisation, et qui ont un impact sur la gestion quotidienne d'une organisation.

Management stratégique : ensemble des décisions prises au niveau hiérarchique supérieur d'une organisation, et qui ont un impact sur l'existence et le devenir d'une organisation.

Objectifs stratégiques : objectifs à long terme se rapportant à l'existence, au développement et la pérennité d'une organisation.

Objet social : raison d'être ou finalité d'une organisation de la société civile précisée à travers ses statuts.

Organisation non gouvernementale (ONG) : organisation d'intérêt public qui ne relève ni de l'État ni d'une institution internationale.

Partie prenante : individu ou groupe d'individus qui peut affecter ou être affecté par la réalisation des objectifs d'une organisation.

Responsabilité sociétale de l'entreprise (RSE) : responsabilité découlant de l'application du concept de développement durable, signifiant qu'une organisation doit se soucier des impacts environnementaux et sociaux de ses activités

Secteur privé : l'ensemble des activités réalisées par les organisations privées (entreprises et organisations de la société civile).

Secteur public : à la fois l'ensemble des activités réalisées sous le contrôle total ou partiel de l'État et l'ensemble des organisations gérées par l'État.

Service public : activité d'intérêt général mise en œuvre par l'autorité publique ou réalisée sous son contrôle et soumise à trois principes : égalité (et équité), continuité et mutabilité.

Spécialisation (association) : actions stratégiques de l'association limitées aux missions définies par son objet social.

Spécialisation (entreprise) : stratégie consistant à fonder les activités de l'entreprise sur un seul métier qui confère à l'entreprise une position concurrentielle forte.

Stratégie : combinaison des moyens et d'actions mis en œuvre par une organisation pour atteindre des objectifs stratégiques compte tenu de ses forces, de ses faiblesses et de l'état de son environnement.

Stratégie de domaine : stratégie propre à un domaine d'activité stratégique (DAS)

Stratégie émergente : stratégie dont la réalisation n'est pas expressément prévue par rapport aux objectifs et à la planification préétablis.

Stratégie globale : orientations à long terme de l'ensemble des activités de l'organisation.

Veille stratégique : ensemble de moyens matériels et humains destinés à collecter et à exploiter les informations nécessaires à la détermination et au suivi de la stratégie d'une organisation.

CORRIGÉS

Testez-vous !

1 c) ;

2 **Faux** : les objectifs doivent être en relation avec la finalité de l'organisation et tenir compte de ses ressources. La fixation des objectifs suppose donc d'évaluer les ressources de l'organisation sans lesquelles ces objectifs deviendraient en pratique irréalisables.

3 **Faux** : les ressources d'une organisation sont humaines, financières, matérielles, immatérielles et technologiques.

4 **Vrai.** **5** **Vrai.** **6** **Vrai.**

7 **Faux** : le management opérationnel permet de mettre en œuvre les orientations fixées par le management stratégique.

8 **Faux** : l'évaluation nécessite l'utilisation de critères quantitatifs et de critères qualitatifs.

9 a), b), c) ; **10** **Vrai.**

11 **Vrai** : cela peut permettre de diminuer le coût de revient et donc le prix de vente d'un produit ou service.

12 **Faux** : la domination par les coûts peut passer par une stratégie de volume ou une stratégie d'efficience.

13 **Faux** : la stratégie de volume consiste à produire davantage pour bénéficier de l'effet d'expérience et d'économies d'échelle.

14 **Vrai.** **15** **Vrai.** **16** **Vrai.**

17 **Faux** : la stratégie de différenciation permet à un produit ou service de gagner en valeur et donc d'être vendu plus cher sur le marché.

18 **Vrai.**

19 **Faux** : l'entreprise risque de perdre la maîtrise des délais et le contrôle de la qualité si le cahier des charges n'est pas respecté par le sous-traitant.

20 **Vrai.** **21** **Vrai**

22 **Faux** : les stratégies des organisations de la société civile sont expressément limitées aux missions d'intérêt collectif ou d'intérêt général.

23 **Faux** : les organisations de la société civile déploient des stratégies reposant essentiellement sur la spécialisation de leurs domaines d'activité.

24 **Vrai.**

25 **Faux** : le mécénat est un soutien matériel apporté sans contrepartie, alors que le parrainage suppose un bénéfice économique ou financier pour le parrain.

Mathématiques

MATHS

1 Algorithmique et programmation

1 Rappels du programme de seconde

A Définition

• **Un algorithme est une suite ordonnée d'instructions** énoncées en langage commun (c'est-à-dire en français) dans le but de résoudre un problème. **Cet algorithme peut être traduit dans un langage de programmation** afin que ces instructions soient exécutées par une machine (ordinateur, calculatrice...).

• **Il existe un grand nombre de langages** de programmation mais celui qui est imposé dans les programmes scolaires depuis la classe de seconde est **Python**. Ce dernier est très complet, facile d'accès et très puissant.

B Les variables : objets indispensables

Les variables sont très utiles et très utilisées en algorithmique et en programmation. **Elles permettent de stocker des valeurs**.

• **Ces valeurs peuvent être de diverses natures :** une variable peut donc stocker des **chaînes de caractères** (des mots ou des phrases par exemples) ou des valeurs numériques (des entiers, des réels...). Dans les algorithmes et les programmes, les variables seront repérées par des étiquettes, c'est-à-dire une lettre ou des caractères servant à les nommer.

• **Il existe deux procédés d'affectation** d'une valeur à une variable : soit par la **saisie de l'utilisateur** soit par une **instruction à l'intérieur du programme** ou de l'algorithme.

Type d'affectation	Algorithmique	Python	Effet(s)
Saisie de l'utilisateur	Saisir *a* Entrer *a* Lire *a*	*a* = *input*()	La valeur entrée par l'utilisateur est stockée dans la variable *a* **en tant que chaîne de caractère.** Pour pouvoir faire des calculs, il faudra convertir celle-ci en nombre.
		a = *int*(*input*())	Permet de convertir la valeur entrée en entier.
		a = *float*(*input*())	Permet de convertir la valeur entrée en nombre à virgule.
		a = *input* ("*Valeur de a ?*")	Permet d'ajouter un message dans la boîte de dialogue.
Instruction interne	$a \leftarrow 3$	*a* = 3	La variable *a* prend la valeur 3.
	$a \leftarrow a + 5$	*a* = *a* + 5	La variable *a* est augmentée de 5
	$a \leftarrow a^2$	*a* = *a***2	La valeur de la variable *a* est remplacée par son carré. (La commande ** permet de mettre un nombre en puissance)

C Structures conditionnelles

Les structures conditionnelles permettent d'exécuter des instructions sous condition.

Algorithme	Python	Effet
age ← 16 Si *age* < 18 alors Afficher « Vous êtes mineur »	*age* = 16 if *age* < 18 : print("*Vous êtes mineur*")	La variable *age* contient la valeur 16. La condition « *age* < 18 » est donc vérifiée. Le message est donc affiché.
age ← 19 Si *age* < 18 alors Afficher « Vous êtes mineur »	*age* = 19 if *age* < 18: print("*Vous êtes mineur*")	Cette fois, la condition « *age* < 18 » n'est pas vérifiée. Il n'y aura donc aucun affichage.
Saisir *age* Si *age* < 18 alors Afficher « Vous êtes mineur » Sinon Afficher « Vous êtes majeur »	*age* = *int*(*input*()) if *age* < 18: print("*Vous êtes mineur*") else : print("*Vous êtes majeur*")	L'utilisateur entre une valeur stockée dans la variable *age*. Selon que cette valeur est strictement inférieure à 18 ou non, le message affiché sera différent.

D Structures de boucles

Les boucles sont utiles dans les situations qui nécessitent de répéter une ou plusieurs instructions.

La boucle TANT QUE : avec cette structure, la répétition des instructions est assujettie à une condition.

Algorithmique	Python	Effet
age ← 0 Tant que *age* < 18 *age* ← *age* + 1	*age* = 0 while *age* < 18 : *age* = *age* + 1	La valeur de la variable, initialement égale à 0, est augmentée de 1 tant que celle-ci est strictement inférieure à 18.

La boucle POUR : cette structure est utilisée lorsque l'on sait combien de fois l'on veut que les instructions soient répétées.

Algorithmique	Python	Effet
Pour i allant de 0 à 9 Afficher 3 × i	for i in range (10) : print(3*i)	Affiche la table de multiplication de 3, en partant de 3 × 0
Pour i allant de 1 à 9 Afficher 3 × i	for *i* in range(1,10) : print(3*i)	Affiche la table de multiplication de 3, en partant de 3 × 1.

2 Les fonctions en Python

Les fonctions sont des sous-programmes à l'intérieur d'un programme. Elles sont utiles lorsque l'on a besoin de faire appel aux mêmes instructions dans plusieurs endroits d'un même programme.

MATHS

Exemple	Affichage	Commentaire
def coucou() : print("Coucou !") coucou()	Coucou !	On définit d'abord la fonction puis on l'utilise.
def coucou(nom) : print("Coucou"+nom+"!") coucou("Jordi")	Coucou Jordi!	On ajoute un paramètre dans la fonction. L'affichage change en fonction de celui-ci.
def f(x): print(2*x+3) f(3)	9	À l'instar d'une calculatrice scientifique, on peut calculer l'image de n'importe quel réel par une fonction (affine ici).
def f(x): return(2*x+3) f(3)		Avec la commande « return », il n'y a pas d'affichage. La valeur est calculée afin d'être utilisée plus loin dans le programme.
def aire_rectangle(longueur,largeur): print (longueur*largeur) aire_rectangle(7,4)	28	Permet de calculer l'aire d'un rectangle dont les dimensions sont en paramètres. On a donc ici deux paramètres.

3 Les listes

La liste est une structure particulièrement utile permettant de **stocker plusieurs valeurs** (nombres, chaînes de caractères,...), d'en ajouter ou d'en enlever à volonté.

Exemple	Affichage	Commentaire
L = [ ]		Cette commande a permis de créer une liste vide nommée L.
L = [2 , 4 , 6] print(L)	[2 , 4 , 6]	On crée la liste L qui contient les entiers 2, 4 et 6 (dans cet ordre) et on affiche celle-ci.
L = [2 , 4 , 6] print(L[0]) print(L[1]) print(L[2])	2 4 6	On peut afficher un nombre spécifique dans la liste. Ceux-ci sont numérotés et il suffit de préciser le numéro du nombre qui nous intéresse. Attention : la numérotation commence à 0.
L = [2 , 4 , 6] print(len(L))	3	La commande « len(L) » correspond au nombre d'éléments dans la liste L. Il y a ici trois nombres dans la liste, ce qui explique l'affichage.
L = [2 , 4 , 6] L.append(8) print(L)	[2 , 4 , 6 , 8]	La commande « .append » permet d'ajouter un élément dans la liste, à la suite de ceux déjà présents.
L = [2 , 4 , 6] del L[1] print(L)	[2 , 6]	La commande « del » permet de supprimer un élément dans la liste, celui situé à la place spécifiée.
L=[] for i in range(1,10) : L.append(2*i) print(L)	[2 , 4 , 6 , 8 , 10 , 12 , 14 , 16 , 18]	On voit ici que l'on peut combiner les nouvelles fonctionnalités que l'on vient de découvrir avec celles plus anciennes, notamment avec une structure de boucle. Cet exemple a ainsi permis de remplir la liste L avec la table de multiplication de 2.
L= [2*i for i in range(1,10)] print(L)	[2 , 4 , 6, 8 , 10 , 12 , 14 , 16 , 18]	Dans un souci d'optimisation, on peut remplacer le code précédent par celui-ci. La liste ainsi créée est appelée liste en compréhension. Le résultat est le même, mais le code est plus « léger ».

2 Fonctions de référence

1 Fonctions polynômes de degré 2

• **On appelle fonction polynôme de degré 2**, toute fonction f définie sur $\mathbb{R}$ par $\boldsymbol{f(x) = ax^2 + bx + c}$ où a, b et c sont des nombres réels donnés tels que $a \neq 0$.

Exemples

• $f(x) = 2x^2 - 7x + 1$ ($a = 2$, $b = -7$, $c = 1$)

• $g(x) = -3x^2 + x$ ($a = -3$, $b = 1$, $c = 0$)

f et g sont des fonctions polynômes de degré 2.

• $h(t) = 3(t - 2)(t - 3)$

h est une fonction polynôme de degré 2. En effet,
$h(t) = 3(t - 2)(t - 3) = 3(t^2 - 3t - 2t + 6) = 3t^2 - 15t + 18$.

• **La courbe représentative** d'une fonction polynôme de degré 2 est une **parabole**.

2 Fonctions de la forme $f(x) = ax^2$

Si $a > 0$

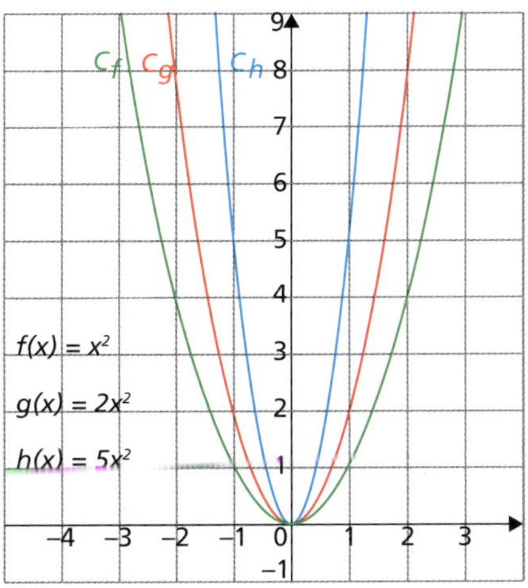

Tableau de variations

x	$-\infty$	0	$+\infty$
f	↘	0	↗

f admet 0 comme minimum en 0.

Si $a < 0$

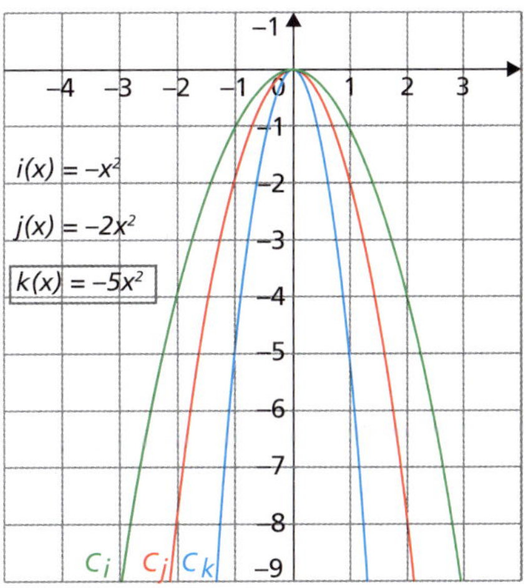

Tableau de variations

x	$-\infty$	0	$+\infty$
f	↗	0	↘

f admet 0 comme maximum en 0.

MATHS

3 Fonctions de la forme $f(x) = ax^2 + b$

• **Propriétés**

• Dans un repère $(O\,;\vec{i}\,;\vec{j})$, la courbe représentative de la fonction g définie sur $\mathbb{R}$ par $g(x) = ax^2 + b$ s'obtient par **translation de vecteur** $b\vec{j}$ de la courbe représentative de la fonction f définie sur $\mathbb{R}$ par $f(x) = ax^2$.

• **Si $a > 0$,** f admet b comme minimum atteint en 0.

• **Si $a < 0$,** f admet b comme maximum atteint en 0.

Exemples

Si $a > 0$

Soient f, g et h les fonctions définies sur $\mathbb{R}$ par $f(x) = x^2$, $g(x) = x^2 + 3$ et $h(x) = x^2 - 4$.

Soient C_f, C_g et C_h leurs courbes représentatives dans un repère $(O;\vec{i}\,;\vec{j})$.

La courbe C_g s'obtient par translation de vecteur $3\vec{j}$ de la courbe C_f. La courbe C_h s'obtient par translation de vecteur $-4\vec{j}$ de la courbe C_f.

Les courbes C_f, C_g et C_h admettent l'axe des ordonnées comme axe de symétrie.

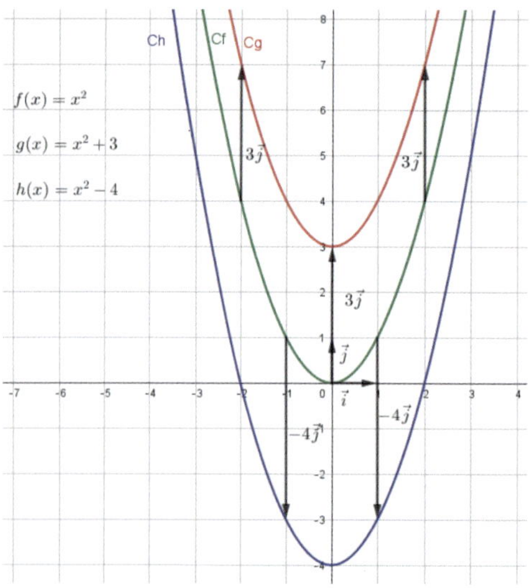

3 est le minimum de g et –4 celui de h.

Si $a < 0$

Soient i, j et k les fonctions définies sur $\mathbb{R}$ par $i(x) = -2x^2$, $j(x) = -2x^2 - 2$ et $k(x) = -2x^2 + 5$.

Soient C_i, C_j et C_k leurs courbes représentatives dans un repère $(O;\vec{i}\,;\vec{j})$.

La courbe C_j s'obtient par translation de vecteur $-2\vec{j}$ de la courbe C_i. La courbe C_k s'obtient par translation de vecteur $5\vec{j}$ de la courbe C_i.

Les courbes C_i, C_j et C_k admettent l'axe des ordonnées comme axe de symétrie.

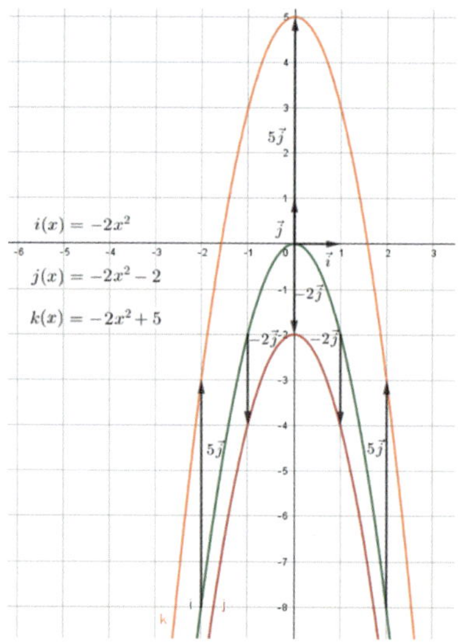

5 est le maximum de k et –2 celui de j.

4 Fonctions de la forme $f(x) = a(x - x_1)(x - x_2)$

A Propriété

Il s'agit de la forme factorisée d'un polynôme de degré 2. x_1 et x_2 sont les solutions de l'équation $f(x) = 0$. On dit que x_1 et x_2 sont les racines de $f(x)$.

B Courbe représentative

Si $a > 0$

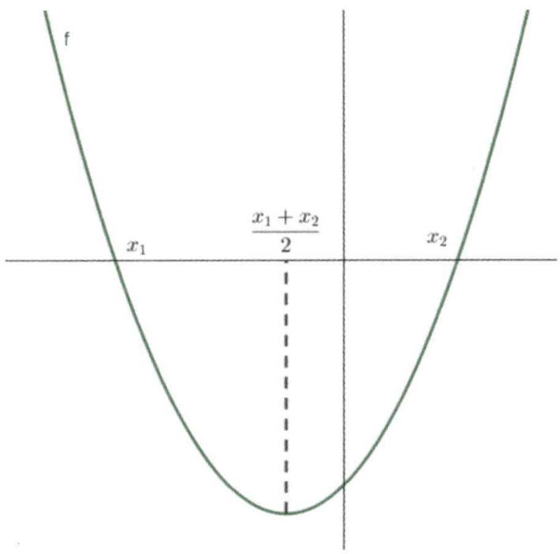

Si $a < 0$

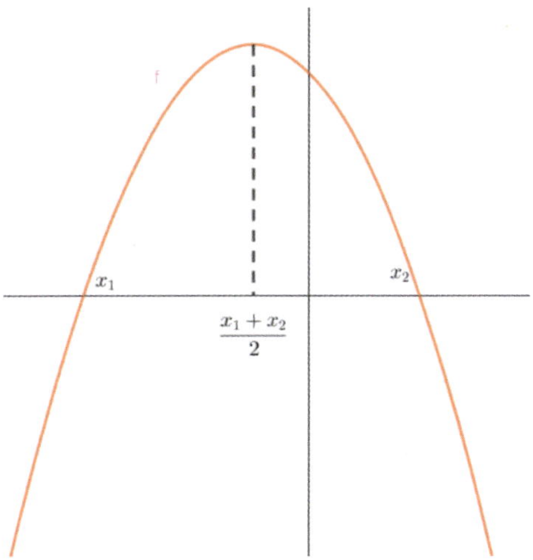

La courbe représentative de la fonction f admet la droite d'équation $x = \frac{x_1 + x_2}{2}$ comme axe de symétrie.

C Tableau de variations

x	$-\infty$	$\frac{x_1 + x_2}{2}$	$+\infty$
f	↘		↗

f admet un minimum en $\frac{x_1 + x_2}{2}$.

x	$-\infty$	$\frac{x_1 + x_2}{2}$	$+\infty$
f	↗		↘

f admet un maximum en $\frac{x_1 + x_2}{2}$.

D Signe de $f(x)$

x	$-\infty$		x_1		x_2		$+\infty$
a		+		+		+	
$x - x_1$		−	0	+		+	
$x - x_2$		−		−	0	+	
$f(x)$		+	0	−	0	+	

x	$-\infty$		x_1		x_2		$+\infty$
a		−		−		−	
$x - x_1$		−	0	+		+	
$x - x_2$		−		−	0	+	
$f(x)$		−	0	+	0	−	

MATHS

5 Quelques fonctions polynômes de degré 3

A Fonction cube

- **On appelle fonction cube** la fonction f définie sur $\mathbb{R}$ par $f(x) = x^3$.
- **Courbe représentative**

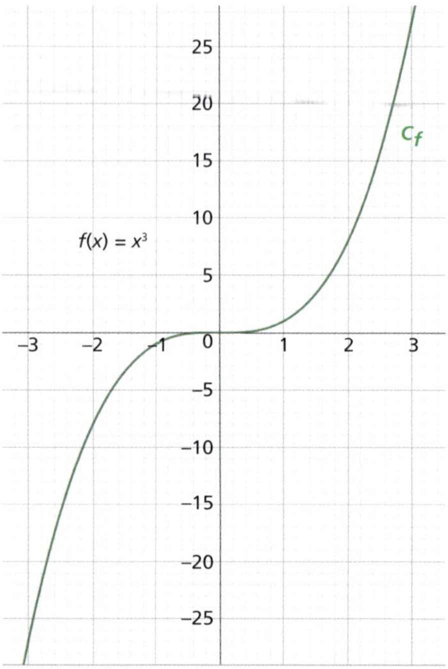

- **Propriété**

La courbe représentative de la fonction cube est **symétrique** par rapport à l'origine du repère.

- **Tableau de variations**

x	$-\infty$	$+\infty$
f	↗	

B Équations de la forme $x^3 = c$

- **Propriété**

Soit c un nombre réel positif.

– L'équation $x^3 = c$ admet une **unique solution** notée $c^{\frac{1}{3}}$ ou $\sqrt[3]{c}$. $\sqrt[3]{c}$ se lit racine cubique de c.

– L'équation $x^3 = -c$ admet une **unique solution** notée $-c^{\frac{1}{3}}$ ou $-\sqrt[3]{c}$.

Exemple

$x^3 = 8 \Leftrightarrow x = 2$ car $2^3 = 8$.

$x^3 = -27 \Leftrightarrow x = -3$ car $(-3)^3 = -27$

$2x^3 + 7 = 3 \Leftrightarrow 2x^3 = -4 \Leftrightarrow x^3 = -2 \Leftrightarrow x = -\sqrt[3]{2} = -2^{\frac{1}{3}} \simeq -1{,}26$, en utilisant la touche puissance (^) de la calculatrice.

C Courbes représentatives de quelques fonctions polynômes de degré 3

• Fonctions de la forme $f(x) = ax^3$

Si $a > 0$ | **Si $a < 0$**

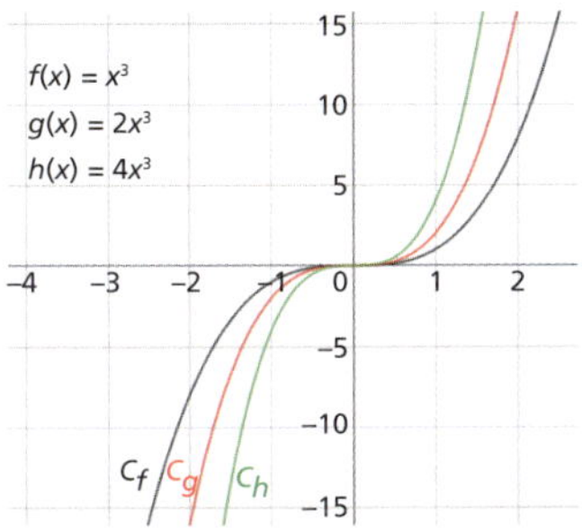

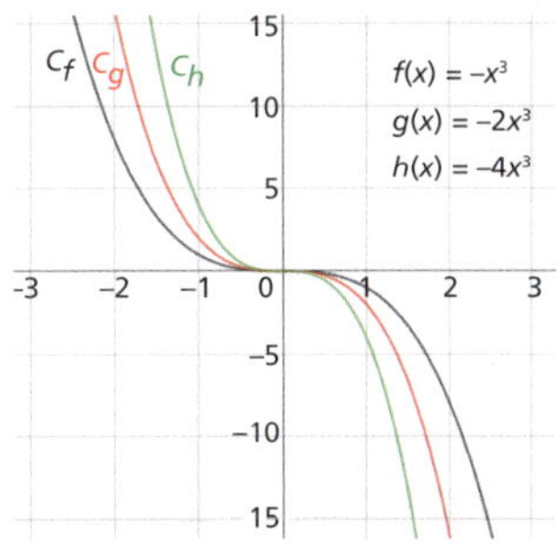

La fonction est **strictement croissante** sur $\mathbb{R}$ | La fonction est **strictement décroissante** sur $\mathbb{R}$

• Fonctions de la forme $f(x) = ax^3 + b$

Dans un repère $(O;\vec{i};\vec{j})$, la courbe représentative de la fonction g définie sur $\mathbb{R}$ par $g(x) = ax^3 + b$ s'obtient par **translation de vecteur** $b\vec{j}$ de la courbe représentative de la fonction f définie sur $\mathbb{R}$ par $f(x) = ax^3$.

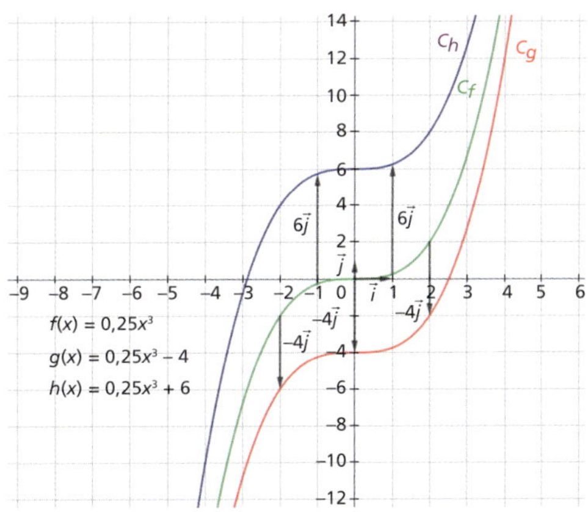

• Fonctions de la forme $f(x) = a(x - x_1)(x - x_2)(x - x_3)$

Équation $f(x) = 0$

x_1, x_2 et x_3 sont les solutions de l'équation $f(x) = 0$. On dit que x_1, x_2 et x_3 sont les racines de $f(x)$

Courbes représentatives

Si $a > 0$ | **Si $a < 0$**

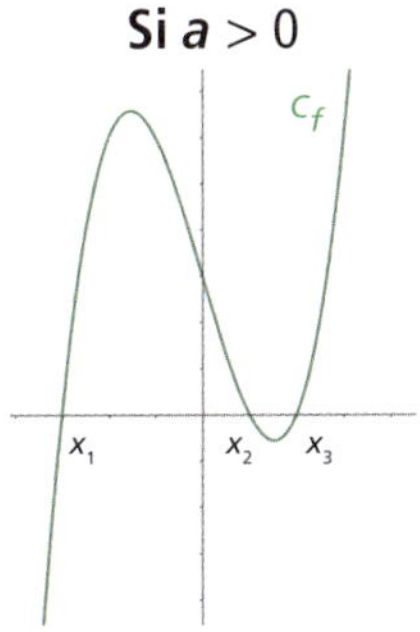

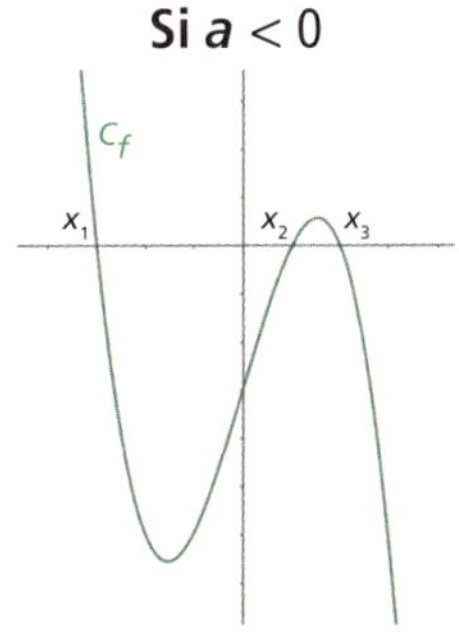

Signe de $f(x)$

Si $a > 0$

x	$-\infty$		x_1		x_2		x_3		$+\infty$
a		$+$		$+$		$+$		$+$	
$x - x_1$		$-$	0	$+$		$+$		$+$	
$x - x_2$		$-$		$-$	0	$+$		$+$	
$x - x_3$		$-$		$-$		$-$	0	$+$	
$f(x)$		$-$	0	$+$	0	$-$	0	$+$	

Si $a < 0$

x	$-\infty$		x_1		x_2		x_3		$+\infty$
a		$-$		$-$		$-$		$-$	
$x - x_1$		$-$	0	$+$		$+$		$+$	
$x - x_2$		$-$		$-$	0	$+$		$+$	
$x - x_3$		$-$		$-$		$-$	0	$+$	
$f(x)$		$+$	0	$-$	0	$+$	0	$-$	

Exercices d'entraînement

Exercice 1 ★ 20 min Automatisme

Corrigé p. 288

Soit la courbe représentative d'une fonction f définie sur $[-4\,; 4]$:

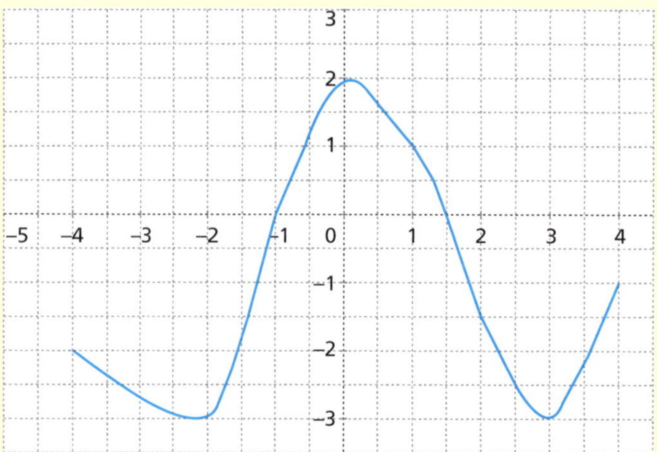

1. Déterminer par lecture graphique l'image par f de 0 et de -2.

2. Déterminer $f(3)$.

3. Déterminer les antécédents éventuels de -3 et de 3.

4. Dresser le tableau de variations de f sur $[-4\,; 4]$.

5. Dresser le tableau de signes de f sur $[-4\,; 4]$.

6. Déterminer le maximum de f sur $[-4\,; 4]$. En quelle valeur est-il atteint ?

7. Résoudre l'équation $f(x) = 0$ et l'inéquation $f(x) \geqslant 1$.

Exercice 2 ★ 5 min Automatisme

Corrigé p. 288

Développer les expressions suivantes :

1. $A(x) = (2x - 4)(3x + 1)$
2. $B(x) = (x + 3)^2$

Exercice 3 ★ 10 min Automatisme

Corrigé p. 288

Soit f la fonction définie sur $\mathbb{R}$ par $f(x) = -x^2 + 3x - 1$.

1. **Déterminer l'image de 2 et de –1.**
2. **Le point $A(1;3)$ appartient-il à la courbe représentative de f ?**

Exercice 4 ★ 10 min Automatisme

Corrigé p. 288

Résoudre les équations et inéquations suivantes :

1. $x^2 = 4$ 2. $x^2 = -1$ 3. $x^2 < 9$ 4. $x^2 \geq 3$

Exercice 5 ★ 30 min

Corrigé p. 288

Soit f la fonction définie sur $\mathbb{R}$ par $f(x) = 2x^2 - 4x - 6$.

1. **Montrer que pour tout réel x, $f(x) = 2(x - 3)(x + 1)$.**
2. **Résoudre l'équation $f(x) = 0$.**
3. **a) Déterminer le signe de $f(x)$.**
   b) En déduire les solutions de l'inéquation $f(x) \geqslant 0$.
4. **Dresser le tableau de variations de f. En déduire la valeur de l'extremum de f.**
5. **Tracer la courbe représentative de la fonction f.**

Exercice 6 ★ 15 min

Corrigé p. 289

Soit g la fonction définie sur $\mathbb{R}$ par $g(x) = -3x^2 - 9x + 12$.

1. **Montrer que $g(x) = -3(x + 4)(x - 1)$**
2. **Résoudre l'équation $g(x) = 0$.**
3. **Déterminer le signe de $g(x)$.**
4. **En déduire les solutions de l'inéquation $g(x) \geqslant 0$.**

MATHS

Exercice 7 ★★ 30 min *Corrigé p. 289*

Une entreprise produit des montres. Sa production journalière varie entre 0 et 24 montres. Ses coûts de production en euros sont modélisés par la fonction f définie sur $[0\,;24]$ par $f(x) = x^2 - 4x + 80$.

Partie A

Sa courbe C est représentée ci-dessous ainsi que la droite D représentant la recette de l'entreprise.

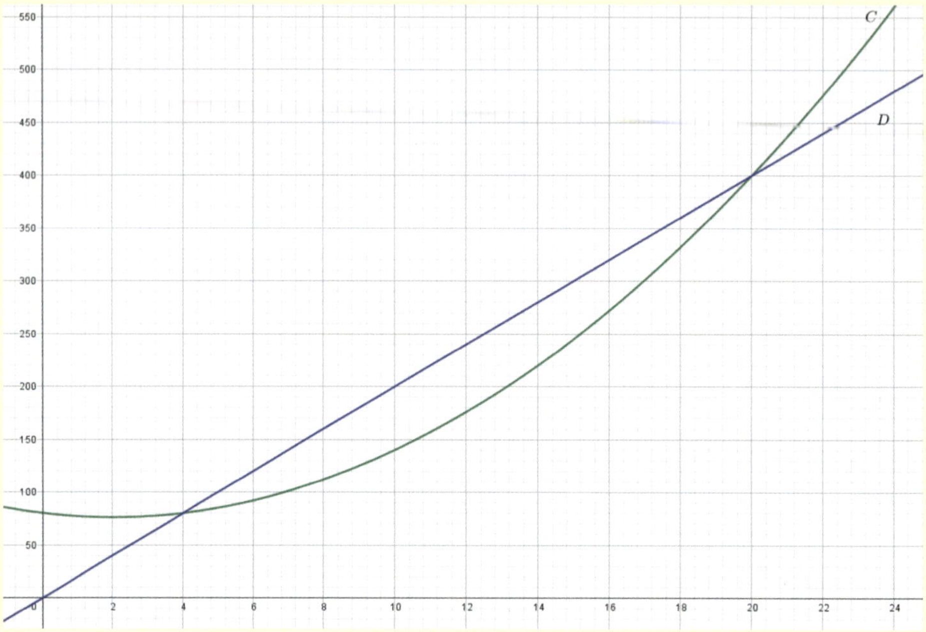

1. **Déterminer le montant des charges fixes.**
2. **a) Déterminer par lecture graphique la recette lors de la vente de 10 montres.**
   b) En déduire le prix unitaire d'une montre, ainsi que l'expression de la fonction R représentant la recette de l'entreprise.
3. **Sur quel intervalle l'entreprise réalise-t-elle un bénéfice ?**
4. **Pour quelle(s) valeur(s) de x le bénéfice semble-t-il maximal ?**

Partie B

Soit B la fonction représentant le bénéfice de l'entreprise sur $[0\,;\,24]$.

1. **Déterminer l'expression de la fonction B.**
2. **Montrer que pour tout x de $[0\,;\,24]$, $B(x) = -(x-4)(x-20)$.**
3. **Pour combien de montres vendues, l'entreprise est-elle rentable ?**
4. **Quel est le bénéfice maximal ? Pour quelle valeur est-il atteint ?**

Exercice 8 ★★ 20 min

Corrigé p. 290

On admet que le programme en langage Python suivant permet de trouver une valeur approchée au millième de la solution positive de l'équation $x^2 = 2$:

```
def f(x):
    return x*x

def balayage(f,k,e):
    s = 0
    while f(s)<= k:
        s=s+e
    print(s)

balayage(f,2,0.001)
```

1. **Grâce à votre calculatrice, donner une valeur approchée au millième de la valeur affichée par ce programme.**

2. **Modifier ce programme pour qu'il affiche la solution négative de l'équation $x^2 = 2$.**

3. **Compléter le programme ci-dessous afin qu'il affiche une valeur approchée de la solution de l'équation $x^3 = c$, où c est un nombre non nul entré par l'utilisateur.**

```
def f(x) :
return.......

def balayage(f, k, e) :
s = 0
if k>0 :
while.........:
s = s+e
else :
while.........:
s = s-e
print(s)

c = int(input(« Saisir c »))

balayage(....,.....,0.001)
```

MATHS

3 Suites numériques

1 Définition et généralités

A Définition

Une suite u est une fonction qui à chaque entier naturel n associe un nombre réel $u(n)$. Pour chaque entier n, le nombre $u(n)$ est appelé terme de rang n de la suite.

Exemple
On peut par exemple considérer la suite u qui à chaque entier naturel associe son carré ; on aurait ainsi $u(0) = 0^2 = 0$, $u(1) = 1^2 = 1$, $u(2) = 2^2 = 4$, $u(3) = 3^2 = 9$, etc.

B Remarques

- **Une suite peut aussi être notée (u_n).** De même, ses termes pourront être notés u_0, u_1, u_2...
- Une suite peut être assimilée à une **liste ordonnée de nombres** dans laquelle chaque terme u_n occupe une place particulière donnée par son rang n. Ainsi, u_0 sera le premier terme de la suite, aussi appelé terme initial, u_1 sera le deuxième terme etc.
- Par conséquent, pour un entier naturel n donné, **u_{n+1} sera le terme qui suit le terme u_n** dans la liste.
- Il arrive parfois que la suite **ne soit pas définie pour tout entier naturel** et que celle-ci démarre par exemple à u_1 (au lieu de u_0).

À retenir
On veillera à ne pas confondre $\boldsymbol{u_{n+1}}$ qui est le terme de rang $\boldsymbol{n+1}$ et $\boldsymbol{u_n + 1}$ qui est le terme de rang n auquel on additionne 1.

2 Suite définie par une relation explicite

Une suite est définie par une relation explicite lorsque ses termes sont donnés par une formule du type $\boldsymbol{u_n = f(n)}$. Avec ce modèle, la valeur de chaque terme dépend de son rang.

Exemples
- On reprend l'exemple précédent où l'on considérait la suite qui associait à chaque entier son carré. Celle-ci peut être définie par la relation explicite suivante : $u_n = n^2$.
- On considère la suite définie par la relation explicite $u_n = 3n^2 - 2$;
  On a $u_0 = 3 \times 0^2 - 2 = -2$, $u_1 = 3 \times 1^2 - 2 = 3 - 2 = 1$, $u_7 = 3 \times 7^2 - 2 = 147 - 2 = 145$.

3 Suite définie par une relation de récurrence

A Définition

Une suite est définie par une relation de récurrence lorsque ses termes sont donnés par une formule du type $\boldsymbol{u_{n+1} = f(u_n)}$. Une telle formule est appelée **relation de récurrence**. Avec ce modèle, chaque terme dépend de celui qui le précède.

Exemple

On considère la suite définie par : $u_0 = 1$ et $u_{n+1} = 2u_n - 3$.

Le terme initial est donné et les suivants se calculent en remplaçant n par des entiers naturels dans la relation de récurrence :

$n = 0 : u_{0+1} = 2u_0 - 3 = 2 \times 1 - 3$, ce qui amène : $u_1 = -1$

$n = 1 : u_{1+1} = 2u_1 - 3 = 2 \times (-1) - 3$, ce qui amène : $u_2 = -5$

On constate que u_1 a été obtenu grâce à u_0, u_2 grâce à u_1. Ainsi pour les autres termes, on pourra aller un peu plus vite en écrivant :

$u_3 = 2u_2 - 3 = 2 \times (-5) - 3 = -13$; $u_4 = 2u_3 - 3 = 2 \times (-13) - 3 = -29$...

B Remarque

Ce type de suite présente un inconvénient majeur. Lorsque nous voulons connaître la valeur d'un terme, cela nécessite de connaître la valeur de celui qui le précède et par voie de conséquence de connaître la valeur de TOUS ceux qui le précèdent.

En effet, si l'on désire avoir u_{100} il faut connaître u_{99}; mais pour connaître u_{99} il faut avoir u_{98} et ainsi de suite.

4 Sens de variation d'une suite

A Définition

On considère une suite numérique (u_n).

- On dit que (u_n) est **croissante** si pour chaque entier naturel : $u_{n+1} \geqslant u_n$.
- On dit que (u_n) est **décroissante** si pour chaque entier naturel : $u_{n+1} \leqslant u_n$.
- On dit que (u_n) est **monotone** si elle est croissante ou décroissante.
- On dit que (u_n) est **constante** si pour chaque entier naturel : $u_{n+1} = u_n$.

B Méthode

Pour n'importe quel entier n, $u_{n+1} \geqslant u_n$ équivaut à $u_{n+1} - u_n \geqslant 0$ et $u_{n+1} \leqslant u_n$ équivaut à $u_{n+1} - u_n \leqslant 0$.

Il conviendra donc d'étudier le signe de l'expression $u_{n+1} - u_n$ pour déterminer le **sens de variation** d'une suite.

Remarques

– Toutes les suites ne sont pas monotones. Par exemple, la suite définie par $u_n = (-1)^n$ n'est ni croissante, ni décroissante.

– Certaines suites ne sont monotones qu'à partir d'un certain rang.

Exemples

On considère la suite (u_n) définie par $u_n = n^2$.

Alors pour tout entier naturel n, $u_{n+1} - u_n = (n + 1)^2 - n^2 = n^2 + 2n + 1 - n^2 = 2n + 1$. Puisque n est un entier naturel, $2n + 1$ est positif donc $u_{n+1} - u_n$ est positif et la suite (u_n) est **croissante**.

On considère la suite (v_n) définie par $v_n = -3n + 2$.

Alors pour tout entier naturel n, $v_{n+1} - v_n = -3(n+1) + 2 - (-3n + 2) = -3n - 3 + 2 + 3n - 2 = -3$.

Donc $v_{n+1} - v_n$ est cette fois négatif et la suite (v_n) est **décroissante**.

5 Représentation graphique d'une suite

Dans un repère, la représentation graphique d'une suite (u_n) est l'ensemble des points de coordonnées $(n ; u_n)$.

Exemple

On considère à nouveau la suite (u_n) définie par $u_n = n^2$. On a $u_0 = 0$, $u_1 = 1$, $u_2 = 4$, $u_3 = 9$... Ainsi, pour représenter graphiquement cette suite, on place les points de coordonnées (0 ; 0), (1 ; 1), (2 ; 4), (3 ; 9), etc.

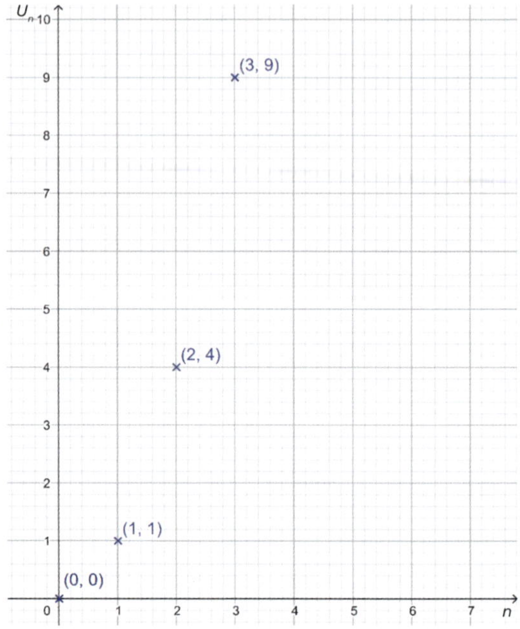

6 Suites arithmétiques

A Définition

Soit (u_n) une suite numérique. On dit que (u_n) est **arithmétique** si chaque terme est obtenu en additionnant le même nombre r à celui qui le précède. Autrement dit, une telle suite est définie par une **relation de récurrence** de la forme : $u_{n+1} = u_n + r$. Le nombre r est appelé la **raison** de la suite arithmétique.

B Méthode

Pour démontrer qu'une suite est arithmétique, on prouvera que pour n'importe quel entier n, $u_{n+1} - u_n$ **est constant** ; cette constante sera la raison de la suite.

C Propriété

Soit (u_n) une suite arithmétique de raison r.

- Si r est positif, alors (u_n) est **croissante**. Si r est négatif, alors (u_n) est **décroissante**. Si $r = 0$, alors (u_n) est **constante**.

Exemple

La suite définie par $u_0 = 2$ et $u_{n+1} = u_n + 3$ est une **suite arithmétique de raison 3**. La raison est positive donc cette suite est croissante.

$u_1 = u_0 + 3 = 5$; $u_2 = u_1 + 3 = 8$; $u_3 = u_2 + 3 = 11$; $u_4 = u_3 + 3 = 14$...

Graphiquement, les points de la représentation sont alignés :

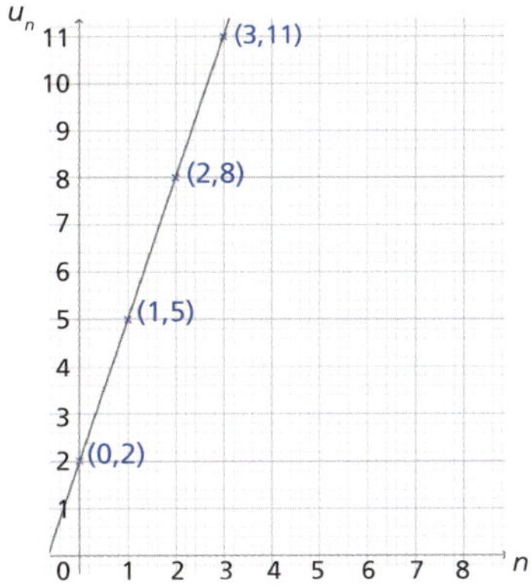

7 Suites géométriques

A Définition

Soit (u_n) une suite numérique. On dit que (u_n) est **géométrique** si chaque terme est obtenu en multipliant celui qui le précède par le même nombre q. Autrement dit, une telle suite est définie par une **relation de récurrence** de la forme : $u_{n+1} = u_n \times q$. Le nombre q est appelé la **raison** de la suite géométrique.

B Méthode

Pour démontrer qu'une suite est géométrique, on prouvera que pour n'importe quel entier n, $\frac{u_{n+1}}{u_n}$ **est constant** ; cette constante sera la raison de la suite.

C Propriété

Soit (u_n) une suite géométrique de premier terme positif de raison strictement positive q.

– Si $q > 1$ alors (u_n) est **croissante**. Si $q < 1$ alors (u_n) est **décroissante**. Si $q = 1$ alors (u_n) est **constante**.

Exemple

La suite définie par $u_0 = 1$ et $u_{n+1} = 2 \times u_n$ est une suite géométrique de raison 2. La raison est strictement supérieure à 1 donc cette suite est croissante.

$u_1 = 2 \times u_0 = 2$; $u_2 = 2 \times u_1 = 4$; $u_3 = 2 \times u_2 = 8$; $u_4 = 2 \times u_3 = 16$

Exercices d'entraînement

Exercice 1 ★ 20 min *Corrigé p. 290*

On considère la suite définie par la relation $u_n = 2n^2 + 3$.

1. **Calculer les quatre premiers termes de cette suite.**

2. **Représenter graphiquement cette suite en vous aidant des termes calculés précédemment. Quelles conjectures peut-on émettre à propos de la monotonie de cette suite ?**

3. **Étudier le sens de variation de cette suite.**

MATHS

Exercice 2 ★ 10 min

Corrigé p. 290

On considère la suite définie par la relation $u_n = 3n - 5$.

1. **Démontrer que la suite (u_n) est arithmétique ; préciser sa raison.**

2. **Quel est le sens de variation de (u_n)?**

Exercice 3 ★★ 20 min

Corrigé p. 290

On considère la suite définie par récurrence par $u_0 = 1$ et $u_{n+1} = u_n^2 + 3u_n + 1$.

1. **Calculer u_1 et u_2.**

2. **Étudier la monotonie de cette suite.**

3. **Donner l'affichage de l'algorithme lorsque la valeur de *N* saisie est 4.**

On considère l'algorithme suivant :

```
Saisir N
U ← 1
Pour k allant de 0 à N–1
U ← U² + 3U + 1
k ← k + 1
FinPour
Afficher U
```

4. **Modifier l'algorithme afin que celui-ci affiche tous les termes de la suite de u_0 à u_N pour un certain rang *N* saisi.**

Exercice 4 ★★ 20 min

Corrigé p. 290

En 2018, Cyprien dispose d'un capital de 1 250 euros et il désire placer son argent en banque. On lui propose une épargne à 3 % d'intérêts annuels. Pour y voir plus clair, Cyprien modélise l'évolution de son capital grâce à une suite (u_n). Pour un entier n donné, u_n correspond au capital dont il disposerait l'année $2018 + n$ avec le placement proposé par la banque.

1. **Donner u_0.**

2. **Calculer u_1, u_2. Interpréter les résultats dans le contexte de l'exercice.**

3. **Trouver une relation de récurrence définissant la suite (u_n). Que peut-on en déduire quant à sa nature ?**

On considère le programme en langage Python ci-dessous :

```python
u=1250
n=0
while(u<1500):
    u=u*1.03
    n=n+1
print(n)
```

4. **Quelle est la valeur retournée par ce programme ? Interpréter le résultat.**

4 Dérivation

1 Le taux de variation

A Rappels

Une droite D non parallèle à l'axe des abscisses admet une équation réduite de la forme $y = ax + b$ où a est appelé le **coefficient directeur** de la droite D et b son ordonnée à l'origine.

- **Propriétés**
- Si $A(x_A;y_A)$ et $B(x_B;y_B)$ sont deux points distincts $(x_A \neq x_B)$ de la droite D alors $a = \dfrac{y_B - y_A}{x_B - x_A}$.
- b est l'**ordonnée du point d'intersection** entre la droite D et l'axe des ordonnées.

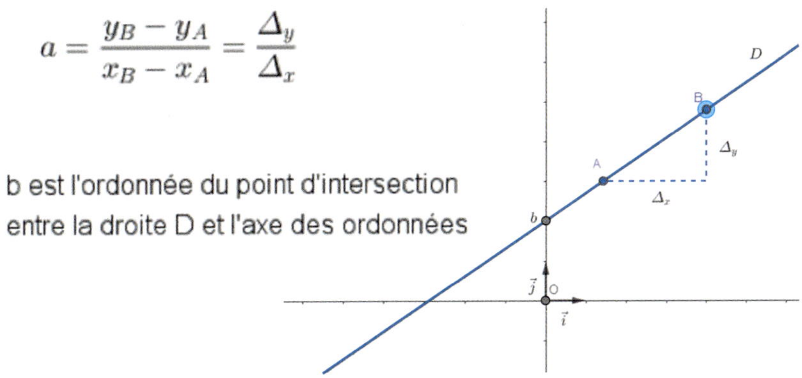

B Taux de variation

- **Soit f une fonction** définie sur un intervalle I et C_f sa courbe représentative.
- **Soient $A(x_A; f(x_A))$ et $B(x_B; f(x_B))$** deux points de C_f tels que $x_A \neq x_B$. La droite (AB) est appelée **sécante** à C_f.
- **Le coefficient directeur de la droite (AB)** est égal à $a = \dfrac{f(x_B) - f(x_A)}{x_B - x_A}$, ce nombre est appelé **de taux de variation de f entre x_A et x_B**.

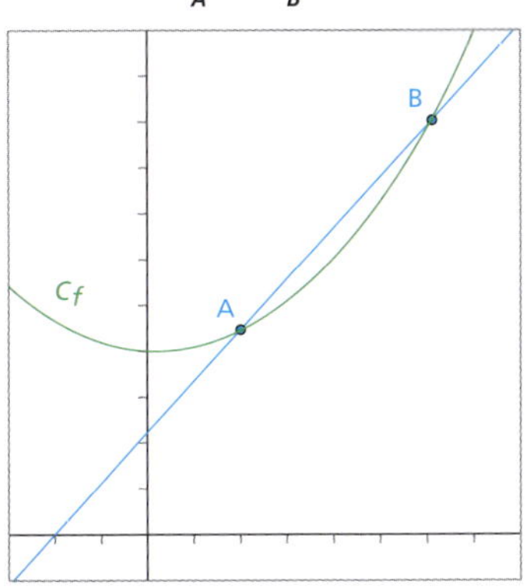

Cas particulier

Si f est la fonction carrée, le taux de variation de f entre x_A et x_B est égal à :

$$\frac{f(x_B) - f(x_A)}{x_B - x_A} = \frac{x_B^2 - x_A^2}{x_B - x_A} = \frac{(x_B + x_A)(x_B - x_A)}{x_B - x_A} = x_B + x_A$$

C Nombre dérivé

- **Lorsque le point B se rapproche de A,** donc que x_B tend vers x_A, les sécantes se rapprochent d'une position limite. Cette droite est appelée la tangente T à la courbe représentative de f en x_A.
- **Si la limite du taux de variation** $\dfrac{f(x_B) - f(x_A)}{x_B - x_A}$ quand x_B tend vers x_A existe, on dit que la fonction f est **dérivable en** x_A et la limite du taux de variation $\dfrac{f(x_B) - f(x_A)}{x_B - x_A}$ quand x_B tend vers x_A est appelé **nombre dérivé de f en** x_A. Il est noté $\boldsymbol{f'(x_A)}$.

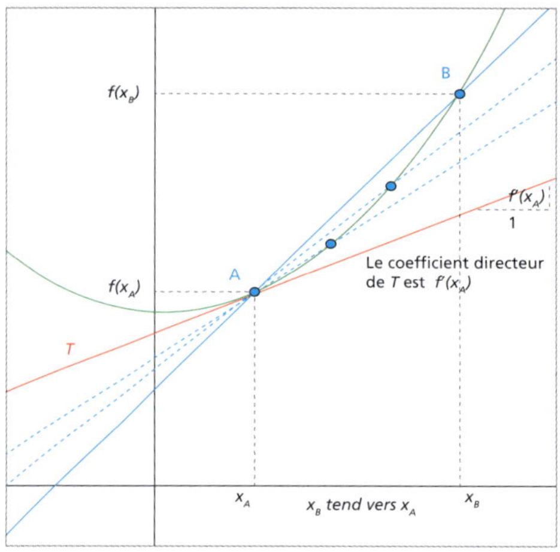

Cas particulier

Si f est la fonction carrée, la limite du taux de variation $\dfrac{f(x_B) - f(x_A)}{x_B - x_A}$ quand x_B tend vers x_A est égale à :

$$\lim_{x_B \to x_A} \frac{f(x_B) - f(x_A)}{x_B - x_A} =$$

$$\lim_{x_B \to x_A} x_B + x_A = 2x_A = f'(x_A)$$

D Tangente

- **Propriétés**

Soit f une fonction dérivable sur un intervalle I. Soit x_A un réel de I. L'équation réduite de la tangente T_{x_A} au point d'abscisse x_A est : T_{x_A} : $\boldsymbol{y = f'(x_A)(x - x_A) + f(x_A)}$.

Le coefficient directeur de T_{x_A} la tangente au point d'abscisse x_A est $\boldsymbol{f'(x_A)}$.

Exemple

- **Soit f la fonction définie sur** $\mathbb{R}$ par $f(x) = 0{,}5x^2 + x + 1$ et C sa courbe représentative. C et les tangentes en –3, en –1 et en 0 sont représentées ci-dessous :

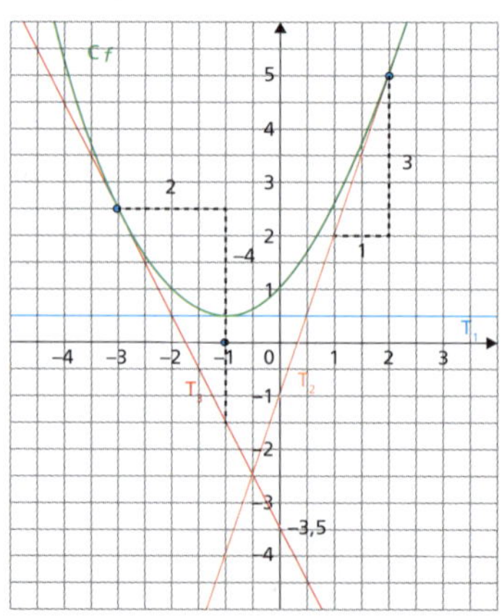

- La tangente T_1 en -1 est horizontale donc son coefficient directeur est égal à 0 donc $f'(-1) = 0$. De plus, $f(-1) = 0{,}5$ donc $T_1 : y = f'(-1)(x+1) + f(-1)$ donc ici $T_1 : y = 0{,}5$.
- Le coefficient directeur de la tangente T_2 en 2 est égal par lecture graphique à $\frac{3}{1} = 3$ donc $f'(2) = 3$. De plus, $f(2) = 5$ donc $T_2 : y = f'(2)(x-2) + f(2) = 3(x-2) + 5$ donc ici $T_2 : y = 3x - 1$.
- Le coefficient directeur de la tangente T_3 en -3 est égal par lecture graphique à $\frac{-4}{2} = -2$ donc $f'(-3) = -2$. De plus, $f(-3) = 2{,}5$ donc $T_3 : y = f'(-3)(x+3) + f(-3) = -2(x+3) + 2{,}5$ donc ici $T_3 : y = -2x - 3{,}5$.

Remarque
Les ordonnées à l'origine de T_2 et T_3 auraient également pu être déterminées par lecture graphique.

2 Fonction dérivée

A Dérivées des fonctions usuelles

• Définitions

Soit *f* une fonction définie sur un intervalle I. Si la fonction *f* est **dérivable** pour tout réel *a* de I, on dit que la fonction *f* est dérivable sur I.

Soit *f* une fonction dérivable sur un intervalle I. La **fonction dérivée** de *f* notée ***f'*** est la fonction qui à tout réel *x* de I associe son nombre dérivé $f'(x)$.

$$f' : I \to \mathbb{R}$$
$$x \mapsto f'(x)$$

• Propriété : dérivées des fonctions usuelles

Si $f(x) =$	alors $f'(x) =$	Ensemble de dérivabilité
k ($k \in \mathbb{R}$)	0	$\mathbb{R}$
x	1	$\mathbb{R}$
x^2	$2x$	$\mathbb{R}$
x^3	$3x^2$	$\mathbb{R}$

B Opérations sur les fonctions usuelles

• Propriété : dérivée d'une somme

Soient *u* et *v* deux fonctions dérivables sur un intervalle I.

La fonction *f* définie sur I par $f(x) = u(x) + v(x)$ est dérivable sur I et pour tout réel x de I,

$$f'(x) = u'(x) + v'(x)$$

MATHS

Exemple

Soit g la fonction définie sur $\mathbb{R}$ par $g(x) = x^2 + 1$. La fonction g est la somme des fonctions u et v définies sur $\mathbb{R}$ par $u(x) = x^2$ et par $v(x) = 1$.

D'après les propriétés sur les dérivées usuelles, $u'(x) = 2x$ et $v'(x) = 0$.

Donc pour tout x de $\mathbb{R}$, $g'(x) = 2x + 0 = 2x$.

• Propriété : dérivée du produit d'une fonction par un réel

Soient u une fonction dérivable sur un intervalle I et k un nombre réel.

La fonction f définie sur I par $\boldsymbol{f(x) = k \times u(x)}$ est dérivable sur I et pour tout réel x de I,

$$f'(x) = k \times u'(x)$$

Exemples

- Soit h la fonction définie sur $\mathbb{R}$ par $h(x) = 3x^2$. La fonction h est le produit de la fonction u définie sur $\mathbb{R}$ par $u(x) = x^2$ et du réel $k = 3$.
  D'après les propriétés sur les dérivées usuelles, $u'(x) = 2x$.
  Donc pour tout x de $\mathbb{R}$, $h'(x) = 3 \times 2x = 6x$.
- Soit i la fonction définie sur $\mathbb{R}$ par $i(x) = -\frac{2}{7}x^3$. La fonction i est le produit de la fonction u définie sur $\mathbb{R}$ par $u(x) = x^3$ et du réel $k = -\frac{2}{7}$.
  D'après les propriétés sur les dérivées usuelles, $u'(x) = 3x^2$.
  Donc pour tout x de $\mathbb{R}$, $i'(x) = -\frac{2}{7} \times 3x^2 = -\frac{6}{7}x^2$.

3 Application de la dérivation

A Propriétés

Soit f une fonction dérivable sur un intervalle I et f' sa dérivée.
Si pour tout réel x de I, $\boldsymbol{f'(x) \geqslant 0}$, alors la fonction f est **croissante** sur I.
Si pour tout réel x de I, $\boldsymbol{f'(x) \leqslant 0}$, alors la fonction f est **décroissante** sur I.
Si pour tout réel x de I, $\boldsymbol{f'(x) = 0}$, alors la fonction f est **constante** sur I.

Remarque
Les propriétés réciproques sont vraies. Par exemple, si la fonction f est croissante sur I, alors pour tout réel x de I, $f'(x) \geqslant 0$.

B Méthode pour étudier les variations d'une fonction

étape 1 **Calculer** la dérivée f'.

étape 2 **Étudier** le signe de $f'(x)$.

étape 3 En **déduire** le tableau de variations de f.

étape 4 **Déterminer** s'ils existent le maximum ou le minimum de f.

étape 5 **Utiliser** la calculatrice graphique pour vérifier les résultats.

Exemple

- **Étudier sur $\mathbb{R}$ le sens de variations** de la fonction f définie par $f(x) = -2x^2 + 8x - 3$.
- **On commence par calculer la dérivée de f.**
  $f'(x) = -2 \times 2x + 8 \times 1 + 0 = -4x + 8$.
- **Puis on étudie le signe de $f'(x)$:**
  $-4x + 8 = 0 \Leftrightarrow -4x = -8 \Leftrightarrow x = \dfrac{-8}{-4} = 2.$
- **Puis on dresse le tableau de signe** de la dérivée et on conclut avec le tableau de variations de la fonction :

x	$-\infty$		2		$+\infty$
$f'(x)$		+	0	−	
f		↗	5	↘	

$f(2) = -2 \times 2^2 + 8 \times 2 - 3 = 5$

- **La fonction f admet donc 5** comme maximum et il est atteint en 2.

- **En utilisant la calculatrice graphique** avec la fenêtre d'affichage $Xmin = -5$, $Xmax = 5$, $Ymin = -12$ et $Ymax = 6$, on vérifie les résultats obtenus.

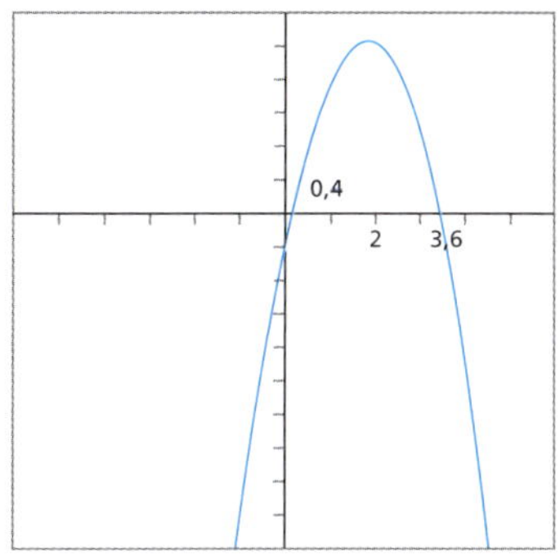

C Exercice commenté

Le but de cet exercice est d'étudier le maximum et le minimum de la fonction g définie sur $[-4;5]$ par $g(x) = 2x^3 - 3x^2 - 36x$.

1. Déterminer $g'(x)$.
2. Démontrer que pour tout réel x, $g'(x) = 6(x+2)(x-3)$.
3. Étudier le sens de variations de g.
4. Conclure.

1. $g'(x) = 2 \times 3x^2 - 3 \times 2x - 36 \times 1 = 6x^2 - 6x - 36$.
2. $6(x+2)(x-3) = 6(x^2 - 3x + 2x - 6) = 6(x^2 - x - 6) = 6x^2 - 6x - 36 = g'(x)$
3. $6(x+2)(x-3) = 0 \Leftrightarrow x + 2 = 0$ ou $x - 3 = 0 \Leftrightarrow x = -2$ ou $x = 3$

x	-4		-2		-2		$+\infty$
6		+		+		+	
$x+2$		−	0	+		+	
$x-3$		−		−	0	+	
$f'(x)$		+	0	−	0	+	
f	−32	↗	44	↘	−81	↗	−5

4. Sur $[-4;5]$, le minimum de la fonction f est -81 atteint en 3 et le maximum est 44 atteint en -2.

Vérification à la calculatrice graphique
Fenêtre d'affichage $Xmin = -4$
$Xmax = 5$, $Ymin = -100$ et $Ymax = 50$

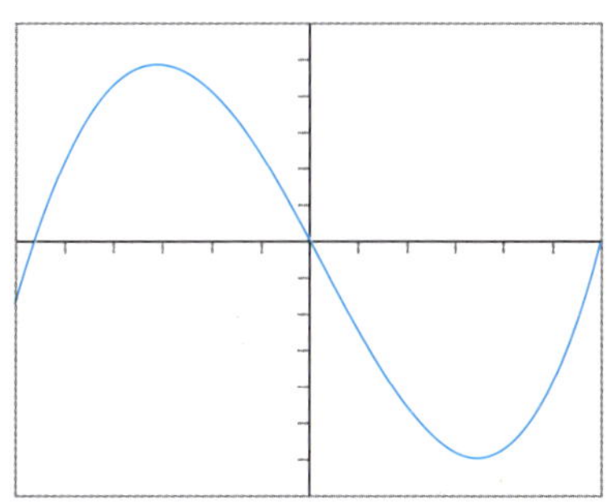

MATHS

Exercices d'entraînement

Exercice 1 ★ 5 min Automatisme

Corrigé p. 291

Déterminer l'équation réduite de la droite (AB) avec A(2 ; 3) et B(–1 ; 0).

Exercice 2 ★ 10 min Automatisme

Corrigé p. 291

Déterminer l'équation réduite des droites D et D′ représentées ci-dessous.

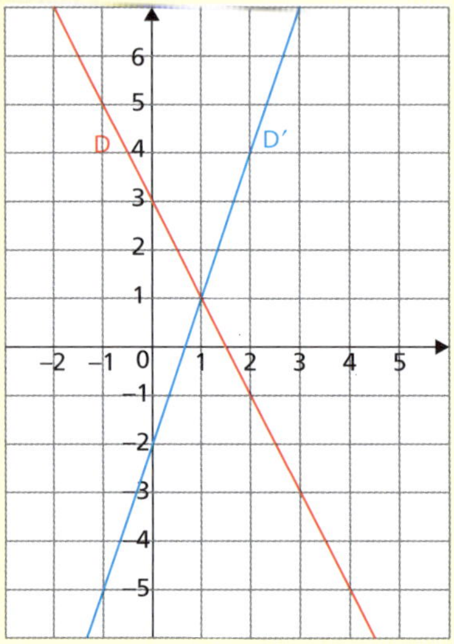

Exercice 3 ★ 10 min

Corrigé p. 291

Déterminer les fonctions dérivées des fonctions suivantes définies sur $\mathbb{R}$ par :

a) $f(x) = \frac{4}{3}x - 11$

b) $g(x) = x^2 - 5x + 9$

c) $h(x) = 11x^3 - 2x^2 + 3x - 1$

d) $i(x) = \frac{5}{4}x^3 - \frac{1}{2}x^2 + 5x$

Exercice 4 ★ 10 min

Corrigé p. 291

Étudier sur $\mathbb{R}$ le sens de variations de la fonction f définie par $f(x) = 3x^2 - 9x + 2$.

Exercice 5 ★★ 10 min

Corrigé p. 291

Dans le repère ci-dessous, les courbes d'une fonction h et de sa dérivée h' sont représentées.
Déterminer quelle courbe représente h et quelle courbe représente h'.

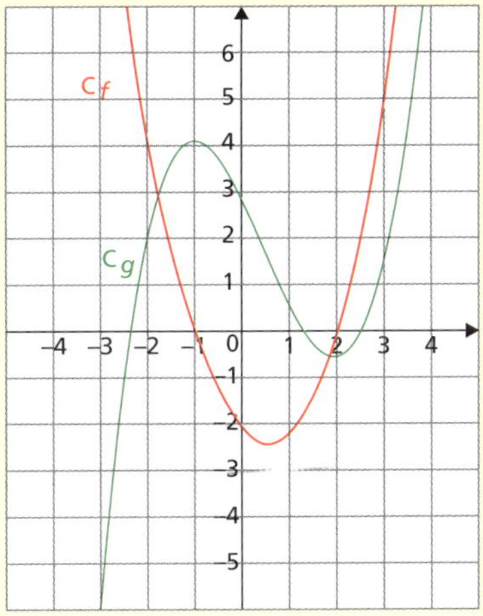

Exercice 6 ★ 25 min

Corrigé p. 292

Soit f la fonction définie sur $\mathbb{R}$ par $f(x) = x^2 + 2x - 3$ et C_f sa courbe représentative.

1. **Calculer $f'(x)$.**

2. **Déterminer l'équation réduite de la tangente T_0 à C_f en 0.**

3. **Déterminer l'équation réduite de la tangente T_{-1} à C_f en −1.**

4. **Déterminer l'équation réduite de la tangente T_{-3} à C_f en −3.**

La courbe C_f est représentée dans le plan muni d'un repère orthonormal ci-contre.

5. **Tracer T_0, T_{-1} et T_{-3}.**

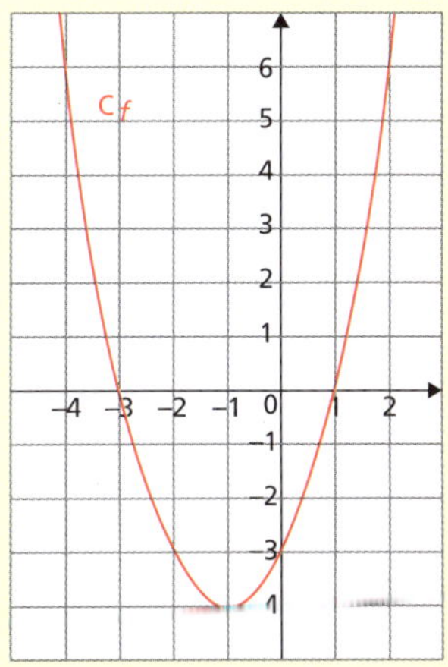

Exercice 7 ★★ 50 min

Corrigé p. 292

Une entreprise décide de fabriquer et commercialiser un produit. Sa capacité maximale de production mensuelle est de 25 tonnes. Le coût en euros d'une production mensuelle de q tonnes est modélisé par la fonction C définie par $C(q) = q^3 - 30q^2 + 352q$ sur l'intervalle [0 ; 25].

Partie A : étude du coût moyen

Le coût moyen de fabrication noté C_M est donné en fonction de q par $C_M(q) = \dfrac{C(q)}{q} = q^2 - 30q + 352$ sur [0 ; 25].

1. **Calculer $C'_M(q)$.**

2. **Étudier le signe de $C'_M(q)$ puis en déduire les variations de la fonction C_M sur [0 ; 25].**

3. **En déduire le coût moyen minimum en euros par tonnes.**

Partie B : étude du bénéfice

Après une étude de marché, l'entreprise décide de vendre son produit 160 euros la tonne. On admet que tout produit fabriqué est vendu le mois de sa fabrication.

4. **Montrer que sur l'intervalle [0 ; 25] le bénéfice mensuel $B(q)$, en euros, pour la vente mensuelle de q tonnes de ce produit, s'exprime par $B(q) = -q^3 + 30q^2 - 192q$.**

5. **Montrer que pour tout q de [0 ;25], $B'(q) = -3(q-4)(q-16)$.**

6. **Déterminer les variations de B sur [0 ; 25].**

7. **Quel est le bénéfice mensuel maximum réalisé par l'entreprise ? Pour quelle production mensuelle ?**

Partie C : avec Python

Le programme ci-dessous permet de déterminer un encadrement de la solution comprise entre 4 et 16 de l'équation $B(q)= 0$.

```
def B(x):
    return -x**3+30*x**2-192*x

a=4
b=16

p=float(input("Précision?"))

while(abs(b-a))>p:
    m=(a+b)/2
    if B(a)*B(m)<0:
        b=m
    else:
        a=m

print("La solution est comprise entre ",a," et ",b)
```

8. **Expliquer pourquoi on peut être sûr que cette solution existe.**

9. **À l'utilisation de ce programme, on décide d'entrer la valeur 0,1. Compléter le tableau ci-dessous et en déduire les valeurs affichées par le programme :**

a	4	4						
b	16	10						
m	10	7						
$\lvert b-a \rvert < 0{,}1$	Vrai							

10. **Que faut-il modifier dans le programme précédent pour que celui-ci nous donne l'autre solution de l'équation $B(q)= 0$?**

11. **On admet que l'autre solution de cette équation vaut environ 21. En déduire les quantités en tonnes pour que l'entreprise réalise un bénéfice.**

5 Statistiques et probabilités

1 Fréquences marginales, fréquences conditionnelles

A Fréquences

Exemple

Une enquête portant sur les loisirs préférés (cinéma, lecture, sport, jeux vidéo) de125 élèves de première d'un lycée a permis de dresser le tableau suivant.

	Sport	Lecture	Cinéma	Jeux vidéo	Total
Filles	34	10	8	14	66
Garçons	28	8	6	17	59
Total	62	18	14	31	125

• **Définition.** La **fréquence d'un caractère** est l'effectif de ce caractère divisé par l'effectif total. La fréquence peut être donnée sous forme d'un nombre décimal ou sous forme d'un pourcentage.

• **Appliquer le cours :** en utilisant l'exemple ci-dessus, il y a 34 filles dont le loisir préféré est le sport parmi les 125 élèves de première, donc la fréquence des filles dont le loisir préféré est le sport est égale à : $\frac{34}{125} = 0{,}272$. Dans ce lycée, il y a 27,2 % des élèves de première qui sont des filles dont le loisir préféré est le sport. De plus, il y a 59 garçons parmi les 125 élèves de première, donc la fréquence des garçons est égale à : $\frac{59}{125} = 0{,}472$.

• **Tableau des fréquences**

	Sport	Lecture	Cinéma	Jeux vidéo	Total
Filles	0,272	0,08	0,064	0,112	0,528
Garçons	0,224	0,064	0,048	0,136	0,472
Total	0,496	0,144	0,112	0,248	1

Remarques

- La fréquence totale doit être égale à 1, à la fois en ligne et en colonne.
- La somme de toutes les valeurs d'une ligne doit être égale aux valeurs de la ligne « Total ». Il en va de même pour les colonnes.

B Fréquences marginales

Les fréquences figurant dans la ligne « total » et dans la colonne « total » sont appelées **fréquences marginales**.

Remarque

Ces fréquences marginales donnent les répartitions suivant un caractère. Dans notre exemple, la ligne « Total » donne la répartition par loisir préféré et la colonne « Total » donne la répartition par sexe. Par exemple, il y a 52,8 % de filles et 47,2 % de garçons parmi les élèves de première. De plus, 49,6 % des élèves déclarent que leur loisir préféré est le sport, 14,4 % la lecture, 11,2 % le cinéma et 24,8 % les jeux vidéo.

MATHS

C Fréquences conditionnelles

Définition : soient A et B deux sous-ensembles tels que $f(B) \neq 0$.

La **fréquence conditionnelle** de A sachant B notée $f_B(A)$ est égale à

$$f_B(A) = \frac{f(A \cap B)}{f(B)}$$

Où $f(A \cap B)$ est la fréquence de $A \cap B$ et $f(B)$ est la fréquence de B.

Rappels

– On appelle **intersection** de deux ensembles A et B notée $\boldsymbol{A \cap B}$ l'ensemble de tous les éléments appartenant à la fois à A **et** à B.

– On appelle **réunion** de deux ensembles A et B notée $\boldsymbol{A \cup B}$ l'ensemble de tous les éléments appartenant à A **ou** à B.

Exemple

En utilisant l'exemple précédent, soit G : « l'élève est un garçon » et soit L : « l'élève a pour loisir préféré la lecture ».

$G \cap L$: « l'élève est un garçon dont le loisir préféré est la lecture »

La fréquence des élèves dont le loisir préféré est la lecture est égale à $f(L) = 0{,}144$. La fréquence des garçons dont le loisir préféré est la lecture est égale à $f(G \cap L) = 0{,}064$ donc la fréquence des garçons parmi les élèves ayant pour loisir préféré la lecture est égale à : $f_L(G) = \frac{f(G \cap L)}{f(L)} = \frac{0{,}064}{0{,}144} \approx 0{,}444$.

Remarques

– L'ensemble de référence n'est pas le même pour calculer une fréquence conditionnelle. Dans l'exemple précédent, l'ensemble de référence est soit tous les élèves de première soit les élèves ayant pour loisir préféré la lecture.

– Pour calculer une fréquence conditionnelle, on peut également utiliser les effectifs. Par exemple, il y a 6 garçons dont le loisir préféré est la lecture parmi les 14 garçons dont le loisir préféré est la lecture donc :

$f_L(G) = \frac{8}{18} \approx 0{,}444$.

2 Probabilité conditionnelle

A Définitions

Lorsque tous les événements élémentaires d'un univers Ω ont la même probabilité, on dit qu'on est dans une situation d'équiprobabilité sur Ω. De plus, la probabilité d'un événement A est :

$$p(A) = \frac{\textit{nombre d'éléments de A}}{\textit{nombre total d'éléments dans } \Omega}$$

Soit A un événement de l'univers Ω. L'événement contraire de A est l'événement noté $\overline{A}$ qui contient toutes les issues n'appartenant pas à A.

B Propriétés

Si A et B sont deux événements d'un univers Ω alors on a :

$$p(\overline{A}) = 1 - p(A)$$

$$p(A \cup B) = p(A) + p(B) - p(A \cap B)$$

C Définition

Soient A et B deux événements avec $p(A) \neq 0$.

On appelle probabilité conditionnelle de A sachant B, la probabilité que l'événement A se réalise sachant que **l'événement B est réalisé. Elle est notée $P_B(A)$ et est définie par** $p_B(A) = \dfrac{p(A \cap B)}{p(B)}$.

Exemple

On a interrogé des élèves sur leurs loisirs : 50 % d'entre eux aiment la lecture et 75 % aiment le sport. De plus, 40 % des élèves déclarent aimer la lecture et le sport.

On rencontre au hasard l'un de ces élèves. On considère les événements L : « l'élève aime la lecture » et S « l'élève aime le sport ».

D'après l'énoncé, $p(L) = 0{,}5$, $p(S) = 0{,}75$ et $p(L \cap S) = 0{,}4$.

Donc $p_L(S) = \dfrac{p(L \cap S)}{p(L)} = \dfrac{0{,}4}{0{,}5} = 0{,}8$.

La probabilité que l'élève aime le sport sachant qu'il aime la lecture est égale à 0,8.

3 Variables aléatoires

• **Lorsque l'on associe à chaque issue de l'univers Ω** un nombre réel, on dit que l'on définit une **variable aléatoire**.

Exemple

Tom joue au jeu suivant : il lance un dé équilibré, s'il obtient 1 et 2, il perd 1 euro, s'il obtient 3, 4 et 5, il ne perd ni ne gagne d'argent et s'il obtient 6, il gagne 5 euros. Soit X la variable aléatoire correspondant au gain de Tom. X peut prendre les valeurs –1, 0 et 5.

L'événement $X = -1$ correspond aux issues {1 ; 2}. L'événement $X = 0$ correspond aux issues {3 ; 4 ; 5}. L'événement $X = 5$ correspond à l'issue {6}.

• **Lorsqu'à chaque valeur x_i** prise par une variable aléatoire X, on associe la probabilité de l'événement $X = x_i$, on dit que l'on définit la **loi de probabilité de X**. On peut représenter cette loi à l'aide d'un tableau.

Valeurs prises par X	x_1	x_2	.....	x_n	Total
$p(X = x_i)$	p_1	p_2	.....	p_n	1

Exemple

Dans l'exemple précédent, $p(X = -1) = \dfrac{2}{6}$ car il y a 2 issues parmi les 6 telles que $X = -1$.

x_i	–1	0	5	Total
$p(X = x_i)$	$\frac{2}{6}$	$\frac{3}{6}$	$\frac{1}{6}$	1

• **Soit X une variable aléatoire** prenant les valeurs $x_1, x_2, \ldots, x_n$. L'espérance de la variable aléatoire X est le nombre réel noté E(X), tel que :

$$E(X) = x_1p_1 + x_2p_2 + \ldots + x_np_n$$

• **L'espérance mathématique** correspond donc à la valeur moyenne que l'on peut espérer obtenir si on répète l'expérience un grand nombre de fois.

Exemple

Dans l'exemple précédent,

$E(X) = -1 \times \frac{2}{6} + 0 \times \frac{3}{6} + 5 \times \frac{1}{6} - \frac{3}{6} = 0{,}5.$

Le gain que peut espérer avoir Tom est égal à 0,5 euros.

Remarque

Lorsque X représente un gain, si $E(X) > 0$, le jeu est favorable au joueur et si $E(X) = 0$, le jeu est équitable.

4 Épreuve de Bernoulli

On appelle épreuve de Bernoulli de paramètre p, toute expérience aléatoire admettant exactement 2 **issues** :

– l'une appelée « **succès** » notée S, dont **la probabilité d'apparition est** p ;

– l'autre appelée « **échec** » notée E ou $\overline{S}$, dont **la probabilité est** $1 - p$.

Exemple

On lance un dé cubique équilibré et on considère l'événement S : « obtenir un 1 ».

C'est une épreuve de Bernoulli de paramètre $p = \frac{1}{6}$. La probabilité de $\overline{S}$ est $1 - \frac{1}{6} = \frac{5}{6}$.

On appelle schéma de Bernoulli l'expérience aléatoire consistant à répéter n fois une épreuve de Bernoulli de manière identique et indépendante. Un schéma de Bernoulli a deux paramètres n et p.

Remarque

Pour représenter un schéma de Bernoulli, on peut utiliser un arbre de probabilités.

Exemple

Une urne contient 3 boules noires et 2 boules rouges. Lou tire une boule de l'urne puis la remet dans l'urne. Elle réalise trois fois la même expérience aléatoire.

Soit S : l'événement « tirer une boule noire ».

La probabilité de S est $\frac{3}{5}$ car il y a 3 boules noires parmi les 5 boules.

La probabilité de $\overline{S}$ est égale à $1 - \frac{3}{5} = \frac{2}{5}$.

Lou répète trois fois la même expérience, il s'agit donc d'un **schéma de Bernoulli**.

Voici l'arbre de probabilités représentant cette expérience aléatoire :

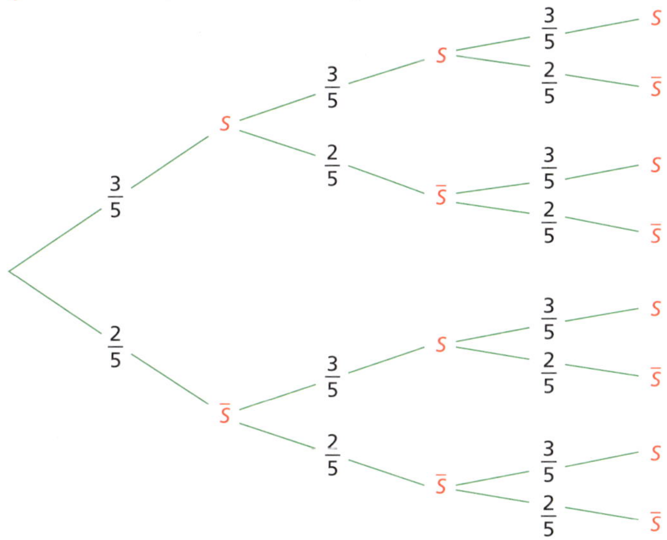

• Propriété : **pour déterminer la probabilité d'une issue** sur un arbre de probabilité, il faut multiplier toutes les probabilités rencontrées sur le chemin.

Exemple

La probabilité de l'issue $\{S \,;\, \overline{S} \,;\, S\}$ est égale à $\frac{3}{5} \times \frac{2}{5} \times \frac{3}{5} = \frac{18}{125}$.

Variable aléatoire

- **En utilisant l'expérience précédente,** on s'intéresse au nombre X de boules noires obtenues au cours des 3 tirages. X peut prendre les valeurs 0, 1, 2 et 3. X est appelé **variable aléatoire** représentant le nombre de succès obtenus lors d'un schéma de Bernoulli. On cherche donc à déterminer les probabilités de l'événement $(X = k)$ où k prend les valeurs 0, 1, 2 et 3.
- **Pour déterminer les probabilités,** on utilise l'arbre de probabilités.
- **L'événement $X = 1$** correspond à trois chemins de l'arbre de probabilités : $\left\{S \,;\, \overline{S} \,;\, \overline{S}\right\}$ $\left\{\overline{S} \,;\, S \,;\, \overline{S}\right\}$ et $\left\{\overline{S} \,;\, \overline{S} \,;\, S\right\}$. Pour déterminer sa probabilité, on ajoute la probabilité de chacun de ces chemins.

$$p(X = 1) = \frac{3}{5} \times \frac{2}{5} \times \frac{2}{5} + \frac{2}{5} \times \frac{3}{5} \times \frac{2}{5} + \frac{2}{5} \times \frac{2}{5} \times \frac{3}{5} = 3 \times \frac{3}{5} \times \frac{2}{5} \times \frac{2}{5} = \frac{36}{125}$$

Loi de probabilités de X

k	0	1	2	3	Total
$P(X = k)$	$\frac{2}{5} \times \frac{2}{5} \times \frac{2}{5} = \frac{8}{125}$	$\frac{36}{125}$	$3 \times \frac{3}{5} \times \frac{3}{5} \times \frac{2}{5} = \frac{54}{125}$	$\frac{3}{5} \times \frac{3}{5} \times \frac{3}{5} = \frac{27}{125}$	$\frac{125}{125} = 1$

L'espérance de X est égale à :

$$E(X) = 0 \times \frac{8}{125} + 1 \times \frac{36}{125} + 2 \times \frac{54}{125} + 3 \times \frac{27}{125} = \frac{225}{125} = 1{,}8$$

MATHS

Exercices d'entraînement

Exercice 1 ★ 5 min Automatisme
Corrigé p. 293

Dans un lycée, il y a 108 élèves scolarisés en 1re STMG sur 480 élèves de première.
Quelle est la proportion des élèves de première ?

Exercice 2 ★ 10 min Automatisme
Corrigé p. 293

Dans une entreprise il y a 150 employés dont 18 % sont des cadres, le reste des employés sont des ouvriers. 70 employés de cette entreprise sont des femmes dont 10 sont des cadres.

1. Quel est le nombre de cadres ?

2. Déterminer la proportion de femmes cadres.

3. Déterminer la proportion d'ouvrières parmi les femmes.

> **Quelques rappels**
> Pour calculer la proportion d'un ensemble A par rapport à un ensemble B, on fait $\dfrac{\textit{nombre d'éléments de A}}{\textit{nombre d'éléments de B}}$;
> une proportion peut éventuellement être exprimée à l'aide d'un pourcentage.
> Pour déterminer t = a % d'une valeur A, on calcule $\dfrac{a}{100} \times A$.

Exercice 3 ★ 5 min Automatisme
Corrigé p. 293

Dans un club sportif il y a $\frac{3}{5}$ de femmes dont $\frac{1}{8}$ pratiquent le foot. Quelle est la proportion de femmes pratiquant le foot ?

Exercice 4 ★ 5 min Automatisme
Corrigé p. 293

En 2018, le taux de réussite au baccalauréat est de 88,3 %, ce qui représente 596 555 élèves. Quel était le nombre de candidats ?

Exercice 5 ★ 5 min Automatisme
Corrigé p. 293

Le beurre contient $\frac{3}{5}$ d'acides gras saturés. Quelle est la masse d'acides gras saturés dans une plaque de beurre de 250 g.

Exercice 6 ★★ 30 min
Corrigé p. 293

On interroge 400 élèves d'un lycée sur leurs adhésions éventuelles à une association sportive ou culturelle. Les résultats obtenus sont les suivants :

- 54 % des élèves interrogés sont des filles ;
- $\frac{7}{16}$ des élèves interrogés pratiquent le sport dans une association dont 85 sont des filles ;
- 75 élèves pratiquent une activité culturelle dont $\frac{2}{5}$ sont des garçons ;
- Certains élèves ne sont pas membres d'une association.

1. **Compléter le tableau suivant :**

	Membres d'une association sportive	Membres d'une association culturelle	Non-membres d'une association	Total
Filles				
Garçons				
Total				

2. **Quelles sont les fréquences marginales des élèves membres d'une association ?**

3. **Quelle est la fréquence conditionnelle des filles pratiquant une activité culturelle parmi les filles de ce lycée ? Arrondir à 0,1 % près.**

On considère le programme Python suivant :

```
def frequence(effectif):
    print(effectif/400)

fille=[85,45,86]
garcon=[90,30,64]

n=int(input("sport:0,culture:1,rien:2"))

frequence(fille[n]+garcon[n])
```

À son exécution, celui-ci affiche la boîte de dialogue suivante :

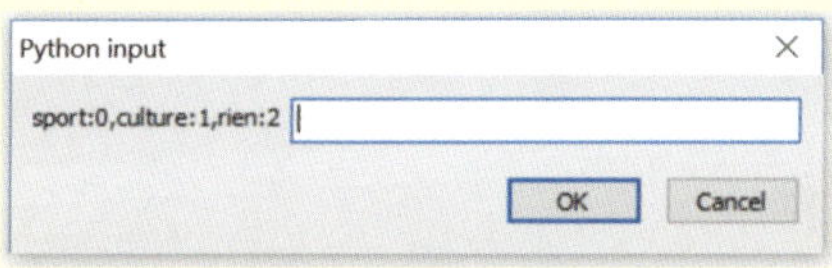

4. **Quelles valeurs peuvent être saisies par l'utilisateur ? Quels résultats ce programme permet-il de retrouver ?**

5. **Quelle modification peut-on apporter à ce programme et quelle valeur faut-il entrer dans la boîte de dialogue afin qu'il affiche la fréquence conditionnelle des filles membres d'une association sportive ?**

Exercice 7 ★ 30 min

Corrigé p. 294

Un magasin achète 700 composants électroniques chez trois fournisseurs F_1, F_2, et F_3.

$\frac{1}{4}$ des composants proviennent du fournisseur F_1 dont 92 % sont sans défaut. 250 composants proviennent du fournisseur F_2 dont 12 % ont un défaut. Sur les 700 composants, 70 ont un défaut.

1. **Compléter le tableau ci-dessous :**

	Composants de F_1	Composants de F_2	Composants de F_3	Total
Composants sans défaut				
Composants avec défaut				
Total				

2. On tire au hasard un composant électronique parmi les 700 composants.

Soit D l'événement : « le composant électronique tiré présente un défaut ».

Soit F_1 l'événement : « le composant électronique provient du fournisseur F_1 ».

a) Déterminer la probabilité $p(\overline{D})$.

b) Déterminer la probabilité $p_{F_2}(\overline{D})$.

c) Déterminer la probabilité qu'un composant vienne du fournisseur F_3 sachant que ce composant a un défaut. Arrondir à 0,01 près.

Exercice 8 ★ 15 min

Corrigé p. 294

Dans un pays, il y a 3 % de la population contaminée par un virus. On dispose d'un test de dépistage de ce virus qui a les propriétés suivantes :
– la probabilité qu'une personne contaminée ait un test positif est de 0,98 ;
– la probabilité qu'une personne non contaminée ait un test négatif est de 0,96.
On fait passer un test à une personne choisie au hasard dans cette population. On note V l'évènement « la personne est contaminée par le virus » et T l'évènement « le test est positif ». $\overline{V}$ et $\overline{T}$ désignent respectivement les évènements contraires de V et T.

1. Préciser les valeurs des probabilités $p(V)$, $p_V(T)$, $p_{\overline{V}}(\overline{T})$.

2. Déterminer $p(V \cap T)$.

Exercice 9 ★ 20 min

Corrigé p. 294

Dans une école, une tombola est organisée. 100 tickets sont vendus au prix de 2 euros. Parmi les 100 tickets, 90 billets sont perdants, 5 billets permettent de gagner 2 euros, 4 billets permettent de gagner 5 euros et 1 billet permet de gagner 50 euros. Anne achète un billet. Soit G la variable aléatoire correspondant au gain de Anne. Un gain peut être négatif.

1. Déterminer les valeurs prises par G.

2. Déterminer la loi de probabilités de G.

3. Déterminer la probabilité que le gain soit strictement positif.

4. Déterminer l'espérance de G.

Exercice 10 ★★ 30 min

Corrigé p. 294

Un QCM est constitué de 4 questions indépendantes les unes des autres. Pour chaque question, 4 réponses sont proposées dont une seule est exacte. Un élève répond au hasard à toutes les questions.
Soit l'événement B : « l'élève répond correctement à une question ».
Soit l'événement M : « l'élève ne répond pas correctement à la question ».
Soit X la variable aléatoire comptant le nombre de bonnes réponses.

1. Faire un arbre pondéré illustrant cette expérience aléatoire.

2. Déterminer l'ensemble des valeurs prises par X.

3. Déterminer la probabilité $p(X = 3)$. Arrondir à 0,0001 près.

4. Compléter le tableau ci-dessous :

x_i	0	1	2	3	4
$p(X = x_i)$					

5. Déterminer l'espérance de X.

6. Chaque bonne réponse rapporte 2,5 points. Quelle est la note sur 10 que peut espérer avoir l'élève en répondant au hasard à toutes les questions ?

CHAPITRE 2 (Énoncés p. 262)

EXERCICE 1

1. L'image de 0 par f est 2. L'image de − 2 est − 3.

2. $f(3) = -3$.

3. Les antécédents de − 3 par f sont − 2 et 3.
3 n'a pas d'antécédent.

4. Tableau de variations de f :

x	− 4		− 2		0		− 3		− 4
f	− 2	↘		↗	2	↘		↗	− 1
			− 3				− 3		

5. Tableau de signes de f :

x	− 4		− 1		1,5		4
f		−	0	+	0	−	

6. Le maximum de f sur [−4; 4] est 2 atteint en 0.

7. Les solutions de l'équation $f(x) = 0$ sont − 1 et 1,5.

Les solutions de l'inéquation $f(x) \geq 1$ sont [−0,6 ; 1].

EXERCICE 2

1. $A(x) = (2x - 4)(3x + 1)$

$A(x) = 2x \times 3x + 2x \times 1 - 4 \times 3x - 4 \times 1$

$A(x) = 6x^2 + 2x - 12x - 4$

$A(x) = 6x^2 - 10x - 4$

2. $B(x) = (x + 3)^2$

$B(x) = x^2 + 2 \times x \times 3 + 3^2$

$B(x) = x^2 + 6x + 9$

EXERCICE 3

1. $f(2) = -2^2 + 3 \times 2 - 1 = -4 + 6 - 1 = 1$.
L'image de 2 est 1.

$f(-1) = -(-1)^2 + 3 \times (-1) - 1 = -1 - 3 - 1 = -5$.
L'image de − 1 est − 5.

2. $f(1) = -1^2 + 3 \times 1 - 1 = -1 + 3 - 1 = 1 \neq 3$ donc le point A n'appartient pas à la courbe représentative de f.

EXERCICE 4

1. $x^2 = 4 \Leftrightarrow x = 2$ ou -2 donc $S = \{-2 ; 2\}$

2. Pour tout x réel, $x^2 \geq 0$ donc l'équation $x^2 = -1$ n'a pas de solution. $S = \varnothing$

3. $x^2 < 9 \Leftrightarrow -3 < x < 3$ donc $S =]-3 ; 3[$

4. $x^2 \geq 3 \Leftrightarrow x \leq -\sqrt{3}$ *ou* $x \geq \sqrt{3}$ donc
$S =]-\infty ; \ \sqrt{3}] \cup [\sqrt{3} ; +\infty[$

EXERCICE 5

1. Pour tout réel x,

$2(x - 3)(x + 1) = 2(x^2 + x - 3x - 3)$
$= 2(x^2 - 2x - 3)$
$= 2x^2 - 4x - 6$
$= f(x)$

2. $f(x) = 0 \Leftrightarrow 2(x-3)(x+1) = 0$
$\Leftrightarrow x - 3 = 0$ *ou* $x + 1 = 0$
$\Leftrightarrow x = 3$ *ou* $x = -1$

Les racines de f sont 3 et − 1.

3. a) $a = 2 > 0$ donc

x	$-\infty$		− 1		3		$+\infty$
$2(x + 1)$		−		−	0	+	
$x - 3$		−	0	+		+	
$f(x)$		+	0	−	0	+	

b) $S =]-\infty ; -1] \cup [3 ; +\infty[$

4. $a = 2 > 0$, la fonction f admet un minimum en $\dfrac{-1+3}{2} = 1$.

$f(1) = 2(1-3)(1+1) = -8$

x	$-\infty$		1		$+\infty$
f		↘		↗	
			−8		

f admet donc − 8 comme minimum atteint en 1.

5. On dresse le tableau de valeurs de la fonction f en utilisant la calculatrice graphique et on trace la courbe représentative de la fonction.

Tableau de valeurs

x	-2	-1	0	1	2	3	4
$f(x)$	10	0	-6	-8	-6	0	10

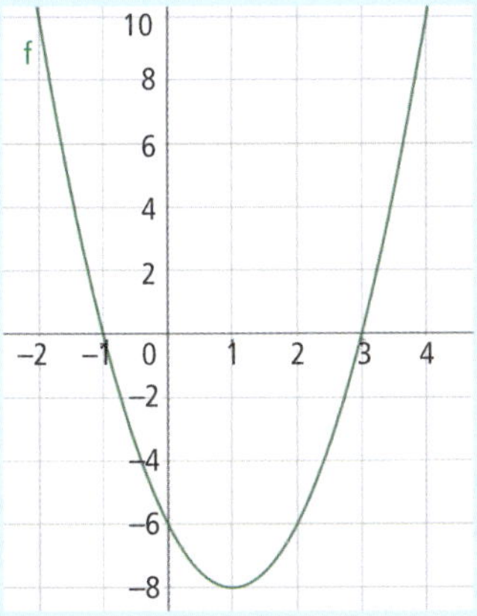

EXERCICE 6

1. $-3(x+4)(x-1) = -3(x^2 - x + 4x - 4)$
$= -3(x^2 + 3x - 4)$
$= -3x^2 - 9x + 12$
$= g(x)$.

2. $g(x) = 0 \Leftrightarrow -3(x+4)(x-1) = 0$
$\Leftrightarrow x + 4 = 0$ ou $x - 1 = 0$
$\Leftrightarrow x = -4$ ou $x = 1$.
$\Leftrightarrow -3(x+4)(x-1) = 0$
$\Leftrightarrow x + 4 = 0$ ou $x - 1 = 0$
$\Leftrightarrow x = -4$ ou $x = 1$

3.

x	$-\infty$		-4		1		$+\infty$
-3		$-$		$-$		$-$	
$x+4$		$-$	0	$+$		$+$	
$x-4$		$-$		$-$	0	$+$	
$g(x)$		$-$	0	$+$	0	$-$	

4. D'après le tableau de signes, $S = [-4\,;1]$.

EXERCICE 7

Partie A

1. $f(0) = 0^2 - 4 \times 0 + 80 = 80$. Le montant des charges fixes est égal à 80 euros.

2. a) D'après la lecture graphique, la recette pour 10 montres est égale à 200 euros.

b) Comme 10 montres sont vendues 200 euros, une montre coûte 20 euros. L'expression de la fonction R est donnée par $R(x) = 20x$.

3. L'entreprise réalise un bénéfice lorsque la droite représentant la recette est située au-dessus de la courbe représentant les charges. Ici c'est donc entre 4 et 20 montres.

4. Le bénéfice est maximal lorsque l'écart entre la droite représentant la recette et la courbe représentant les charges est le plus grand. Ici il semble que le bénéfice soit maximal entre 10 et 14 montres.

Partie B

1. Bénéfice = Recette – Coûts

$B(x) = R(x) - f(x)$

$B(x) = 20x - (x^2 - 4x + 80)$

$B(x) = 20x - x^2 + 4x - 80$

$B(x) = -x^2 + 24x - 80$

2. $-(x-4)(x-20) = -(x^2 - 20x - 4x + 80)$
$= -(x^2 - 24x + 80)$
$= -x^2 + 24x - 80$
$= B(x)$

3. $B(x) = 0 \Leftrightarrow -(x-4)(x-20) = 0$
$\Leftrightarrow x - 4 = 0$ ou $x - 20 = 0$
$\Leftrightarrow x = 4$ ou $x = 20$

x	0		4		20		24
-1		$-$		$-$		$-$	
$x-4$		$-$	0	$+$		$+$	
$x-20$		$-$		$-$	0	$+$	
$B(x)$		$-$	0	$+$	0	$-$	

L'entreprise est rentable entre 4 et 20 montres.

4. D'après la question précédente, les 2 racines de $B(x)$ sont 4 et 20.

$\dfrac{x_1 + x_2}{2} = \dfrac{4+20}{2} = 12$

$B(12) = -12^2 + 24 \times 12 - 80 = 64$

$a = -1 < 0$

Donc le tableau de variations de B est :

x	0		12		24
B		↗	64	↘	

L'entreprise réalise un bénéfice maximum de 64 € pour 12 montres vendues.

EXERCICE 8

1. La solution positive de $x^2 = 2$ est $\sqrt{2} \approx 1{,}414$.

2. Dans la fonction « balayage », il suffit de modifier la boucle :

```
while f(s)>= k :
s = s – e
```

3.

```
def f(x):
    return x**3

def balayage(f,k,e):
    s = 0
    if k>0:
        while f(s)<= k:
            s=s+e
    else:
        while f(s)>= k:
            s=s-e
    print(s)

c=int(input("Saisir c"))

balayage(f,c,0.001)
```

CHAPITRE 3

(Énoncés p. 269)

EXERCICE 1

1. $u_0 = 2 \times 0^2 + 3 = 3$; $u_1 = 2 \times 1^2 + 3 = 5$;
$u_2 = 2 \times 2^2 + 3 = 11$; $u_3 = 2 \times 3^2 + 3 = 21$.

2.

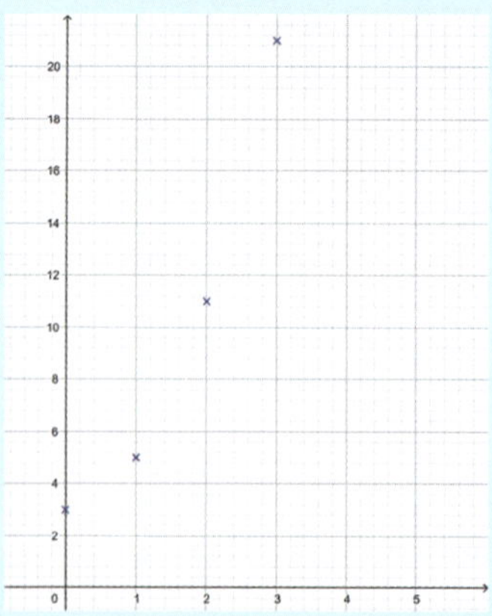

La suite semble croissante.

3. $u_{n+1} - u_n = 2(n+1)^2 + 3 - (2n^2 + 3)$
$= 2(n^2 + 2n + 1) + 3 - 2n^2 - 3$
$= 2n^2 + 4n + 2 - 2n^2 = 4n + 2 > 0$; donc la suite (u_n) est croissante.

Rappel : identités remarquables

$(a+b)^2 = a^2 + 2ab + b^2 \quad (a-b)^2 = a^2 - 2ab + b^2$

$(a-b)(a+b) = a^2 - b^2$

EXERCICE 2

1. $u_{n+1} - u_n = 3(n+1) - 5 - (3n - 5)$
$= 3n + 3 - 5 - 3n + 5 = 3$

Donc (u_n) est une suite arithmétique de raison 3.

2. La raison 3 est positive donc (u_n) est croissante.

EXERCICE 3

1. $u_1 = u_{0+1} = u_0^2 + 3u_0 + 1 = 1^2 + 3 \times 1 + 1 = 5$
$u_2 = u_{1+1} = u_1^2 + 3u_1 + 1 = 5^2 + 3 \times 5 + 1 = 41$

2. $u_{n+1} - u_n = u_n^2 + 3u_n + 1 - u_n$
$= u_n^2 + 2u_n + 1 = (u_n + 1)^2 > 0$

(d'après l'identité remarquable 1) donc la suite (u_n) est croissante.

3.

K	0	1	2	3
U	7	31	127	511

L'algorithme retourne donc la valeur 511 ; il s'agit de u_4.

4. Il suffit d'inclure une instruction d'affichage à l'intérieur de la boucle :

```
Saisir N
U ← 1
Pour k allant de 0 à N – 1
Afficher U
U ← U² + 3U + 1
k ← k + 1
FinPour
Afficher U
```

EXERCICE 4

1. $u_0 = 1\,250$

2. $u_1 = 1\,250 \times 1{,}03 = 1\,287{,}5$: son capital au bout d'un an serait de 1 287,5 euros.

$u_2 = 1\,312{,}5 \times 1{,}03 = 1\,326{,}125$: son capital au bout de deux ans serait de 1 326,125 euros.

3. Avec le placement proposé par la banque, le capital augmente chaque année de 3 % et est donc multiplié par $1 + \frac{3}{100} = 1{,}03$. On a donc $u_{n+1} = u_n \times 1{,}03$. (u_n) est donc une suite géométrique de raison 1,03.

Rappel : coefficients multiplicateurs

Pour augmenter une valeur de *a* %, il suffit de la multiplier par le coefficient multiplicateur $1 + \frac{a}{100}$.

Pour diminuer une valeur de *a* %, il suffit de la multiplier par le coefficient multiplicateur $1 - \frac{a}{100}$.

4. Dans le tableau ci-dessous, les valeurs de u ont été arrondies au dixième.

n	0	1	2	3	4	5	6	7
u	1 250	1 287,5	1 326,1	1 365,9	1 406,9	1 449,1	1 492,6	1 537,3
$u < 1\,500$	VRAI	VRAI	VRAI	VRAI	VRAI	VRAI	VRAI	FAUX

La valeur retournée est donc 7. Cela signifie que c'est au bout de 7 ans, c'est-à-dire en 2025, que le capital de Cyprien atteindra ou dépassera 1 500 euros.

CHAPITRE 4 *(Énoncés p. 276)*

EXERCICE 1

Le coefficient directeur de (AB) est égal à : $\dfrac{y_B - y_A}{x_B - x_A} = \dfrac{0-3}{-1-2} = \dfrac{-3}{-3} = 1.$

L'équation réduite de (AB) est : $y = x + b$.
Le point A appartient à la droite (AB) donc $y_A = x_A + b$ donc $3 = 2 + b$ donc $b = 1$ donc l'équation réduite de la droite (AB) est : $y = x + 1$.

EXERCICE 2

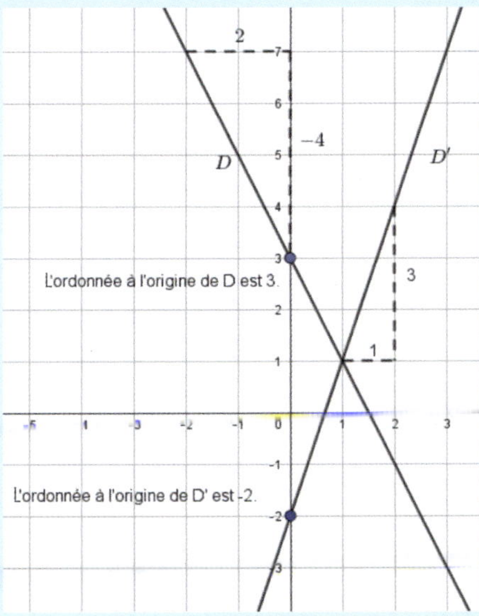

$D : y = \dfrac{-4}{2}x + 3 = -2x + 3$

$D' : y = \dfrac{3}{1}x - 2 = 3x - 2$

EXERCICE 3

a) $f'(x) = \dfrac{4}{3} \times 1 - 0 = \dfrac{4}{3}$

b) $g'(x) = 2x - 5 \times 1 + 0 = 2x - 5$

c) $h'(x) = 11 \times 3x^2 - 2 \times 2x + 3 \times 1 - 0$
$= 33x^2 - 4x + 3$

d) $i'(x) = \dfrac{5}{4} \times 3x^2 - \dfrac{1}{2} \times 2x + 5 \times 1$
$= \dfrac{15}{4}x^2 - x + 5$

EXERCICE 4

$f'(x) = 3 \times 2x - 9 \times 1 + 0 = 6x - 9$.

$6x - 9 = 0 \Leftrightarrow 6x = 9 \Leftrightarrow x = \dfrac{9}{6} = 1{,}5.$

Puis on dresse le tableau de signe de la dérivée et on conclut avec le tableau de variations de la fonction :

x	$-\infty$		1,5		$+\infty$
$f'(x)$		+	0	−	
f		↘	− 4,75	↗	

$f(1{,}5) = 3 \times 1{,}5^2 - 9 \times 1{,}5 + 2 = -4{,}75$

La fonction f admet donc − 4,75 comme minimum et il est atteint en 1,5.

EXERCICE 5

Tableau de signe de $f(x)$:

x	$-\infty$		− 1		2		$+\infty$
$f(x)$		+	0	−	0	+	

Tableau de variations de g :

x	$-\infty$		− 1		2		$+\infty$
g		↗		↘		↗	

La courbe C_f représente la dérivée h' et la courbe C_g représente la fonction h.

MATHS

EXERCICE 6

1. $f'(x) = 2x + 2 \times 1 - 0 = 2x + 2.$

2. $f'(0) = 2$ et $f(0) = -3$ donc
$T_0 : y = f'(0)(x-0) + f(0) = 2x - 3.$

3. $f'(-1) = 0$ et $f(-1) = -4$ donc
$T_{-1} : y = f'(-1)(x+1) + f(-1) = -4.$

4. $f'(-3) = -4$ et $f(-3) = 0$ donc
$T_{-3} : y = f'(-3)(x+3) + f(-3)$
$T_{-3} : y = = -4(x+3) + 0$

Donc $T_{-3} : y = -4x - 12$

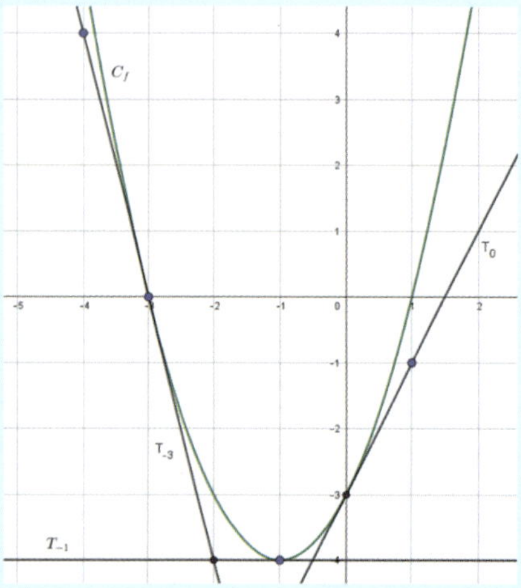

EXERCICE 7

Partie A

1. $C'_M(q) = 2q - 30$

2. $2q - 30 = 0 \Leftrightarrow 2q = 30 \Leftrightarrow q = \dfrac{30}{2} = 15$

q	0		15		25
$C'_M(q)$		−	0	+	
C_M	352	↘	127	↗	227

3. Le coût moyen minimum par tonnes est 127 euros.

Partie B

4. La recette pour q tonnes produites est égale à $160q$.

$$B(q) = R(q) - C(q)$$
$$= 160q - (q^3 - 30q^2 + 352q)$$
$$= 160q - q^3 + 30q^2 - 352q$$
$$= 160q - q^3 + 30q^2 - 352q$$
$$= -q^3 + 30q^2 - 192q.$$

5. $B'(q) = -3 \times q^2 + 30 \times 2q - 192 \times 1$
$= -3q^2 + 60q - 192.$

De plus,

$-3(q-4)(q-16) = -3(q^2 - 16q - 4q + 64)$
$= -3q^2 + 60q - 192 = B'(q).$

6. $-3(q-4)(q-16) = 0 \Leftrightarrow q - 4 = 0$
ou $q - 16 = 0$
$\Leftrightarrow q = 4$ ou $q = 16$

q	0		4		16		25
-3		−		−		−	
$q-4$		−	0	+		+	
$q-16$		−		−	0	+	
$B'(q)$		−	0	+	0	−	
B	0	↘	− 352	↗	512	↘	− 1 675

7. Le bénéfice maximal est de 512 euros pour 16 tonnes produites.

Partie C

8. Sur [4 ; 16] la fonction B est strictement croissante et prend des valeurs comprises entre − 352 et 512 ; elle prend donc la valeur 0 entre 4 et 16.

9.

a	4	4	7	8,5	9,25	9,25	9,25	9,25
b	16	10	10	10	10	9,625	9,4375	9,34375
m	10	7	8,5	9,25	9,625	9,4375	9,34375	Non calculé
$\|b-a\| < 0{,}1$	Vrai	Vrai	Vrai	Vrai	Vrai	Vrai	Vrai	Faux

Le programme affiche donc : « La solution est comprise entre 9,25 et 9,34375 ».

10. Aux lignes 4 et 5, il suffit d'écrire : « a = 16 » et « b = 25 ».

11. En observant le tableau de variations de la fonction B et en considérant que le bénéfice est nul pour des quantités environ égales à 9 tonnes et 21 tonnes, on en déduit que l'entreprise réalise un bénéfice lorsqu'elle produit entre 9 et 21 tonnes de produit.

CHAPITRE 5

(Énoncés p. 284)

EXERCICE 1

$\frac{108}{480} = \frac{22,5}{100}$ donc la proportion des élèves scolarisés en 1re STMG est 22,5 %.

EXERCICE 2

1. $150 \times \frac{18}{100} = 27$ donc le nombre de cadres est 27.

2. $\frac{10}{150} = 0,08$ donc la proportion de femmes cadres est 8 %.

3. Il y a 60 ouvrières parmi les 70 femmes. $\frac{58}{70} \approx 0,86$ donc la proportion des ouvrières parmi les femmes est d'environ 86 %.

EXERCICE 3

$\frac{3}{5} \times \frac{1}{8} = \frac{3}{40}$ donc la proportion des femmes pratiquant le foot est $\frac{3}{40}$.

EXERCICE 4

$\frac{596555}{0,883} \approx 675\,600$ donc le nombre de candidats au baccalauréat en 2018 est 675 600.

EXERCICE 5

$\frac{3}{5} \times 250 = 150$ donc la masse d'acides gras saturés est 150 g.

EXERCICE 6

1. $\frac{54}{100} \times 400 = 216$ donc il y a 216 filles et $400 - 216 = 184$ garçons.

$\frac{7}{16} \times 400 = 175$ élèves sont membres d'une association sportive dont 85 filles et 90 garçons.

$\frac{2}{5} \times 75 = 30$ garçons sont membres d'une association culturelle et 45 filles. $400 - (175 + 75) = 150$ élèves ne sont pas membres d'une association. $216 - (85 + 45) = 86$ filles non-membres d'une association.

$184 - (90 + 30) = 64$ garçons non-membres d'une association.

	Membres d'une association sportive	Membres d'une association culturelle	Non-membres d'une association	Total
Filles	85	45	86	216
Garçons	90	30	64	184
Total	175	75	150	400

2. $\frac{175}{400} = 43,75\ \%$; $\frac{75}{400} = 18,75\ \%$. Dans ce lycée, 43,75 % des élèves sont membres d'une association sportive, 18,75 % sont membres d'une association culturelle et 37,5 % ne sont pas membres d'une association.

3. Il y a 45 filles qui sont membres d'une association culturelle parmi les 216 filles donc la fréquence conditionnelle des filles pratiquant une activité culturelle parmi les filles de ce lycée est $\frac{45}{216} = 20,8\ \%$.

4. On peut rentrer les valeurs 0,1 ou 2 pour avoir les fréquences marginales respectivement des membres d'une association sportive, des membres d'une association culturelle ou de ceux qui ne sont membres d'aucune association.

5. Il faudra remplacer la ligne 9 par « frequence(fille[n]) » et entrer la valeur 0 dans la boîte de dialogue.

EXERCICE 7

1.

	Composants de F_1	Composants de F_2	Composants de F_3	Total
Composants sans défaut	$\frac{92}{100} \times 175 = 161$	$250 - 30 = 220$	$630 - (161 + 220) = 249$	$700 - 70 = 630$
Composants avec défaut	**14**	$\frac{12}{100} \times 250 = 30$	$275 - 249 = 26$	**70**
Total	$\frac{1}{4} \times 700 = 175$	**250**	$700 - (175 + 250) = 275$	**700**

2. a) $p(\overline{D}) = \dfrac{630}{700} = 0,9$

b) $p_{F_2}(\overline{D}) = \dfrac{p(F_2 \cap \overline{D})}{p(F_2)} = \dfrac{\frac{220}{700}}{\frac{250}{700}} = \dfrac{220}{250} = 0,88$

c) $p_D(F_3) = \dfrac{p(D \cap F_3)}{p(D)} = \dfrac{\frac{26}{700}}{\frac{70}{700}} = \dfrac{26}{70} \approx 0,37$

EXERCICE 8

1. Par lecture de l'énoncé, $p(V) = 0,03$, $p_V(T) = 0,98$ et $p_{\overline{V}}(\overline{T}) = 0,96$.

2. $p_V(T) = \dfrac{p(V \cap T)}{P(V)}$ donc

$p(V \cap T) = p(V) \times p_V(T) = 0,03 \times 0,98 = 0,0294$

EXERCICE 9

1. Les valeurs prises par G sont 48 euros (50 – 2), 3 euros (5 – 2), 0 euro (2 – 2) et – 2 euros (0 – 2).

2. Loi de probabilités de G :

Valeurs de G	**48**	**3**	**0**	**– 2**	**Total**
$p(G = x_i)$	$\frac{1}{100}$	$\frac{4}{100}$	$\frac{5}{100}$	$\frac{90}{100}$	1

3. $p(G > 0) = p(G = 48) + p(G = 3)$.

$= \dfrac{1}{100} + \dfrac{4}{100} = \dfrac{5}{100}$.

4.

$E(G) = 48 \times \dfrac{1}{100} + 3 \times \dfrac{4}{100} + 0 \times \dfrac{5}{100} - 2 \times \dfrac{90}{100}$

$= -\dfrac{120}{100} = -1,20.$

EXERCICE 10

1.

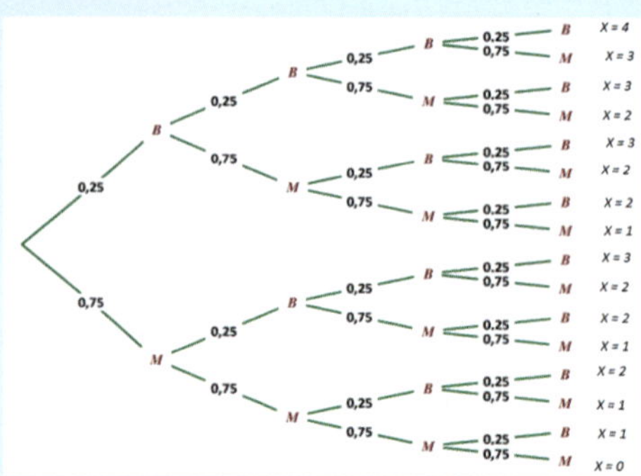

2. Les valeurs prises par X sont 0, 1, 2, 3 et 4.

3. Il y a 4 branches telles que $X = 3$.

$p(X = 3) = 4 \times 0,25^3 \times 0,75 \simeq 0,0469$

4. Loi de probabilités de X :

x_i	$p(X = x_i)$
0	$0,75^4 \simeq 0,3164$
1	$4 \times 0,25 \times 0,75^3 \simeq 0,4219$
2	$6 \times 0,25^2 \times 0,75^2 \simeq 0,2109$
3	0,0469
4	$0,25^4 \simeq 0,0039$

5.

$E(x) = 0 \times 0,3164 + 1 \times 0,4219 + 2 \times 0,2109 + 3 \times 0,0469 + 4 \times 0,0039 \simeq 1.$

6. L'élève peut espérer avoir une bonne réponse donc espérer avoir 2,5/10.

Histoire-Géographie EMC

HISTOIRE-GÉOGRAPHIE EMC

THÈME 1 L'Europe bouleversée par la Révolution française (1789-1815)

La Révolution française de 1789 provoque la **chute de la monarchie**, met fin à la société d'ordres et **abolit les privilèges**. Elle fonde une nation de **citoyens égaux**, à partir de la **Déclaration des Droits de l'Homme et du Citoyen** du 26 août 1789. Plusieurs régimes se succèdent jusqu'à **l'Empire de Napoléon Ier** qui débute en 1804. Battu en 1814 par une vaste coalition de monarchies européennes, Napoléon est de nouveau défait à **Waterloo** en 1815. Avec le Congrès de Vienne, les monarchies européennes sont restaurées et les aspirations des peuples à plus de liberté sont étouffées.

◄ *La Prise de la Bastille* de Jean-Baptiste Lallemand (1789)

1 La rupture révolutionnaire de 1789

A La crise de l'Ancien Régime

• **Des difficultés économiques et sociales.** Dans les années 1780, les mauvaises récoltes «entraînent» l'**augmentation du prix du blé**. Les révoltes sont de plus en plus fréquentes.

• **À cela s'ajoute une crise sociale** liée aux profondes inégalités dans la société française. L'organisation en **trois ordres inégalitaires** (noblesse, clergé et Tiers État) est de plus en plus contestée ; par ailleurs, les caisses de l'État sont vides.

Définition
Société d'ordres : la société d'Ancien Régime est composée de la noblesse, du clergé et du Tiers État (bourgeoisie, artisans et paysans).

Pour remédier à ces difficultés, Louis XVI **convoque les États généraux** pour le 5 mai 1789. Durant le printemps 1789, des cahiers de doléances sont rédigés.

• **Les députés du Tiers État,** beaucoup plus nombreux, réclament l'**abolition du vote par ordre** (chacun des trois ordres disposant d'une voix) et son remplacement par un vote par tête (chaque député disposerait alors d'une voix). Mais Louis XVI refuse.

B 1789 à 1792 : de la monarchie absolue à la République

• **L'affirmation de la souveraineté nationale.** Lors des États généraux réunis à Versailles, Louis XVI refuse toute réforme. **Le 17 juin, les députés du Tiers État se proclament Assemblée nationale.** Rejoints par des députés de la noblesse et du clergé, ils jurent de ne pas se séparer avant d'avoir rédigé une constitution pour la France : c'est le **serment du Jeu de paume** le 20 juin 1789.

> **Définition**
> **Souveraineté nationale :** principe affirmé dès le serment du Jeu de Paume (20 juin 1789) qui dispose que la source de l'autorité politique est la nation, communauté formée par l'ensemble des citoyens.

• **La prise de la Bastille, le 14 juillet 1789.** Les Parisiens armés (ouvriers, bourgeois, soldats rebelles) attaquent la prison de la Bastille, symbole de l'absolutisme royal. Cette **révolution populaire** met fin à l'absolutisme : la souveraineté nationale remplace la souveraineté du roi.

• **Égalité juridique et libertés individuelles.** En province, les paysans s'attaquent aux propriétés seigneuriales. Pour mettre fin à cette « **Grande Peur** », les députés de la nouvelle Assemblée nationale constituante décident d'**abolir les privilèges** le 4 août 1789.

> **Définition**
> **Grande Peur :** révoltes paysannes de l'été 1789, nées de rumeurs de complots des nobles. Les paysans pillent les châteaux et détruisent les registres des droits féodaux.

• **Le 26 août, la Déclaration des Droits de l'Homme et du Citoyen** consacre l'émergence d'une nation de citoyens égaux en droit. Louis XVI semble accepter la Révolution ; mais sa **fuite manquée en juin 1791** le discrédite auprès des Français.

• **Sous la pression populaire,** une nouvelle Assemblée, la Convention, décrète la fin de la monarchie, l'emprisonnement du roi et de sa famille et proclame la République.

C La République en danger

La France en guerre. Dès 1792, les révolutionnaires entendent diffuser leur nouveau modèle politique, la **République**, dans toute l'Europe.

• **La France entre en guerre le 20 avril 1792** contre l'empereur d'Autriche. Mais les défaites militaires se succèdent et ce n'est qu'en septembre 1792 que l'invasion du territoire par les puissances étrangères est stoppée à la bataille de Valmy.

• **L'exécution de Louis XVI en janvier 1793** réunit contre la France toutes les monarchies d'Europe. À l'intérieur du pays, des **guerres civiles** se déclarent : en Vendée, les paysans, encadrés par les nobles royalistes et les prêtres catholiques, s'opposent aux Républicains.

• **Gouvernement révolutionnaire et Terreur.** Pour sauver la République, la Convention et le parti des Montagnards mettent en place un gouvernement révolutionnaire qui remet le pouvoir au **Comité de salut public**, dirigé par **Robespierre**.

• **La « loi des suspects » et la mise en place d'un tribunal révolutionnaire** permettent d'éliminer les opposants. Les libertés sont suspendues. Pourtant les chefs Montagnards se divisent : Danton demande la fin de **la Terreur** mais Robespierre le fait guillotiner. La Convention prend peur et fait guillotiner à son tour Robespierre en juillet 1794. À la fin de la Terreur, la République a du mal à se stabiliser.

2 L'Europe napoléonienne

A La domination européenne de Napoléon

• **À la suite du coup d'État du 18 Brumaire** an VIII (9 novembre 1799) qui **met fin au Directoire**, le général Bonaparte instaure le **Consulat**. Il veut mettre fin à la Révolution et rétablir

> **À retenir**
> Napoléon Bonaparte devient consul à vie en 1802 puis empereur en 1804.

l'ordre tout en conservant les acquis de la Révolution. À la suite de son sacre par le pape Pie VII le 2 décembre 1804, Napoléon met en place un régime personnel autoritaire, le **Premier Empire**.

• **L'Empire de Napoléon Ier** impose les idées de la Révolution française en Europe de 1804 à 1815. Napoléon souhaite que l'Europe soit fondée sur le modèle de la France. Les États conquis sont dotés de constitutions similaires à celle de la France. Napoléon impose aux Français une **administration centralisée**, le **Code civil**, l'**abolition de la féodalité**, les **lycées**, le **système métrique**... Mais le régime devient vite impopulaire dans les pays occupés.

Définitions

Consulat : régime politique mis en place de 1799 à 1804 après le coup d'État du **18 Brumaire** de l'an VIII.

Premier Empire : régime impérial mis en place de 1804 à la première abdication de Napoléon le 14 avril 1814.

B La coalition des puissances monarchiques

• **L'Empire doit faire face à l'éveil des sentiments nationaux** dans la plupart des territoires conquis. À partir de 1808, les Espagnols subissent l'oppression des Français. Le 2 mai, les habitants de Madrid se soulèvent contre l'autorité française. Le lendemain, les troupes françaises répriment férocement cette révolte. Cela a inspiré au peintre Goya ses tableaux le *Dos de Mayo* et le *Tres de Mayo*.

• **La domination napoléonienne en Europe.** Les campagnes napoléoniennes sont souvent vécues comme une **oppression** par les puissances occupées. Les territoires conquis sont victimes de pillages, de réquisitions. Dans ces pays émerge un sentiment national fondé sur le **refus de la domination française**. En Allemagne, puis en Russie, une forme de patriotisme émerge.

On observe ainsi un retournement de situation : les idées révolutionnaires, inspirées par la France, fondées sur la souveraineté de la Nation, se retournent contre la France. Ce sont des armées au caractère plus national qui poussent Napoléon à la défaite en 1815 (voir la bataille de Waterloo p. 299). Napoléon doit abdiquer.

C Le congrès de Vienne

• **Restaurer l'ordre monarchique.** Au moment de la chute de l'Empire en 1815, les monarchies (Royaume-Uni, Prusse, Russie et Autriche) tentent de **refonder l'ordre ancien en Europe**. Pour cela, elles se réunissent lors du **Congrès de Vienne** dont l'objectif est d'en finir avec la période révolutionnaire. Se dessine alors une **Europe monarchique** avec la Russie, la Prusse et l'Autriche qui agrandissent leur territoire alors que le Royaume-Uni étend son influence sur les mers.

• **Le Congrès de Vienne** tente également de créer les conditions d'une paix durable, en renouvelant par exemple les règles de la diplomatie.

À retenir

La France, vaincue, se voit imposer la restauration monarchique (Louis XVIII) et un retour aux frontières de 1791.

Le Congrès de Vienne marque donc le triomphe des principes de l'Ancien Régime dans une Europe des princes pacifiée (l'Europe ne connaîtra pas de conflit majeur avant 1870). Mais **les aspirations libérales et nationales sont malmenées**. Certaines lois libérales sont cependant proposées comme la **fin de la traite négrière**. Mais les aspirations des nationalités ne sont pas entendues : Polonais, Belges, Allemands, Italiens vivent toujours dans plusieurs États ou sont intégrés à des Empires.

THÈME 1 Sujets d'étude

1 10 août 1792 : la chute de la monarchie

• **Avec l'emblématique 14 juillet 1789** (prise de la Bastille), le **10 août 1792** est une des journées les plus importantes de la Révolution française : la **prise du palais des Tuileries** par les sans-culottes et les fédérés marque la fin **de 1 000 ans de monarchie en France**.

• **Le 20 juin 1791, le roi Louis XVI tente de fuir** la France avec sa famille afin de rejoindre des troupes fidèles pour rétablir son autorité. Mais il est reconnu dans une auberge, arrêté à Varennes et ramené à Paris. Dès lors, de nombreux Français l'accusent de trahison.

Le roi est alors persuadé que seule une intervention étrangère peut lui permettre de restaurer l'absolutisme. Le 20 avril 1792, l'Assemblée législative déclare la guerre à l'Autriche sur la proposition du roi qui, en secret, espère une défaite de la France. Dans un contexte de guerre, **le peuple parisien est en ébullition**.

• **Face à l'avancée des troupes étrangères vers les frontières,** l'Assemblée déclare « la patrie en danger » le 11 juillet 1792. Le 1er août, le « manifeste de Brunswick » (chef des armées prussiennes) est rendu public : il somme le peuple français « de se soumettre au roi sans délai », faute de quoi Paris serait « livré à une exécution militaire ». **Le peuple parisien se révolte**.

• **Au matin du 10 août,** une foule de sans-culottes (révolutionnaires) se rassemblent aux abords des Tuileries. Plus de 950 gardes suisses et 2 000 à 3 000 gardes nationaux défendent la résidence royale. Toutefois, ces derniers se **rallient rapidement du côté des insurgés**.

• **Le roi, suivi de sa famille,** cherche alors refuge au sein de l'Assemblée. Pendant ce temps, le palais des Tuileries est assailli et les gardes suisses tirent sur le peuple. Les **sans-culottes** et les **gardes nationaux**, qui se sont ralliés, **gagnent finalement le combat**.

• **Les conséquences.** Cette journée du 10 août 1792 a fait **plus de 650 morts chez les gardes suisses** et plus de 200 aristocrates et gens de maison meurent durant la prise des Tuileries. Chez les insurgés, on compte 200 à 400 morts. **L'Assemblée législative prononce la « suspension » du roi.** Elle convoque par ailleurs une **Convention nationale** en vue de prendre toutes mesures « pour assurer la souveraineté du peuple et le règne de la liberté et de l'égalité ».

• **La famille royale est conduite à la prison du Temple.** Fin août, les avancées des armées étrangères sur le territoire français réactivent la peur du complot. Les **massacres de septembre** (du 2 au 5) sont l'expression de la violence populaire : 1 300 prisonniers parisiens (royalistes, prisonniers de droit commun) et des prêtres réfractaires (contre la Révolution) sont massacrés. Avec la **victoire de Valmy** la France est sauvée, et la République proclamée le 20 septembre 1792.

À retenir
Cette journée du 10 août 1792 aura donc marqué l'effondrement de la monarchie française. Louis XVI est guillotiné le 21 janvier 1793.

2 La bataille de Waterloo

• **À son retour de l'île d'Elbe,** Napoléon rentre aux Tuileries le 20 mars 1815. La fuite du roi Louis XVIII et le retour de Napoléon fixent le début des **Cent Jours** qui se terminent avec la **seconde abdication** de l'empereur, le 7 juillet 1815. La **bataille de Waterloo** est la dernière à laquelle prit part Napoléon, qui venait de reprendre le pouvoir en France trois mois plus tôt.

• **Les forces en présence.** Napoléon réunit en toute hâte les vétérans de son armée, et attaque les Anglais et les Prussiens en Belgique, avant que ceux-ci ne soient rejoints par les Autrichiens et les Russes.

• **La coalition monarchique européenne** veut **empêcher le retour de Napoléon** au pouvoir. Elle est composée d'Anglais, d'Allemands, de Belges et de Néerlandais, sous les ordres du duc de Wellington, et de Prussiens commandés par Blücher.

• **Napoléon pénètre en Belgique** le **15 juin 1815,** en vue de se placer entre les deux armées ennemies. L'empereur envoie son aile droite commandée par **Grouchy** contre les Prussiens de Blücher et son aile gauche commandée par Ney contre Wellington.

> **Chiffres-clés**
> • L'armée impériale aligne plus de 86 000 hommes (74 000 fantassins et 12 000 cavaliers) ; elle est équipée d'environ 250 canons.
> • L'alliance des puissances étrangères : 106 000 fantassins (Britanniques, Allemands et Néerlandais) et 12 000 cavaliers. Les artilleurs sont dotés d'environ 150 à 200 canons.
> Les Prussiens de Blücher sont environ 33 000.

• **Fidèle à sa tactique,** Napoléon veut prendre l'ennemi de vitesse avant d'affronter l'armée autrichienne restée sur le Rhin. L'armée napoléonienne, formée de vieux soldats et de volontaires, a un moral ardent mais des nerfs fragiles.

• **Le 16 juin, Blücher est battu à Ligny,** mais il réussit à échapper à Grouchy. Le 17, Wellington s'installe au sud de Waterloo. Napoléon l'attaque le 18. Les troupes françaises multiplient les assauts sans parvenir à battre les troupes de Wellington.

• **Au moment décisif,** alors que Napoléon espérait voir déboucher Grouchy sur sa droite, Blücher fait irruption sur le champ de bataille, prenant à revers l'armée française qui fuit en déroute. Napoléon se replie en France. Il abdiquera peu après cette foudroyante défaite.

• **Les conséquences.** Cette défaite de Waterloo marque l'affirmation des puissances monarchiques (Autriche, Prusse et Russie). Seule la Grande-Bretagne est une **monarchie parlementaire**. Le **congrès de Vienne** (1814-1815) et le **pacte de la Sainte-Alliance** (accord entre le Tsar de Russie, l'empereur d'Autriche et le roi de Prusse) rétablissent un ordre conservateur. En France, la royauté est rétablie le 8 juillet 1815. Quant à Napoléon, il meurt exilé par les Anglais sur l'île de Sainte-Hélène en 1821.

> **Chiffres-clés**
> La bataille de Waterloo aurait fait plus de 10 500 morts et plus de 35 000 blessés. Les pertes françaises ont été environ deux fois plus élevées que celles de la coalition.

Exercices d'entraînement

Exercice 1

Corrigé p. 342

Un appel à la violence

Jean-Paul Marat (1743-1793), dans son journal L'Ami du peuple*, dénonce sans relâche les ennemis de la Révolution. Il demande aussi la déchéance du roi. Il s'adresse aux sans-culottes.*

« La glorieuse journée du 10 août 92 peut être décisive pour le triomphe de la liberté si vous savez profiter de vos avantages. [...] Vos implacables ennemis paraissent consternés, mais ils ne tarderont pas à [...] se relever, plus terribles que jamais. [...] Je vous propose donc de décimer les membres contre-révolutionnaires de la municipalité, des juges de paix, des départements et de l'Assemblée nationale [...].

Mais, sur toutes choses, tenez le roi, sa femme et son fils en otage, et, jusqu'à ce que son jugement définitif soit prononcé, qu'il soit montré chaque jour quatre fois au peuple. Et comme il dépend de lui d'éloigner pour toujours nos ennemis, déclarez-lui que si, sous quinze jours, les Autrichiens et les Prussiens ne sont pas à vingt lieues des frontières pour n'y plus reparaître, sa tête roulera à ses pieds. »

Jean-Paul Marat, *L'Ami du peuple* (1792).

1. Quelle est l'opinion de Marat sur la journée du 10 août 1792 ?

2. En quoi ce texte est-il un appel à la violence ?

3. La journée du 10 août est-elle suffisante pour Marat ?

Exercice 2

Corrigé p. 342

La bataille de Waterloo vue par Victor Hugo

Waterloo ! Waterloo ! morne plaine
Comme une onde qui bout dans une urne trop pleine,
Dans ton cirque de bois, de coteaux, de vallons,
La pâle mort mêlait les sombres bataillons.
D'un côté c'est l'Europe, et de l'autre la France !
Choc sanglant ! des héros Dieu trompait l'espérance
Tu désertais, victoire, et le sort était las.
O, Waterloo ! je pleure, et je m'arrête, hélas !
Car ces derniers soldats de la dernière guerre
Furent grands ; ils avaient vaincu toute la terre.
Chassés vingt rois, passé les Alpes et le Rhin,
Et leur âme chantait dans les clairons d'airain !
Le soir tombait ; la lutte était ardente et noire.
Il avait l'offensive et presque la victoire ;
Il tenait Wellington acculé sur un bois.
Sa lunette à la main, il observait parfois
Le centre du combat, point obscur où tressaille
La mêlée, effroyable et vivante broussaille,
Et parfois l'horizon, sombre comme la mer.
Soudain, joyeux, il dit : Grouchy ! — C'était Blücher !
L'espoir changea de camp, le combat changea d'âme.
La mêlée en hurlant grandit comme une flamme.
La batterie anglaise écrasa nos carrés.

Victor Hugo, *Les Châtiments*, « Expiation », 1853 (extraits).

1. Comment Hugo montre-t-il l'atrocité des combats ?

2. Quel portrait fait-il de Napoléon ?

3. Comment Hugo juge-t-il la défaite ?

THÈME 2 Les transformations politiques et sociales de la France de 1848 à 1870

De 1848 à 1870, l'évolution politique de la France est marquée par la succession de deux régimes. La **deuxième République,** proclamée le 24 février 1848, prend fin avec le coup d'État du 2 décembre 1851. À partir de 1852, le nouvel empereur Napoléon III fonde un régime autoritaire, le **Second Empire**. Mais la défaite contre la Prusse en 1870 entraîne la fin de ce régime : le 4 septembre 1870, Léon Gambetta proclame la **IIIe République**.

1 L'esprit de 1848, puis l'Empire

A La révolution de février 1848

• **La fin de la monarchie de Juillet.** Comme en 1789, tout commence par une **crise agricole** : les récoltes sont médiocres. La dépression touche aussi l'industrie, et le chômage augmente. La tension sociale est forte à Paris. Le 21 février 1848, un banquet républicain en faveur de l'élargissement du droit de vote est interdit, mais la foule ignore cette interdiction.

• **Une partie de la Garde nationale fraternise** avec la population. Une **insurrection** éclate à Paris le 23 février 1848. La troupe tire sur la foule boulevard des Capucines. Les insurgés se dirigent vers les Tuileries ou réside le roi. Louis-Philippe abdique. Un **gouvernement provisoire** est formé le 24 février, avec le poète Lamartine, et le 25 la **République** est proclamée à l'Hôtel de ville.

Définition
Garde nationale : milice bourgeoise créée en 1789 et affectée au maintien de l'ordre.

Sur le plan social, le **droit au travail** est proclamé, des Ateliers nationaux sont créés pour les milliers d'ouvriers au chômage.

• **Sur le plan politique,** le **suffrage universel masculin** entre en vigueur. L'esclavage est aboli dans toutes les colonies et possessions françaises grâce à l'action de Victor Schœlcher. La **liberté de la presse** devient totale et les arbres de la liberté sont à nouveau plantés, comme en 1789.

Définition
Ateliers nationaux : chantiers de travaux créés après février 1848 pour fournir du travail et un salaire aux ouvriers parisiens au chômage.

B Les journées de juin 1848

• **La révolte du peuple de Paris.** Les ouvriers sont soupçonnés d'entretenir l'agitation politique dans les Ateliers nationaux. L'Assemblée décide donc de les fermer le 21 juin 1848.

• **Du 23 au 26 juin,** les ouvriers dressent des barricades. La répression du ministre de la Guerre, le général Cavaignac, est sanglante : on compte 4 000 morts parmi les insurgés et 1 600 parmi les forces de l'ordre. 15 000 parisiens sont arrêtés dont 4 000 déportés en Algérie. Ces **journées de juin** sont marquées par un retour en arrière : la liberté de la presse est à nouveau limitée.

Définition
Suffrage universel : le suffrage correspond au vote, et il est dit universel s'il se réalise sans conditions pour tous les citoyens. En 1848, il est masculin, seuls les hommes de plus de 21 ans votent.

• **La mise en place de la deuxième République.** Le 4 novembre, une **nouvelle constitution**, inspirée de l'expérience américaine, est votée : elle prévoit une **Assemblée nationale**, élue au suffrage universel masculin, et un **Président de la République,** élu au suffrage universel pour 4 ans avec un mandat non renouvelable.

• **L'élection du Président de la République** se traduit par une victoire écrasante de **Louis Napoléon Bonaparte**. C'est le vote des campagnes, de la bourgeoisie et des conservateurs qui a conduit au pouvoir Louis Napoléon Bonaparte.

Les premières mesures politiques concernent l'instruction qui est confiée plus largement au clergé (loi Falloux de 1850). Les libertés politiques sont encadrées (loi sur la presse, loi sur les clubs). Enfin, la **réforme de la loi électorale** aboutit à la fin du suffrage universel.

C Le coup d'État de 1851 et l'Empire

• **Ne pouvant pas renouveler son mandat,** Louis Napoléon Bonaparte organise un **coup d'État** le 2 décembre 1851. Des soulèvements éclatent à Paris, plus de 30 000 personnes sont arrêtées et les chefs de l'opposition doivent s'exiler (comme Victor Hugo).

Un régime autoritaire est mis en place, limitant la liberté d'expression, pratiquant la **censure** et la **répression. Le 2 décembre 1852, l'Empire est proclamé.**

• **À partir de 1860, le régime impérial se libéralise. L'amnistie de 1859** permet à tous les républicains proscrits de regagner la France. En 1864, la loi Ollivier reconnaît de fait le **droit de grève**. Deux lois de 1868 sont favorables à la **liberté de la presse** et à la **liberté de réunion**.

• **Mais l'Empire libéral disparaît** avec la chute de Napoléon III, fait prisonnier à Sedan par l'armée prussienne le 2 septembre 1870. La République est proclamée le **4 septembre 1870**.

2 La transformation de l'économie et de la société

A La transformation de l'industrie sous le Second Empire

La mise au point de la **machine à vapeur** à la fin du XVIIIe siècle bouleverse les techniques de production. Le textile et la métallurgie se mécanisent. De 1840 à 1870, **la proto-industrie cède la place aux grandes usines**.

• **En 1860, la France devient la première puissance industrielle** d'Europe occidentale. On assiste à l'**essor du chemin de fer.** Le secteur du bâtiment profite de la **rénovation de Paris** et des grands travaux entrepris par le **Baron Haussmann**.

• **Le salariat se développe** et la condition des ouvriers est difficile. Ils sont surveillés : le **livret ouvrier** est toujours en vigueur. Les journées de travail sont longues (plus de 12 heures). Le salaire des ouvriers progresse mais insuffisamment, c'est pourquoi les femmes et les enfants travaillent également.

> **Définition**
> **Proto-industrie :** phase de développement de l'industrie durant laquelle la production est réalisée dans de petits ateliers domestiques.

> **Chiffre-clé**
> Dans les années 1850, les enfants de moins de 14 ans représentent toujours 15 à 20 % de la main-d'œuvre des usines.

B Les progrès de l'urbanisation en France

• **L'urbanisation progresse** grâce à l'afflux de ruraux dans les villes. C'est l'exode rural.

• **À Paris, la population passe de 1,2 million à 1,8 million entre 1851 et 1870.** Les **villes de province** connaissent une croissance urbaine (Lyon, Toulouse, Lille) mais plus limitée (158 000 habitants à Lille en 1870).

> **Définition**
> **Livret ouvrier :** document d'identité obligatoire pour l'ouvrier. Le livret devait être présenté au patron qui le remettait à la fin du contrat. Il permettait de contrôler le nomadisme des ouvriers.

HISTOIRE

• **Les villes restent des lieux où les épidémies sont souvent meurtrières.** L'épidémie de choléra de 1854 fait 150 000 morts. Des **villes ouvrières** voient le jour dans un contexte de **paternalisme**. C'est le cas du Creusot où se trouvent les usines Schneider.

• Le 23 juin 1853, Napoléon III nomme le **Baron Haussmann** préfet de la Seine et lui confie la mission **d'assainir, d'embellir et d'unifier Paris. La capitale compte désormais 20 arrondissements.** Les fortifications de la ville sont supprimées, de larges boulevards sont percés, des immeubles haussmanniens sont construits et des réseaux modernes d'égouts sont créés.

Mais si la réorganisation de la capitale s'est faite sous l'impulsion de **principes hygiénistes** et de maintien de l'ordre, l'œuvre d'Haussmann n'en fut pas moins critiquée : rejetant les pauvres en périphérie.

Chiffre-clé
Le taux d'urbanisation de la France passe de 25,5 % en 1851 à 31,3 % en 1870.

Définitions
Paternalisme : système dans lequel les grands patrons d'entreprises prennent en charge l'amélioration de la vie de leurs ouvriers en dehors de l'atelier.
Hygiénisme : courant de pensée développé au XIXe siècle qui associe des aspects sanitaires et moraux, et qui vise à rendre l'environnement plus salubre et plus sain.

C L'évolution des campagnes

• **Le monde rural constitue l'essentiel de la population française** (70 % du total soit 26,6 millions sur 38 en 1866). Il est marqué par une grande diversité sociale. Si 1 % des propriétaires détiennent 1/3 de la terre, la majorité des paysans sont de petits propriétaires pratiquant la polyculture. Fermage et métayage se maintiennent.

• **Le monde rural** est aussi marqué par la présence des notables (maire, curé, instituteur, grands propriétaires terriens).

• **La modernisation des campagnes sous le Second Empire.** Le **chemin de fer** joue un rôle fondamental dans le désenclavement des campagnes françaises. Le Second Empire napoléonien met l'accent sur la **construction de nouvelles lignes** (les frères Pereire) qui permettent l'ouverture des marchés et la circulation des idées. Les produits agricoles peuvent ainsi être acheminés rapidement vers les marchés des grandes villes.

Définitions
Fermage : mode d'exploitation de la terre dans lequel l'exploitant paye un loyer au propriétaire.
Métayage : mode d'exploitation de la terre dans lequel l'exploitant n'est pas propriétaire de la terre qu'il exploite, et verse une part de sa production au propriétaire.

Le Second Empire prend fin avec la guerre franco-prussienne de 1870.

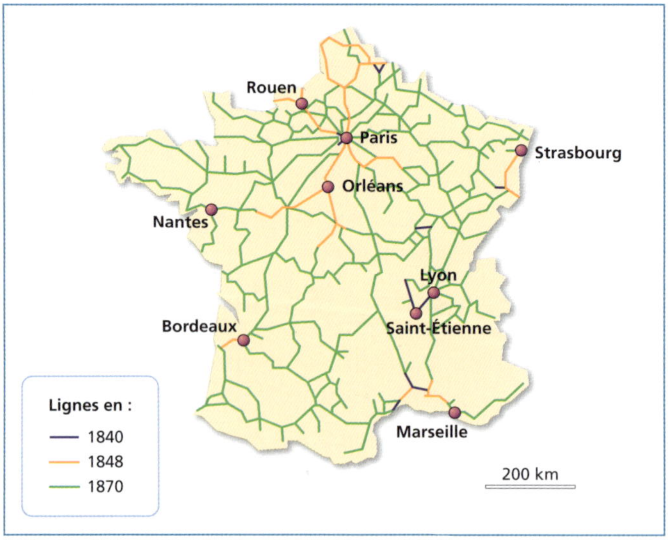

▲ L'évolution du réseau ferroviaire au XIXe siècle

Sujets d'étude

1 Victor Hugo sous la IIe République et le Second Empire

• **La révolution de février 1848** surprend quelque peu Victor Hugo et contraint l'écrivain à interrompre la rédaction des *Misérables*, « pour cause de révolution ». La **dimension sociale** de cette révolution ne lui échappe pas. Mais l'écrivain n'éprouve d'abord qu'une sympathie limitée pour le mouvement de février 1848. Il est favorable à l'abolition de l'esclavage, de la peine de mort en matière politique, et à l'instauration du suffrage universel.

• **Élu député de l'Assemblée constituante** aux élections complémentaires de juin 1848, Hugo siège à droite. Lors de l'insurrection ouvrière de juin 1848, Hugo est sur les **barricades**, mais du côté de « l'ordre », mandaté par l'Assemblée pour tenter de limiter l'effusion de sang. Il conservera le souvenir de cette expérience dans *Les Misérables*.

• **Dans la seconde partie de l'année 1848, Hugo s'oppose au gouvernement autoritaire** du général Cavaignac mais soutient la candidature à la présidence de la République de **Louis Napoléon Bonaparte**. Ce qui compte pour Hugo, c'est la **défense des libertés**. Avec son grand discours contre la loi Falloux sur la « liberté » de l'enseignement, il passe clairement dans les rangs de la gauche et s'oppose au pouvoir.

• **Le 11 décembre 1851 au soir,** Hugo **fuit un régime** où Louis Napoléon Bonaparte devient l'empereur Napoléon III. Hugo et 65 autres députés (dont Schœlcher et Raspail) sont frappés de **proscription**. Hugo emporte avec lui une haine féroce envers « l'usurpateur ». Hugo s'établit à Jersey en 1852 puis à Guernesey en 1855.

• **Ces dix-neuf années d'exil** sont destinées à combattre Napoléon III. Il rédige un pamphlet intitulé *Napoléon le Petit*, par opposition à la grandeur de Napoléon Ier, et entre en résistance contre l'Empereur : « Et s'il n'en reste qu'un, je serai celui-là » (Extrait des *Châtiments*).

• **Lorsque la République est proclamée le 4 septembre 1870, Hugo revient à Paris** et reçoit un accueil triomphal. Victor Hugo meurt en 1885 à l'âge de 83 ans et a droit à des funerailles nationales.

2 Les établissements Schneider au Creusot

• **Les Schneider et le Creusot.** Devenus propriétaires, en 1836, de l'ancienne fonderie royale du Creusot, les frères Schneider la spécialisent dans les **productions métallurgiques**, destinées aux chemins de fer et à la marine. Ils transforment progressivement la manufacture du Creusot en une **gigantesque ville-usine**.

• **Les Schneider étaient des patrons paternalistes :** ils créent des écoles pour les enfants et les jeunes filles, des « maisons de famille » pour les travailleurs âgés et un hôpital.

• **Eugène Schneider a toujours eu de bons rapports** avec le monde politique et celui de la finance, il est élu député en 1845, puis devient ministre du Commerce et de l'Agriculture en 1851. Sous l'Empire, Schneider est nommé président du corps législatif par Napoléon III.

Chiffres-clés
À la fin du Second Empire, on fabrique au Creusot 130 000 tonnes de fonte et 110 000 tonnes d'acier dans les hauts fourneaux. On compte à cette époque environ 10 000 ouvriers.

• **Les Schneider sont aussi très proches des milieux d'affaires** les plus influents. En 1837, Eugène Schneider épouse l'héritière d'une riche famille de banquiers et d'industriels. **Favorables au capitalisme**, les frères Schneider sont hostiles à l'intervention de l'État dans l'économie. Ils trouvent la réglementation du travail des enfants ou des femmes trop contraignante.

Exercices d'entraînement

Exercice 1

Corrigé p. 342

Discours de Victor Hugo à l'Assemblée nationale législative, le 7 juillet 1849

Je ne suis pas, Messieurs, de ceux qui croient qu'on peut supprimer la souffrance en ce monde, la souffrance est une loi divine, mais je suis de ceux qui pensent et qui affirment qu'on peut détruire la misère. (*Réclamations. – Violentes dénégations à droite.*) Remarquez-le bien, messieurs, je ne dis pas diminuer, amoindrir, limiter, circonscrire, je dis détruire. (*Nouveaux murmures à droite.*) La misère est une maladie du corps social comme la lèpre était une maladie du corps humain ; la misère peut disparaître comme la lèpre a disparu. (*Oui ! oui ! à gauche.*) Détruire la misère ! […] La misère, Messieurs, j'aborde ici le vif de la question, voulez-vous savoir jusqu'où elle est, la misère ? Voulez-vous savoir jusqu'où elle peut aller, jusqu'où elle va, je ne dis pas en Irlande, je ne dis pas au Moyen Âge, je dis en France, je dis à Paris, et au temps où nous vivons ? Voulez-vous des faits […]. Il y a dans Paris, dans ces faubourgs de Paris que le vent de l'émeute soulevait naguère si aisément, il y a des rues, des maisons, des cloaques, où des familles, des familles entières, vivent pêle-mêle, hommes, femmes, jeunes filles, enfants, n'ayant pour lits, n'ayant pour couvertures, j'ai presque dit pour vêtement, que des monceaux infects de chiffons en fermentation, ramassés dans la fange du coin des bornes, espèce de fumier des villes, où des créatures s'enfouissent toutes vivantes pour échapper au froid de l'hiver. […] Eh bien, Messieurs, je dis que ce sont là des choses qui ne doivent pas être […]

Victor Hugo

1. **À qui s'adresse ce discours ?**
2. **Que dénonce Victor Hugo ?**
3. **Quels arguments emploie-t-il ?**

Exercice 2

Corrigé p. 342

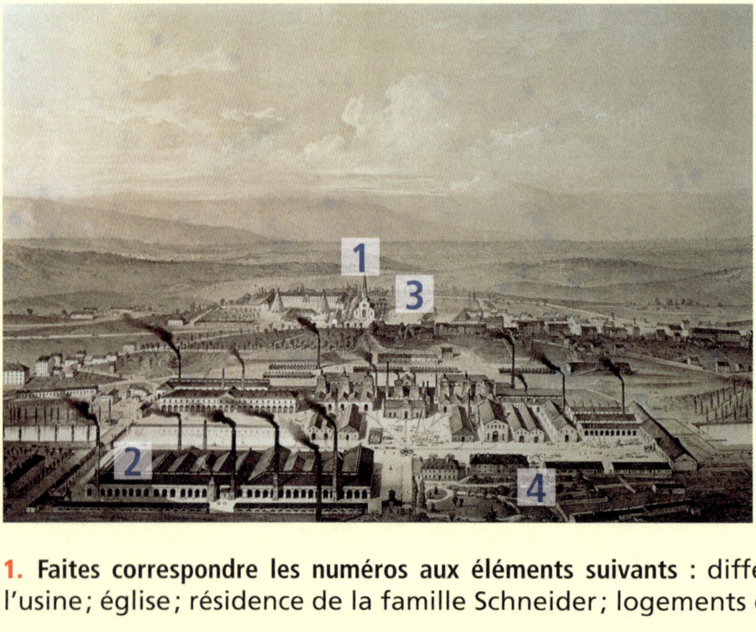

Les usines Schneider en 1847

1. **Faites correspondre les numéros aux éléments suivants :** différents bâtiments de l'usine ; église ; résidence de la famille Schneider ; logements des ouvriers.
2. **À quoi voit-on qu'il s'agit d'un paysage industriel ?**

THÈME 3 La Troisième République avant 1914 : un régime, un empire colonial

Après deux brèves tentatives en 1792 et en 1848, la République s'installe durablement à partir des années 1870. Le **régime démocratique** qu'elle met en place reprend et approfondit les principes de 1789, affirmant les **libertés fondamentales** et mettant en place l'**unification de la nation** autour de symboles forts et de lois scolaires importantes. Pourtant cette période n'est pas exempte de crises. Par ailleurs, la colonisation se poursuit sous la IIIe République.

1 Un régime stable, mais des crises à surmonter

A L'enracinement de la République

En 1875, des **lois constitutionnelles** sont votées. Elles mettent en place une République parlementaire.

> **Définition**
> **République parlementaire :** régime politique reposant sur les valeurs des droits de l'Homme et caractérisé par un équilibre entre le pouvoir exécutif et le pouvoir législatif.

- **Le pouvoir législatif** est constitué de l'**Assemblée nationale** et du **Sénat** :
  – les **députés**, élus au suffrage universel direct ;
  – les **sénateurs** sont élus au suffrage universel indirect par un collège de grands électeurs (maires et conseillers généraux).
- **Le Président de la République** est élu par les députés et les sénateurs. Le **pouvoir exécutif** est détenu par le **président du Conseil** qui n'est responsable que devant le Parlement. Il est choisi par les partis qui détiennent la majorité au Parlement et qui peuvent le destituer.

> **Définitions**
> **Pouvoir législatif :** pouvoir de voter la loi et le budget de l'État.
> **Pouvoir exécutif :** pouvoir chargé d'appliquer la loi.

- **Les républicains** veulent **enraciner la République** : la **Marseillaise** est définitivement adoptée en 1879 comme hymne national. Le **14 juillet** devient fête nationale en 1880. Des bustes de **Marianne** sont installés dans les mairies.
- **Entre janvier et juillet 1875 sont votées les lois constitutionnelles** qui s'inspirent des principes de la **Déclaration des Droits de l'Homme et du Citoyen** : liberté, égalité des droits, propriété et sûreté.

Entre 1881 et 1884, plusieurs lois sont votées sur la liberté de réunion, la liberté de la presse, l'autorisation des syndicats… Mais seuls les hommes âgés de plus de 21 ans bénéficient du droit de vote. Le **suffrage universel** ne concerne pas les femmes.

- **Une des grandes œuvres de la IIIe République concerne la politique scolaire. Il faut instruire les électeurs.** Entre 1881 et 1886, **Jules Ferry** institue **l'école gratuite, laïque et obligatoire**. L'État paie les instituteurs et veille aux programmes d'enseignement. Dans chaque commune, la mairie-école prend une place centrale.

B Une crise : l'Affaire Dreyfus

- **L'affaire se déroule dans un climat patriotique,** lié à la perte de l'Alsace Lorraine en 1871, et **d'antisémitisme**. En septembre 1894, un document contenant des secrets militaires est dérobé à l'ambassade d'Allemagne. Après une enquête rapide et l'analyse de

> **Définition**
> **Antisémitisme :** haine des juifs en tant que peuple.

HISTOIRE

l'écriture du bordereau, la capitaine **Alfred Dreyfus,** un officier juif d'origine alsacienne est arrêté, dégradé et condamné à la déportation perpétuelle.

• **La presse antisémite** (Maurice Barrès) se déchaîne. Dans les années 1890, des ligues antisémites apparaissent comme le Comité anti-juifs de Drumont (qui publie dans le journal *La Libre Parole*). L'affaire rebondit en 1896 quand le colonel Picquart possède la preuve de l'**innocence de Dreyfus**. Mais les autorités militaires refusent de rouvrir le dossier.

• **Les dreyfusards** persuadés de l'innocence du militaire veulent le réhabiliter au nom de la justice et de la vérité : ils se réunissent dans une **Ligue des droits de l'homme**.

• **Les antidreyfusards** considèrent que l'armée est infaillible, et que l'intérêt national passe avant l'intérêt particulier.

• **Les partisans de la révision du procès** de Dreyfus essaient de convaincre l'opinion publique. En 1898, Émile Zola publie, dans le journal *L'Aurore,* un article intitulé « J'accuse », lettre ouverte au Président de la République, Félix Faure. L'« affaire » **remet en cause les valeurs fondamentales de la République**. La révision du procès a lieu en 1899 : Dreyfus est jugé coupable, mais avec des circonstances atténuantes. Il est gracié quelques jours plus tard.

La reconnaissance de son innocence en 1906 correspond à une victoire des idées républicaines.

C La loi du 9 décembre 1905 de séparation des Églises et de l'État

• **Depuis le Concordat de 1801,** l'Église catholique et l'État français étaient liés. Les Républicains font voter une loi pour surveiller les associations (en particulier religieuses) en 1901.

• **En 1905,** le Président du Conseil, Émile Combes, fait voter la **loi de séparation des Églises et de l'État**. Cela revient à abroger le Concordat de 1801. Désormais, **la République française ne reconnaît ni ne salarie plus aucun culte**.

> **Définition**
> **Concordat :** traité entre le Saint-Siège et un État. Le concordat de 1801 reconnaît le catholicisme comme la « religion de la majorité des Français ».

• **Les conséquences de la loi de 1905.** Cette loi prescrit de faire l'inventaire des objets du culte et du mobilier des églises. En Bretagne, dans le Massif central et en Flandre surtout, les catholiques, encouragés par leurs prêtres, se barricadent dans les églises pour empêcher les agents du fisc de procéder à l'inventaire.

2 L'empire colonial français avant 1914

A La République coloniale

• **Au nom de la « grandeur nationale »,** les républicains se prononcent en faveur de l'**expansion coloniale**. Pour Jules Ferry et Léon Gambetta notamment, la France doit **affirmer sa puissance** en Europe et dans le monde. De plus, l'argument d'une **mission civilisatrice** est avancé tant par l'Église que par les Républicains, convaincus d'une responsabilité vis-à-vis de peuples considérés comme « en retard ».

Les milieux d'affaires voient aussi dans l'expansion coloniale la perspective de débouchés économiques. En fondant des colonies, il s'agit d'assurer à la France le **contrôle des matières premières** de constituer des marchés privilégiés pour écouler sa production.

• **En 1879,** les territoires coloniaux français (Antilles, Réunion, Guyane, Algérie…) ne regroupent que 5,4 millions habitants sur environ 1 million de km².

• **En Afrique du Nord,** la conquête rapide de la **Tunisie** en 1881 est suivie par une conquête plus difficile du nord du **Maroc** jusqu'en 1912. L'**Afrique Occidentale française** (AOF) et l'**Afrique Équatoriale française** (AEF) sont créées en 1895 et 1910.

• **En Asie,** La France continue son expansion en Indochine : l'**Union indochinoise** est formée en 1887.

• **En 1914,** l'empire colonial est peuplé de 48 millions d'habitants sur 14 millions de km^2.

B Les rivalités coloniales entre les puissances européennes

• **Le partage du monde par les Européens.** Si le Royaume-Uni et la France sont les premiers à étendre leur empire colonial, de nouveaux concurrents apparaissent en Afrique (Allemagne et Italie).

• **Pour sa part**, la France renforce sa présence en **Afrique de l'ouest**. Sous l'impulsion de Jules Ferry, la France conquiert l'**Indochine**.

Les puissances coloniales se réunissent à la **conférence de Berlin** en 1884-1885 pour fixer les règles de la colonisation de l'Afrique.

• **Britanniques, Français, Allemands, Belges, Portugais, Italiens** se lancent à la conquête de l'Afrique. La France et le Royaume-Uni se disputent le **Soudan** lors de la **crise de Fachoda** en 1898. La France et l'Allemagne s'opposent violemment au **Maroc** de 1905 à 1911.

• **En 1914, deux empires coloniaux se distinguent :** l'empire britannique et l'empire colonial français.

C Les sociétés coloniales

• **L'administration des territoires coloniaux.** La France choisit souvent l'**association** qui comporte en principe le **maintien des institutions locales** : la Tunisie, le Maroc, le Cambodge sont des protectorats où subsistent les souverains en place.

• **La France peut aussi opter pour l'assimilation.** Mais seules les « vieilles colonies », dont les habitants sont tous citoyens, sont véritablement représentées au Parlement métropolitain.

L'Algérie est divisée en 1848 en trois départements. Dans cette **colonie de peuplement**, les habitants d'origine européenne (800 000 en 1914) bénéficient du statut de citoyen mais **pas les musulmans.**

• **Dans beaucoup de territoires**, **les indigènes sont privés des droits politiques** et soumis à des règles juridiques et fiscales discriminatoires, fixées dans le **Code de l'indigénat**, généralisé en 1887.

• **Avant 1914, les mouvements nationalistes ne sont qu'embryonnaires ;** ils ne mettent pas en danger la domination française. Certains s'affirment, mais sont localisés et restent le fait de minorités d'intellectuels.

Définitions

Protectorat : État colonisé dont le gouvernement et l'administration sont officiellement indépendants mais contrôlés par la puissance coloniale.

Assimilation : volonté politique qui vise à transformer les indigènes en citoyens en leur imposant la langue et les valeurs de la métropole.

Définition

Indigénat : statut des peuples colonisés qualifiés d'indigènes qui les soumet à un régime juridique et fiscal d'infériorité et qui les prive de droits politiques.

THÈME 3

Sujets d'étude

1 L'instruction des filles sous la IIIe République avant 1914

• **Avant 1870 et l'instauration de la IIIe République,** les jeunes filles n'avaient guère accès à l'enseignement scolaire. Leur instruction se limitait à en faire de parfaites épouses et des mères de famille dévouées.

• **Avec la naissance de la IIIe République,** deux lois vont davantage intégrer les filles dans le système scolaire :

– la **loi Camille Sée** de 1880 **ouvre l'enseignement secondaire public aux jeunes filles** en créant des collèges et des lycées. Les programmes ne visent cependant pas à préparer les jeunes filles au baccalauréat, mais à un simple diplôme de fin d'étude ;

– les **lois scolaires de Jules Ferry** en 1881 et 1882 prévoient **la gratuité, la laïcité et l'obligation scolaire de 6 à 13 ans pour les enfants des deux sexes.** Pourtant, il y a la volonté de maintenir la différence entre les enseignements en fonction des rôles sociaux des filles et des garçons. Les études supérieures ne touchent qu'une **minorité de filles** de la bourgeoisie urbaine.

• **Avec la IIIe République, on assiste à une généralisation des Écoles normales.** La loi Paul Bert, du 9 août 1879, oblige les départements à disposer d'une École normale primaire de filles pour les élèves-institutrices. La seule possession du brevet élémentaire permet d'obtenir des suppléances, pour pouvoir enseigner par la suite. Les institutrices qui ne sortent pas de l'École normale sont moins bien considérées. Les conditions de formation dans les Écoles normales sont difficiles. L'Institution scolaire essaie ainsi de contrôler les institutrices.

À retenir

L'école a donc permis de faire progresser le statut des femmes dans la société. De nombreuses institutrices participeront à des mouvements féministes, luttant pour l'égalité des sexes.

2 Vivre à Alger au début du XXe siècle

• **La conquête de l'Algérie date de 1830.** La principale ville du pays, Alger, devient préfecture du département d'Alger en 1848. Avec la IIIe République, **la colonisation n'est plus uniquement militaire**.

• **La volonté de la IIIe République** est de faire d'Alger un **modèle de la présence française** sur le continent africain, une capitale de l'empire : on veut ainsi **franciser Alger.** De 1874 aux années 1900, l'Alger colonial connaît de grands **bouleversements architecturaux et économiques.**

Chiffres-clés

À Alger intra-muros, on comptait 42 000 habitants (31 500 Européens et 10 500 indigènes en 1872) ; la population a quasiment doublé en 1892 (82 000 habitants, 60 500 Européens, 21 500 indigènes).

• **Après l'achèvement du boulevard du Front-de-mer (1874),** de nouveaux quartiers se développent : Bab-el-Oued, Isly, Belcourt et celui de Mustapha. On assiste à la construction de boulevards sur le **modèle haussmannien**. Le port s'agrandit, deux gares sont construites et le tramway (1876) est prolongé.

• **Alger atteint 130 000 habitants en 1906,** dont 100 000 Européens. L'architecture mêle le style néo-mauresque au style européen. De même, le nom des quartiers de la ville mélange des toponymes arabes (Bab-el-Oued, la Casbah, Mustapha...) et européens (Marine, Esplanade).

Exemples
La Casbah est plutôt occupée par les Musulmans alors que Bab-el-Oued est un quartier européen, en particulier espagnol. Si les Musulmans occupent aussi les quartiers du Hamma et de Belcour, ceux-ci sont quasiment absents à Bab-el-Oued. Les quartiers d'Isly, d'Agha ou de Mustapha abritent une population bourgeoise, française surtout.

Espagnols et Italiens constituent un contingent important en 1900. Ils ont apporté leur culture et leur mode de vie. Les Italiens vivent à proximité du port, dans le quartier de la Marine, surnommé « le petit Naples ».
Les Juifs sont également très présents à Alger. La vague d'antisémitisme n'épargne pas la ville.

Exercices d'entraînement

Exercice 1

Corrigé p. 342

L'éducation des filles sous la IIIe République

Dans les établissements primaires, les programmes sont assez similaires et la plupart des journées se déroulent de la même manière, mais filles et garçons sont dans des établissements séparés, ce qui permet de faire passer des messages éducatifs différents en fonction du rôle social auquel ils sont destinés. Il y a quand même quelques différences puisque la loi de 1882 prévoit des « exercices militaires pour les garçons » et des « travaux à l'aiguille pour les filles »... On voit bien que cela renvoie à l'idée que leurs destinées sont très différentes... Pour l'enseignement secondaire, qui concerne exclusivement les bourgeoises, le programme est en revanche très différent : les garçons étudient les humanités classiques, les filles les humanités modernes... Il y a l'idée que les matières nobles sont réservées aux garçons.

De fait, les filles ne passent pas le baccalauréat – on ne les y prépare pas avant 1924. Alors que c'est évidemment le bac qui ouvre la porte à la poursuite d'études...

Interview de Rebecca Rogers, historienne, professeure à l'université Paris Descartes et spécialiste de l'histoire de l'éducation féminine en France au XIXe siècle, www.retronews.fr, 14 décembre 2018.

1. **Expliquez la phrase soulignée.**
2. **Qu'enseigne-t-on aux garçons et aux filles ?**
3. **Pourquoi les enseignements sont-ils différents ?**

Exercice 2

Corrigé p. 343

Sous le Second Empire et la IIIe République, les communautés (Espagnols, Italiens, Juifs...) qui la composent (Alger) évoluent dans leurs espaces réservés. Les quartiers s'imbriquent dans un extraordinaire foisonnement où chacun, cependant, garde ses distances. Respect ou méfiance ? Au-delà des crises politiques, un souci commun subsiste : faire d'Alger la grande ville française hors métropole. L'urbanisme ou l'art de la conquête. L'inconscience coloniale qui émane de cette confiance ne doit pas faire sourire : s'imposer dans la pierre, c'est s'imposer dans la mémoire et pouvoir affronter l'avenir sans crainte. En effet, jusqu'au tournant du siècle, les Arabes n'inquiètent pas ; les plus aisés rassurent le bourgeois français. Et pourtant la révolte gronde... Les pauvres, loin du regard européen, se faufilent dans les replis labyrinthiques et surpeuplés de la Casbah. Ils se taisent. Ils supportent.

Jean-Jacques Jordi, Jean Louis Planche (dir), *Alger 1860-1939 : le modèle ambigu du triomphe colonial,* Collection « mémoire », n° 55, Autrement, mars 1999.

1. **Quelles sont les différentes communautés qui cohabitent à Alger ?**
2. **Comment se passe cette cohabitation ?**
3. **Expliquez la phrase : « Et pourtant la révolte gronde ».**

THÈME 4 La Première Guerre mondiale et la fin des empires européens

L'assassinat de l'archiduc François-Ferdinand, héritier d'Autriche le 28 juin 1914 à Sarajevo, entraîne les puissances européennes dans une guerre qui devient mondiale et totale. La « Grande Guerre », qui débute en août 1914, suscite pendant près de cinq ans une mobilisation des militaires et des civils. **Un lourd bilan**, plus de 10 millions de morts, marque durablement les sociétés européennes. Les traités de paix se traduisent par la **fin des empires multinationaux** d'Europe.

1 Une guerre totale

A Les caractéristiques du conflit

• **En août 1914, on pensait que la guerre serait courte.** Le jeu des alliances entraîne l'Europe dans la guerre : les États de l'**Entente** (France, Royaume-Uni et Russie) affrontent les **Empires centraux** (Allemagne, Autriche-Hongrie puis Empire ottoman). En quelques mois, l'échec de la **guerre de mouvement** (phase offensive) laisse la place à une guerre d'usure dans les **tranchées** : le conflit s'installe dans la durée.

• **Le conflit est marqué** par des batailles longues et meurtrières (**bataille de la Somme** : 1 200 000 victimes, Verdun 750 000 tués.)

• **La guerre se déroule sur deux fronts principaux :**
– à l'ouest, les troupes allemandes sont opposées aux armées franco-britanniques ;
– à l'est, les Allemands combattent les soldats russes.

Cette situation condamne l'Allemagne à une victoire rapide. **À l'ouest,** le front se stabilise de la Suisse à la Manche. **Sur le front est**, l'offensive russe est arrêtée à la bataille de Tannenberg (30 août 1914).

• **L'échec de ces premières tentatives** provoque l'**enlisement du conflit**. Les soldats s'enterrent dans les tranchées, c'est la **guerre de position** (phase defensive). L'Allemagne bénéficie de l'armistice signé en mars 1918 avec la Russie et de la disparition du front de l'est pour reprendre l'offensive à l'ouest. Mais celle-ci se heurte à la contre-offensive des Alliés soutenus par les États-Unis entrés en guerre le 6 avril 1917. L'Allemagne doit capituler et signer **l'armistice**.

À retenir
Le 11 novembre 1918, l'armistice est signé à Rethondes entre les belligérants : l'Allemagne est vaincue.

B La violence de masse et la guerre industrielle

• **Le conflit est marqué par une violence de masse extrême** liée à l'usage massif de l'artillerie (obus), aux progrès dans l'armement (mitrailleuses, mines, lance-flammes, gaz…) et à l'utilisation des avions et des chars.

Exemples
Perfectionnement des obus, premiers chars d'assaut et sous-marins, développement de nouveaux gaz asphyxiants comme le « gaz moutarde », etc.

Chiffres-clés
Certaines journées ont été particulièrement meurtrières :
– 22 août 1914 : 21 035 morts en une seule journée ;
– 25 septembre 1915 : 23 416 tués.

• La vie quotidienne des soldats est très dure : pluie, boue, froid, poux, rats… La vie et la mort se côtoient dans les tranchées où l'odeur de cadavres accompagne les soldats.

L'année 1917 est marquée par les mutineries. C'est au prix d'une sévère répression que la discipline peut être maintenue.

• Dans les pays en guerre, l'économie est tournée vers l'« effort de guerre ». Les États jouent un rôle central dans cette nouvelle **économie de guerre**.

• Pour financer leur effort de guerre, les États augmentent les impôts et font des emprunts.

Définition
Effort de guerre : mobilisation des non-combattants dans la guerre qui prend des formes très diverses et vise à soutenir les forces militaires du front. L'État joue le rôle moteur dans cet effort de guerre en réorientant l'économie vers la production d'armes et de matériel de guerre.

C La mondialisation du conflit

• Conflit européen au départ, la **Première Guerre devint mondiale dès 1914** par l'entrée en guerre de nombreux pays (empire ottoman et Bulgarie avec l'Allemagne).

• Du côté des Alliés, les puissances de l'Entente (France, Royaume-Uni et Russie) bénéficient du concours de l'Italie, du Portugal, de la Roumanie, de la Grèce et du Japon.

• L'entrée en guerre des États-Unis est plus tardive. En effet, au début de la guerre, les Américains affirment leur **neutralité**. Mais l'état-major allemand lance une guerre sous-marine à outrance pour contrer le blocus économique de l'Allemagne. **Les sous-marins allemands coulent plusieurs navires américains**, dont certains transportant des civils.

2 Des sociétés en guerre

A Combattre au front

• Les armées qui se font face s'enterrent tout au long du front. Chaque kilomètre gagné ou perdu se paie au prix de **sacrifices humains considérables**. On l'évalue à la mort d'un homme par mètre de tranchée entre l'hiver 1914 et le printemps 1917.

Définition
Tranchée : galeries creusées dans le sol pour abriter les soldats. Elles sont séparées des tranchées ennemies par un *no man's land*.

• De mars à juin 1915, les batailles autour d'Ypres voient l'apparition des gaz asphixiant introduits par les Allemands.

• En 1917, des mutineries éclatent dans les armées : il s'agit d'un refus de la guerre. L'institution militaire reprend le dessus, d'une part en accordant largement des **permissions** et en **améliorant les conditions matérielles** des soldats, d'autre part en utilisant la **répression**.

• Les conseils de guerre, transformant les actes collectifs en agissements individuels, prononcent près de **600 condamnations à mort**, la plupart commuées par le pouvoir civil en travaux forcés et envoi dans les colonies. On a compté **26 soldats fusillés** pour mutinerie.

B Les souffrances des civils

• Les sociétés des pays en guerre sont pleinement mobilisées. Cette guerre totale induit une **économie de guerre** pour fournir armes et munitions. La production est assurée par les femmes (munitionnettes), les enfants et les travailleurs coloniaux.

• Les États censurent les informations et développent la **propagande** pour convaincre les populations du bien-fondé de la guerre. Des milliers de civils meurent dans les bombardements et de nombreux villages situés sur la ligne de front sont détruits.

• **Les opinions publiques subissent un véritable « bourrage de crâne ».** La **censure** vise à contrôler les informations de façon à maintenir le moral des combattants comme celui des civils.

> Définition
> **Bourrage de crâne :** propagande et désinformation destinées à maintenir le moral des troupes et des civils.

• **Le génocide arménien.** La Première Guerre mondiale est également liée à des **massacres de populations civiles.** C'est le cas des **Arméniens**, minorité chrétienne de l'Empire ottoman qui subit le premier génocide de l'histoire en 1915. Déjà persécutés entre 1894 et 1896 (plus de 250 000 personnes tuées), les Arméniens sont accusés en 1915 d'être des ennemis au service de l'Empire russe.

– **La guerre sert de prétexte** au gouvernement ottoman pour planifier l'élimination de la population arménienne. Pendant que les uns sont **massacrés** sur place (notamment les élites des grandes villes), les autres sont **déportés** et souvent **exécutés** durant le trajet.
– **Près des deux tiers de la population arménienne** de l'Empire ottoman meurent entre 1915 et 1916 (environ 1,2 million d'hommes, de femmes et d'enfants).

C Traités de paix et fin des empires multinationaux européens

• **Le 18 janvier 1919** s'ouvre à Paris la **Conférence de la Paix** qui aboutit à la signature du **Traité de Versailles** le 28 juin 1919. À partir de cette date, la signature des différents traités de paix entérine alors la fin des empires multinationaux.

• **Dans le cadre du Traité de Versailles,** les vainqueurs règlent le sort de l'Allemagne et lui attribuent **l'entière responsabilité du conflit**. À ce titre, le pays perd de nombreux territoires à l'ouest (l'Alsace-Lorraine redevient française) et à l'est. Elle doit aussi verser des **réparations de guerre** tandis que son armée est limitée à 100 000 hommes.

• **Les traités de Saint-Germain (1919) et de Trianon (1920)** conduisent au démembrement de l'Empire d'Autriche-Hongrie donnant ainsi naissance à de nouveaux États. Enfin, le **Traité de Sèvres** (1920) officialise la **fin de l'Empire ottoman**.

> **Ces différents traités de paix** créent chez les vaincus un fort ressentiment : pour les Allemands c'est le « **Diktat** » de Versailles. Pour l'Italie, pourtant du côté des vainqueurs, on parle de « victoire mutilée » car celle-ci se voit privée de territoires qu'elles revendiquaient (la Dalmatie et une partie de l'Istrie).

• **Les traités bouleversent la carte du continent européen :** pour l'empire allemand, **l'indépendance de la Pologne et de la Tchécoslovaquie** est affirmée, celle de **l'Autriche**, dans son nouveau territoire, est également actée.

• **L'Allemagne est amputée de 15 % de son territoire** et de 10 % de sa population au profit de la France, de la Belgique, du Danemark et surtout de la Pologne. L'Allemagne rend à la **France** les deux départements alsaciens (Haut-Rhin et Bas-Rhin) et la Lorraine mosellane.

• **À l'est, Danzig devient une ville libre,** ce qui garantit l'accès de la Pologne à la mer, mais a aussi pour effet de séparer la Prusse orientale restée allemande du reste de l'Allemagne par le corridor de Dantzig.

• **L'empire austro-hongrois disparaît :** l'Italie reçoit le Tyrol en partie peuplé par des Italiens et le Trentin, contrôlant ainsi les cols et vallées des Alpes. Elle parvient à prendre l'Istrie et l'important port de Trieste malgré les revendications yougoslaves. La région des Sudètes, riche en minerais, est donnée à la Tchécoslovaquie, malgré la présence de plusieurs millions d'habitants germanophones. La Pologne, recréée, obtient la Galicie. L'Autriche se trouve ainsi réduite à un tout petit territoire.

Sujets d'étude

1 Juillet-novembre 1916 : la bataille de la Somme

• En même temps que se déroule la **meurtrière bataille de Verdun**, une bataille tout aussi dévastatrice se déroule de juillet à novembre 1916 sur la Somme.

• **Ce sont les troupes britanniques** qui sont en première ligne. L'offensive est confiée à des troupes anglaises, écossaises, galloises, irlandaises, canadiennes, australiennes, néo-zélandaises et sud-africaines.

Les responsables militaires comptent sur l'apport de nouvelles armes que sont **l'artillerie lourde** sur voie ferrée et pour les fantassins le **fusil-mitrailleur,** le **fusil lance-grenades**. Les **chars d'assauts** britanniques Mark 1 font leur apparition pour la première fois.

• **Le 1er juillet 1916,** une **soixantaine de divisions**, majoritairement françaises, se lancent sur un front de 70 kilomètres. Seulement, la France, contrainte d'envoyer des renforts à Verdun, ne mobilise que 14 divisions sur les 39 initialement prévues. **Le rôle primordial revient donc à l'armée britannique**.

• **Huit jours avant l'attaque,** l'artillerie anglaise pilonne les troupes allemandes, croyant les anéantir alors que celles-ci se protègent dans des **blockhaus** bétonnés. Le 1er juillet, les Anglais attaquent. Les Allemands attendent le dernier moment pour actionner les mitrailleuses. C'est un carnage.

• **Pendant cinq mois,** les assauts se succèdent et les Alliés avancent très peu. **Le 18 novembre, l'offensive cesse**.

Chiffres-clés

Bilan de l'offensive : les Français ont gagné 5 à 8 kilomètres, les Britanniques environ 12 kilomètres. 4 millions d'hommes ont été impliqués dans la bataille. Les pertes sont estimées à 1,2 million d'hommes, dont 420 000 Anglais et plus de 200 000 Français. Côté allemand, 450 000 soldats ont été tués. La bataille de la Somme est l'affrontement le plus meurtrier de la Grande Guerre.

2 L'Autriche-Hongrie de 1914 au traité de Saint-Germain

• **L'Empire austro-hongrois est une double monarchie.** François-Joseph en est le seul monarque mais il est d'un côté **empereur d'Autriche**, de l'autre **roi de Hongrie.**

On y parlait plus de 10 langues que l'on écrivait avec **deux alphabets**, le latin principalement et le cyrillique. On y pratiquait **toutes les grandes religions monothéistes** dans un climat de tolérance. Les religions chrétiennes y étaient largement majoritaires avec le catholicisme, les différentes confessions protestantes et la religion orthodoxe. Il y avait aussi une importante communauté juive, sans oublier les 700 000 musulmans de Bosnie-Herzégovine.

• **Fin octobre 1918, les troupes austro-hongroises doivent évacuer la Vénétie** après la défaite de Vittorio Veneto.

• **Le 25 octobre, la Hongrie déclare son indépendance.** Le 28, un État tchécoslovaque est proclamé à Prague. Le 12 novembre, ce qui reste de l'Autriche devient la « République allemande d'Autriche ». **L'Autriche-Hongrie n'existe plus**.

• **Lorsque le successeur de François Joseph,** Charles 1er, abdique, le territoire de son empire est désormais **divisé en 7 États**, conformément au « droit de peuples à disposer d'eux-mêmes » : trois anciens territoires austro-hongrois : l'Autriche, la Hongrie et la Tchécoslovaquie ; l'Italie et la Roumanie annexent d'autres territoires austro-hongrois ; la nouvelle Pologne récupère la Galicie et la région de Cracovie ; enfin, Croates, Slovènes et Bosniaques rejoignent le 1er décembre la Serbie pour former un royaume qui deviendra la Yougoslavie en 1929.

• **Le traité de Saint-Germain** du 10 septembre 1919 établit la paix avec l'Autriche, et consacre la dislocation de l'empire. Le concept d'**État-nation** imposé par les vainqueurs s'applique dans un espace où les populations sont souvent mélangées.

Chiffres-clés
Parmi les 48 millions d'habitants de l'empire austro-hongrois, on compte 12millions d'Allemands, 10 millions de Hongrois, 6 millions de Tchèques, 6 millions de Polonais, 3 millions de Roumains.

Exercices d'entraînement

Exercice 1

Corrigé p. 343

La bataille de la Somme : vision d'un bombardement

Dimanche 25 juin 1916, je me trouvais, avec quelques camarades, sur une espèce de butte située – autant que je m'en souviens – à l'ouest d'Albert, dominant la ville ; et nous contemplions, au milieu d'un tintamarre effroyable, un spectacle extraordinaire : le bombardement des lignes allemandes par l'artillerie des alliés, qui venait de se déclencher pour la « préparation » de la grande offensive du 1er juillet. Notre observatoire se dressait à peu près au centre du secteur de l'attaque [...]. Quelques milliers de canons, dont nous ne voyions pas un seul, tiraient alors ensemble sur les positions ennemies, et leurs coups faisaient un grondement ininterrompu, avec des claquements et des arrachements bizarres, dans lesquels, aussi, les longs sifflements des obus passant au-dessus de nos têtes, en voûte, mettaient des stridences aiguës de cent espèces différentes. [...] Rien ne répondait, de là-bas : aucun signe de vie. Nous savions pourtant que des êtres humains, nos ennemis, y vivaient et y recevaient sans répit cette infernale avalanche il semblait que toute l'Armée anglaise (car nous nous trouvions dans le secteur anglais) y fût représentée : des généraux, des officiers de toutes armes, des cavaliers, des gens de police, des coloniaux, des Canadiens, des Écossais, des Hindous. C'était la bataille qui venait de se déclencher, la grande bataille dont les préparatifs s'étaient faits, sous nos yeux, pendant plusieurs mois.

Paul Heuze, 1921.

1. **Que décrit le témoin ?**
2. **Comment réagissent les Allemands aux attaques de l'artillerie ?**
3. **Qui compose l'armée « anglaise » ?**

Exercice 2

Corrigé p. 343

Les nationalités en Autriche et en Hongrie en 1914

AUTRICHE			HONGRIE		
Allemands	9 950 000	35,6 %	Hongrois	9 945 000	48,1 %
Tchèques	6 436 000	23 %	Roumains	2 949 000	14,1 %
Polonais	4 968 000	17,8 %	Allemands	2 037 000	9,8 %
Ukrainiens (Ruthènes)	3 519 000	12,6 %	Slovaques	1 968 000	9,4 %
Slovènes	1 259 000	4,5 %	Croates	1 833 000	8,8 %
Serbes et Croates	783 000	2,8 %	Serbes	1 106 000	5,3 %
Italiens	768 000	2,7 %	Ruthènes	473 000	2,3 %
Roumains	272 000	1 %	Polonais	27 000	0,2 %
			Italiens	24 000	0,2 %

1. **Montrez que l'Autriche-Hongrie est un État pluri-ethnique.**
2. **Quelles sont les principales minorités ?**
3. **Quelle sera la conséquence de cette multiplicité de nationalités en 1918-1919 ?**

THÈME 1

La métropolisation : un processus mondial différencié

Aujourd'hui, 56 % de la population mondiale vit dans des métropoles. Cette proportion pourrait atteindre 70 % en 2050. L'urbanisation constitue un phénomène géographique majeur qui s'accompagne d'un processus de métropolisation. Celui-ci se caractérise par la forte concentration des populations, des activités et des fonctions de commandement dans les villes.

1 L'urbanisation du monde

A L'augmentation de la population urbaine

• **En 1950, seuls 30 % de la population mondiale vivaient dans les villes.** Aujourd'hui, ce sont 56 % du total qui sont citadins, soit 4,360 milliards de personnes. Cette population urbaine pourrait atteindre près de 70 % en 2050.

• **L'urbanisation semble pourtant se ralentir** dans les pays développés : par exemple, l'Europe comptait 51 % d'urbains en 1950, elle en dénombre 75 % aujourd'hui. Ce sont surtout les pays du sud qui sont touchés par la croissance urbaine.

Définitions

Métropolisation : concentration croissante de la population, de la richesse et des fonctions de commandement dans les métropoles.
Urbanisation : augmentation du nombre d'habitants qui vivent en ville par rapport à l'ensemble de la population.
Taux d'urbanisation : pourcentage de la population vivant en ville.

B Une croissance urbaine inégale

• **Une évolution hétérogène.** On peut opposer des **taux d'urbanisation encore bas dans les sud** (50 % en Asie) **mais élevés dans les pays riches** : 75 % des Européens et 83 % des Nord-Américains sont citadins.

Si le taux d'urbanisation n'est que de 40 % en Afrique, il est de 83 % en Amérique du Nord. Certains pays ont même un taux d'urbanisation proche ou égal à 100 % : Singapour, Koweït (100 %).

Exemples
Le continent africain ne comptait que 14 % d'urbains en 1950 et 40 % en 2022.

C Une hiérarchie urbaine bouleversée

En 1950, sur les dix métropoles les plus peuplées du monde, **3 étaient situées en Europe**, 2 aux États-Unis, et 2 au Japon. **New York**, alors première ville du monde, comptait 12 millions d'habitants. Dans ce classement ne figuraient que trois métropoles des pays en développement : Buenos Aires, Calcutta (Kolkata) et Shanghai.

Chiffre-clé
En 2035, la ville indienne de Dehli sera la plus peuplée du monde avec 43 millions d'habitants.

• **En 2022, seules trois métropoles du nord** (Tokyo et Osaka-Kobé-Kyoto au Japon, New York aux États-Unis) sont classées dans les dix premières villes de la planète ; les 7 autres villes sont localisées dans les pays du sud.

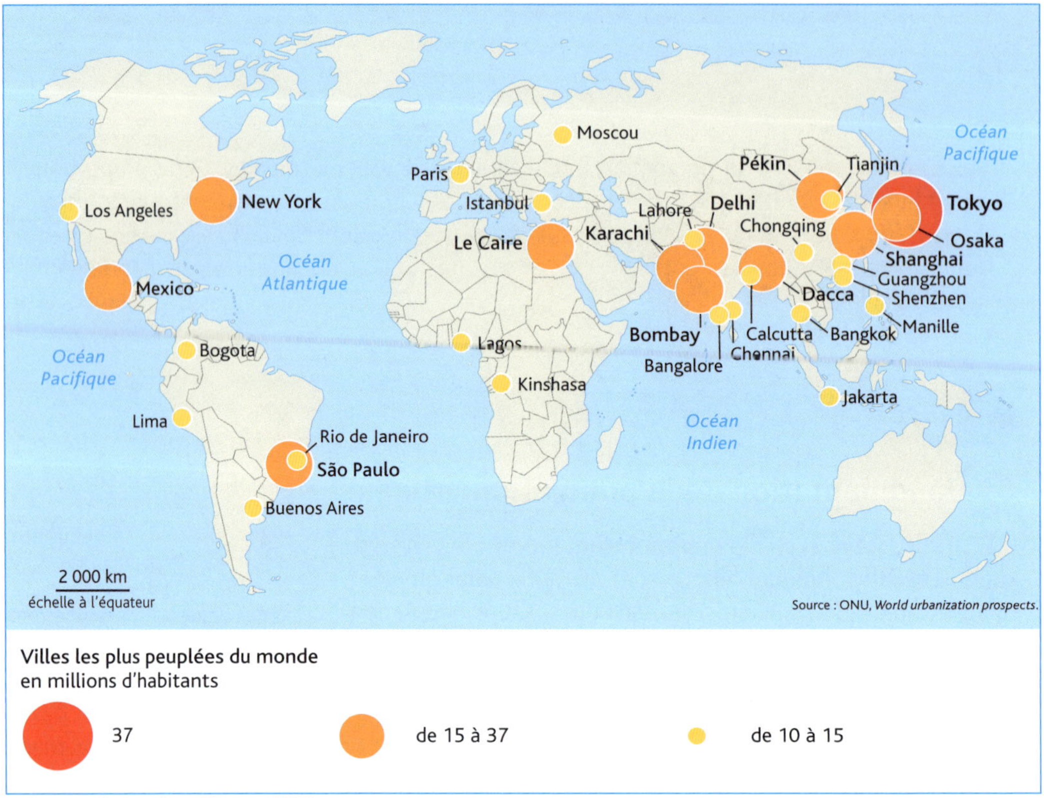

▲ La population des villes en 2022

2 La métropolisation du monde

A Une métropolisation qui s'accélère

• En 2021, **560 villes comptaient plus de 1 million d'habitants,** 36 en accueillaient plus de 10 millions. La métropolisation prend aujourd'hui une dimension particulière dans les PED. **Mumbai,** en Inde, comptait 3 millions d'habitants en 1950 et en compte 22 millions aujourd'hui.

Définitions

Métropole : grande ville qui concentre la population, les activités économiques et les fonctions de commandement, exerçant une influence sur le territoire qui l'entoure.
Mégalopole : ensembles urbains reliés fonctionnellement (réseaux de transports, communications) qui s'étendent sur des centaines de km.

Exemples

Le Caire en Égypte, Lagos au Nigeria, Delhi en Inde ont plus de 20 millions d'habitants.

• En 25 ans, **la population urbaine** est passée de 2,3 à 4,3 milliards (+ 85 %). **Plusieurs régions urbaines atteignent des dimensions exceptionnelles**, comme celles de **Canton** (48,6 millions d'habitants) ou de **Tokyo** (40 millions). Les métropoles mondiales (New York, Tokyo, Londres et Paris) regroupent les fonctions politiques, économiques et culturelles de la planète.

Chiffre-clé

En Afrique, Lagos au Nigeria était peuplée de 300 000 habitants en 1950 et de 15 millions en 2022.

B Des métropoles, lieux de la puissance mondiale

• **Les « villes mondiales »** ou *global cities* regroupent une population nombreuse, concentrent les capitaux, favorisent l'implantation de firmes transnationales (FTN). Elles disposent d'une grande accessibilité grâce à des équipements et un réseau de transports efficaces (aéroports internationaux).

Ces métropoles sont les **centres d'impulsion de l'économie mondiale** car elles concentrent la richesse et les fonctions décisionnelles dans divers domaines comme la finance, la politique, la culture et les organismes internationaux (ex. : ONU à New York).

> **À retenir**
> Les métropoles mondiales regroupent des infrastructures de congrès ou d'événements d'envergure internationale (ex. : Jeux olympiques).

C Un fonctionnement en réseaux

• **L'archipel mégalopolitain mondial.** Les métropoles entretiennent des **relations denses et continues** entre elles. Elles sont les **nœuds de communication majeurs** de la planète. Les grands aéroports les relient entre elles.

• **Les métropoles les plus actives** sont souvent associées à d'autres grandes villes proches et forment des ensembles urbains plus vastes : les **mégalopoles**.

> **À retenir**
> On compte trois mégalopoles principales : la mégalopole du nord-est des États-Unis, la mégalopole européenne et la mégalopole japonaise.

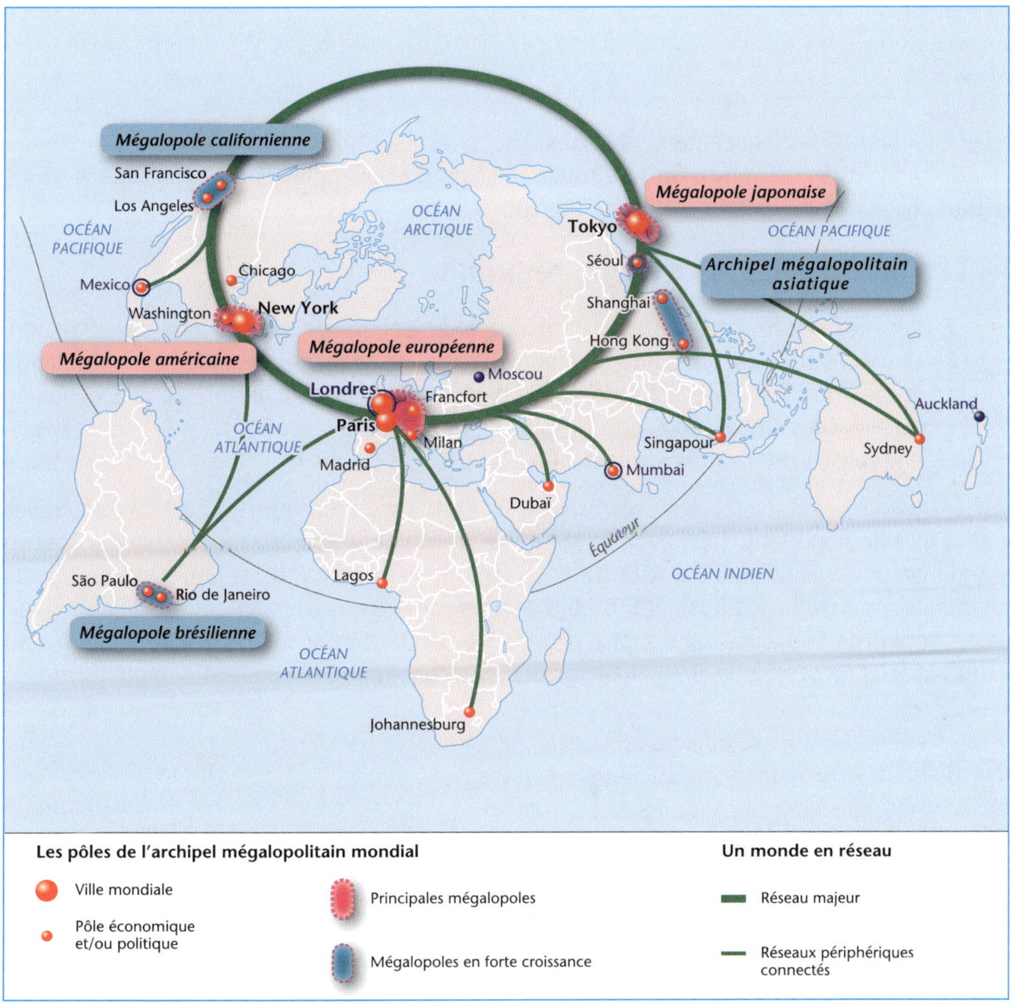

▲ Les pôles de l'archipel mégalopolitain mondial

3 Des métropoles inégalement attractives et influentes

A Les métropoles à l'échelle mondiale

Les centres d'impulsion de l'économie planétaire concentrent la population, la richesse et les fonctions décisionnelles. Ils comptent le plus souvent **plus de 10 millions d'habitants** et accueillent des activités tertiaires diversifiées dans la finance, la recherche, le conseil, la communication, les médias, etc. Certains grands événements sportifs y sont aussi organisés : Jeux olympiques de 2012 à Londres, de 2021 à Tokyo et de Paris en 2024.

B Les métropoles à l'échelle nationale

• **Certaines métropoles cumulent leur rôle à l'échelle mondiale** avec celui, dominant, qu'elles jouent à l'échelle nationale, en étant des capitales d'États. C'est le cas, par exemple, de **Paris** ou de **Londres**. Toutefois, **les villes mondiales ne sont pas toujours la capitale de leur pays**.

Exemple
Aux États-Unis, la capitale, Washington, n'a pas l'importance démographique et économique de New York.

• Les capitales d'États concentrent, à l'échelle nationale, **la plupart des fonctions politiques et administratives** du pays. On y retrouve le siège du gouvernement, les ministères et les institutions politiques (parlement, haute administration).

C Les métropoles à l'échelle régionale

Les métropoles régionales organisent la vie économique et sociale de leur région. Ces villes sont dotées d'une gamme suffisante de services pour que les habitants de la zone puissent éviter tout recours à une autre ville plus importante et mieux équipée qu'elle. On y trouve un centre hospitalier, des médecins spécialistes, des services aux entreprises, des centres commerciaux, des espaces de loisirs.

Une influence variée selon les métroples. Aux États-Unis, un certain nombre de métropoles jouent un rôle important, sans avoir le statut de métropole nationale ou mondiale : **Boston** est connue pour ses universités, **Atlanta** pour son hub aérien. En Inde, si la hiérarchie urbaine est dominée par **Delhi**, **Kolkota** et **Mumbai**, le pays compte une cinquantaine de villes millionnaires et plus de 500 villes qui ont plus de 100 000 habitants. Ces métropoles régionales sont parfois spécialisées (en Inde, Bangalore : nouvelles technologies, Chennai : automobiles).

Sujets d'étude

1 Lyon : les mutations d'une métropole

• **Avec 1,7 million d'habitants,** la métropole lyonnaise est **la 2e agglomération urbaine de France** après Paris. Lyon est la principale métropole de la région Auvergne-Rhône-Alpes. L'extension de Lyon se traduit surtout par un étalement urbain important qui gagne les zones rurales surtout à l'est de la ville. Lyon cherche également à renforcer son statut de métropole à l'échelle européenne.

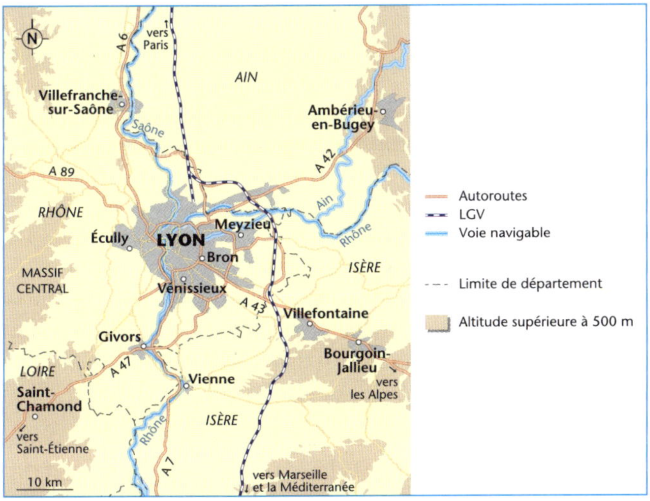

◄ La métropole lyonnaise

À retenir
La métropole lyonnaise en chiffres
1,7 million d'habitants.
59 communes.
20 % de la population de la région.
Lyon Saint-Exupéry : 3e aéroport français avec 11,7 millions de passagers en 2019.
2e ville de France pour l'accueil d'événements internationaux et 25 000 étudiants.

• **Capitale de la région Auvergne-Rhône-Alpes,** la ville a connu récemment de nombreuses transformations : les réseaux de transports ont été améliorés (métro, tram, bus).

• **Lyon cherche également à renforcer son statut de métropole à l'échelle européenne,** voulant rivaliser avec Barcelone ou Milan. L'aéroport Saint-Exupéry relie Lyon à 120 destinations.

• **La ville dispose également du deuxième quartier des affaires du pays** (La Part-Dieu), situé à proximité de la gare TGV, facilitant ainsi les déplacements vers les grandes villes françaises et européennes.

• **La ville dispose d'un pôle de compétitivité :** Lyonbiopôle soutient les innovations technologiques en médecine. Lyon ambitionne aussi d'être une **ville durable** avec la réhabilitation du quartier de la Confluence, anciennes zones industrielles désaffectées.

• **Les différentes banlieues font apparaître de fortes inégalités sociales et spatiales.** Vaulx-en-Velin, au nord-est de Lyon, est la commune la plus pauvre du Rhône. La ville affiche un taux de pauvreté de 31,8 %.

Définition
Un **pôle de compétitivité** rassemble sur un territoire et sur une thématique ciblée, des entreprises petites, moyennes ou grandes, des laboratoires de recherche et des établissements de formation.

2 Londres, une métropole de rang mondial

Capitale du Royaume-Uni, Londres est, avec Paris, une **métropole de rang mondial**. Avec 9 425 000 d'habitants en 2021, Londres dispose d'un **rayonnement international** dans le domaine de la **banque**, des **assurances** et des **transactions boursières** (quartier de la City).

▼ La métropole londonienne

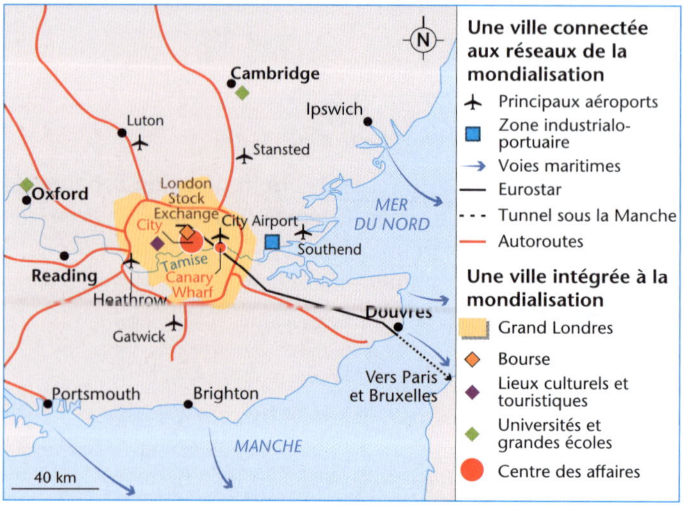

À retenir

Londres en chiffres

9 425 000 habitants.
Aire urbaine : 12 millions d'habitants.
Produit urbain brut : 5e ville du monde avec 840 milliards de dollars.
20 % du PIB du Royaume Uni.
6 aéroports internationaux, dont Heathrow, 1er d'Europe avec 78 millions de passagers.

- **Malgré le Brexit,** Londres garde un rôle prééminent en Europe et dans le monde. Ses 6 aéroports internationaux relient la ville à un grand nombre de capitales et métropoles en Europe et dans le monde. La **renommée** de Londres lui a permis d'accueillir les Jeux olympiques de 2012. Enfin, Londres dispose de **nombreux musées** qui attirent des touristes du monde entier.

- **Pourtant, pour conserver son leadership,** la ville doit mettre en œuvre des aménagements coûteux. On peut citer la **transformation des anciennes zones portuaires** (Docklands) : ce projet a donné naissance au second centre d'affaires (Canary Wharf) et à un aménagement des berges de la Tamise.

- **Dans le domaine des transports,** le projet Crossrail vise à **faciliter les déplacements** des Londoniens d'ouest en est de la ville. Le **port commercial** de Londres a également été réhabilité (Thames Gateway).

- **Pour faire face à la montée des prix de l'immobilier,** des **villes nouvelles** se sont construites en périphérie de Londres (Crawley et Stevenage au nord).

- **La métropole londonienne représente 20 % du PIB du Royaume-Uni.** Mais on trouve aussi dans certains quartiers périphériques une grande pauvreté. **La proportion de Londoniens vivant sous le seuil de pauvreté est de 28 %.**

- **Pourtant, la mixité sociale est forte à Londres** qui est probablement la métropole la plus cosmopolite du monde occidental. Les 3 millions de Londoniens nés à l'étranger représentent plus de 36 % de la population. 40 % sont d'origine européenne, 30 % viennent du Moyen-Orient et d'Asie, 20 % d'Afrique et 10 % des Amériques. Quant aux Français, ils seraient un peu plus de 250 000 dans le Grand Londres.

Exercices d'entraînement

Exercice 1

Corrigé p. 343

L'aéroport de Lyon Saint-Exupéry dessert 120 destinations et 67 % du trafic est réalisé à l'international.

1. **Décrivez les différentes parties du paysage ci-dessus.**
2. **En quoi la proximité de la gare TGV et de l'aéroport est-elle importante ?**
3. **Comment appelle-t-on la connexion de plusieurs modes de transport sur un même site ?**

Exercice 2

Corrigé p. 343

Canary Wharf, le second quartier d'affaires de Londres

Canary Wharf est le quartier d'affaires britannique, concurrent de la City. Il est situé à l'est de Londres sur une presqu'île appelée « The Isle of Dog ». Historiquement, quartier grouillant d'activités grâce à ses dockers et ses entrepôts maritimes, le site fut abandonné de nombreuses années, suite à la chute du commerce de l'Angleterre avec ses colonies. Sa régénérescence a débuté à la fin des années 1980, avec le projet ambitieux d'en faire le nouveau quartier d'affaires, nouveau Manhattan à l'anglaise, faisant entrer Londres dans le XXIe siècle. [...] Il est à présent le siège de prestigieuses entreprises financières telles que Barclays Capital, KPMG, Crédit Suisse et HSBC, pour ne citer qu'elles mais accueille aussi des entreprises du monde des médias ou de la publicité [...]. Côté transports, le quartier est bien desservi par la Jubilee Line[1] vers le centre de Londres ainsi que par le DLR[2]. [...] La proximité immédiate du City Airport constitue également un atout pour les voyages d'affaires.

Sandra Redon, Agence de voyages « Simplement Londres », 27 février 2017.

1. Ligne de métro.
2. DLR : *Docklands Light Raiways*, trains automatiques, sans conducteur.

1. **Quelle était l'activité principale de ce quartier avant 1980 ?**
2. **Qu'est-il devenu après sa rénovation ?**
3. **Montrez que ce quartier est bien desservi par plusieurs moyens de transport.**

THÈME 2 Une diversification des espaces et des acteurs de la production

Avec la mondialisation, on assiste à une recomposition des logiques et des dynamiques des espaces productifs de la planète. Les types de production sont variés (agricoles, industrielles, services) et génèrent des espaces spécialisés.

1 Les espaces productifs en recomposition

A Vers de nouvelles logiques de localisation

• **Les espaces productifs industriels du XIXe siècle. La Révolution industrielle est née en Europe** à la fin du XVIIIe siècle et s'est progressivement étendue à l'ensemble des pays développés. Les espaces industriels étaient d'abord localisés près des matières premières ou des sources d'énergie (charbon, fer).

> **Définition**
> **Espace productif :** espace aménagé et mis en valeur dans le cadre d'une activité économique agricole, industrielle ou de services.

• **Le XIXe siècle et la première partie du XXe siècle** sont des périodes de **fort exode rural** dans les pays développés. Les industries s'implantent dans les périphéries des villes.

B La nouvelle donne de la mondialisation

• **L'importance des avantages comparatifs.** Dans la seconde moitié du XXe siècle, la plupart des entreprises productives des pays développés ont **délocalisé leur production** vers des pays à main-d'œuvre bon marché (Asie, Amérique latine, Afrique du Nord et Europe de l'Est).

Les logiques d'implantation sont souvent liées aux avantages comparatifs : accessibilité, équipements (portuaires, aéroportuaires, routiers, ferroviaires), législation (fiscale, sociale, environnementale…), qualification et prix de la main-d'œuvre, sécurité.

> **Définition**
> **NDIT :** (nouvelle division internationale du travail) : dissociation spatiale des différentes fonctions de l'entreprise : administration, conception, recherche-développement, fabrication des pièces, assemblage…

• Dans le contexte de la mondialisation, **l'accessibilité des territoires** est une priorité pour répondre aux nouvelles logiques de production (**NDIT**, flux tendus).

• **L'accessibilité numérique** est également primordiale. C'est pourquoi les pouvoirs publics et les opérateurs privés développent l'accès au numérique.

C Innovation et économie de la connaissance

L'innovation pour la compétitivité territoriale. Les régions développées comme les États-Unis, le Japon et l'Europe cherchent à garder les avantages qu'ils ont sur les pays émergents en matière de recherche/développement et d'innovation.

> **Définitions**
> **Compétitivité :** capacité d'une entreprise, à produire et à vendre des biens en situation de concurrence.
> **Territoires de l'innovation :** espace productif spécialisé dans la conception ou la fabrication de nouveaux produits grâce à la synergie entreprises-centres de recherche-universités.

• **La Silicon Valley,** en Californie, le technopôle de Tsukuba au Japon, le pôle technologique de Saclay au sud de Paris sont des exemples de **territoires de l'innovation** où des entreprises, des centres de recherche et des universités mettent en commun leur savoir-faire.

• **Les pays émergents** (Chine et Inde) tentent de rattraper leur retard dans le domaine de l'**innovation technologique**. **Exemple :** le chinois Huawei est devenu un leader de la téléphonie.

2 Des espaces productifs majeurs

A Une nouvelle division internationale du travail

• La mondialisation repose sur **l'inégale compétitivité des territoires**. La NDIT s'appuie sur une **séparation géographique des fonctions** des entreprises.

> **Exemple**
> Apple conçoit ses IPhone en Californie, ses pièces sont fabriquées un peu partout dans le monde, et l'appareil est assemblé dans les usines Foxconn à Shenzhen en Chine.

• **De nombreuses entreprises internationales externalisent** une partie de leur production.

> **Exemple**
> Nike confie à des sous-traitants la fabrication de ses équipements et matériels de sports.

B La concentration des activités dans les métropoles

• **Les grandes métropoles polarisent les activités productives.** Elles offrent une main-d'œuvre qualifiée et des activités périproductives (services).

• **Les grandes métropoles des pays du sud** sont aussi des **espaces productifs performants** qui bénéficient d'une main-d'œuvre nombreuse et bon marché. Mais ces villes accueillent également des **activités artisanales** qui font vivre des millions de personnes dans les quartiers pauvres et les bidonvilles : on parle de **secteur informel**.

C Des interfaces privilégiées dans la mondialisation

• **Les littoraux sont devenus des espaces productifs majeurs,** mais la littoralisation privilégie quelques grandes façades maritimes comme celle de l'Asie-Pacifique, la Northern Range en Europe, les façades Pacifique et Atlantique du continent nord-américain.

> **À retenir**
> 7 des 10 premiers ports mondiaux pour le trafic des conteneurs sont chinois. Rotterdam, premier port européen ne figure qu'en 10e place.

• **Certains espaces transfrontaliers sont favorables à l'établissement d'espaces productifs** en raison de différences de développement ou de réglementation. C'est le cas de la « Mexamérique » entre les États-Unis et le Mexique (maquiladoras).

3 L'organisation des processus de production générateurs de multiples flux

A Des firmes transnationales au cœur de la mondialisation

• **Elles s'appuient sur un réseau international de production** constitué de plus de 900 000 filiales. **En internationalisant leur production,** les FTN jouent un rôle crucial dans

GÉOGRAPHIE

le commerce mondial : de la conception des produits à leur commercialisation, les chaînes de valeur ajoutée, contrôlées par des FTN, sont à l'origine de **80 % des échanges internationaux**.

> Définition
> **FTN :** firme transnationale. Entreprise qui développe des filiales à l'étranger.

• **Les FTN maintiennent un lien fort avec leur territoire d'origine**. Elles y conservent leurs activités décisionnelles stratégiques. **Exemples :** le siège social d'Apple est en Californie (États-Unis), celui de Toyota au Japon.

Il s'agit aussi de privilégier l'image : quand un consommateur achète une automobile Toyota, il achète japonais, signe de fiabilité.

B Les autres acteurs du système productif

• **Les États agissent pour favoriser ou freiner la place des FTN,** en accordant des **facilités fiscales** ou au contraire en **limitant les importations** par des droits de douane élevés.

> **Exemple**
> En 2018, le Président américain Trump a augmenté les droits de douane de 25 % pour limiter les importations chinoises. Les Chinois ont fait de même avec certains produits américains.

• **De nouveaux acteurs transnationaux** cherchent à **mobiliser les citoyens en dénonçant les abus des FTN**. C'est le cas de l'ONG **Greenpeace** pour les questions environnementales ou des mouvements altermondialistes qui souhaitent une meilleure répartition des richesses.

C Des flux matériels et immatériels de plus en plus intenses

• **La révolution logistique.** Plus de 80 % des produits transportés empruntent les voies maritimes.

La conteneurisation a permis de limiter les ruptures de charges dans les ports. L'espace économique mondial s'organise ainsi avec de grands **hubs portuaires** comme, Shanghai, Singapour en Asie, Dubaï au Moyen-Orient ou Rotterdam en Europe.

> Définition
> **Hub portuaire :** port qui sert de nœud de correspondance, qui concentre et redistribue vers d'autres destinations les flux de marchandises ou de passagers.

• **Si le pétrole est la marchandise la plus échangée en volume,** l'essor des échanges est surtout dû aux **produits manufacturés** et aux **services** (transport, tourisme…).

• **Une explosion des échanges financiers.** Les **flux de capitaux** largement dématérialisés se sont multipliés entre les grandes bourses mondiales (New York, Tokyo...).

• **Les progrès des télécommunications** (téléphonie, Internet, fibre optique) permettent l'intensification des flux d'informations et de services (multiplication des data centers aux États-Unis).

THÈME 2 Sujets d'étude

1 Les espaces des industries aéronautique et aérospatiale européennes

A Airbus : présentation

Airbus est un constructeur aéronautique européen dont le siège social est à Toulouse. Le groupe Airbus compte 134 000 employés dont 48 000 en France.

Airbus en chiffres 2019 (avant la crise sanitaire)
Chiffre d'affaires : 70 milliards d'euros
Avions livrés dans l'année : 615 en 2021
Moyens et longs courriers : A330, A350, A380[1]
[1] La fabrication est abandonnée en février 2019.

• **Airbus est une grande entreprise aéronautique** dont les différentes fonctions sont réparties sur plusieurs sites européens et même mondiaux.
– La **conception des avions** ainsi que les **bureaux de recherche/développement** sont situés en Allemagne, Espagne, France et Royaume-Uni mais s'appuient également sur plusieurs sites basés aux États-Unis (Mobile), en Chine (Beijing), en Inde (Bangalore) et en Russie (Moscou).
– Les **composants de l'avion** sont eux aussi fabriqués dans de nombreuses usines (par exemple à Toulouse ou à Saint-Nazaire en France, Hambourg en Allemagne, Getafe en Espagne ou Filton au Royaume-Uni…).

• **Pour gagner d'autres marchés face à Boeing,** Airbus a construit des usines aux États-Unis et même en Chine (Tianjin), le plus gros marché potentiel du monde du transport aérien.

B Arianespace : présentation

• **Ariane est un grand projet scientifique, technique et industriel** qui associe 17 pays européens. Aujourd'hui, les fusées Ariane représentent **plus de la moitié des lancements de satellites civils** dans le monde.

• **Aujourd'hui, Arianespace développe deux types de lanceurs :** les **fusées Ariane** (version 6) et le **lanceur léger Vega** pour les satellites plus petits (de 300 kg à 2,5 tonnes).

• **La base de lancements des fusées est située au centre spatial guyanais de Kourou.** L'avantage de ce site est sa proximité de l'équateur, dans une zone sans cyclones.

• **Les différents éléments des fusées Ariane** sont fabriqués en Europe et transportés en Guyane. **Cela génère des milliers d'emplois** chez 1 200 fournisseurs de toute taille. Avant que le lanceur n'arrive en Guyane, beaucoup d'opérations ont déjà eu lieu en Europe.

Chiffres-clés d'Arianespace
Chiffre d'affaires : 1 milliard d'euros en 2020.
Nombre de salariés : 8 000 salariés + sous-traitants.
Pays impliqués dans le projet : France, Allemagne, Italie, Royaume-Uni, Espagne, Belgique, Suisse, Suède, Autriche, Norvège, Danemark, Finlande, Irlande, Portugal, Grèce, Luxembourg, République Tchèque.
Nombre de lancements en 2021 : 7.

2 Rotterdam, un espace industrialo-portuaire européen de dimension internationale

• **Rotterdam est un exemple d'espace industrialo-portuaire européen** de dimension internationale. Situé sur l'estuaire du Rhin, le port de Rotterdam a donné naissance à une zone industrielle.

▼ Rotterdam, une zone industrialo-portuaire (ZIP)

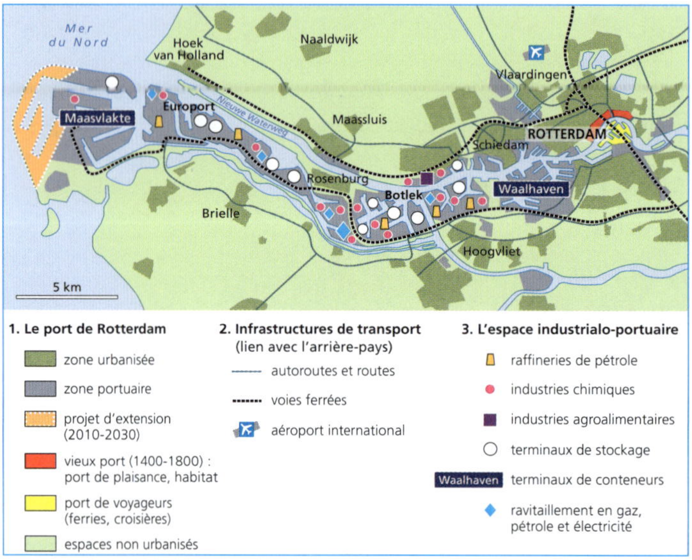

À retenir
Rotterdam en 2019
11e port mondial pour les conteneurs : 13,7 millions d'EVP.
9e port mondial : 470 millions de tonnes.
1er port européen.
Importations : 320 millions de tonnes.
Exportations 150 millions de tonnes.

• **Le port et la ZIP de Rotterdam font partie de la Northern Range.** Le port de Rotterdam dessert **un très vaste *hinterland*** (arrière-pays) par la voie fluviale du Rhin et un **réseau dense de voies autoroutières et ferrées**. Le port s'étend sur 40 km de longueur et occupe plus de 125 km^2. Les infrastructures ont été construites progressivement à partir du vieux port de fond d'estuaire, à proximité de la ville. Puis les activités portuaires se sont déplacées vers l'ouest, vers la Mer du Nord en aval.

• **Les différentes parties du port sont spécialisées :**
– port et réservoirs de pétrole ;
– port de passagers ;
– port de conteneurs ;
– port minéralier.

• **Une vaste zone indutrialo-portuaire** s'est développée parallèlement à l'extension du port. C'est donc un espace productif très important car il transforme les produits importés :
– pétrole du Moyen-Orient, de Russie ou de Norvège ;
– gaz naturel liquéfié de Norvège ;
– minerai de fer du Brésil et d'Afrique du Sud ;
– charbon d'Australie et d'Afrique du Sud ;
– céréales du Brésil et des États-Unis.

Chiffre-clé
Rotterdam (Pays-Bas) gère annuellement 13,7 millions d'équivalents vingt pieds (EVP) de conteneurs qu'il faut entreposer avant de les réexpédier dans toute l'Europe.

Exercices d'entraînement

Exercice 1

Corrigé p. 343

Airbus et Safran au Maroc

Au Midparc, la nouvelle zone franche dédiée à l'aéronautique, près de l'aéroport de Casablanca, c'est déjà la ruée. Airbus termine la nouvelle usine de sa filiale Stelia pour fabriquer des pièces du fuselage de l'A 320. Même effervescence à Nouaceur, où le groupe Safran, l'un des premiers à s'être implanté au Maroc, accélère les cadences. En dix ans, sa filiale Aircelle, qui fabrique les nacelles des réacteurs, a décuplé son chiffre d'affaires. « Nous pouvons devenir le Mexique de l'Europe », s'exclame Hamid Benbrahim el-Andaloussi, président de Safran au Maroc et dirigeant de la fédération professionnelle du secteur, en faisant référence à la vaste zone de sous-traitance mexicaine qui fournit les groupes américains. Avec une centaine de sociétés, le pôle aéronautique marocain emploie déjà 11 500 salariés. [...] En venant au Maroc, les constructeurs savent qu'ils vont réduire leurs coûts, gagner en compétitivité, et conquérir de nouveaux marchés.

D'après Thierry Favre, « le Maroc, base arrière industrielle de la France », Challenges.fr, 3 avril 2016.

1. **Que fabriquent les nouvelles usines construites au Maroc ?**
2. **Quel exemple essaie-t-on de suivre ?**
3. **Quel est l'avantage principal de ces nouvelles implantations ?**

Exercice 2

Corrigé p. 344

Rotterdam, la porte d'entrée idéale du marché européen

Rotterdam dessert un hinterland de plus de 150 millions de consommateurs vivant dans un rayon de 500 km autour de Rotterdam, et plus de 500 millions de consommateurs à travers l'Europe. Ce vaste marché européen est accessible depuis Rotterdam par de nombreuses infrastructures : routes, rail, navigation fluviale intérieure, cabotage et pipeline. Un produit débarqué à Rotterdam [...] peut être acheminé rapidement vers l'Allemagne, la Belgique, la France, la Grande Bretagne [...]. Les principaux centres industriels et économiques européens sont à moins de 24 heures de Rotterdam. Un des nombreux avantages de Rotterdam réside dans sa localisation sur l'estuaire du Rhin et de la Meuse. Ainsi, par les canaux et les fleuves, les marchandises peuvent gagner le cœur de l'Europe rapidement.

Site Internet de l'Autorité portuaire de Rotterdam, consulté en janvier 2019.

1. **À l'aide du texte, définissez l'*hinterland*.**
2. **Pourquoi le port de Rotterdam est-il important pour l'Europe ?**
3. **Quels sont les avantages de ce port ?**

THÈME 3 Les espaces ruraux : une multifonctionnalité toujours plus marquée

Dans un contexte de mondialisation, **les espaces ruraux connaissent d'importantes mutations. Les campagnes sont de plus en plus liées aux espaces urbains** qui s'étendent sur les espaces ruraux environnants. Par ailleurs, ces derniers sont marqués par la multifonctionnalité.

1 Les espaces ruraux agricoles à l'échelle mondiale

A Agriculteurs et espaces agricoles en diminution

• **Aujourd'hui, la population rurale dans le monde** représente environ 43,8 % de la population totale soit 3,4 milliards de personnes. Dans les pays développés, **les agriculteurs représentent aujourd'hui souvent moins de 5 % de la population active.**

• **L'urbanisation** a pour conséquence de diminuer les surfaces disponibles pour l'agriculture.

Chiffres-clés
En Afrique de l'Ouest, l'agriculture emploie environ 70 % de la population active.

B Différents types d'espaces productifs agricoles

Les progrès de l'agriculture productiviste ont permis d'assurer la **sécurité alimentaire** dans la plupart des pays (augmentation des surfaces cultivées et des rendements).

• **La mondialisation a vu le développement de grandes entreprises agricoles** et agro-alimentaires : aux États-Unis, on parle **d'agrobusiness**. Dans les PED, la **révolution verte** a contribué à l'autosuffisance alimentaire (Amérique latine, Asie). Certains pays se sont spécialisés.

Exemples
La Côte d'Ivoire vend son café et son cacao, la Colombie, le Kenya et l'Éthiopie vendent leurs fleurs coupées.

• **En Afrique, certains petits paysans se tournent vers l'agriculture commerciale** au détriment de l'agriculture vivrière.

Définitions
Agriculture commerciale : production agricole et d'élevage destinée à l'exportation.
Agriculture vivrière : agriculture destinée à l'autoconsommation des paysans.
Révolution verte : innovations agricoles mises au point dans les années 1960 qui reposent sur l'utilisation de nouvelles variétés de céréales (riz, blé) à hauts rendements (VHR). L'irrigation, les engrais chimiques et les traitements antiparasitaires ont permis d'accroître la production (ex. : en Inde).

C Vers une agriculture durable

• **L'agriculture intensive provoque de graves problèmes écologiques :** les engrais et les pesticides polluent les rivières et les mers (algues vertes) et détruisent l'écosystème (disparition des abeilles). On tente de développer une **agriculture raisonnée**.

À côté des pays exportateurs qui sont les « greniers » du monde (États-Unis, Union européenne, Brésil), le **commerce équitable** cherche à assurer un revenu suffisant aux petits producteurs (par exemple pour le café).

2 Les espaces ruraux liés aux villes

A L'étalement urbain

• **Depuis 1950,** l'urbanisation accélérée provoque **la fin de la séparation entre espace urbain et espace rural**. Aujourd'hui, la frontière est plus floue.

• **Dans les pays pauvres,** les grandes métropoles occupent de grandes superficies : les banlieues sont souvent très ségrégées : banlieues riches pour les habitants à la recherche d'un cadre de vie agréable et bidonvilles périphériques pour les nouveaux urbains.

Exemples de bidonvilles géants :
Kibera à Nairobi, Netzahualtcoyolt à Mexico.

Définition
Étalement urbain : croissance spatiale des villes sous l'effet d'un accroissement démographique et/ou de l'implantation de nouvelles activités économiques.

B L'attractivité des espaces ruraux

• **Dans les pays riches,** les villages proches des villes voient apparaître de nouveaux types d'**habitat pavillonnaire** où résident des populations qui travaillent en ville et gardent un mode de vie urbain.

• **Les terres disponibles dans les espaces ruraux proches des villes** sont très convoitées (centres commerciaux, *edge cities*). Des **espaces récréatifs** se créent : parcs d'attractions, terrains de golf…

Définition
***Edge city* :** pôle urbain secondaire d'existence récente (20 ou 30 ans) installé dans les espaces ruraux attenants aux villes. Il rassemble surtout des bureaux, des espaces commerciaux, des hôtels et des sièges sociaux d'entreprises.

C Un espace rural de plus en plus fragmenté

• **L'espace rural des pays riches s'est radicalement transformé :** dans certains villages, la population rajeunit, parfois certains services s'installent (infrastructures de transports, zones commerciales et espaces récréatifs).

• **Dans les PED,** on retrouve la même **fragmentation de l'espace rural** avec une **ségrégation sociospatiale** encore plus marquée dans les zones périphériques proches des villes.

Définitions
Fragmentation : séparation sur les plans économique, social, culturel et politique entre certains quartiers des espaces ruraux.
Périurbanisation : processus d'extension des agglomérations urbaines, dans leur périphérie, entraînant une transformation des espaces ruraux proches.

3 Des espaces ruraux multifonctionnels

A Des espaces ruraux industriels

Avec la saturation des villes, les industries ont migré vers les espaces ruraux, à proximité des voies de communication. Les technopôles s'implantent dans les espaces ruraux périurbains.

Définitions
Agroalimentaire : ensemble des activités industrielles qui transforment des productions issues de l'agriculture ou de la pêche en aliments destinés essentiellement à la consommation.
Systèmes productifs locaux : concentration, sur un territoire géographiquement délimité, d'unités productives de type PME-PMI, spécialisées dans un secteur d'activité, autour d'un métier ou d'un type de produit.

Exemples
Technopôles : la Silicon Valley près de San Francisco ou Sophia Antipolis près de Nice.

Pour rester compétitive, cette industrie rurale s'est spécialisée. L'agriculture valorise ses produits dans l'**industrie agroalimentaire**, au plus près de la production des denrées agricoles. On trouve dans les espaces ruraux des **systèmes productifs locaux** : on cite souvent les SPL d'Italie dans l'habillement ou l'ameublement « *made in Italy* ».

À retenir
L'implantation d'industries dans les espaces ruraux des PED permet de lutter contre la pauvreté par la création d'emplois.

Exemple
L'espace rural de la vallée du Rio Dos Sinos, au Brésil, est spécialisé dans le cuir et la chaussure.

B Les activités de services dans les espaces ruraux

- Dans toutes les campagnes du monde, **on trouve des services divers :** commerce de proximité, des écoles, des ateliers de réparation de matériel agricole... Le **télétravail** se développe également dans les pays riches.
- **Dans les pays pauvres,** l'enjeu est d'**équiper les espaces ruraux des services nécessaires à la population** : école, hôpital, services publics, transports. Dans les pays développés il s'agit de les **maintenir face aux objectifs de rentabilité**.

Définition
Télétravail : activité professionnelle exercée à distance (d'une entreprise), grâce aux technologies de l'information et de la communication.

Exemples
En zone rurale parfois, les habitants doivent manifester pour maintenir une école ou une maternité.

C Des espaces ruraux à vocation touristique

- **Avec l'apparition d'une société des loisirs,** le tourisme est devenu un **facteur important du développement économique des espaces ruraux** à l'échelle mondiale dès les années 1950.

Exemples
Les stations de sports d'hiver permettent de valoriser certaines régions rurales enclavées.
Dans les pays africains, le tourisme animalier est une source de revenus pour les populations.

- Dans les pays développés, **le tourisme vert** permet aux ruraux d'avoir un **complément de revenus**.
- **Depuis quelques années, un écotourisme se développe** dans les pays en développement. Les activités écotouristiques en Afrique sont faites d'observation d'animaux, d'oiseaux, de randonnées.

Définitions
Écotourisme : tourisme qui doit respecter les populations locales, l'environnement et contribuer à leur développement.
Tourisme vert : tourisme qui repose sur les paysages, la nature et la pratique de loisirs de plein air.

THÈME 3 Sujets d'étude

1 Les espaces périurbains en France (métropolitaine et ultramarine)

• **En France métropolitaine ou dans les territoires ultramarins** sont considérés, selon l'INSEE, comme périurbains tous les espaces qui, situés en dehors des villes, sont néanmoins sous leur influence en matière d'emplois, de services, etc.

Ce sont les territoires périurbains qui **connaissent la plus forte croissance démographique** depuis 30 ans. Ceux-ci se recomposent avec le recul de l'agriculture.

• **Les territoires périurbains de la France métropolitaine** comme ceux de l'Outre-mer deviennent multifonctionnels. **La fonction résidentielle est importante**.

• **L'éloignement du centre implique des migrations pendulaires contraignantes.** Les espaces périurbains sont multifonctionnels : le **périurbain industriel** (industries diverses et artisanat) cohabite avec de **grands équipements** (centres hospitaliers, universités) ou des **structures commerciales ou hôtelières**.

> Définition
>
> **Migrations pendulaires :** déplacements quotidiens entre le lieu de résidence et le lieu de travail.

2 L'agrotourisme en France

L'agrotourisme fait partie du tourisme rural : on l'appelle aussi le tourisme agricole ou encore le tourisme à la ferme. Pourtant les termes ne sont pas équivalents : le « tourisme rural » généralise les multiples formes de tourisme du domaine rural et dont l'agrotourisme devient alors l'une des composantes.

• **Si l'agrotourisme se pratique dans des entreprises à vocation agricole,** le **tourisme à la ferme** viserait plus spécifiquement les visiteurs qui sont hébergés chez l'agriculteur.

• **L'agrotourisme** implique plus spécifiquement des activités pour lesquelles les agriculteurs proposent de découvrir leur métier louant des chambres d'hotes, des gîtes…

• **Cela permet de revitaliser** des régions rurales désertifiées, par exemple le Massif Central.

• **Le touriste peut participer activement aux activités agricoles** ou simplement visiter le site. La tendance actuelle vise à **compléter les éléments traditionnels de la ferme par des équipements complémentaires**, destinés à attirer la clientèle (piscine, spa, soins de confort…).

• **La pratique de l'œnotourisme se développe** visant à mieux connaître les vignobles français et les modes de fabrication vinicoles. Dans les territoires ultramarins, l'agrotourisme est souvent associé à des ressources agricoles spécifiques et à des circuits écotouristiques.

> **Exemple**
>
> Guadeloupe et Martinique proposent de découvrir la fabrication du rhum, de la récolte de la canne à sucre à l'élaboration finale.

GÉOGRAPHIE

Exercices d'entraînement

Exercice 1

Corrigé p. 344

Les espaces périurbains

Les recherches montrent notamment combien les espaces périurbains sont des espaces ouverts en relation permanente et étroite tant avec les villes-centres qu'avec le monde rural [...]. Mais plus encore, elles mettent en évidence qu'il s'agit d'espaces pluriels et diversifiés aussi bien sur le plan social que sur le plan spatial. Ainsi, au sein du périurbain, il est possible de distinguer globalement :

– le périurbain industriel, dont l'espace est dévolu quasi exclusivement aux activités relevant de l'industrie et de l'artisanat ;

– le périurbain mixte, dont le territoire est occupé par l'industrie, l'habitat, les grands équipements (centres hospitaliers, universités...) ou les structures commerciales et hôtelières (centres commerciaux, halls d'exposition, chaînes d'hôtels...) ;

– le périurbain résidentiel, dont les contours correspondent aux nappes pavillonnaires et aux anciennes maisons situées dans les cœurs des villages et des petites villes. [...]

D'après H. Marchal, J.-M. Stébé, *La France périurbaine*, « Que sais-je », PUF, 2021.

1. Quels sont les différents types d'espaces périurbains ?

2. Donnez les caractéristiques d'un espace périurbain mixte.

3. En quoi consiste le périurbain résidentiel ?

Exercice 2

Corrigé p. 344

Le réseau « Bienvenue à la ferme », premier réseau de vente directe et d'accueil à la ferme en France, géré par les Chambres d'agriculture, fait la promotion des produits fermiers et de l'expérience de la ferme, via la visite d'une exploitation, la participation à un atelier ou l'hébergement. Le réseau compte aujourd'hui 8 000 agriculteurs membres en France. Il a réalisé un chiffre d'affaires d'un milliard d'euros en 2017, en vente directe et agrotourisme. 12 % des agriculteurs se sont lancés dans l'accueil à la ferme selon les chiffres de « Bienvenue à la Ferme ». [...] L'agrotourisme est également un complément de revenu pour les hôtes. Patricia Rebillou, productrice de fraises en Dordogne y voit le moyen de s'assurer un complément de revenu de 5 %, grâce à la visite de son exploitation. Les initiatives pour booster l'agrotourisme et diversifier l'activité des agriculteurs se multiplient. [...]

Caroline Lelievre, *TourMaG*, 1er mars 2018.

1. Que propose le réseau « Bienvenue à la ferme » ?

2. Que recherchent les touristes ?

3. Quels avantages y trouvent les agriculteurs ?

THÈME CONCLUSIF

La Chine : des recompositions spatiales multiples

La Chine est devenue un acteur majeur d'une économie mondialisée. Depuis les années 1980, **le pays s'est ouvert aux échanges**. Aujourd'hui, la Chine est devenue la **deuxième puissance mondiale**. Elle est l'atelier du monde grâce à l'abondance de sa main-d'œuvre bon marché et aspire à devenir un leader dans les hautes technologies.

1 L'urbanisation chinoise

A Un pays urbain

Chiffre-clé
La population urbaine de la Chine a dépassé 50 % de la population totale à la fin des années 2000.

- **L'urbanisation est rapide** car aujourd'hui la Chine compte 62 % d'urbains soit 867 millions de personnes. Il y a 30 ans, les Chinois ruraux représentaient les 2/3 de la population du pays.
- **Le pays a vu émerger de très grandes villes :** Shanghai (27 millions d'habitants), Pékin (20 millions), Chongqing (15 millions) sont les villes les plus peuplées. Le pays compte plus de 40 agglomérations regroupant plus d'un million d'habitants.
- **L'urbanisation est liée à la venue de dizaines de millions de migrants** ruraux de l'ouest et du centre du pays vers l'Est et le littoral Pacifique pour trouver du travail.

▲ Les villes chinoises

GÉOGRAPHIE

B Des villes aménagées

• **On assiste à un étalement urbain des villes chinoises,** en même temps qu'à un renforcement de leurs activités.

Des constructions massives d'équipements ont été planifiées pour accompagner la croissance démographique : infrastructures (métros, voies autoroutières), mais aussi nouveaux quartiers d'affaires. **Exemple :** La zone de Pudong à Shanghai.

• **L'industrie et les transports automobiles polluent gravement les villes** et dégradent la santé des populations urbaines.

C La vie des citadins chinois

L'urbanisation de la Chine s'est accompagnée de criantes inégalités : de nombreuses populations (environ 200 millions) de migrants, les Mingong, originaires des campagnes, peuplent les périphéries et les quartiers pauvres des grandes villes.

2 La littoralisation des hommes et des activités

A Une conséquence de la mondialisation

• Après la mort de Mao Zedong (1976), **la Chine va s'ouvrir au monde**. En 1979, **quatre zones économiques spéciales** (ZES) chinoises ont été créées pour attirer les investisseurs étrangers. Ces ZES ont connu un essor remarquable, notamment celle de Shenzhen. Par la suite, ce sont 14 villes littorales ouvertes qui sont créées à partir de 1984 (dont Shanghai et Guangzhou). Depuis 1992, **cette politique d'ouverture gagne l'intérieur du pays** (par exemple la vallée du Yangzi jusqu'à Chongqing).

• **La mise en valeur de la Chine littorale.** La littoralisation s'est accompagnée d'une **maritimisation de l'économie**.

Chiffres-clés

Les provinces littorales chinoises représentent sur 14 % du territoire 50 % de la population, 65 % du PIB et 85 % des exportations.

Définition

Maritimisation : processus conduisant les littoraux d'un pays à prendre une part de plus en plus importante dans l'économie.

B La littoralisation des métropoles

• Située sur le delta du Yangzi, **la ville de Shanghai** est devenue aujourd'hui l'une des **principales métropoles mondiales** (27 millions d'habitants, 3e rang mondial). Elle accueille les sièges sociaux de plus de 300 firmes transnationales et l'une des principales bourses asiatiques dans le quartier des affaires de Pudong.

• **La métropole est tournée vers l'extérieur** grâce à son port en eau profonde de Yangshan (1er port mondial de conteneurs avec 43 millions d'EVP en 2020).

• **Deux autres ensembles urbains littoraux se distinguent :** le couple **Beijing-Tianjin** au nord et **Guangzhou-Hong Kong-Shenzen** sur le delta de la rivière des Perles (69 millions d'habitants).

• **Beijing, capitale de la république populaire de Chine,** est peuplée de 20 millions d'habitants. L'organisation des Jeux olympiques en 2008 a été le point de départ d'une modernisation des infrastructures et du développement économique de Beijing.

C La littoralisation des activités

• **Dès 1980, un rapide mouvement d'industrialisation** a gagné les provinces chinoises littorales. Profitant d'une main-d'œuvre bon marché venant des campagnes, les villes côtières ont attiré les entreprises étrangères puis nationales. La Chine est ainsi devenue « l'atelier du monde ».

• **7 des 10 premiers ports mondiaux sont chinois** avec, en tête celui de Ningbo-Zhoushan (1,1 milliard de tonnes de marchandises diverses en 2019).

• **Pour les conteneurs**, Shanghai vient en tête devant Shenzen et Hong Kong. Les ports se dotent d'équipements ultramodernes pour accueillir des navires toujours plus grands. Le port en eau profonde de Yangshan (Shanghai), vient d'ouvrir un nouveau terminal à conteneurs totalement automatisé.

3 La recomposition territoriale de la Chine

A Les trois Chine

• **Les littoraux et les métropoles sont les espaces privilégiés** de la Chine avec l'insertion du pays dans la mondialisation. En revanche, **les espaces ruraux connaissent d'importantes difficultés.** La politique d'aménagement du pays vise à mieux articuler les trois Chine.

• **Les provinces intérieures** occupent 30 % de la superficie du pays, regroupent 39 % de la population mais ne comptent que pour 25 % du PIB total, 16 % des IDE et 10 % des exportations.

• **Par ailleurs, l'ouest du territoire** (Mongolie intérieure, Yunnan, Tibet etc) est constitué de régions enclavées et en retard : sur 56 % de la superficie vivent 11 % de la population. Ces régions ne fournissent que 5 % du PIB chinois.

B L'espace rural chinois

La Chine doit nourrir sa population (20 % du total mondial sur 9 % de la superficie) alors que ses ressources en eau ne représentent que 6 % des ressources de la planète. Cependant, la Chine est le 1er producteur mondial de blé, le 2e de maïs et un porc sur deux dans le monde est chinois. Mais ces succès dans le domaine agricole ont un **coût environnemental**.

Chiffre-clé
La Chine utilise deux fois plus de pesticides et d'engrais par hectare que la moyenne mondiale et contribue de manière catastrophique à la pollution des sols.

C Les marges chinoises

• **Tibet et Qinghai.** Ces deux régions de l'ouest chinois couvrent le quart de la superficie du pays. Elles n'abritent pourtant que 1 % de la population. Ces hautes terres (parfois situées au-dessus de 3 000 mètres d'altitude) sont occupées par des populations qui vivent de l'élevage ou de l'agriculture. **Les autorités chinoises tentent de désenclaver ces régions** très éloignées du littoral par la construction de voies de communication.

• Territoire autonome du nord-ouest de la Chine, le **Xinjiang** occupe une vaste région désertique et montagneuse. **Il compte de nombreuses minorités ethniques** dont des Ouïghours. L'ancienne route de la soie qui reliait la Chine au Moyen-Orient passait par le Xinjiang.

Chiffre-clé
En moyenne, le revenu moyen des citadins chinois est trois fois supérieur à celui des ruraux.

THÈME 1 Fondements et fragilités du lien social

1 L'essentiel

A Qu'est-ce que le lien social ?

Le lien social désigne les relations personnelles, **les valeurs et les règles communes** qui relient les individus et permettent la cohésion d'une société. Ce lien repose sur la **nature et la qualité des relations** entre les individus.

Toute société n'est viable que si les personnes qui la composent respectent ce système de normes, de règles et de valeurs, telles que le respect de l'autre ou la solidarité. Le lien social repose aussi sur la **volonté des individus** d'avoir des projets communs.

B Les fragilités du lien social

Aujourd'hui, le contexte économique, social et sanitaire difficile a pour conséquence de **mettre en danger le lien social.** Avec la **montée du chômage** ou la remise en question des systèmes de protection, les grandes institutions qui intègrent et socialisent les individus dans la société, telles que l'école, la famille, le travail ou l'État sont remises en cause. Ces mutations entraînent une **crise des identités** et encouragent à réfléchir aux liens qui lient l'individu à la société.

2 Quelques exemples de fragilisation du lien social

- Les fragilités dans le domaine social (cadre de vie, phénomènes des quartiers) : elles peuvent créer des mécanismes d'exclusion ou d'inégalités générateurs de conflits.
- Les fragilités liées à l'économie : chômage, relations au travail peuvent entraîner un sentiment de déclassement et de rejet d'une partie de la société.
- Le repli sur soi ou le besoin de **liens communautaires virtuels** (réseaux sociaux).
- La défiance vis-à-vis de la sphère politique (abstentions lors des scrutins) et des institutions, vis-à-vis de l'information (*fake news* ou fausses nouvelles) et de la science (vaccins).
- Apparition de nouvelles formes de violence ou de délinquance, comme le cyberharcèlement ou les phénomènes de bandes.

3 Les notions à maîtriser

A Intérêt général – intérêt particulier

- Un intérêt particulier peut être défini comme l'objectif propre à un individu ou à un groupe.
- L'intérêt général est l'émanation de la volonté de l'ensemble des citoyens.

B Engagement – abstention

- L'engagement résulte d'une décision volontaire de participer à une action.

• **L'abstention** est le fait de ne pas aller voter alors que l'on est inscrit sur les listes électorales. S'abstenir est donc le contraire de s'engager.

C Intégration – exclusion – déclassement

• **L'intégration** est liée au partage de valeurs communes, d'objectifs, entre des individus.

• **L'exclusion** désigne un processus de fragilisation du lien social, au cours duquel l'individu perd le contact avec d'autres personnes.

• **Le sentiment de déclassement** se produit lorsque les individus ressentent une perte de leur dignité. Cela s'applique dans le **monde du travail** (chômage) ou dans l'exclusion de la personne d'un **groupe social** auquel il appartenait.

D Égalité – équité

• **L'égalité** est le rapport entre individus, citoyens, soumis aux mêmes obligations.

• **L'équité** peut désigner la vertu de celui qui possède un sens naturel de la justice, qui est impartial. C'est aussi un correctif qui permet de pallier les insuffisances de la loi.

Exercice d'entraînement

Exercice 1

Corrigé p. 344

Campagne d'information du ministère de l'Intérieur

Internet doit rester un espace de partage et non d'exclusion. Utiliser ce moyen de communication afin de tenir intentionnellement, de manière répétée, des propos insultants, obscènes, ou encore menaçants constitue du cyberharcèlement.
Sa manière d'opérer peut prendre différentes formes ; insultes, moqueries, publications de photos, etc.

www.police-nationale.interieur.gouv.fr

1. **À l'aide de l'illustration et du commentaire, donnez une définition du cyber harcèlement.**

2. **Comment et auprès de qui se manifeste cette pratique ?**

3. **Recherchez dans votre documentation, les moyens qu'ont les victimes de cyber-harcèlement pour dénoncer cette pratique et leurs auteurs.**

THÈME 2 Les recompositions du lien social

1 L'essentiel

A Quel rôle pour les instances de socialisation (famille, école…) ?

Avec une augmentation importante du nombre de divorces, on peut dire que **la famille traditionnelle est en crise**. Pourtant, de nouvelles dispositions sont mises en place pour assurer le bien-être de l'enfant. **Quant à l'école, elle tente de lutter contre les inégalités**.

B L'importance des nouvelles technologies

- **Les nouvelles technologies** facilitent parfois la recomposition du lien social : on cite souvent les aspects négatifs des réseaux sociaux, mais ceux-ci permettent aussi de **réduire les distances** géographiques, économiques, sociales ou culturelles entre les individus.
- **Dans ce cadre,** les réseaux sociaux ont un **impact non négligeable** sur l'augmentation du capital social des individus, en les aidant à trouver un travail, un logement…

2 Quelques exemples de recomposition du lien social

- **Un certain nombre de lois pour l'égalité hommes/femmes** ont été votées depuis 1945 ;
- **Les nouvelles formes de solidarité :** les associations.
- **La solidarité économique :** système d'échange et de production qui vise à augmenter l'efficacité de l'utilisation des ressources et à diminuer l'impact sur l'environnement tout en développant le bien-être des individus. **Exemples :** le commerce équitable, l'économie circulaire.
- **Les nouvelles formes de responsabilité individuelle et collective,** par exemple dans le domaine de l'environnement ou de la santé (application du principe de précaution).
- **Les politiques publiques en matière d'égalité** à l'école ou au travail.
- **Des structures pour de nouveaux liens sociaux :** le service civique, le service national universel, les clubs sportifs, les associations, les actions de bénévolat.

3 Notions à maîtriser

- **Respect :** sentiment de **considération**, d'**égard**, voire de **vénération** que l'on peut avoir envers un individu ou quelque chose. Le respect mutuel est souvent garant de la paix sociale.
- **Justice :** principe moral de la vie sociale fondé sur la reconnaissance et le respect du droit.
- **Égalité-équité** (voir thème 1).
- **Rapport social — solidarité :** les rapports sociaux désignent les relations, les interactions ou les liens d'interdépendance qui s'établissent entre les individus et les groupes.
- **Responsabilité individuelle et collective :** la responsabilité est l'obligation de **répondre de ses actes**, principalement dans les cas où ceux-ci sont condamnables, légalement ou moralement. La question qui fait débat est celle de la **responsabilité collective** pour des actes moralement condamnables commis par d'autres de la même communauté ou de la même nation et que l'on préférerait oublier.

Exemples
Peut-on demander aux jeunes Allemands d'aujourd'hui de se sentir responsables des crimes nazis, ou aux Américains d'avoir massacré les Indiens ?

Exercice d'entraînement

Exercice 1

Corrigé p. 344

Les missions du service civique

Le service civique est un engagement volontaire au service de l'intérêt général, ouvert à tous les jeunes **de 16 à 25 ans, sans condition de diplôme,** étendu jusqu'à 30 ans pour les jeunes en situation de handicap ; seuls comptent les savoir être et la motivation.

FAVORISER L'ACCESSIBILITÉ CULTURELLE AUX PERSONNES EN SITUATION DE HANDICAP

OÙ ? Limoges (87 – Haute-Vienne)

QUOI ? Merci d'envoyer votre CV et lettre de motivation uniquement par mail à : apajh.s@apajh87.fr

Le service Vacances et loisirs, situé à Limoges, vous accueillera afin de :

Permettre aux personnes en situation de handicap mental et aux personnes à mobilité réduite d'accéder aux loisirs de la vie quotidienne.

Participer à l'organisation des sorties. Proposer des activités adaptées…

QUAND ? À partir du 1er avril 2019 (8 mois)

QUEL ORGANISME ? Association pour jeunes et adultes handicapés

QUEL DOMAINE ? Solidarité

Voir plus CANDIDATER

ACCOMPAGNEMENT VERS L'ACCÈS À L'HÉBERGEMENT ET AU LOGEMENT DE PERSONNES EN SITUATION DE PRÉCARITÉ OU D'EXCLUSION

OÙ ? Paris 18 (75 – Paris)

QUOI ? Contribuer au développement de la permanence d'accueil sur la recherche d'hébergement et/ou de logement social.

Participer à l'accueil des personnes en grande difficulté : être à l'écoute et aider le public à s'exprimer.

Participer à la construction des dossiers administratifs en vue d'obtenir un hébergement et/ou un logement social.

Participer à la recherche des offres…

QUAND ? À partir du 1er avril 2019 (6 mois)

QUEL ORGANISME ? Fédération de Paris du Secours populaire français

QUEL DOMAINE ? Solidarité

Voir plus CANDIDATER

SANTÉ ET AIDE À L'AUTONOMIE : ACCOMPAGNER LES PERSONNES ÂGÉES EN PERTE D'AUTONOMIE À L'ACCÈS À LA VIE SOCIALE

OÙ ? Cognac (16 – Charente)

QUOI ? Au sein de l'EHPAD Montesquieu (Centre de gérontologie clinique) à Cognac :

Assurer des missions d'aide à la vie sociale et à l'animation au sein de l'établissement, en lien avec les professionnels.

Initier et conduire des projets pour permettre aux personnes accueillies de sortir de leur environnement, et/ou de créer du lien social et intergénérationnel.

QUAND ? À partir du 3 avril 2019 (6 mois)

QUEL ORGANISME ? Centre hospitalier intercommunal du pays de Cognac

QUEL DOMAINE ? Solidarité

Voir plus CANDIDATER

www.service-civique.gouv.fr

1. **À qui s'adresse ce dispositif ?**
2. **Dans quels domaines peuvent être effectuées ces missions ?**
3. **Pourquoi peut-on parler dans ce cas d'engagement citoyen ?**

HISTOIRE

THÈME 1 — L'EUROPE BOULEVERSÉE PAR LA RÉVOLUTION FRANÇAISE (1789-1815)

(Énoncés p. 300)

EXERCICE 1

1. Marat pense que la journée du 10 août est « décisive » pour les révolutionnaires et qu'elle va permettre le triomphe de la liberté.

2. Marat appelle les révolutionnaires à la violence comme le montre le vocabulaire particulièrement agressif employé : « décimer les membres contre-révolutionnaires… » La violence est également tournée contre la personne même du roi : « sa tête roulera à ses pieds ».

3. Pour Marat, la journée du 10 août n'est pas suffisante car l'action doit se poursuivre sous peine de voir les ennemis de la Révolution « se relever ».

EXERCICE 2

1. Hugo utilise de nombreux termes qui appartiennent au champ lexical de la violence et de la mort. On peut citer « urne », « la pâle mort », « choc sanglant », etc.

2. Hugo fait un portrait élogieux de Napoléon et de ses soldats. Il a quasiment la victoire en mains : « Il avait l'offensive et presque la victoire ;/Il tenait Wellington acculé sur un bois/. Sa lunette à la main, il observait parfois ». Hugo met surtout en exergue les qualités de stratège de l'Empereur.

3. Hugo juge la défaite injuste, car Napoléon n'aurait perdu la bataille de Waterloo qu'à cause d'un coup du sort (la défection de Grouchy). Ce sentiment d'injustice est développé dans le vers : « Soudain, joyeux, il dit : Grouchy ! C'était Blücher ! »

THÈME 2 — LES TRANSFORMATIONS POLITIQUES ET SOCIALES DE LA FRANCE DE 1848 À 1870

(Énoncés p. 306)

EXERCICE 1

1. Ce discours s'adresse aux députés de l'Assemblée nationale législative.

2. Victor Hugo y dénonce la misère d'une partie de la population, en particulier, celle de certains quartiers de Paris. Pour lui, il est important de « détruire la misère », car cette population pauvre vit dans des conditions qui sont indignes.

3. Hugo essaie surtout de persuader son auditoire en utilisant des arguments émotionnels. On peut noter l'importance des phrases exclamatives (« détruire la misère ! »), des questions rhétoriques (« voulez-vous savoir »). Il s'adresse directement aux députés, en essayant de leur faire prendre conscience de la misère du peuple.

EXERCICE 2

1. Les numéros correspondent aux éléments suivants :
- différents bâtiments de l'usine : **2** ;
- église : **1** ;
- résidence de la famille Schneider : **4** ;
- logements des ouvriers : **3**.

2. On voit qu'il s'agit d'un paysage industriel au nombre important de cheminées d'où s'échappe une fumée noire et aux bâtiments caractéristiques des usines du XIXe siècle.

THÈME 3 — LA IIIe RÉPUBLIQUE : UN RÉGIME, UN EMPIRE COLONIAL.

(Énoncés p. 311)

EXERCICE 1

1. Sous la IIIe République, avant 1914, les filles sont encore considérées comme inférieures aux garçons. Elles sont surtout destinées à fonder une famille, avoir des enfants et s'occuper du foyer. Ce qu'on leur apprend est en rapport avec le rôle que la société leur assigne.

2. L'enseignement prodigué aux garçons est composé d'« exercices militaires ». Pour les filles, les programmes prévoient des « travaux à l'aiguille ». Les différences existent aussi pour l'enseignement secondaire où les matières dites nobles à l'époque (« les humanités classiques ») sont réservées aux garçons.

3. L'enseignement est le reflet du fonctionnement de la société où les inégalités hommes / femmes restent importantes.

EXERCICE 2

1. On trouve différentes communautés qui cohabitent à Alger : « Espagnols, Italiens, Juifs, Français, Arabes ».

2. La cohabitation se passe bien car les communautés vivent dans des quartiers différents.

3. La phrase : « Et pourtant la révolte gronde » laisse penser qu'une partie de la population (les pauvres, appartenant à la communauté arabe surtout) pourrait se révolter. En mai 1945, il y a les premières émeutes à Sétif et en novembre 1954 ont lieu les premiers attentats de la « Toussaint rouge » qui marquent le début de la guerre d'Algérie.

THÈME 4 – LA PREMIÈRE GUERRE MONDIALE ET LA FIN DES EMPIRES EUROPÉENS

(Énoncés p. 316)

EXERCICE 1

1. Le témoin décrit le bombardement des lignes allemandes par l'artillerie des Alliés, principalement celle de l'armée anglaise.

2. Les Allemands ne réagissent pas aux attaques de l'artillerie : « Rien ne répondait, de là-bas : aucun signe de vie ». En effet, les Allemands se protègent dans des blockhaus bétonnés.

3. L'armée anglaise est composée de multiples nationalités : des Canadiens, des Écossais, des Hindous…

EXERCICE 2

1. L'Autriche-Hongrie est un État pluriethnique car l'empire abrite de multiples nationalités.

2. Les principales minorités en Autriche sont les Allemands, les Tchèques et les Polonais. En Hongrie, vivent des Roumains, des Allemands et des Slovaques.

3. La conséquence de cette multiplicité de nationalités en 1918-1919 est la dislocation de l'empire austro-hongrois et l'apparition de nouveaux États (Autriche, Hongrie, Tchécoslovaquie).

GÉOGRAPHIE

THÈME 1 – LA MÉTROPOLISATION : UN PROCESSUS MONDIAL DIFFÉRENCIÉ

(Énoncés p. 323)

EXERCICE 1

1. Les différentes parties de ce paysage : L'aérogare avec les plateformes d'accès aux avions, la gare et la ligne TGV, les parkings automobiles.

2. La proximité de la gare TGV et de l'aéroport est importante parce que cela permet de mieux relier deux modes de transports pour les passagers qui arrivent ou qui partent de l'aéroport de Lyon Saint-Exupéry (train et avion).

3. La connexion de plusieurs modes de transport sur un même site s'appelle une plate-forme multimodale.

EXERCICE 2

1. Avant 1980, ce quartier était le port de Londres. En effet, l'Angleterre disposait jusque dans les années 1960 d'un vaste empire colonial.

2. Après sa rénovation dans les années 1980, ce quartier est devenu le second centre d'affaire de Londres, avec la présence de banques prestigieuses : « Barclays Capital, KPMG, Crédit Suisse et HSBC ».

3. Ce quartier est bien desservi par plusieurs moyens de transport : on peut citer la Jubilee Line vers le centre de Londres ainsi que par le DLR (trains automatiques) et le *City Airport* pour les hommes d'affaires.

THÈME 2 – UNE DIVERSIFICATION DES ESPACES ET DES ACTEURS DE LA PRODUCTION

(Énoncés p. 329)

EXERCICE 1

1. La nouvelle usine de la filiale d'Airbus (Stelia) construite au Maroc fabrique des pièces du fuselage de l'A320. La nouvelle usine d'Aircelle, filiale de Safran construit les nacelles des réacteurs.

2. L'exemple que l'on essaie de suivre au Maroc est celui du Mexique, dont les *maquiladoras* fabriquent moins cher des produits finis pour les grandes entreprises nord-américaines.

3. Ces nouvelles implantations ont de multiples avantages pour les entreprises aéronautiques européennes : réduire les coûts, gagner en compétitivité, et conquérir de nouveaux marchés.

EXERCICE 2

1. L'*hinterland* désigne l'arrière-pays, c'est-à-dire les régions ou pays desservis par un port, ici Rotterdam, aux Pays-Bas.

2. Le port de Rotterdam est important parce qu'il constitue la porte d'entrée principale en Europe des produits finis de la mondialisation et des matières premières et sources d'énergie nécessaires à son industrie et aux transports.

3. Les avantages de ce port sont liés essentiellement à sa localisation : situé sur l'estuaire du Rhin et de la Meuse, il peut accueillir les plus gros navires du monde. De plus, il bénéficie de nombreuses infrastructures pour réacheminer les importations.

THÈME 3 — LES ESPACES RURAUX : UNE MULTIFONCTIONNALITÉ TOUJOURS PLUS MARQUÉE

(Énoncés p. 334)

EXERCICE 1

1. Les différents types d'espaces périurbains sont le périurbain industriel, le périurbain mixte (l'industrie, l'habitat, centres hospitaliers, universités, centres commerciaux…) et le périurbain résidentiel.

2. Un espace périurbain mixte associe plusieurs fonctions urbaines : industrielle, résidentielle, et tertiaire (hôpital, université, commerces…).

3. Le périurbain résidentiel est constitué des quartiers d'habitat pavillonnaire et des anciennes maisons situées dans le cœur des villages.

EXERCICE 2

1. Le réseau « Bienvenue à la ferme » est un organisme qui propose des séjours à la ferme. Il appartient donc au secteur de l'agrotourisme

2. Dans ce type d'activité, les touristes recherchent le dépaysement et le contact avec la nature et les animaux.

3. Les agriculteurs y trouvent le moyen de faire connaître leurs activités et leurs produits. L'agrotourisme leur fournit un complément de revenu non négligeable.

EMC

THÈME 1 — FONDEMENTS ET FRAGILITÉS DU LIEN SOCIAL

(Énoncés p. 339)

1. Le cyber-harcèlement peut se définir comme l'action de tenir intentionnellement, de manière répétée, des propos insultants, obscènes, ou encore menaçants, par le biais d'Internet et des réseaux sociaux.

2. Cette pratique peut prendre plusieurs formes : insultes, moqueries, publications de photos, etc.

3. Les moyens qu'ont les victimes de cyber-harcèlement pour dénoncer cette pratique et leurs auteurs sont de collecter des preuves (captures d'écran), de porter plainte à la gendarmerie ou au poste de police. Les personnes victimes de cyber-harcèlement doivent aussi parler de la situation à des personnes de confiance, ne surtout pas se replier sur elles-mêmes et rester seules à supporter le poids du traumatisme subi. Les mineurs ont la possibilité de joindre un numéro : le 0800 200 000 pour en parler de manière anonyme.

THÈME 2 — LES RECOMPOSITIONS DU LIEN SOCIAL

(Énoncés p. 341)

1. Ce dispositif s'adresse à tous les jeunes **de 16 à 25 ans, sans condition de diplôme,** étendu jusqu'à 30 ans pour les jeunes en situation de handicap.

2. Les missions peuvent s'effectuer, entre autres, dans le domaine de l'aide aux personnes en situation de handicap, aux personnes qui vivent dans la précarité ou aux personnes âgées.

3. On peut parler dans ce cas d'engagement citoyen parce que ces missions sont effectuées dans le cadre d'une recomposition du lien social, en particulier entre les jeunes volontaires du service civique et des populations souvent isolées.

Langues vivantes

ANGLAIS

COURS

ESPAGNOL

COURS

1 Grammaire : quelques points importants

1 Parler du présent

A Le présent simple

Le présent simple est employé pour :

• **exprimer une habitude,** un fait habituel
Ex. : *I **wake up** at 6 a.m. every morning.* (Je me lève à 6 heures tous les matins.)

• **définir une caractéristique du sujet**
Ex. : *She **plays** the piano.* (Elle joue du piano.)

• **exprimer une vérité générale**
Ex. : *Water **boils** at 100 degrees.* (L'eau bout à 100 degrés.)

• **exprimer un état, un sentiment ou une opinion**
Ex. : *I **think** you **are** right.* (Je pense que tu as raison.)

• **présenter une succession rapide d'actions,** d'événements
Ex. : *She **hears** the phone, **gets** out of her bath and **runs** to answer.*
(Elle entend le téléphone, sort de son bain et court répondre.)

> **Attention !**
> Veillez à ne pas oublier le -s de la **3e personne du singulier !**
> John **plays** tennis every Sunday morning.
> *John joue au tennis le dimanche matin.*

B Le présent *be + V-ing*

Le présent ***be + V-ing*** est employé pour :

• **décrire un fait, une action, un événement** en train de se produire
Ex. : *The children **are crossing** the street.* (Les enfants sont en train de traverser la rue.)

• **les verbes d'attitude**
Ex. : *She **is lying**. They **are sitting**.* (Elle est allongée. Ils sont assis.)

• **décrire ce que la personne qui parle voit ou sait** au moment où elle parle
Ex. : *My sister is in London. She **is learning** English.*
(Ma sœur est à Londres. Elle apprend l'anglais.)

• **exprimer l'irritation,** associé à un adverbe indiquant la répétition, l'habitude
Ex. : *Mark **is** always **bullying** other kids.* (Mark n'arrête pas d'harceler d'autres enfants.)

2 Parler du passé

A Le prétérit

• **Le prétérit** est le temps que l'on emploie pour **parler d'un événement, d'une action passés,** datés de façon précise :
Ex. : *I **lived** in Paris from 1999 to 2001.* (J'ai vécu à Paris de 1999 à 2001.)

> **Attention !**
> Le prétérit est utilisé pour indiquer la durée écoulée depuis un événement situé dans le passé.
> She left the country **two years ago**.
> *Elle a quitté le pays il y a deux ans.*

• **Formation**
– **Verbes réguliers** : base verbale + ***-ed***
Ex. : *I **walked** 2 miles.* (J'ai marché 3 kilomètres.)
– **Verbes irréguliers** : formes à connaître par cœur
Ex. : *She **ate** sushi, then **went** to bed.* (Elle a mangé des sushis puis s'est couchée.)

B Le *present perfect*

• **Le *present perfect* relie le passé au présent.** L'utilisation de cette forme signifie que :
– **l'action ou l'état viennent juste de se terminer**
Ex. : *I **have read** for two hours.* (Je viens de lire pendant deux heures.)
– **l'action passée ou l'état du sujet ont des répercussions sur le présent**
Ex. : *He **has mud** on his clothes. He **has played** outside.*
(Il a de la boue sur ses vêtements. Il a joué dehors.)

• **Formation**
Have au présent + participe passé (***V-ed*** ou 3e colonne de la liste des verbes irréguliers).

• **Cette forme** peut être associée avec des termes permettant de **dater le début de l'action** ou de **donner la durée de l'action**.
– ***Since*** + date ou événement précis
Ex. : *They have lived here **since they got married**.*
(Ils habitent ici depuis qu'ils sont mariés.)
– ***For*** + durée
Ex. : *They have lived here **for eleven years**.*
(Ils habitent ici depuis onze ans.)

Attention !

Le *present perfect* ne doit pas s'employer tout le temps pour parler du passé. Ce n'est pas parce que la structure de cette forme évoque celle du passé composé qu'elle est systématique ! Observez :
Does he have a new car? *A-t-il une nouvelle voiture ?*
Yes, he bought it last week. *Oui, il l'a achetée la semaine dernière.*

C Le *present perfect* continu

• **Le *present perfect* continu** est très similaire au ***present perfect*** mais, en l'utilisant, on insiste sur la **durée**.
Ex. : *She **has been doing** her homework for two hours now.*
(Elle fait ses devoirs depuis deux heures maintenant.) *[sous-entendu : c'est long]*

• **Formation**
Have au présent + ***been*** + ***V-ing***

D Les actions habituelles du passé que l'on ne fait plus

• ***Used to* + verbe**
On insiste sur la coupure entre passé et présent.
Ex. : *When he was a child, he **used to walk** to school.*
(Quand il était enfant, il allait à l'école à pied.)

• ***Would* + verbe**
On insiste sur la répétition, l'habitude, un trait de caractère ou une volonté du sujet grammatical.
Ex. : *When she was little, she **would spend** hours staring at the sky.*
(Quand elle était petite, elle passait des heures à regarder le ciel.)

3 Parler de l'avenir

Le temps grammatical du futur n'existe pas en anglais. Pour parler de l'avenir, on peut employer diverses structures.

• ***Will* + verbe**
Ex. : *We **will go** to the cinema as soon as my mother gives me money.*
(Nous irons au cinéma dès que ma mère m'aura donné de l'argent.)

• ***Shall*** **+ verbe**
S'emploie surtout à la forme interrogative pour faire une suggestion ou demander un conseil.
Ex. : ***Shall we*** *go now?* (Est-ce que l'on y va maintenant ?)

• ***Be going to*** **+ verbe**
– **Exprime l'intention** du sujet grammatical.
Ex. : ***I'm going to do*** *the washing up.* (Je vais faire la vaisselle.)
– **Énonce une prédiction** fondée sur ce que l'on constate.
Ex. : *It's sunny, it****'s going to be*** *a beautiful day.* (Il y a du soleil, ça va être une belle journée.)

• ***Be to*** **+ verbe**
– **Implique que l'action a été convenue**, organisée à l'avance.
Ex. : *We* ***are to fly*** *to Ireland for Christmas.* (Nous devons aller en Irlande pour Noël.)
– **Exprime un ordre** ou une **obligation**.
Ex. : *You* ***are to obey*** *your teacher at once!* (Tu dois obéir à ton professeur tout de suite !)

• ***Be about to*** **+ verbe**
Exprime un **futur immédiat** : l'action ou l'événement est sur le point de se produire.
Ex. : *He* ***is about to divorce****.* (Il est sur le point de divorcer.)

4 Les modaux

• ***Can, could***
– **Forme affirmative :** expriment la **capacité**, la **possibilité**, la **probabilité**.
Ex. : *She* ***can*** *drive.* (Elle sait conduire.)
You ***could*** *do it if you tried.* (Tu pourrais y arriver si tu essayais.)
– **Forme interrogative :** expriment une **demande** ou une **demande de permission**.
Ex. : ***Can*** *I come with you?* (Est-ce que je peux venir avec toi ?)
Could *I borrow your phone?* (Pourrais-je emprunter votre téléphone ?)
– **Forme négative :** expriment l'**impossibilité ou l'interdiction**.
Ex. : *You* ***can't*** *park here.* (Vous ne pouvez pas vous garer ici.) *Mark* ***couldn't*** *come to the cinema, he was sick.* (Mark ne pouvait pas venir au cinéma, il était malade.)

• ***Must***
– **Forme affirmative :** exprime le **devoir**, l'**obligation** ou la **forte probabilité**.
Ex. : *You* ***must*** *listen to your parents.* (Il faut que tu écoutes tes parents.)
He ***must*** *be sleeping.* (Il doit être en train de dormir.)

• ***May, might***
– **Expriment la permission**.
Ex. : ***May*** *I come in?* (Vous permettez que je rentre ?)
– **Expriment la probabilité**, **l'éventualité**, **le doute**.
Ex. : *He* ***may*** *be exhausted.* (Il doit être épuisé.) *They are nowhere to be found, they* ***might*** *have gone out.* (Ils sont introuvables : il se pourrait qu'ils soient sortis.)

• ***Would***
– **Exprime le conditionnel**.
Ex. : *He* ***would*** *have better grades if he worked more.*
(Il aurait de meilleures notes s'il travaillait davantage.)
– **Exprime la volonté**.
Ex. : *She insisted but her son* ***wouldn't*** *do his homework.*
(Malgré son insistance, son fils a refusé de faire ses devoirs.)

• ***Should***
Exprime le conseil.
Ex. : *You **should** read more books.* (Tu devrais lire davantage.)

• ***Should** + **have** +* **participe passé**
Exprime le reproche ou le **regret**.
Ex. : *Mike **should have driven** more carefully.* (Mike aurait dû conduire plus prudemment.)

5 Le discours direct et le discours indirect

A Passage du discours direct au discours indirect

• **Proposition principale introductive** du discours indirect au **présent** ou au ***present perfect***.
La subordonnée est au même temps que dans le discours direct.
– Discours direct
Ex. : *The journalist writes: "The President has delivered a speech."*
– Discours indirect
Ex. : *The journalist writes that the President has delivered a speech.*

• **Proposition principale introductive** au **prétérit** ou au **plus-que-parfait**. Il y a alors un changement de temps.
– Discours direct
Ex. : *He said: "I want to go to Italy, I will book plane tickets."* *She said: "I ate too much."*
– Discours indirect
Ex. : ***He said that he wanted** to go to Italy and that **he would book** plane tickets.*
***She said that she had eaten** too much.*
– Les paroles prononcées au présent sont rapportées au prétérit : ***want*** devient ***wanted***.
– Les paroles prononcées au futur ou au conditionnel sont rapportées au conditionnel : ***will book*** devient ***would book***.
– Les paroles prononcées au ***present perfect*** ou au **prétérit** sont rapportées au ***past perfect*** : (***had*** + participe passé) : ***ate*** devient ***had eaten***.

B Questions au discours indirect

• On note les mêmes changements de temps, de pronoms et d'adjectifs.

• De plus, on passe de la forme interrogative à la forme affirmative.

• Enfin, on doit introduire ***if*** ou ***whether*** dans la phrase s'il n'y a pas déjà un pronom interrogatif.
– Discours direct
Ex. : *She asked: "**Can you** stop talking?"* *He asked her: "**Where did you go** last weekend?"*
– Discours indirect
Ex. : *She asked him **whether / if he could** stop talking.*
*He asked her **where she had gone** the previous weekend.*

Conseil

Veillez à bien changer les pronoms lorsque vous passez du discours direct au discours indirect. De même, les repères temporels et spatiaux doivent être modifiés :

Last → The previous
Next → The following
Today → That day
Tomorrow → The next day
Last week → The previous week
Next month → The following month
Yesterday → The day before
Here → There

C Ordres au discours indirect

Discours direct

Ex. : *Our parents told us: "Turn the TV off and go to your bed."*

Discours indirect

Ex. : *Our parents told us to turn the TV off and to go to our bed.*

> **Attention !**
> Il faut bien faire la **différence** entre ***say*** et ***tell.***
> • ***To say something to somebody.***
> He **said** hello to his neighbour.
> *Il a dit bonjour à son voisin.*
> • ***To tell somebody something.***
> He **told** his children to tidy their room.
> *Il a dit à ses enfants de ranger leur chambre.*

6 Le passif

A Formation

• Pour passer **de la forme active à la forme passive**, l'objet de l'action devient le sujet grammatical.

• On conjugue l'auxiliaire ***be*** au temps de la voix active et on utilise le participe passé du verbe (***V-ed*** ou 3e colonne de la liste des verbes irréguliers).

Ex. : *The cat* ***eats*** *the mouse.* (Le chat mange la souris.) *[actif]*

The mouse ***is eaten*** *by the cat.* (La souris est mangée par le chat.) *[passif]*

B Emplois

• Mise en valeur de l'objet de l'action

Le passif permet de choisir un point de vue différent en se focalisant sur l'objet de l'action. On introduira l'agent de l'action par ***by***.

Ex. : *Thousands of viewers watched the match last night.*

(Des milliers de spectateurs ont regardé le match hier soir.)

The match ***was watched*** *by thousands of viewers last night.* (Le match a été regardé par des milliers de spectateurs hier soir.) *[Dans le 2d énoncé, l'accent est mis sur le match.]*

• Absence de mention du sujet de l'action

On utilisera le passif si l'on ne connaît pas le sujet de l'action ou si ce sujet est tellement évident qu'on peut l'omettre sans dénaturer le message.

Ex. : *My wallet* ***has disappeared!*** (Mon portefeuille a disparu !)

Obama ***was elected*** *in 2008.* (Obama a été élu en 2008.)

• Traduction de « on »

La tournure impersonnelle « on » est très souvent traduite par le passif.

Ex. : *I* ***was told*** *that…* (On m'a dit que…)

7 Les tags

• **Les tags, ou *question tags*, sont des petites questions placées en fin de phrase.** Ils servent à **demander une confirmation ou un avis** sur ce qui vient d'être énoncé.

• Ils sont peu employés en français mais **très courants en anglais** et correspondent à des interjections familières telles que « non ? », « hein ? », « pas vrai ? », « n'est-ce pas ? ».

• **Structure.** Auxiliaire ***be***, ***do*** ou ***have*** / ou **modal (*n't*)** + pronom sujet (selon le verbe et le sujet de la phrase).

– Après un énoncé à la forme affirmative, le tag est à la forme négative.

Ex. : *He helped her,* ***didn't he?*** (Il l'a aidée, n'est-ce-pas ?)

– Après un énoncé à la forme négative, le tag est à la forme affirmative.

Ex. : *You* ***haven't seen*** *that film,* ***have you?*** (Tu n'as pas vu ce film, hein ?)

> **Attention !**
> *Le tag de "I am" est "Aren't I?"*
> I **am** late, **aren't I**? *Je suis en retard, n'est-ce-pas ?*

2 Le vocabulaire utile par thème du programme

1 Identités et échanges / *Identities and Exchanges*

Abréviations
qch : quelque chose
qqn : quelqu'un
sth : something
sb : somebody

A Noms et expressions avec des noms

un immigrant légal ≠ illégal a legal ≠ an illegal immigrant
le taux d'immigration the immigration rate
un camp de réfugiés a refugee camp
sans papier undocumented
le contrôle des frontières border control
l'exil exile
un passeur a smuggler
la citoyenneté citizenship
la persécution persecution
l'expulsion deportation
la survie survival
l'hospitalité hospitality
le dialogue dialogue
le partage sharing
le racisme racism
le protectionnisme protectionism
la mondialisation globalisation
la mobilité mobility
le multiculturalisme multiculturalism
un ghetto a ghetto
un quartier a neighbourhood
des bidonvilles slums / shanty towns
les tensions tensions
le rêve américain american dream
le niveau de vie the living standard
un emploi subalterne a menial job
un atelier (personnel exploité) a sweatshop
main d'œuvre bon marché cheap labour
la richesse ≠ la pauvreté wealth ≠ poverty
l'asile politique political asylum
le droit d'asile the right of asylum
le choc des cultures culture shock
l'incompréhension culturelle cultural misunderstanding
le déclassement social social downgrading
la mixité sociale social mix
un voyage a trip
le tourisme tourism
un dépaysement a change of scenery

B Adjectifs

compréhensif understanding
culturel cultural
désillusionné disillusioned
linguistique linguistic
menaçant threatening
optimiste / plein d'espoir hopeful
problématique problematic
tendu tensed

C Verbes et expressions avec des verbes

assimiler to assimilate
échanger to exchange
émigrer to emigrate
entrer en masse to swarm into
être accueilli à bras ouverts to be welcome with open arms
être attiré par une vie meilleure to be lured by a better life
être déraciné to be uprooted
être rejeté to be rejected
expulser to deport
faire entrer clandestinement to smuggle in
fuir un pays to flee a country
mettre un frein à l'immigration to curb immigration
monter dans l'échelle sociale to climb the social ladder
recommencer to start afresh
restreindre to restrict
saisir sa chance to seize the opportunity
se mélanger avec to mix with / to blend with
transgresser la loi to break the law
vivre sous le seuil de pauvreté to live below the poverty line

2 Espace privé et espace public / *Private Space vs. Public Space*

A Noms et expressions avec des noms

l'éducation education
l'émancipation emancipation
la rue street
le village village
le centre-ville downtown
l'habitat housing
les banlieues the suburbs
les bidonvilles slums / shanty towns
l'église church
la mosquée mosque
le temple temple
les transports en commun public transportation
la mobilité sociale upward mobility
la parité parity
le monde du travail the world of work
le télétravail teleworking / working from home
la société society
les droits rights
les devoirs duties
la sociabilité sociability
la famille family
l'entourage circle of acquaintances
la sphère privée / publique private / public realm
le machisme machismo
le féminisme feminism
les clichés clichés / stereotypes
les valeurs values
les mentalités mentalities
les us et coutumes habits and customs
la transformation transformation
la hiérarchie hierarchy
les inégalités inequalities
les traditions traditions
les croyances beliefs
le refus rejection
l'évolution evolution
les mutations changes
l'égalité hommes-femmes gender equality
le fossé entre les sexes the gender gap
la liberté de mouvement freedom of movement
les espaces religieux religious places
le plafond de verre glass ceiling
l'échelle sociale social ladder
l'égalité des chances equality of opportunity

B Adjectifs

conditionné conditioned
égalitaire egalitarian
familial familial / family
féministe feminist
machiste macho
médiatique newsworthy
professionnel professional
religieux religious
social social
traditionnel traditional

C Verbes et expressions avec des verbes

attirer l'attention sur to draw attention to
distinguer to distinguish
évoluer to evolve
faire le trajet domicile-travail to commute
hiérarchiser to prioritise
jouer un rôle to play a part
mettre en lumière to highlight
mettre sur un pied d'égalité to put on equal terms
passer inaperçu to go unnoticed
présager to foreshadow
reléguer au second plan to put on the back burner / to overshadow
s'adapter to adapt
s'émanciper to become emancipated
se fondre dans la masse to blend into the masses
sensibiliser to create awareness about

3 Art et pouvoir / *Art and Power*

A Noms et expressions avec des noms

l'architecture architecture
les bâtiments buildings
les monuments monuments
la musique music
un hymne a hymn
un chant a song
la littérature literature
une satire a satiric pamphlet / a satire
la propagande propaganda
un prospectus a flyer
une affiche a poster
une caricature a caricature
la peinture painting
un portrait a portrait
le film the movie (US) / the film (UK)
la culture ≠ la contre-culture culture ≠ counterculture
l'art officiel official art
l'art de rue street art
la liberté de création freedom of creation
un porte-parole a spokesperson
une critique a criticism
un détracteur a critic
l'idéologie ideology
les convictions beliefs
l'opposition opposition
l'apologie the promotion
l'avant-garde avant-garde
une manifestation / une contestation a protest / a demonstration
un rassemblement a rally
un dissident a dissident
des troubles unrest
un point de vue a point of view
la sensibilisation awareness
la censure censorship
des mesures de répression a crackdown
l'engagement social et politique social and political commitment
le contre-pouvoir opposing power

B Adjectifs

caricatural caricatural
controversé controversial
engagé committed
influent influential
institutionnel institutional
officiel official
patriotique patriotic
provocateur provocative

C Verbes et expressions avec des verbes

censurer to censor
condamner to condemn
convaincre to convince
critiquer to criticise
défendre to defend
être contre qch to be against sth
faire l'apologie de to champion / to advocate sth
faire la lumière sur to shed light on / to highlight
faire passer un message to get a message across
influencer to influence
légitimer to legitimate
limiter la liberté de qqn to curtail sb's freedom
museler to muzzle
passer sous silence to pass over in silence
prévenir to warn
protester contre qch to protest against sth
pousser un cri d'alarme to issue a warning
provoquer une prise de conscience to raise awareness
remettre en question to call sth into question
s'engager dans to commit oneself into
s'exprimer to express oneself
se soulever contre qch to rise up against sth
souligner / accentuer to emphasise

4 Citoyenneté et mondes virtuels / *Citizenship and Virtual Worlds*

A Noms et expressions avec des noms

un blog a blog
un forum a forum
les relations relationships
la confiance ≠ la méfiance trust ≠ mistrust / distrust
les risques risks
un cyberpirate a hacker
le piratage piracy
le cyber-harcèlement cyber-bullying
l'anonymat anonymity
les fausses informations fake news
les réseaux sociaux social networks
l'éducation aux medias education to the media
le paiement virtuel virtual payment
l'accès au savoir access to knowledge
les données personnelles personal data
la prudence caution
le contrôle parental parental control
le progrès progress
les nouvelles technologies new technologies
le profil the profile
le téléchargement downloading
les mensonges lies
la vérité the truth
les repères landmarks
l'escroquerie fraud
une atteinte à la vie privée an invasion of privacy
le repli sur soi withdrawal
l'intelligence artificielle artificial intelligence
la démocratie participative participative democracy
le contrôle d'Internet Internet control
la liberté d'expression freedom of speech
l'usurpation d'identité identity fraud
un lanceur d'alerte a whistleblower
l'esprit critique critical mind
les traces numériques digital traces
le droit à l'oubli the right to oblivion
le droit à la vie privée the right to privacy
le droit à l'image the right of publicity
une plateforme collaborative a collaborative platform
informatique IT (information technology)

B Adjectifs

anonyme anonymous
dangereux dangerous
faux false / fake
fiable reliable
juste et précis accurate
malintentionné malicious
numérique digital
partial / pas objectif biased
privé private
prudent cautious
ultra connecté ultra-connected
virtuel virtual

C Verbes et expressions avec des verbes

arnaquer to con
chercher des informations to search for information
contrôler to control
démêler le vrai du faux to know right from wrong
entrer en contact avec qqn to get in touch with sb
espionner to spy on
être accro à Internet to be addicted to the Internet
être discriminé to be prejudiced against
harceler to harass
harceler en ligne to cyberbully
manipuler to manipulate
partager des données to share data
pirater to hack
provoquer l'indignation to cause an outrage
se connecter ≠ se déconnecter to log in ≠ to log off
se faire passer pour qqn to pretend to be
surfer sur Internet to surf on the Internet
tchater to chat online

5 Fictions et réalités / *Fictions and Realities*

A Noms et expressions avec des noms

un hommage a tribute
un mythe a myth
une légende a legend
une figure tutélaire a figurehead / a guardian figure
l'incarnation embodiment
une icône an icon
un modèle a model
le héros the hero
le super-héros the superhero
l'exemple the example
les civilisations civilisations
l'éthique ethics
la morale morality
les sources d'inspiration the sources of inspiration
l'imagination imagination
le retour à la réalité back to reality
la ressemblance resemblance
la science-fiction science fiction
le champ des possibles the field of possibilities
la fantaisie fantasy
la représentation representation
la vision vision
le réalisme realism
la mythologie mythology
les histoires stories
la pensée the thought
le récit the narrative
un récit à la 3e personne a third person narrative
la fiction fiction
une dystopie a dystopia
une utopie an utopia
le patrimoine patrimony
un archétype an archetype

B Adjectifs

esthétique aesthetic
éthique ethical
fantastique fantastic
fictif fictional
imaginaire imaginary
légendaire legendary
merveilleux magic / supernatural
politique political
réel ≠ irréel real ≠ surreal
utopique utopian

C Verbes et expressions avec des verbes

croire à to believe in
être déconnecté de la réalité to be disconnected from reality
fantasmer to fantasise
incarner to embody
interpréter to interpret
s'échapper de to escape from
penser à to think of / to think about
quand la réalité dépasse la fiction when reality surpasses fiction
raconter to tell
ramener à la réalité to bring back to reality
réfléchir to think
rêver d'un monde meilleur to dream of a better world
s'évader to escape
s'identifier à qqn to identify with sb
(s')imaginer to imagine (oneself)
s'inspirer de to draw from
(s')inventer to invent (oneself)
se battre contre to fight against
(se) représenter to represent (oneself)

6 Innovations scientifiques et responsabilité / *Scientific Innovations and Responsibility*

A Noms et expressions avec des noms

les sciences sciences
une expérience an experiment
une découverte a discovery / a finding
une découverte capitale a breakthrough
un chercheur a researcher
le clonage cloning
les manipulations génétiques genetic engineering
les vaccins vaccines
les dérives abuses
la surpopulation overcrowding
la consommation consumption
la croissance growth
la pollution pollution
les gaz d'échappement exhaust gas
le forage drilling
le déboisement deforestation
l'empreinte carbone the carbon footprint
le réchauffement climatique global warming
l'effet de serre the greenhouse effect
la hausse du niveau de la mer the sea-level rise
la couche d'ozone the ozone layer
les réserves en eau water supplies
l'épuisement des ressources naturelles the exhaustion of natural resources
les espèces en voie d'extinction species facing extinction
les espèces menacées endangered species
une inquiétude / une préoccupation a concern
une menace a threat
une pénurie / un manque a shortage
l'épuisement des ressources ressources depletion
l'environnement the environment
la faune fauna
la flore flora
la biodiversité biodiversity
le développement durable sustainable development
la transition énergétique energy transition
l'énergie renouvelable / durable renewable / sustainable energy
le recyclage recycling
la prise de conscience the awareness
le covoiturage carpool
les éoliennes wind turbines
une centrale nucléaire a nuclear power station
les robots robots
une ONG an NGO (Non Governmental Organization)
un plaidoyer a plea
des dégâts irréversibles irreversible damages

B Adjectifs

alarmant alarming
biologique biological
écologique ecological
génétique genetic
nucléaire nuclear
préjudiciable detrimental
responsable responsible
technologique technological

C Verbes et expressions avec des verbes

agir to act
améliorer to improve
démontrer to demonstrate
détruire to destroy
dévoiler / divulguer to disclose
éclipser to overshadow
endommager to damage
épuiser des ressources to deplete ressources
être menacé d'extinction to face extinction
être sensible à to be sensitive to
faire des recherches sur to research
faire entendre sa voix to speak up
gaspiller to waste
innover to innovate
mettre en péril to jeopardise
polluer to pollute
réduire to decrease
résoudre un problème to solve a problem

7 Diversité et inclusion / *Diversity and Inclusion*

A Noms et expressions avec des noms

l'invalidité disability
un handicap a handicap
un handicapé a disabled person
la différence difference
les générations generations
le fossé des générations the generation gap
les personnes âgées the elderly / the seniors
une population vieillissante an ageing population
la vieillesse old age
les barrières linguistiques language barriers
les langues régionales / officielles / étrangères regional / official / foreign languages
le métissage culturel cultural melting-pot
la religion religion
la sexualité sexuality
la nationalité nationality
une minorité a minority
l'inclusion ≠ l'exclusion inclusion ≠ exclusion
l'intégration integration
la cohésion cohesion
la solidarité solidarity
l'entraide mutual aid
l'égalité equality
un salaire décent a living wage
le pouvoir d'achat the purchasing power
la tolérance tolerance
une discrimination a discrimination
un bouc émissaire a scapegoat
les préjugés prejudices
le sectarisme sectarianism
le mépris disdain / scorn
la xénophobie xenophobia

B Adjectifs

contraire à l'éthique unethical
controversé / polémique controversial
cosmopolite cosmopolitan
inégal unequal
intergénérationnel intergenerational
majoritaire predominant
minoritaire minority
ouvert d'esprit ≠ fermé d'esprit open-minded ≠ close-minded / narrow-minded
respectueux ≠ irrespectueux respectful ≠ disrespectful
solidaire supportive
tolérant ≠ intolérant tolerant ≠ intolerant

C Verbes et expressions avec des verbes

avoir accès à to have access to
avoir confiance en qqn to trust sb
avoir de l'estime pour qqn to esteem sb
compter les uns sur les autres to rely on one another
discriminer to discriminate
élever un enfant to raise a child
être conscient de to be aware of
être égaux to be equal
être partagé entre deux cultures to be torn between two cultures
être victime de discrimination to be discriminated against
exclure ≠ inclure to exclude ≠ to include
faire évoluer les mentalités to change mentalities
lutter pour l'égalité to fight for equality
maltraiter qqn to ill-treat sb
menacer to threaten
mettre sur un pied d'égalité to put on equal terms / to put on an equal footing
provoquer un débat to spark a debate
relancer un débat to reignite a debate
satisfaire les besoins de sa famille to provide for one's family
s'élever socialement to work one's way up
se méfier to distrust
se mobiliser to mobilise
tisser des liens to create links
vivre ensemble to live together

8 Territoire et mémoire / *Territory and Memory*

A Noms et expressions avec des noms

la colonisation colonisation
les colonies colonies
l'esclavage slavery
l'exploitation exploitation
la conquête the conquest
l'expédition the expedition
l'avènement the advent
l'effondrement the collapse
le déclin the decline
la destinée the destiny
l'humanité mankind
la nation the nation
le nationalisme nationalism
le séparatisme separatism
l'unité unity
le peuple the people
le pays the country
la communauté the community
un guerrier a warrior
la résistance resistance
la défaite defeat
un pionnier a pioneer
l'indépendance independence
une lutte sans merci a merciless battle
les événements the events
les faits the facts
les racines the roots
l'héritage heritage
l'oubli oblivion
le souvenir remembrance
un témoignage a testimony
un hommage a tribute
l'amnistie amnesty
l'amnésie amnesia
un traumatisme a trauma / a traumatism
l'histoire officielle official history
à la mémoire de qqn in someone's memory
la commémoration commemoration
un monument aux morts a war memorial
le devoir de mémoire the duty of memory

B Adjectifs

colonial colonial
contemporain contemporary
emblématique iconic
frontalier frontier
historique historical
individuel individual
moderne modern
mythique mythical
national national
régional / local regional / local
solennel solemn / formal
traumatisant traumatic

C Les verbes

coloniser to colonise
commémorer to commemorate
conquérir to conquer
écrire une nouvelle page to write a new page
être en deuil to grieve
être gravé dans la pierre to be cast in stone
envahir to invade
faire le deuil de qqn / qch to mourn sb / sth
gracier to pardon
hériter to inherit
inscrire dans le marbre to set in stone
prendre son indépendance to become independent
rendre un dernier hommage à to pay one's last/final tribute / respects to
rester gravé dans sa mémoire to remain in someone's memory
se souvenir to remember
témoigner to testify
tourner la page to turn the page

1 Conjuguer les verbes

1 La conjugaison régulière

A Les temps simples

HABL**AR** (participe passé : habl**ado** ; gérondif : habl**ando**)

Présent		
Indicatif	**Impératif**	**Subjonctif**
Habl –**o**		Habl –**e**
Habl –**as**	Habl –**a** (tú)	Habl –**es**
Habl –**a**	Habl –**e** (él, ella, usted)	Habl –**e**
Habl –**amos**	Habl –**emos** (nosotros)	Habl –**emos**
Habl –**áis**	Habl –**ad** (vosotros)	Habl –**éis**
Habl –**an**	Habl –**en** (ellos, ellas, ustedes)	Habl –**en**

Passé			
Indicatif imparfait	**Passé simple**	**Subjonctif imparfait 1**	**Subjonctif imparfait 2**
Habl –**aba**	Habl –**é**	Habl –**ara**	Habl –**ase**
Habl –**abas**	Habl –**aste**	Habl –**aras**	Habl –**ases**
Habl –**aba**	Habl –**ó**	Habl –**ara**	Habl –**ase**
Habl –**ábamos**	Habl –**amos**	Habl –**áramos**	Habl –**ásemos**
Habl –**abais**	Habl –**asteis**	Habl –**arais**	Habl –**aseis**
Habl –**aban**	Habl –**aron**	Habl –**aran**	Habl –**asen**

Futur	Conditionnel
Hablar –**é**	Hablar –**ía**
Hablar –**ás**	Hablar –**ías**
Hablar –**á**	Hablar –**ía**
Hablar –**emos**	Hablar –**íamos**
Hablar –**éis**	Hablar –**íais**
Hablar –**án**	Hablar –**ían**

RESPOND**ER** (participe passé : respond**ido** ; gérondif : respond**iendo**)
VIV**IR** (participe passé : viv**ido** ; gérondif : viv**iendo**)

Présent			
Indicatif		**Impératif**	**Subjonctif**
Respond –**o**	Viv –**o**		Respond –/ viv –**a**
–**es**	–**es**	Respond –**e** / viv –**e** (tú)	Respond –/ viv –**as**
–**e**	–**e**	Respond –**a** / viv –**a** (él, ella, usted)	Respond –/ viv –**a**
–**emos**	–**imos**	Respond –**amos** / viv –**amos** (nosotros)	Respond –/ viv –**amos**
–**éis**	–**ís**	Respond –**ed** / viv –**id** (vosotros)	Respond –/ viv –**áis**
–**en**	–**en**	Respond –**an** / viv –**an** (ellos)	Respond –/ viv –**an**

Passé			
Indicatif imparfait	**Passé simple**	**Subjonctif imparfait 1**	**Subjonctif imparfait 2**
Respond **–ía** Viv **–ías** **–ía** **–íamos** **–íais** **–ían**	Respond **–í** Viv **–iste** **–ió** **–imos** **–isteis** **–ieron**	Respond **–iera** Viv **–ieras** **–iera** **–iéramos** **–ierais** **–ieran**	Respond **–iese** Viv **–ieses** **–iese** **–iésemos** **–ieseis** **–iesen**

Futur	Conditionnel
Responder **–é** Vivir **–ás** **–á** **–emos** **–éis** **–án**	Responder **–ía** Vivir **–ías** **–ía** **–íamos** **–íais** **–ían**

B Les temps composés

Formation : auxiliaire HABER conjugué suivi du participe passé invariable (habl**ado**, respond**ido**, viv**ido**).

Attention !

Certains verbes très courants ont un participe passé irrégulier : **abrir:** abierto; **cubrir:** cubierto; **decir:** dicho; **escribir:** escrito; **morir:** muerto; **poner:** puesto; **romper:** roto; **ver:** visto; **volver:** vuelto.

Passé composé		Plus-que-parfait	
Indicatif	**Subjonctif**	**Indicatif**	**Subjonctif**
He Has Ha Hemos Habéis Han + participe passé	Haya Hayas Haya Hayamos Hayáis Hayan + participe passé	Había Habías Había Habíamos Habíais Habían + participe passé	Hubiera Hubieras Hubiera Hubiéramos Hubierais Hubieran + participe passé

Passé antérieur		Futur antérieur		Conditionnel passé	
Hube Hubiste Hubo Hubimos Hubistein Hubieron	+ participe passé	Habré Habrás Habrá Habremos Habréis Habrán	+ participe passé	Habría Habrías Habría Habríamos Habríais Habrían	+ participe passé

2 La conjugaison irrégulière

A Irrégularités portant uniquement sur les voyelles du radical

• **La voyelle –e-** du radical de certains verbes diphtongue en **–ie-** lorsqu'elle est tonique. Ne sont concernés que le présent de l'indicatif, du subjonctif et de l'impératif (voir le verbe français « venir »).

PENSAR

Indicatif présent : p**ie**nso, p**ie**nsas, p**ie**nsa, pensamos, pensáis, p**ie**nsan.
Subjonctif présent : p**ie**nse, p**ie**nses, p**ie**nse, pensemos, penséis, p**ie**nsen.
Impératif : p**ie**nsa, p**ie**nse, pensemos, pensad, p**ie**nsen.
Verbes qui suivent cette irrégularité : acertar, atravesar, calentar, comenzar, despertar, enterrar, sembrar, ascender, encender, entender, extender, perder, querer...

• **La voyelle –o-** du radical de certains verbes diphtongue en **–ue-** lorsqu'elle est tonique. Ne sont concernés que le présent de l'indicatif, du subjonctif et de l'impératif.

ENCONTRAR

Indicatif présent : enc**ue**ntro, enc**ue**ntras, enc**ue**ntra, encontramos, encontráis, enc**ue**ntran.
Subjonctif présent : enc**ue**ntre, enc**ue**ntres, enc**ue**ntre, encontremos, encontréis, enc**ue**ntren.
Impératif : enc**ue**ntra, enc**ue**ntre, encontremos, encontrad, enc**ue**ntren.
Verbes qui suivent cette irrégularité : acordar(se), apostar, colgar, comprobar, contar, costar, probar, recordar, rogar, soñar, volar, conmover, devolver, morder, mover, promover, resolver, volver, dormir, morir...

• **La voyelle –e-** du radical de certains verbes devient **–i-** lorsque le radical est tonique (p**i**do, mais ped**i**mos) et lorsque la terminaison est accentuée sur une voyelle autre que **i** (pidió, pidiera, pidiendo).
Verbes qui suivent cette irrégularité : competir, despedir, impedir, medir, pedir, rendir, repetir, seguir, reír, servir, vestir...

• **La voyelle –u-** du radical devient –**ue**- lorsque le radical est tonique : jugar (j**ue**go...).

• **La voyelle –i-** du radical devient –**ie**- lorsque le radical est tonique : adquirir (adqu**ie**ro...).

> **Attention !**
>
> **Irrégularité de « sentir » et « dormir » :**
> a. –**e**- tonique devient –**ie**- (s**ie**nto) ;
> b. –**o**- tonique devient –**ue**- (d**ue**rmo) ;
> c. lorsque la terminaison est accentuée sur une voyelle autre que –**i**-, la voyelle –**e**- du radical devient –**i**- (s**i**ntieron, s**i**ntamos), et la voyelle –**o**- devient –**u**- (d**u**rmió, d**u**rmamos).
> **Verbes qui suivent cette irrégularité** : advertir, arrepentirse, convertir, invertir, preferir, sentir ; dormir, morir...

B Irrégularités portant uniquement sur les consonnes du radical

• **Les verbes en –acer, –ecer, –ocer, –ucir** subissent une modification orthographique : le –**c**- du radical devient –**zc**- devant les voyelles –**o** et –**a** ; on retrouve le –**c**- devant –**e** et –**i**.
Verbes qui suivent cette irrégularité : complacer, nacer (sauf hacer), abastecer, aparecer, carecer, conocer, crecer, desaparecer, enriquecer, ofrecer, padecer, permanecer, lucir, deducir, introducir, producir, reducir, traducir...

• **Les verbes en –uir** subissent une modification orthographique : le –**i**- du radical devient –**y**- devant les voyelles –**o** , –**e** et –**a**.
Verbes qui suivent cette irrégularité : atribuir, concluir, construir, disminuir, huir, incluir, influir, instruir, rehuir...

3 Verbes usuels diversement irréguliers

Infinitif	Indicatif présent	Subjonctif présent[1]	Impératif	Indicatif imparfait	Futur[2] (conditionnel)	Passé simple[3]	Gérondif	Participe passé
Andar						anduve…		
Dar	doy, das…	dé, des…				di, diste, dio…		
Decir	digo, dices, dice, decimos…	diga, digas…	di (tú)		diré… (diría…)	dije…		dicho
Estar	estoy, estás, está, estamos, estáis, están	esté…				estuve, estuviste, estuvo…		
Hacer	hago, haces…	haga…	haz (tú), haga (ud)…		haré… (haría…)	hice, hiciste, hizo…		hecho
Ir	voy, vas, va…	vaya…	ve (tú), vamos…	iba, ibas, iba, íbamos…		fui, fuiste, fue…	yendo	
Poder	puedo, puedes, puede, podemos…					pude…	pudiendo	
Poner	pongo, pones…	ponga…	pon (tú)		pondré… (pondría…)	puse…		puesto
Querer	quiero, quieres, quiere, queremos…				querré… (querría…)	quise…		
Saber	sé, sabes…	sepa, sepas…			sabré,… (sabría…)	supe…		
Salir	salgo, sales…	salga…	sal (tú)		saldré… (sabría…)			
Ser	soy, eres, es, somos, sois, son	sea, seas…	sé (tú)	era, eras, era, éramos…		fui, fuiste, fue…		
Tener	tengo, puis diphtongaison	tenga, tengas…	ten (tú)		tendré… (tendría…)	tuve…		
Venir	vengo, puis diphtongaison	venga…	ven (tú)			vine…	viniendo	
Ver	veo, ves…	vea…		veía…				visto

1. Le subjonctif présent suit l'irrégularité de la première personne de l'indicatif présent.
2. Le conditionnel suit l'irrégularité du futur.
3. La 3e personne du pluriel du passé simple sert de base à la formation des imparfaits du subjonctif (voir la conjugaison régulière). Ex. : anduvieron → anduviera → anduviese.

2 Employer la bonne préposition avec le verbe

1 Omission de la préposition « de »

• Certains verbes se construisent **avec la préposition « de » en français** mais l'omettent en espagnol :

Décider de : decidir
Éviter de : evitar
Essayer de : intentar, procurar
Demander de : pedir
Permettre de : permitir
Proposer de : proponer
Prévoir de : prever

Exemples Nous avons décidé de participer à la fête. Hemos decidido participar en la fiesta.
Nous vous demandons de nous envoyer la commande la semaine prochaine. Le pedimos que nos envíe el pedido la semana próxima.
L'augmentation du nombre de participants permettra d'augmenter les bénéfices. El aumento del número de participantes permitirá aumentar los beneficios.

• **Les tournures impersonnelles** avec **es** omettent la préposition « de » en espagnol :

Il est bon/convenable de : es bueno/es conveniente
Il est difficile : es difícil
Il est intéressant : es interesante
Il est nécessaire : es necesario

Exemples Il est difficile de connaître les conséquences de la crise. Es difícil conocer las consecuencias de la crisis.
Il est nécessaire de se poser la question de son remplacement. Es necesario plantearse la cuestión de su sustitución.
Il est intéressant de se rendre à la réunion. Es interesante asistir a la reunión.

• Un certain nombre de verbes français **exprimant une notion de quantité** se construisent avec la préposition « de », ces verbes seront construits en espagnol sans préposition « de » : maigrir de (adelgazar), grossir de (engordar), augmenter de (aumentar, subir).

Exemple Le chômage a augmenté de 5,9 % en octobre. El paro aumentó (subió) el 5,9 % – el cinco coma nueve por ciento – en octubre.

2 Emploi des prépositions *en* et *con*

• Certains verbes construits en français avec la préposition « de » utilisent la préposition **en** en espagnol pour **marquer une idée de quantité** : augmenter de (aumentar), diminuer de (disminuir).

Exemple Le prix des vêtements a augmenté de 7 %. El precio de la ropa aumentó en un 7 %.

• Quelques verbes se construisent **avec « de » en français et con en espagnol** :

Menacer de : amenazar con
Se contenter de : contentarse con
Rêver de : soñar con

Exemple Elle rêve de gagner la course. Sueña con ganar la carrera.

• Certains verbes se construisant **avec « à » en français emploient en en espagnol** :

Consister à : consistir en
Croire à : creer en
Hésiter à : dudar en
S'obstiner à : obstinarse en
Penser à : pensar en

Exemple Nous pensons à notre prochain voyage. Pensamos en nuestro próximo viaje.

3 Éviter les faux sens et relier logiquement des idées

1 Éviter les faux sens

Il convient de repérer les faux amis afin de bien comprendre un énoncé ou bien s'exprimer en évitant les faux sens.

- **Adjectifs**

Dur : duro (résistant), difícil (difficile).
Grand : alto (par sa hauteur), grande (par sa taille), gran (importante).
Propre : propio (qui lui est propre), limpio (qui n'est pas sale).
Rare : escaso (peu nombreux), raro (bizarre).

- **Noms**

Une affaire : un asunto (un sujet de discussion), un negocio (un marché).
La consommation : la consumición (la boisson), el consumo (l'utilisation).
Une lettre : una letra (une lettre de l'alphabet), una carta (une missive).
Le nom : el nombre (le prénom), el apellido (le patronyme), el número (le chiffre).
Le succès : el suceso (le fait divers), el éxito (le triomphe).
La table : la tabla (la planche en bois), la mesa (pour manger).

- **Verbes**

Apprendre : aprender (acquérir une connaissance), enseñar (faire acquérir une connaissance), enterarse de (connaître).
Demander : demandar (poursuivre en justice), pedir (solliciter), preguntar (poser une question).
Discuter : discutir (manifester son désaccord), charlar, hablar (parler).
Enfermer : enfermar (tomber malade), encerrar (mettre dans un lieu clos).
Exprimer : exprimir (presser un fruit), expresar (formuler une idée).
Jouer : jugar (jouer au football), tocar (jouer du piano).
Quitter : dejar (s'éloigner, se séparer de), quitar (enlever, voler).
Subir : subir (monter), sufrir (endurer).

2 Relier logiquement des idées

Les liens logiques du discours permettent d'exprimer les idées de :

- **Cause**

porque: parce que, car ; puesto que, ya que: puisque ; dado que: étant donné que ; en vista de que: vu que.

- **Finalité**

para que: pour que ; a fin de que: afin que ; con vistas a: en vue de, en prévision de ; de manera que, de modo que: de manière que, de sorte que, de façon que.

- **Conséquence**

por consiguiente: par conséquent ; por lo tanto: donc ; así que: donc ; con lo cual: c'est pourquoi, si bien que ; en consecuencia: en conséquence.

- **Concession**

aunque: même si, bien que ; aun cuando: quand bien même ; si bien: quoique, encore que ; a pesar de que: malgré.

- **Restriction et opposition**

pero: mais ; sin embargo: cependant ; no obstante: nonobstant, malgré ; ahora bien: or ; por el contrario: par contre ; no… sino…: non… mais… ; no sólo… sino también…: non seulement… mais aussi…

- **Transition**

además: en plus, de plus, en outre ; asimismo: de même ; por otra parte: par ailleurs ; efectivamente: effectivement ; en efecto: en effet.

- **Conclusion**

para terminar: pour terminer ; para concluir: en conclusion, por fin: enfin ; en resumidas cuentas: bref ; en definitiva: en définitive, en fin de compte ; después de todo: après tout.

4 Le vocabulaire utile par thème du programme

1 Identités et échanges : *identidades e intercambios*

Les frontières régionales nationales, sociales, politiques, culturelles : las fronteras regionales, nacionales, sociales, políticas, culturales
Les contacts, liens intergénérationnels : los contactos, vínculos entre generaciones
La migration et l'exil : la migración y el exilio
Le droit d'asile, l'hospitalité, l'accueil, la solidarité : el derecho de asilo, la hospitalidad, la acogida, la solidaridad
Le ghetto, l'exclusion, l'incompréhension, les frontières invisibles : el gueto, la exclusión, la incomprensión, las fronteras invisibles
Le protectionnisme, la mobilité, le partage : el proteccionismo, la movilidad, la repartición (la distribución)
L'ascension sociale, le déclassement social : la ascensión social, la regresión social
Les voyages, le tourisme, le dépaysement culturel : los viajes, el turismo, el cambio cultural
La médiation, la mixité socio-économique : la mediación, la mixidad socioeconómica
Les échanges économiques, culturels : los intercambios económicos, culturales
L'identité personnelle, sociale, nationale : la identidad personal, social, nacional
La crise, la prospérité économique : la crisis, la prosperidad (la bonanza) económica
L'émigration, l'immigration : la emigración, la inmigración
L'étranger : el extranjero (el foráneo)
La marchandise, le bien : la mercancía, el bien
Acheter, échanger, vendre : comprar, intercambiar, vender
L'import, l'export : la importación, la exportación

2 Espace privé et espace public : *espacio público y espacio privado*

L'égalité, l'inégalité homme-femme : la igualdad, la desigualdad hombre-mujer
La parité, l'équité homme-femme, le fossé hommes-femmes : la paridad, la equidad entre mujeres y hombres (la cuota de género), la brecha de género (la brecha entre mujeres y hombres)
Le machisme, le féminisme, la violence faite aux femmes : el machismo, el feminismo, la violencia de género
L'éducation, la formation initiale, la formation continue : la educación, la formación inicial, la formación continua
La liberté de mouvement, l'émancipation, la mixité : la libertad de movimientos, la emancipación, la mixidad
Le télétravail, le contrat de travail (l'intérim), les aides à l'embauche : el trabajo « on line », el contrato de trabajo (el contrato temporal), la subvenciones para la contratación
Lieux de convivialité (le parc, l'allée, la bibliothèque, la cafétérie, l'association, le club) : lugares de convivialidad (el parque, la alameda, la biblioteca, la cafetería, la asociación, el club)
Les espaces publics (la rue, le quartier, la banlieue, le centre commercial, la ville) : los espacios públicos (la calle, el barrio, las afueras, el centro comercial, la ciudad)
Les espaces privés (la maison, l'appartement, l'immeuble, l'hôtel) : los espacios privados (la casa, el piso, el edificio, el hotel)
Les espaces religieux (l'église, la cathédrale, le temple, la mosquée, la synagogue) : los espacios religiosos (la iglesia, la catedral, el templo, la mezquita, la sinagoga)

3 Art et pouvoir : *arte y poder*

L'architecture classique, moderne, fonctionnelle : la arquitectura clásica, moderna, funcional

Les résidences officielles (la Moncloa, résidence du Premier Ministre/Chef du gouvernement ; la Zarzuela, résidence du Roi) : las residencias oficiales (la Moncloa, residencia del Jefe del Gobierno ; la Zarzuela : residencia del Rey)

Les édifices institutionnels (le Sénat, l'Assemblée Nationale ; le siège du gouvernement régional) : los edificios institucionales (el Senado, el Congreso de los Diputados ; la sede del gobierno regional)

La peinture (les portraits, l'art religieux ; le tableau, la perspective, les couleurs) : la pintura (los retratos, el arte religioso ; el cuadro, la perspectiva, los colores)

La musique (les opéras, les hymnes, les chants) : la música (las óperas, los himnos, los cantos)

La littérature (les apologies, les satires, les dédicaces) : la literatura (las apologías, las sátiras, las dedicatorias)

Le cinéma (les films de propagande, les films patriotiques) : el cine (las películas de propaganda, las películas patrióticas)

L'art officiel, la contre-culture, l'underground, le street art : el arte oficial, la contracultura, la cultura underground, el street art (el arte urbano)

L'art engagé, la résistance, l'avant-garde : el arte comprometido, la resistencia, la vanguardia

Les affiches, les caricatures : los carteles, las caricaturas

La censure, la liberté de création : la censura, la libertad de creación

4 Citoyenneté et mondes virtuels : *ciudadanía y mundos virtuales*

Les fausses informations, la manipulation : las falsas informaciones, la manipulación

Les réseaux sociaux, l'éducation aux médias : las redes sociales (las RRSS), la educación digital

Les paiements virtuels, la carte de paiement, les données personnelles : los pagos virtuales, la tarjeta de pago, los datos personales

L'intelligence artificielle, la puissance de stockage : la inteligencia digital, el poder (la capacidad) de almacenamiento

Les wikis, les blogs, les forums, la démocratie participative : los sitios wiki, los blogs, los foros, la democracia participativa

La censure et le contrôle d'internet, le cyber-harcèlement, la liberté d'expression : la censura y el control de internet, el acoso virtual (el ciberbullying), la libertad de expresión

L'usurpation d'identité, l'identité virtuelle, le lanceur d'alerte : la usurpación de identidad, la identidad virtual, la e-identidad, el lanzador de alerta (el alertador)

Le télétravail, l'intelligence collaborative : el trabajo « on line », la inteligencia colaborativa

Le doute, l'hésitation : la duda

La question, la réponse : la pregunta, la respuesta

La polémique, donner son opinion, argumenter, dénoncer : la polémica, opinar, argumentar, denunciar

Répondre, être au courant : contestar (responder), estar al tanto (estar al corriente)

Le vouvoiement, le tutoiement : el tratamiento de usted, el tuteo

Convaincre, expliquer, se rendre compte : convencer, explicar, darse cuenta

Partager un point de vue : compartir un punto de vista

5 Fictions et réalités : *ficciones y realidades*

Les utopies, les dystopies, la réalité : las utopías, las distopías, la realidad

L'oppression, la domination, le colonialisme, le choc de cultures, la libération, l'émancipation : la opresión, la dominación, el colonialismo, el choque de culturas, la liberación, la emancipación

La littérature, la mythologie, les légendes, les croyances : la literatura, la mitología, las leyendas, la creencias

La science-fiction, la littérature réaliste, la littérature engagée : la ciencia ficción, la literatura realista, la literatura comprometida

Le héros, le super-héros (le sportif, le chanteur, l'acteur, le militant d'une ONG, l'inventeur, l'homme politique, la femme/l'homme d'affaires) : el héroe, el superhéroe (el deportista, el cantante, el actor, el militante de una ONG, el inventor, el político, la mujer/el hombre de negocios)

Le sentiment national, les figures tutélaires (les personnages historiques, les écrivains, les icônes classiques/modernes) : el sentimiento nacional, las figuras tutelares (los personajes históricos, los escritores, las figuras icónicas clásicas/modernas)

Les monuments (civils, religieux, politiques, culturels) : los monumentos (civiles, religiosos, políticos, culturales)

Le modèle éthique, esthétique, politique : el modelo ético, estético, político

Les valeurs (le courage, l'honnêteté, l'altruisme, la confiance, l'hypocrisie, la méchanceté, l'égoïsme, la méfiance) : los valores (el valor, la honestidad, el altruismo, la confianza, la hipocresía, la maldad, el egoísmo, la desconfianza)

6 Innovations scientifiques et responsabilité : *innovaciones científicas y responsabilidad*

La recherche génétique, les vaccins, le clonage, les OGM, les nanotechnologies : la investigación genética, las vacunas, la clonación, los OGM (los organismos genéticamente modificados)

Les robots, la fabrication en chaîne, les nouvelles technologies : los robots, la fabricación en cadena, las nuevas tecnologías

Les énergies renouvelables, les moyens de transport, le covoiturage, l'écologie, l'éco-citoyen : las energías renovables, los medios de transporte, el uso compartido del coche, la ecología, el ecociudadano

L'ONG, la mobilisation : la ONG (la organización no gubernamental), la movilización

Le projet, le défi, une avancée, la conquête spatiale : el proyecto, el desafío, un adelanto, la conquista espacial

Le recyclage, le déchet, le producteur, le consommateur : el reciclado, el desecho, el productor, el consumidor

La surpopulation, la maîtrise des naissances : el exceso de población (la superpoblación), el control de natalidad (de los nacimientos)

L'aliénation au travail : la alienación laboral

La biodiversité, les circuits courts de commercialisation, le produit bio, la croissance verte : la biodiversidad, los circuitos cortos de comercialización (CCC), el producto ecológico, el crecimiento ecológico

La pollution, les dérives sectaires, la course à l'armement : la contaminación, las derivas sectarias, la carrera armamentística

Les innovations scientifiques et la responsabilité citoyenne : las innovaciones científicas y la responsabilidad ciudadana

7 Diversité et inclusion : *diversidad e inclusión*

Le handicap, le handicapé, l'application pour les déficients visuels : la discapacidad (la minusvalía), el discapacitado (el minusválido), la aplicación para los discapacitados visuales

L'intégration, la campagne de sensibilisation : la integración, la campaña de sensibilización

La liberté de mouvement, la revendication : la libertad de movimientos, la reivindicación

Les discriminations (la richesse, la pauvreté, la précarité, les inégalités ; les riches, les pauvres) : las discriminaciones (la riqueza, la pobreza, la precariedad, las desigualdades ; los ricos, los pobres)

Les jeunes générations, les adultes, le troisième âge, les relations intergénérationnelles : las jóvenes generaciones, los adultos, la tercera edad, las relaciones entre las generaciones

Les minorités, l'exclusion : las minorías, la exclusión

Les langues officielles, les langues non reconnues, les idiolectes, la langue régionale : las lenguas oficiales, las lenguas no reconocidas, los idiolectos, la lengua regional

L'égalité, l'émancipation, l'inégalité salariale (le « plafond de verre »), le développement : la igualdad, la emancipación, la desigualdad salarial (el « techo de cristal »), el desarrollo

L'évolution des sociétés, les catégories sociales, la diversité culturelle (linguistique, sociale, ethnique) : la evolución de las sociedades, las categorías sociales, la diversidad cultural (lingüística, social, étnica)

8 Territoire et mémoire : *territorio y memoria*

Les espaces frontaliers (les espaces régionaux, nationaux, transnationaux) : los espacios fronterizos (los espacios regionales, nacionales, transnacionales)

La découverte, la conquête, la colonisation, l'esclavage, la domination, l'indépendance, le choc de civilisations, le syncrétisme culturel : el descubrimiento, la conquista, la colonización, la esclavitud, la dominación, la independencia, el choque de civilizaciones, el sincretismo cultural

Les monuments aux morts, les monuments mémoriaux (le musée, la statue, la colonne) : los monumentos por los caídos, los monumentos conmemorativos (el museo, la estatua, la columna)

Les traces de l'histoire (les dates des événements marquants, les périodes, les lieux de mémoire, l'évolution temporelle, les personnages historiques) : las huellas de la historia (las fechas de los acontecimientos más significativos, los periodos, los lugares de memoria, la evolución temporal, los personajes históricos)

L'histoire officielle, le devoir de mémoire, l'histoire individuelle, le destin collectif : la historia oficial, el deber de memoria, la historia individual, el destino colectivo

L'amnistie, l'amnésie : la amnistía, la amnesia

Le récit, la chronique, le roman, la nouvelle, la pièce de théâtre, le journal : el relato, la crónica, la novela, el cuento, la obra de teatro, el periódico

Le quartier historique, le patrimoine bâti : el barrio histórico, el patrimonio arquitectónico

Achevé d'imprimer en juin 2022 en Italie par Elcograf
Dépôt légal : juillet 2022 - Édition 01
15/7160/5

PAPIER À BASE DE FIBRES CERTIFIÉES

hachette s'engage pour l'environnement en réduisant l'empreinte carbone de ses livres. Celle de cet exemplaire est de :
1,6 kg éq. CO_2
Rendez-vous sur www.hachette-durable.fr